Temporada de caça

Obra do autor publicada pela Editora Record

O doce amanhã

RUSSELL BANKS

Temporada de caça

Tradução de
GENI HIRATA

EDITORA RECORD
RIO DE JANEIRO • SÃO PAULO

CIP-Brasil. Catalogação-na-fonte
Sindicato Nacional dos Editores de Livros, RJ.

B17t   Banks, Russell, 1940-
        Temporada de caça / Russell Banks; tradução
        de Geni Hirata. – Rio de Janeiro: Record, 1998.

        Tradução de: Affliction

        1. Romance norte-americano. I. Hirata, Geni.
        II. Título.

                            CDD – 813
98 0286   CDU – 820(73)-3

Título original norte-americano
AFFLICTION

Copyright © 1989 by Russell Banks

Publicado mediante acordo com Ellen Levine Literary Agency, Inc.
em conjunto com Karin Schindler, Rights Representative.

Todos os direitos reservados. Proibida a reprodução,
no todo ou em parte, através de quaisquer meios.

Direitos exclusivos de publicação em língua portuguesa para o Brasil
adquiridos pela
DISTRIBUIDORA RECORD DE SERVIÇOS DE IMPRENSA S.A.
Rua Argentina 171 – Rio de Janeiro, RJ – 20921-380 –Tel.: 585-2000
que se reserva a propriedade literária desta tradução

Impresso no Brasil

ISBN 85-01-05164-0

PEDIDOS PELO REEMBOLSO POSTAL
Caixa Postal 23.052
Rio de Janeiro, RJ – 20922-970

EDITORA AFILIADA

*Para Earl Banks
(1916-1979)*

O grande enigma da vida humana
não é o sofrimento, mas a aflição.

— *Simone Weil*
"O Amor de Deus e a Aflição"

1

Esta é a história do estranho comportamento criminoso e do desaparecimento de meu irmão mais velho. Ninguém me pediu que revelasse estes fatos; ninguém me pediu que não o fizesse. Nós que o amávamos simplesmente não falamos mais de Wade, nem entre nós mesmos tampouco com nenhuma outra pessoa. É quase como se ele nunca tivesse existido ou pertencesse a alguma outra família ou fosse de outro lugar e nós mal o conhecêssemos e nunca tivéssemos a oportunidade de falar a seu respeito. Assim, ao contar sua história, como seu irmão, estou me afastando da família e de todos aqueles que um dia o amaram.

De muitas maneiras, estou afastado deles de qualquer forma, pois embora cada um de nós tenha vergonha de Wade e sinta-se oprimido pelo rancor — minha irmã, seu marido e filhos, a ex-mulher de Wade e sua filha, sua noiva e alguns amigos — os outros sentem-se envergonhados e oprimidos de uma forma diferente da minha. Estão consternados com sua vergonha, perplexos, como era de se esperar (afinal, ele é um deles e todos são boas pessoas, apesar de tudo); e estão confusos com seu rancor. Talvez seja por isso que não tenham me pedido para ficar em silêncio. Eu, no entanto, não estou confuso nem consternado: como Wade, sinto vergonha e rancor praticamente desde que nasci e estou acostumado a manter essa relação distorcida com o mundo, o que me torna, entre os que o amavam, o único qualificado a contar sua história.

Ainda assim, sei como os outros pensam. Esperam, no íntimo, que tenham entendido mal a história de Wade e que eu possa de algum modo esclarecê-la ou, ao menos, contá-la de tal forma que todos possam se livrar de sua vergonha e seu rancor e falar novamente com carinho de nosso irmão, marido, pai, amante, amigo, em torno da mesa de jantar ou no carro durante um longo trajeto, ou na cama tarde da noite, imaginando onde o pobre homem estará agora, antes de adormecermos.

Isso não vai acontecer. Entretanto, conto-a por eles, pelos outros tanto quanto por mim mesmo. Eles querem, através da narrativa, recuperá-lo; só quero me livrar dele. Sua história é a história da minha outra vida e quero exorcizá-la.

E quanto ao perdão: deve ser discutido, suponho, mas quem de nós pode oferecê-lo? Até mesmo eu, a uma distância considerável dos crimes e da dor, não posso perdoá-lo. É da natureza do perdão que, ao perdoar alguém, você não precise mais se proteger desse alguém e, até o fim de nossas vidas, teremos que nos proteger de Wade. Além disso, agora é tarde demais para perdoá-lo. Wade Whitehouse foi embora. E acredito que jamais o veremos novamente.

Tudo de importante — quer dizer, tudo que dá origem à narração desta história — ocorreu durante uma única estação de caça ao veado em uma pequena cidade, uma aldeia, situada em um vale coberto por densa floresta, na parte setentrional do estado de New Hampshire, onde Wade nasceu e cresceu, assim como eu, e onde a maior parte da família Whitehouse viveu por cinco gerações. Imagine um vilarejo de um conto medieval alemão. Imagine um aglomerado de casas, lojas novas e antigas, a maioria antiga, um rio atravessando o vilarejo, os prados nas encostas das colinas e árvores enormes. A cidade chama-se Lawford e fica a 240 quilômetros ao norte de onde vivo agora.

Wade estava com 41 anos naquele outono e em mau estado — todos na cidade sabiam disso, mas não se incomodavam muito. Em uma aldeia, você vê as crises pessoais indo e vindo e aprende a esperar que passem: a maioria das pessoas não muda, especialmente vistas de perto; apenas tornam-se mais complicadas.

Conseqüentemente, todos que conheciam Wade esperavam que passassem seu abatimento, sua bebedeira e sua estúpida beligerância. Sua crise era seu caráter exacerbado. Até eu, lá no sul, nos subúrbios de Boston, esperava a crise passar. Era fácil para mim. Sou dez anos mais moço do que Wade e abandonei a família e a cidade de Lawford quando terminei o segundo grau — fugi deles, na verdade, embora às vezes pareça que os abandonei. Fui para a faculdade, o primeiro da família a fazê-lo, e tornei-me um professor de segundo grau e um homem de rotina meticulosa. Durante muitos anos, considerei Wade um homem deprimido, alcoólatra e estupidamente beligerante, como nosso pai. Agora, entretanto, ele já passara dos quarenta sem se matar ou matar alguém e eu esperava que, assim como nosso pai, ele entrasse nos cinqüenta, sessenta e talvez setenta do mesmo modo. Assim, eu não me preocupava com Wade.

Embora ele tivesse me visitado duas vezes naquele outono e me telefonasse freqüentemente — por longo tempo, diversas vezes por semana e tarde da noite, depois de ter bebido durante horas e ter feito todos à sua volta correr em busca de segurança — eu não me sentia muito sensibilizado. Ouvia passivamente suas desconexas investidas contra a ex-mulher, Lillian, suas lamuriosas declarações de amor pela filha, Jill, e suas ameaças de infligir sérios danos físicos a muitas das pessoas que viviam e trabalhavam com ele, pessoas que, como o policial da cidade, ele jurara proteger. Preocupado com as minúcias da minha própria vida, eu o ouvia como se ele fosse uma tediosa novela de TV e eu estivesse ocupado demais ou absorto demais nos detalhes da minha própria vida para me levantar e mudar de canal.

Passaria, eu pensava, com a dor de seu divórcio de Lillian, seu novo casamento e sua partida da cidade levando Jill com ele. Mais seis meses, eu pensava, seriam o bastante. Isso o colocaria a três anos completos do divórcio, dois anos da mudança de Lillian para Concord e em meio à primavera: neve derretida escorrendo das colinas, os lagos libertando-se do gelo, a luz do dia estendendo-se até altas horas. Talvez ele se apaixone por outra pessoa, pensava. Havia uma mulher com quem ele dizia que dormia de vez em quando, uma mulher do lugar chamada Margie Fogg, e geralmente falava dela com ternura. Quanto mais não fosse, eu pensava, Jill finalmente crescerá. Os filhos sempre forçam os pais a crescer quando eles mesmos crescem primeiro. Embora eu não tenha filhos e seja solteiro, eu sei.

Então, uma noite, algo mudou e, dali em diante, minha relação com a história de Wade ficou diferente do que sempre fora, desde a infância. Naquela noite, o distanciamento consciente foi substituído por — o quê? — simpatia? Mais do que simpatia, acho, e menos. Empatia. Um sentimento perigoso, para ambos.

O que marcou esse momento foi a mudança que senti no tom de voz de Wade em um telefonema que ele me deu uma ou duas noites depois do Halloween. Devia ser dia 1º ou 2 de novembro. Ele estava no meio de uma de suas loquazes lamentações quando ouvi algo que não ouvira antes e, por um instante, perguntei-me se não teria compreendido mal o meu irmão o tempo inteiro. Talvez eu o tivesse julgado erroneamente e ele, afinal, não fosse tão previsível; talvez sua personalidade e sua crise não fossem uma coisa só, fossem, na verdade, duas coisas bem diferentes, ou a natureza da crise fosse tal que logo as tornaria bem distintas; talvez meu irmão fosse tão real quanto eu, um homem cujo caráter fosse como eu percebia o meu próprio: processo, fluxo, mudança. Era um pensamento novo para mim e não completamente bem-vindo. E eu não sabia de onde ele vinha, a menos que fosse do simples peso acumulado da familiaridade; pois, sem que eu percebesse, um equilíbrio sutil fora alterado, enquanto eu dormia, de modo que repentinamente eu já não mais estivesse monitorando a confusa e dolorosa vida do meu irmão a distância, mas a estivesse praticamente vivenciando. E eu desprezava a vida de Wade. Deixe-me repetir. Eu desprezava a vida de Wade. Fugi da família e da cidade de Lawford quando era pouco mais do que um garoto para não ter que viver aquele tipo de vida. Essa é apenas uma das diferenças entre mim e Wade, mas é uma diferença enorme.

Wade fazia a queixa do ex-marido sobre a infinita capacidade de crueldade da ex-mulher — o resultado de alguma pequena humilhação uma ou duas noites atrás. Eu não compreendera a história muito bem, mas também não pedira esclarecimentos — quando repentinamente percebi uma mudança em seu tom de voz, uma mudança de registro e altura, quase imperceptível, mas por alguma razão suficiente para fazer-me sentar ereto na cadeira e ouvir atentamente, concentrar minha divagante atenção e, ao invés de considerar sua vida meramente como uma parte insignificante da minha, dessa vez ver o homem em seu próprio contexto. Foi como se a história que me contava ampliasse e esclarecesse a minha história: a dor de dentes crônica de que se queixara no início da conversa, embora pior e significativamente diferente das minhas enxaquecas periódicas, de repente se tornou um eco perturbador; suas dificuldades financeiras, embora descritas praticamente em uma língua diferente da minha, rimaram ansiosamente com as minhas; e seus problemas atuais com mulheres, pais, amigos e inimigos pareceram versões grotescas dos meus próprios problemas, emprestando-lhes uma dolorosa articulação.

Ele descrevia os acontecimentos da Noite de Halloween e começou a falar das condições do tempo naquela noite, mais fria do que o normal, bem abaixo de zero, mais fria do que a teta de uma bruxa, ele disse — aquela primeira noite fria quando você sente que o inverno está chegando e não há nada que possa fazer a respeito e mais uma vez é tarde demais para partir para o sul. Você simplesmente enterra a cabeça no pescoço, resmunga e aceita o fato.

A mudança, a alteração, pode muito bem ter se dado em mim, é claro, e não em Wade. Ele usou as mesmas palavras que sempre usava, os mesmos clichês e expressões estranhamente reflexivos; ele simulou o mesmo estoicismo aborrecido que exibia desde a adolescência; parecia, para todos os efeitos, o mesmo de sempre — e no entanto eu o achei diferente. Em um momento, sua história não me importava; no momento seguinte, importava muito. Em dado momento, minha mente e meus olhos estavam focalizados na tela da televisão diante de mim, um jogo do Boston Celtics com o som desligado, e de repente eu estava visualizando o Lawford Center na Noite de Halloween.

O que não é difícil para mim: desde a última vez em que passei um Halloween lá, ou seja, desde que estava no colégio secundário, em quinze anos, o lugar não mudou muito. Em cinqüenta anos não mudou muito. Mas visualizar o local, ir lá na lembrança ou na imaginação, não é algo que eu goste de fazer. Evito-o cuidadosamente. Eu tenho que ser praticamente levado a isso. Lawford é uma dessas cidades onde as pessoas vivem, não para onde voltam. E para piorar a situação, para tornar a volta ainda mais difícil, ainda que você *quisesse* voltar — o que, é claro, *ninguém* que tenha deixado a cidade neste meio século iria querer — os que ficaram apegam-se teimosamente como cracas às sobras e fragmentos dos ritos sociais que um dia deram significado às suas vidas: adoram chás-de-panela, casamentos, aniversários, funerais, feriados nacionais e eventuais, até mesmo dias de eleição. Halloween, também. Um feriado ridículo e para quem, para quê? Não tem absolutamente nada a ver com a vida moderna.

Mas Lawford também não tem nada a ver com a vida moderna. Há uma espécie de conservadorismo aceito que ajuda a população remanescente a lidar com o fato de ter sido abandonada por várias gerações dos mais talentosos e atraentes de seus filhos. Deixados para trás, os que ficaram sentem-se deslocados, incapazes, tolos e ineptos — todos com inteligência e ambição, ao que parece, todos com capacidade de viver no mundo lá fora, foram embora. De modo que, não sendo mais a família e a comunidade como um todo capazes de unificar e organizar uma população e fornecer-lhe uma identidade digna, torna-se absolutamente crucial que as cerimônias parcialmente esquecidas e adulteradas de outrora sejam cumpridas. Como o Halloween. Os rituais afirmam a existência de uma pessoa, mas falsamente. E é essa mesma falsidade o que mais ofende aqueles de nós que partiram. Sabemos melhor do que ninguém, precisamente porque fugimos em tais proporções, que os que se recusaram ou não conseguiram ir embora já não existem como família, tribo, comunidade. Já não constituem uma população — se algum dia o foram. É por essa razão que partimos e porque somos tão relutantes em retornar, mesmo para uma visita, e especialmente nos feriados. Ah, como detestamos ir para casa nos feriados! É por isso que temos que ser coagidos a isso pela culpa ou induzidos, se não por nós mesmos, pela cultura sentimental mais ampla. Eu leciono História; penso nessas coisas.

 Wade continuou a tagarelar, meio bêbado, como de costume, telefonando de seu velho *trailer* junto ao lago em Lawford, e visualizei a cidade da qual ele falava, as pessoas a quem se referia, as colinas e os vales, as florestas e os córregos pelos quais passava de carro toda noite a caminho de casa e novamente pela manhã para trabalhar, o restaurante onde parava para o café da manhã, a companhia de perfuração de poços para a qual trabalhava, o prédio da prefeitura onde seu escritório de policial em tempo parcial estava localizado: eu visualizei o cenário da vida de meu irmão como era uma ou duas noites atrás, quando os acontecimentos que ele me descrevia haviam ocorrido.

 O ar era seco e o céu escuro como vidro negro, com cinturões e aglomerados de estrelas por toda parte e uma luminosa lua crescente a sudeste. Lembro-me daquelas frias noites de outono, com o cheiro da neve iminente no ar. Na encosta do monte, entre as florestas de espruces que galgavam os cumes a leste do vale e a longa campina amarela que descia até o rio no fundo do vale, um bosque cerrado de vidoeiros agarra-se como um breve intervalo poroso. O rio lá embaixo é estreito, pedregoso, murmurante, com um terreno rochoso e arborizado na margem mais distante e uma estrada de mão dupla correndo para o norte e para o sul ao longo da mais próxima. Essa é a cidade em que fui criado.

 Há uma fileira de casas amplas, na maioria brancas, que dá para a estrada no lado oriental. Os veículos seguindo pálidos trechos de luz cruzavam ruidosamente a estrada para o norte e para o sul. Alguns deles entravam e estacionavam no centro da cidade, onde há três igrejas de torres altas, o prédio da prefeitura, de madeira e com dois andares, uma praça descampada e um campo de esporte; outros paravam diante de uma ou outra casa do povoado; enquanto curtas fileiras de figuras pequenas e escuras enrolavam-se e desenrolavam-se ao longo das margens da estrada e entravam e saíam das mesmas casas visitadas pelos carros.

Imagine comigo que nessa Noite de Halloween, ao longo dos cumes a leste do povoado, tudo estava quieto, silencioso e muito escuro. O vento parara, como se estivesse se preparando para uma tormenta, e das casas lá embaixo nem o latido de um cachorro pairava até aquela distância. A lua acabava de se esconder atrás dos cumes negros cobertos de espruces. De repente, do matagal de vidoeiros, emergiu uma pequena gangue de garotos, cinco ou seis indistintas figuras baixas, correndo, vindas dos bosques. O vapor de seus hálitos os seguia em faixas brancas e eles desceram a toda velocidade pela encosta, como um bando de cachorros ferozes, até o terreno desmoronante da campina, em seguida esgueiraram-se pelo quintal bem-cuidado de uma bonita casa estilo Cape Cod, com celeiro e barracões nos fundos, de onde, como se finalmente localizassem sua presa, os garotos surgiram de trás do celeiro em direção à frente da casa.

Usavam gorros de lã e jaquetas de cores vivas e tinham de dez a doze anos de idade. Há vinte anos, eu deveria estar entre eles ou, dez anos antes disso, o próprio Wade. Em fila indiana, avançaram sorrateiramente pela lateral da casa que dava para a Rua Main, agachando-se sob as janelas e contornando um pinheiro escocês solitário. Junto à varanda, formaram um grupo e correram diretamente para os degraus da frente, apoderando-se de duas grandes lanternas de abóboras iluminadas que haviam sido colocadas ali.

Os garotos levantaram as tampas das abóboras com determinação, como se libertassem espíritos aprisionados e, por um segundo, seus pequenos rostos se transformaram, tornando-se avermelhados e assustadores. Com um sopro, apagaram as velas e fugiram com as lanternas apagadas de volta para a escuridão, rindo de medo e prazer, como se tivessem roubado o ganso preferido de um gigante.

Silêncio. Instantes depois, uma perua Ford amarela, as juntas e os painéis frouxos carcomidos pela ferrugem, parou diante da mesma casa e a motorista, uma mulher jovem e robusta, usando um casaco de tecido, um gorro azul de esqui e luvas, desceu, abriu a porta traseira e ajudou duas crianças pequenas fantasiadas — uma fada-madrinha com uma vara de condão e um vampiro usando longos incisivos de plástico com sangue nas pontas — a sair do carro. Arrastando sacolas de compras, as crianças seguiram a mãe até a frente da casa, onde subiram os degraus. A mãe tocou a campainha.

A porta abriu-se e uma mulher de traços bem definidos e cabelos brancos curtos surgiu na soleira. Uma pessoa de idade indeterminada, algo entre os cinquenta e os setenta anos, ela usava calças verdes de sarja e camisa e sapatos de homem e seu rosto peculiar ficou impassível por um segundo. Junto aos degraus, as crianças estenderam suas sacolas para receber doces e gritaram "Gostosuras ou Travessuras!", e a mulher de cabelos brancos arregalou os olhos, como se estivesse assustada. Agitando longas mãos diante do peito, a mulher, cujo nome é Alma Pittman, fingiu espanto. Ela é secretária da câmara municipal, perito-contadora e tabeliã, e não tem habilidade com crianças. Eu a conhecia quando era garoto e ela não mudou nada.

— Ah, você — disse para uma das crianças —, você deve ser um anjo. E você — disse para a outra —, você é um lobisomem ou algo parecido, posso apostar. — Fitou-as de sua altura considerável e as crianças recolheram suas sacolas e olharam para o chão. — Tímidas — observou Alma.

A mãe sorriu humildemente através das manchas de sardas. O nome da mãe é Pearl Diehler. Vive de pensão do governo e auxílio-alimentação desde que seu marido a abandonou e mudou-se para a Flórida, há dois anos — Alma Pittman sabia disso, é claro, e Pearl sabia que ela sabia. Todos sabiam. As cidades pequenas são assim.

Alma rapidamente devolveu o sorriso, abriu a porta de par em par e fez sinal para que as crianças e a mãe entrassem. Quando os três passaram por ela, entrando na sala de estar agradavelmente iluminada, Alma olhou para a varanda e viu que suas lanternas de abóbora haviam desaparecido. As duas.

Por alguns instantes, ficou olhando fixamente para onde elas deveriam estar, como se tentasse recordar de tê-las colocado ali antes, tentando lembrar como ela mesma as esculpira naquela tarde na mesa da cozinha, tentando lembrar de tê-las comprado no Anthony's Farm Market na sexta-feira — uma mulher solitária e irascível, mais organizada e mais educada do que a maioria de seus vizinhos e, embora um pouco intolerante com eles, tentando ainda assim ser gentil e unir-se a eles de alguma forma em seu feriado.

Como se acordando de um sono, ela piscou, deu meia-volta rapidamente e entrou em casa, fechando a porta com firmeza atrás de si.

Um rio ligeiro, o Minuit, atravessa a cidade em direção ao sul e a maioria das construções de Lawford — casas, lojas, a prefeitura e igrejas, não mais do que cinqüenta prédios ao todo no centro — está situada no lado leste do rio, ao longo de um trecho de oitocentos metros da rota 29, a antiga estrada Littleton-Lebanon, substituída há uma geração pela interestadual, quinze quilômetros a leste.

O Minuit foi batizado e depois usado para pesca durante séculos pelos índios abenaki, até o começo do século XIX, quando lenhadores de Massachusetts vieram para o norte e começaram a usar o rio para flutuar toras de madeira para o sul e para o rio Connecticut, a oeste. Quando o efervescente e lamacento acampamento de lenhadores transformou-se em uma respeitável aldeia e ponto de embarque chamado Lawford, havia duas pequenas fábricas de bobinas e telhas de madeira. Durante um breve período, a cidade prosperou, o que explica as cerca de doze amplas casas brancas dispostas ao longo da estrada no extremo sul da cidade, onde o vale alarga-se um pouco e os depósitos de origem glaciária, filtrados por um lago primitivo há muito desaparecido, transformam-se em terreno argiloso que, preparados por aqueles primeiros lenhadores, durante alguns anos ofereceram aos especuladores milhares de hectares de valioso solo cultivável.

Durante a Grande Depressão, as fábricas foram encampadas pelos bancos, fechadas e liquidadas, o dinheiro e as máquinas investidos mais ao sul, na fabricação de sapatos. Desde então, Lawford existe principalmente como um lugar no meio do caminho entre outros dois lugares, uma cidade da qual as pessoas às vezes admitem que vieram, mas para onde quase ninguém vai. Metade dos aposentos das grandes casas brancas coloniais que dão para o rio e para os montes altos e escuros a oeste foram esvaziados e selados contra o inverno com poliuretano e madeira compensada, aprisionando nos aposentos restantes casais idosos, viúvas e viúvos abandonados pelos filhos adultos em troca da vida mais dinâmica nas cidades grandes. Há, é claro, filhos adultos que permanecem em Lawford e outros que — depois de servir e sair feridos em uma das guerras, ou terem desfeito um casamento em alguma parte — voltam para viver na antiga casa e trabalhar no posto de gasolina ou no cabeleireiro na aldeia. Esses filhos são considerados perdedores por seus pais; e comportam-se como tal.

Muitas casas da cidade funcionam também como empresas: seguros; imóveis; armas e munições; cabeleireiros; artesanatos. Aqui e ali, uma casa de fazenda particularmente bem conservada e — descontando-se a estufa, a sauna no celeiro e os painéis de aquecimento solar — adoravelmente restaurada no estilo de meados do século XIX acomoda as complexas necessidades sociais, sexuais e domésticas de uma mulher e um homem de cabelos compridos e grisalhos, com um ou dois filhos adolescentes no internato, casais graciosos que vieram de Boston ou de Nova York para o norte a fim de lecionar em Dartmouth, 32 quilômetros ao sul, ou às vezes simplesmente para plantar maconha em suas amplas hortas orgânicas e viver de dinheiro herdado na economia estagnada da região.

A maior parte do resto da população da cidade mora fora do centro, hoje geralmente em *trailers* ou pequenas cabanas de rancho construídas pelos proprietários com dinheiro emprestado, em lotes de um hectare de terreno rochoso, cheio de mato e íngreme. Seus filhos freqüentam a escola pública de blocos de concreto de cinzas na periferia norte da cidade e a escola secundária regional em Barrington, onde os garotos de Lawford até hoje mantêm uma invejável reputação de atletas, especialmente nos esportes mais violentos, e as garotas ainda são conhecidas por seus favores sexuais em idade precoce e por comparecerem grávidas aos seus bailes de formatura.

Não são apenas essas pessoas que vivem em Lawford. Há um pequeno número de residentes em tempo parcial, pessoas que vêm no verão com casas construídas nas margens pedregosas dos lagos da região, espalhando construções de madeira que chamam de "acampamentos", construídos nos anos 20 por famílias ricas e numerosas do sul da Nova Inglaterra e de Nova York, obrigando-se a passar uma temporada juntos. Alguns desses complexos familiares vieram mais tarde, nos anos 40 e 50, mas nessa época já era difícil comprar atraentes propriedades às margens dos lagos dos pioneiros e em geral acabavam sendo construídos em terreno pantanoso com difícil acesso à estrada.

Além desses, restam apenas os caçadores de veados e não se pode esquecê-los, pois desempenharão um importante papel na história de Wade. Quase todos os caçadores de veados são homens do sul de New Hampshire e leste de Massachusetts, que todo mês de novembro vêm para o norte brandindo seus poderosos rifles com miras telescópicas e geralmente não se demoram mais do que um fim de semana na região. Bebem a noite inteira em motéis e hotéis na rota 29 e perambulam do nascer ao pôr-do-sol pelos bosques, atirando em qualquer coisa que se mova, às vezes até matando-a e levando-a de volta para Haverhill ou Revere no pára-lama do carro. Mais freqüentemente, retornam para casa de mãos vazias, de ressaca e frustrados — mas mesmo assim satisfeitos por terem participado, ainda que marginal e ineptamente, de um antigo ritual masculino.

Perto do centro de Lawford, três casas ao norte da prefeitura, situadas em um amplo terreno plano, vêem-se duas construções insólitas — um enorme celeiro reformado, de cem anos, azul-acinzentado, e a seu lado um *trailer* de teto alto e arredondado, de dezoito metros, da mesma cor —, os dois cercados por um pedaço de chão pavimentado, como se os prédios azuis tivessem sido trazidos de helicóptero e colocados diretamente no meio do estacionamento de um centro comercial. É a sede da empresa e a casa de Gordon LaRiviere, perfurador de poços, que, a menos que se conte com os que foram embora, é o único caso de sucesso de Lawford — apesar de seu lema, pintado em todos os veículos e prédios de sua propriedade: LARIVIERE CO. — NOSSO NEGÓCIO É ENTRAR NO BURACO!

A história de LaRiviere também será contada no seu devido tempo, mas neste momento em particular, ainda no início da Noite de Halloween, imaginemos seis adolescentes, quatro garotos e duas garotas, no campo atrás do celeiro azul-acinzentado de LaRiviere — sua combinação de escritório, oficina, garagem e depósito —, na escuridão da horta de LaRiviere, um pedaço de terra meticulosamente arranjado e mantido, semi-encoberto com plástico preto e palha para proteger do inverno, a outra metade com farfalhantes pés de milho secos, tomateiros mortos e uma esparramada plantação de abóboras ainda não revolvida. Os adolescentes entornam goela abaixo latas grandes de cerveja e riem entre sussurros estridentes enquanto arrancam os pés das poucas abóboras remanescentes. Sei disso porque fiz o mesmo, não com a plantação de abóboras de Gordon LaRiviere, mas com a de outra pessoa. E o fiz porque meu irmão mais velho Wade fazia e ele, também, apenas seguira o exemplo de um irmão mais velho, dois deles.

Logo os adolescentes levantam-se e saem correndo, desajeitadamente, segurando as latas de cerveja e as abóboras, dando a volta nos fundos da casa de LaRiviere — impossível chamá-la de *trailer*, uma vez que assenta-se em bases fixas e possui persianas, varanda, basculantes e chaminé anexados — dirigindo-se para a rua na frente, em seguida rua abaixo, em direção ao lugar onde um garoto os espera em um Chevy de dez anos de idade com o escapamento duplo roncando.

Os ladrões amontoam-se dentro do carro com suas abóboras, risadas tolas e dissonantes sendo carregadas pelo ar frio da noite em direção à casa de LaRiviere. O garoto ao volante pisa no acelerador e arranca do acostamento de cascalho para a estrada, os pneus queimando a borracha quando atingem o pavimento, o carro ziguezagueando em direção à prefeitura, passando zunindo por ela, os garotos dando risada para fora das janelas e fazendo sinais obscenos para um grande grupo de adultos com crianças fantasiadas, reunido diante do prédio da prefeitura.

A maioria dos adultos pára de se movimentar e falar e observa rancorosamente o velho sedã Chevrolet passar a toda velocidade. Em segundos, o carro faz a curva na saída da cidade e desaparece da vista. As pessoas reunidas do lado de fora da prefeitura hesitam por um segundo, como se esperassem ouvir uma colisão, depois retomam o que estavam fazendo.

Um pouco ao norte da prefeitura, da praça municipal e das três igrejas em frente — Primeira Congregacional, Primeira Batista e Metodista — e saindo para a rota 29 depois da casa de Alma Pittman, de cuja porta às escuras Pearl Diehler e seus filhos faz muito tempo haviam saído, existiam algumas casas esparsas com as luzes das varandas ainda acesas para os últimos participantes do Halloween, crianças cujos pais tinham permanecido sentados em volta da mesa da cozinha, bebendo e discutindo durante muito tempo para levá-las à cidade a tempo de se juntar às outras. Àquela hora tardia, só podiam se juntar ao batalhão de crianças mais velhas e gananciosas, que recusavam-se a parar enquanto não houvesse mais ninguém atendendo à porta, quando então começavam suas atividades mais sérias da noite, o que queriam realmente fazer desde o início: a alegre destruição da propriedade privada. Pretendiam cortar varais de roupas, quebrar janelas, furar pneus, abrir torneiras dos quintais para que os poços secassem e as bombas queimassem.

A pouca distância do povoado, chega-se ao posto de gasolina Shell de Merritt — uma construção de blocos de concreto de cinzas, escura, com partes de carros espalhadas em torno do prédio como detritos depois de um ataque terrorista. Nesta noite, uma luz fraca na janela dos fundos indicava que alguém ainda estava no escritório — não Merritt, é claro, que, como sempre, fora para casa às seis horas em ponto e esta noite estava na prefeitura, na festa anual do Halloween, na condição oficial de membro do conselho municipal. Mais provável é que fosse o mecânico de Merritt, Chick Ward, folheando lentamente, como um monge estudando as escrituras, uma revista pornográfica da Suécia que normalmente guardava sob o carpete da mala do seu carro, um Trans Am roxo no qual Merritt deixa que ele trabalhe na garagem depois do expediente. Esta noite, ele franziu o cenho, concentrado, tragou o cigarro, tomou um gole da cerveja, virou a página com uma figura rósea contorcida e começou a examinar outra. Colocou a lata de cerveja no chão e esfregou a virilha, para cima e para baixo, como se acariciasse a cabeça de um cachorro adormecido.

Além do posto Shell de Merritt, os residentes das poucas casas restantes na cidade finalmente apagaram as luzes das varandas, um sinal para as crianças que a noite chegava ao fim. Na estrada, havia apenas um descarnado grupo de crianças pequenas em fantasias improvisadas, irmãos, irmãs e primos da casa dos Hoyt, um barraco junto ao rio, erguido entre o refugo de uma fábrica abandonada que existira ali. Caminhavam pelo acostamento da estrada, engolindo o produto da noite, de vez em quando apoderando-se de uma maçã ou de um doce da sacola do outro — um tapa, um chute e um grito; em seguida, uma risada — enquanto continuavam descendo a estrada na direção da cidade e da festa.

Um quilômetro e meio depois das crianças Hoyt à direita, onde a rota 29 faz uma curva fechada para leste, passa-se pelo Wickham's Restaurant, ainda aberto, mas no processo de ser fechado por Nick Wickham e sua garçonete, Margie Fogg. De volta à cozinha, Wickham, um homem moreno e magro com um longo bigode engordurado, serviu três dedos da vodca Old Mr. Boston em um copo de suco e virou-a em dois goles, depois fitou intensamente o grande traseiro arredondado de Margie Fogg enquanto ela arrumava os guardanapos no balcão.

De Wickham's para o norte, praticamente até Littleton, há profundas florestas de ambos os lados da estrada, com o rio Minuit ainda atravessando a escuridão a oeste da estrada. O céu era uma estreita faixa de veludo negro acima e não havia prédios visíveis da estrada naquelas florestas ou à beira do rio, exceto a Toby's Inn, a cinco quilômetros da cidade no lado do rio da rota 29. Toby's é uma velha casa de fazenda de dois andares convertida em pousada quando a linha de diligências Littleton-Concord foi aberta na década de 1880 e que agora funcionava como um hotel de beira de estrada, com quartos para alugar, bar e restaurante. Esta noite, o estacionamento do Toby's tinha menos do que os usuais dez ou doze carros e *pickups* do local estacionados junto ao prédio e um número surpreendentemente grande de carros de outros estados — surpreendente até você se lembrar que o dia seguinte, o primeiro dia de novembro, era também o primeiro dia da temporada de caça ao veado.

2

Imaginemos que por volta das oito horas nessa noite de Halloween, rumando para oeste, passando pelo Toby's em direção à cidade pela rota 29, vindo da saída da interestadual, surge um Ford Fairlane verde-claro de oito anos com uma luz azul da polícia em cima. Imaginemos um homem moreno de rosto quadrado usando um boné da força pública estadual dirigindo o veículo. É um homem convencionalmente bonito, mas nada de espetacular: se fosse um ator, seria escalado para representar o honesto mas teimoso líder dos pastores de ovelhas nos filmes de disputas de terras nos faroestes dos anos 50. Tem olhos castanhos fundos com rugas nos cantos, os olhos de um homem que trabalha ao ar livre; seu nariz é curto e adunco, estreito no cavalete, mas com narinas grandes e abertas. Aparenta a idade que tem, 41 anos, e embora sua boca seja pequena, os lábios finos e cerrados e o queixo delicadamente infantil, os maxilares acinzentados possuem a ligeira flacidez de um homem saudável, atlético e trabalhador que bebe cerveja demais.

Sentada a seu lado, vai uma criança, uma menina de cabelos louros e uma máscara de tigre de plástico cobrindo o rosto. O homem dirige em alta velocidade, obviamente com pressa, falando e gesticulando intensamente para a menina enquanto dirige. A menina parece ter uns dez anos.

Para qualquer pessoa de Lawford, o carro seria imediatamente reconhecido — pertencia ao policial da cidade, meu irmão, Wade Whitehouse. A criança ao seu lado era sua filha, Jill, e qualquer um saberia que ele a estava trazendo de Concord, onde morava com a mãe e o padrasto, para o fim de semana de três dias e a festa de Halloween.

E Wade estava atrasado, como sempre. Não conseguira iniciar o percurso de uma hora para o sul pela interestadual para Concord antes de terminar o trabalho para LaRiviere (além de constituir toda a força policial de Lawford, Wade também era um perfurador de poços, o capataz de Gordon LaRiviere). Mais tarde, em Concord, após parar no centro comercial ao norte da cidade para comprar uma fantasia de Halloween que prometera, mas se esquecera de comprar e de levar com ele, sentira-se compelido — novamente, como de costume — a negociar certos complexos arranjos de custódia com sua ex-mulher, Lillian. Depois, teve de comprar um Big Mac, um *milk shake* de morango, batatas fritas e torta de cereja para viagem, para a janta de Jill, tudo antes de sequer começar a viagem de volta a Lawford.

Agora estava atrasado, atrasado para tudo que planejara e fantasiara durante um mês: atrasado para as brincadeiras de Halloween com a filha nas casas de todos os habitantes da cidade de quem ele gostava ou queria impressionar como pai; atrasado para a festa na prefeitura, onde, como todos os outros pais, poderia ver sua filha ganhar um prêmio no concurso de fantasias, melhor isso ou aquilo, a mais assustadora, a mais engraçada ou qualquer outra coisa; atrasado para o sonolento percurso de volta para o *trailer* mais tarde, Jill com a cabeça encostada em seu ombro e dormindo tranqüilamente, enquanto ele dirigia devagar, cuidadosamente, para casa.

Tentou explicar o atraso para ela sem culpar-se por isso.

— Desculpe pela confusão — disse Wade. — Mas não tenho culpa de ser tarde demais para as brincadeiras agora. Não pude deixar de parar na Penney's para comprar a fantasia — acrescentou, agitando a mão direita no ar enquanto falava. — E você estava com fome, não se esqueça.

Jill falou através de sua máscara de tigre:

— De quem é a culpa então, se não é sua? É você quem está no comando, papai.

Ela usava um traje de tigre preto e amarelo, com uma aparência frágil, que Wade achava que parecia menos uma fantasia do que um par de pijamas listrado, com patas e uma cauda raquítica de ponta preta, que ela segurava com uma das patas e batia negligentemente na palma da outra. A máscara sorridente e bulbosa parecia mais histérica do que feroz, mas talvez fosse ainda mais assustadora por isso.

— Sim — disse ele —, mas não inteiramente. Não estou realmente no comando. — Wade sacudiu o maço com uma das mãos, conseguindo retirar um cigarro, prendeu-o entre os lábios e apertou o isqueiro do painel. Estavam chegando e ele reduziu um pouco a velocidade quando começaram a passar pelas casas às escuras. — Sou responsável por bem pouca coisa, acredite ou não. É minha culpa que tenhamos tido que parar para comprar a fantasia, é verdade, e nos atrasamos um pouco lá. — Estendeu a mão para o isqueiro e acendeu o cigarro. Com o cigarro aceso sacolejando para cima e para baixo, acrescentou: — Realmente tive culpa, admito. Por parar para comprar a fantasia. Por ter esquecido de comprá-la, quero dizer. Sinto muito por isso, querida.

Ela não disse nada, virou-se e olhou pela janela e viu os Hoyt, um grupo espalhado pelo acostamento da estrada, dirigindo-se desordenadamente para o centro da cidade.

— Olhe — exclamou Jill. — Aquelas crianças ainda estão pegando doces. Ainda estão na rua.

— Aqueles são os Hoyt — disse ele.

— Não me importo; ainda estão na rua.

— Eu me importo — replicou Wade. — Aqueles são os Hoyt.

O que tinha vontade de dizer era *Cale a boca*. Ele precisava de apreço e consideração, pelo amor de Deus, não de críticas. Queria que ela ficasse alegre, não chorosa.

— Você não vê... olhe lá — disse. — Não vê que ninguém mais está com as luzes da varanda acesas? Já é tarde; tarde demais. Aquelas crianças dos Hoyt estão procurando encrenca. Veja — continuou, apontando para a direita, o braço junto à sua máscara.

— Cobriram toda aquela caixa de correio com espuma de barbear. E cortaram todas as plantas novas de Herb Crane. — Reduziu a velocidade até quase parar o carro e, atrás deles, os Hoyt dispersaram-se na escuridão. — Aquelas malditas crianças derrubaram o depósito de ferramentas de Harrison. Meu Deus.

Wade agora dirigia devagar, espreitando os quintais e apontando os danos quando os via.

— Olhe, cortaram os varais de roupas dos Annis e aposto que fizeram muito mais lá atrás onde não se pode ver — continuou, agitando a mão outra vez, um gesto habitual. — Olhe lá, está vendo todos aqueles canteiros destruídos? Diabinhos. Jesus Cristo.

Em frente à escola pública havia um sinal de trânsito com uma luz amarela piscando. Wade teve de contornar cuidadosamente os restos da polpa de três ou quatro abóboras esmigalhadas, atiradas, com certeza, de um sedã Chevy com escapamento duplo, em alta velocidade.

— Veja, querida, é só isso que está acontecendo a esta hora — disse. — Você não quer se envolver nesse tipo de coisa, não é? As brincadeiras terminaram, lamento dizer.

— Por que fazem isso?

— Fazem o quê?

— Você sabe.

— Destruir coisas? Causar todos esses danos e problemas às pessoas?

— Sim. É uma coisa idiota — disse ela sem rodeios.

— Acho que são idiotas. É uma idiotice.

— Você costumava fazer isso quando era criança?

Wade respirou fundo e lançou fora seu cigarro pela abertura da janela.

— Bem, sim — respondeu. — De certa forma. Nada tão ruim, compreende? Mas, sim, fizemos algumas coisas como essas, eu acho. Eu e meus amigos, eu e meus irmãos. Era divertido na época, ou pelo menos nós achávamos que era. Roubar abóboras e estilhaçá-las na rua, cobrir janelas com espuma. Coisas assim.

— E *era* divertido?

— Se *era* divertido? Sim. Para nós, era. Sabe como é.

— Mas não é divertido agora.

— Não, agora não é divertido. Agora sou um policial, agora tenho de ouvir todas as queixas que as pessoas fazem. Sou um policial — declarou. — Não sou mais uma criança. Você muda e as coisas, conseqüentemente, ficam diferentes. Você compreende isso, não?

Sua filha assentiu.

— Você fez muitas coisas ruins — declarou ela.

— O quê? O que eu fiz?

— Aposto que fez muitas coisas ruins.

— Bem, não, nem tanto — disse. Fez uma pausa. — O quê? De que está falando?

Ela virou-se e o fitou através dos buracos da máscara, revelando apenas a íris azul dos seus olhos.

— Só acho que você costumava ser mau. Só isso.

— Não — retrucou ele prontamente. — Eu não costumava ser mau. Não, senhora. Não era, não. Eu não era mau. — Entravam no estacionamento atrás da prefeitura e Wade cumprimentava com um movimento da cabeça as diversas pessoas que o reconheciam e acenavam para ele. — De onde tirou essa idéia? Foi sua mãe?

— Não. Ela nunca fala sobre você. Eu é que sei — disse. — Posso ver.

— Você quer dizer *realmente* ruim? Quer dizer, como um mau sujeito, assim que eu costumava ser? Assim?

Teve vontade de estender o braço e retirar sua máscara, descobrir o que ela realmente queria dizer, mas não ousou, por alguma razão. Tinha medo dela, apercebeu-se de repente. Nunca sentira medo dela antes ou pelo menos não lhe parecia. Como isso poderia estar acontecendo agora? Nada mudara. Ela apenas expressara algumas coisas ridículas, uma criança falando duramente com seu pai porque ele não deixou que ela fizesse o que queria, apenas isso. Nada demais. Nada a temer. As crianças fazem isso o tempo todo.

— Vamos entrar — disse ela. — Estou com frio. — Abriu a porta do carro, saltou e bateu-a com força, sem se virar.

A prefeitura é um grande prédio quadrado de dois andares na parte norte do pequeno campo denominado Praça Municipal, onde, mesmo no escuro, pode-se divisar o canhão da Guerra Civil apontado para o sul e o bloco de granito vermelho que os habitantes do local, após a Guerra Hispano-Americana, erigiram como um memorial de guerra. Então, após cada guerra posterior, inscreviam no bloco os nomes dos filhos da cidade que haviam morrido no conflito. Nas quatro guerras deste século até agora, 54 jovens do vale — dos quais apenas sete haviam se alistado — foram mortos. Nenhuma mulher. São, em sua maioria, nomes familiares, ao menos para mim — Pittman, Emerson, Hoyt, Merritt e assim por diante; muitos são os mesmos nomes vistos hoje em dia nas listas de impostos de Alma Pittman.

O nome de Wade, meu nome, Whitehouse, está lá — duas vezes. Nossos dois irmãos, Elbourne e Charlie, morreram juntos no mesmo barracão, atingidos por um morteiro, perto de Hue, durante a ofensiva do Tet vietnamita. Charlie estava a caminho de Saigon e parara para uma visita a Elbourne. Não deveria estar lá. Wade soube do ocorrido semanas depois, semanas depois de termos recebido a notícia em casa. Eu estava na escola primária, o mais novo de cinco filhos; Wade estava na Coréia, um policial militar apartando brigas de bêbados nos bares. Ele não acreditou realmente que seus dois irmãos mais velhos estavam mortos, disse-me, até dezesseis meses depois, quando voltou para casa e viu os nomes deles no memorial de guerra ao lado da prefeitura.

Wade crescera vendo os nomes de homens mortos gravados no granito vermelho, vira-os todo Quatro de Julho, Dia do Soldado e Dia dos Veteranos de Guerra. Até mesmo jogando *softball* na Praça Municipal na liga de verão, se você jogasse na esquerda, como Wade geralmente o fazia, tinha que ler os nomes gravados na pedra. Para ele, quando seu nome é gravado ali, você está realmente, indiscutivelmente, irremediavelmente morto. Eram homens sem rosto, desaparecidos há muito tempo, para sempre, para um outro lugar definitivo. Até Elbourne e Charlie.

Do lado de fora da entrada da prefeitura, havia um pequeno grupo reunido, a maioria homens fumando e conversando em voz

baixa, que silenciaram quando Wade e sua filha atravessaram o estacionamento e começaram a subir o caminho de entrada. Os homens o receberam amistosamente e um deles disse:
— Olá, Wade. Arranjou companhia esta noite, hein?
Wade assentiu e, abrindo a porta para a filha, entrou no salão amplo e profusamente iluminado. Ele ocupa todo o andar térreo do prédio, com uma escada no canto esquerdo ao fundo, um pequeno palco na parte posterior e toaletes no outro lado. As paredes e o teto sem pintura são de pranchas de pinho encaixadas e o local recende a floresta e ao enorme aquecedor de lenha Ranger que o esquenta. As cadeiras de madeira que geralmente enchem o salão foram dobradas e empilhadas à direita junto à porta. Cerca de cinqüenta adultos reuniam-se em grupos no salão, junto às paredes, e as crianças, fantasiadas e pintadas, estavam no centro, como num cercado de animais.

Imagine, por favor, palhaços, mendigos e robôs de vários tipos e tamanhos, ao menos dois piratas, um anjo e um demônio, meia dúzia de vampiros e outro tanto de bruxas. Havia astronautas, um corvo, um corcunda de Notre Dame e, entre as crianças mais novas, com seus passos incertos, havia várias espécies de animais representados: coelhos, leões, um cavalo, um carneiro. A maioria das fantasias eram feitas em casa e dependiam, para seu efeito, da suspensão voluntária da incredulidade por parte do espectador — entretanto, apenas por parte do espectador, não do portador da fantasia, cuja incredulidade era automaticamente suspensa independente de esforço, uma vez que todas as crianças, obviamente, estavam ansiosas para sair de seu corpo de criança e, ao menos temporariamente, entrar em outro mais poderoso. Elas sorriam, às vezes riam abertamente, olhavam através de suas máscaras e maquilagem diretamente nos olhos dos adultos como normalmente nunca o fariam e pareciam estranhamente independentes, seguras de si e um tanto perigosas.

No meio deles, como um nervoso animador de circo cercado de pequenos animais imprevisíveis e possivelmente hostis, via-se Gordon LaRiviere, prancheta na mão, gritando para que o bando de crianças começasse a se mover em círculo, no sentido horário, ao redor da sala. Um homem de rosto vermelho e rechonchudo, de cinqüenta e poucos anos, com um corte de cabelo curto e prateado e olhos azuis pequeninos e brilhantes, LaRiviere, como presidente do Conselho Municipal este ano, era o juiz do concurso de fantasias — uma responsabilidade que ele parecia determinado a exercer com grande seriedade e atenção aos detalhes, pois inúmeras vezes anunciou as diversas categorias, alertando o público e angariando suas simpatias, quando as crianças começaram a desfilar lentamente ao redor da sala.

— Estamos procurando a Fantasia Mais Engraçada! — gritava LaRiviere. — E a Mais Aterrorizante! E a Mais Criativa! E a Melhor Fantasia de todas!

Parados junto à porta, Wade colocou a mão no ombro de Jill e instou-a a ir em frente.

— Chegamos bem a tempo do julgamento — disse. — Entre lá. Vá e entre na roda. Talvez você ganhe um prêmio.

A menina deu um único passo à frente e parou. Wade incentivou-a mais uma vez.

— Ande, Jill. Você conhece algumas dessas crianças.

Olhou para baixo, para a cauda do tigre arrastando-se no chão e os tênis azuis de sua filha aparecendo por baixo das patas da patética fantasia. Depois, olhou para a parte de trás de sua cabeça, os cabelos claros amassados pelo cordão da máscara, e de repente teve vontade de chorar.

Concluiu que era porque a amava muito e logo o impulso passou. Sentiu um peso no estômago e o peito ofegante, respirou fundo e disse-lhe:

— Vá. Você vai se divertir se for lá e juntar-se às outras crianças. Olha como parecem contentes — disse, olhando para as crianças amontoadas, movendo-se lentamente em torno do salão com Gordon LaRiviere no centro. E elas realmente lhe pareceram felizes, um desfile de monstros e malucos encantados por serem admirados ao menos uma vez.

Jill afastou-se mais um passo de Wade e dos adultos próximos, vários dos quais fitavam-na agora, cientes, é claro, de que tratava-se da filha de Wade que viera passar o fim de semana com o pai, um acontecimento que no último ano e meio vinha ocorrendo em bases mais ou menos mensais. Ultimamente, parecia, não tinham visto a menina, talvez desde o piquenique do Dia do Trabalho, quando Wade e Jill participaram do jogo de *softball* entre pais e filhas e Wade tivera que se retirar no sétimo turno para levá-la de volta a Concord até o anoitecer, porque ela teria aula no dia seguinte — embora ninguém tivesse acreditado muito naquilo, já que as escolas de Lawford e Barrington nunca começavam o ano letivo antes da quarta-feira depois do Dia do Trabalho e era pouco provável que fosse diferente em Concord. Aquela ex-mulher dele, Lillian, era um caso difícil. Todos na cidade pensavam assim. Ela sempre fora uma pessoa difícil — tensa e nervosa, uma de suas mulheres mais exigentes. Convencida, é como alguns a descreviam, embora ela fosse uma Pittman, fosse nascida e criada ali mesmo em Lawford e desde o início e até hoje certamente não era melhor do que ninguém na cidade. Pior do que alguns, se quer saber a verdade.

Claro, Wade era um filho da puta. Isso também era verdade. Puro fato: ele conseguia ser muito mesquinho quando queria. Apesar disso, amava sua filha e ela o amava, e não havia nenhum motivo para a mãe ficar interpondo-se entre os dois como fazia. O que quer que Wade tenha feito a Lillian quando casados, não poderia ter sido tão ruim assim, já que ela casou-se com ele duas vezes. De modo que era difícil dizer por que o homem mereceria um tratamento tão vergonhoso, agora que se haviam divorciado outra vez. Ele era trabalhador, um policial justo que gostava de beber com os rapazes na Toby's Inn e um hábil jogador de campo esquerdo do time local de *softball* que provavelmente ainda podia disputar o campeonato se quisesse. É o que achava a maioria das pessoas da cidade.

— Eu não quero — disse Jill. Continuou a fitar as outras crianças, ignorada por elas, mas rapidamente tornando-se de mais interesse do que elas para os adultos reunidos perto da entrada.

— Por quê? Por que não? — perguntou Wade. — Vá, é divertido. Você conhece muitas dessas crianças, você as conhece do tempo em que freqüentava a escola aqui — disse. — Não faz tanto tempo assim, pelo amor de Deus. — Ele abriu os braços, as mãos espalmadas, fingindo irritação, e riu.

Ela retrocedeu até ele, como para o meio de seus braços, e murmurou, em voz baixa para que somente ele pudesse ouvir:

— Não é isso.

— O que é, então?

— Nada — respondeu. — Simplesmente não quero. É ridículo.

— O que é ridículo? Claro que é ridículo. Mas é divertido — disse ele. — Jesus.

Olhou ao redor como se buscasse ajuda. Lá estava Pearl Diehler, outras três ou quatro pessoas que conhecia bem e um casal que conhecia apenas superficialmente. Não havia ninguém na cidade que ele não conhecesse de uma forma ou de outra — 757 residentes fixos e mais uns trezentos no verão. Wade guardava todos os rostos e quase todos os nomes de memória e o fazia com um certo orgulho, certificando-se de que sempre que via gente nova na cidade, na loja Golden's, digamos, ou no posto de gasolina de Merritt, ele puxava conversa, perguntava seus nomes, descobria onde moravam e de onde vinham, qual seu meio de vida. Esquecia-se de algumas coisas, é claro, mas raramente o nome e raramente de onde vinham e nunca onde moravam agora e como ganhavam a vida. Wade era inteligente.

De repente, Jill estava contorcendo-se ao lado dele, tentando alcançar a porta e sair.

— Ei, o que está acontecendo? Onde você vai, hã?

Estendeu o braço e agarrou-a. A criança ergueu os olhos para ele, fitando-o com sua gorda máscara de plástico de tigre, parecendo assustada mesmo através da máscara, os olhos azuis arregalados e cheios de lágrimas.

Wade soltou-lhe o braço e ela apertou-o junto ao corpo, como se ele a tivesse machucado.

— Quero ir para casa — anunciou, devagar.

Ele inclinou-se para ouvi-la melhor.

— O quê?

— Quero ir para casa — repetiu. — Não gosto daqui.

— Ah, Cristo, vamos, o que é isso? Não piore ainda mais as coisas, pelo amor de Deus. Agora entre lá — disse ele — e junte-se às outras crianças. Faça isso e, antes que perceba, estará bem alegre. — Com a palma da mão, a fez girar nos calcanhares e empurrou-a delicadamente para a frente, para o espaço aberto, em direção à roda das crianças. Gordon LaRiviere a vira e acenava para ela com sua prancheta, fazendo com que a atenção de todos no salão se voltasse para ela.

Agora, Wade pensou, seus amigos a verão e virão ao seu encontro. Então, ela terá que se juntar a eles e vai se divertir e ficar contente outra vez por estar aqui. Talvez até queira ir para a escola amanhã com as crianças de Lawford, ao invés de ficar com ele no trabalho o dia inteiro.

Ele ainda não tinha resolvido essa questão — como iria entretê-la durante o dia enquanto trabalhava em Catamount. Há duas semanas, em um de seus telefonemas regulares duas vezes por semana para Jill, Wade soube que, por causa da convenção dos professores locais, as crianças de Concord teriam folga na sexta-feira depois do Halloween. Imediatamente, ele insistiu para que ela viesse para a festa de Halloween em Lawford e passasse todos os três dias do longo fim de semana com ele. Mas quando Lillian descobriu que as crianças de Lawford estariam na escola na sexta-feira, telefonou imediatamente para Wade e quis saber o que exatamente ele pretendia que Jill ficasse fazendo sozinha enquanto ele ia trabalhar.

— Você me surpreende — disse ela. — Você está sempre me surpreendendo, ano após ano, do mesmo modo.

A exigência o enfurecera e ele reagira dizendo que já tinha tudo planejado, droga, que o deixasse em paz, ele não era obrigado por lei a dar satisfação a ela de como passaria cada hora dos seus fins de semana com sua filha. Em conseqüência, somente agora, depois que a raiva arrefecera, ele pôde admitir para si mesmo que na verdade não sabia o que ia fazer com a filha no dia seguinte. Depois que ela brincasse com seus amigos de Lawford esta noite, iria querer ir para a escola com eles pela manhã, tranqüilizou-se. Especialmente quando visse qual era a alternativa — ficar sentada na cabine do caminhão o dia inteiro, enquanto ele acabava de perfurar um poço em Catamount.

Aliviado, voltou-se, sorriu para Pearl Diehler e saiu para fumar um cigarro e bater papo com os rapazes. Em algum lugar lá atrás do seu maxilar, sua dor de dentes enviava-lhe distantes sinais de alarme e ocorreu-lhe que um cigarro poderia ajudar a adiar a dor esmagadora que ele sabia que estava a caminho.

Havia uns cinco ou seis deles lá fora, umas duas mulheres também, fumando e provavelmente bebendo: Jimmy Dame e Hector Eastman, cunhados cujas esposas e filhos estavam lá dentro. Também Frankie LaCoy, um garoto magricela de Littleton que Wade suspeitava que estivesse vendendo maconha para os alunos da escola secundária, mas que fora isso não parecia causar nenhum dano, de modo que Wade achava melhor deixar as coisas como estavam. A seu lado, estava a namorada de LaCoy, Didi Forque, ainda na escola secundária, mas que saíra da casa dos pais no verão passado, arrumara um emprego de garçonete na Toby's Inn e agora dividia um apartamento na cidade com a outra garota que estava ali, Hettie Rodgers. Wade gostava de olhar para Hettie, embora ela tivesse apenas dezoito anos e fosse a namorada de Jack Hewitt, que trabalhava para LaRiviere com Wade e era um garoto muito bom. Hettie possuía seu próprio carro e depois da formatura, em junho passado, fora trabalhar como cabeleireira em Ken's Kutters em Littleton, mas continuara a morar em Lawford por causa de Jack.

O próprio Jack Hewitt vinha subindo o caminho de entrada depois de largar sua *pickup* em fila dupla bem em frente ao prédio. Era um rapaz alto de vinte e poucos anos, esbelto, de traços marcantes, alguns diriam bonitos, inteligente e de aparência alegre, com uma pele ruiva e cabelos cor de ferrugem. Caminhava com um ligeiro trejeito, quase como se mancasse, o que provavelmente começou na adolescência como uma afetação e se tornara um hábito, fazendo-o parecer como se tivesse acabado de pregar uma peça em alguém e estivesse se afastando furtivamente antes que a bomba estourasse. Em uma das mãos trazia o que parecia ser uma pequena garrafa de uísque em uma sacola de papel pardo. Na outra, carregava um rifle.

— O que vocês estão tramando? — perguntou Wade, colocando as mãos em concha para acender um cigarro.

— A mesma merda de sempre — respondeu um dos homens, Hector Eastman.

— Vocês viram o que esses garotos fizeram hoje? — Frankie LaCoy perguntou a Wade. — Os putinhos causaram um bocado de estragos este ano. Meu Deus — disse. — Putinhos.

Wade ignorou-o. Não gostava de LaCoy, mas tolerava-o. Achava que a tagarela subserviência de LaCoy era praticamente infindável e, embora Wade soubesse que eventualmente isso pudesse tornar o homem perigoso, agradava-lhe sentir-se tão superior a outro ser humano, especialmente outro homem, como se sentia em relação a Frankie LaCoy, de modo que geralmente fingia dar-lhe ouvidos e depois recusava-se a admitir que Frankie dissera alguma coisa. Era uma agradável forma de dominação.

— Vai ter que tirar sua *pickup* dali, Jack — disse Wade a Hewitt.

— Eu sei. — Exibiu seu sorriso enviesado e estendeu a garrafa de uísque. — Quer um gole?

— Não seria nada mau — disse Wade. Pegou a garrafa, colocou-a nos lábios e tomou um grande trago. Preciso de um drinque, pensou. Não achou que precisaria de bebida esta noite, mas, Jesus Cristo, como ele precisava de um drinque. Aquela menina deixara-o nervoso. Não tinha idéia do que acontecera a Jill, mas fosse o que fosse, ele se deixara contaminar. Era simplesmente aquela mesma atitude que sua mãe há anos tinha com ele, pensou, e não importa de onde viesse, de Jill ou da própria Lillian, sempre causava o mesmo efeito em Wade: dava-lhe vontade de abaixar a cabeça de vergonha e sair correndo. Disse a Jack:

— Essa é a arma de que estava contando vantagens hoje?

— Não era vantagem. Apenas fato.

Jack atirou o rifle para Wade, que pegou-o habilmente, encaixou-o no ombro e mirou ao longo do cano por alguns segundos. Em seguida, examinou a arma mais cuidadosamente, virando-a nas mãos como se fosse o corpo de um animal pequeno e desconhecido. Era um Browning BAR.30/06, com mira telescópica.

— Quanto pagou por ele? — perguntou Wade. — Quatrocentos e cinqüenta, quinhentos dólares?

Jack apenas sorriu e Wade virou-se e passou a arma para Hector, um homem grande e intimidante, de macacão, camisa de lã vermelho-vivo e boné de xadrez com as abas das orelhas para baixo.

Hector avaliou a arma nas mãos grossas e mirou-a em seus enormes e distantes pés.

— Muito boa.

Jack postara-se ao lado de Hettie Rodgers, a garota de *jeans* e colete azul que era sua namorada desde a primavera do seu segundo ano na escola, a primavera em que Jack foi cortado pela organização Red Sox, voltou para Lawford e foi trabalhar na perfuração de poços para LaRiviere com Wade. Jack passou o braço em torno dos ombros de Hettie e ficou observando com orgulho os homens passarem seu rifle de um para o outro, examinando-o.

Wade analisou Hettie, que parecia distraída, com o pensamento longe, os longos cabelos escuros encobrindo parcialmente o rosto arredondado. Ele devia estar pensando que Lillian costumava ser assim, quando era jovem e sorridente, feliz só de estar presente e ser notada quando Wade estava por perto. Lillian ficava parada a seu lado pensando em só Deus sabe o quê, alheia a tudo à sua volta, enquanto Wade e seus amigos bebiam e riam a noite toda e nunca parecia haver nada errado com isso, desde que ele se despedisse dos amigos quando ela quisesse ir embora. Então, voltavam para casa e depois que se casaram faziam amor naquele primeiro apartamento que alugaram e depois no quarto da casa que ele construiu em Lebanon Road. Exatamente como Jack e Hettie — que irão embora dentro de pouco tempo na *pickup* cor de vinho de Jack para a casa de seus pais na Horse Pen Road, ou então, se LaCoy continuar por aqui na prefeitura com a colega de Hettie, irão para o apartamento de Hettie em cima da loja Golden's e fazer amor ali.

Não havia nada errado naquela época, nada, ou assim parecia-lhe. E para Wade, olhando para trás vinte anos depois e em seguida analisando aquele jovem casal diante dele, ainda parecia que não havia nada errado. Foram tempos maravilhosos, pensou, realmente maravilhosos. Depois disso, tudo começou a se deteriorar repentinamente. Eram apenas crianças, ele e Lillian, e não sabiam como consertar uma situação, de modo que, quando alguma coisa se rompeu no casamento, eles simplesmente se separaram e se divorciaram. Depois veio o exército e ele foi enviado para a Coréia e não para o Vietnã, como queria, e tudo o mais que aconteceu — casaram-se outra vez, Jill, mais problemas, divorciaram-se pela segunda vez: a longa, complexa e dolorosa seqüência de acontecimentos que o trouxera, finalmente, aos 41 anos, aonde estava agora. Era um homem solitário, as mãos enfiadas nos bolsos por causa do frio, enquanto sua única filha, contra a vontade da mãe, passava a contragosto um fim de semana com ele a cada um ou dois meses. No resto do tempo seus pensamentos estavam quase inteiramente voltados para o trabalho, dia e noite, perfurando poços para Gordon LaRiviere — que ele achava maçante, difícil e, por causa da baixa remuneração e da personalidade peculiar de LaRiviere, aviltante — e sendo o policial em tempo parcial da cidade também, o que lhe parecia quase acidental, uma conseqüência automática de sua condição solitária e por ter pertencido à polícia militar quando serviu o exército.

No entanto, Wade ainda acreditava em romance. Isto é, de alguma forma conseguira manter até os 41 anos uma visão romântica do amor. Assim, encarava aqueles breves anos do fim da adolescência, aos vinte e poucos anos, quando ele e Lillian sentiam-se felizes só por estar na mesma sala um com o outro, como o modelo pelo qual o resto de sua vida deveria se pautar. E comparada àquela época dourada, sua vida atual parecia sombria, fria e terrivelmente humilhante para ele; cada vez mais ele se via olhando homens como Jack Hewitt — jovens bonitos e apaixonados com lindas mulheres que também os amavam — com um sentimento de inveja e, para evitar a raiva, tristeza. Ele mesmo fizera as conexões muitas vezes, tarde da noite, deitado sozinho na cama — entre ódio e tristeza, entre tristeza, inveja e romance — e tentara dispersar seus dolorosos sentimentos mudando sua visão do amor. Mas não conseguiu. Havia o amor que conhecera com Lillian quando era jovem, e era o amor perfeito, e havia o resto, que era uma humilhação.

Mas, por Deus, nenhuma parte dessa tristeza impedia-o de ser um bom policial. Bruscamente, passou o rifle de volta para Jack.

— Não deixe sua *pickup* lá — disse.

Em seguida, voltou-se e entrou novamente na prefeitura, onde viu de imediato que LaRiviere já havia escolhido os vencedores dos concursos de fantasias e os enfileirava no palco ao fundo do salão. As pessoas aplaudiam, algumas com mais entusiasmo do que outras, pois alguns eram os pais de alegres vencedores e outros os pais dos perdedores. A filha de Pearl Diehler, a fada-madrinha com a vara de condão, estava entre as vencedoras, mas seu filho, contorcendo-se em agonia ao lado de Pearl e diretamente em frente a Wade, era um perdedor. Pearl bateu palmas entusiasticamente por alguns segundos e depois voltou sua atenção para o vampiro a seu lado.

Wade procurou por Jill em cima do palco entre os vencedores. Havia um garoto vestido como um vagabundo lá em cima e, a seu lado, um palhaço de gênero indeterminado e, fazendo careta e arranhando o ar com as garras atrás do palhaço, via-se uma versão mais teatral do vampiro de Pearl Diehler; por último, sem dúvida o vencedor da Melhor Fantasia, um garoto alto, coberto de penas e usando um enorme bico de cartolina amarela, uma tentativa razoavelmente bem-sucedida de imitar um popular personagem de programas de televisão.

Jill não estava lá, Wade observou, e começou a procurá-la no aglomerado de crianças que não haviam conquistado prêmios. Muitas haviam permanecido no círculo agora parcialmente desfeito em que LaRiviere os reunira enquanto fazia a seleção, mas algumas tinham se afastado para outras diversões, o tanque de maçãs penduradas para serem apanhadas com a boca, a longa mesa branca onde o lanche estava sendo servido, os jogos de anel. Mas Wade não conseguiu encontrar Jill em lugar nenhum.

Talvez ela tenha ido ao banheiro, concluiu, e atravessou a multidão em direção aos toaletes à direita do palco, quando de repente lá estava ela, sozinha no canto junto ao telefone público, parecendo perdida, pequena, abandonada. Mantivera a máscara no rosto, mas desabotoara a parte de cima de sua fantasia, expondo a suéter de esqui verde e branca que vestia por baixo e parecia estranhamente desarrumada.

Wade percebeu imediatamente que não deveria tê-la deixado sozinha sem primeiro certificar-se que de encontrara uma amiga entre as crianças e disse-lhe carinhosamente:

— Ei, doçura! Como vão as coisas? O que está fazendo aqui sozinha?

Passou o braço em torno dela e puxou-a para si, depois espreitou e examinou a sala, como se procurasse algum inimigo do qual devesse protegê-la.

— Que festa, hem? Desculpe ter me afastado de você por alguns minutos — disse. — Tive que ir lá fora fumar um cigarro. Encontrou alguém conhecido? Deve haver algumas crianças aqui que você conhecia na escola. Elas vão ter aula aqui amanhã — acrescentou. — Quer ir com uma delas? Ver seus antigos professores? — perguntou. — Quer que eu a leve? Vai ser mais divertido do que passar o dia todo comigo.

— Não — disse ela em voz baixa.

— Não o quê?

— Não, eu não vi nenhum conhecido aqui. E não, não quero vir para a escola aqui amanhã — disse. — Quero ir para casa.

— Ora, Jill, o que é isso? Você *está* em casa. Há muitas crianças que você ainda conhece. Você brincou com um monte de crianças no Dia do Trabalho, lembra-se?

— Elas mudaram — disse. — Estão diferentes.

— As crianças não mudam tão rápido. Como você também não.

— Bem, eu mudei bastante — declarou ela.

Wade olhou para ela. Ela fitava os pés.

— Ei, qual é o problema, querida? — perguntou ele serenamente. — Conte-me.

Ela disse:

— Não quero ficar aqui, papai. Não se preocupe, eu o amo, papai, de verdade. Mas quero ir para casa.

Wade suspirou ruidosamente.
— Jesus. Você quer voltar para casa. — Olhou para o teto, depois para os pés, depois para os pés de sua filha. — Ouça, Jill, vou lhe dizer o que faremos. Amanhã de manhã, se você ainda quiser ir para casa, eu a levarei — disse. — Está bem? Mas não esta noite, não agora. É muito... muito tarde, para começar. Amanhã, veremos. Bolas — disse, talvez animando-se com a idéia. — Direi a LaRiviere que estou doente ou algo assim. Ele me deve um favor. Talvez achemos alguma coisa para fazer amanhã de tarde em Concord, talvez possamos ir ao cinema ou alguma outra coisa. E se você realmente ainda quiser ficar lá, eu a deixarei em casa e voltarei para casa sozinho — disse gravemente. — E esperaremos a próxima oportunidade. Embora venha então o Dia de Ação de Graças...
— Sua voz foi desaparecendo. — Bem, de qualquer forma, resolveremos isso quando chegar a ocasião — disse, agitando o ar acima de sua cabeça com a mão direita. — Agora, tudo bem. Amanhã, se quiser permanecer em Concord, tudo bem.

Ela ficou em silêncio por alguns segundos. Em seguida, declarou:
— Eu telefonei para mamãe.
— O quê? — Wade fitou-a, incrédulo. — Você telefonou para ela? Chamou a mamãe? — Olhou para o telefone público como se verificasse a prova. — Telefonou para ela agora mesmo?
— Sim.
— Puxa. Por quê?
— Eu... porque eu quero ir para casa. Ela disse que virá me buscar.
— Virá buscá-la! Merda! É uma hora e meia dirigindo até aqui e outra hora e meia de volta — disse. — Por que você obrigou-a a fazer isso? Por que não conversou comigo primeiro, pelo amor de Deus?
— Está vendo? Eu sabia que você ficaria zangado — disse ela.
— Foi por isso que pedi a ela para vir, porque sabia que você ia ficar zangado e eu tinha razão. Você está zangado.
— Sim. Sim, certo, estou zangado — declarou ele. — É... é um capricho — disse. — É uma atitude de criança mimada. Sua mãe não vai querer vir até aqui só para pegá-la quando você deveria

estar passando o maldito fim de semana comigo. O que foi que lhe disse, pelo amor de Deus? — Enfiou as mãos nos bolsos e ficou balançando-se para a frente e para trás nos calcanhares. — Meu Deus.
— Eu só disse a ela que queria voltar para casa. Papai, não fique zangado comigo. — Lentamente, retirou sua máscara e voltou-se para ele.
Ele disse:
— Bem, acho que estou. É difícil não ficar zangado com você, pelo amor de Deus. Eu planejei isso, eu planejei tudo isso, sabe. Quer dizer, sei que não é muita coisa — disse. — É até meio patético. Mas eu planejei. — Parou um instante. — Não devia ter chamado sua mãe — declarou, agarrou-a pela mão e disse: — Venha, nós vamos telefonar para ela antes que saia.
— De jeito nenhum — replicou ela, dando um passo para trás.
Wade prendeu a mão dela na sua e puxou-a para as escadas e o longo e estreito corredor mal iluminado no segundo andar. Passaram rapidamente pelas portas de vidro fosco que anunciavam Câmara Municipal, Secretaria da Câmara Municipal e Arrecadação de Impostos, até o final, onde um letreiro na porta dizia simplesmente POLÍCIA. Wade tirou suas chaves, abriu a porta e acendeu a luz. Era um pequeno e bem-aproveitado cubículo, com paredes de painéis de madeira e uma ampla janela, um arquivo, uma escrivaninha e uma cadeira de metal cinza, com uma cadeira de espaldar reto ao lado. Havia uma estante de armas trancada, envidraçada, com duas espingardas e um rifle em uma das paredes e, na outra, um mapa topográfico dos 125 quilômetros quadrados do condado de Clinton, que compreendia o distrito de Lawford, New Hampshire.
Wade fechou a porta com força, acendeu a luz néon do teto e sentou-se em sua cadeira diante da escrivaninha; Jill deixou-se cair pesadamente na cadeira ao lado da mesa, cruzou as pernas e apoiou o queixo em uma das mãos, como se meditasse profundamente. Ele discou depressa o número, colocou o receptor bem junto ao rosto e ficou esperando enquanto chamava. Vou dizer-lhe simplesmente, pensou, para esquecer o caso, ficar em casa. Jill só está

fazendo um pouco de cena porque ela não se enturmou com nenhum de seus amigos, é um pouco tímida e essa é a sua maneira de lidar com a timidez, apenas isso. Simples. Nada com que se preocupar, nada que tenha sido culpa de Wade, nada com que se zangar e certamente nenhuma razão para fazer todo aquele percurso até Lawford, pelo amor de Deus. Ela devia ficar em casa, em Concord, em sua elegante casa nova com seu elegante marido novo, ver TV ou outra coisa qualquer e esquecer ele e Jill, esquecer tudo que aconteceu.

O telefone zumbiu como um inseto, inúmeras vezes, e ninguém atendeu, até que finalmente ele concluiu que Lillian e o marido já haviam partido para Lawford. Imediatamente, sentiu-se tomado de raiva, dominado por ela.

— Ela já saiu! — Bateu com o telefone no gancho e ficou olhando-o fixamente. — Já saiu! Não pôde esperar.

— Sim.

— Isso é tudo que tem a dizer, "Sim"?

— Sim.

— Ela só vai chegar aqui dentro de pelo menos uma hora — disse ele. — Acha que pode agüentar tanto tempo?

— Sim.

— Muito bem. Onde pensa esperar por ela? Obviamente lá embaixo com as outras crianças não serve para você.

Wade estava preso em uma velha seqüência familiar: seus pensamentos e sentimentos aceleravam-se a um ritmo que o lançava em uma espécie de sobremarcha, um fluxo regular em alta velocidade que ele não podia controlar e que sabia que em geral levava a conseqüências desastrosas. Mas não se importava. Não se importar era apenas mais uma evidência de que ele engrenara naquela mesma marcha outra vez.

— Você pode ficar sentada aqui mesmo, droga, ficar sentada aqui no escritório e esperar por ela sozinha — disse à filha. — Por mim está tudo bem. Maravilha, uma maravilha. Vou descer — disse, levantando-se.

Jill olhou para a janela.

— Para mim está bem também — disse em voz baixa. — Posso

esperar aqui. Quando mamãe chegar, diga-lhe que estou aqui em cima. — Descruzou as pernas e levantou-se também. Recolocando a máscara, agarrou a cadeira com ambas as mãos e arrastou-a até a janela. — Vou esperar aqui. Assim verei quando ela chegar e poderei descer sozinha.

Encostou a cadeira contra a janela, sentou-se novamente e, com a máscara ainda encobrindo o rosto, espreitou a escuridão pela vidraça.

— Puxa, Jill, você é realmente trágica — disse Wade. — Sem brincadeira, trágica. Sentada aí em sua torre como uma espécie de princesa de conto de fadas ou algo assim, esperando para ser salva de um destino pior do que a morte.

Jill voltou-se para ele e disse calmamente:

— Sou um tigre, papai, e não uma princesa de conto de fadas. Lembra-se? Foi você quem comprou a fantasia. — Em seguida, voltou a olhar pela janela.

— Sim, fui eu mesmo, está certo — disse, abriu a porta com um safanão e saiu tempestuosamente. Bateu-a com estrondo atrás de si, fazendo os vidros chocalharem, e caminhou a passos largos e pesados em direção à escada.

Passando pela multidão no salão, ignorando o barulho e os rostos, os poucos acenos e cumprimentos lançados em sua direção, Wade abriu caminho até a porta. Chegou lá exatamente quando Margie Fogg entrava. Ela usava um casaco verde-escuro sobre o uniforme branco de garçonete e provavelmente esperava encontrar Wade. Não querendo deixar isso evidente, entretanto, para ele ou para qualquer outra pessoa, viera acompanhada de seu chefe, Nick Wickham, apesar de suas contumazes intenções em relação a ela. Da mesma idade de Wade, Margie fora uma de suas namoradas na escola secundária, antes de Lillian — embora não tivesse sido somente anos mais tarde, quando tanto ele quanto Margie estavam casados com outras pessoas, que eles realmente acabaram juntos na cama. Eram bons amigos agora e provavelmente familiarizados demais um com o outro para se apaixonarem, mas, na falta de algum estranho, havia muitas noites frias e solitárias quando dependiam da ternura um do outro.

Ela tocou o ombro de Wade quando ele passou por ela e, quando ele se voltou, Margie sem dúvida percebeu imediatamente, como acontecia com todos nós em relação a Wade, que ele havia se retirado para algum lugar no fundo de si mesmo, um lugar de onde não podia fazer mais do que apenas reconhecê-la. Seus olhos castanhos e profundos tinham uma membrana encobrindo-os e seus lábios finos estavam cerrados sobre os dentes, como se lutasse para conter uma gargalhada escarnecedora. Ao longo dos anos, Margie Fogg, como muitos de nós, vira aquela expressão inúmeras vezes, o suficiente para reagir inteligentemente, o que significava simplesmente sair do seu caminho e afastar-se até que ele viesse procurá-la novamente.

Ela recolheu a mão como se tivesse tocado em um fogão quente e entrou diretamente no salão, com Wickman seguindo-a, o palito pendendo vivamente debaixo do bigode escuro e curvado para baixo.

Ela deveria saber, disse-me mais tarde. Wade estava fora de si naquela noite, do modo que sabe ficar, mas com sua filha Jill na cidade com ele e estando absolutamente sóbrio, era estranho. Ela deveria ter percebido que alguma coisa importante dera errado para ele, mais uma coisa, talvez a que finalmente, realmente, pelas suas implicações, importasse de uma forma que nenhuma das outras importava — nem o próprio divórcio com toda aquela feia história com os advogados, nem o fato de ter perdido sua casa da maneira que perdeu, e você sabe como ele gostava daquela casinha que construiu, e nem a mudança de Lillian para Concord.

— Eu deveria ter percebido, naquela noite na prefeitura. Não que fosse fazer alguma diferença — disse ela.

Estendeu o braço sobre a mesa, pegou o garfo da minha mão, cortou um pedaço da minha fatia de torta de passas e colocou-a na boca.

— Sinto muito. Adoro a torta de passas do Nick. Vou pegar um outro garfo para você. — Riu. — Não consigo me conter.

É uma mulher alta de compleição forte, com um largo rosto irlandês, olhos verdes caídos e pele clara. Devido ao seu tamanho, talvez, e à brusquidão de seus movimentos, parece desajeitada, mas ela é na verdade extraordinariamente graciosa e é um prazer vê-la caminhar. Seus cabelos frisados são da cor do couro de cabra e ela os usava frouxamente presos com uma fita preta, deixando à mostra, em seu proveito, o alvo pescoço, longo e bonito.

— Não, não é necessário, podemos dividir — disse, mas ela levantou-se da mesa assim mesmo e trouxe um garfo limpo do balcão.

Estávamos no Wickham's e Margie me servira café e torta. Era uma calma noite de quinta-feira e no momento eu era o único freguês. Wickham estava lá atrás na cozinha, vendo o jogo dos Bruins em uma TV portátil, ignorando minha presença, a esta altura acostumado com as minhas visitas solitárias em horas bizarras, uma ou duas vezes por semana. Eu fazia perguntas a ele e a Margie ou a um freguês esporádico, perguntas a respeito de Wade, Jack e todos os outros, perguntando o que aconteceu, o que foi dito, o que se pensou e imaginou, perguntando o que era verdade. Era verdade que na Noite de Halloween, na festa da prefeitura, Wade agia estranhamente? Ou era o mesmo velho Wade, todo complicado, sem dúvida, mas em nada diferente do habitual? Como ele agiu? O que ele disse? O que você acha que ele estava pensando?

3

Lá fora, Wade respirou fundo, encheu os pulmões com o ar frio da noite e percorreu rapidamente o caminho até a rua estreita onde a *pickup* cor de vinho, de carroceria alta, de Jack Hewitt continuava estacionada em fila dupla. Era uma Ford de tração nas quatro rodas com suspensão alta, que mantinha a carroceria mais elevada em relação ao eixo e às rodas. Era equipada com uma barra de proteção e uma fileira de faróis de milha, extensões do escapamento em aço cromado erguendo-se atrás da cabine, revestimento de carvalho no assoalho da caçamba e listras finas e elaboradas em toda a carroceria — um veículo utilitário com acessórios demais e pintura boa demais para ser de muita utilidade no trabalho. Jack estava sentado no seu interior com o motor ligado e Hettie a seu lado, Frankie LaCoy e sua namorada estavam parados junto à *pickup* do lado do motorista, passando um cigarro de maconha de um para o outro através da janela.

— Acho que lhe disse para tirar daqui a porra desse veículo! — gritou Wade. Parou a alguns metros da *pickup* e colocou as mãos na cintura.

Era um bonito veículo, Wade tinha que admitir. Forte como um touro, aquela *pickup*. O garoto tinha sorte — ganhava um bom dinheiro trabalhando para LaRiviere, muito mais do que ele já ganhara jogando beisebol, e tudo que tinha a fazer com ele era gastá-lo com sua maldita *pickup*, novos rifles e sua namorada. O garoto está achando que vai viver para sempre, disse Wade a si mesmo. Wade acreditava que o que aconteceu a ele desde que tinha a idade de Jack iria acontecer a Jack algum dia. Tinha de acontecer, tanto pelo que o garoto era quanto pelo que não era. E Wade acreditava nisso porque precisava — tanto pelo que Wade era quanto pelo que não era. "Não se pode fugir de determinadas coisas na vida", Wade opinara uma vez. Estava sentado na minha cozinha, bebendo cerveja no fim da tarde de um domingo de verão, depois de um jogo do Red Sox em Fenway, antes de iniciar a viagem para o norte, de volta a Lawford. Olhou-me nos olhos e sei que estava me desafiando a contradizê-lo, a dizer, como eu sem dúvida queria dizer, "Sim, Wade, você pode fugir de certas coisas terríveis na vida. Olhe para mim. Eu fiz isso".

Mas eu não disse nada. Consultei meu relógio e em seguida ele consultou o dele, suspirou e disse:

— Bem, companheiro, é melhor eu pegar a estrada se quiser voltar à terra prometida antes do anoitecer.

LaCoy e a namorada afastaram-se rapidamente da *pickup* de Jack. Jack inclinou-se para fora da janela aberta e disse a Wade:

— Relaxe, chefe, já estamos indo. Quer uma tragada? — ofereceu. Abriu um largo sorriso, um homem jovem e atraente, ainda um garoto, praticamente, genuinamente satisfeito com sua própria aparência e com os prazeres físicos e sociais que lhe angariavam.

Wade disse:

— Essa porra ainda é ilegal, sabe? Fique muito metido a besta e eu o prendo por isso. Estou falando sério, Jack.

— Me prender? Por quê? Pela petulância ou pela erva? — Jack riu. LaCoy riu. Esse Jack Hewitt, que sujeito.

— Petulância, seu espertinho sacana. Vou prendê-lo por petulância — disse Wade e até ele agora estava sorrindo. Aproximou-se da *pickup*. — Ouça, você tem que ser mais cuidadoso com essa merda. Se LaRiviere, Chub Merritt ou um desses caras vê você fumando esse negócio perto de mim, vão esperar que eu o prenda. Se eu não prender, terei que começar a procurar outro emprego. Por mim, cago e ando se fumarem isso, você sabe. Desde que mantenham entre vocês e não comecem a espalhar isso por aí. Mas você tem que ficar na sua, porra. Isso aqui não é Greenwich Village ou Harvard Square ou um lugar desses, você sabe.

— Sim, sim, eu sei — disse Jack. — Vamos, pelo amor de Deus, dê uma tragada. Relaxe um pouco — disse. — Não seja tão durão, cara. Sei que tem problemas, mas todo mundo tem problemas. Portanto, relaxe, pelo amor de Deus. — Estendeu para Wade o cigarro de maconha pela metade.

— Aqui não — disse Wade. Seu dente começara a latejar dolorosamente outra vez, depois de ter melhorado por quase uma semana, e ele segurou o maxilar com a mão direita, como se quisesse aquecê-lo.

— Bem, então, venha. Entre e daremos uma volta, companheiro.

Wade balançou-se sobre os calcanhares e ergueu os olhos para o céu azul-escuro, límpido e frio. A lua dera a volta para o sul e as estrelas, pequenos pontos de luz branca, pareciam segredos que lhe sussurravam de longa distância.

— Não posso — respondeu Wade. — Jill está comigo esta noite. — Estou mentindo, pensou. Ela só lhe fora emprestada e o empréstimo estava sendo cancelado antes do tempo. Enquanto isso, estava parado ali, fingindo ser um pai bom e responsável cuja filha precisava que ele ficasse junto dela. Wade lembrou-se das palavras de Jill: "Posso esperar aqui. Quando mamãe chegar, diga-lhe que estou aqui em cima."

De repente, Wade enfiou a cabeça no pescoço e caminhou em direção à frente da *pickup*, enquanto Jack ligava os faróis dianteiros e a fileira de faróis de milha; em seguida, Wade fez questão de passar lenta e deliberadamente pelo clarão dos faróis, fazendo um ligeira pausa, um homem sem nada a esconder sendo examinado por contrabando. Deu a volta pela frente da *pickup*, abriu a porta do lado do passageiro e sentou-se ao lado de Hettie. Quando estendeu o braço por cima dela e pegou o cigarro das mãos de Jack, sentiu seu perfume e o cheiro do seu xampu. Muito bom.

Jack engatou a marcha e saiu para a pista e, quando o potente veículo começou a descer lentamente a rua em direção à rota 29, Wade colocou o braço esquerdo sobre o encosto do banco por trás de Hettie, virou-se e, espreitando entre o par de rifles pendurados no suporte, olhou pelo vidro traseiro. Seu olhar pousou no memorial de granito vermelho ao lado da prefeitura. Projetava-se na fraca claridade do luar como um antigo dólmen e ele viu, acima dele, na janela iluminada de seu escritório, sua filha, Jill, ainda usando a horrível máscara de plástico, devolvendo-lhe o olhar.

Dirigiram-se para o norte pela rota 29 por alguns quilômetros, passaram pela Toby's Inn e prosseguiram até a interestadual, onde seguiram pela pista em direção ao sul, fumando um segundo cigarro de maconha e depois um terceiro. O terreno lá desce para oeste e depois ergue-se em uma cadeia longa e escura de montes cobertos de florestas, que esconde o vale do Minuit e Lawford. Depois dessa, há uma segunda cadeia, um pouco mais alta, chamada Saddleback, que termina em uma montanha arredondada, coberta de espruces, denominada Parker Mountain. Da *pickup*, Wade podia avistar vários dos pequenos lagos nos baixios a sudoeste do vale, refletindo opacamente a luz do luar, como poças endurecidas de chumbo derretido. Sentia-se consideravelmente mais calmo agora — a maconha tivera um efeito definitivamente calmante sobre ele, eliminando a dor de dente, as ansiedades e a raiva de uma só vez, deixando-o vagar à deriva a uma curta distância fora e atrás do tempo, sem se preocupar com isso, como se estar em qualquer lugar do tempo, ainda que em sua própria morte, nada significasse para ele.

No trevo de Lebanon, fizeram a volta e lentamente começaram a regressar, pelo acostamento da pista para o norte. Jack parecia divertir-se em manter o veículo em velocidade mínima, abaixo de trinta, como se ao restringir a enorme potência da *pickup* ele fosse capaz de exibi-la melhor. Hettie estava debruçada sobre o painel para ouvir melhor uma fita nova de James Taylor, que Jack havia diminuído para poder responder a Wade sobre seus planos de caçar veados nesta temporada.

Jack disse que tinha um trabalho a começar bem cedo no dia seguinte, acompanhando um cliente de LaRiviere de Boston, mas planejava tirar o sábado para ir caçar sozinho. Tudo que o cliente queria era matar alguma coisa com chifres — qualquer coisa, disse Jack, até mesmo um touro — mas ele o levaria até Parker Mountain, onde poderiam usar a cabana de LaRiviere como ponto de partida. Jack achava que poderia encontrar um veado para o sujeito, bem como rastrear e marcar a posição de um cervo grande para mais tarde voltar e ele mesmo matá-lo.

Wade conhecia o cliente, como conhecia todos que passavam bastante tempo em Lawford, até mesmo os veranistas, como era o caso desse homem. Seu nome era Evan Twombley, uma espécie de dirigente de sindicato em Massachusetts, e possuía uma casa elegante no lago Agaway, que ele usava no máximo um mês no verão e, quando estava frio, nos fins de semana e feriados no resto do ano. Nos últimos anos, o lugar tinha sido mais usado pela filha de Twombley, seu marido e filhos do que pelo próprio Twombley, mas Wade lembrava-se do sujeito mesmo assim e achava que ele era rico. Pensou em como Jack tinha sorte de ter a oportunidade de trabalhar como guia para ele.

— Ah, não sei se é sorte — disse Jack. — O cara é um completo idiota. Eu preferia ir lá sozinho amanhã do que ter que trabalhar para um palhaço de roupa vermelha que atira em qualquer sombra com uma arma que nunca usou antes. Mas o pagamento é bom. Cem dólares por dia. Tenho que garantir uma caça, é claro. O que posso fazer. Há uns cervos enormes escondidos lá em cima.

— Como conseguiu o trabalho? — perguntou Wade.

— LaRiviere — respondeu Jack. Tragou, prendeu a respiração, passou o cigarro de volta e continuou falando. — Você conhece o Gordon, ele parece estar sempre tramando alguma coisa — disse. — No momento, parece que está tentando agradar Twombley e suponho que eu seja seu garoto.

Hettie disse:

— Vocês se importam? — Estendeu o braço, virou a fita e aumentou o volume outra vez, o suficiente para obrigar os homens a gritar um para o outro para que se fizessem ouvir. Che-

garam à saída para a rota 29 e Jack conduziu o veículo pela rampa de descida até a estreita estrada para Lawford.
— Você deveria se aproximar de Twombley! — gritou Wade.
— Por quê?
— O puto tem muito dinheiro — disse. — Por isso. Se quiser progredir, meu rapaz, tem que aprender a fazer um sujeito como esse precisar de você. Tornar-se insubstituível.

Jack riu, fazendo os dentes brancos cintilarem. Hettie riu também e Wade observou-a colocar a mão esquerda sobre a coxa de Jack.

—- Seguir o seu exemplo, hem? — disse Jack.
— Claro. Veja LaRiviere. O filho da puta não pode viver sem mim.

Jack riu novamente.
— Sim, ele iria à falência amanhã se você o largasse, certo? E você, você ficaria por cima, certo?
— Certo! — disse Wade, rindo como um lagarto, quando notou pelo espelho lateral o clarão dos faróis altos de um carro vindo atrás deles em grande velocidade.

Jack disse:
— O filho da puta está com os faróis altos.

O motorista tocou a buzina uma vez com força e, quando o carro ultrapassou-os pela esquerda, Wade olhou para trás e reconheceu-o — o Audi prateado do marido de Lillian.
— Merda — disse.
— O que foi? — perguntou Hettie.
— Minha ex-mulher. Lillian e seu novo marido — disse. — Estão no Audi que acabou de passar por nós.

Jack disse:
— O Audi é um bom carro.
— Lillian? — perguntou Hettie. — O que ela está fazendo aqui? Lillian, puxa, eu não a vejo desde... puxa, já faz anos. Desde que eu costumava tomar conta de Jill para vocês, lembra-se? — disse, sorrindo afetuosamente para Wade.
— Sim.
— O que ela veio fazer? — perguntou Jack.

— Ah, merda, ela veio pegar Jill. Uma amolação — disse Wade. — Eu e Jill tivemos uma discussão. Ouça, Jack, preciso voltar, tenho que voltar à cidade. Ande depressa, sim? Veja se consegue voltar para a prefeitura antes que eles cheguem lá, OK?

— É moleza, cara. — Pisou fundo no acelerador e a *pickup* deu um salto para a frente, os canos de descarga roncando de repente, como o zumbido alto e firme do vento varrendo os pinheiros.

Wade ficou nervoso outra vez; o efeito da maconha passou completa e instantaneamente. Estava de volta a seu próprio tempo agora e, como sempre, atrasado. Fitando além do capô reto da *pickup*, para a estrada estreita e sinuosa à frente, perguntou a si mesmo inúmeras vezes, como se tivesse a resposta armazenada em algum lugar no fundo de sua cabeça, por que diabos a noite tinha de acabar assim. Poderia ter sido uma noite comum e digna, apenas um pai divorciado passando algum tempo com a filha de dez anos. Não era pedir muito. Nada demais. Nada complicado. Agora, a coisa toda se transformara numa confusão humilhante e estava ficando pior a cada minuto que passava.

O Audi prateado manteve-se à frente durante todo o trajeto até à cidade. No sinal amarelo de atenção, piscando, em frente à escola, com a *pickup* a menos de cem metros atrás, o carro, sem reduzir a marcha, deu uma guinada para desviar-se do monte de abóboras esmigalhadas. Jack passou direto por cima, espalhando pedaços e polpa de abóbora como lama de neve no ar e para as margens da pista, mas não conseguiu alcançar o carro em um trecho reto da estrada onde ele poderia ultrapassar, de modo que ainda seguia o Audi quando este reduziu repentinamente a velocidade na Praça Municipal, parou e estacionou em fila dupla em frente à prefeitura.

Jack freou reduzindo as marchas, virou à esquerda saindo da rota 29 e aproximou-se lentamente, quase delicadamente, do Audi, enquanto o motorista e a mulher no banco do passageiro saíam do carro. A mulher, Lillian, usava um elegante casaco lilás até o tornozelo, com um capuz; seu rosto pequeno e anguloso parecia projetar-se do capuz como uma arma apontada para a porta da prefeitura, de onde um grande número de pessoas, adultos e crianças, saía.

O motorista, o marido de Lillian, chama-se Bob Horner. É um homem alto e magro com uma testa extremamente alta e faixas de cabelo louro, que penteia cuidadosamente sobre o topo da cabeça, a partir de um risco de separação logo acima da orelha esquerda. Nessa noite, ele usava um casaco de caça de *tweed* marrom, cintado, com reforços de camurça nos cotovelos e no ombro e no peito do lado direito. Antes de fechar a porta do carro, ele inclinou-se para dentro e pegou no banco traseiro um chapéu tirolês de feltro e colocou-o na cabeça.

A essa altura, Jack havia parado sua *pickup* ao lado do Audi, capô com capô, e dominando-o do alto. Wade abriu a porta e desceu.

— Lillian! — chamou, e ela girou nos calcanhares para encará-lo, enquanto seu marido, ao ver-se ao lado de Wade, recuou rapidamente e afastou-se.

Como se meramente por curiosidade, Lillian perguntou:

— Onde está Jill? — Sorriu ligeiramente.

Lillian, como sempre, representava um papel numa cena, concluiu Wade. E sua intenção era manipulá-lo para que se opusesse a ela na representação. Embora não se deixasse enganar pela tática, ainda assim era eficaz. Era uma antiga história: ela era rápida demais para ele. Ao menos quando se tratava de definir seus respectivos papéis — controlando o que ele lhe dizia e como dizia. Ele sempre percebia alguns segundos tarde demais que seus encontros eram disputas, jogos de grandes apostas, e que ganhá-los nada tinha a ver com certo ou errado, nem mesmo com força de vontade — Deus é testemunha, ele tinha muita força de vontade, todos diziam isso, até mesmo Lillian. Não, tinha a ver com quem conseguiria definir as regras do jogo primeiro, o que, como ele sempre descobria um pouco tarde demais, era conseqüência direta da natureza dos papéis que representavam. Se ela fosse amarela, ele tinha que ser vermelho; se o seu dado fosse seis, ele era forçado a ser um.

Ele inclinou-se para a frente, espalmou as mãos sobre a mala do Audi, como se estivesse sendo revistado, e estendeu os dez dedos abertos, examinando-os por um segundo.

— Eu e Jill tivemos um desentendimento à toa, Lillian — disse ele. — Foi só isso. Ela não se sentiu à vontade, acho, e tímida. Por não conhecer algumas das crianças ou algo assim. Sabe, por não conhecê-los mais como conhecia, sentindo-se uma forasteira, acho. Assim, ela resolveu que o melhor a fazer era telefonar para você vir aqui levá-la de volta para casa. Eu não sabia que ela havia ligado para você. Não sei o que ela disse, mas eu... eu tentei ligar para você, para deixar isso para lá, sabe? Mas você já tinha saído.

— Bem, e onde está ela agora? — perguntou. — Lá dentro, na *pickup* com seus amigos? — Inclinou-se para a frente a fim de olhar para dentro da *pickup*. Jack e Hettie estavam com as janelas fechadas e abraçados, beijando-se.

— Você sabe que ela não está lá. Não, ela está lá dentro da prefeitura, na festa.

Lillian voltou-se e olhou a multidão vindo em sua direção e espalhando-se pelo estacionamento, dirigindo-se a seus carros.

— É mesmo? Parece que a festa já terminou — disse. Então, ergueu os olhos para a janela iluminada em cima e à esquerda da porta de entrada — o escritório de Wade. — Ah, veja! — exclamou. — Não é a Jill lá em cima com a máscara? O que ela está fazendo lá em cima? Não é o seu escritório? — Lillian acenou e de repente o rosto de Jill desapareceu da janela. Um segundo depois, a luz apagou-se.

Wade disse:

— Ela me disse que queria esperar por você lá.

— Ah. Enquanto você saía para tomar umas cervejas com seus amigos.

— Não. Ela queria ficar lá sozinha — replicou ele. — Depois que enfiou na cabeça que ia voltar para Concord, acho que se sentiu pouco à vontade comigo ou algo assim. Quer dizer, eu não fiquei exatamente satisfeito com a idéia — disse. — Esperei muito por este fim de semana, Lillian.

— Sim, imagino que sim. — Olhou para dentro da cabine da *pickup*. — Aquela lá é a Hettie Rodgers com... como é o nome dele?

— É.

— Ela cresceu um bocado, hem?
— Ah, não amole, sim? — disse ele. — Parece que você já venceu essa, portanto me deixe um pouco em paz, pelo amor de Deus. — Wade estava vagamente consciente da presença de Bob Horner um pouco afastado, à sua esquerda, junto à porta do carro, e quando Jill saiu do prédio, Horner deu a volta rapidamente pela frente do carro e caminhou em sua direção.
— Horner! — disse Wade. — Deixe-a. Isso não tem nada a ver com você, portanto, aja simplesmente como o motorista. Entendeu?
— Wade — disse Horner e parou. Enfiou as mãos nos bolsos do casaco como se de repente procurasse um fósforo. — Ninguém quer saber de confusão — disse em sua voz aguda e esganiçada.

Lilian já havia se virado e caminhava quase como uma rainha ao encontro da filha, que havia retirado a máscara — finalmente, pensou Wade. Aquela maldita máscara.

Em voz alta o bastante para fazer parar diversas pessoas que passavam por perto, Wade disse:
— Eu não quero que ela vá, Lillian.
— Não faça uma cena. — Colocara a mão no ombro da filha e a conduzia para a porta traseira, no lado oposto de Wade. Lillian olhou por cima do carro e disse: — A menina já está bastante transtornada. Ninguém está tentando ganhar nenhuma parada. Nós dois, eu presumo, estamos apenas interessados na felicidade de Jill — declarou. — Não piore as coisas, sim?
— Diabos — exclamou. — Não estou piorando as coisas. *Você* é quem está. Você e esse palhaço aí. Eu e Jill poderíamos ter resolvido isso sozinhos, pelo amor de Deus. É normal, uma coisa à toa. Quer dizer, é normal uma criança sentir-se um pouco como uma estranha voltando aqui assim. É até normal que eu me sinta um pouco melindrado com tudo isso. Acredite se quiser. Vocês dois aparecem aqui intrometendo-se desse jeito. Como acham que eu me sinto? Tratando-a como uma trágica vítima ou algo assim, como acham que isso me faz parecer aos olhos dela?

As pessoas que deixavam a prefeitura em direção ao estacionamento começaram a fazer uma grande volta pelo Audi e a *pickup* de Jack, muitos fitando-os quando passavam, pois aquele era mais um capítulo público e potencialmente emocionante da interminável saga de vinte anos de Wade e Lillian Whitehouse.

Horner contornara novamente a frente do carro para o lado do motorista e abrira a porta. De costas para Wade, disse serenamente:

— Entre, Lillian.

— Seu filho da puta! — disse Wade. Agarrou Horner pelo ombro com toda a força de sua mão esquerda e empurrou-o para o banco, derrubando seu chapéu no chão. — Meu Deus, Horner, espere até a gente terminar, droga!

Para Lillian, parada na porta do outro lado, Wade disse:

— Não diga nem uma palavra. Eu não bati nele. Não vou bater em ninguém.

O rosto dela tornara-se lívido e austero. Lentamente, cerrou os lábios e balançou a cabeça de um lado ao outro, como se negasse ter feito qualquer coisa que pudesse tê-lo ofendido. Em silêncio, abriu a porta do carro devagar e entrou, fechando-a. No mesmo instante, inclinou-se para trás e trancou as duas portas traseiras e a sua própria. Horner fechou sua porta depressa e Lillian estendeu-se sobre seu ombro e trancou-a. Depois, olhou fixamente para a frente, pelo pára-brisa, enquanto Horner dava partida no carro e manobrava-o através da multidão que cruzava a rua diante deles. As pessoas abriram caminho para o Audi prateado e, em um segundo, o carro já estava no fim da estreita rua de terra, dobrava à direita para a rota 29 e desaparecia.

Wade olhou para o chão e viu o chapéu tirolês verde-escuro de Horner. Abaixando-se, pegou-o. Examinou-o com cuidado, como se procurasse descobrir sua função.

Hettie baixara o vidro da janela do seu lado. Jack agora estava deitado em seu colo e perguntou:

— Wade? Ei, cara, você está bem?

— Sim, estou bem. O filho da puta perdeu o chapéu — disse, começando a caminhar em direção à prefeitura.
— Quer tomar uma cerveja? Nós vamos para o Toby's. Quer se encontrar com a gente lá?

Wade não respondeu. Ouviu a *pickup* de Jack dar partida e afastar-se. Então, diante dele, saindo da prefeitura, apareceu Nick Wickham e, alguns passos atrás, Margie. Nick cumprimentou-o amavelmente com um aceno da cabeça ao passar por ele, mas Margie parou e sorriu.

— Oi. A festa acabou — disse ela.
— Sim. Tenho umas coisas para fazer no meu escritório.
— Chapéu novo? — Indicou o chapéu amassado em suas mãos.

Ele sacudiu a cabeça, negando.
— Jill está lá em cima, eu sei.

Ele disse:
— Sim, por algum tempo.
— Como vai ela?
— OK — respondeu. — Ela está bem.
— Ótimo. Bem, ouça, dê lembranças a ela por mim, sim? — Deu um passo, afastando-se.
— Farei isso.
— Se vocês dois quiserem fazer alguma coisa amanhã e precisarem de uma terceira pessoa, ligue para mim, OK? Não tenho planos e estou de folga amanhã.
— De folga coisa nenhuma — Wickham interrompeu-a de trás dela. — É o primeiro dia da estação de caça e precisarei de você pelo menos de manhã — disse ele. — Pensei que já tivesse lhe dito isso hoje.

Margie virou-se lentamente e encarou-o.
— Não, Nick, você não disse.
— Sim, bem, já que você não tem planos, por que não trabalha das seis até a hora do almoço? Tire o sábado de folga, em vez de amanhã. — Ele começou a se afastar. — Até logo, Wade — gritou, enquanto se afastava.
— Sim.

Margie deu de ombros desamparadamente e sorriu.

— Bem, é isso.
— Sim. Cuidado com esse sacana — disse Wade com voz cansada. — Está doido para entrar em suas calças, você sabe.
— Ah, corta essa. Mas não se preocupe, sei proteger minha honra muito bem. Quer dizer, vamos, Wade, me dá uma chance.
— Ela riu e exibiu seu rosto largo e bem-humorado.
Ele virou-se e disse:
— Olhe, tenho que ir. Vejo você amanhã, talvez.
— Você está bem?
— Sim. — Agarrou a porta e abriu-a.
— Dê lembranças minhas a Jill!
Wade assentiu sem se voltar e entrou. Ainda havia umas seis pessoas no salão, conversando e arrumando — LaRiviere, Chub Merritt e sua gorda mulher, Lorraine, o ministro da Congregação, o padre de Littleton que atendia a paróquia de Lawford em tempo parcial e mais uma ou duas outras. Wade passou evasivamente por eles e subiu as escadas sem que ninguém parecesse notá-lo. Percorreu lentamente o longo corredor até seu escritório e deixou-se entrar na sala às escuras.

Dirigindo-se à janela, sentou-se na cadeira que Jill havia arrastado de sua escrivaninha e olhou pela janela para o estacionamento lá embaixo, os poucos carros remanescentes, uma ou duas pessoas desgarradas descendo a rua em direção à estrada. Viu um sedã Chevy com escapamentos barulhentos e um bando de garotos passar a toda velocidade, e pensou em todos os estragos que os garotos da cidade haviam feito nas últimas horas — pequenos danos, em sua maioria, facilmente reparáveis, facilmente esquecidos, mas extremamente irritantes. Embora não lhe tivessem feito nada, não podia deixar, de algum modo, de tomar seus atos como ofensa pessoal e sentiu um aperto de indignação no estômago. Tentou lembrar-se de como se sentia quando era criança fazendo aquele tipo de travessura na noite de Halloween, mas não conseguia lembrar-se de nada, pelo menos não mais do que o fato em si — que ele, seus amigos e seus irmãos mais velhos, e depois seu irmão mais novo, Rolfe, haviam na verdade, de uma forma organizada, causado consideráveis danos pela cidade. Por quê?, perguntou-se. Do que tínhamos raiva? Por que todas essas crianças têm tanta raiva? É como se as crianças quisessem atacar a nós adultos por alguma coisa que acham que lhes fizemos no passado ou alguma coisa que vamos lhes fazer na primeira chance que tivermos, mas eles têm medo de nós, assim esperam até o Halloween e agem desse modo, fazendo com que seus atos pareçam legítimos e quase legais.

Lá embaixo, a cabeça prateada de LaRiviere passou pela porta, com seu enorme corpo acompanhando-a, e atrás dele vieram os Merritt e os outros. Pela primeira vez naquele dia, sentiu-se bem, disse a si mesmo. Todos aqueles planos; depois os temores, preocupações, discussões e explicações que se seguiam: nada parecia mudar para ele. Acendeu um cigarro, tragou-o e repetiu a si mesmo que sentia-se bem. Alguns segundos se passaram e a parte posterior do seu maxilar começou a latejar com uma leve dor; era palpável, mas com bem pouco ardor e não o incomodava muito. Sabia, no entanto, que conforme a noite avançasse, iria piorar e piorar, até que a dor de dente seria a única coisa em que conseguiria pensar, a única coisa que poderia subsistir em sua mente.

4

Pode-se perguntar, com propriedade, como eu, da minha considerável distância no tempo e no espaço dos acontecimentos que estou descrevendo, posso saber tudo que alego ser uma parte da história de meu irmão. Como posso saber o que Wade disse a Jill e ela a ele quando estavam sozinhos no escritório? Como posso saber o que Wade pensou de Hettie e Jack lá fora no estacionamento da prefeitura ou quem venceu o concurso de fantasias? Quem?

E a resposta, é claro, é que não posso, no sentido convencional, saber muitas dessas coisas. Entretanto, não as estou inventando. Estou imaginando-as. Memória, intuição, interrogação e reflexão deram-me uma visão e é essa visão que estou contando aqui.

Cresci na mesma família e na mesma cidade de Wade, a seu lado, praticamente, até os dezoito anos de idade, de modo que, ao me desgarrar de ambas, levei grandes pedaços delas comigo. Com o passar dos anos, a família e a cidade mudaram muito pouco e minhas lembranças, que são vívidas, minuciosas, obsessivas — como convém à mente de alguém que conseguiu se livrar do seu passado com a dificuldade que eu tive —, são confiáveis e ricamente associativas, esfoliativas, detalhe a detalhe, como um cristal compulsivamente elaborando sua própria estrutura.

E ainda tive a chance de ouvir meu irmão Wade durante todos os anos de minha vida adulta que precederam os acontecimentos descritos aqui, especialmente durante as semanas em que estavam efetivamente ocorrendo, quando pude ouvir a versão de Wade de sua história à medida que ela se desenrolava. Tive a oportunidade de ouvi-lo e, assim que comecei a prestar atenção a ele seriamente, o que, como eu disse, ocorreu logo depois do Halloween, fiz-lhe perguntas. Eu o interroguei. Mais tarde, depois do seu desaparecimento, quando me lancei com todo o empenho a descobrir tudo que pudesse sobre os atos estranhos, complexos e violentos que levaram ao seu desaparecimento, interroguei todo mundo ainda que levemente envolvido, todas as pessoas mencionadas nesse relato que sobreviveram àqueles atos e até mesmo algumas não mencionadas aqui — policiais e oficiais de justiça, especialistas em armas de fogo, psiquiatras, jornalistas, professores. Investiguei registros de terras, histórias locais, tradições familiares. Reuni um quarto cheio de documentos e fitas gravadas, alterando minha ordem doméstica, colocando meu emprego em risco, cortando meus contatos sociais — em resumo, permiti que me tornasse obcecado. Por que fiz isso eu não saberia dizer, exceto para observar que, quando Wade começou a deteriorar-se no começo de novembro, compreendi muito bem o que acontecia, muito facilmente, como se eu mesmo estivesse me deteriorando exatamente do mesmo modo. Ou, talvez, como se eu mesmo *pudesse* me deteriorar, se não tivesse saído de casa quando o fiz e da maneira como fiz, repentinamente, em definitivo, levantando poeira com a força da minha partida, sem despedidas e nunca mais retornando — até depois que Wade também partiu.

O terceiro fator na formação da minha visão — intuição — poderia ser melhor compreendido como uma capacidade extraordinária de saber exatamente como as coisas devem ter acontecido, como e o que as pessoas devem ter dito ou sentido em um momento em que nem eu nem Wade, minha principal testemunha, estava presente. Há certos tipos de informação, às vezes apenas alguns fragmentos esparsos, que no mesmo instante se encaixam em padrões coerentes, facilmente perceptíveis e uma pessoa reconhece ou não esses padrões. Durante a maior parte da minha vida adulta, preferi não reconhecer esses padrões, embora fossem os padrões de minha própria vida tanto quanto da vida de Wade. Quando resolvi reconhecê-los, entretanto, eles me inundaram, um após o outro, até que por fim a história como está sendo contada aqui apresentou-se diante de mim em sua totalidade.

Durante algum tempo, ela viveu dentro de mim, desalojando todas as outras histórias, até que finalmente não pude mais suportar esse deslocamento e resolvi abrir a boca e falar, deixar os segredos emergirem, independente do custo para mim e para qualquer outra pessoa. Não fiz isso por nenhum motivo social em particular, mas simplesmente para ficar livre. Talvez então, pensei, minha própria história e, afinal, não a de Wade, comece a tomar conta de mim, e desta vez será diferente: desta vez terei realmente deixado essa família e essa cidade. Será que então me casarei? Terei a minha própria família? Farei parte de uma tribo? Ah, meu Deus, rezo para que eu faça tudo isso e que eu seja esse homem.

Meia hora antes do amanhecer, o vento diminuiu e a temperatura elevou-se rapidamente de oito graus abaixo de zero para zero grau. É o primeiro dia de novembro; a noite já chegou quase ao fim. A seis quilômetros e meio ao sul do centro de Lawford, na margem oriental de um pequeno lago de leito de cascalhos, imprensado entre uma série de montes cobertos de florestas, começa a emergir da suave escuridão o perfil irregular e amontoado de um estacionamento de *trailers* — dez ou doze *trailers* encardidos dispostos paralelamente ao longo do lago e perpendicularmente a um caminho asfaltado que saía em ângulo reto da rota 29.

De longe, a uns oitocentos metros de distância, o estacionamento de *trailers* na luz turva da manhã assemelha-se a um acampamento abandonado de trabalhadores itinerantes ou uma base militar deserta. Da metade dessa distância, os *trailers* parecem caixões de metal aguardando embarque. Do lado da estrada, onde as caixas de correio estão fincadas, distinguem-se curtos caminhos de entrada e pequenos gramados amarelados pelo frio do outono. E quando se entra no estacionamento propriamente dito, os *trailers* — caixas de metal em tons pastéis mantidos acima do chão duro de terra batida por pilhas de blocos de concreto de cinzas — parecem se encrespar em camadas pálidas de geada. Lixos, brinquedo e velhas ferramentas quebradas entulham os degraus e os caminhos de entrada; montes de areia, pilhas de tijolos, blocos de concreto e tábuas de diferentes tamanhos são deixados descobertos nos pátios; carros e *pickup*s enferrujados estão estacionados nos caminhos e peças de carros e caminhões espalham-se por toda parte. Em frente a muitos dos *trailers* vêem-se arbustos espigados, queimados pelo frio e, atrás, hortas abandonadas, delimitadas por cercas de arame caídas, cuja finalidade era impedir a entrada de veados.

Na história, no desenvolvimento e mesmo na geologia do lugar, há uma aparência de desordem, confusão e abandono. Apesar disso, e apesar da aparência descuidada e arruinada dos *trailers*, o Mountain View Trailer Park, assim como toda a cidade de Lawford e o vale, também são mantidos sob profundas e necessárias simetrias que, como a própria morte, ordenam o mundo casualmente desordenado que parece rodeá-los. Em um derradeiro sentido, o lugar é englobado por uma ferrenha geometria de necessidade, localização, materiais e frio.

Os terrenos e *trailers* pertenciam a Gordon LaRiviere e foram dispostos em um mapa há três anos, de modo calculado e eficiente, em um pedaço de terra pedregosa e coberta de arbustos, uma antiga campina semeada de detritos glaciais, que se estendia tentativamente da estrada até o lago. Na claridade acinzentada do amanhecer, pode-se olhar das margens do lago, além do gelo pálido, e ver o corpo negro, no formato de uma ameba, do espelho d'água não congelado, cuja forma não tem nenhuma relação clara com o formato de uma lágrima longa e estreita do lago propriamente dito ou com o eixo norte-sul da cadeia de colinas escarpadas mais próximas e da outra mais alta ao longe.

Essa cadeia — de perfil, uma elevação ampla e escura na parte ocidental do céu nublado — tem um formato côncavo como uma sela de cavalo e, por isso, é denominada Saddleback. Ela termina em uma montanha de erosão coberta de árvores denominada Parker Mountain, assim chamada por causa do major Rubin Parker, o homem cuja eloqüência convenceu os abenakis e cuja contundente atuação convenceu os magistrados da província de New Hampshire de que os índios, e não o monarca britânico, é que eram os donos da montanha. Assim sendo, podiam vendê-la e todas as altas árvores que a cobriam para ele. O que fizeram — por dois baús de machadinhas, uma dúzia de espelhos de mão, cinqüenta cobertores de lã, 105 moedas de ouro e um relógio.

A Parker Mountain, ou 2.800 hectares dela, que basicamente é toda a sua extensão, é mais uma colina do que uma montanha. Mas por ser um monte residual de erosão, um único monte de terra e rochas revelado inteiro pelas geleiras que retrocederam, não possui nenhuma relação geológica ou visual com as White Mountains mais ao norte e a leste ou com as Green Mountains, a oeste e ao sul. Assim, mais ou menos isolada em um terreno encrespado de montes e serras menores, ela se destaca e realmente parece uma montanha.

Portanto, Parker Mountain, e não Parker Hill, pareceu aos brancos um nome adequado, mais do que o nome dos abenakis para ela, que os antigos mapas traduziam como Lugar das Serpentes. A terra permaneceu na posse exclusiva do major Parker até sua morte no leito, aos 97 anos de idade, em 1842, quando passou à posse compartilhada de seus sete filhos, que venderam o monte e a pouca madeira que não fora cortada para a Great Northern Wood Products Company, de Newburyport, Massachusetts. Os herdeiros de Parker mudaram-se imediatamente para o sul, para Concord e Manchester, onde desapareceram na sociedade burguesa vitoriana, estabelecendo o precedente para um padrão posterior de migração.

Noventa anos e três gerações depois, em 1932, após um longo declínio, a Great Northern finalmente decretou falência e o Shawmut National Bank e o First Boston leiloaram a colina em grandes faixas por trezentos dólares o hectare. Esses pedaços de terra foram adquiridos em sua maior parte pelas pessoas do lugar que possuíam fazendas próximas. Ao fim da Grande Depressão, entretanto, o cultivo de terras ao norte da Nova Inglaterra havia diminuído quase ao ponto de desaparecer e os campos rapidamente cobriram-se de mato e frutas silvestres, até que as pedras desmoronadas deslizassem perdidas e esquecidas à sombra de florestas de espruces e de pinheiros no terceiro e quarto estágios de desenvolvimento. Viúvas, filhos e netos, sobrinhos e sobrinhas, primos de primeiro e segundo graus, amigos e até mesmo inimigos herdaram a terra, conforme uma geração passava o mundo físico para a seguinte.

No final dos anos 80, esses 2.800 hectares de encostas rochosas e cobertas de florestas estavam nas mãos dos membros de talvez umas cem famílias diferentes. A maior parte da montanha ainda pertencia e às vezes era até mesmo habitada por gente local, mas muitos dos proprietários agora residiam em outra parte, às vezes tão longe quanto a Califórnia ou o Havaí, e mal se lembravam da existência dos seus poucos hectares de inútil e pedregoso terreno na zona rural ao norte de New Hampshire, exceto quando recebiam o comunicado do imposto territorial a pagar. Questionando a validade de manter tal propriedade, geralmente faziam algumas tentativas pouco entusiasmadas de encontrar um comprador e, não encontrando nenhum, ou pagavam o imposto modesto a Alma Pittman ou não o faziam, mas em qualquer caso esquecia-se da terra até o ano seguinte. Agora, títulos, escrituras de venda, relatórios de levantamentos, mapas e avaliações do imposto estavam tão emaranhados e em tal conflito e desacordo uns com os outros que era difícil, se não impossível, determinar quem possuía quanto do quê. Em conseqüência, as pessoas que usavam a terra, para morar, caçar, pescar ou para o cultivo de árvores para madeira ou cultivo de frutas silvestres, evitavam vender a parte que usavam e não conseguiam imaginar-se comprando a parte de qualquer outra pessoa — de forma que, mais de dois séculos depois do major Parker ter comprado Parker Mountain dos índios abenaki, os direitos de propriedade haviam retornado às origens. Novamente, a posse da terra era determinada mais pelo uso do que pela lei. Sem que ninguém se queixasse, os funcionários do município taxavam os usuários do mesmo modo e ficavam gratos pelo que conseguiam arrecadar.

As luzes ainda não tinham sido acendidas em nenhum dos *trailers* quando a neve começou a cair, flocos como pedaços luminosos de cinza contra o negro da cadeia e da montanha no outro lado do lago e contra o círculo escuro do espelho d'água aproximadamente no centro. Em questão de minutos, a neve começou a cair mais densamente, descendo direto pelo ar sem vento como em tiras — a primeira neve do ano, e precoce, até mesmo para aquela região tão ao norte, onde, do topo dos montes, podia-se olhar a distância e ver o Canadá, frio, rígido e melancólico como xisto.

Em pouco tempo o solo em torno do estacionamento de *trailers* ficou branco e os tetos e capôs dos carros e caminhões e dos anexos — cabanas, alpendres e barracos de utensílios e ferramentas — ficaram cobertos pelo que pareciam lençóis novinhos em folha. A neve trouxe a luz do dia mais depressa do que o céu esbranquiçado e o que o céu teria revelado, a neve escondeu. Apagou a desordem nos quintais e nas moitas mais além, a aparência melancólica e desarrumada do lugar, com a rápida eficiência da amnésia.

No *trailer* mais próximo à estrada, depois em outro mais além, finalmente em meia dúzia deles, as luzes acenderam-se, lançando pequenas manchas e faixas de luz amarela no chão coberto de neve. Podiam-se perceber ruídos arrastados e contundentes, conforme os residentes levantavam-se e começavam a se preparar para o dia. Ouviram-se os sons abafados do choro de um bebê, um rádio, o zumbido de um barbeador elétrico, o grito mal-humorado de uma mulher da cozinha até onde uma criança ainda estava enrolada na cama, os olhos fechados, fingindo dormir sob os cobertores no escuro e no calor, longe da luz e do frio.

O último dos *trailers*, uma unidade azul-clara de dois quartos com a ferrugem corroendo as juntas, estava estacionado no que teria sido considerado no começo como o melhor lote do estacionamento. Ficava junto a uma curta faixa de praia e, do outro lado, uma ponta de terra que se estreitava bruscamente, de modo que não havia espaço para outros *trailers* em nenhum dos lados. Esse era o terreno e a casa que Wade Whitehouse havia comprado de seu chefe, Gordon LaRiviere, há dois anos, pouco depois de sua saída definitiva da casinha no pequeno bosque de vidoeiros em Lebanon Road que ele mesmo construíra e compartilhara com sua mulher, Lillian, e sua filha, Jill, durante quase oito anos.

Wade comandara a equipe que perfurou o poço do estacionamento, um poço artesiano de águas profundas que produzia cinqüenta galões por minuto a quarenta metros de profundidade, e a idéia de morar junto ao lago o atraíra, especialmente porque detestava a idéia alternativa (a única que conseguiu imaginar após o divórcio) de ficar em um dos apartamentos em cima da loja Golden's na cidade. Wade estava sem dinheiro, mas LaRiviere ofereceu-lhe uma hipoteca de vinte anos sem nenhuma entrada e deu a Wade a primeira escolha de todos os doze *trailers* do estacionamento. Era julho e Wade achou que gostaria de pescar; e na pequena praia ao lado do Bide-a-Wile azul-claro parecia algo que ele iria usufruir, especialmente nas noites quentes de verão depois do trabalho.

Verificou-se, entretanto, que ele nunca chegou sequer a comprar uma vara de pescar. E não usara a praia nenhuma vez em dois anos, em parte porque estava tão ocupado nos meses de verão, geralmente perfurando poços para LaRiviere fora da cidade e só chegando em casa tarde da noite, mas também porque, exceto por talvez umas seis curtas semanas em julho e agosto, o lago era frio demais para se nadar nele confortavelmente. Então veio o seu primeiro inverno no campo de *trailers* e com isso ficou evidente que o lugar no final da fileira de *trailers*, lá na ponta, era na realidade o pior local do estacionamento. Era o lugar mais exposto aos ventos gelados que vinham de Parker Mountain e que, ganhando velocidade ao atravessar o lago, batiam como martelos contra a lataria do desprotegido *trailer*, antes de continuar varrendo a região em direção às White Mountains. Foram necessários dois invernos até que Wade concluísse que LaRiviere provavelmente já sabia quando lhe vendeu o *trailer* que era o menos cobiçado dos quatorze *trailers* do campo e que se Wade não o tivesse comprado ansiosamente, até agradecidamente, por 22 mil dólares, LaRiviere teria sido obrigado a vendê-lo por muito menos.

Ah, que ano terrível aquele — o ano do segundo divórcio, o

ano em que perdeu a casa para Lillian, os meses morando no sujo apartamento em cima da Golden's e o dia em que comprou o maldito *trailer* de LaRiviere. Depois, seis meses mais tarde, veio a decisão de Lillian de mudar-se para Concord levando Jill com ela, e seu casamento com Horner. É de admirar que ele tenha conseguido sobreviver.

Ergueu-se do emaranhado de lençóis e cobertores como um boto vindo à tona d'água, espantado com o próprio fato de acordar e, depois, com o ar frio, com a visão da desarrumação do quarto, com o cheiro de cerveja velha e tocos de cigarro e seu próprio hálito noturno, com o som de Kenny Rogers agourando no radiorrelógio sobre a embalagem de transporte de leite, de plástico azul, ao lado da cama — de modo que o sonho que estava tendo desapareceu quase instantaneamente, como a lembrança de uma vida anterior, menos vívida e menos evoluída, passada à deriva entre trechos de sombras e raios de luz verde-clara.

Verificou a hora, passou a língua pelos dentes sebosos, pegou um cigarro, acendeu-o e ficou deitado por alguns instantes, as mãos debaixo da cabeça, fumando e repassando um relato fragmentado do final da noite anterior diante de seus olhos. Sentado na escuridão do seu escritório na prefeitura. Dirigindo-se à Toby's Inn em seu carro. Deixando-se cair silenciosamente em um compartimento com Jack Hewitt e sua namorada, Hettie Rodgers, e mais três ou quatro outros homens e mulheres. Mais tarde, a dor de dentes anestesiada pelo álcool, tagarelando e rindo em voz alta e animada com um ou dois garotos que mal conhecia. Depois, bebendo sozinho no bar e, finalmente, pouco antes da repentina escuridão no final do circuito, parado no estacionamento, examinando o veículo verde-claro como se pertencesse a um estranho, achando-o inexplicavelmente feio. Em seguida, nada.

Mas nenhuma lembrança — e nenhum sinal visível — de briga, pensou com alívio. O anúncio de uma concessionária Chevrolet em Concord entrou no ar e ele desligou o rádio. Tocou o rosto com as pontas dos dedos da mão direita, não sentiu nenhuma dor, nenhum inchaço nas mãos, acima dos olhos ou em torno da boca.

Retirou o cigarro dos lábios e bateu a cinza em uma garrafa de Budweiser vazia junto ao rádio. Do outro lado da cama, havia uma cadeira de piquenique de plástico e alumínio — com suas roupas cuidadosamente arrumadas no encosto e nos braços da cadeira, ele observou. Nenhuma camisa rasgada ou ensangüentada — podia constatar isso dali da cama. Recolocou as mãos sob a cabeça, abriu as pernas e, por um momento, Wade desfrutou plenamente sua nudez sob as cobertas. Seu dente doía apenas um pouco, um zumbido, e ele nem por um instante pensou em sua filha ou em sua ex-mulher.

Foi somente depois de ter tomado banho e feito a barba, quando estava de pé em seu roupão felpudo azul desbotado junto ao balcão da cozinha, mexendo uma xícara de café instantâneo, que a qualidade singular e vagamente familiar do silêncio que cercava o tilintar da colher na xícara de café o fez perceber que nevava do lado de fora. Olhou pela janela atrás da pia, onde os pratos e panelas sujos de uma semana empilhavam-se, e viu a cerração de neve, pois agora nevava fortemente, como uma cortina de gaze. Não pôde divisar mais do que os contornos indefinidos de Saddleback Ridge e Parker Mountain.

Olhou para o relógio — 6:40.

— Merda — exclamou em voz alta, andando rapidamente até o surrado sofá de xadrez, onde suspirou, sentou-se, pegou o telefone de uma pilha de jornais em cima da mesinha e discou um número.

Após alguns segundos, começou a falar:

— Lugene? Aqui é Wade. Como vai? — perguntou e, sem esperar por uma resposta, disse: — Ei, Lugene, olhe, estava pensando, com toda essa neve, vai ter aula hoje?

Ficou ouvindo, acendeu um cigarro que tirou de um maço sobre a atulhada mesinha e disse:

— Como é que vou saber? O diretor é você, droga. É você quem deve saber quanto vai nevar, não eu. Tudo que tenho a fazer é direcionar o tráfego das sete e meia às oito e meia, pelo amor de Deus.

Ficou ouvindo outra vez.

— Sim, tá, desculpe, Lugene. Estou ficando atrasado — disse — e só agora é que vi que estava nevando, só isso. O meu dia está perdido. Só esperava que você tivesse suspendido as aulas. Sabe? Porque vou ter que limpar neve o dia inteiro e, se não chegar suficientemente cedo na oficina de LaRiviere, vou ter que ficar com a aplainadora. Por que não verifica a previsão oficial do tempo? Talvez devesse cancelar as aulas.

Wade fez uma pausa.

— Merda. Você verifica a previsão do tempo?

Lugene concordou em telefonar para o serviço de meteorologia, mas qualquer que fosse a previsão, disse, certamente haveria aula. Talvez ele resolvesse mandar as crianças de volta para casa antes do meio-dia, mas obviamente não havia neve suficiente, nem haveria na próxima hora, para impedir que os ônibus chegassem à cidade. Em seguida, perguntou a Wade se ele falava com todo mundo daquela maneira.

— Certo — disse Wade, ignorando a pergunta. — Estarei aí daqui a pouco.

Desligou o telefone e zuniu pelo estreito corredor até seu quarto. Hoje não iria perfurar poços para LaRiviere; iria limpar neve para ele. Vestiu-se apressadamente com roupas de trabalho — ceroulas, camisa de flanela de xadrez azul e preto, calças de sarja verdes, grossas meias de lã e botas de borracha forradas, com bordas viradas de couro marrom.

Na porta, Wade tirou do gancho o casaco e o boné azul-marinhos da força pública, enfiou o boné até metade das orelhas e vestiu o casaco desajeitadamente. Olhou o termostato na parede e diminuiu dez graus da temperatura, para doze graus, depois parou por um instante na soleira da porta e olhou para a sala com uma expressão vazia, como se conferisse uma lista de rotinas diárias.

Façamos uma pausa por um instante, enquanto ele está parado na soleira da porta, e examinemos Wade de perto. Já é hora. Analisado por um certo ângulo, o rosto de Wade é um exemplo clássico de um tipo antigo de rosto do norte da Europa. É o rosto largo, sólido, de sobrancelhas grossas e maçãs salientes, que surgiu pela primeira vez há vinte ou trinta mil anos, entre eras glaciais, nos pântanos ao longo da costa sul do Báltico. Eram tribos de caçadores e colhedores que se deslocavam para o mar ocidental, expulsos de suas férteis terras estuárias por um povo mais alto, mais feroz e mais claro, que possuía habilidades e equipamentos agrícolas, melhores armas e princípios de organização social que lhes permitiam conquistar e escravizar outros povos.

Ele detestaria ouvir-me dizer isso, mas estou descrevendo meu próprio rosto tanto quanto o dele. É assim que nós somos, homens e mulheres Whitehouse (a maior parte, pelo menos). Exibimos um rosto moldado por milhares de anos perscrutando fogueiras, névoas frias elevando-se de pântanos salgados, águas fundas atravessadas lentamente por enormes esturjões; um rosto contraído, enrugado e marcado por ter cerrado os lábios concentradamente durante milênios sobre os rastros e dejetos de animais, sobre grãos selvagens contados um a um e separados em um cesto de palha, sobre pequenas figuras de pedra de mulheres com seios grandes, ancas e barriga avantajadas. E além desses antigos hábitos de expressões, há algo ainda mais profundo e antigo, ao menos no rosto de Wade. Há uma intimidade e uma ternura, uma vulnerabilidade melancólica em seus olhos castanho-escuros, especialmente no modo como as sobrancelhas grossas e ligeiramente protuberantes protegem a delicadeza dos olhos e permitem que eles permaneçam bem abertos, alertas ao perigo mesmo em plena luz do dia. A boca estreita, apertada sobre dentes grandes e amarelados, dá impressão de inteligência e sensibilidade. Não é um rosto nobre, nem particularmente refinado, tampouco, mas um rosto apaixonado e atencioso.

O corpo de Wade, como o meu, é de um tipo antigo similar, evoluído ao longo de dezenas de milhares de anos segurando as rédeas do cavalo de outro homem na chuva fria, enquanto o cavaleiro faz negócios no interior da casa, junto ao fogo; subindo escadas toscas com uma carga de tijolos em um cesto; agarrando a cabeça de um javali com um braço forte, girando o outro e cortando sua garganta com um único golpe; carregando uma carroça de lenha dos bosques de outro alguém para o fogo de outro alguém. É um corpo compacto e rijo, musculoso e de ombros arredondados, de costas longas e largas e de membros curtos, um corpo nem tão alto a ponto de chamar atenção nem tão baixo para não servir para cargas pesadas ou longas marchas extenuantes carregando armas e tendas. É, acredito, o tipo de corpo que tornou possível que príncipes e papas europeus travassem guerras uns contra os outros por um milênio.

Esse é o corpo e o rosto que vejo quando Wade desliga o interruptor junto à porta e apaga a luz da sala, fica parado mais um segundo na luz cinza e lúgubre do *trailer* e examina o aposento diante dele, uma sala triste, suja e desarrumada, repleta de evidências de um homem desleixado quase de meia-idade e que vive sozinho — garrafas de cerveja vazias pelo chão e sobre a mesinha, roupas de trabalho jogadas pelo aposento, cinzeiros abarrotados, jornais espalhados por toda parte, embalagens de comida vazias, pratos sujos e xícaras de café abandonados nas mesinhas laterais e sobre a TV no canto.

Pela primeira vez em meses, até ele percebia, olhou para a sala como se um estranho morasse ali, um homem que ele nunca vira, e sentiu seu estômago revolver-se de asco. Não gostaria de conhecer esse homem. Não, senhor. E então, repentinamente, viu o que a sala teria parecido a Jill quando ela atravessasse a porta, cansada e sonolenta, mas muito feliz por todas as brincadeiras e por ter ido à festa de Halloween mais tarde com seu pai. Ele a teria carregado do carro, aberto a porta com a mão livre e acendido a luz do teto. Jill teria se virado em seu ombro, olhado em torno e visto aquela sala horrível, a sala desse estranho é o que ela teria visto.

Olhou para baixo e para a direita, um lutador de boxe evitando um golpe, abriu a porta com um puxão e saiu depressa. Havia uns três centímetros de neve no chão e ela continuava a cair como um pó seco e leve, mas agora caindo mais pesadamente do que antes, acumulando-se rapidamente. Como um homem que tentasse divisar um amigo em um grupo de estranhos, estreitou os olhos para o outro lado do lago, para Saddleback e Parker Mountain, montes escuros e enevoados recortados indistintamente contra o céu branco, mais como zonas do que objetos sólidos. E então ouviu, repentinamente mas sem surpresa, como se estivesse à escuta, os primeiros tiros da temporada de caça — uma série rápida de quatro disparos distintos espocando pelo lago e ecoando de volta.

De luvas, ele limpou a neve do pára-brisa, revelando uma camada áspera de gelo prateado por baixo, entrou no carro, enfiou a chave na ignição, bombeou a embreagem com força duas vezes e girou a chave. O motor de arranque gemeu, mas não pegou. Tentou outra vez, exatamente como antes, novamente sem sucesso. Isso fazia parte do exercício. A terceira vez daria certo, o que realmente ocorreu, fazendo o motor frio girar uma vez, várias vezes devagar, em seguida rapidamente, até que por fim pegou e, tossindo, animou-se.

Estar sentado dentro do carro era como encolher-se em uma tenda no Ártico ou em um iglu — é como Wade imaginava. A luz conseguiu penetrar o gelo no pára-brisa e nas janelas, mas era uma estranha luz branca e metálica que não iluminava propriamente o interior do carro, mas enchia-o, como a respiração de Wade, que saía de sua boca e narinas em nuvens delicadas. Quando o motor já trabalhava uniformemente, sem perigo de afogar, ele estendeu o braço e ligou o desembaçador. No começo, chocalhou e gemeu, mas em poucos segundos zumbia em algum lugar atrás do painel, lançando um jato de ar no vidro do pára-brisa.

Wade esperou e logo o ar que saía do desembaçador já derretera um círculo no tamanho de uma moeda de dez centavos de cada lado. Lentamente, os círculos expandiram-se, transformando-se em moedas de 25 centavos, depois em pires, até que Wade podia olhar pelo vidro e ver a neve caindo, ver o *trailer*, podia até mesmo ver o lago lá longe.

O degelo de seu santuário enregelado o fez sentir-se estranhamente decepcionado, um pouco triste e, por alguns segundos, apreensivo. Lá no meio do lago, que agora era uma lágrima branca e plana, ele podia ver o círculo negro do espelho de água não congelada. Provavelmente iria congelar-se, ficar sólido e desaparecer na brancura até à noite, mesmo lá, onde a água tinha mais de quinze metros de profundidade. Então, haveria dois mundos perfeitamente distintos, o mundo acima e o mundo abaixo, com o gelo separando-os como uma barreira impenetrável protegendo um do outro. Ele sentiu essa divisão, essa barreira entre dois mundos, abandoná-lo agora, conforme o gelo em seu pára-brisa derretia-se em um par de círculos que rapidamente se ampliavam, como olhos que poderiam olhar para fora, mas também — como se fosse o preço que pagara pelo privilégio de olhar para fora — olhos que permitiam que ele fosse visto.

Automaticamente, Wade ligou a faixa do cidadão e, com o ponto de luz vermelha dançando pelo *scanner*, desceu o caminho de ré, girou o volante e saiu do campo de *trailers*, deixando as primeiras marcas de pneus do inverno na neve recente. Dobrando à esquerda na rota 29, passou pela fileira de caixas de correio com os topos cobertos de neve, alinhadas lado a lado, bem juntas, como miniaturas daquelas antigas carroças de lona usadas pelos colonos, e partiu em direção à cidade.

A uns quatrocentos metros ao norte do estacionamento de *trailers*, o rio Minuit dá uma guinada brusca para o lado esquerdo da estrada e, desse ponto até à cidade, a estrada e o leito do rio volteiam juntos pelo vale estreito. Wade gostava da aparência do rio com a primeira neve e a luz leitosa do raiar do dia. Essa é uma imagem de turista de New Hampshire, pensou, com pinheiros inclinando-se sobre a água e emaranhados de vidoeiros carregados de pingentes de gelo aglomerados nas bordas de sorvedouros e pequenos lagos, com grandes rochas arredondadas cobertas de neve no meio da corrente e a água verde-escura borbulhando, girando e batendo contra elas, levantando uma crosta branca e espessa de gelo na linha da crista das águas. Em momentos como esse, Wade sentia algo como orgulho de sua terra, um sentimento especial e profundamente agradável que iniciava-se com o prazer da vista da região, passava pelo desejo de compartilhar esse prazer com outro alguém e terminava bruscamente em uma fantasia em que ele pára diante do cenário, abre os braços como se fosse envolvê-lo, depois dá um passo para o lado e o revela para... quem?

Tirou um cigarro do maço no bolso da camisa, colocou-o na

boca e estendeu a mão para ligar o acendedor do carro, quando, surpreso, viu no banco a seu lado um chapéu tirolês verde. Era o chapéu que ele apanhara do chão na noite anterior, depois que o dono do chapéu, Lillian e Jill foram embora. Wade olhou-o com espanto, como se fosse um membro amputado de um corpo, uma prova irrefutável ligando-o a um crime que ele desconhecia.

— Ah, meu Deus — exclamou e abaixou a janela do seu lado. Deixou que o ar enregelado entrasse, agarrou o chapéu e atirou-o pela janela. Durante todo o percurso até a cidade, ele deixou a janela aberta, como se agredisse a si próprio com o vento frio para impedir que dormisse ao volante, derrapasse para fora da perigosa estrada estreita e sinuosa, caindo dentro do rio gelado.

5

O inverno invade esta parte da Nova Inglaterra pelo noroeste. Sopra de Ontário e Quebec, chegando com tal ímpeto e com tão surpreendente determinação que você se entrega completa e imediatamente. Não há períodos de adaptação, nem simples atrasos e suspensão de ações, nenhum acordo negociável.

Pelas dezenas de milhares de anos em que esses vales estreitos e colinas escarpadas foram habitados pelo ser humano, a vida tem sido pautada pelo inverno, não pelo verão. Tempo ameno, céu azul e raios de sol, flores e chuvas torrenciais — essas são as aberrações. O normal é a neve do início de novembro até meados de maio; o normal é semanas seguidas de céu encoberto, cinza-escuro; é o gelo que racha e estoura à medida que, a cada noite mais perto do fundo do lago, uma nova camada de água se resfria, contrai e congela sob a camada de gelo mais antigo acima.

Acontece que há duas zonas climáticas crucialmente distintas, separadas por uma linha invisível que corta New Hampshire, desde Vermont, no canto sudoeste do estado, perto de Keene, atravessando Concord no centro do estado, até os lagos ao norte de Rochester a leste e prosseguindo até o Maine. Quando, ao sul dessa linha, em novembro e dezembro, e novamente em março e abril, chove, ao norte dessa linha os lagos ainda estão congelados e neva. A terra é mais alta ao norte, mais rochosa, menos arável, com corrugações glaciais como dedos ossudos que se estendem na direção dos amplos vales de aluvião, as colinas baixas e arredondadas de Massachusetts e Connecticut e a planície costeira a leste de New Hampshire e do Maine. Ao sul dessa linha invisível, o clima caracteriza-se pelas condições meteorológicas típicas da maioria dos estados industriais do nordeste do país; ao norte dessa linha, o clima é típico do leste do Canadá.

Tem sido assim desde o outono do ano do aparecimento do primeiro ser humano na região — bandos tardios de caçadores pleistocenos movendo-se para o sul e para o leste desde a Ásia, atrás de rebanhos de alces e mamutes selvagens — e permanece assim até hoje, de modo que, como era de se esperar, as vidas das pessoas que moram ao sul dessa linha desde o começo parecem refletir a generosidade e a amenidade do clima ali, enquanto os que vivem ao norte refletiram em suas vidas diárias a austeridade, a absoluta malignidade e o excessivo rigor do clima de lá. É a diferença, digamos, entre a China e a Mongólia, entre a Inglaterra e a Escócia ou entre Michigan e Manitoba: as pessoas se adaptam ou morrem rapidamente. Ou se mudam.

Assim, quando no outono, na cidade de Lawford, o primeiro gelo e neve do inverno chegam — geralmente no começo de novembro, às vezes até antes — os nativos, pleistocenos ou modernos, não se mostram surpresos, admirados, nem correm para preparar suas casas para a nova estação. Não, mal notam a chegada do inverno. Para começar, mal notaram sua ausência. O gelo nos lagos mais fundos só quebrou no final de abril e havia trechos cinzas de neve antiga nos bosques cerrados e nas encostas ao norte até meados de maio. As noites não eram inteiramente livres de geadas até junho e depois tudo recomeçava no final de agosto, quando as folhas dos bordos e sumagres próximas à água ficavam vermelhas e os vidoeiros ficavam dourados. Todos os dias, longas formações negras em V de gansos do Canadá cortavam o céu e logo as folhas dos carvalhos e cicutas, olmos, pilriteiros e vidoeiros adquiriam cores fulgurantes — vermelho intenso, amarelo flamejante, rosa, roxo e escarlate. Na primeira semana de outubro, dias longos e cinzas se passavam sem que a temperatura subisse acima de zero. As folhas, as cores esmaecidas pelo frio, caíam das árvores e giravam em redemoinho com os ventos do outono, gravetos e juncos amontoavam-se no abraço enregelado de pântanos e poças e os animais entravam em suas cavernas para hibernar por seis meses.

Quando a neve realmente chega, é tão natural e inevitável e, de certo modo, tão bem-vinda quanto a gravidade. Começando bem depois da meia-noite, um céu claro e estrelado com um filete de lua a sudeste cobre-se lentamente de nuvens baixas e escuras, até que o céu fica encoberto de horizonte a horizonte e toda a luz parece ter sido varrida do vale, cada ponto, cada pálido reflexo, cada lembrança. Os primeiros flocos dispersos deixam-se cair quase acidentalmente, como se tivessem derramado ao ser carregados por um vento alto para algum lugar a leste, para as Maritimes ou New Brunswick, um floco rígido, seco e isolado, depois vários outros, depois cem, mil, tantos que torna-se impossível vê-los separadamente, até que finalmente a neve cai sobre o vale, as colinas e os lagos como um edredom macio e rendado estendendo-se por toda a região, cobrindo as árvores, as rochas e os montes, os antigos rochedos escarpados, os campos e as pradarias atrás das casas na cidade e ao longo da rota 29, os telhados das casas, celeiros e *trailers*, os tetos dos carros e caminhões, as estradas, vielas, calçadas e estacionamentos, cobrindo e transformando tudo nos últimos instantes da noite, de modo que ao amanhecer, quando o dia e o mês realmente começam, o inverno também terá chegado, retornado, parecendo que nunca chegou a partir.

A *pickup* cor de vinho com tração nas quatro rodas dirigida por Jack Hewitt saiu da rota 29 em Parker Mountain Road, dirigiu-se para a estreita ponte de madeira onde a estrada atravessa o rio Minuit e começou a subir a encosta, através dos bosques e passando por um ou outro *trailer*, casas de fazenda inacabadas e, de vez em quando, no meio das árvores, um barracão coberto de papel alcatroado, com uma chaminé de lata enferrujada projetando-se do telhado, um fio cinza de fumaça de lenha desaparecendo rapidamente na cortina de neve. A *pickup* dirigia-se para Saddleback, em boa velocidade pela acidentada estrada de terra, lançando leques altos de neve para trás e arremessando terra e pedras soltas com seus enormes e sulcados pneus.

Passou roncando pela casa dos Whitehouse, onde Wade e eu crescemos e onde nossos pais ainda viviam, atravessou Saddleback e continuou para Park Mountain. Sentado ao lado de Jack estava um homem chamado Evan Twombley. Era um homem corpulento e troncudo, trajando calças de lã, casaco e boné vermelhos, novinhos em folha. Fumava um cigarro que mantinha enfiado no canto direito da boca enquanto falava com o esquerdo. Era a maneira de um homem muito ocupado falar e fumar ao mesmo tempo e surtia o efeito desejado: mesmo quando falava negligentemente, sempre era ouvido com atenção.

Embora não se pudesse dizer ao certo se Jack estava ouvindo. Tinha a cabeça ligeiramente inclinada para o lado, uma pose característica, e os lábios contraídos, como se assobiasse em silêncio. Ouvia a canção em sua cabeça, ao invés de Twombley que, afinal, apenas expressava uma leve ansiedade em relação ao tempo e seu efeito sobre a caça de veados, mesmo depois de Jack já lhe ter assegurado que não faria a menor diferença, exceto tornar mais fácil a tarefa dos caçadores.

Twombley parecia incapaz de aceitar as palavras tranqüilizadoras de Jack.

— Quer dizer, não é muita neve, e não será por algum tempo. Não para rastrear os filhos da mãe — disse Twombley. — Não há nenhuma vantagem nisso, garoto. E vai ser difícil, sabe, enxergar bem com a maldita neve.

Três rifles, dois com miras telescópicas, estavam pendurados no suporte preso à janela de trás da cabine, e todos os três balançavam-se e batiam no suporte em seqüência, conforme o caminhão entrava numa vala e saía. Quando a subida tornou-se mais íngreme, Jack passou para ponto morto, em seguida reduziu a marcha e a *pickup* deu um salto para a frente.

Jack disse:

— Não se preocupe, Sr. Twombley. Sei onde os desgraçados

estão. Chova ou faça sol, com neve ou sem neve, sei onde eles se escondem. Conheço os veados, Sr. Twombley, e essa região em particular. Vamos matar um cervo hoje. Garantido. Antes das dez.
— Riu de mansinho.
— Garantido, hem?
— Isso mesmo — respondeu. — Garantido. E *por causa* da neve. Vamos caçar de tocaia, ao invés de caçar em pé. Na verdade, essa é a melhor neve para rastrear, realmente fofa e seca, alguns centímetros de profundidade. Você não iria gostar de atolar o pé em neve encharcada. Nesse mesmo instante, as corças estão se escondendo nas moitas para passar o dia e os cervos vêm atrás. E nós vamos atrás dos cervos. Eu lhe garanto — disse —, essa arma vai ser disparada antes das dez horas.

Jack indicou com o polegar o rifle pendurado no último gancho do suporte atrás dele.

— Se ele vai matar uma corça ou não, depende de você, é claro. Isso não posso garantir. Mas eu o colocarei a trinta, trinta e cinco metros de um cervo nas primeiras quatro horas da temporada. É para isso que está me pagando, não é?

— Absolutamente certo — disse Twombley. Arrancou o cigarro da boca e esfregou-o no cinzeiro. Os limpadores de párabrisa iam de um lado para o outro e grandes gotas de neve derretida deslizavam como baratas-d'água pela superfície plana do capô da *pickup*.

À primeira vista e geralmente por um longo tempo depois que você o conhecia, Evan Twombley dava a impressão de ser um homem poderoso, física e pessoalmente, e a maioria das pessoas tentava dar a ele o que quer que parecesse desejar delas. Geralmente, mais tarde, percebiam que haviam se deixado intimidar tolamente, mas então já era tarde demais e já teriam outras razões para lhe dar o que ele quisesse. Era um desses irlando-americanos de cinqüenta e poucos anos com um corpo que, no rosto inchado, grosseiro e áspero, parece grande, impressionante, quando de fato é um corpo pequeno, até mesmo delicado, de mãos esbeltas, ombros e quadris estreitos, orelhas, olhos e boca pequenos e bem delineados. Quarenta anos de consumo pesado de uísque e bife podem transformar o corpo de um bailarino e o rosto de um músico no de um político venal. Esse outro homem, bem mais jovem, o bailarino, o músico, no entanto, continuava lá e bem alerta em algum lugar em seu íntimo, causando transtornos para Twombley agora, quando questionava o direito do político venal de implicar com as pessoas com sua voz alta, zombava do seu jeito fanfarrão, sua temeridade física e finalmente fazia o sujeito espalhafatoso, robusto e de rosto afogueado muitas vezes mostrar-se hesitante, conflitante, vulnerável e até mesmo culpado. No final, embora uma pessoa se aproximasse de Twombley sentindo-se intimidado por ele, na defensiva e possivelmente hostil em relação a ele, mais de perto descobria logo um sentimento de camaradagem por ele, de genuína simpatia e às vezes até de proteção.

O próprio Twombley, é claro, desconhecia essa transição; percebia apenas seus efeitos, o mais útil sendo o poder que lhe dava sobre as pessoas: primeiro, as pessoas o temiam; depois, tornavam-se cordiais com ele. Em relações humanas, essa é uma seqüência que convida à dominação e cria lealdade. E na linha de trabalho de Twombley em particular — que, após uma longa e cuidadosa escalada do nível de organização local chegara ao de presidente do Sindicato de Encanadores e Bombeiros da Nova Inglaterra — dominação e lealdade eram extremamente úteis, para não dizer essenciais, pois sem elas teria sido forçado há muito tempo a trabalhar com as chaves inglesas nas trincheiras.

A *pickup* entrou em uma curva em S da estrada, as rodas traseiras derraparam e o veículo deslizou de um lado da estrada para o outro; Jack pisou no acelerador e displicentemente girou as rodas dianteiras na direção da derrapagem, trazendo o veículo para a posição correta outra vez.

— Já atirou muito com este seu rifle? — Jack estendeu o braço direito para trás e bateu de leve na coronha da arma de Twombley.

— Um pouco — respondeu Twombley, acendendo outro cigarro e olhando para fora da janela, para os espruces e cedros que passavam velozmente.

Jack sorriu. Sabia que Twombley nunca atirara com aquele rifle. Era uma linda arma, sem nenhuma mancha ou arranhão, um Winchester M-94 acionado por meio de alavanca, um .30/30 com uma coronha esculpida sob encomenda. Deve ter custado uns dois mil a Twombley. Ah, bom Deus, esses caras ricos e seus brinquedos! Jack quase soltou um suspiro, mas terminou contraindo os lábios outra vez, como se fosse assobiar. Homens como Twombley, ricaços de meia-idade, jamais poderão realmente apreciar a beleza das coisas que podem comprar. E os que podem apreciar uma arma como a de Twombley, gente como Jack Hewitt, por exemplo, que podem lembrar-se da sensação de uma arma nas suas mãos anos depois, como se fosse uma mulher maravilhosa com quem tivesse dormido uma vez, nunca poderão comprar uma igual.

Junto à arma de Twombley, o novo Browning de Jack parecia utilitário, comum, apenas apropriado. No entanto, para comprá-lo fora obrigado a pedir empréstimo no banco, mentir dizendo que o dinheiro era para as contas médicas de sua mãe, o que era verdade, de certa forma, porque ele ainda estava pagando sua estada no hospital no verão anterior e o velho continuava desempregado. Se ele não cuidasse de seus pais, quem o faria? Comprara a arma e agora ainda tinha mais uma prestação a pagar. Além dos 48 dólares por mês pela arma, enviava 420 por mês pela *pickup*, 52 por mês pelo seguro do veículo, 35 por mês pelo anel de noivado que comprara em maio último para Hettie, 50 por mês para o Hospital de Concord por sua mãe e 200 por mês diretamente para seu pai, pelas despesas com casa e comida, o que, afinal, era o mínimo que podia fazer. Como seu pai explicara quando estava bêbado uma noite — pouco depois de Jack ter arruinado o braço e parado de jogar beisebol profissionalmente para o time do Red Sox, em New Britain, Connecticut, quando voltou para casa em Lawford e assentou o traseiro no seu quarto outra vez, na mesma semana em que seu velho foi despedido da fábrica — seu pai não teria a menor condição de sustentá-lo. Na verdade, se Jack quisesse morar com seus pais, ele é quem teria de sustentá-los. Portanto agora, há apenas alguns anos do término da escola secundária, onde, por causa do beisebol e de sua aparência bela e inteligente, fora um dos mais promissores rapazes de Lawford a se formar na Barrington Regional, Jack já estava atolado em dívidas, um homem que trabalhava horas extras só para pagar os juros de seus empréstimos. Ele sabia disso, o que tornava uma arma como o elegante Winchester de Twombley ainda mais atraente. Ele praticamente *merecia* a arma de Twombley. Como uma *recompensa*, pelo amor de Deus!

Twombley remexeu-se em seu banco e esfregou o nariz vermelho com a junta de um dedo.

— Me coloque perto de um cervo grande até às dez horas, garoto, e ganha mais cem paus.

Jack assentiu e devolveu um leve sorriso. Alguns segundos depois, disse:

— Talvez você não o mate.

— É o que você acha.

— E presumo que você terá que matá-lo para que eu ganhe meus cem dólares extras, certo?

— Certo.

— Isso eu não posso garantir, você sabe.

— O quê?

— Que você não vai atingir o veado na barriga, digamos, ou aleijá-lo para que outra pessoa o encontre e mate a um quilômetro rio abaixo do lugar onde você o atingiu. Ou talvez você simplesmente não acerte nele. Ou só o assuste, antes mesmo de poder dar um tiro. Acontece. Acontece o tempo todo. Acontece principalmente com uma arma nova. Você quer um veado morto, não um vivo.

Twombley cruzou os braços no peito.

— Cuide da sua parte, garoto, que eu cuido da minha.

— OK.

— Entende o que eu digo? Como você diz, quero um veado morto, não um vivo.

— OK, já entendi. — Jack não era burro. Sabia o que Twombley estava lhe pedindo para fazer. Matar o veado para ele, se necessário. Discretamente. — OK —, disse quase num sussurro. — Sem problema. Vai ter seu veado e vai tê-lo morto. De um jeito ou de outro. E o terá até a hora do café.

— E você ganhará seus cem paus extras.
— Ótimo — disse Jack. — Ótimo.

O caminhão chegou ao cume da montanha, onde as árvores rareavam e diminuíam de tamanho, na maioria abetos raquíticos e tojo rasteiro e avermelhado, espalhados em torno de pedras grandes e arredondadas. Além das pedras, via-se um pântano raso de terras altas, coberto de musgos e juncos enregelados. Quase invisível através da neve que caía, no topo de uma pequena elevação, havia uma cabana rústica de madeira, com um teto de sarrafos, baixo e de abas largas, sob os galhos pendentes de espruces azuis e pinheiros vermelhos cobertos de neve.

Jack reduziu a marcha do caminhão e encostou na beira da estrada.

— Aquela é a cabana de LaRiviere de que ele lhe falou — disse, apontando com o queixo para a pequena construção de um aposento único. — Podemos acender o fogão de lenha agora, se quiser, de modo que a cabana esteja agradavelmente aquecida quando voltarmos. Ou podemos sair atrás desse seu cervo enorme agora mesmo. Você é quem sabe.

— Você é um filho da puta muito petulante — disse Twombley.

— Ah, é?

— É, sim. Você só tem duas horas e meia até as dez e ainda quer perder tempo acendendo o fogo.

— Só estou querendo agradar — retrucou Jack.

— Então, vamos indo. Esqueça o fogo. Primeiro eu quero matar um "cervo enorme" — disse Twombley com uma risada zombeteira. — Depois é que vou me preocupar em me aquecer.

Escancarou a porta, saltou e bateu-a com força atrás de si, enquanto Jack descia e começava a retirar as armas e equipamentos.

— Venha, garoto, mexa-se — disse Twombley, saindo um pouco da estrada e parando, as mãos nos quadris, fitando uma antiga trilha de lenhadores que descia a encosta, passava algumas centenas de metros pelo charco congelado, até alcançar um leito de rio seco e pedregoso que despontava através da vegetação rasteira, à direita.

Por um segundo, Jack parou de reunir as armas, sua mochila

e diversos itens de equipamento e olhou ferozmente para as costas largas de Twombley como se o homem fosse seu inimigo mortal. Depois, baixou o olhar e voltou rapidamente ao que estava fazendo.

Ao amanhecer, pouco antes da primeira luz pálida do dia, os veados já haviam começado a se mover, geralmente para longe das estradas e campos ao longo das trilhas estreitas e sinuosas de caça, para dentro das florestas. Em duplas ou grupos de três e até mesmo quatro — um cervo e uma ou duas corças e seus filhotes, embora também com muita freqüência um cervo viajando sozinho — os veados fugiam rapidamente do barulho e da vista de carros e caminhões em busca de caça, que subiam e desciam os montes, sacolejavam e davam guinadas pelas florestas até onde um veículo pudesse entrar. Ali, com os faróis cortando a escuridão que precede o raiar do dia, os carros e caminhões paravam para que os caçadores descessem, voltavam e iam para outro lugar, estacionavam e mais caçadores desciam, até que logo os bosques por toda aquela região do estado ficaram apinhados de homens armados.

Conforme a neve caía, os homens conversavam e às vezes gritavam um para o outro das margens opostas dos córregos e entre os carvalhos e arbustos. Riam e fumavam cigarros e cachimbos, enquanto caminhavam em pares ao longo de antigos leitos de ferrovias ou, sozinhos, armavam tendas escondidas nas moitas, ao longo das regiões elevadas, que proporcionavam uma visão clara e distante de uma campina e um bosque de vidoeiros ao longe ou, a três metros do chão, em cima de um carvalho, empoleirado numa forquilha no meio dos galhos, esfregava as mãos para afugentar o frio, servia café com conhaque de uma garrafa térmica em um copo de plástico. Era como se, atrás de cada árvore, ao longo de cada serra, ao lado de cada córrego, houvesse um homem mirando pelo cano azul de sua arma, um homem impaciente e enregelado, esperando que um veado surgisse no seu campo de visão. Via-o caminhar delicada e cautelosamente, através da cortina de neve. Via-o sair de trás de uma árvore tombada. Via-o emergir de um punhado de arbustos secos em plena visão, parar por um instante no centro do alvo, um veado forte e adulto absolutamente imóvel, as orelhas parecendo folhas escuras e aveludadas, a cauda abanando como uma bandeira branca, olhos grandes e úmidos sombreados por longas pestanas e absorvendo o máximo de detalhes visuais que conseguiam registrar no cérebro do animal, focinho molhado farejando a brisa por um cheiro que não seja de casca de árvore, agulha de pinheiro, resina, folha, água, neve, casco, urina, pêlo ou cio. Então, por toda a extensão das colinas e vales, acima e abaixo das ravinas e pelos penhascos e serras salpicados de rochas, de cima das árvores, encostas, mirantes, pontes, até mesmo das traseiras de *pickups*, das moitas, de cima dos rochedos, de trás de olmos antigos — por todas as centenas de quilômetros quadrados de florestas e montes de New Hampshire — dedos no gatilho contraem-se três milímetros e apertam. Ouve-se um estrondo de tiroteio, um segundo, um terceiro, depois uma onda atrás da outra de um barulho de morte, sem parar, varrendo os vales e montes. Balas, chumbinhos, bolas de alumínio, chumbo, aço, rasgam o corpo dos veados, estilhaçam os ossos, penetram e estraçalham órgãos, laceram músculos e tendões. O sangue esguicha no ar, nos troncos das árvores, nas pedras, em cobertores de neve brancos e lisos, onde o vermelho rapidamente esmaece e se torna rosa. Línguas negras pendem sobre dentes ensangüentados, como se fosse a boca de um animal carnívoro; imensos olhos castanhos reviram-se para trás, vidrados, opacos e secos; o sangue escorre das narinas negras como carbono, as fezes espalham-se quentes sobre a neve; urina, entranhas, sangue e muco derramam-se do corpo do animal; enquanto caçadores de botas pesadas correm pelo solo gelado coberto de neve para reclamar sua presa.

Vindos de todos os cantos e estradas vicinais do distrito, enormes e pesados ônibus escolares cor de abóbora atravessavam o norte e o sul da cidade, depois diminuíam a velocidade no centro, como se já fosse combinado, ligavam as luzes vermelhas do pisca-alerta e esperavam que Wade Whitehouse, parado no meio da rua, sinalizasse para que entrassem, um a um, no pátio da escola.

Wade não gostava desta parte do trabalho — durante uma hora por dia, cinco dias por semana, ele era o guarda de trânsito da escola — mas era necessário. Os proventos anuais de Wade na polícia, 1.500 dólares, um décimo de sua renda total, era um item do orçamento da escola que era autorizado todo mês de março no conselho municipal. LaRiviere, que era membro do conselho há mais de uma década, permitia que Wade chegasse ao trabalho às oito e meia, meia hora depois de todos que trabalhavam para ele, para poder vangloriar-se de que ele pessoalmente economizava para a direção da escola a quantia extra de 1.500 dólares anuais que teriam de pagar a outra pessoa para fazer o trabalho se Wade tivesse que chegar ao trabalho às oito horas. Assim, a cidade podia pagar seu policial da verba destinada ao orçamento da escola e metade dessa verba vinha dos governos estadual e federal. Gordon LaRiviere não era membro do conselho à toa.

Nos anos em que sua filha Jill era uma das crianças que usavam o ônibus escolar, Wade adorara ser o guarda de trânsito. Especialmente depois que ele e Lillian divorciaram-se, ele mudouse e já não via Jill à mesa do café da manhã. Toda dia ele esperava lá no meio da rua que o ônibus dela despontasse na curva da saída da rota 29. Quando o ônibus finalmente chegava, ele retinha o motorista por um longo tempo, deixando todos os outros ônibus que vinham do lado oposto entrarem primeiro, dando tempo para que Jill se aproximasse da janela, pudesse vê-lo e acenasse para ele, enquanto, finalmente, ele permitia que o ônibus entrasse no pátio da escola. Então, ele acenava de volta, sorria e ficava observando até o ônibus parar perto da entrada principal e deixar as crianças descerem. Crianças sozinhas, em pares, pequenos grupos de amigos, quando, pela segunda vez, ele conseguia ver sua filha, com a lancheira e a mochila de livros, cabelos louroprateados recém-penteados em uma trança, roupas e sapatos limpos, cachecol vermelho agitando-se no ar frio da manhã.

Ela sempre olhava para ele também e sorriam um para o outro, agitando as mãos como bandeirolas. Em seguida, ela saía correndo com seus amigos para o *playground* atrás do prédio, mais feliz com o seu dia, ele tinha certeza, do que se ele não estivesse lá para saudá-la. Da mesma forma, para Wade, aqueles poucos e preciosos instantes toda manhã eram o zênite de seu dia e animavam sua atitude em relação a tudo que vinha em seguida, o dia inteiro até à noite. Até mesmo seu sono era mais tranqüilo por ele e sua filha, por alguns segundos, terem visto o rosto um do outro, terem sorrido e acenado um para o outro. Então algo totalmente inesperado aconteceu: Lillian vendeu a casinha amarela no bosque de vidoeiros e mudou-se para Concord. E agora os ônibus escolares só relembravam Wade de sua perda.

Esta manhã, por causa da neve, que se acumulara rapidamente, já tinha alguns centímetros de profundidade e começava a se acumular, os ônibus e o resto do trânsito do começo da manhã moviam-se com cuidado redobrado. Wade reteve-os no cruzamento mais tempo do que o normal antes de permitir que saíssem da rua para o pátio da escola, dando aos motoristas um tempo extra para poder ver através da neve lançada pelo vento e conduzir suas preciosas cargas, as crianças da cidade, entre os outros veículos e grupos ocasionais de crianças que vinham a pé e atravessavam a rua quando Wade comandava. Enfileirados atrás dos ônibus, havia carros e *pickups* com pessoas apressadas para o trabalho e caçadores atrasados. Os motores rodavam em marcha lenta, os limpadores de pára-brisa moviam-se ruidosamente e de vez em quando, ao passar por ele, um motorista olhava ameaçadoramente para Wade, como se ele os tivesse retido sem nenhum motivo plausível.

Ele não se importava. Estava irritado de qualquer maneira nesta manhã, e o fato de ficarem com raiva dele quase melhorava seu humor. Os rostos das crianças espreitando para fora da janelas dos ônibus pareciam debochar dele, como se ainda usassem suas máscaras de Halloween — pequenos demônios, bruxas e fantasmas. Nenhuma delas era sua filha; nenhuma delas era Jill, ansiosa para acenar para ele.

Fez todos esperarem, reteve longas filas de ônibus, carros e caminhões, deixando que uma criança de cada vez atravessasse à medida que chegava, ao invés de esperar que se formasse um grupo primeiro. E não permitiu que um único ônibus entrasse no pátio da escola até que o ônibus anterior tivesse descarregado todos os passageiros, saído pela outra extremidade e retornado à rua, rumando na direção norte para Littleton.

Nem mesmo os motoristas dos ônibus, que normalmente nem tomavam conhecimento da presença de Wade, como se a disciplina necessária para impedir que fossem perturbados pelo barulho e brincadeiras dos passageiros os impedisse de perceber Wade como qualquer outra coisa que não um sinal de trânsito, fitavam-no carrancudos quando passavam, alguns sacudindo a cabeça em reprovação. Ele não se importava. Não dou a mínima por estarem furiosos, pensou. Uma motorista, uma mulher de rosto sem expressão e cabelos vermelhos, abriu a janela e gritou:

— Pelo amor de Deus, Wade, nós não temos o dia todo! — E todas as crianças nos bancos atrás dela desataram a rir.

Ele ouviu a campainha da escola tocar e viu as crianças voltarem correndo do *playground* atrás do prédio baixo, verde-claro, de blocos de concreto de cinzas, para formar filas tortas, as meninas separadas dos meninos, na entrada principal. O diretor, Lugene Brooks, o casaco esporte abotoado mal contendo a barriga volumosa, a gola levantada, os cabelos ralos e grisalhos voando ao vento, saíra e dava ordens às crianças, fazendo-as marchar para dentro como um sargento instrutor. Olhou na direção de Wade, viu que havia mais um ônibus para entrar no pátio e deixar as crianças e gritou:

— Wade! Ande logo! Elas vão se atrasar!

Wade manteve os braços abertos, um voltado para o norte e o outro para o sul, as duas mãos para cima. Imóvel, impassível, manteve seu posto no meio da rua. A luz amarela do sinal de cautela, diretamente acima de sua cabeça, piscava e oscilava no fio e os restos das abóboras despedaçadas da noite anterior, parcialmente encobertos pela neve fresca e pela lama formada pela neve derretida, espalhavam-se sob seus pés. Ele parecia um espantalho demente.

No entanto, sentia-se como uma estátua: um homem feito de pedra, incapaz de abaixar os braços ou obrigar suas pernas a andar, incapaz de liberar o único ônibus que faltava e as dezenas de veículos enfileirados atrás dele, além das outras dezenas na direção oposta. Alguém lá atrás tocou a buzina e imediatamente a maioria dos outros uniu-se a ele. Até o motorista do ônibus começou a buzinar. Mas Wade continuou com os braços abertos, não deixando ninguém passar.

Queria que sua filha estivesse naquele último ônibus. Simples. Era seu único pensamento. Ah, como queria ver o rosto de sua filha. Ansiava para olhar quando o veículo passasse e ver o rosto claro de Jill espreitar pela janela, as mãos espalmadas contra o vidro, pronta para acenar para ele. *Papai! Papai, estou aqui!*

Ele sabia, é claro, que ela não estaria lá, sabia que, ao invés dela, veria a filha de outro homem olhando para ele. E assim recusava-se a deixar o ônibus passar. Para liberar aquele último ônibus e todos os carros e caminhões enfileirados atrás e à frente dele, buzinas tocando, janelas abertas e motoristas gritando e gesticulando furiosamente em sua direção, deixá-los passar, transformaria instantaneamente o desejo de ver sua filha na simples perda de sua filha. De certo modo, compreendia que a dor de sustentar um desejo frustrado era mais fácil de suportar do que a dor de encarar mais uma vez essa perda definitiva. Queria que sua filha estivesse naquele ônibus, esse era seu único pensamento.

Então, de repente, quase do fim da longa fila atrás do ônibus, um lustroso sedã BMW preto entrou na outra pista e começou a avançar, passando pelos outros carros e caminhões e aumentando a velocidade à medida que se aproximava de Wade. Um homem estava ao volante, a seu lado havia uma mulher de casaco de pele e atrás duas crianças pequenas, dois garotos, olhando para Wade por cima dos ombros dos pais. Ele comportou-se como se não os visse em absoluto ou como se tivesse a certeza de que o BMW fosse parar bruscamente quando se emparelhasse com o ônibus.

Mas não o fez. O BMW acelerou, mudando de marcha quando passou zunindo por Wade, continuou descendo a rua e desapareceu na curva depois da Praça Municipal. Ainda assim, Wade não se mexeu. Como se o vôo do BMW preto fosse uma contraordem ao significado da posição e da postura de Wade, o último ônibus escolar cor de laranja saiu rapidamente da rua e entrou no pátio da escola. Logo, o resto dos carros começou a se deslocar outra vez, para o norte e para o sul, ultrapassando Wade pelos dois lados.

Devagar, seus braços deixaram-se arriar ao longo do corpo e ele ficou parado lá, completamente sozinho bem no meio da rua. Somente depois que todos os veículos passaram por ele, a rua ficou vazia outra vez e o ônibus acabou de descarregar as trinta ou quarenta crianças que transportava, saiu do pátio da escola e tomou outra vez a direção de Littleton, é que Wade saiu do meio da rua. Caminhou lentamente sob a neve até seu próprio carro, estacionado próximo à entrada principal da escola.

Lugene Brooks estava parado à porta da escola, os braços cruzados sobre o peito mais como uma proteção contra o frio e a neve do que como um gesto de desaprovação, o rosto redondo, como sempre, intrigado e ansioso. Wade passou por ele caminhando pesadamente, sem notá-lo, e abriu a porta do carro com um safanão.

— Você está bem, Wade? — indagou Brooks. — O que aconteceu lá fora? Por que estava fazendo todo mundo esperar?

Wade entrou, bateu a porta do carro e deu partida no motor. Em seguida, deu ré por alguns metros, abaixou o vidro da janela e gritou:

— Aquele filho da puta na BMW podia ter matado alguém.

— Sim. Sim, podia. — O diretor fez uma pausa. — Anotou a placa dele? — perguntou.

— Sei quem é.

— Ótimo! — exclamou o diretor. Em seguida, disse: — Ainda não compreendo...

— Vou encanar aquele sacana — murmurou Wade.

— Quem... quem era?

— Era Mel Gordon. De Boston. O maldito genro de Evan Twombley, era ele quem estava dirigindo. Sei para onde estavam indo. Para o lago, Agaway. Provavelmente, vieram passar o fim de semana. O velho está caçando com Jack Hewitt, portanto eles provavelmente programaram uma grande fim de semana — disse. — Ah, mas vou pegar aquele sacana. Vou acabar com o fim de semana dele.

— Está bem. Está bem, Wade. Bem... — disse Brook, dando um passo para dentro da escola. — Tenho que fazer as coisas funcionarem por aqui, portanto acho melhor eu ir andando. — Sorriu como se pedisse desculpas.

Wade fitou-o, continuando em silêncio, e o diretor disse:

— Eu só estava pensando... sabe, sobre o motivo da retenção lá, por que você estava mantendo todo mundo parado daquele jeito. Sabe? — Sorriu frouxamente.

— Provavelmente acha que eu tenho uma resposta para essa pergunta — resmungou Wade. — Você faz mais perguntas idiotas do que qualquer outro na cidade.

— Bem, sim. Quer dizer, não. É que... pareceu estranho, sabe. Imaginei que, tendo retido o ônibus e todos os carros daquela maneira, você tivesse um bom motivo. Você sabe.

— Sim — respondeu Wade. — É lógico que eu tenha uma razão plausível para as coisas. Todos têm. Você, por exemplo. Tem uma razão lógica para tudo que *você* faz? — perguntou repentinamente ao diretor. — Tem?

— Bem, não... não exatamente. Quer dizer, não para tudo.

— Então, pronto — disse Wade, fechando rapidamente a janela do carro e se afastando.

Saiu do pátio da escola e virou à direita na rua, ligou a faixa do cidadão e começou a ouvir as queixas vindas de toda parte — caminhoneiros na I-95, caçadores nas colinas traçando suas coordenadas, uma mulher em Easton dizendo a seu marido que ele esquecera a marmita. A neve caía com toda a fúria, em rajadas brancas, e enquanto dirigia lentamente, Wade pensava, eu não agüento mais, eu não agüento mais.

No terreno do lado de fora do Wickham's Restaurant, havia uma meia dúzia de *pickup*s e outra meia dúzia de carros estacionados lado a lado. Os corpos de enormes veados estavam amarrados em pára-lamas dianteiros, atirados sobre bagageiros no teto dos carros, estirados em caçambas corrugadas, carcaças estripadas e enrijecidas do frio, línguas pendendo de bocas ensangüentadas, pêlos agitando-se na brisa suave, flocos de neve presos nas pestanas. Dava a impressão não do resultado de uma caçada bem-sucedida, mas de uma breve pausa matinal em uma guerra em andamento, como se os corpos dos veados não fossem pedaços de carne, mas troféus, fossem prova de atos individuais de bravura, evidências dramáticas da fúria, coragem e integridade da tribo e um aviso cruel aos inimigos que ainda viviam. Reunião para contagem e avaliação. Quase esperava-se ver as cabeças engalhadas dos veados abatidos separadas toscamente dos corpos e enfiadas em estacas amarradas aos pára-choques traseiros dos veículos.

Na auto-estrada, os carros com placas de fora do estado passavam a toda velocidade para o sul com os troféus no teto e amarrados em pára-lamas dianteiros, congelados ao vento, os motoristas e passageiros passando uma garrafa de um para o outro enquanto faziam algazarra e repetiam compulsivamente os detalhes da história da caçada. E em Lawford, nos quintais, veados pendiam de armações improvisadas, de ganchos de carne em celeiros escuros, de cordas ou correntes suspensas em garagens, amarradas a vigas; e atrás das janelas embaçadas das cozinhas, os caçadores tiravam seus casacos e botas e sentavam-se à mesa para um nutritivo café da manhã, ovos com *bacon*, panquecas besuntadas de manteiga e cobertas com xarope de bordo, enormes canecas fumegantes de café: homens e mulheres, o sangue acelerado nas veias, exaltados como seus ancestrais, orgulhosos, aliviados e repentinamente ávidos de comida.

Jack seguiu na frente, da *pickup* para a área plana ao lado da estrada, contornou as águas congeladas do pântano, em seguida dobrou à esquerda na íngreme trilha de lenhadores, passando por cima de pedras e vegetação rasteira. Imediatamente, Jack começou a lançar seu olhar de um lado para o outro pelo solo parcialmente coberto de neve, à cata de pegadas e sinais. Sempre que Twombley, parecendo um bebê gigante enrolado em uma manta vermelha, aproximava-se e tentava caminhar a seu lado, Jack parecia andar um pouco mais depressa e deixar o homem para trás outra vez.

Movia-se agilmente, um atleta nato, pernas compridas, ombros largos, magro e desenvolto — um desportista. "Sou um jogador de bola", costumava dizer, "independente de qualquer outra coisa que faça." Nunca dizia "jogador de beisebol" ou mesmo "arremessador" e na realidade ficara levemente decepcionado quando o Red Sox acabou sendo o único time que quis contratá-lo, apesar do fato de o Sox ter sido seu time preferido desde a infância, porque isso significava a American League e a regra designada para o batedor: como arremessador, se um dia chegasse às duas maiores ligas de beisebol americano, não poderia bater. E naquela época ele esperava chegar às ligas principais. Todos na cidade e mesmo pelo estado e até Massachusetts esperavam que o garoto Jack Hewitt, de um vilarejo montanhoso de New Hampshire, chegasse a uma das duas maiores ligas de beisebol americano. "Não há dúvida de que esse garoto estará arremessando em Fenway daqui a uns dois anos", as pessoas disseram quando Jack com sua bola rápida foi convocado no último ano da escola secundária. "Não há dúvida. O melhor jogador produzido por New Hampshire desde Carlton Fisk." As pessoas achavam que ele até se parecia um pouco com Fisk, de queixo quadrado e elegantemente estruturado, da forma que um garoto de dezoito, de corpo não inteiramente construído, pode ser considerado estruturado — o tipo de rapaz do qual uma cidade se orgulha de enviar para o mundo.

    O mundo neste caso veio a ser New Britain, Connecticut, mas, após uma temporada e meia jogando, Jack estava de volta a Lawford, incapaz de erguer a mão direita acima do ombro, onde se viam duas longas cicatrizes brancas, que Hettie Rodgers adorava tocar com sua língua. Sob as cicatrizes, tinha um músculo rotador arruinado, como ele costumava dizer, por tentar fazer o que um homem não foi feito para fazer, um arremesso rápido e com efeito, e por tentativas cirúrgicas de reparar o dano.

    Entretanto, não se queixava. Ao menos, sentira o gosto do sucesso, certo? A maioria dos rapazes nem chegava até aí. Conhecia vários arremessadores nas ligas menores que haviam arruinado o braço no primeiro ou segundo ano, de modo que ele não se sentira particularmente sem sorte. Sua história não era assim tão incomum. Não para alguém que chegara tão perto da glória quanto ele. Essa é que era a história incomum, achava, ter chegado tão perto quanto ele chegara. Mais experiente do que seus vizinhos, ele aceitava o ponto de vista estatístico e sentia-se reconfortado.

Ou assim parecia. De vez em quando, sua decepção e frustração vinham à tona com a força da dor e da raiva. Nessas ocasiões, via-se bêbado de cerveja e chorando nos braços de Hettie Rodgers, balbuciando coisas ridículas em seu pescoço alvo e macio como: "Por que tinha que acontecer com a porra do *meu* braço? Por que *eu* não pude ser como aqueles outros caras que estão arremessando em Fenway, pelo amor de Deus? Eu era tão bom quanto aqueles sacanas! Eu *era*!"

Mas, no dia seguinte, depois de perfurar poços com Wade o dia inteiro para Gordon LaRiviere, ele retornava ao seu posto na Toby's Inn, assistindo ao jogo na TV acima do balcão com os freqüentadores habituais. Explicava os principais lances do jogo, deixava escapar mexericos e boatos sobre Oil Can Boyd, Roger Clemens e Bruce Hurst, que ele conhecera e contra os quais jogara nas ligas menores, diagramava em um guardanapo a diferença em bater e correr e correr e bater, antecipava decisões dos técnicos com uma precisão e entusiasmo que agradava a todos que o ouviam, fazia-os sentir orgulho de conhecê-lo. "Esse Jack Hewitt, ele é incrível. A única diferença entre ele e aquele Clemens lá na TV é sorte. Só isso, pura sorte."

Escorregando e deslizando ladeira abaixo atrás de Jack vinha Evan Twombley, carregando seu rifle, carregando-o penosamente primeiro com a mão direita, depois com a esquerda, estendendo uma das mãos e depois a outra para manter o equilíbrio, enquanto tentava seguir as pegadas de Jack na neve e tropeçava em uma pedra ou em restos escorregadios de galhos cortados. Finalmente, atirou o rifle sobre o ombro, como um soldado de infantaria, e passou a usar ambos os braços para equilibrar-se. Com excesso de peso, fora de forma, logo estava arquejante, com o rosto afogueado pelo esforço de tentar acompanhar um homem mais jovem; começou a praguejar.

— Filho da puta, onde diabos ele pensa que vai, a alguma festa?

Quando Jack já havia se distanciado uns vinte metros à frente de Twombley e na verdade desaparecera de vista ao contornar um aglomerado de espruces baixos, Twombley gritou-lhe:

— Ei, Hewitt! Vá mais devagar, porra!

Jack parou, virou-se e ficou esperando por ele. Uma expressão de desprezo atravessou seu rosto, mas quando Twombley surgiu cambaleando desengonçado ao redor dos espruces, Jack sorriu tranqüilamente e disse em voz baixa:

— Os veados também têm ouvidos, você sabe.

A neve que caía esvoaçava como um véu entre eles, encapelando-se com o vento, e Twombley devia parecer um gordo fantasma vermelho aproximando-se. Como se de repente tivesse levado um susto com ele, Jack virou-se e continuou a andar, um pouco mais devagar do que antes, mas mantendo a distância entre ambos constante.

Desciam em ziguezague a encosta norte de Parker Mountain, caminhando na direção do lago Minuit através das florestas cuja madeira fora cortada há uns cinco ou seis anos, passando por tocos e pilhas de galhos secos entre os espruces e pinheiros novos. O céu parecia imenso e baixo, escuro como fumaça e derramando cinzas brancas sobre o vale. De vez em quando, o som de disparos lá embaixo ressoava até ali em cima, pela longa e emaranhada vertente da montanha, como se batalhas estivessem sendo travadas lá, operações isoladas e descargas esporádicas de atiradores de elite. Agora em terreno aberto, podiam ver ao longe a forma oval do lago congelado, um disco branco com umas ondulações cristalizadas na margem distante, que era o estacionamento de *trailers* de LaRiviere, como Jack o via, onde Wade Whitehouse morava.

Jack gostava de Wade. Quase todos gostavam de Wade. Não do modo como todos gostavam de Jack, é claro, mas Wade era vinte anos mais velho do que Jack e tinha a reputação na cidade de ser um homem perigoso quando bêbado, uma reputação que Jack sabia ser justa. Ele mesmo já vira Wade surrar alguns homens e ouvira histórias a seu respeito que remontavam à época em que era estudante, antes de tentar ir para o Vietnã como seus irmãos, mas acabar sendo enviado para a Coréia, o que as pessoas diziam que realmente o deixara furioso. As pessoas costumavam dizer: "Se você pisar no calo dele, Wade Whitehouse pode virar bicho", o que provavelmente foi a razão de terem feito dele um policial militar, depois que o exército aplicou-lhe os testes de aptidão. Wade tinha um talento especial para ser ruim.

Ainda assim, Jack gostava de Wade. Ou, mais precisamente, ele atraía sua atenção. Observava-o cuidadosamente, sempre sabia onde ele estava em uma sala, com quem conversava, quase como se Wade fosse a mulher de alguém que Jack estivesse cobiçando. Gostava da ligeira sensação de perigo que sentia quando estava perto de Wade, muito embora a idéia de terminar com quarenta e poucos anos vivendo uma vida como a de Wade o fizesse estremecer, desviar o olhar e rapidamente voltar a falar de beisebol. Meu Deus! Um sujeito inteligente e de boa aparência como ele, vivendo sozinho lá longe no lago, num velho *trailer* enferrujado, arrebentando-se de cavar poços para Gordon LaRiviere e trabalhar meio expediente como policial da cidade, tomando cerveja e brigando com os rapazes nos sábados à noite, conseguindo uma transa rápida no domingo com alguma mulher triste e solitária como Margie Fogg — essa não era a vida que Jack Hewitt planejava viver. De jeito nenhum!

Parou na borda de uma descida íngreme que levava a uma ramificação da velha trilha de lenhadores e um campo de seixos parcialmente coberto de mato, o remanescente de um deslizamento de terras na primavera. Adiante do trecho pedregoso, a floresta recomeçava. O vento inclemente que soprara em seu rosto durante toda a descida desde o caminhão mudou ligeiramente de direção e lançou o lençol de neve para o lado. De onde Jack estava, lá em cima na borda do barranco, pôde ver acima das copas das árvores, agora madeira-de-lei em sua maioria, carvalho e bordo, pela encosta da montanha e através da depressão de Saddleback até Lawford, identificável entre as árvores distantes pela torre da igreja congregacional e pelo telhado do prédio da prefeitura. Jack fitou a cidade, o lugar na paisagem onde sabia que a cidade ficava, como se procurasse sua própria casa, depois inspirou e expirou profundamente e, quando o vento começou a soprar de novo em seu rosto e a cortina se fechou, ele voltou-se e olhou para Twombley, que afinal o alcançara.

Carrancudo e arquejante, o homem estava prestes a dizer alguma coisa, quando Jack ergueu o dedo, silenciando-o.

— Fique aqui, fique aqui onde estou — sussurrou e afastou-se da borda do barranco.

Twombley assentiu, posicionou-se no lugar indicado e espreitou cuidadosamente a trilha estreita e o campo argiloso de origem glaciária, seis metros abaixo.

— Vou retroceder um pouco, depois vir pela esquerda ao longo daquela trilha lá — sussurrou no ouvido de Twombley. — Você fique parado aqui e aguarde. — Apontou para o rifle ainda pendurado no ombro gordo de Twombley. — Vai precisar disso — disse. — Não se esqueça de destravar.

Twombley tirou o rifle do ombro e segurou-o desajeitadamente. Verificou o tambor, abriu a trava de segurança e encaixou a arma sob o braço direito. Sua respiração estava acelerada agora, não pelo esforço, mas pela excitação. Em um sussurro seco e tenso, perguntou a Jack:

— O que está vendo?

— Rastros. É o seu cervo enorme, com certeza. Portanto, não tire os olhos daquela brecha na trilha lá embaixo — disse, apontando para baixo, um pouco para a esquerda, onde a trilha desaparecia atrás de uma curva na descida íngreme. — E dentro de pouco tempo, Sr. Twombley, verá o que deseja ver.

— Onde você estará?

— Onde possa pegá-lo se você não o fizer — disse Jack. — Só há uma direção que ele possa tomar quando você atirar nele daqui de cima. Se errar, ele correrá pela encosta abaixo e voltará. E é lá que estarei.

— Certo, certo.

Jack colocou a mão nas costas de Twombley e cutucou-o para que desse mais um passo em direção à borda.

— Fique preparado. Só terá tempo de dar um único tiro. Ele virá em sua direção, portanto atire nele exatamente onde você atiraria em um homem se tivesse apenas uma bala — disse, apontou para o coração de Twombley e sorriu.

Twombley devolveu o sorriso.

— Boa caçada, Sr. Twombley — disse Jack.

Atirou a mochila nas costas e começou a caminhar ao longo da borda do barranco em direção à fileira de pequenos pinheiros que cresciam encosta acima à esquerda. Então, voltou-se e caminhou de volta em direção a Twombley, que já estava apontando para o lugar onde esperava que o veado aparecesse e, quando estava a cerca de um metro e vinte do sujeito, Jack parou.

Twombley ergueu os olhos para ele, intrigado.

— É melhor ir, garoto. Você só tem até às dez horas para ganhar aqueles cem extras — disse.

— Deixe-me verificar sua arma — pediu Jack.

Twombley entregou-a a ele. Jack examinou-a. Ergueu a cabeça e por alguns segundos fitou o peito de Twombley. Em seguida, ergueu a arma, mirou e atirou.

6

Enquanto isso, naquele exato momento no vale lá embaixo, Wade dirigia seu carro da escola para o sul, pela rota 29, para o centro da cidade. Às vezes, um veículo emergia da cortina de neve e passava chapinhando pelo sedã verde de Wade — Hank Lank entregando óleo, Bud Swette em seu jipe começando as entregas do correio, Pearl Diehler levando os filhos para a escola, atrasada outra vez.

Então, Wade viu a máquina de limpar neve aproximando-se, o caminhão-basculante azul vívido, com a enorme pá em duplo V, dirigido por Jimmy Dame, que geralmente era um dos ajudantes de Wade no equipamento de perfuração. O filho da puta chegara à garagem antes dele e agora Wade teria que dirigir a máquina de terraplenagem outra vez. Eles deveriam ter cancelado as aulas, pensou. Que tudo fosse para o inferno. O veículo assomou da neve como o enorme rosto de um cavaleiro medieval coberto por um elmo azul e prata e Wade desviou um pouco para a direita a fim de dar espaço suficiente para o caminhão passar. LaRiviere conseguira o contrato para limpar a neve das ruas da cidade há nove anos, antes de concorrer ao cargo de conselheiro e logo depois que o Conselho Municipal introduziu, na reunião dos eleitores do município, uma norma exigindo que todos os pleiteantes à limpeza da neve das ruas fossem residentes do local. Apelando para o orgulho local e a suspeita em relação a estranhos, Chub Merritt, então presidente do conselho, fez a norma passar, apesar da forte oposição de Alma Pittman, a secretária da câmara municipal, que ressaltou que Gordon LaRiviere, com sua aplainadora e seu caminhão-basculante, agora provavelmente não teria concorrentes, o que, é claro, não era nenhuma novidade para Chub Merritt.

Embora trabalhasse para LaRiviere e provavelmente fosse acabar dirigindo uma das máquinas ele mesmo e acumular muitas horas extras para ajudar a pagar as despesas com sua filha e a casa nova, Wade fora contra a proposta, não dizendo isso a ninguém, exceto a Lillian: ele sabia o que LaRiviere e Chub Merritt estavam tramando e, ao contrário da maioria das pessoas na cidade, não os admirava por isso. Wade nunca compreendera por que as pessoas pareciam confundir inveja com admiração quando se tratava de aproveitadores como Gordon LaRiviere. Uma cidadezinha é uma espécie de gueto e os golpistas parecem heróis. Mas Wade guardou sua opinião e nunca deu nenhuma demonstração se era a favor ou contra a nova proposta de Chub, de modo que todos concluíram que ele era a favor. Ora, o próprio Wade iria se beneficiar: trabalho de inverno, em uma cidade onde o desemprego de dezembro a março chegava quase a quarenta por cento.

Chub chamou-a de Home Rule e durante meses antes da nova reunião dos munícipes perguntou a todos que entravam em seu posto, enquanto abastecia os carros: "Qual a sua posição em relação à Home Rule?" Nunca se deu ao trabalho de perguntar a Wade. Na reunião, Alma colericamente requisitou uma votação secreta e conseguiu. Wade votou Sim. Depois, sempre desejava ter sido mais franco, ter dito diretamente a Chub Merritt: "Sou contrário à Home Rule. Não passa de uma manobra interna e tudo que significa são taxas inflacionadas para Gordon LaRiviere e nós, contribuintes, é que acabamos pagando mais impostos." Então, poderia ter votado Não. Era mais uma dessas pequenas concessões que faziam Wade se sentir preso numa armadilha, não tanto por causa da opinião pública, ou mesmo por sua covardia, como pelo desejo de se comportar como um marido e pai responsável. Acreditava nisso e engolia sua raiva.

Os limpadores de pára-brisa batiam de um lado para o outro

e a faixa do cidadão roncava à medida que os carros da polícia estadual na rodovia entre Littleton e Lebanon enviavam mensagens. Um carro em alta velocidade fora parado na pista para o norte e um caminhão saíra da estrada em Chester. Um carro fora abandonado no acostamento da estrada a uns oitocentos metros ao sul de Littleton. Wade ouvia essas chamadas por hábito, não por curiosidade ou necessidade. Embora tivesse chamado a polícia estadual muitas vezes em sua faixa do cidadão, em quatro anos eles nem sequer uma vez haviam pedido sua ajuda ou mesmo qualquer informação — não desde o incêndio florestal em Franconia. Ele era uma espécie de guarda de segurança particular contratado pela cidade, um sistema de alarme humano, cujas funções principais eram chamar o veículo de emergências na estação de bombeiros ou o serviço de ambulância em Littleton se alguém morresse em casa, apartar brigas domésticas que saíssem de controle, manter os adolescentes entediados e irresponsáveis suficientemente alertas para que não causassem nenhum dano irreversível a si mesmos, encaminhar as crianças com segurança ao pátio da escola pela manhã e, se alguma coisa realmente séria acontecesse, chamar os verdadeiros policiais.

Às vezes, Wade detestava ser o policial da cidade. Pelo menos uma vez por ano, e geralmente no começo de março, pouco antes dos conselheiros municipais terem que reconduzi-lo ao cargo, ele na verdade pensava em largar o emprego. Mas, quando era obrigado a imaginar sua vida na cidade sem o emprego, detestava a idéia ainda mais. Para Wade, desde que ficasse em Lawford, não havia nenhuma alternativa aceitável para sua vida atual, não ali, e nem em nenhum outro lugar no vale. Nenhuma alternativa, e até onde podia ver, nenhuma perspectiva. De certa forma, até agora, ser o policial da cidade, que de vez em quando lhe dava algo imprevisível para resolver, tornara sua vida quase aceitável.

Poderia ir para outro lugar, é claro; a maioria das pessoas inteligentes da cidade já o havia feito. Em geral, fugiam para o sul: para Concord, a capital do estado, como Lillian, que, Wade tinha de admitir, era inteligente, ou para Massachusetts, como eu, que

Wade também considerava inteligente e que primeiro saíra para a Universidade de New Hampshire em Durham e depois desaparecera nos subúrbios de Boston. E mesmo como nossa irmã, Lena, mais jovem do que Wade e mais velha do que eu. Uma mulher magra e bonita quando jovem casara-se com um caminhoneiro da Wonder Bread de Somerville, Massachusetts, e deixara a cidade com ele. Ele fazia a rota de entrega ao norte no verão em que Lena tinha dezessete anos e conheceu-o na Tunbridge Fair, onde ele entregava pães de cachorro-quente. Ela viajou com ele no caminhão, engravidou rapidamente e agora eram cristãos fervorosos, tinham cinco filhos e viviam no terceiro andar de uma casa de cômodos em Revere. Havia outros de Lawford que Wade considerava inteligentes, a maioria pessoas mais velhas, que venderam suas terras e casas em Lawford — nos últimos anos, cada vez mais vendidas para Gordon LaRiviere — e tendo pela primeira vez na vida alguns milhares de dólares a mais do que o necessário para se manter, partiram para a Flórida, Arizona e Califórnia, compraram um *trailer* ou um apartamento de condomínio, transformaram a pele em couro, jogando marelas sob o sol o dia inteiro, e esperaram a morte.

Mas Wade era diferente; nunca imaginara sua vida longe da cidade. Como a maioria das pessoas ao norte da Nova Inglaterra, de vez em quando falava em ir embora daquele lugar esquecido por Deus, geralmente conversava com Jack Hewitt, que desde o dia em que retornara de Connecticut falava em "fugir para a porra do cinturão do sol", ao sul e sudoeste dos Estados Unidos. Mas a conversa sempre terminava com Wade batendo nas costas de Jack e dizendo:

— Você é um sonhador, garoto. Vai morrer aqui em Lawford e eu também.

Uma vez, Wade chegara a responder um cartão-postal de seu amigo Bob Grant, o encanador, que vendera a casa e mudara-se para o Alasca há alguns anos, com uma carta perguntando sobre as oportunidades de emprego por lá para um experiente perfurador de poços. Wade achara uma loucura a mudança de Grant para o Alasca, mas no verso de um cartão-postal com a figura de um alce ao amanhecer Grant escrevera a Wade que acabara de comprar uma casa nova enorme e um *trailer* novo de nove metros de comprimento, e ele e sua mulher iam tirar duas semanas de férias viajando até o Oregon. Grant tinha a idade de Wade, um sujeito forte e inteligente, um trabalhador incansável. Ele parecia ter se beneficiado com a mudança para o norte de uma maneira que ninguém que se mudara para o sul ou para oeste conseguira.

Wade pegara seu bloco amarelo e escrevera: *Bem, parece que você está muito bem de vida agora. Acho que as pessoas no Alasca precisam mais de encanadores do que aqui. A maioria das pessoas aqui conseguem consertar seus próprios banheiros e descongelar seus próprios canos, de modo que nem sequer notamos sua falta. (Estou brincando.) Falando sério, como você acha que um sujeito como eu poderia se sair aí? Estou cansado de trabalhar para LaRiviere, que é louco, como você sabe. E também estou cansado desta cidade. Somente minha filha me prende aqui hoje em dia.*

Mas não era verdade e Wade sabia. Não, no íntimo Wade acreditava que permaneceria em Lawford ano após ano, mourejando através dos longos invernos, agora na casa dos quarenta anos e sentindo-se cada vez mais deprimido — não chamava a isso de depressão, mas lembrava-se de quando sentia-se de outro modo, não feliz exatamente, mas melhor —, bebendo demais e com uma freqüência crescente tendo ataques de violência gratuita, porque no íntimo era realista e honesto o suficiente para saber que teria quarenta e poucos anos e seria solitário, pobre, deprimido, alcoólatra e violento em qualquer lugar. Mais no fundo, entretanto, havia ainda uma outra verdade da qual de vez em quando ele tinha consciência, mas da qual certamente não podia falar a Bob Grant, embora tivesse me dito e provavelmente a Margie Fogg: disse-o com um estremecimento, uma leve contração irônica do rosto — ele amava a cidade e não podia imaginar amar nenhuma outra.

Alma Pittman estava defronte de sua casa, retirando a neve da entrada com uma pá, uma mulher alta com um casaco de lã quadriculado vermelho e um boné masculino com as abas amarradas sob o queixo, retirando a neve com amplos e fáceis movimentos de seus longos braços. Quando ele passou, ela ergueu os olhos, cumprimentou-o com um aceno da cabeça e voltou taciturna ao seu trabalho. Havia alguns carros familiares parados diante da Golden's e mais adiante, no mesmo lado da rua, ficava o Wickham's Restaurant, cujo estacionamento estava lotado. Por um segundo, Wade pensou em entrar e comer alguma coisa. Teria que dirigir a aplainadora de qualquer modo; não havia motivo para correr até a garagem para pegá-la.

Reduziu a velocidade e olhou pela janela, mas as janelas do restaurante estavam embaçadas e ele não podia ver ninguém lá dentro. Imaginou o cheiro de cigarros e café fresco, *bacon* com torradas. Acendeu um cigarro e freou devagar. Então, percebeu que Margie iria perguntar-lhe imediatamente sobre Jill. Onde ela estava esta manhã? Fora passar o dia na escola? Quais eram seus planos para o fim de semana de neve com sua filha? Talvez os três pudessem andar na moto de neve de Margie. Talvez pudessem ir ao cinema em Littleton.

Consultou o relógio, viu que estava ficando realmente atrasado e, quase aliviado, saiu do acostamento da estrada e passou direto pelo restaurante, em direção à firma de LaRiviere, a uns quatrocentos metros adiante, à esquerda. A neve que até então caía pesadamente arrefecera um pouco e o céu estava acetinado e cinza claro quando Wade entrou no caminho que levava à firma de LaRiviere, amplo, pavimentado, perfeitamente desobstruído da neve. Passou pelo *trailer* e estacionou o carro ao lado do prédio atrás dele. O estacionamento, do tamanho de um pequeno aeroporto, cerca tanto o *trailer* azul-acinzentado em estilo casa de rancho como o celeiro atrás, da mesma cor, que é de onde Gordon LaRiviere comanda seus negócios.

Todos os caminhões tinham saído, Wade observou, exceto a *pickup* de tração nas quatro rodas de LaRiviere e, é claro, a máquina de terraplenagem, aquela maldita aplainadora. Estava estacionada ao lado do celeiro como um dinossauro azul, arqueada e delgada e, como todos os veículos de LaRiviere, imaculadamente limpa. O lema da companhia, a idéia de espirituosidade de LaRiviere, estava pintada em branco na lateral da *pickup* e da aplainadora —

NOSSO NEGÓCIO É ENTRAR NO BURACO! —, como aparecia em tudo que pertencesse a Gordon LaRiviere, em cartões de visita, papéis timbrados, cheques de banco, equipamentos suficientemente grandes para exibi-lo, perfuradoras, acessórios de chuva e cada um dos seus inúmeros e bem cuidados veículos do mesmo azul. É como se LaRiviere fosse uma pequena república. Até os terrenos que ele comprava eram imediatamente sinalizados assim que o contrato era assinado com um pequeno cartaz azul escrito com letras brancas: PROPRIEDADE DE EMPREENDIMENTOS LARIVIERE. NOSSO NEGÓCIO É ENTRAR NO BURACO! PROIBIDA A ENTRADA DE MOTOS DE NEVE, A CAÇA OU A PESCA. NÃO ULTRAPASSE. ESSE AVISO É PARA VOCÊ!

Wade saiu vagarosamente do carro como se tivesse a manhã inteira livre, caminhou para a pequena porta junto às enormes portas de garagem do celeiro e entrou no escritório. Elaine Bernier estava em sua escrivaninha do outro lado do balcão de fórmica de manchas verdes. O escritório era tão limpo e arrumado quanto uma sala de exposição de mobiliário de escritório. Não havia nenhuma das descuidadas evidências de trabalho — nenhuma pilha de papel, arquivos soltos, cinzeiros abarrotados, gavetas semi-abertas, sacos de papel de lanches —, nada disso. Não havia sequer calendários ou fotografias, embora um grande aviso vermelho PROIBIDO FUMAR chamasse atenção em cada uma das quatro paredes. Elaine estava ocupada datilografando quando Wade atravessou a porta, mas sua escrivaninha, também, estava limpa e, para todos os fins, vazia. Além da sua mesa, ficava o escritório interno e ao lado uma ampla janela de vidro e metal atrás da qual sentava-se Gordon LaRiviere, fazendo negócios ao telefone, curvado sobre o receptor, como se a proximidade com o aparelho aumentasse sua eficiência.

Elaine ergueu os olhos, exibiu um sorriso fixo e seco que mais parecia uma careta e retomou imediatamente a datilografia. Era uma mulher de meia-idade com uma touceira de cabelos pintados de ruivo, um rosto comprido e anguloso, sobrancelhas artificialmente delineadas, sombra verde nas pálpebras e uma boca fina, que se vestia espalhafatosamente para o trabalho com blusas de babados e mangas compridas, longas saias de pregas e saltos altos que raramente saíam de baixo da mesa. Era opinião de Wade que Elaine Bernier era apaixonada por Gordon LaRiviere e que Gordon às vezes conseguia dela o que queria.

Wade abriu o zíper do casaco, tirou o boné e bateu-o na coxa, espalhando gotas de neve derretida sobre a escrivaninha de Elaine, que o olhou fixamente. Ele acenou para seu reflexo no espelho atrás dela e LaRiviere gritou do outro lado:

— Wade! Venha cá um instante!

Wade assentiu e caminhando em direção à porta, disse com os lábios um, dois, três e, em coro com LaRiviere, disse em voz alta:

— *Quero que você pegue a aplainadora!*

Wade parou junto à entrada do escritório — podia ver o topo prateado e de cabelos curtos da cabeça de LaRiviere enquanto o sujeito olhava diretamente para o telefone, o rosto a alguns centímetros da superfície de sua escrivaninha imaculada, como se a examinasse à cata de poeira — contou até três mais uma vez e disse, novamente em coro com LaRiviere:

— *Siga o Jimmy na 29 até o Toby's e volte!*

Em seguida, ouviu LaRiviere voltar à sua conversa ao telefone, um sussurro rápido, sua voz habitual ao telefone, como o zumbido de uma fita sendo rebobinada.

Wade deu mais dois passos à frente e inclinou-se para dentro do escritório claramente iluminado. LaRiviere ergueu os olhos, franziu a testa larga e rosada, perplexo, e quando começou a abrir a boca, Wade mostrou o dedo médio para ele e disse:

— Vá se foder, Gordon.

A expressão de LaRiviere não se alterou; era como se Wade e ele estivessem em zonas de tempo diferentes. Wade enfiou o boné na cabeça, virou-se e deixou o escritório.

Cinco minutos depois, estava em cima da cabine da aplainadora, o teto de lona agitado pelo vento, atravessando o estacionamento e descendo o caminho para a estrada, a longa e estreita pá balançando sob o corpo alto da máquina como uma lâmina de barbear gigante.

Jack Hewitt parou na borda do barranco e olhou por cima das copas das árvores através da depressão de Saddleback até o centro de Lawford. O vento mudara ligeiramente de direção, ou talvez a neve que caía pesadamente tivesse arrefecido um pouco, pois ele podia ver a torre da igreja congregacional e o telhado do prédio da prefeitura no vale lá embaixo. Ele devia estar tentando imaginar onde estaria localizada a casa de seu pai entre as árvores distantes, quando Twombley alcançou-o, arquejante.

Sem fôlego e com o rosto afogueado do esforço de tentar acompanhar um homem mais jovem, Twombley estava prestes a dizer alguma coisa, sem dúvida irritadamente, mas Jack levou um dedo à boca e silenciou-o. Em seguida, afastando-se um pouco da borda da saliência do rochedo, inclinou-se perto do ouvido de Twombley e disse:

— Fique aqui, fique aqui onde estou.

Twombley deu dois passos à frente, espreitou pela borda para a trilha de lenhadores a uns seis metros abaixo e para o campo semeado de pedras além dela.

Jack postou-se a seu lado e murmurou que contornaria o rochedo por trás e pela esquerda. Iria cortar o caminho para a trilha através de um aglomerado de pinheiros lá e conduzir o veado de volta ao longo da trilha, até o animal ficar bem no campo de visão de Twombley, logo abaixo e a uns cinqüenta metros para a esquerda. Disse-lhe que ficasse preparado para atirar, porque só poderia dar um único tiro.

Twombley tirou o rifle do ombro, verificou o tambor e abriu a trava de segurança.

— O que viu? — perguntou.

Jack falou-lhe dos rastros e das pelotas marrons e úmidas de fezes de veado.

— Recentes? — perguntou Twombley.

— Sim. E grandes. É o seu cervo, Sr. Twombley. Aquele em que o senhor passou o outono todo pensando, não foi?

Twombley assentiu e aproximou-se mais da borda do barranco.

— Mexa-se — disse para Jack. — Você tem pouco tempo se quiser ganhar aqueles cem extras.

Jack olhou para o homem por um instante e sua boca se curvou com um sorriso de desdém. Em seguida, virou-se bruscamente, como se quisesse esconder a expressão de desdém, e começou a caminhar em direção à fileira irregular de pinheiros que subia a encosta a partir do rochedo. Do outro lado dos pinheiros, a descida era menos íngreme e a trilha quase ficava plana em alguns trechos. Havia várias pilhas, de cerca de dois metros de altura, de galhos e arbustos secos que haviam sido acumulados ao longo da trilha há alguns anos pelos lenhadores. Jack sabia que o cervo grande estava escondido em uma daquelas pilhas, que estava deitado, ouvindo o tiroteio ao longe e o ruído de um pequeno galho quebrando a uns quinze metros de distância, farejando o odor acre dos seres humanos, os grandes olhos castanhos arregalados, procurando algum movimento em seu campo de visão que não se encaixasse no ritmo familiar de um mundo sem homens. Jack adaptava, estreitando, seu próprio campo de visão, ajustando o olhar em um foco nítido sobre as pilhas de galhos emaranhados, de modo que pudesse determinar em qual das três o veado se escondia, quando ouviu Twombley gritar e começou a correr. No mesmo instante, ouviu a arma disparar e compreendeu que o idiota escorregara e atirara em si mesmo.

Não conseguindo pensar de outro modo, caminhou devagar, com raiva, de volta à beira do barranco onde Evan Twombley estivera e olhou para baixo, para o corpo do sujeito estendido na neve lá embaixo. Gritou para o corpo:

— Seu babaca! Seu babaca fodido!

Twombley caíra de barriga para baixo, com os braços e as pernas abertos como se estivesse em queda livre no espaço. O rifle novo estava ao lado, a pouco mais de um metro à direita, parcialmente enterrado na neve.

Jack tirou um cigarro, acendeu-o e enfiou o maço amassado de volta no bolso. Esperava que o sujeito estivesse realmente morto, congelado, porque, se ainda estivesse vivo, teria que arrastar o imbecil filho da puta até a *pickup* e provavelmente levá-lo até Littleton.

— Idiota, filho da puta arrogante — disse em voz baixa, começando a descer devagar, com cuidado, para descobrir se realmente, como esperava, Evan Twombley tinha se matado com um tiro.

Somente quando chegou à Toby's Inn é que Wade — debruçado sobre a enorme roda do volante na cabine dolorosamente açoitada pelo vento gelado da aplainadora azul de LaRiviere — finalmente alcançou Jimmy Dame no caminhão basculante. Ali era o limite para as pás de limpar neve da cidade; elas e as máquinas do Departamento de Obras Públicas do Estado encontravam-se e davam a volta no Toby's, retornando a seus respectivos territórios. Jimmy passara a máquina algumas vezes pelo estacionamento do Toby's como uma gentileza e estava sentado no caminhão, no canto do estacionamento, apreciando o café e os pães doces da cozinha do Toby's e observando Wade — compulsivamente e com grande dificuldade, por causa do tamanho e da inadequação da aplainadora — terminar de empurrar os restos de neve que Jimmy deixara para as laterais do estacionamento.

Jimmy gostava de ver Wade tentar usar a aplainadora como se fosse uma *pickup* com uma pá chata na frente, dirigindo o veículo enorme e grotesco três metros para a frente, depois três metros para trás, pequena curva para a direita, pequena curva para a esquerda, aplicando toda a sua força naquele enorme volante como o capitão de um navio tentando evitar um *iceberg* que vinha em sua direção. Era loucura, pensou Jimmy, e Wade era louco. Fazia isso todo inverno: chegava na empresa de LaRiviere atrasado no primeiro dia de neve porque demorava-se direcionando o tráfego na escola, depois tinha que ficar com a aplainadora, o que certamente o deixava furioso, uma vez que lá em cima era o mesmo que estar em um frigorífico, exceto que então ele dirigia a maldita máquina como se estivesse satisfeito de estar com ela, realmente contente de ter a chance de mostrar às pessoas o que aquela aplainadora podia fazer quando se tratava de limpar neve. Depois de conhecê-lo a vida inteira, Jimmy ainda não sabia se gostava de Wade ou não.

Jimmy Dame, como Jack Hewitt, era um dos ajudantes de

Wade na equipe de perfuração de poços. Wade era o capataz há uma década. Mas quando não estavam perfurando poços, os três caíam para o mesmo nível e eram pagos da mesma forma. Quando o solo congelava e a escavação de poços já não era possível, LaRiviere os colocava primeiro para trabalhar na limpeza de neve das ruas e, quando isso era terminado, na manutenção dos equipamentos, veículos, ferramentas e material. Quando tudo que LaRiviere possuía tinha sido submetido ao seu exigente escrutínio, o que significava dizer, estavam como novos, e a garagem, caixas de ferramentas e depósitos haviam sido varridos e arrumados como um acampamento militar, LaRiviere prontamente despedia Jimmy. Algumas semanas depois, despedia Jack e, por fim, Wade. Isso geralmente ocorria no final de fevereiro, o que significava que Wade não ficava desempregado mais do que seis semanas.

Era difícil saber que fatores determinavam a política de LaRiviere de dispensar primeiro Jimmy, depois Jack, depois Wade. Tanto Jimmy quanto Wade trabalhavam para LaRiviere desde que saíram do serviço militar e Jack chegara há apenas três anos, portanto não era tempo de serviço. E também não era idade, pois Jimmy era dois anos mais velho do que Wade, 22 a mais do que Jack. E não era com base nas habilidades de cada um, porque Jack sabia datilografar e Wade não e, quando lhe davam a oportunidade, Jack gostava de serviço de escritório. Ao passo que Wade sentia-se mais do que deslocado, sentia-se absolutamente aterrorizado quando, como inevitavelmente acontecia em um dia frio, escuro e coberto de neve de fevereiro, LaRiviere pedia-lhe para entrar no escritório, pegar a calculadora e uma régua de arquiteto, fazer medições em uma planta estendida sobre a mesa de desenho e ajudá-lo a preparar uma proposta sobre algum trabalho a ser feito na primavera para o estado. Wade tirava o casaco e o boné, sentava-se no banco alto e começava a trabalhar, relacionando diâmetros e comprimentos de tubulação e peças necessárias, convertendo aqueles números em horas de mão-de-obra, telefonando para a Capitol Suplly em Concord para obter preços, apertando as teclas da calculadora.

E toda vez, sem exceção, chegava a totais tão acima ou tão abaixo do que o simples bom senso lhe dizia que o serviço custaria, que sentia-se compelido a recomeçar todos os cálculos. Ao terminar pela segunda vez, novamente seus resultados eram tão disparatados e tão contrários aos primeiros, que Wade não conseguia confiar em nada — nem nos desenhos, nem no arquiteto e no engenheiro que os fizeram, nem na calculadora, nem no fornecedor e, acima de tudo, nem nele mesmo. Ele conhecia o serviço, os preços e as quantidades de materiais estavam todos registrados e ele sabia interpretar plantas com facilidade; mas de algum modo, sempre que somava os valores, ele errava, pulando uma coluna inteira de números uma vez, duplicando totais em outra. Ele teria alguma deficiência mental, algumas células essenciais faltando em algum lugar? Haveria alguma coisa errada com seus olhos, alguma doença misteriosa? Ou ele simplesmente ficava tão nervoso com a presença de LaRiviere sentado ali perto que não podia se concentrar nas fileiras de números diante dele? Geralmente, após uma dúzia de tentativas fracassadas de chegar a uma estimativa que se aproximasse de seu conhecimento empírico do custo de um trabalho, Wade começava a rosnar audivelmente de seu banco na mesa de desenho, um rosnado baixo e rouco como o de um cão. LaRiviere, então, erguia os olhos de sua escrivaninha, piscava os minúsculos olhos azuis-claros três ou quatro vezes e dizia a Wade para ir para casa pelo resto do inverno.

Quando, finalmente, Wade terminou de limpar o estacionamento da Toby's Inn, estacionou a aplainadora ao lado do caminhão-basculante, desligou o motor e abriu a porta de lona. Como estivesse bem mais alto do que Jimmy no caminhão, virou-se em seu assento estreito e bateu com a bota várias vezes na janela fechada do caminhão.

Jimmy baixou o vidro da janela e gritou:

— Que porra você quer, Wade? O que você quer?

Wade sentiu uma onda de petulância percorrê-lo, uma cálida sensação de implicância, e começou a sacudir as botas, primeiro a direita e depois a esquerda, pela janela aberta.

Jimmy esquivou-se dos pés de Wade e gritou:

— O que é isso? Tire essa merda daqui!
Começou a fechar o vidro da janela, mas Wade enfiou uma das botas na janela o suficiente para fazê-lo parar. Jimmy olhou para cima, para Wade, intrigado, furioso, um pouco amedrontado.
— Ei, pare com isso, sim?
Wade não disse nada. Seu rosto não tinha nenhuma expressão, mas de repente sentia-se feliz, quase brincalhão, inesperadamente livre da raiva e da tristeza que o abateram toda a manhã. Até sua dor de dente diminuíra. Wade de certa forma sabia que sua sensação de libertação quase milagrosa e estranhamente inocente só duraria se ele conseguisse sair dali sem dizer nada, recusando-se a explicar sua atitude, recusando-se a racionalizá-la, recusando-se até mesmo a associá-la à raiva, a uma determinada ofensa feita ou sofrida; assim, retirou as botas da janela parcialmente fechada e chutou-as com força contra o vidro.
Jimmy exclamou:
— Jesus Cristo, Wade! Se você quebra esse vidro, Gordon vai me matar também!
Rapidamente, rolou o vidro para baixo outra vez e afastou-se da abertura da janela e dos pés balançantes de Wade. De sua posição quase no banco do passageiro, Jimmy conseguiu segurar o volante e esticar as pernas para pisar na embreagem e no acelerador, colocar o caminhão em primeira marcha e afastar-se da aplainadora com uma guinada instável. Mas quando o caminhão se afastava, Wade simplesmente saltou para o teto da cabine e ficou em pé em cima do veículo, as pernas abertas, as mãos nos quadris, batendo os pés no teto em uma dança estranha e desenfreada.
Embaixo, Jimmy retomou sua posição atrás do volante, passou à segunda marcha, aumentou rapidamente a velocidade do caminhão e rumou diretamente para o banco de neve no outro extremo do estacionamento. Então, pisou nos freios e teve o prazer de ver Wade, como uma gigantesca ave de rapina azul-marinho, passar voando, por cima do capô do caminhão, por cima da pá e cair diretamente no meio do monte de neve compacta.
Assim que Wade aterrissou, Jimmy girou o volante com força

para a esquerda, voltou à primeira marcha, saiu rapidamente do estacionamento para a rota 29 em direção à cidade e começou a limpar a neve da pista direita naquela direção, tão despreocupada e cuidadosamente quanto limpara a outra pista de saída.

Após meio minuto, Wade conseguiu arrastar-se para fora do banco de neve e ficou parado, coberto de neve e encurvado, no meio do estacionamento, congelando, com bolos de neve dentro das roupas, no pescoço e nas costas, por dentro das mangas e das pernas das calças e dentro das botas, luvas e boné.

Jimmy e o caminhão já estavam fora do alcance da vista; a enorme e desajeitada aplainadora azul ria de contentamento no outro lado do estacionamento. Wade abaixou-se e pegou um bolo de neve bem compacto, do tamanho do seu punho cerrado. Quando estava prestes a atirá-lo — no pára-brisa da aplainadora, imaginava, embora ainda não tivesse se decidido sobre um alvo — ele ouviu as sirenes.

Alguns segundos depois, dois carros de radiopatrulha da polícia estadual e uma comprida ambulância branca passaram em alta velocidade pela rota 29 vindos da interestadual. Quando passaram pela Toby's Inn, Wade girou na direção deles e arremessou a bola de neve, espatifando-a na janela do passageiro do carro que vinha na frente. Os carros de radiopatrulha e a ambulância, entretanto, seguiram em frente, como se Wade não existisse.

7

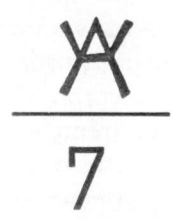

Durante anos foi uma visão familiar nas manhãs de inverno: as pessoas olhavam pelas janelas da sala de estar ou paravam por um segundo com uma braçada de lenha no meio do caminho entre o telheiro para lenha e o alpendre nos fundos da casa e observavam a máquina feia e pesada aproximar-se lentamente, o motor fazendo ruídos de descarga. De certa forma, agradava e reconfortava as pessoas ver Wade Whitehouse lá fora, limpando a neve das ruas da cidade com a aplainadora azul de LaRiviere.

Em geral, ouvia-se a máquina antes de vê-la — um som baixo e rangente — e então via-se, através da neve que caía, o clarão embaçado e opaco dos faróis como os olhos de um inseto faminto. Gradualmente, o próprio monstro emergia de trás de ondas brancas tremulantes, um emaranhado de ossos e chapas de aço com seis enormes pneus negros corrugados avançando implacavelmente pela rua.

Preso na cabine de lona como um técnico de consertos da companhia telefônica empoleirado num poste, Wade debruçava-se sobre o volante, mudava as marchas e manipulava as alavancas de controle da pá para frente e para trás — ajustava a máquina rígida e desengonçada às depressões, curvas e pilhas de gelo e neve das ruas antigas e mal conservadas que corriam ao longo do rio e cruzavam o vale e as colinas ao redor.

A carne resfriada de seu corpo rapidamente se entorpecera; seus pés nos pedais de metal logo estavam tão frios quanto lingotes; as mãos enluvadas estavam rígidas como chaves inglesas. Ele não sabia nada do que ocorrera em Parker Mountain naquela manhã, nada além do alcance imediato dos sentidos reduzidos de seu corpo. Olhava pelo quadrado de plexiglas para a rua branca à sua frente e sonhava.

Até onde podia lembrar-se, certamente até onde eu podia lembrar-me, Wade era considerado um sonhador, mas somente por aqueles que o conheciam bem e há muito tempo — nossa mãe e nosso pai, nossa irmã e nós os três irmãos, sua ex-mulher também, Lillian, e ultimamente Margie Fogg, a boa e velha Margie Fogg. Todos nós considerávamos Wade um sonhador. A maioria das pessoas o via como uma pessoa tensa, ágil, imprevisível, esquentada, e ele realmente era tudo isso também. Mas desde a infância, quando estava sozinho ou pensasse que estava, ele às vezes parecia quase perder a consciência e flutuar em ondas de pensamento e sentimento de sua própria imaginação. Não eram propriamente fantasias, pois não tinham nenhuma narrativa e quase nenhuma estrutura, nem quaisquer lembranças ou anseios. Eram fervorosos fluxos de silenciosa satisfação que fluíam em contínuo por sua mente e, ainda assim, permaneciam em segurança fora do tempo, como se não tivessem nenhuma origem e nenhum destino.

Um garoto do interior e o terceiro filho de uma família taciturna — que costumava deixar as crianças desde cedo entregues a seus próprios meios, como se nada fosse acontecer em suas vidas adultas para o qual valesse a pena prepará-los — Wade desde a infância se vira, freqüentemente e por longos períodos de tempo, essencialmente sozinho. Quer na companhia de sua mãe na cozinha quente e com agradável cheiro de comida, ou à noite em seu berço com os irmãos mais velhos no quarto sem aquecimento do andar superior onde os três dormiam, em geral era ignorado, tratado como uma peça da mobília herdada, que não tinha nenhuma utilidade ou valor específico, mas que algum dia poderia vir a valer alguma coisa. Em pouco tempo, ele começou a ser encontrado nos pés das pessoas, estorvando o caminho, notado de manhã ou no começo da tarde, quando seus irmãos mais velhos estavam na escola, por nossa mãe a caminho da cozinha. Um garotinho sentado silenciosamente no canto, fitando a parede de olhos arregalados como se estudasse o desenho do papel de parede, até que ela o pegasse e abraçasse com força, sorrindo para seu rostinho enigmático e austero, e dissesse: "Wade, querido, você é meu sonhador."

Ele se contorcia e enrijecia o corpo, até ficar difícil segurá-lo e, quando ela o recolocava no chão ele saía correndo da sala antes dela, deixando a porta de tela bater atrás de si — ia em busca dos irmãos, ficando ao lado da rua de terra, esperando o ônibus escolar parar diante da casa e deixar os dois garotos mais velhos descerem.

Atrás dele, nossa mãe afastava a cortina e espreitava-o pela janela da cozinha. Percebia que novamente o garoto ostentava aquele olhar sonhador no rosto — impassível, resignado, despreocupado e fora de foco. O nome de nossa mãe é Sally e na época ficou grávida de nossa irmã Lena, seu quarto filho, e eu ainda não havia nascido. Sally acabara de completar trinta anos e seu marido, Glenn, nosso pai, era um homem turbulento que bebia demais. Embora Glenn amasse Sally, de vez em quando a surrava e já havia batido nos garotos. Não em Wade, é claro, ele ainda era muito pequeno, mas nos garotos mais velhos, Elbourne e Charlie, que às vezes podiam ser irritantes, até ela tinha que admiti-lo. Especialmente quando chegava tarde da noite na sexta-feira, bêbado, Glenn mostrava-se agressivo, embora certamente não houvesse nenhuma desculpa para ele bater nela ou nos garotos, absolutamente nenhuma, e Glenn sempre ficava arrependido depois.

Em conseqüência, quando Sally via seu terceiro filho sonhar, ela preferia acreditar que era um sinal do seu abençoado contentamento e sentia-se aliviada de que ao menos alguém naquela pobre e conturbada família fosse uma pessoa feliz — e por esse motivo considerava-o seu filho favorito. Acreditava que ele era diferente de seu pai e, por ser um menino, diferente dela também. Quando deu à luz um menino, mal pôde acreditar que ele saíra de seu corpo. Seu quarto filho seria uma menina, Lena, em quem Sally se veria inteiramente recriada, a pobrezinha. Era assim que a chamava, "pobrezinha". Então, um ano depois, seu quinto filho nasceria, um filho a quem batizaram de Rolfe, que Sally no começo achou que fosse igual aos outros dois, outra lasca do mesmo tronco, como Glenn dizia. E assim ele foi por alguns anos — independente, briguento, violento, másculo. Mais tarde, com penosa dificuldade, ele mudaria, mas ninguém na família sabia disso, exceto Wade, talvez.

A família vivia desde o começo em uma casa herdada, a casa do tio de Sally, uma pequena casa de fazenda em ruínas, situada em quarenta hectares de terreno pedregoso e coberto de mato, a seis quilômetros e meio a oeste do centro de Lawford, na encosta norte de Parker Mountain. Sally e Glenn mudaram-se para lá logo depois de se casarem, pretensamente para cuidar do tio Elbourne, doente, sem filhos e há muito tempo viúvo, mas na realidade porque não tinham onde morar e Sally já estava grávida. Quando Glenn declarou que o nome de seu primogênito seria Elbourne, já havia convencido o velho inválido e cada vez mais senil a colocar a casa em nome dele e de Sally — em troca do pagamento de três anos de impostos atrasados, explicou Glenn, e por questão de segurança. Quando, um ano depois, tio Elbourne morreu em sua cama, no quarto frio e cheirando a urina no térreo, Glenn e Sally Whitehouse puderam acreditar que haviam alegrado os últimos dias de vida do velho, uma crença sustentada agora pelo nome de seu primeiro filho e pela posse legal da casa.

De tais circunspectos primórdios, então, é que a fazenda velha e em ruínas passou finalmente a ser conhecida como a casa dos Whitehouse, onde os cinco garotos Whitehouse foram criados, onde nós discutimos, brigamos e sofremos juntos e, à nossa própria maneira distorcida, amamos uns aos outros. O lugar do qual por fim, assim que possível, todos os cinco filhos fugiram — Elbourne e Charlie para o Vietnã, onde morreram; Lena para o casamento com o motorista do caminhão da Wonder Bread, para a obesidade, para o cristianismo carismático e para seus próprios cinco filhos briguentos; e eu, Rolfe, que os outros consideravam bem-sucedido, para a universidade estadual.

Wade, o sonhador, fugiu da casa dos Whitehouse primeiro para a jovem, terna e linda Lillian Pittman; e alguns anos depois, acreditando que fugia de seu casamento, tentou seguir seus irmãos, mas acabou sendo enviado para a Coréia; então, ele fugiu de volta para Lillian; e alguns anos mais tarde, acreditando novamente que fugia de seu casamento, acabou em seu *trailer* à beira do lago Minuit, Toby's Inn, Margie Fogg, seu emprego em LaRiviere, seu amor pela filha Jill.

Enquanto isso, nosso pai, Glenn Whitehouse, foi obrigado a aposentar-se cedo, aos 63 anos, quando a fábrica Litlleton Coats foi vendida. Ele e nossa mãe continuaram lá sozinhos na antiga casa, que nós os filhos olhávamos com suspeita e raramente visitávamos, especialmente não nos feriados. O velho casal foi emudecendo aos poucos, passando longos dias e noites inteiros sem trocar uma palavra, mamãe tricotando mantas para os filhos de Lena em Revere e para o bazar da igreja aqui da cidade, papai cortando e empilhando madeira para o inverno, bebendo sem parar da metade do dia até adormecer em sua cadeira diante da luz trêmula da televisão.

Geralmente, às três ou quatro da madrugada, o frio o fazia acordar com um sobressalto e, tropeçando até o fogão, alimentava-o com um pedaço de madeira como se tivesse raiva do aquecedor. Ajustava o regulador da chaminé, desligava a TV e arrastava os pés até a cozinha, onde no escuro servia-se de dois dedos de Canadian Club e tomava de um único gole. Em seguida, arriava o corpo frágil na cama que ainda compartilhava com a mulher. Não compreendia o que acontecera, por que todos, todos exceto sua mulher, haviam se afastado dele; e mesmo ela, que compreendia o que acontecera, a seu próprio modo há muito tempo se afastara dele também — e deitava-se a seu lado fria de raiva, enquanto ele inflamava-se, inflamava-se.

Mas ele não fora sempre inflamado? Não era isso que as pessoas que o conheciam há anos diziam? Que antes de se tornar prematuramente velho, bebendo apenas para continuar bêbado, Glenn Whitehouse já parecia inflamado, e não somente quando tombava na cama, como agora, deixando-se ficar ali acordado até o amanhecer — mas o tempo todo, dia e noite. Tinha cabelos ruivos quando jovem, rosto vermelho, com olhos e lábios como carvão em brasa, um homem que saía sem chapéu e de manga de camisa quando outros homens se enrolavam em *parkas*. E quando bebia, o que acontecia a cada duas ou três noites, mesmo quando Wade era criança e provavelmente muito antes disso, o homem parecia arder em brasas. Sua voz, normalmente baixa e sombria, erguia-se e afinava e, de repente, sua boca enchia-se até transbordar de palavras que tropeçavam em seus dentes grandes e caíam no ar frio da noite de estacionamentos vazios e cabines de *pickups*, respingando entre silvos, vapor e fachos de luz, fazendo seus ouvintes rirem nervosamente, afastarem-se e voltarem, fascinados e um pouco amedrontados. Pois apesar de seu calor, Glenn Whitehouse, sóbrio, em seu estado normal, era normalmente um tipo silencioso e taciturno, um operário que detestava seu trabalho e cuja família aborrecida e empobrecida servia apenas para relembrá-lo de seus fracassos, um homem que tinha dificuldade em fazer amigos e que nunca os conservava.

Naquela época, antes de finalmente perder a capacidade de distinguir entre estar sóbrio e estar bêbado, enquanto nosso pai bebia, e enquanto continuasse bebendo, ele tornava-se brilhantemente e descaradamente incoerente. O perigo, a violência, vinha mais tarde da noite, quando parava de beber, de modo que, embora não fosse do tipo que se mete em brigas de bar e que, quando sóbrio, nunca tenha erguido a mão para sua mulher ou filhos, ainda assim todos corriam e se escondiam quando ele chegava em casa à noite. Especialmente nas noites de sexta-feira, depois de receber seu pagamento e gastar parte dele na Toby's Inn ou em uma garrafa de Canadian Club na loja de bebidas de Littleton, quando os homens voltavam juntos da fábrica para Lawford. Mamãe e os filhos saíam do esconderijo somente quando uma das crianças tivesse se esgueirado até a cozinha e voltado com a informação de que o velho estava bebendo outra vez.

— Está OK — dizia o jovem Elbourne. — Já abriu sua garrafa e está sentado na mesa fingindo ler o jornal — informava, e ria.

Então, um a um, íamos nos aproximando da cozinha, vindos

do celeiro ou dos quartos de cima, para nos aquecermos no calor de nosso pai — Elbourne e Charlie, Wade e Lena, Sally e até eu, mal conseguindo andar, buscando o seu calor.

Assim que nos via, começava a falar.

— Elbourne, meu rapaz! Elbourne, garotão! Venha até aqui junto a seu velho pai querido e deixe-me dar uma boa olhada em você, hem? Garotão, o que você anda aprontando agora, em que tipo de encrenca anda se metendo? Você me ama, filho? O Garotão ama seu pai? Ele ama seu pai? Claro que sim.

"Você provavelmente não sabe, filho, mas eu tenho meios de descobrir coisas a seu respeito. Você não sabe, pobrezinho, mas todos os seus professores, todos eles, ah, sim, assim que me vêm na loja, no Toby's ou mesmo lá em Littleton, assim que me vêem, vão logo me contando. Elbourne, meu garotão, está perdendo a compostura, então você mesmo tem que me contar, sabe, para que eu possa voltar para esses caras engraçados, esses professores e padres e assim por diante, e não parecer tão... tão *ignorante*, sim, ignorante das pequenas aventuras do meu próprio filho."

Falava depressa, sem parar para respirar, parecia, não dando a ninguém a chance de responder às suas perguntas ou reagir às suas declarações.

— Eu tenho filhos, droga, oh, meu Deus, que filhos eu tenho! Tenho um monte de filhos e todos eles vão ser grandes homens, certo, garotos? Certo, Elbourne? Charlie? Wade? Rolfe? Vocês me amam, garotos? Amam seu pai? Amam seu velho? Claro que amam. Claro que sim.

"E você, garotinha do papai? E você? Onde você esteve toda a minha vida, hem? Você ama seu pai, Lena? Vem cá, minha filha. Você ama seu pai? Claro que ama."

Lena aproximava-se timidamente, deixava que ele a colocasse no colo, onde sentava-se desconfortavelmente em seus joelhos nervosos por alguns segundos, antes de esgueirar-se novamente para baixo tão logo sua atenção se desviasse para outra pessoa, geralmente sua mulher e nossa mãe, que ele descrevia como bela, sábia e boa.

— Ah, Jesus, Sally, você é uma pessoa tão boa! E digo Boa.

Com B maiúsculo. Sinceramente, é a pura verdade! Sally, você é tão melhor do que eu, que não presto para nada, você é que é uma pessoa boa, uma pessoa realmente boa, como a porra de uma santa. Você é boa pra cacete, sem comparação. Desculpem o palavreado, mas estou sendo sincero, e me desculpem, mas não há outra maneira de dizer isso, porque você é boa pra cacete e nem me faz sentir um miserável. Você é. É melhor do que todo mundo e ainda muito humana! Você é completamente humana, Sally. Uma mulher humana. Ah, Sally, Sally, Sally!

Tempos depois, quando as crianças menores, eu e Lena, já havíamos ido para a cama, papai ou ficou sem uísque ou bebeu tanto que, ao levantar-se, quase caiu. Deixou então que mamãe o levasse para a cama no quarto no térreo em que o velho tio Elbourne morrera e que, depois, eles haviam pintado e ocupado. Os garotos mais velhos e Wade, que agora tinha onze anos e ficava acordado até a hora que quisesse, viam televisão na sala com mamãe, que estava sentada no velho e encardido sofá verde, de roupão e chinelos, comendo pipoca feita em casa, enquanto os garotos sentavam-se no chão e competiam entre si para ver quem fazia os comentários mais inteligentes sobre o programa de televisão.

Sem se voltarem, sentiram que ele os observava da porta do quarto e silenciaram repentinamente. Todos eles sabiam que ele estava lá e não disseram nada. Mamãe, Elbourne e Charlie, até Wade. Embora até então papai nunca tivesse realmente batido em Wade, a não ser, é claro, pelas habituais palmadinhas quando ele era pequeno, Wade, no entanto, vira os irmãos apanharem e ouvira sua mãe apanhar tarde da noite, enquanto os garotos encolhiam-se em suas camas e não trocavam nem uma palavra até tudo estar terminado, quando, então, começavam a falar rapidamente sobre outras coisas.

Continuaram a ver o programa de televisão como se ele não estivesse parado na porta do quarto atrás deles — era *Gunsmoke*, com James Arness no papel de Matt Dillon, um homem alto e ágil, cujo rosto comprido, de queixo saliente, transmitia um certo conforto a Wade, embora não se parecesse com nenhum rosto que ele conhecesse pessoalmente. Ainda assim, Wade deixou-se sonhar com o rosto forte e bondoso, querendo não que seu pai se parecesse com o xerife Matt Dillon, mas que conhecesse aquele homem, apenas isso, tivesse um amigo cuja força e boa índole o abrandasse e ao mesmo tempo o animasse um pouco, tornasse seu pai menos agressivo e imprevisível, menos perigoso.

— Desliguem essa porcaria! — disse papai.

Tinha um maço amarrotado de Old Golds na mão e vestia apenas roupas de baixo, calções compridos e folgados, verde-escuros, e camiseta. Atrás dele, o quarto estava às escuras e o corpo pequeno, pálido, magro e rijo, parecia quase frágil na luz fraca do abajur sobre a mesinha junto ao sofá. Deixou cair os cigarros e, quando se abaixou para apanhá-los, Wade viu o círculo calvo no topo da cabeça de papai, que ele geralmente encobria penteando seus cabelos ruivos e lisos desde o lado esquerdo, por cima de toda a cabeça até o lado direito, e Wade concluiu que gostava de ver papai assim. Ele jamais diria isso, não conhecia ninguém a quem pudesse dizer algo tão estranho. No entanto, pensou naquele instante que seu pai, tentando pegar o maço de cigarros no chão, joelhos ossudos, cotovelos e ombros pontudos, peito achatado e rosto vermelho, com seu único sinal de vaidade exposto, era bonito, um homem de quem você não podia deixar de gostar, mesmo quando era rabugento e gritava.

Elbourne pôs-se de pé com um salto do chão perto do sofá e desligou o aparelho de televisão.

— OK, OK, pelo amor de Deus — murmurou quase inaudivelmente e começou a dirigir-se para as escadas. Charlie seguiu-o em silêncio.

— Nós vamos deixar o som baixo — disse mamãe. Ela estava sentada de frente para a imagem cinzenta que desaparecia na tela, uma das mãos enfiada na tigela de pipoca em seu colo. — Wade — disse —, ligue de novo. Mas deixe o som baixo para que seu pai possa dormir.

Wade descruzou as pernas, levantou-se e estendeu a mão para o botão. Papai disse:

— Eu mandei desligar essa porra. Des-li-gar.

Wade pensou por um segundo que papai soara como o xerife Dillon no bar da Srta. Kitty, desafiando um pistoleiro bêbado a puxar sua arma. O garoto parou com a mão imobilizada a uns quinze centímetros do botão.

— Vá em frente, tudo bem — disse mamãe. — Só mantenha o som baixo para que seu pai possa dormir. — Pegou um punhado de pipocas na tigela, enfiou-as na boca e mastigou lentamente.

Papai deu um passo para dentro da sala, retirou um cigarro do maço e colocou-o entre os lábios. Enquanto o acendia, disse para Wade:

— Vá em frente, seu merdinha, não faça o que seu pai manda. Faça o que sua mãe manda. — Tragou profundamente e soprou a fumaça nos pés, como se agora estivesse pensando em outra coisa.

Wade aproximou a mão do botão mais alguns centímetros. Onde estavam seus irmãos? Por que haviam desistido tão facilmente?

Mamãe, mastigando suas pipocas, disse a Wade:

— Querido, ligue o programa, sim? — Wade obedeceu, sua mãe virou-se no sofá e disse para seu pai: — Vá dormir de novo, Glenn, nós...

Ele passou por ela como um raio, agarrou o garoto com as duas mãos e atirou-o para longe da televisão, de volta ao sofá. Wade deixou-se cair sentado ao lado de sua mãe; seu pai desligou a televisão outra vez.

— Seu merdinha! — gritou papai, os olhos estreitando-se, e ergueu o punho cerrado acima da cabeça de Wade.

— Não! — gritou mamãe, e o punho abateu-se sobre Wade.

Não houve tempo para fugir do golpe, para se proteger com os braços ou mesmo para se desviar. O enorme punho de papai desceu e colidiu com a maçã do rosto do garoto. Wade sentiu um calor lento e terrível varrer seu rosto e depois não sentiu mais nada. Estava deitado de lado, o rosto enfiado no sofá, que cheirava a fumaça de cigarro e leite azedo, quando veio o segundo golpe, este nas costas, e ele ouviu sua mãe gritar:

— Glenn! Pare!

Seu corpo estava em algum lugar atrás dele e sentiu-o quente, mole e brilhante, como se estivesse em chamas. Não havia nada diante de seus olhos a não ser a escuridão e ele percebeu que estava enterrando o rosto no sofá, ficando apenas com as costas voltadas para seu pai, enquanto fincava as patas como um animal aterrorizado na terra. Sentiu o pai segurá-lo por baixo da barriga, as mãos rígidas como garras, e arrancá-lo para trás, colocando-o de pé. E quando abriu os olhos, viu-o diante dele, o punho cerrado, o rosto contorcido de repulsa e resignação, com se estivesse desincumbindo-se de uma tarefa necessária, mas extremamente desagradável para um chefe.

— Glenn, pare! — gritou mamãe. — Ele não fez nada.

Ela estava atrás de papai, agora de pé, mas ainda segurando a tigela de pipocas diante dela, como se fosse sua assistente e a tigela contivesse algumas de suas terríveis ferramentas.

Papai segurou Wade com uma das mãos pela frente da camisa, como Matt Dillon puxando um bandido franzino e aterrorizado para junto de seu peito largo, e levou a mão esquerda para o lado, abriu-a e trouxe-a de volta, esbofeteando com força o rosto do menino, como se o fizesse com uma tábua. E continuou esbofeteando-o com mais força, embora o garoto a cada vez sentisse menos os golpes, sentisse apenas o fluxo quente como o de lava que cada tapa deixava para trás, até que achou que fosse explodir com o calor, explodir como uma bomba, do rosto para fora.

Por fim, o homem parou de surrá-lo. Jogou o menino para o lado, sobre o sofá, como um saco de pano, e disse:

— Você é só um merdinha, lembre-se disso.

Wade ergueu os olhos e viu que seu pai ainda fumava seu cigarro. Mamãe tinha as mãos sobre os ombros dele e o conduzia para longe do sofá, de volta ao quarto, dizendo-lhe:

— Volte para a cama agora, ande, volte para a cama. Já causou muitos danos por uma noite. Acabou. Acabou.

Então, o homem desapareceu na escuridão do quarto e a porta fechou-se sobre ele. Mamãe podia, então, cuidar de seu filho, da boca e do nariz que sangravam, das faces inchadas. Estendeu os braços para ele, para acariciá-lo e esfriar a pele quente de seu rosto, mas ele repeliu suas mãos com força, furiosamente, como se fossem serpentes. Recuou até as escadas, afastando-se dela com os olhos arregalados, voltou-se e viu seus irmãos mais velhos esperando-o, encolhidos no escuro dos degraus como gárgulas. Passou lentamente pelos dois e, alguns minutos mais tarde, quando trocara de roupa e deitara na cama, eles o seguiram. Durante muito tempo, nossa mãe ficou sentada no sofá, ouvindo-se desmoronar por dentro, enquanto todos na casa, até mesmo Wade, deixavam a dor ser absorvida pelo sono — um sono frio e cinza, duro e seco como pedra-pomes.

8

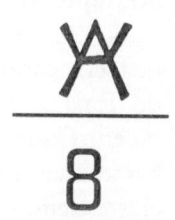

COZINHA CASEIRA. Wade passou pelo letreiro e conduziu a aplainadora cuidadosamente para o acostamento da estrada, no final do estacionamento do Wickham's. Desligou o motor, desceu para o chão agarrando-se à máquina, como se descesse de uma casa na árvore, e começou a caminhar de volta, em direção ao restaurante. O letreiro, encomendado por Nick Wickham em néon cor-de-rosa a um soprador de vidro barbudo e de rabo-de-cavalo, de White River Junction, incomodava Wade.

Wade sabia que havia algo errado com ele, dissera-o a Nick da primeira vez que o vira, mas não fora capaz de explicar o que era. Somente algumas semanas atrás, uma manhã bem cedo, quando parara para tomar uma xícara de café antes de ir para o trabalho, é que vira o letreiro pela primeira vez. Hoje, com a tempestade de neve, essa manhã parecia não apenas semanas atrás, mas toda uma estação do ano, no começo do outono, com as folhas lançando uma luz salpicada de amarelo em seus olhos. Parara o carro no estacionamento e vira Nick em cima de uma escada, pregando o letreiro novo na parte baixa do telhado do restaurante.

— Não parece certo — disse Wade. — Parece que está escrito errado ou algo assim.

Nick olhou-o fixamente e disse:

— Foda-se. Wade Whitehouse, é por causa de gente como você

que essa maldita cidade não vai pra frente. Você tem sempre que criticar. Não importa o que um sujeito faça para melhorar as coisas por aqui, você tem que achar algum defeito.

— Não estou criticando — disse Wade. — É uma idéia muito boa, colocar um letreiro de néon. Bom para você, bom para a cidade. E parece bem moderno, como aqueles restaurantes novos que há em Concord — disse. — Provavelmente também não foi nada barato, não é? — perguntou. — Quer dizer, esses artesãos *hippies*, eles custam os olhos da cara. Você acha que está comprando uma tigela ou algo assim, acha que está comprando alguma coisa para usar, algo que realmente valha a pena, você pensa. No final das contas, você descobre que se trata de uma maldita obra de arte.

Nick desceu da escada, fechou-a e deu um passo para trás para admirar seu novo letreiro. Estalou os lábios, como se acabasse de comê-lo.

— Esta cidade é um saco — disse.

Wade retrucou:

— Ora, vamos, eu só estava dizendo que alguma coisa está errada com "Cozinha Caseira", só isso. O letreiro é legal. O letreiro em si. É o que ele diz que está errado.

— Como? Por quê? Diga-me o que há de errado nele. Meu Deus. Esse negócio custou-me cento e cinqüenta paus.

— Não importa — disse Wade a Nick, batendo em seu ombro. — Parece realmente... sério — disse. — É como se você estivesse no maldito ramo de restaurantes para valer. Temos orgulho de você, Nick, nós cidadãos de Lawford, New Hampshire, nós o saudamos, meu senhor! — disse, estendendo a mão para abrir a porta. — Agora, acho que vou entrar e comer um pouco dessa cozinha caseira que você está anunciando, se não se importa.

Desde aquela manhã, toda vez que Wade entrava no estacionamento do Wickham's — toda vez, na verdade, que passava pelo restaurante, quer ele parasse ou não —, examinava o letreiro de néon e mais uma vez tentava descobrir o que havia de errado com ele. O letreiro o deixava nervoso, incomodava-o ligeiramente, como se fosse um espelho em que ele tivesse um vislumbre de si mesmo com um sorriso tolo no rosto.

Ninguém mais parecia achar o letreiro luminoso estranho ou "errado"; na verdade, ninguém nem sequer fazia comentários a respeito, a não ser para elogiá-lo. Uma noite, Wade inclinou-se sobre o balcão e perguntou a Margie o que ela achava do novo letreiro de Nick, perguntou-lhe de improviso, como se ele mesmo não tivesse nenhuma opinião sobre o assunto, e ela respondeu:

— Ah, bem, o letreiro é maravilhoso, eu acho. Mas quem precisa disso? Todo mundo que vem aqui faz isso há anos. Não precisam de um letreiro de néon para dizer-lhes onde fica ou o que é servido aqui. Mas é bonito — disse. — Melhor do que o que havia lá antes.

— O que havia lá antes? Eu nunca vi nada lá antes.

Ela bateu em seu braço e riu.

— Aí é que está. — Deu um tapinha em sua mão. — Não havia *nada* lá antes — disse, estendeu os braços sobre o balcão e com as duas mãos apertou-lhe as bochechas. Mãos: Margie Fogg tinha mãos que iam a toda parte, em todo o seu corpo, mais rápidas do que se podia imaginar e antes de você poder decidir se queria que ela o tocasse ou não. De dentro da cozinha, Nick gritou para que ela pegasse os pedidos, pelo amor de Deus, antes que congelassem. Ela soltou as bochechas de Wade, revirou os olhos e afastou-se relaxadamente em direção à cozinha, num arremedo de obediência.

Agora, Wade ficou parado no meio dos carros e caminhões no estacionamento coberto de neve por alguns segundos antes de entrar no restaurante e, mais uma vez, examinou o letreiro de néon cor-de-rosa, mais cor-de-rosa do que o normal sob a cortina de neve branca, quase obscenamente cor-de-rosa. Roupa de baixo cor-de-rosa, pensou, embora nunca tivesse conhecido uma mulher que usasse roupa de baixo cor-de-rosa. Margie usava calcinhas brancas de algodão e sutiã de cor creme. As roupas de baixo de Lillian eram bege e às vezes bronze ou cinza-escuro. Cinza-acastanhado, disse-lhe ela. Quem sabia que cor ela usava agora? Certamente, não Wade. Ah-ah, não ele. Mas o letreiro era cor-de-rosa como chicletes de bola. Wade imaginava que as prostitutas, provavelmente, eram as únicas mulheres que usavam roupas de baixo rosa vivo — prostitutas, garotas de bar — e de repente lembrou-se de uma que usava, uma jovem de Seul, até lembrava-se de seu nome completo, Kim Chul Hee, e rapidamente abaixou os olhos do letreiro de Cozinha Caseira e entrou no restaurante.

Lá dentro, nuvens de fumaça de cigarro e uma conversa vibrante rodopiavam dos compartimentos ao longo da parede, onde homens usando coletes de caça em luminosa cor de laranja, bonés e camisas de xadrez de lã sentavam-se em grupos de três ou quatro. Casacos, *parkas* e jaquetas acolchoadas espalhavam-se pelas costas das cadeiras ou em ganchos pelo salão. Uma dúzia ou mais de homens, as botas formando poças no assoalho, empoleirados nos bancos altos com os cotovelos no balcão, fumando e falando sem parar, como se pouco antes de Wade entrar algo emocionante tivesse ocorrido ali. Normalmente, o lugar era sossegado como uma taverna a essa hora, independente de quantas pessoas houvesse ali.

Wade olhou em torno do salão apinhado, as sobrancelhas erguidas como cumprimento, mas ninguém pareceu notar sua presença. Até Margie, parada no último compartimento com a bandeja vazia apoiada no quadril, não o viu. Ela ouvia a conversa entre os quatro homens sentados diante dela: Chick Ward, cujo Trans Am roxo Wade vira estacionado lá fora, entre as *pickups*, Wagoneers e Broncos, como um sofisticado canivete automático entre martelos de forja; e dois outros sujeitos, que Wade não reconheceu, mas que presumia serem de Littleton, para onde Chick freqüentemente dirigia seu carro à noite; e havia o garoto Frankie LaCoy, que, como Chick, passava grande parte do seu tempo em Littleton, mas por uma razão diferente, porque Littleton era onde Frankie comprava a maconha que ele vendia aqui em Lawford. Os quatro estavam vestidos para a caça e, pelo aspecto de suas botas, estiveram caminhando pelas florestas desde o raiar do dia. Não havia nenhum veado morto amarrado nos pára-lamas do Trans Am de Chick lá fora — Wade observara isso ao entrar —, mas por que haveria? Chick não era nenhum caçador, exceto de mulheres. Era mais fácil ver duas mulheres nuas atadas e amarradas nos pára-lamas do que veados de rabo branco, certo? Esse Chick Ward, ele era obcecado.

Wade caminhou devagar até o compartimento, passou o braço pelos ombros largos de Margie e colocou a outra mão nas costas de Chick. Ele às vezes gostava de experimentar fazer com suas mãos o que Margie parecia impelida a fazer com as dela: ficava bem para ela; fazia-a parecer ligada a outras pessoas de um modo que Wade invejava.

Margie voltou-se para ele e os quatro homens pararam de conversar e ergueram os olhos para ele com expectativa, as expressões graves, até mesmo Frankie, que geralmente abria um sorriso e piscava quando via Wade, como se os dois compartilhassem um delicioso segredo, o que de certo modo era verdade. Wade sabia que Frankie era a única pessoa que vendia maconha em Lawford e Frankie sabia que, desde que fizesse de conta que Wade não sabia, Wade o deixaria em paz.

Esta manhã, entretanto, Frankie ergueu os olhos para Wade como se quisesse que ele lhe explicasse alguma coisa, deslindasse um irritante mistério. Chick Ward também. Chick geralmente ignorava Wade, exceto para resmungar um cumprimento e, repentinamente ruborizado, franzindo as sobrancelhas, olhar para os pés, como uma criança culpada, o que Wade entendia ser conseqüência de um encontro que tiveram há anos, quando Chick ainda estava no colégio secundário e gostava de espreitar pelas janelas as mulheres de meia-idade preparando-se para dormir. Os outros dois homens, ambos barbados, com cabelos escuros e compridos, caindo em cima das golas, não sabiam quem Wade era, mas mesmo assim, olharam-no ansiosamente, como se ele trouxesse notícias importantes.

— Já pegaram sua caça? — perguntou Wade ao grupo. Apertou o ombro de Margie. Havia alguma coisa dissonante, um compasso ou uma nota faltando. As pessoas não estavam agindo normalmente esta manhã, pensou Wade, ou então ele não estava vendo as coisas direito, como se estivesse com febre ou de ressaca ou sua dor de dentes o estivesse perturbando. Era como ver um filme com a trilha sonora fora de sincronia. — O que dizem, rapazes? — tentou. — Quanta neve, hem?

Soltou o ombro de Chick, evitou seu olhar, bateu no maço

para soltar um cigarro e colocou-o entre os lábios. Apertou o ombro de Margie pela segunda vez. Havia manhãs como esta — esporádicas, seis ou sete vezes por ano, mas suficientemente freqüentes para perturbarem-no — em que, depois de ter perdido inteiramente a memória da última hora da noite anterior na Toby's Inn, ele entrava no Wickham's para tomar um café e imediatamente ficava claro para ele que, o que quer que tenha dito ou feito naquela última hora de completa escuridão na noite anterior, esta manhã era do conhecimento de todos ali presentes.

Margie indagou:

— Você está bem?

— Sim, claro, por que não? — respondeu Wade. Seu coração estava descompassado, como se estivesse assustado, mas ele não estava assustado, ainda não. Estava apenas um pouco confuso. Havia uma ligeira, quase imperceptível alteração no padrão de cumprimentos, apenas isso. Nada de mais. Entretanto, estava suando, rindo estranhamente, ele sabia, tecendo comentários que não faziam muito sentido, alterando o padrão de cumprimentos cada vez mais a cada segundo que transcorria. Não conseguia impedir. Sentia-se como acreditava que Frankie LaCoy sentia-se o tempo inteiro, o que o colocava em uma espécie de alerta defensivo.

Para ninguém em particular, Wade disse:

— Que bom que minha filha voltou para Concord com a mãe.

Frankie assentiu e disse:

— Sim. — E, então, acrescentou: — Mas por quê?

— Com toda essa neve...

— Ah. Sim.

Margie deu um passo para trás e olhou nos olhos de Wade. Ele desviou o olhar no mesmo instante. Nick Wickham, limpando as mãos em uma toalha, saíra da cozinha e movimentava-se rapidamente, reabastecendo as canecas de café dos homens no balcão.

— Me dá um bem grande pra viagem! — gritou Wade. Alto demais, ele sabia. — Creme, sem açúcar!

Wade repentinamente desejou não ter parado no restaurante,

ter continuado a limpar a neve das ruas, sozinho, enregelado e alegremente imerso em seus sonhos. O olhar preocupado de Margie, a expressão ligeiramente perplexa no rosto de Frankie e o ar de expectativa de Chick eram desconfortavelmente familiares para ele. As outras pessoas estavam em um mundo; ele, em outro. E a distância entre seus mundos causava preocupação e perplexidade às outras pessoas e as tornava curiosas a seu respeito — pois ele estava ali sozinho em seu mundo; e elas estavam reunidas no delas.

Acendeu o cigarro e viu que suas mãos tremiam. Olhe as filhas da mãe, tremendo como cãezinhos gelados suplicando na porta para que os deixem entrar. Wade sentiu-se frágil, prestes a se despedaçar. Quando tinha dezesseis anos, sentira esse tipo particular de fragilidade pela primeira vez, e continuara a redescobri-la, repentinamente, sem nenhuma causa aparente, desde então. Em um minuto ele se movimentava com segurança no tempo e no espaço, em perfeita coordenação com as outras pessoas; então, sem nenhum aviso, perdia o passo, parecia alheio da noção de tempo e espaço das outras pessoas, de modo que o mais leve movimento, palavra, expressão facial ou gesto adquiria enorme significado. O aposento enchia-se de mensagens codificadas que ele não sabia decodificar e ele rapidamente deslizava para uma histeria que mal conseguia controlar.

Margie perguntou:

— Jill foi para casa com a mãe? Pensei que ela fosse passar o fim de semana. — E logo acrescentou um "Oh", estendendo a mão e tocando-lhe o braço. Colocou a bandeja no chão, apoiando-a na lateral do compartimento, e estendeu os braços para Wade como se fosse abraçá-lo.

Ele recuou e fitou um ponto em seu ombro, como se ela fosse sua namorada Lillian Pittman e ele tivesse dezesseis anos de novo, impedindo-a com seu movimento e a súbita rigidez de seu rosto. Ele contara-lhe sobre a surra que seu pai lhe dera outra vez, revelara isso para ela sem pensar e, mesmo sem querer, deixou a informação escapar no meio de uma conversa sobre alguma outra coisa.

— Meu pai me espancou covardemente outra vez ontem à noite — disse ele, e Lillian, a doce e inocente Lillian, fez esse mesmo movimento em direção a ele, exatamente como Margie, as mãos estendidas, o lindo rosto longo e estreito cobrindo-se, pareceu-lhe, de pena e espanto, bem como de uma curiosidade perversamente distante, pois ela nada conhecia de violência e parecia-lhe a coisa mais horrível e a mais inexplicável que se pudesse imaginar. Tanto fascinada quanto enojada pelo que ele lhe contara a respeito, ela ainda assim nada sabia da luz e do calor que ele sentira quando seu pai lhe bateu, nada da profunda clareza de sentimento que emergiu do centro de seu peito, nada da extraordinária junção de todas as suas diversas partes que ele experimentou quando seu pai girou o corpo magro do garoto, surrou-o e atirou-o ao chão, enquanto o rosto de sua mãe berrava à distância. Ele não poderia falar-lhe dessas coisas, de modo algum; nem ele mesmo as conhecia bem. Tudo que sabia era que deixara de fora de seu relato alguma coisa crucial e que o enchia de vergonha, razão pela qual ele simultaneamente movia-se em direção a ela em busca de consolo e a afastava.

— Esqueça o que eu disse — murmurou. — Esqueça que falei sobre isso.

Margie deixou os braços penderem ao longo do corpo.

— Sobre o quê?

— Você sabe. Jill.

— Venha, só um minuto — disse ela e, movendo-se rapidamente, enfiou o braço no braço de Wade e conduziu-o para longe do compartimento, na direção de uma saleta nos fundos. Na saleta, coberta de painéis de pinho, ensombreada e com um cheiro estagnado de fumaça de cigarro, ficavam os videogames e os fliperamas, sem nenhum jogador naquela hora. Quando atravessou a porta, Nick gritou "Marge!", mas ela dispensou-o com um aceno da mão.

Wade recostou-se na máquina Playboy, expirou ruidosamente e disse:

— Ouça, Margie, tenho trabalho a fazer. Meu Deus, tenho que... — Sua voz foi diminuindo e ele abriu as mãos, como se na verdade não tivesse nada a fazer. Assomando atrás dele, via-se uma gravura profusamente iluminada de Hugh Hefner em pijamas de seda e roupão, cachimbo na boca que sorria pretensiosamente, um cacho caindo na testa e quatro travessas adolescentes nuas, com olhar malicioso e seios avantajados como balões cor-de-rosa, suspensas à sua volta. Wade apoiou-se no outro cotovelo e pareceu examinar a gravura.

— Vocês não desligam essas lâmpadas à noite? Desperdiçam um bocado de eletricidade.

— Isso não importa — disse ela. — Chick, Frankie e aqueles garotos já estavam jogando esta manhã. De qualquer forma, não quero falar sobre isso. E nem você. — Fez uma pausa e colocou as mãos nos ombros de Wade, como se o abençoasse.

— O que aconteceu com Jill? — perguntou ela.

— Fiquei cheio de discutir com ela. Mandei-a de volta para casa.

— Verdade?

— Sim. Nada aconteceu. Nada "aconteceu" com ela. — De repente, imaginou Jill encolhida na estrada, esmagada como uma abóbora sob o sinal amarelo piscando da escola, o carro que a atingiu, um BMW preto, fugindo a toda velocidade na escuridão. — Eu... vou entrar com um desses processos de custódia. Não dou a menor importância — disse ele. — Sabe? — Tinha consciência dos olhos cheios de lágrimas, mas não estava chorando: ele não estava triste.

— Não seja babaca — disse ela. — Não fala sério.

— Sim, sim, estou falando sério.

— Não, não está. Você está furioso, Wade, só isso. Deixe isso esfriar alguns dias e depois sente-se e pela primeira vez tenha uma longa conversa com Lillian. Conversa franca, é o que quero dizer. Sabe? Fale com ela. Faça com que ela saiba honestamente como esse tipo de coisa faz você se sentir — sugeriu. Em seguida, acrescentou debilmente: — Lillian não está a fim de prejudicar você, Wade. Sabe?

— O cacete que não está. Lillian está tentando me crucificar desde o dia em que a conheci. Desde a porra da escola. Não. Vou contratar um maldito advogado de Concord e fazer com que esse negócio, esse divórcio, seja refeito. Vou. Tenho pensado muito nisso. Fiquei muito transtornado quando nos divorciamos, então simplesmente me escondi e aceitei as migalhas que quiseram me atirar, ela e aquele maldito advogado dela. — Apertou o nariz entre o polegar e o indicador e puxou. — Nem tive um advogado de divórcio de praxe, tão idiota e arrasado eu estava. Fico encabulado de dizer, mas é a verdade. E agora ela pode fazer o que bem entende, qualquer coisa, mudar-se para Concord, casar-se. Mudar-se para a Califórnia, se quiser. Enquanto isso, eu ainda tenho que lhe enviar trezentos dólares por mês de pensão ou ir direto para a cadeia. Só que, quando se trata de realmente estar com minha filha, ser um verdadeiro pai para ela, não tenho o menor poder de decisão. É como se ela fosse *dona* de Jill e somente a emprestasse para mim ou coisa parecida, e assim mesmo só quando quisesse. E quando a quer de volta, ela vem e pega a menina. Como ontem à noite. Isso não está certo — declarou. — As pessoas não são propriedade de ninguém. Ninguém é dono de ninguém, especialmente de crianças. Certo é certo.

Empertigou-se, retirou as mãos de Margie de seus ombros e sorriu.

— Olhe, preciso sair daqui. Tenho que pegar meu café e subir naquela maldita aplainadora. O Sr. Gordon LaRiviere vai ficar furioso comigo. Nick o Pentelho provavelmente já está furioso com você.

— Nick o Pentelho — repetiu ela, sorrindo.

Ele olhou diretamente no rosto de Margie.

— Essa maldita mulher — disse. — Lillian acha que ela e seu maldito marido podem simplesmente vir aqui, levar Jill embora assim e me deixar... me deixar aqui sozinho. É mais do que estar puto, Margie. Estou muito mais do que puto. Sem sacanagem. Já estive muitas vezes de saco cheio e sei a diferença. Desta vez é diferente.

Margie sacudiu a cabeça tristemente e seguiu-o. Quando ele se aproximou da caixa registradora no final do balcão, Nick esticou a cabeça de dentro da cozinha e disse:

— Seu café está perto da caixa, Wade. O que você soube sobre Jack Hewitt e o cara que ele encontrou? Quem é o sujeito?
— Gritou: — Ei, Margie, pelo amor de Deus, querida, tem dois pedidos aqui parados, esfriando! — Nick segurava três pratos brancos como se fossem cartas de baralho em uma das mãos e com a outra rapidamente retirava panquecas da chapa. — Ouviu mais alguma coisa sobre o sujeito que atirou nele mesmo? Falou com o Jack?

Ao longo de todo o balcão, os homens levantaram os olhos para Wade e ficaram esperando que ele respondesse. Wade olhou além deles e viu que a maioria dos homens nos compartimentos também esperava.

— Não. Não, quer dizer, não desde ontem à noite — murmurou. — Ele levou um sujeito chamado Twombley para Parker Mountain de manhã cedo.

Nick entregou os três pratos de panquecas a Margie, veio para o balcão e registrou o café de Wade.

— Ouviu falar, não? — perguntou serenamente.
— O quê?
— Sobre o cara que atirou nele mesmo. — Nick apontou o dedo indicador para a têmpora, puxou o gatilho e disse: — Bang. Pelo menos é o que parece. Não de propósito, quer dizer. Acho que foi acidental.

— Onde... como soube disso?
— Faixa do cidadão. Há pouco tempo. Um dos rapazes no caminho, Chick, eu acho, pegou Jack no rádio chamando a patrulha estadual. Jack disse aos tiras que estava lá em cima em Parker Mountain com um sujeito que atirara nele mesmo e precisava de ajuda. Alguns dos rapazes saíram daqui para dar uma ajuda a ele, mas a polícia já estava por toda a parte e mandou que voltassem. Achei que você deveria saber a história toda — disse. — Quer dizer, achei que saberia o que realmente aconteceu. O desgraçado se matou? Este Twombley, quem é ele, afinal?

— Não. Eu... eu não sabia; eu estava... Jesus, onde eu estava? Estava limpando neve, estive na aplainadora a manhã inteira — disse Wade. — E na escola antes disso — acrescentou rapidamente.

Sentiu-se vagamente culpado, como se estivesse de alguma forma mentindo e procurasse encontrar um álibi, quando tudo que estava tentando fazer era responder à pergunta simples e inocente de Nick. Respirou fundo e tentou de novo. — Twombley... Evan Twombley é um veranista, de Massachusetts. Tem uma casa no lago Agaway. É amigo de LaRiviere ou algo assim e por isso é que Jack levou-o para caçar. Para Gordon. Foi idéia dele. De Gordon, quer dizer. — Wade começou a caminhar em direção à porta. — Não devo dizer mais nada sobre isso. Eu estava limpando neve o tempo todo — disse, abrindo a porta e dando um passo na rajada de neve, onde parou por um segundo, como se quisesse clarear a cabeça, voltou-se e viu o letreiro de néon cor-de-rosa na parte baixa do telhado do restaurante.

COZINHA CASEIRA. Deveria ser comida caseira, Wade percebeu de repente. Ou Tortas Caseiras ou alguma outra coisa. Imbecil. Ele é imbecil. Ela é imbecil. Somos todos imbecis.

9

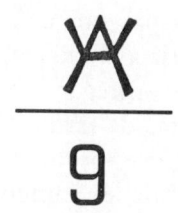

Wade só queria se livrar da aplainadora, sair dela, deixá-la de lado e nunca mais dirigi-la novamente — aquela máquina ridícula, enorme e desengonçada. Ela o humilhava. Era apenas uma máquina, mas ele a desprezava. Era inepta, lenta. Pertencia a LaRiviere e dirigi-la fazia Wade sentir que ele também pertencia a LaRiviere, como se fosse pintado do mesmo tom fraco de azul e tivesse aquele lema idiota nas costas, NOSSO NEGÓCIO É ENTRAR NO BURACO!

Agora tinha uma desculpa para abandonar a máquina. Deixar que LaRiviere achasse outra pessoa para terminar a limpeza; Wade tinha assuntos oficiais a tratar. Graças a Twombley. A polícia estadual podia mandar de volta Chick, Frankie e seus amigos vagabundos de Littleton, mas teriam que deixá-lo passar. Deixem o Wade passar, ele é legal. Não importa que *realmente* tivesse sido um tiro acidental, ainda assim ocorreu em sua jurisdição e ele era obrigado a apresentar um relatório à Comissão de Caça e Pesca. Portanto, teriam que deixá-lo falar com Twombley, presumindo que ele pudesse falar, e ele teria que tomar depoimentos de Jack e de qualquer outra pessoa que tivesse testemunhado o caso. O filho da puta provavelmente estava meio bêbado ou de ressaca para poder manusear a arma.

Mas quando subiu novamente na cabine da aplainadora, Wade

suspirou. Não, ele ia acabar passando o dia inteiro dirigindo aquela maldita aplainadora. Gordon LaRiviere, o perfurador de poços, era também Gordon LaRiviere o presidente do Conselho Municipal, que contratava e demitia o policial da cidade. LaRiviere diria a Wade para fazer sua maldita investigação quando terminasse e entregar o relatório mais tarde. Por enquanto, até as cinco horas da tarde, Wade Whitehouse, o motorista da removedora de neve, pertencia a Gordon LaRiviere, o encarregado das ruas da cidade. Somente depois é que ele pertenceria ao Conselho Municipal. E em nenhum momento ele pertenceria a si próprio.

Eram quinze para as onze quando Wade tirou a aplainadora da rua para o acostamento e entrou no estacionamento de LaRiviere. No canto mais distante, perto da oficina, estava seu próprio carro encolhido sob um manto de neve e, ao lado, estava estacionada a *pickup* de LaRiviere, uma Dodge de tração nas quatro rodas, com barra de proteção e uma fileira de faróis de milha, como a de Jack, e uma pá de neve que LaRiviere fazia Wade repintar de azul-acinzentado depois de cada tempestade, cobrindo as ranhuras na pintura feitas pelas pedras e cascalhos levantados durante a limpeza da neve.

LaRiviere era maluco. Para Wade, não havia outra palavra para isso. Ele fazia questão de que tudo que lhe pertencia parecesse simultaneamente pronto para ser usado e nunca usado. Quando LaRiviere saía para inspecionar um trabalho de perfuração de poço, ele andava pelo local com as mãos nos quadris e o lábio superior enviesado, como se tivesse acabado de achar cocô de gato na ponta de sua bota. Então, parava os trabalhos e fazia Wade e Jack, ou quem quer que estivesse encarregado da obra, fazer uma faxina na área, reempilhar os canos, arrumar as chaves inglesas e as ferramentas lado a lado em ordem de tamanho. Somente quando os caminhões, maquinaria, materiais, ferramentas e terreno estivessem arrumados como se à venda em um *showroom* é que ele permitia que os homens voltassem ao trabalho.

Wade estacionou a aplainadora ao lado da oficina, desligou o motor e desceu rigidamente para o chão. A neve caía levemente agora, minúsculas partículas duras que pinicavam seu rosto. Estava enregelado e era uma sensação permanente. Não havia, disse a si mesmo, nenhuma razão lógica para um homem continuar vivendo em um clima como esse quando não precisava. E Wade sabia que ele não precisava. Claro, onde quer que vivesse, iria viver igualmente mal e, claro, de uma forma perversa, ele amava a cidade, mas pelo menos em alguns lugares estaria aquecido. Esse pensamento ocorria-lhe com freqüência e geralmente ele compreendia por que não deixara Lawford, depois não deixara o estado de New Hampshire e depois não deixara até mesmo a Nova Inglaterra de uma vez. Às vezes, no entanto, a única razão que tinha para não se mudar, nem mesmo para Concord, para onde Lillian levara Jill, era que ele já não possuía a energia que isso requeria. Talvez nunca a tivesse possuído, nem quando era jovem e recém-casado, um garoto de colégio, praticamente, ou quando voltou da Coréia quatro anos depois, tinha alguns dólares e estava recém-casado com Lillian outra vez. Lillian teria partido com ele, sabia, para a Flórida ou Arizona, ou talvez para um dos estados do sudeste como Carolina do Norte. Quando estava na Coréia, conheceu uns homens, membros do batalhão de construção naval, que lhe disseram que ele poderia encontrar facilmente um emprego bem remunerado com as mesmas habilidades que usava para perfurar poços de água ao norte de New Hampshire, perfurando, em vez disso, poços de petróleo no Texas ou Oklahoma; se tivesse sugerido isso para Lillian — e não guardado a idéia para si mesmo, como se não houvesse nenhum outro lugar no mundo onde um homem como ele pudesse encontrar um emprego — ela teria dito: "Quanto tempo tenho para fazer as malas?" E então tudo teria sido diferente. O pensamento o deixou irritado: Ah, Deus, ele era um idiota! Os outros eram imbecis, talvez; mas Wade era pior: ele era um idiota.

O fato de LaRiviere não saber nada a respeito de Twombley surpreendeu-o. Quando Wade lhe contou o que ocorrera em Parker Mountain, o pouco que sabia, o rosto normalmente vermelho de LaRiviere ficou lívido e o sujeito corpulento pareceu encolher dentro das roupas.

— Pensei que já soubesse — murmurou Wade. — Pela faixa

do cidadão — disse, indicando com a cabeça a sala da frente, onde LaRiviere mantinha uma pequena unidade no armário ao lado da escrivaninha de Elaine Bernier.

— Detesto essa porra de caixa barulhenta! — disse LaRiviere, fitando Wade de sua cadeira. — Só a uso para chamar alguém. E para que vou chamar o Jack, por que eu chamaria o Jack esta manhã? — esbravejou.

— Até lá no Wickham's o pessoal já sabia.

— Esqueça isso, pelo amor de Deus. Por que está me preocupando com isso? Temos que ir andando, preciso ir lá em cima. Twombley. Jesus. — Erguia-se agora, enfunando-se, aumentando seu corpo anormalmente grande para a ação, o movimento, o controle. Seu cabelo eriçou-se como o de um cão raivoso, ele levantou-se da cadeira e agarrou sua *parka* azul do gancho atrás da porta. — Vamos, você dirige; vamos na minha *pickup*. Apague a porra do cigarro, sim? — disse para Wade. Passou por ele, dirigindo-se para a porta.

Wade seguiu-o, jogando a chave da aplainadora sobre a mesa de Elaine. Lá fora, quando atravessavam o estacionamento, ele atirou o cigarro em um banco de neve.

LaRiviere viu e disse:

— Aí não, pelo amor de Deus.

— Onde, então? — Wade inclinou-se, recuperou o toco de cigarro ainda aceso e estendeu-o a LaRiviere como se o oferecesse a ele.

— Ah, Cristo, Wade, como vou saber? Vá lá dentro, use a porra do cinzeiro, mas ande logo, estou com pressa. Jesus — disse, partindo a passos largos para a *pickup*.

Wade voltou obedientemente ao escritório, esfregou o cigarro no grande cinzeiro sobre o balcão, diretamente sob o cartaz Proibido Fumar, e sorriu sem jeito para Elaine, que não devolveu o sorriso. Elaine Bernier não gostava de Wade porque sabia que Gordon LaRiviere não gostava de Wade, mas precisava dele e, assim, não era livre, como ela era, para demonstrar sua aversão. Ela considerava suas carrancas e comentários grosseiros uma parte vital de seu trabalho.

Wade dirigia, enquanto LaRiviere, soturno e silencioso a seu lado, continuava a inflar-se, aprofundando as últimas rugas em seu rosto largo e plano, inchando o peito e os braços. Wade estendeu o braço e ligou o receptor da faixa do cidadão no canal da polícia enquanto corriam para o norte, passando pelo Wickham's e saindo da cidade. Ouviram ruídos de estática e conversa fiada por alguns segundos, depois a voz irritante do despachante de Littleton dizendo ao carro 12 para permanecer onde estava, situação sob controle, ambulância já chegara.

— Merda — disse LaRiviere. — Desligue isso.

Wade obedeceu.

— Tudo que você soube é que houve algum tipo de acidente lá em cima, certo?

— Sim.

— Foi tudo que ouviu?

— Bem, não — disse Wade. — Twombley foi baleado. Ouvi isso. Jack, não. Ele está bem.

— Porra.

— Não, Jack está bem, eu acho.

— Porra. Não sabe qual a gravidade?

— Está falando de Twombley?

— Sim, Wade, de Twombley.

— Não. — Wade ligou os limpadores de pára-brisa. — Não sei a gravidade.

A neve respingava sobre eles, mas o céu havia clareado, passando a um cinza-creme. Não iria durar muito.

— Mil vezes porra.

— Ele deve estar bem. É bem provável que só tenha atirado no próprio pé ou coisa assim. É o que geralmente acontece.

— Eu devia ter mandado *você* ir com ele em vez de Jack.

Wade admirou-se. Olhou de relance para LaRiviere, que roía a unha do polegar.

— Sim, gostaria que tivesse — disse Wade. — Preferia estar caçando veados a ficar congelando o traseiro naquela maldita aplainadora.

Estendeu o braço e abriu o cinzeiro em frente a LaRiviere,

que prontamente depositou nele uma lasca de unha e começou a roer a outra. Wade fechou o cinzeiro.

— Você não é um caçador bom como o Jack. E ele não tem o menor jeito para dirigir aquela aplainadora.

— De jeito nenhum — disse Wade, embora soubesse que LaRiviere tinha razão nos dois casos. Jack odiava a aplainadora ainda mais do que Wade e a dirigia com tanta raiva e descuido que por duas vezes tombara a máquina de lado em uma vala. E enquanto Jack não deixara de matar um veado no primeiro dia de cada temporada de caça desde os doze anos, Wade não dera um único tiro em um veado em mais de uma década. Nos últimos quatro anos, nem sequer se dera ao trabalho de tentar. Não desde que Lillian e ele separaram-se pela segunda vez. Perdera muitas coisas depois disso, entre elas a alegre perseverança que um homem precisa para continuar abrindo caminho na floresta com uma arma ano após ano, apesar do padrão de frustração e fracasso, em busca de um vislumbre de pêlo, uma cauda parecendo uma bandeira tremulando entre as árvores. Wade sempre fazia barulho demais quando caminhava, como se quisesse avisar os animais, um homem de pés pesados com um corpo feito mais para carregar peso do que para tocaiar, e ele sempre deduzia erroneamente o movimento dos animais, imaginando que se moveriam para a esquerda ao invés de para a direita, subida acima ao invés de ladeira abaixo, para longe ao invés de perto: ele via o veado, olhava para onde achava que ele se dirigia e o animal havia desaparecido. Então, disparava a arma em um toco de árvore quatro ou cinco vezes, apenas para disparar a maldita arma, e assustava todos os veados no raio de alcance do barulho, fazendo-os esconderem-se ainda mais para dentro da floresta.

Passaram pela escola e Wade indagou:

— Conhece esse sujeito Mel Gordon, o genro de Twombley?

— Conheço.

— O desgraçado quase me atropelou hoje de manhã. Ultrapassou um ônibus escolar parado.

— Grande coisa.

— É mesmo. Pretendo pegar o sacana.

LaRiviere remexeu-se em seu banco e examinou o perfil de Wade por um segundo, em seguida, voltou a roer a unha do polegar.

— Esqueça Mel Gordon — disse, inclinando-se e abrindo o cinzeiro. Deslizou o pedaço de unha para dentro e fechou-o outra vez, dando-lhe uma pancadinha em seguida, como um sinal de aprovação.

— Porra nenhuma. Eu estava parado diante da escola, retendo o tráfego para deixar os ônibus entrarem, você sabe, como sempre faço, com as crianças atravessando a rua e tudo o mais, e esse filho da puta em seu BMW fica impaciente, sai da fila, vem a toda velocidade na minha direção e passa por mim de raspão como se eu nem estivesse lá. Poderia haver uma criança atravessando naquele momento, pelo que sei. O filho da puta devia perder a maldita licença por uma coisa assim.

— Então o que vai fazer, dar-lhe uma lição de moral?

— Merda, não. Vou multá-lo. Vou multar o filho da puta por infração de trânsito. Eu diria que sem dúvida foi uma infração de trânsito, não é?

LaRiviere não respondeu. Haviam saído da rota 29 e entrado na Parker Mountain Road, onde a neve ainda não tinha sido retirada, e seguiam as marcas deixadas pelos outros veículos, uma meia dúzia, que os precederam. Wade engatou a tração nas quatro rodas e a *pickup* pareceu aderir à superfície sulcada da pista como se fosse um ímã. Pinheiros com os galhos carregados de neve passavam, açoitando-os. Os remanescentes de antigos rochedos arredondados e alisados pela neve passavam pelos lados do caminhão como pães frescos, conforme ele prosseguia pela estrada sinuosa em direção a Saddleback Ridge, depois ao longo da serra e em seguida indo e vindo pela estrada, em ziguezague até o topo da montanha.

Ambos estavam em silêncio agora, imersos em seus pensamentos. Wade repassava a ofensa de Mel Gordon contra a sua dignidade e contra a lei, mas quem sabia o que LaRiviere pensava? Quando ele não está arrumando o mundo em pequenas pilhas, quadrados e fileiras perfeitos, não se pode saber o que passa em sua cabeça. É um homem que planeja e trama, um homem dissimulado com uma aparência expansiva, que planeja suas ações com muita antecedência e raramente realiza uma que já não tenha executado cem vezes antes em sua imaginação. Considera a vida mais ou menos como um concurso rígido e, para os vencedores, altamente gratificante. No mundo de LaRiviere, você ganha e ganha muito, ou você perde e perde tudo. A sobrevivência, a mera sobrevivência, não existe para ele, exceto como uma perda funesta, o que era uma das diversas razões pelas quais menosprezava Wade. No que dizia respeito a LaRiviere, Wade meramente sobrevivia, o que significava que sua vida não tinha nenhum sentido além de facilitar a de LaRiviere. Ou você é capaz de usar as pessoas ou elas o usarão. Não há meio termo. Pessoas que acham que há um meio-termo e acreditam que estão mais seguras ali são ridículas. Como Wade.

Viram-no antes de ouvirem-no — de repente, assomou diante deles um enorme veículo branco de emergência com luzes vermelhas girando. Wade deu uma guinada para a direita no volante, fazendo a *pickup* sair da estrada para uma vala rasa, subir na borda da estrada e parar em cima de uma rocha, onde a pá de limpar neve bateu contra as pedras e o motor morreu.

A ambulância passou a toda velocidade, sem diminuir a marcha, e desapareceu. A neve caía das árvores como farinha sobre o pára-brisa e o amplo capô da *pickup*:

— Desculpe — disse Wade e deu partida no motor outra vez, colocou a marcha a ré e retornou lentamente para a pista.

— Aquele deve ter sido o Twombley — disse LaRiviere em voz baixa, quase reverente, como se estivesse na igreja. — Jesus. Aposto como era o Twombley. — Parecia assustado e ficou olhando para trás por alguns instantes. — Espero que não tenha amassado a porra da pá — disse absortamente.

— Quer que eu os siga até Littleton, até o hospital?

— Não, agora não. Provavelmente não vão nos deixar vê-lo agora.

— Provavelmente.

— Vamos subir até o pico e falar com Jack primeiro — disse

LaRiviere, recompondo-se. — Jack saberá o que aconteceu. É melhor que saiba. Ah, se tudo isso pudesse ter sido evitado, Wade, vou foder aquele garoto.

Wade recomeçou a dirigir, mais cuidadosamente desta vez, como se esperasse que uma segunda ambulância saltasse da neve e surgisse repentinamente diante deles. Estava intrigado com LaRiviere: o que Twombley representava para ele afinal, exceto um eventual parceiro de trabalho? Wade, como a maioria das pessoas da cidade, sabia que LaRiviere há anos comprava e ocasionalmente vendia terrenos, por conta própria ou em parceria com outros, e sem dúvida Twombley fora um de seus parceiros na compra de terras, fazendas montanhosas e cobertas de mato, em sua maioria, algumas das quais ainda com madeira suficiente para derrubar, mas a maioria praticamente inútil e aparentemente não lucrativa, exceto onde ligava-se a uma estrada, um estacionamento de *trailers* pudesse ser erguido ou uma pequena casa pudesse ser construída e depois vendida. Mesmo assim, apesar de quaisquer ligações de negócios que pudessem ter tido, Twombley e LaRiviere dificilmente seriam o que se chamaria de bons companheiros. Além disso, LaRiviere não tinha o costume de demonstrar sentimento por qualquer outra pessoa, especialmente outro homem, a menos que fosse raiva ou sua habitual impaciência — exceto quando queria algo desse homem, quando então se desmanchava em gentilezas mais apropriadas a um marroquino de um bazar de tapetes do que ao mercado imobiliário do norte de New Hampshire.

Mas não era raiva, impaciência ou falsa afeição o que ele demonstrava por Twombley; era quase ternura, proteção, cuidado. Wade gostava disso: não sabia a razão e talvez nem soubesse se era um fato, mas gostava de Gordon LaRiviere desde criança, praticamente, quando foi trabalhar para ele assim que saiu da escola secundária, e sempre precisava de novas razões para explicar seu sentimento por aquele homem. A afeição de LaRiviere por outra pessoa, até mesmo um homem como Evan Twombley, poderia ser uma delas.

Permaneceram em silêncio o resto do percurso. Quando chegaram ao cume onde havia dois carros da radiopatrulha perfeitamente alinhados do lado direito da estrada, em frente ao caminhão de Jack, já parara de nevar completamente. Três policiais, um deles conversando com Jack, o segundo segurando um pastor-alemão pela coleira, o terceiro com uma câmera Polaroid na mão, estavam diante do caminhão de Jack e um quarto policial vinha caminhando pela neve em direção a eles, vindo da cabana de LaRiviere na elevação mais adiante.

Para Wade, ao parar atrás dos carros da radiopatrulha, todos os homens pareciam estranhamente felizes. Exibiam sorrisos maliciosos no rosto, como se tivessem acabado de ganhar uma aposta com um idiota. Jack tinha as duas mãos fechadas apoiadas contra o capô da sua *pickup* e sacudia a cabeça lentamente para a frente e para trás, enquanto dois dos policiais, as mãos nos bolsos, observavam e ouviam o terceiro falar com eles. O que falava olhou para além do capô da *pickup*, para Wade e LaRiviere, que caminhavam em direção a eles, e continuou falando.

— Então eu disse para ela: "Madame, cago e ando se a senhora for o próprio John F. Kennedy. Não votei nele quando era vivo e não vou votar nele agora." — O policial era um homem alto e magro de quase cinqüenta anos; seus cabelos pareciam pintados com graxa preta de sapato e as maçãs do rosto altas e planas davam aos olhos um aperto permanente. Tinha uma voz baixa e rouca que ecoava quando ele falava.

— Olá, Gordon — disse para LaRiviere. — Wade. — Em seguida, continuou: — "Seu carro estava a cento e sessenta entre Lincoln e Woodstock", disse eu a ela. Ela enfiou a mão na bolsa de couro que estava sobre o banco e retirou a porra da nota de cem dólares. Aí, eu disse para ela: "Madame, a menos que esteja apenas querendo me mostrar uma foto do falecido presidente, é melhor guardar isso, porque aqui subornar um oficial da polícia é crime."

Jack endireitou o corpo e encarou o sujeito, sorrindo.

— Cento e sessenta — repetiu. — Que velocidade. Qual carro ela dirigia? — perguntou. — Ei, Wade. Olá, Gordon — acrescentou, lançando um rápido olhar na direção deles.

— Maserati. Um desses carros italianos de cem mil dólares onde você não consegue nem entrar. Deve ser como dirigir dentro de uma camisinha.

Jack riu, cruzou os braços sobre o peito e virou-se para LaRiviere.

— Bem, Gordon — disse. Em seguida, repentinamente sério, suspirou. — Você ouviu as notícias — disse.

— Alguma coisa. Ouvi alguma coisa. Ouvi dizer que Twombley levou um tiro.

— É verdade — disse Jack gravemente, mas quase como se estivesse meramente anunciando que o sujeito fora embora, pensou Wade. Embora houvesse uma ligeira nota de pesar na voz de Jack, era como se Twombley tivesse ido embora mais cedo para almoçar ou para uma reunião na cidade antes de terem a oportunidade de pegar seu veado naquela manhã. Era um acontecimento sério o que estavam discutindo: os homens dessa região, quando alguma coisa desastrosa acontece e tem de ser comentada, conversam obliquamente e às vezes até pilheriam para falar do assunto.

— Porra — exclamou LaRiviere. Expirou ruidosamente e desviou o olhar para a cabana. — Mil vezes porra.

Wade agachou-se e acariciou a testa larga do pastor-alemão.

— Como vai? — perguntou ao policial alto, de cabelos pretos, o capitão Asa Brown, que Wade já conhecia. Wade não gostava muito de Brown e tinha certeza de que era recíproco. Na verdade, Wade considerava Brown um fanfarrão desonesto e acreditava que Brown o considerava incompetente.

— Vou indo, Wade. Vou indo. Tive uma discussão no outro dia com um dos Kennedys. Estava contando aqui ao Jack. Cuidado com o cão, Wade. Se der na telha, ele arranca sua mão.

— Ah, ele gosta de mim — disse Wade, mas retirou a mão e enfiou-a no bolso do casaco. — Não é, bichão?

Ainda olhando a paisagem, LaRiviere perguntou:

— Foi grave o que aconteceu a Twombley?

— Foi, sim — disse Jack.

— Uma trinta-trinta, à queima-roupa — acrescentou Brown.

— Jesus. — assobiou LaRiviere.

Ficaram em silêncio por alguns segundos. Então, Wade indagou:
— Ele vai se salvar?
— Não — respondeu Brown. — Já estava morto quando chegamos.

O policial com o cachorro, um garoto louro, corpulento, de vinte e poucos anos, com uma irritação cheia de pontos vermelhos no pescoço, como uma coleira cor-de-rosa feita ao se barbear, disse a Brown:
— Quer que eu vá retornando agora?
— Sim, acho que é melhor. Comece a preencher a papelada. Tenho que falar com os parentes mais próximos, acho.

LaRiviere olhou para Jack.
— Você viu?
— Não. Mas ouvi. Ele não estava muito longe. Eu avistara um cervo grande e, então, ouvi a arma disparar, me virei e Twombley não estava mais lá. Desaparecera. Então, olhei no penhasco que estávamos usando como ponto de apoio e lá estava o puto, completamente morto.
— Abriu um rombo no sujeito — completou Brown. — Trinta-trinta. Balas de ponta macia. Tinha um buraco maior nas costas do que na frente, um buraco em que dava para enfiar a mão. E o rombo na frente também era enorme. Podia enfiar o punho nele.
— Bem — disse LaRiviere. — Bem. — Fez uma pausa. — Acha que a neve parou?
— Parece que sim — disse Brown, espreitando o céu amarelado. — Por hoje.

Jack olhou diretamente para a frente, para ninguém em particular.
— O inverno chegou realmente cedo — comentou.

Wade não disse nada. Fitava o rosto impassível de Jack, captando lampejos de luz na escuridão de seu rosto, clarões e cintilações de metal incandescente girando em um poço escuro. Os pontos de luz que ele via, o calor que sentia, nunca vira ou sentira em Jack antes e Wade surpreendeu-se. Conhecia o rapaz alto e anguloso desde que se mostrara uma promessa como atleta na escola, naquele único verão em que Wade foi o técnico do time Lawford Pony League e, graças a Jack, todos foram às semifinais estaduais em Manchester.

O policial com o cachorro e seu parceiro com a câmera atravessaram a estrada e entraram na radiopatrulha, manobraram-na cuidadosamente e partiram de volta montanha abaixo. O terceiro policial permaneceu descontraidamente a uma curta distância atrás de Brown, como se aguardasse ordens.

LaRiviere consultou o relógio e disse:

— Bem, merda. Isso vai ser uma confusão do cacete para resolver. O genro de Twombley e sua filha, acho, vieram passar o fim de semana. Você disse que o viu hoje de manhã, não foi, Wade?

— Sim. Isso mesmo. Eu os vi.

— Sabe onde estão? — perguntou Brown a LaRiviere.

— A família tem uma casa no lago, às margens do Agaway. Belo lugar. Vêm passar o verão e, durante o inverno, nos fins de semana para esquiar. Sabe, vão para Waterville principalmente, e até Franconia e Loon, para esquiar. Belo lugar. Sauna, banheira de água quente, todas as instalações. Custou uma grana preta, pode crer. Um sujeito de Concord construiu para ele. Eu perfurei os poços.

— *Eu* perfurei os poços — disse Wade. — Mais de cem metros cada um, cinqüenta e três litros por minuto cada um.

LaRiviere olhou fixamente para Wade com óbvia irritação e abriu a boca para falar, depois fechou-a.

— Conhece o lugar? — perguntou Brown ao policial atrás dele, ignorando Wade.

— Acho que não.

— Não, também acho que não — disse Brown. — Quer falar com eles, Gordon? — perguntou. — Contar-lhes sobre a morte trágica do sujeito? Você os conhece. Você conhecia o sujeito.

— Claro. Que merda, o meu dia já está perdido mesmo — disse. — Me dê as chaves — disse para Wade. — Você pode voltar com Jack.

Wade disse que estava bem e entregou as chaves. Em seguida, acrescentou:

— Ainda vou multar aquele filho da puta.

LaRiviere fitou com ar grave e permaneceu em silêncio. Seu olhar dizia: Que diabos você está dizendo agora, seu sacana estúpido e teimoso?

— Quer dizer, é uma pena o que aconteceu a Twombley e tudo o mais, mas, merda, o que tem de ser feito, será — disse Wade. Voltou-se para Jack. — A porra do genro..., qual é o nome dele?... Mel Gordon. Ele quase me atropelou hoje de manhã, ultrapassou um ônibus escolar parado e tudo. Em frente à escola. Teve sorte de não ter matado o filho de alguém.

Jack não fez nenhum comentário. Parecia olhar através de Wade, para a floresta coberta de neve lá atrás.

Brown esboçou seu sorriso fino, como uma cobra.

— Não sabia que você era tão durão, Wade — disse. — Dê um refresco pro cara. Se quiser, direi a ele que o xerife local está puto, mas que, devido às circunstâncias, ele vai deixar passar dessa vez.

— Não sou um xerife, Asa.

— Eu sei.

LaRiviere disse:

— Você ainda tem uma porrada de neve para limpar, Wade.

— O serviço não foi feito, se é isso que quer dizer.

Por alguns instantes, todos ficaram em silêncio.

— Tem alguma coisa incomodando você, Wade? — indagou LaRiviere.

— Algumas coisas. Sim.

— Algumas coisas. Bem, no momento não estamos muito interessados. E quanto a algumas coisas, há algumas coisas que precisam ser tratadas antes. Depois pode se incomodar o quanto quiser. Mas no seu tempo livre, é claro, não no meu.

LaRiviere girou nos calcanhares e começou a atravessar a estrada em direção ao seu caminhão. Brown e o outro policial o seguiram, dirigindo-se para o carro da radiopatrulha.

Depois de manobrar a *pickup*, LaRiviere aproximou-a de Wade; esticou-se sobre o banco e abriu a janela.

— Espero não ver mais a aplainadora quando voltar para a

oficina, Wade. E, pelo amor de Deus, esqueça essa multa em Mel Gordon. O sogro dele acabou de se matar. Use a cabeça.

Wade não disse nada.

Em voz baixa, quase sussurrada, Jack perguntou:

— Quer que eu faça alguma coisa em particular na oficina?

LaRiviere hesitou um segundo, depois disse:

— É melhor você tirar folga o resto do dia. Você me parece meio esgotado. O que é compreensível. De qualquer modo, você já ganhou o dia, não é?

— Bem, não exatamente. Quer dizer, ele não me pagou.

— Vai receber seu dinheiro — disse LaRiviere. — Farei com que receba seu dinheiro. Vá para casa. Tome uma bebedeira ou algo assim. Recomece amanhã — disse. — E não fale com nenhum jornal a respeito — acrescentou. — Twombley é um figurão em Massachusetts, você sabe.

— O que deverei dizer?

— Diga-lhes a verdade, pelo amor de Deus, foi um acidente. Mas esqueça os detalhes. Diga-lhes para falarem com a polícia estadual, se quiserem detalhes. Diga-lhes que seu advogado lhe aconselhou a não fazer comentários.

— Advogado? Eu não preciso de advogado, preciso?

— Não. Não, claro que não. Só diga isso, só isso. — Em seguida, levantou o vidro da janela e partiu, com a radiopatrulha seguindo logo atrás.

Os dois veículos desapareceram e repentinamente tudo ficou em silêncio, exceto por um vento suave que escoava entre os pinheiros, o grito estridente de um corvo ao longe, o ranger das botas de Wade na neve conforme mudava o peso do corpo de um pé para o outro. Ele acendeu um cigarro e ofereceu um a Jack.

— Eu tenho — disse Jack. Procurou seu maço de cigarros no bolso da camisa, tirou-o e acendeu um cigarro na chama do Bic amarelo de Wade.

— Você fumava quando era jogador? — indagou Wade.

— Por que pergunta?

— Não sei. Só estou perguntando. Estou sempre pensando em deixar de fumar.

— Sim. Eu fumo desde criança. Pode crer.
— É mesmo? Até na escola você fumava? Não me lembro de vê-lo fumar antes de voltar de New Britain.
— Claro. O técnico nunca ficou sabendo. Tinham uma norma. Não no profissional, é claro, mas na escola.
— Mesmo no Pony League? Você fumava naquela época?
— Fumava.
— Porra. Você tinha apenas o quê? Doze anos?
— Comecei aos onze.
— Não brinca. Nunca soube disso. Eu era o técnico do Pony League na época, lembra-se? Eu não tinha regras sobre isso, mas não achava que fossem necessárias.

Jack sorriu ironicamente.

— Claro, eu me lembro. — Em seguida, deu uma risada. — Você era um técnico de merda, Wade. Um bom ala esquerda, mas um técnico de merda. Devia jogar um pouco com os veteranos da Coréia no próximo verão.

— Sei disso.

Ficaram em silêncio e ambos olharam para a cabana de LaRiviere junto ao bosque de pinheiros, na elevação do terreno do outro lado do pântano coberto de neve — o jovem alto e anguloso, com o colete de caça cor de laranja e o casaco acolchoado, e o homem mais baixo com o casaco azul-marinho e o quepe de policial, ambos com as mãos enfiadas nos bolsos, cigarro na boca, os olhos estreitados contra a claridade refletida da neve. Pareciam primos ou um irmão mais velho e um mais novo, parentes separados por duas décadas, um parecido com a mãe, o outro com o pai, dois homens muito diferentes ligados por laços tênues mas inquebrantáveis, a um passado comum. Permaneceram de pé sem se apoiarem no caminhão e pareciam esperar que alguém emergisse da cabana, uma pessoa trazendo notícias importantes — de um nascimento ou uma morte ou da chegada da verdade absoluta.

Sem olhar para Jack, Wade perguntou:
— Onde foi que Twombley levou o tiro?
— No peito.
— Não, quero dizer, em que lugar?

Jack apontou para a sua esquerda, ribanceira abaixo através da vegetação.

— Uns oitocentos metros para lá, ao longo da velha trilha de lenhadores, lá embaixo onde há uma vista para o lago.

— Você mesmo o trouxe para cima? É uma subida íngreme.

— Não, não. Os caras da ambulância o arrastaram para cima.

— Ele morreu na hora?

— Sim. Claro. — Jack virou-se para ele e sorriu. — O que está fazendo, brincando de polícia?

— Não. Tenho que fazer um relatório para a Caça e Pesca, é claro, mas só estava pensando, só isso. O que ele fez, para atirar em si mesmo, quer dizer.

— Não sei. Droga, eu estava observando um cervo velho e gordo, com uma galhada como a de um alce ou alguma porra assim, passeando. Acho que Twombley escorregou na neve, tropeçou numa pedra. Quem sabe? É um terreno acidentado lá embaixo e ele não estava acostumado com a floresta. Com a neve e tudo o mais, podia escorregar facilmente. Quem sabe? Só ouvi o disparo da arma. Bang! Assim, e ele desapareceu, lançado lá embaixo. — Jack jogou o toco do cigarro na neve alguns metros à sua frente.

A brisa leve mudara de direção e soprava diretamente em seus rostos. Agora, ouvia-se um par de corvos gritando um para o outro e Wade pôde ver um deles, de um preto arroxeado e brilhante, nervoso, pousado quase no topo de um pinheiro vermelho à esquerda da cabana de LaRiviere.

Wade disse:

— Nunca vi um homem baleado e morto antes. Nem mesmo no serviço militar. Deve ser impressionante. Vi muitos que já tinham sido baleados, sabe, mortos ou feridos, completamente arrebentados. Quando eu estava na Polícia Militar, principalmente. A mesma coisa aconteceu quando voltei para cá. Mesmo aqui eu vi dois ou três sujeitos depois que já tinham levado um tiro, mas eu não *vi* realmente. Sabe? Deve ser impressionante, ver um homem atirar em si mesmo.

— Bem... na verdade, eu não *vi* ele fazer isso. Foi como eu disse.

— Claro que viu.
— O quê?
— Viu ele fazer isso. — Wade observou o corvo pular de galho em galho no pontiagudo pinheiro vermelho. — Claro que viu. — Wade colocou-se atrás dos olhos de Jack e desviou o olhar do enorme cervo na ravina lá embaixo para olhar ao longo da serra, para Evan Twombley a seis metros de distância, apenas para se certificar, como um bom guia, que Twombley também podia ver o cervo e estava pronto para atirar; viu Twombley dar um passo incerto na direção da borda do barranco, viu-o abrir a trava de segurança com o polegar; viu-o escorregar numa pequena pedra ou graveto oculto sob a neve, estender uma das mãos, a mão com a arma, droga, para impedir sua queda, girando o rifle conforme caía. De algum modo, os dedos enrolaram-se no anteparo do gatilho ou mesmo roçaram o gatilho, enquanto tentava tanto equilibrar-se quanto proteger o rifle e, antes de atingir o solo, a arma disparou. A força da bala explodindo em seu peito o jogou no ar, para trás e ao fundo da ravina — um homem gordo, poderoso e rico, lançado acima do solo.

— Que merda está dizendo, Wade? Eu nunca vi o cara levar o tiro. Já lhe disse isso.

Wade viu novamente quando Twombley avistou o veado lá embaixo, tropeçou e virou de costas, na direção da queda; desta vez, ele caiu com as duas mãos empurrando o sofisticado rifle novo para longe do peito, para que não fosse danificado ou se enchesse de neve, virando-o de tal jeito que a ponta do cano passasse por cima de seu peito — quando a arma disparou diretamente em seu peito, estraçalhando seus pulmões, coração e coluna, jorrando sangue e fragmentos de carne pela neve e fazendo o corpo do homem desta vez ir rolando, como um boneco quebrado, como lixo, para a vala lá embaixo.

— Você deve ter visto o homem levar o tiro — disse Wade em voz baixa. — Sei que viu.

— Vamos cair fora daqui — disse Jack. — Nada do que você está falando faz sentido. Essa história toda já me deixou abalado de qualquer modo. — Passou diante de Wade e subiu no caminhão, bateu a porta como se estivesse furioso e deu partida no motor.

Wade observou Twombley morrer pela terceira vez.

Primeiro, pelos olhos de Jack, ele viu um enorme cervo emergir de seu esconderijo no bosquete de vidoeiros do lado esquerdo da ravina e caminhar lentamente ao longo da vala diretamente na linha de visão de Evan Twombley. Agora Twombley podia ver o animal também e, repentinamente animado, bateu de leve nas costas do rapaz, exigindo, com gestos, seu rifle de volta, pois não conseguira caminhar na neve com ele. Já o deixara cair uma vez e, finalmente, fizera seu guia carregar a arma para ele. Wade ergueu a ponta do cano, enfiou a coronha no ombro direito, mirou de modo que a bala atingisse a carne do ombro direito de cima, atravessasse o peito e saísse pelo lado esquerdo da barriga do animal, matando-o instantaneamente e asseadamente com um único tiro. Twombley, louco de inveja com o tiro e a repentina percepção de que não iria pegar o animal, que o seu guia o havia pego para si próprio, agarrou o rifle com ambas as mãos e tentou arrancá-lo de Jack. A ponta do cano virou de direção e a arma disparou. Twombley foi atirado para trás e caiu no precipício, seu corpo já morto rolando pelas pedras e pela neve até o fundo, onde caiu de pernas e braços abertos, como se tivesse sido arremessado do céu, jorrando sangue na neve. O eco do tiro desapareceu e em seguida os ruídos do enorme cervo saltando pelo denso emaranhado dos arbustos mais abaixo chegaram até o local, barulhos de fuga cada vez mais fracos, até que a floresta ficou silenciosa outra vez. Ouvia-se apenas o sussurro do vento através das árvores e o grito escarnecedor de um corvo em algum lugar acima e para trás, onde ficavam a cabana de LaRiviere e a estrada.

Wade foi sacudido pelo barulho da buzina da *pickup* de Jack. Ele já dera a volta no veículo e acenava irritadamente para que Wade entrasse.

Lentamente, Wade caminhou até a *pickup* e subiu para o banco de passageiros. Apontou para os três rifles pendurados no suporte afixado na janela atrás dele.

— Esses são seus, não é?
— Sim.
— Mas um deles deve ser de Twombley.

Jack não respondeu.

— Esse é o seu velho calibre vinte — continuou Wade, pousando a mão na arma — e esse é o novo Browning que você estava exibindo ontem à noite na prefeitura. — Em seguida, colocou a mão no cano da terceira arma e segurou-o com força, como se o tivesse capturado. — Essa deve ser a arma de Twombley. Praticamente nova em folha. Muito sofisticada — murmurou. — Trinta. E só foi usada uma vez — disse. — É um belo trabalho esse rifle de Twombley. Mas, ora, Jack, acho que você o merece. Certo é certo.

Jack disse:

— Sim, certo é certo — e começou a descer lentamente a montanha, seguindo as marcas deixadas pelos carros da radiopatrulha e pela *pickup* de LaRiviere e, antes deles, pela ambulância transportando o corpo de Twombley para Littleton.

— Twombley certamente não vai precisar mais dela, não é? — disse Wade.

— Não — respondeu Jack. — Certamente, não.

10

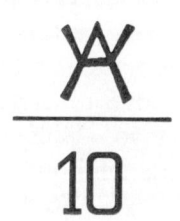

Mais tarde naquela mesma noite, Wade telefonou-me para perguntar se as estações de TV de Boston haviam noticiado a morte de Evan Twombley. Sim, eu lhe disse, haviam, mas eu mal prestara atenção: a morte por arma de fogo de alguém prestes a testemunhar sobre as conexões dos sindicatos com o crime organizado, ainda que disfarçado como um acidente de caça de New Hampshire, era uma notícia bastante comum e suficientemente distante da minha vida diária para chamar minha atenção.

— Falaram alguma coisa — respondi — mas não ouvi. Por quê? Aconteceu aí na sua área?

— Sim, e eu conheço o sujeito. E o garoto que estava com ele, Jack Hewitt. Que, aliás, você também deve conhecer. Ele trabalha para LaRiviere comigo. Esse garoto, ele é meu melhor amigo, Rolfe — disse Wade.

Era quase meia-noite e Wade parecia ligeiramente bêbado, ligando para mim, imaginei, de um telefone público da Toby's Inn, embora eu não pudesse ouvir o som surdo da *jukebox* ao fundo, como sempre. Eu estava na cama lendo uma nova história da civilização e essa não era uma conversa que eu achasse empolgante.

Wade telefonara-me uma meia dúzia de vezes naquele outono e eu o vira duas vezes; nas duas vezes, ele aparecera de repente em uma noite de sábado. Ficara andando pela minha cozinha tomando cerveja, falando sem parar sobre Lillian, Jill e LaRiviere — seus problemas — e depois desabara como uma árvore em meu sofá, apenas para retornar a Lawford na manhã seguinte depois do café. Eu tinha certeza, enquanto conversávamos sobre Twombley, de que já sabia toda a história de Wade, como você sabe quando ouve a história de um bêbado, mesmo que o bêbado seja seu irmão — talvez especialmente se for seu irmão —, e não precisava de nenhum capítulo novo.

— Wade — falei —, já é muito tarde. Talvez não para você, mas temos hábitos diferentes. Você está no Toby's e eu estou na cama, lendo.

— Não, não, não. Esta noite, não. Estou em casa esta noite, Rolfe. Posso não estar lendo, mas também estou na cama. De qualquer modo, estou telefonando porque quero que me ouça. Você é um cara tão inteligente, Rolfe. Tenho uma teoria sobre esse sujeito, Twombley, e gostaria que me desse sua opinião. — Estava entusiasmado, mais do que o normal, e isso me alarmou, embora eu não soubesse exatamente por quê. Assim, não cortei a conversa. Continuei ouvindo sem muita atenção o que ele chamava de sua teoria, que me pareceu ligeiramente maluca, conversa de bêbado. Era uma teoria sem fatos que a comprovassem e cheia de motivações e conexões improváveis. Também não considerava — já que Wade não vira as notícias de Boston e as emissoras de New Hampshire sequer mencionaram o incidente (sendo apenas mais um de muitos acidentes de caça naquele dia) — o fato de que Evan Twombley já estivesse com data marcada para testemunhar diante de um subcomitê do Congresso que investigava ligações entre o crime organizado na Nova Inglaterra e a indústria de construção civil. Lembrava-me dessa parte da notícia e tinha minha própria teoria.

Mesmo assim, mencionei a investigação para ele, que exclamou:

— Sem sacanagem? — E continuou como se eu tivesse informado nada mais do que o primeiro sobrenome de Twombley. Para Wade, não havia nenhuma conexão, porque ele parecia desejar ardentemente acreditar que seu "melhor amigo" atirara em Evan Twombley, acidentalmente, é claro, e estava escondendo o fato, o

que, ele insistia, era o que o preocupava. — O que vai acontecer é que vão descobrir que o sacana não atirou nele mesmo, que Jack atirou. E depois mentiu a respeito. E o garoto vai ser enforcado por isso, Rolfe. Aqui eles enforcam por assassinato, você sabe.
  — Não vão enforcá-lo se foi um acidente — retruquei. — Mas você realmente acha que Jack Hewitt atirou nele, hem? Por quê?
  — O que eu acho, ou por que ele atirou?
  — As duas coisas.
  — Bem, foi um acidente — disse ele. — Naturalmente. Mas quem sabe como aconteceu? Acontece o tempo todo. Você brinca com armas, alguém vai acabar ferido. Eventualmente. Mas quanto a por que eu acho que Jack fez isso, não é tão fácil de explicar. É como se fosse a única maneira como eu vejo que poderia ter acontecido. A única maneira que consigo imaginar. Penso em Twombley levando um tiro e tudo que vejo é Jack atirando nele.
  — Então, como fica essa sua teoria?
  Ele admitiu que não era tanto uma teoria como um palpite. Percebi que estava decepcionando-o. Novamente.
  Desculpei-me por parecer tão cético e expliquei que me parecia provável que se a morte de Twombley não tivesse realmente sido auto-infligida, então ele sem dúvida fora assassinado por outra pessoa que não seu garoto do local, Jack Hewitt, que provavelmente nem sequer viu o fato acontecer.
  — Eles estavam caçando, certo? Na floresta. Jack provavelmente ouviu a arma disparar, voltou, encontrou o corpo de Twombley e concluiu o óbvio, que o homem atirara nele mesmo. E se ele não atirou em si mesmo, então quem o fez tomou o cuidado de usar a própria arma de Twombley. Por via das dúvidas.
  Sim, sim, Wade concordou, contrariado, e então começou a se desviar um pouco do assunto e logo já estava recontando mais uma pequena humilhação nas mãos de sua ex-mulher. Essa história eu também já ouvira antes, ou uma versão semelhante, mas agora, para minha surpresa, ouvia como se fosse novidade para mim. Era seu relato do Halloween e de sua discussão com a filha Jill. Fiquei fascinado. Havia alguma conexão estranha em minha mente entre as duas histórias, entre sua versão da morte de

Twombley e sua versão da ida de Lillian a Lawford, tirando Jill de sua guarda. Na ocasião, eu não sabia a importância dessa conexão, é claro, mas estava lá, sem dúvida, logo abaixo da superfície da narrativa — senti fortemente sua presença e reagi a ela, como se tivesse o poder da lógica.

Fechei meu livro da história da civilização e sentei-me empertigado na cama, ouvindo Wade atentamente, enquanto ele contava devagar suas aventuras da noite anterior, apresentando-as com uma voz triste, melancólica, ligeiramente intrigada, as frases terminando pateticamente com expressões como "Sabe?" e "Eu acho".

E então, finalmente, ele encerrou a conversa — era mais um monólogo do que uma conversa — dizendo-me o quanto estava cansado, exausto, quebrado.

— De vez em quando sinto-me como um cão vadio, Rolfe — disse. — E uma noite dessas eu vou começar a morder. Juro.

— Você já não andou mordendo alguém? — perguntei.

— Não, não. Na verdade, não. Rosnei um pouco, mas não mordi.

Despedimo-nos e ele desligou. Tentei retomar minha leitura, mas não consegui e, quando tentei dormir, também não consegui. Fiquei deitado, acordado, durante horas, pareceu-me, com visões de alguém girando repentinamente na neve, mirando ao longo do cano de um rifle, disparando.

Mas voltemos à manhã em que Twombley morreu, a Lawford, doze ou quinze horas antes. Depois que Wade e Jack desceram Parker Mountain juntos, Jack deixou Wade na oficina de LaRiviere e, como LaRiviere sugerira, foi para casa, enquanto pelo resto do dia Wade dirigiu a aplainadora azul. Quando finalmente estacionou-a na garagem de LaRiviere, já era noite, escuro, e a temperatura caía para zero outra vez.

Limpou o pára-brisa e depois, enquanto esperava que o carro esquentasse, decidiu que seria melhor para todos, especialmente para o próprio Wade, se ele fosse direto para casa, limpasse seu *trailer*, pelo amor de Deus, cozinhasse um jantar simples e fosse direto para a cama, sóbrio e sozinho. Tinha razão: seu estado de espírito e sua visão aflitiva dos acontecimentos do dia não prometiam nada além de confusão para qualquer um que se unisse a ele no bar, na mesa ou na cama.

Então, como se quisesse verificar a sabedoria de sua decisão, seu dente começou a doer intensamente outra vez. Ao longo da tarde, gradualmente se transformara em um ponto latejante de dor abaixo da orelha direita. Como sempre, a dor piorou e espalhou-se rapidamente pelo rosto, até que o seu centro era tão grande e de um formato tão definível como a mão de um homem, com a base e o polegar da mão percorrendo o osso maxilar até o queixo, o dedo mínimo enfiado atrás da orelha, a palma pressionando a bochecha e os outros três dedos pressionando a órbita do olho direito.

A dor era indefinida, parecia-lhe, nem quente nem fria, e localizava-se numa zona estreita entre o músculo e o osso, irradiando malignamente em ambas as direções.

Gemeu audivelmente durante todo o trajeto de volta para casa.

O lugar agora parecia-lhe ainda pior do que ao sair pela manhã — um monte de lixo, como se uma gangue de motociclistas tivesse acampado ali durante todo o outono.

Livrou-se do casaco e começou a trabalhar, ensacando todo o lixo, jornais velhos, *TV Guides*, latas e garrafas de cerveja, embalagens de comida, maços de cigarro vazios, cascas de pão, latas vazias, miolos de maçã e caixas de leite. Levou todos os pratos, tigelas e panelas com restos secos de comida na pia da cozinha e todas as roupas sujas para o cesto no banheiro, onde parou por um segundo, estremeceu com o que viu, abriu um pouco as torneiras e espalhou uma camada de Comet na banheira, na privada e no lavatório, para serem esfregados mais tarde, depois que terminasse de limpar a cozinha.

Em mangas de camisa, arrastou dois grandes sacos de plástico verde até o final do caminho de entrada de veículos, onde os jogou na caçamba de lixo. Inacreditável que um homem pudesse deixar as coisas chegarem àquele ponto! O ar frio aguçou a dor de dente, fazendo-o correr de volta para dentro, onde rapidamente voltou a um lamento constante e difuso, que o perturbava, mas ao menos a dor era constante e ele podia fazer ajustes mentais que não tinham que ser desfeitos e refeitos a cada quinze ou vinte segundos.

Não demorou muito para que a cozinha ficasse limpa — louça lavada, enxugada e guardada, balcão limpo, comida mofada e estragada removida da geladeira e jogada no lixo, chão esfregado. Partiu então para o banheiro, esfregando e lavando, e para o quarto, onde retirou do armário o Hoover portátil que comprara na primavera anterior em uma promoção em Catamount, seu primeiro aspirador de pó. Embora parecesse aspirar a poeira debilmente, como se o fizesse através de um único canudinho, sentia-se orgulhoso de possuí-lo e satisfeito em usá-lo — o que era bom, já que levou quase uma hora para limpar o *trailer* inteiro.

Finalmente, a casa estava limpa. Cheirava a água e sabão, parecia simétrica e arrumada, lisa, fresca e seca ao toque dos dedos na bancada da cozinha. Seu dente continuava doendo, mas a privacidade que lhe dava, a maneira como a dor o encerrava entre muros, de alguma maneira o confortava e, embora diversas vezes tivesse pensado em tomar uma aspirina — Por que não, pelo amor de Deus, Wade, faça um favor a si mesmo e tome umas duas aspirinas, talvez até mesmo dissolva mais duas entre a bochecha e a gengiva —, ele rapidamente descartou a idéia, como se acabar com sua dor de dente, ou mesmo diminuir um pouco sua intensidade, fosse expô-lo a uma torrente de rostos, vozes e perguntas que ele preferia não enfrentar agora. Ou nunca, para dizer a verdade. Embora não gostasse de imaginar que a dor fosse durar para sempre.

Na geladeira, havia três garrafas de Rolling Rock e nenhuma outra bebida. Jogara fora o leite talhado e o suco de laranja azedara. Pensou: se tomasse as três cervejas, ainda iria para a cama sóbrio naquela noite. Ótimo. Beberia todas as três. Se houvesse seis ou oito, ele seria forçado a tomar água. Abriu uma das cervejas, tomou um longo gole e vasculhou o congelador, desencavando um pacote de brotos de favas e um peito de frango embalado em diversas camadas de Saran Wrap. Em seguida, colocou arroz no fogo, despejou o pacote de favas em uma caçarola com água fervente e derreteu uma colher de manteiga na frigideira. Deixou o peito de frango sob água corrente morna para poder retirar a embalagem e colocou-o na frigideira. Era bom o cheiro da comida: doméstico, ordeiro e constante — um ponto de luz e calor no meio da floresta escura e fria.

Quando finalmente sentou-se à mesa para comer, já passava das dez. Mastigou devagar, cuidadosamente, usando apenas os dentes da frente e da esquerda, evitando provocar o dente inflamado, que rosnava baixinho no canto direito da jaula da boca.

A mesa, uma mesa de baralho, na verdade, com quatro cadeiras dobráveis ao redor, ficava no meio da cozinha. Enquanto fazia sua refeição solitária, olhou toda a extensão do *trailer* e admirou o lugar. Antes de sentar-se, desligara todas as luzes do teto no *trailer* — luzes de teto sempre faziam Wade sentir como se ainda estivesse trabalhando na oficina de LaRiviere — e agora, segundo todas as aparências, ele estava em casa e poderia haver dois ou até três adultos ali, fora do alcance da vista, na sala, conversando tranqüila e sensatamente a respeito de dinheiro, e no quarto ao lado, o seu quarto, poderia haver outro adulto, lendo na cama, talvez, como seu irmão Rolfe gostava de terminar o dia, enquanto no quarto mais além uma criança fazia os deveres de casa. A porta do banheiro estava escancarada e a luz acesa, como se uma mulher, que tivesse acabado de escovar os cabelos, retocasse o batom antes de sair.

Não havia nada de errado com aquele lugar que um pouco de cuidado não pudesse ajeitar, pensou, mastigando uma pequena porção de favas com os incisivos, como um roedor.

Levantou-se, pegou outra cerveja, acendeu um cigarro, voltou ao seu quarto e ligou o rádio. Moveu o sintonizador para baixo e para cima algumas vezes, até encontrar uma estação agradável de Littleton: Carly Simon cantava sobre um homem que realmente sabia fazer amor, tão bem que ninguém era capaz de fazer melhor.

Meu Deus, essa mulher sabe das coisas, pensou Wade, voltou para a mesa a passos largos e sentou-se outra vez. Então, notou que fumava sem ter terminado sua refeição. Apressadamente, apagou o toco do cigarro em um cinzeiro. Recomeçou a comer e pensou: caramba, tenho que começar a pensar seriamente em parar de fumar. Talvez nesta primavera, depois que tudo se ajeitar. O frango estava um pouco seco e duro, mas tinha um gosto bom para ele e, desde que o cortasse em pequenos pedaços e o mantivesse do lado esquerdo da boca, não tinha problemas para mastigá-lo.

Wade apreciava noites como aquela; eram raras e ele quase creditou-a à dor de dente. Como se estivesse mergulhado em profunda meditação, estava profundamente solitário. Sua mente consciente, murada pela dor física, pelo *trailer* e pela neve e escuridão lá fora, estava livre de tudo, exceto diáfanos fragmentos de algumas poucas e simples fantasias e, embora estivesse longe da felicidade, parecia o mais próximo da felicidade que ele conseguira chegar nas últimas semanas. Talvez há mais tempo. Mas não queria pensar nisso agora; e não pensou.

Quando terminou de jantar, lavou, enxugou e guardou a louça. Parado junto à pia, olhou através de seu reflexo na janela, para a escuridão lá fora, fumou um cigarro até o fim e bebeu a última garrafa de cerveja. Ajustou o termostato novamente para quinze graus e retirou-se para o quarto, apagando as luzes uma a uma atrás de si. Despiu-se e pendurou as roupas cuidadosamente no espaldar da cadeira, deitou-se e desligou o rádio e a luz da cabeceira.

Foi nesse momento de sua noite, na cama, a casa limpa, um jantar preparado e consumido, relaxado, satisfeito e fisicamente confortável — a dor de dente relativamente calma —, que ele repentinamente sentou-se ereto na escuridão e bateu as mãos com força uma contra a outra, como se aplaudisse seu próprio desempenho. Acendeu a luz outra vez, pegou o telefone e discou o número de seu irmão Rolfe. Rolfe compreenderia e provavelmente teria alguma informação útil. Rolfe era um pouco estranho, mas era muito inteligente e lógico.

Mas, como sabemos, a conversa de Wade com seu irmão mais novo não transcorreu exatamente como ele esperava. Após dois ou três minutos de conversa, Wade recomeçou a falar de Lillian e

Jill, o tipo de história que sempre o deixava esgotado e com raiva. E a dor de dente piorara. Finalmente, desligou o telefone e apagou a luz da cabeceira.

Em poucos segundos, dormia e sonhava.

Horas depois, Wade sonhou o seguinte: tem um bebê nos braços, enrolado em cobertas como Jesus, apenas não é Jesus, é uma menina, mas não é Jill tampouco, graças a Deus, porque está azulada de frio e pode estar morta. *Ah, não, não deixe que esteja morta!* Suplica. Examina o rosto pequeno e franzido e descobre primeiro com alívio e depois com irritação que é uma boneca, uma dessas bonecas que parecem de verdade, com o rosto contraído como se fosse chorar. Quando Wade sobe do fundo da água para o buraco no gelo, quebra a superfície e atira a boneca para fora, diretamente para papai, que se deixa enganar e acha que se trata de um bebê de verdade; papai estende as mãos de bêbado para agarrá-la, os olhos pálidos esbugalhados com medo de deixá-la cair. Mas quando Wade consegue sair da água gelada e fica parado, de roupas de baixo, pingando no gelo, papai já descobriu que Wade lhe trouxe apenas uma boneca; empurra-a de volta para ele e afasta-se silenciosamente em direção à margem distante, onde Wade pode ver o campo de *trailers* e a velha *pickup* Ford vermelha de papai ao lado do *trailer* azul na extremidade. Wade abaixa os olhos para o objeto em seus braços e pergunta-se a quem pertencerá aquele bebê, quando percebe de repente que se trata do bebê de Jack Hewitt. Um filho! Imagine! Jack tinha um filho! Diabos! Wade observa que não há nenhuma mulher nesse sonho e que as meninas são bonecas. Deve haver alguma coisa errada. Homens não têm bebês, as mulheres é que têm. Mas, e os homens?

O que os homens fazem? Ele grita e acorda, as lágrimas rolando pelo rosto na escuridão do *trailer*, seu corpo tanto quanto sua mente frios até à medula, a dor de dente extinta.

Cedo, na manhã seguinte, mas não muito cedo, pois não queria ter que acordá-los, especialmente nesta manhã, Wade dirigiu-se para o lago Agaway ao norte da cidade. Imaginava que teria que dizer algumas palavras de simpatia em relação a Twombley, expressar suas condolências aos parentes, esse tipo de coisa, e depois ir direto ao assunto com o genro. Asa Brown e Gordon LaRiviere que se danassem: não era função deles proteger as crianças, era sua.

Passou pelo Wickham's, notou que o estacionamento estava quase cheio e que a maioria dos carros era de fora do estado. Lá estava aquele letreiro imbecil, COZINHA CASEIRA, cor-de-rosa claro na luminosidade da manhã. Alguns carros tinham os corpos de veados abatidos amarrados aos tetos e pára-lamas e Wade decidiu que pararia mais tarde para o café da manhã, depois de fazer sua visita a Mel Gordon. Então, restariam apenas algumas pessoas no restaurante e ele poderia conversar com Margie e dar seus importantes telefonemas. Era como os via — importantes. Esta manhã às oito. Wade Whitehouse era um homem com vários afazeres importantes, questões legais, por Deus, e ele queria que Margie o visse, um homem competente, empenhado em realizá-las.

Teria gostado de levá-la à casa de Twombley no lago Agaway, para que ela o visse lidar com o genro de Twombley e quase telefonou para ela assim que saiu da cama, mas lembrou-se que Margie trabalhava aos sábados de manhã. Tudo bem; ela sairia ao meio-dia e poderia ir a Concord com ele à tarde para ver o advogado. Talvez até pudesse acompanhá-lo quando ele fosse falar com o advogado. Embora talvez isso não fosse conveniente, pensou. Bem, ela poderia esperar em um restaurante ou fazer compras e, mais tarde, ele poderia lhe contar tudo sobre a reunião.

A uns quatrocentos metros do posto Shell de Merritt, na antiga fábrica, onde havia um grupo de casebres amontoados como se quisessem se aquecer, Wade virou à esquerda, entrando na estrada de terra, estreita e sinuosa, que levava ao lago Agaway. O céu estava azul, claro e sem nuvens, e manchas ofuscantes da luz do sol cintilavam no capô e no pára-brisa à medida que passava entre pequenos bosques de espruces e pinheiros altos — árvores que deveriam ter sido cortadas e vendidas.

Wade fazia essa observação toda vez que passava por aquela estrada: essas árvores lindas, altas, azuis e pretas, deveriam ser derrubadas em bases regulares e alternadas e o seriam, se os ricaços não fossem os donos da terra e não preferissem o uso decorativo das árvores a qualquer outro. Isso o deixava furioso.

O lago em si não é muito grande, talvez com um pouco mais de três quilômetros de comprimento por oitocentos metros de largura, e não pode ser visto da estrada, embora esteja a apenas algumas centenas de metros à direita e ligeiramente abaixo. É um lago pitoresco, profundo, aninhado entre duas fileiras de montes, com vista parcial do desfiladeiro de Franconia ao norte e a vista de Saddleback e Parker Mountain ao sul. Bonito.

Os proprietários de todas as terras das margens do lago às serras dos dois lados são cinco famílias, veranistas de Massachusetts — um médico, dois industriais, um dos quais dizem ter sido o inventor dos pacotinhos de sal e pimenta usados nos aviões, um juiz recentemente indicado para a Suprema Corte e agora passando a maior parte do tempo em Washington, e Evan Twombley, o presidente do sindicato. As cinco famílias que precederam as cinco famílias atuais há muito tempo reuniram-se em uma associação, cordial mas com precisão legal, para impedir que a terra fosse subdividida e para impedir que as cinco propriedades jamais fossem vendidas a judeus ou negros — uma cláusula anexada ao acordo e denominada convenção, como se feita entre cristãos e um Deus protestante conservador e que, há apenas três anos, quando Twombley comprou sua propriedade da última das cinco famílias originais, resolveu finalmente aceitar católicos. Então, como era previsível, surgiu um problema. Embora tivesse sido Evan Twombley, como o primeiro católico assim reconhecido, quem assinara o acordo com a convenção anexa, preocupava aos outros proprietários que seu genro, Mel Gordon, depois que o viram, pudesse ser judeu. Já era tarde demais, é claro, para se fazer qualquer coisa — não era possível retirar a convenção — mas, desde que a propriedade não passasse para o genro, ninguém se preocuparia. Entretanto, gostavam de comentar o assunto, que provocava neles pequenos *frissons* de ansiedade.

Pela manhã, as outras quatro famílias da Lake Agaway Residents Association, como era chamada, souberam da morte de seu vizinho de fins de semana, Evan Twombley, em um trágico acidente de caça, ontem, em Lawford, New Hampshire. Um deles tinha uma antena parabólica e ouvira a notícia na noite anterior, no noticiário da onze horas, no Canal 4, e estava nos dois jornais de Boston, vendidos na loja Golden's, esta manhã. Bem. Uma pena.

Talvez a filha e o genro de Twombley queiram vender a propriedade, o que seria preferível, desnecessário dizer. Se apenas a filha dele a herdasse (uma forte possibilidade, graças a Deus), ninguém iria realmente se importar ou fazer objeção, desde que ela não resolvesse colocar o acordo no nome dela e do marido. A filha certamente não era judia e as crianças, conseqüentemente, não poderiam ser, já que todos sabem que para ser judeu é preciso uma mãe judia.

Ainda era possível, claro, que o judeu Mel Gordon herdasse a propriedade em comunhão de bens. Se isso acontecesse, podia-se apenas esperar que, ao ler o acordo, o sujeito chegasse à cláusula restritiva no final e decidisse não dizer nada a respeito, simplesmente continuasse e assinasse o acordo, deixando as coisas como estavam, como se ele não fosse nem judeu nem negro. Droga. Se esse tal de Gordon *fosse* negro, nada disso teria acontecido, não é? De qualquer modo, sua concordância com a cláusula restritiva no acordo poderia se tornar algo constrangedor para a Associação, não é? Afinal, você não era obrigado a dizer isso abertamente e ninguém seria tão grosseiro ou ignorante a ponto de perguntar-lhe, mas todos na Associação e todos na cidade também achavam que Mel Gordon era judeu, o que significava, claro, que ele *era* judeu. As pessoas não se enganam a respeito dessas coisas. Por outro lado, também não estava claro que ele *não* era judeu, especialmente quando ele próprio não se mostrava disposto a admitir isso de uma forma ou de outra. Entretanto, na realidade isso não importava, não é? Os tempos mudam, não? Certamente esse não é o tipo de problema que nossos pais tiveram que enfrentar.

Wade entrou no caminho perfeitamente desobstruído da neve que levava à casa, até a garagem com vagas para três carros, e estacionou. Saiu do carro devagar, como se tivesse todo o tempo do mundo, e caminhou descontraidamente até a ampla varanda que dava para o lago. Era uma casa de estrutura de madeira, espaçosa, de dois andares, com telhado de cedro, construída há três anos para dar a impressão de ter cem anos de idade, como se realmente tivesse sido herdada.

LaRiviere zombara da idéia de gastar tanto para fazer um lugar parecer antigo.

— Se você vai gastar um quarto de milhão de dólares em uma casa de verão, ela deveria parecer esplendidamente nova, pelo amor de Deus.

Mas Wade gostava da aparência da casa e achava que, se tivesse dinheiro, iria querer que sua residência de verão se parecesse com aquela, uma casa onde várias gerações de pessoas gentis, bem-sucedidas e inteligentes vinham para relaxar e usufruir a companhia de seus filhos, pais, irmãos e irmãs adultos; um lugar com uma ampla varanda com vista para o lago, muitas cadeiras de balanço antiquadas, de vime, na varanda, onde você sentava-se ao final do dia e contava histórias dos melhores momentos de verões passados; antigas e prateadas telhas de cedro, duas chaminés feitas de pedras do local, um telhado íngreme com abas largas, que faziam a neve deslizar para o chão antes de adquirir tanto peso que afundasse o telhado ou de virar gelo nas canaletas e começar a levantar as tabuinhas do telhado e causar infiltrações quando a primavera chegasse.

Bateu no vidro da porta externa de proteção contra o inverno com o que achava que era autoridade e a porta interna abriu-se no mesmo instante.

Um garoto louro de cerca de oito anos, com uma cabeça grande e desgrenhada e um pescoço comprido e fino, empurrou a porta externa de vidro e alumínio, abrindo-a uns quinze centímetros, e com grande seriedade examinou Wade. O menino usava pijamas de flanela estampada com figuras do Homem-Aranha em ação. Em uma das mãos, segurava uma tigela de leite e cereais em tons pastéis, que se entornavam no chão; com a outra, segurava a porta.

— Seu pai está em casa? — perguntou Wade.

O garoto analisou o rosto de Wade e não disse nada.

— Seu pai está, filho? Preciso falar com seu pai.

Como se o dispensasse, o garoto virou as costas e soltou a porta externa. A brisa do lago empurrou-a até perto do rosto de Wade. Ele podia ver a sala de estar, pois o garoto deixara a porta interna completamente aberta. Wade viu-o caminhar em direção ao aparelho de TV no canto oposto da sala, onde se deixou cair no assoalho acarpetado, continuando a ver desenhos e encher a boca com colheradas de cereais.

A sala era enorme, aberta para as abas do telhado, com uma lareira de pedra da altura de uma pessoa em cada canto. Um lance de escadas levava para um mezanino, onde várias portas fechadas indicavam os quartos. Embaixo, havia um piano de cauda em um recanto com janela, o que instantaneamente impressionou Wade: ele nunca vira um piano de cauda dentro de uma casa antes. Quando pensou nisso, percebeu que ele nunca vira um piano de cauda em parte alguma. Não ao vivo.

Bateu no vidro da porta outra vez, mas o garoto continuou sentado comendo cereais e vendo desenhos, como se Wade não estivesse ali. Finalmente, Wade abriu a porta externa, entrou e fechou a porta interna atrás de si.

— Vamos, filho — disse. — Vá chamar seu pai para mim.

— Psit! — fez o garoto, sem olhar para ele. Então, Wade viu que havia um segundo menino, menor, deitado no chão a poucos metros dele, a cabeça apoiada nas pequenas mãos. Era mais louro que seu irmão, estava de roupa de baixo e camiseta e parecia tremer de frio. Olhou por cima do ombro do irmão e disse:

— Psit, sim?

— Bolas — murmurou Wade e começou a sair, quando ouviu uma voz de mulher acima e atrás dele.

— Quem é você? — Era uma voz suave e hesitante, o oposto das vozes dos garotos e dos rosnados emitidos pelos personagens musculosos, de torso nu, na tela da televisão; Wade voltou-se, olhou para cima e viu uma mulher magra, de cabelos louro-prateados, de pé junto à balaustrada do mezanino em cima; por um segundo, sentiu como se estivesse numa peça teatral, como *Romeu e Julieta*, e a próxima fala fosse sua, mas ele não sabia o que deveria dizer.

Sentiu o rosto ruborizar-se, tirou seu boné de policial e segurou-o na altura da virilha, com as duas mãos. O rosto da mulher era longo e ossudo, mas de aparência muito delicada, como se os ossos fossem frágeis e a pele clara extremamente fina. Os olhos estavam vermelhos e os cabelos louros, na altura dos ombros, despenteados. Não usava nenhuma maquilagem, mas estava envolta em um robe de veludo verde-escuro que fazia seu rosto, suas mãos e seus pulsos parecerem cobertos de talco. Wade a vira muitas vezes antes, é claro, mas sempre bronzeada, usando *jeans* e suéteres elegantes e, no inverno, usando roupas de esqui. Geralmente, a observava a distância, na cidade ou no correio. Quando Twombley estava construindo a casa e Wade estava ali perfurando os poços, ela viera de Massachusetts duas vezes com o marido e os filhos, mas andaram pelas obras e pela beira do lago sem parar para falar com ele. Esta era a primeira vez que a via de perto e parecia-lhe que a via em circunstâncias apaziguadoramente íntimas.

Balbuciou:

— Eu queria... Sou Wade Whitehouse. Queria saber se seu marido está. Isso é o que eu queria.

— Está dormindo. Ficamos acordados até tarde — disse ela, como se desejasse estar dormindo também.

— Bem, sim, eu... Gostaria de dizer que sinto muito pelo seu pai, Sra. Twombley.

— Gordon — ela corrigiu-o. — Obrigada.

— Gordon. Desculpe. Sra. Gordon. Puxa, sinto muito, Sra. Gordon, certo.

Ela agarrou o corrimão, como se procurasse se equilibrar, e disse:

— Poderia voltar uma outra hora, depois que ele acordar?

— Bem, sim, creio que sim. Quer dizer, não quero incomodar, numa hora como essa. Eu só tinha um assunto a acertar com o Sr. Gordon. Sou o policial da cidade e há uma coisa sobre a qual gostaria de falar com ele.

— Alguma coisa relativa ao meu pai? — Ela deu vários passos ao longo do mezanino em direção às escadas.
— Ah, não, não é nada sobre isso. Puxa, não. É um problema de trânsito — disse. — Nada demais.
— Não pode esperar, então?
Wade pensou que sim, podia esperar, claro que podia esperar. Podia esperar até outro dia em que ela tivesse acabado de acordar e essa tragédia com seu pai já tivesse passado; ele poderia vir até ali e conversar com essa bonita mulher à mesa do café da manhã, enquanto seu marido e filhos viajavam cada vez mais para o norte, para as montanhas, deixando-a ali; assim, Wade poderia confortá-la, cuidar dela, dar-lhe forças para enfrentar seu momento de aflição e dor, essa mulher carente, triste, bela e inteligente, diferente de todas as outras mulheres que Wade já conhecera e amara, tinha certeza.
Retrocedeu em direção à porta, os olhos erguidos, fitando-a, concentrando-se tanto em sua figura pálida que não viu o homem que emergiu de um quarto no final do mezanino — Mel Gordon, os olhos fundos, barba por fazer, os cabelos curtos e pretos grudados no crânio estreito. Usava um robe de lã quadriculado, verde e azul. Cruzou os braços no peito e examinou Wade por um segundo e, quando Wade procurou a maçaneta da porta atrás dele, Gordon disse:
— Whitehouse. Na próxima vez, telefone antes.
— O que foi que disse?
— Eu disse: "Na próxima vez, telefone antes."
O garoto mais velho olhou para o pai e disse:
— Papai, fique quieto, sim?
Wade sorriu, olhou para os pés e sacudiu a cabeça ligeiramente.
— Jesus Cristo — murmurou. Em seguida, disse: — Sr. Gordon, quando eu faço um longo percurso para entregar uma intimação a alguém, não ligo antes para marcar hora.
O rosto de Gordon endureceu e ele passou rapidamente pela mulher, em direção às escadas. Indagou:
— De que diabos está falando? — Desceu as escadas apressadamente, como se fosse fechar uma janela por causa de uma tor-

menta repentina, e quando chegou ao pé da escada, a alguns metros de Wade parado junto à porta, disse: — Vamos, Whitehouse, vamos ver essa intimação. — Estendeu a mão, olhando fixamente para Wade. — Vamos vê-la.

— Tenho que registrá-la.

Wade enfiou a mão no bolso de trás e retirou um grosso bloco de multas, depois tirou uma esferográfica Bic do bolso da camisa.

— De que diabos você está falando, Whitehouse?

— Estou lhe aplicando uma multa, Sr. Gordon. Violação de trânsito. — Estreitou os lábios e começou a escrever.

— Violação de trânsito! Acabo de sair da cama, pelo amor de Deus, e você está me dizendo que está me dando uma maldita multa por excesso de velocidade? — Soltou uma risada ameaçadora. — Está maluco? É isso, Whitehouse? Você está maluco? Acho que está maluco.

Wade continuou a escrever.

— Ontem de manhã, você ultrapassou um ônibus escolar parado, com as luzes de sinalização acesas, e em seguida ultrapassou um agente de trânsito que parara os carros para dar passagem aos pedestres em um cruzamento — disse Wade sem erguer os olhos. — Pareceu-me que também estava em excesso de velocidade. Aquela é uma zona de sessenta quilômetros por hora. Mas vou deixar essa passar desta vez.

Acima deles, a mulher pálida no robe de veludo verde-escuro virou-se e retirou-se para um dos quartos. Wade olhou para cima e a viu desaparecer. Os dois homens duelariam ali embaixo e, quando restasse apenas um, ele subiria as escadas até sua torre, onde entraria em seu quarto às escuras. Ela não saberia qual dos dois homens de sua vida atravessava o quarto em sua direção.

Mel Gordon agarrou a mão com que Wade escrevia, espantando-o.

— Espere! — exclamou Gordon.

Wade retirou a mão com força.

— Nunca coloque as mãos em mim outra vez, Sr. Gordon — disse.

— Você está falando de uma maldita multa de trânsito, não é? De ontem.

— Isso mesmo.

— De quando eu o ultrapassei no sinal da escola, onde você resolveu prender o tráfego por meia hora enquanto sonhava em se tornar um policial de trânsito ou algo assim.

Gordon recuara um passo e exibia um sorriso largo, achando graça e mal podendo acreditar naquela situação. Um tufo grosseiro de cabelos pretos preenchia o V do peito exposto pelo robe e chegava quase à garganta. É o tipo de homem que faz barba duas vezes por dia desde o começo da adolescência e acha que todos os homens fazem o mesmo.

— Vai ler os meus direitos, policial Whitehouse?

— Não crie problemas, Sr. Gordon. Apenas pegue a maldita multa e pague pelo correio, ou vá à justiça local no próximo mês e conteste-a. Eu só estou...

— Fazendo o seu maldito trabalho. Eu sei. Também vejo televisão.

— Sim. Fazendo o meu trabalho. Eis o bilhete da sua multa — disse, arrancando-o do bloco e entregando-o a Gordon.

— Você é inacreditável. Você é realmente inacreditável.

— Sim. E você também, Sr. Gordon. Inacreditável. — Sorriu. — E seus filhos? São mal-educados com estranhos — acrescentou, lançando um olhar severo aos garotos, como se fossem insetos.

— Ei! — exclamou Gordon. — Por que não aproveita para insultar minha mulher também, já que começou? — Deu um passo na direção de Wade. — Por que não? Afinal, deve saber tudo sobre o acidente com o pai dela. Deve achar alguma coisa para implicar, se pensar bem. Por que não, Whitehouse? Por que não fazer o serviço completo, já que está aqui? — Sorriu desdenhosamente.

— Sim, bem, sei a respeito do pai dela. Sinto muito.

Gordon segurou o bilhete da multa à sua frente com uma das mãos, dobrou-o cuidadosamente ao meio e enfiou-o no bolso da camisa de Wade.

— Saia da minha casa agora mesmo, babaca. E tem mais: você vai ser um babaca *com sorte* se não tiver sido despedido antes do dia terminar. — Abriu a porta com um safanão, virou Wade para ela e disse: — Posso colocar o seu traseiro caipira para fora do emprego com um telefonema, Whitehouse, e estou suficientemente puto para fazer isso agora.

Colocou a mão em um dos ombros enrijecidos de Wade e o fez atravessar a porta para a varanda, batendo a porta em seguida.

Por alguns segundos, Wade ficou parado ali na varanda aberta, de frente para o lago coberto de gelo, em direção à linha negra de árvores e montes depois dele. Bateu no bolso da camisa, onde o bilhete dobrado parecia desprender calor, e fechou o zíper do casaco para proteger-se da brisa constante que soprava do lago. Sua mente estava repleta da imagem da mulher loura no mezanino acima dele, seu rosto belo e exausto, sua figura alta e esbelta olhando para baixo e suplicando com o olhar que ele subisse as escadas e a salvasse.

11

Quando pensou nisso — o que ele fez, enquanto dirigia de volta do lago Agaway à cidade —, Wade percebeu que não havia ninguém na cidade a quem ele pudesse recorrer para aconselhá-lo na questão relativa à contratação de um advogado. Nunca mais usaria o último advogado que contratara, o sujeito que o deixou naquela situação. Fora um tiro no escuro, um advogado das Páginas Amarelas de Littleton, e ele obviamente errara o alvo. Agora, entretanto, Wade sabia o que estava fazendo, sim, por Deus, e precisava de um advogado à altura.

Havia algumas pessoas em Lawford que poderiam lhe recomendar alguém — Alma Pittman, Chub Merritt, Gordon LaRiviere — mas Wade não queria que ninguém na cidade soubesse o que ele pretendia fazer. Exceto Rolfe, que estava muito distante da cidade e do estado e não podia ajudá-lo a encontrar um advogado, mas podia aconselhá-lo de uma forma geral; e havia Margie, é claro, que era diferente de qualquer outra pessoa da cidade, porque somente ela o amava — ou se não o amasse exatamente, poderia vir a amá-lo, acreditava, em retribuição às suas atenções, o que ele até agora se mostrara relutante em oferecer.

Era um caso desequilibrado, em que um dos lados, Margie, era um ser humano melhor do que o outro. Mas ambos reconheciam e aceitavam o fato, de modo que o pior que poderia acontecer, segundo Wade, era que Margie um dia encontrasse um homem que retribuísse suas atenções e ela deixasse Wade por esse homem. Mas Wade achava que não se sentiria pior então do que se sentia agora. Razão pela qual se recusava a se aproximar mais de Margie, sempre mantinha o olhar desviado, mesmo quando faziam amor. Isso não fazia dela uma estranha, exatamente, mas evitava que se tornasse uma esposa.

De volta à cidade, Wade passou pela oficina de LaRiviere e, ao passar, lembrou-se de ter perfurado um poço para um homem que era um advogado em Concord, um sujeito chamado J. Battle Hand, que nem Wade nem LaRiviere haviam conhecido pessoalmente, mas, pelo que ele podia deduzir, era um homem bem-sucedido: comprara um bom lote em um terreno muito caro perto de Catamount e construíra um chalé em estilo suíço na encosta sul de uma enorme montanha onde havia uma estação de esqui — prédios de apartamentos, restaurantes, lojas, bares, saunas, uma Ramada Inn, meia dúzia de diferentes pistas de esqui e teleféricos: todos os recursos. E esse sujeito, J. Battle Hand, era proprietário da metade não ocupada da montanha e evidentemente não tinha planos para fazer nada com ela, além de plantar sua própria casa de férias bem no centro. A casa aninhava-se em um bosque de vidoeiros brancos e fortes, com uma linda e longa vista das montanhas da região central de New Hampshire, a apenas dois quilômetros de onde as pessoas dirigiam dias inteiros de Massachusetts e lugares ao sul para chegar.

Para os padrões de Wade e de Lawford, e até mesmo pelos padrões da cidade bem maior de Catamount, a casa era suntuosa. O preço de LaRiviere para o poço fora relativamente alto, mas tinha sido contratado mesmo assim, provavelmente por causa de sua reputação de ser capaz de perfurar poços em encostas que desencorajavam a maioria dos perfuradores de poços de terras planas. LaRiviere podia chegar em um lugar montanhoso quando estavam prontos para instalar a maquinaria, e em segundos podia encontrar o único pedaço do terreno onde o equipamento poderia ser montado e o perfurador direcionado verticalmente para o solo. Era fantástico, ao menos para Wade, que inevitavelmente escolhera um outro lugar para perfurar. LaRiviere inspecionava o terreno com um olhar rápido, observava o local escolhido por Wade, escolhia outro, depois humilhava Wade fazendo com que primeiro Jack Hewitt ou Jimmy Dame estacionasse a máquina onde Wade sugerira. Todas as vezes, por mais que a calçassem, a máquina terminava inclinada em um ângulo que o perfurador não poderia corrigir. Então, LaRiviere fazia Jack levar o caminhão alguns metros abaixo e um pouco para a esquerda, onde um punhado de cerejeiras silvestres havia obscurecido a superfície do solo. Indubitavelmente, a máquina assentava-se como um bolo no forno, e o perfurador, uma vez abaixado e posicionado, apontava diretamente para o centro da terra.

Embora nunca tivesse conhecido o sujeito pessoalmente, Wade lembrava-se perfeitamente de J. Battle Hand, principalmente por causa de seu nome, que lhe pareceu um nome próprio de advogado, o nome de um homem que lutava como um tigre por seus clientes, que acreditava em justiça, no certo absoluto e no errado absoluto, e que não defenderia uma pessoa se não acreditasse em sua inocência e na correção de sua causa. Era evidente, também, que ele enriquecera desse modo. J. Battle Hand era exatamente o tipo de advogado de que Wade precisava para mover uma ação de custódia contra sua ex-mulher. Precisava de um homem rico e bom. Ou, melhor, de um homem bom e rico.

Entrou no Wickham's, procurou por Margie e descobriu do que se esquecera — ela trabalhara ontem, o primeiro dia da temporada de caça, e tirara sua folga hoje. Nick disse-lhe que ela telefonara e deixara um recado para Wade ligar para ela se aparecesse por ali. Metade dos compartimentos e mesas estavam ocupados com caçadores de veado, a maioria gente do lugar. Esses não eram os fanáticos e forasteiros que apinhavam o local ontem de manhã. Em um dia, a intensidade da caça fora suficientemente diluída para que ali, nas laterais, a maioria dos espectadores e participantes pudesse demonstrar pouco mais do que um envolvimento passivo com a matança ainda em andamento na floresta. Não era muito diferente de qualquer outra manhã de sábado no Wickham's. Duas das *pickup*s estacionadas na frente transportavam veados mortos, mas pareciam mais uma carga do que um troféu. A cidade parecia ter entrado em um ritmo sazonal, a temporada de caça, que era um aspecto tão natural e inconsciente da vida quanto o inverno ou a primavera: as pessoas simplesmente saíam e se comportavam "naturalmente" e, assim, podiam se comportar adequadamente também. Fácil.

Wade pediu a Nick que trocasse uma nota de um dólar e atravessou o restaurante quase vazio para a sala de fliperama e videogames nos fundos. O próprio Nick atendia no balcão esta manhã; uma estudante do secundário servia as mesas, uma garota gorda com um uniforme dois números menor do que o dela e um rosto maquilado como o de uma corista de Las Vegas. Na sala de jogos nos fundos, onde ficava o telefone público, dois garotos adolescentes jogavam e fumavam. Wade colocou uma moeda no telefone, ligou para informações em Concord, obteve o número de J. Battle Hand, advogado, e discou-o.

Ocorreu a Wade que J. Battle Hand poderia não estar em seu escritório em uma manhã de sábado, deveria estar em Catamount esquiando ou descansando diante de uma lareira em sua imensa sala de estar. Assim, ficou satisfeito e um pouco surpreso quando a secretária perguntou quem estava telefonando e depois disse:

— Um momento, por favor, Sr. Whitehouse — e ele se viu instantaneamente e sem dificuldades falando com o homem que queria que o representasse no que Wade considerava a coisa mais complicada, ambiciosa, possivelmente insensata, mas mesmo assim correta que ele já empreendera: a tentativa de obter acesso regular e fácil à sua própria filha. Isso não deve ser tão difícil assim, afinal, pensou, e notou que suas mãos haviam parado de tremer e sua dor de dentes regredira a um tremor seco em sua boca. Não o havia incomodado muito esta manhã de qualquer modo, mas continuava lá, como um desagradável ruído de fundo, um vizinho tocando seu rádio um pouco alto demais.

A voz de Hand era baixa, calma, com autoridade, exatamente como Wade esperava que fosse. Repetiu "Sei" muitas vezes, enquanto Wade rapidamente explicava o que queria que Hand fizesse por ele. Quando o advogado sugeriu que, antes de tomarem qualquer decisão, Wade fosse ao seu escritório e conversassem, Wade explicou que trabalhava em Lawford e que teria dificuldade em sair nos dias úteis da semana; ele gostaria de ir hoje, à tarde, se possível. Hand concordou — que tal às duas horas? — e assim ficou acertado.

Não, senhor, isso não seria tão difícil e confuso quanto ele imaginava. Não conversaram sobre custas, é claro, mas Wade podia dizer pelo som de sua voz que o advogado Hand era um homem razoável. O que quer que custasse a Wade, valeria a pena para ter Jill de volta em sua vida e, se necessário, poderia pagar ao longo de anos. Poderia pegar um empréstimo no banco, talvez, uma segunda hipoteca no *trailer*, se fosse preciso — e sem dúvida seria, pois ele não tinha nenhuma economia.

Em seguida, Wade ligou para Margie. Assim que ouviu sua voz, sentiu necessidade de um cigarro. Apalpou o bolso da camisa e descobriu que haviam acabado.

— Merda — exclamou.

— O quê?

— Espere um minuto, tenho que comprar um maço de cigarros. Pode aguardar um instante?

— Ande depressa. Estou cozinhando.

— Já volto — disse.

De repente, sentia-se desesperado por um cigarro; essa necessidade era tão física e premente quanto a vontade de urinar. Colocou o receptor em cima da caixa do telefone, saiu às pressas para a caixa registradora e comprou um maço de Camel Lights com Nick. Quando voltou ao telefone com Margie, já estava fumando, os pulmões e o rosto sentindo-se apaziguados e familiares outra vez.

— Tenho que parar de fumar — disse a ela, mas não conseguia imaginar que pudesse ser capaz de suportar mais de um minuto a agitada sensação de estranheza que o fumo eliminava. Era um tipo singular e específico de dor psíquica, no começo provocada pelo cigarro e para a qual ele mesmo era o remédio singular e específico. Se houvesse um remédio semelhante disponível para dor em geral, uma poção que eliminasse a agitação e sensação de estranheza de que ele acreditava sofrer em todos os instantes de sua vida, e se essa poção fosse programada para matá-lo em um tempo mais certo e mais curto do que os cigarros o fariam, Wade certamente tomaria esse remédio também. O resultado final pode ser a morte, mas o vício consiste em eliminar a dor com o que causa a dor em primeiro lugar, e a morte estava a caminho de qualquer maneira, ora bolas! Mas ele não conhecia um remédio eficaz assim e, embora nem sempre pensasse desse modo, ele provavelmente tinha sorte de que não houvesse nenhum. Talvez fosse suficiente que no momento somente os cigarros o estivessem matando.

Enquanto falava com Margie, continuava pensando na mulher de Mel Gordon, a filha viva do falecido Evan Twombley, interposta entre ele e Mel Gordon como um escudo angelical, protegendo-o da fúria insana de Gordon. Quando Margie disse que não poderia passar a tarde com ele em Concord, que tinha que terminar de assar as tortas para Nick Wickman, Wade sentiu-se quase contente. Por enquanto, sua imagem de Margie Fogg não podia competir com sua imagem da mulher de Mel Gordon.

— Talvez seja melhor assim — disse ele. — Tenho que ver meu advogado às duas, de qualquer modo.

— Ah, sim. Então vai mesmo levar isso em frente. A ação de custódia.

— Sim.

— Ah, meu Deus. Acho que vai se arrepender. Acho que vai querer nunca ter reaberto todo esse caso outra vez, Wade.

— Pode ser. Mas me arrependeria muito mais se deixasse como está. As crianças crescem depressa — disse. — E depois não adianta mais. Você fica velho e os filhos se transformam em estranhos. Veja meu pai e eu.

— Seu pai — disse ela. — Seu pai não era como você. É por isso que você e ele são dois estranhos.

— Essa é a questão. Meu pai... bem, não quero falar sobre isso.

— E Lillian, ela também não é como sua mãe. Lillian vai lutar como uma ursa. Acredite-me.

— Sim — disse ele. — Eu sei. Mas essa também é a questão. Se Lillian *fosse* como minha mãe, para começar eu não estaria fazendo nada disso, você sabe. — Acendeu um segundo cigarro com o toco do primeiro e inspirou profundamente. — Além do mais, eu e meu velho não somos verdadeiros estranhos.
— Não.
— Na verdade — disse ele —, eu estava pensando em ir lá amanhã. Há meses que não vou lá. Gostaria de ir comigo?
— Claro — disse com voz inexpressiva. Estava começando a desistir de Wade: sua inconsistência era típica e auto-induzida, e não havia lugar para ela. Devia simplesmente deixá-lo ser do jeito que era e apreciá-lo por isso o máximo que pudesse. Ultimamente, cada vez mais, via-se considerando Wade à distância. Sabia o que isso significava: mais cedo ou mais tarde, não iria mais querer dormir com ele. No momento, entretanto, sentia-se sozinha, é verdade, e prisioneira de seu corpo, é verdade, e queria se libertar, queria muito; e dormir com Wade, ainda que apenas ocasionalmente, concedia-lhe breves períodos de liberdade, como visitas conjugais, e não estava disposta a abrir mão disso. Não estava mesmo.
— Wade — disse, e o fez com uma voz baixa cujo significado ele reconheceu instantaneamente, como o início de um catecismo. E começaram a velha seqüência ritual:
— Sim.
— Pode vir à minha casa esta noite?
— Sim.
— Você vem?
— Vou, sim.
— Você quer vir?
— Quero, sim.
— O que vai fazer comigo, Wade?
Ele colocou a mão em concha sobre o bocal e lançou um olhar na direção dos adolescentes jogando no canto da sala. Em voz baixa, disse:
— Farei tudo que você quiser.
— Tudo?

— Tudo. E algumas coisas que não quer que eu faça.
— Ah-h-h — disse. — Você não está em casa agora, está?
— Não.
— Então não podemos fazer isso pelo telefone — disse ela.
— Não. Não podemos. Eu pareceria... pareceria um tolo se o fizesse. Estou na sala dos fundos do Wickham's.
— Não pareceria tolo. Não para mim. Adoro ver você fazer isso — disse ela. — Sabe o que estou fazendo agora, não sabe?
— Sim. Sim, eu sei. Sem dúvida, eu sei. Mas não vou ficar mais ouvindo. Aliás, pensei que estivesse cozinhando.
— Hummm. E estou.
— Vou desligar agora. Antes que eu faça papel de tolo em público. Passarei aí mais tarde — disse. — Passarei aí e farei papel de bobo em particular. Se estiver bem para você.

Ela assegurou-lhe que sim, estava bem para ela, despediram-se e ele desligou. Wade soltou um suspiro fundo e os dois rapazes voltaram-se para ele e o fitaram por um instante.

— Olá, Wade — disse o mais alto. — Já pegou um veado?
— Não — respondeu. — Deixei de caçar há cinco anos, meninos. Troquei por mulheres. Vocês deviam tentar. É ótimo para a sua vida sexual — disse, suspendendo as calças e dirigindo-se para a porta, a mente retomada pela luz dourada lançada pela imagem da mulher de Mel Gordon.

O escritório de J. Battle Hand ficava no andar térreo de um prédio do governo federal, na South Main Street, em Concord. Nevara apenas alguns centímetros em Concord no dia anterior e depois chovera, levando a neve acumulada. No entanto, fazia frio sob um céu baixo e cinza-escuro do meio da tarde, como se fosse nevar outra vez, e as calçadas estavam enlameadas aqui e ali com poças parcialmente congeladas.

Wade não estava acostumado com calçadas e caminhou cuidadosamente do carro até os degraus do edifício e pela escada até entrar, onde passou por uma porta que anunciava a presença de uma clínica de saúde de mulheres, o que quer que isso fosse, e por um escritório de contabilidade. Seguiu até os fundos e entrou numa sala acarpetada, onde foi recebido por uma jovem de ar inteligente, com um corte de cabelo masculino, um único brinco pingente e braços longos e finos. Ela ergueu os olhos de sua máquina de escrever vermelha e sorriu para ele.

Tirou o boné e desejou repentinamente que tivesse trocado de roupa antes de sair de Lawford. Talvez devesse ter usado seu casaco esporte, gravata e calças sociais. Sentia-se grande e desajeitado na sala, corpulento e troncudo. Caipira.

A jovem ergueu as sobrancelhas, como se esperasse que ele lhe dissesse o que viera consertar. O aquecedor? Um cano furado no segundo andar?

— Eu... eu tenho uma hora marcada — disse Wade. — Com o Sr. Hand.

— Seu nome? — Ela parou de sorrir.

— Whitehouse.

Ela verificou o bloco sobre a mesa, apertou uma tecla do telefone e disse no receptor:

— Um Sr. Whitehouse para vê-lo.

Houve um silêncio, ela desligou e levantou-se da escrivaninha, fazendo um sinal para que Wade a acompanhasse.

Ela era alta, tão alta quanto ele, e usava uma minissaia de xadrez preto-e-branco e meias finas *fumée*, que faziam suas pernas parecerem esbeltas e firmes. Wade seguiu suas pernas e joelhos e eles o conduziram a uma segunda sala. A mulher disse-lhe para tirar o casaco e sentar-se, o Sr. Hand logo viria a seu encontro. Ofereceu-lhe uma xícara de café, mas ele recusou, porque sabia que suas mãos estavam trêmulas. Ela então o deixou, fechando a porta ao sair.

Havia duas poltronas de couro verde-escuro e um sofá combinando na sala sem janelas. As paredes eram forradas com as lombadas azuis e vermelhas de livros grossos. Havia uma segunda porta, do outro lado da sala. Wade acomodou-se na poltrona que dava para essa porta e aguardou. Sua dor de dente retinia, mas ele sentia-se bastante bem.

Após alguns segundos, começou a desejar que o Sr. Hand, por motivos desconhecidos, não aparecesse e que de algum modo

Wade pudesse ficar sentado ali mesmo para sempre, fora do tempo, em segurança, longe do seu passado e um pouco antes do seu futuro. Sentia-se aquecido e suficientemente confortável. Havia um cinzeiro na mesinha ao seu lado, de modo que podia fumar. O que fez.

Estava no meio do cigarro, quando ouviu um estalido e a porta abriu-se de par em par. Para sua surpresa, entrou uma pessoa em uma cadeira de rodas. A cadeira tinha rodas de pneus, aros e barras cromados e era movida por um minúsculo motor elétrico. O homem que guiava a cadeira estava descaído para o lado esquerdo, apertando botões em uma caixa de controle com os dedos da mão esquerda. Conduziu a cadeira agilmente através da porta, virou-a bruscamente, como se fosse um carro de brinquedo com controle remoto, em direção a Wade, depois dirigiu-a em frente, até poucos centímetros da poltrona de Wade, onde parou repentinamente e estacionou.

O motorista parecia um boneco de ventríloquo trajando um terno escuro de riscas. Sua cabeça era desproporcionalmente grande e seu rosto, em alarmante contraste com a inércia e o colapso do corpo, era animado e expressivo. Tinha cabelos escuros, grisalhos nas têmporas, testa quadrada e nitidamente definida e grandes olhos azuis-claros. Sua pele era branca cor de cera e esticada, como uma porcelana fina, a pele de alguém que há muito suporta uma grande dor. Quando sorriu para cumprimentar Wade, foi quase uma careta, que parecia requerer um poderoso e conscientemente deflagrado esforço físico, como se ele tivesse que comandar o movimento dos seus músculos faciais um de cada vez.

Mas moviam-se e, ao fazê-lo, seu rosto se iluminava de inteligência e, achou Wade, humor. Talvez o sujeito tivesse preparado essa surpresa deliberadamente, tivesse se fantasiado, colocado uma máscara e permanecido sentado na cadeira de rodas durante horas atrás daquela porta, esperando a chegada de Wade. Wade teve vontade de rir com estardalhaço, dizer: "Puxa, que brincadeira, Sr. Hand! Feliz Halloween, doces e brincadeiras e tudo o mais, hem?" Queria assegurar ao sujeito que a fantasia funcionara, que ele estava realmente surpreso e também assustado.

— Sr. Whitehouse — disse o homem na cadeira de rodas. — Prazer em conhecê-lo. — Era a mesma voz que Wade ouvira ao telefone, um barítono profundo, suave e cultivado.

Wade trocou o cigarro da mão direita para a esquerda e começou a estender a direita, depois deixou-a cair sobre o joelho. Engoliu em seco e disse:

— Olá.

— Soube que tiveram uma forte nevada lá em cima ontem.

Wade assentiu e o advogado continuou.

— Há praticamente dois climas diferentes entre aqui e lá. Qual a distância? Setenta, setenta e cinco, oitenta quilômetros, por aí e quando vocês têm neve, nós temos chuva. Pelo menos até o meio de dezembro. Depois, ambos têm neve. No entanto, acho que prefiro a neve a esta chuva monótona — disse.

— Sim — concordou Wade. — Sim, prefiro a neve. — Caiu em silêncio novamente.

— Você esquia?

— Não. Nunca esquiei. Nunca tentei esquiar.

— Bem — disse o advogado, repentinamente sério. — Vamos tratar dessa ação que está propondo, sim? — Com a mão direita, retirou um bloco amarelo de um porta-objetos na lateral da cadeira e colocou-o no colo, pegou uma caneta no bolso da camisa e preparou-se para escrever.

Mas Wade ainda não estava pronto para falar de Lillian e Jill; na realidade, quase já se esquecera do motivo de ter viajado até aqui. Queria saber o que havia de errado com Hand, que ferimento ou doença danificara seu corpo. Queria saber o que o sujeito podia e o que não podia fazer, como conseguia trabalhar como advogado, pelo amor de Deus, ou como conseguia dirigir um carro, vestir-se, cortar seus alimentos. Como ele era com uma mulher.

Nunca vira um homem como esse de perto e agora estava prestes a contratá-lo para um serviço muito complexo e misterioso para ele. Wade estava prestes a colocar-se numa situação de dependência de um homem que dizia preferir a neve à chuva, mas que certamente não podia sair na neve. Um homem que, mesmo com sua sofisticada cadeira motorizada e com pneus, não poderia circular na neve, mas que mesmo assim construíra uma imensa casa de férias na encosta de uma montanha onde nevava seis meses por ano. Era um aleijado que vivia numa maldita montanha de esqui!

Repentinamente, lembrou-se de Evan Twombley, um cidadão obeso, com sua arma nova lá em cima na neve de Parker Mountain, caçando um veado para matar e ele mesmo acabando morto. Pensou em Jack Hewitt, magro e um especialista sob todos os aspectos, movendo-se agilmente, silenciosamente, através do mato e da neve acumulada, pelas trilhas pedregosas da montanha, com o sujeito gordo, afogueado, tentando acompanhá-lo. Esse homem, J. Battle Hand, no mundo dos homens e mulheres normais, era como Twombley nos bosques cobertos de neve e, de certa forma, Wade era como Jack.

Talvez aqui, entretanto, no meio desses livros, J. Battle Hand é que fosse o especialista magro e ágil e Wade fosse como Twombley, esbaforido, ofegante, tentando acompanhar o passo e, a menos que fosse extremamente cuidadoso, capaz de atirar em si mesmo. Ou receber um tiro. Por menos de um segundo, como um *slide* mostrado inexplicavelmente fora da ordem, Wade viu Jack Hewitt atirar em Evan Twombley, neve caindo, o barranco abrupto na colina, o homem gordo despencando, sangue no solo branco.

Em seguida, estava de volta ao escritório do advogado Hand outra vez, imaginando como o homem podia defender casos no tribunal. Na verdade, pensou Wade, se eu fizesse parte de um júri e esse sujeito ficasse diante de mim em sua cadeira e começasse a defender seu cliente, eu ficaria inclinado a acreditar em tudo que ele dissesse. Era difícil imaginar que um homem com um corpo de tão pouca utilidade pudesse lhe mentir a respeito do que quer que fosse. Esse homem, J. Battle Hand, podia dizer o que quisesse e lhe dariam ouvidos.

Wade animou-se um pouco: Lillian contrataria algum sujeito grisalho, astuto, como aquele advogado que ela contratou para o divórcio, alto e de boa aparência, escorregadio como um maldito candidato à presidência da república. Mas o advogado Hand iria rolar sua cadeira para cima e para baixo diante do juiz e fazer picadinho do sujeito. Não seria como da última vez, quando Wade entrou na sala do tribunal com Bob Chagnon, de Littleton, todo enxovalhado, suando nervosamente e falando depressa demais em seu inglês com sotaque francês do norte do país, até o próprio Wade sentir-se constrangido por ele. Lillian olhou para baixo e sorriu. Wade a vira e de repente teve vontade de dizer a seu advogado para calar a maldita boca, pelo amor de Deus. Pare de falar, agora, antes que todos na sala acabem acreditando no que o próprio Wade já sabia, que nesse casamento duas vezes desfeito Lillian fora a parte inteligente e competente e Wade fora estúpido e descontrolado, um homem irracional, irresponsável e mal-educado, com tendências à violência e ao alcoolismo. Olhe para o advogado dele, pelo amor de Deus, olhe para o homem que ele contratou para representá-lo — um franco-canadense meio bêbado e meio idiota, que mal sabe falar inglês e que acaba dizendo ao juiz que nas vezes em que Wade agrediu Lillian foi porque ela mereceu! "Sua Excelência, a mulher o exasperava", dissera Chagnon.

Não era de admirar que ele tivesse perdido tudo. Wade teve sorte do juiz não mandá-lo para a cadeia e foi isso que o magistrado lhe disse.

Wade recostou-se na poltrona de couro verde, cruzou as pernas, acendeu outro cigarro e começou a explicar a seu novo advogado por que ele queria a custódia de sua filha. Lillian estava colocando Jill contra ele, disse, e estava dificultando cada vez mais que Wade visse Jill ou que Jill o visitasse. Primeiro, mudara-se para Concord e agora falava em mudar-se ainda mais para o sul, ou para o oeste, talvez, tão logo seu novo marido fosse transferido — e se isso fosse ruim para Wade, bem, que pena. Não era exatamente verdade, mas Wade achava que logo seria. Ela podia mudar-se para a Flórida, se quisesse, e não haveria nada que ele pudesse fazer a respeito.

O advogado não fez nenhum comentário e pareceu esperar que Wade continuasse.

Mas, por outro lado, talvez ele não precisasse realmente de custódia, sugeriu Wade. Talvez tudo que precisasse fosse de garantia de visitas regulares a Jill durante o ano letivo e então as férias de verão e os feriados. Talvez fosse o suficiente. Tudo que realmente queria era ser um bom pai. Queria ter uma filha e *tinha* uma, por Deus, mas a mãe da menina fazia todo o possível para negar o fato. Wade imaginava que se pedisse a custódia e oferecesse a Lillian visitas regulares, férias escolares e feriados com Jill, o juiz ficaria inclinado a fazer o oposto, deixar Lillian manter a custódia e dar a *ele* as visitas regulares, férias escolares e feriados. O que o Sr. Hand achava da estratégia?

— Não é ruim — disse Hand. — Se o juiz simpatizar com o caso. No entanto, é arriscado. Você não vai querer a lua e depois perder tudo por causa do pedido. Às vezes, é melhor pedir exatamente o que quer, ao invés do que você acha que merece. Se compreende o que quero dizer. Pelo que sei, você continua descasado. Seria melhor se fosse casado e houvesse alguém em casa enquanto estivesse no trabalho.

— Bem, sim. Agora estou. Descasado, quer dizer. Mas isso vai mudar — disse Wade. — Logo.

— Quando?

— Até a primavera. Provavelmente antes. Há uma mulher, há muito tempo estamos falando em casar. Uma boa mulher — acrescentou.

— Ótimo — disse Hand e escreveu em seu bloco por algum tempo, usando apenas as pontas dos dedos, o peso da mão mantendo o bloco equilibrado sobre a perna.

Em seguida, perguntou a Wade sobre o caráter de Lillian. Ela e o marido ofereciam uma vida boa para Jill? Tinham algum problema de álcool ou drogas que ele soubesse? Algum problema ou hábitos sexuais que pudessem perturbar a menina?

— Esse tipo de coisa ajudaria — disse a Wade. — Especialmente se formos pedir custódia. Na verdade, sem provas conclusivas de má conduta sexual ou abuso de drogas ou álcool, provavelmente nem deveríamos pedir custódia neste estado. E mesmo assim, seria uma luta difícil. Você compreende — concluiu.

Wade compreendia. Na verdade, estava começando a sentir-se um tolo nesse seu pleito. O que o impedia de fazer com que compreendessem sua raiva e sua frustração? O que o impedia de encontrar as palavras certas e depois os meios legais para expressar a dor que sentia com a perda de sua filha? Isso era tudo que realmente queria. Queria ser um bom pai; e queria que todos soubessem disso.

Não, disse, Lillian não tinha nenhum problema de drogas ou de álcool que ele soubesse, e nem seu marido. E cuidavam bem de Jill. Tinha de admitir. E não podia imaginar nenhuma má conduta sexual de que Lillian ou seu marido pudessem ser culpados, ao menos nada que fosse prejudicial a uma criança.

— Parece bastante desanimador, não é? — disse.

— Bem, não, não exatamente. Tenho que ver a sentença do divórcio. Sem dúvida podemos tentar fazer com que os direitos de visita do pai sejam refeitos, para que você possa ter assegurado o acesso amplo e regular à sua filha. Jill, é o nome dela, não é?

— Sim.

— Muito bem, então. — Curvou o peito em direção à mão e enfiou a caneta no bolso da camisa, depois deslizou o bloco para dentro do porta-objetos na lateral da cadeira, acionou um botão na caixa com as pontas dos dedos de sua mão esquerda e afastou a cadeira para trás. O motor fez um zumbido surdo quando a cadeira se moveu e um clique quando parou.

— Vai me mandar um cópia da sentença do divórcio assim que chegar em casa?

— Sim, claro.

— E precisarei de um sinal de quinhentos dólares. Inclua isso também — disse.

— Puxa — disse Wade e sabia que começara a suar. — Quanto... quanto vai custar a coisa toda?

— É difícil dizer exatamente. Se pedirmos a custódia, teremos que tomar depoimentos, talvez até intimar algumas pessoas como testemunhas, contratar uma assistente social e um psiquiatra de crianças para examinar Jill, visitar sua casa e a de sua ex-mulher, e assim por diante. Pode resultar numa soma alta.

Dez ou doze mil dólares. O caso pode se arrastar. E depois, ainda que vençamos, ela pode apelar. Mas você deve compreender que não podemos pedir custódia sem agirmos com absoluta seriedade a respeito, ainda que esperemos bem menos. Por outro lado, se quisermos apenas que seus direitos de visita sejam refeitos, presumindo que sejam indevidamente restritivos no momento, o que a sentença do divórcio me dirá, então provavelmente não custará mais do que dois mil e quinhentos dólares.

— Oh. — Wade sentiu-se tonto e febril; suas mãos tremiam outra vez e ele sabia que a dor de dente estava prestes a voltar com toda a força.

— Você é um trabalhador. Um perfurador de poços, segundo mencionou.

— E um policial — interrompeu-o Wade. — Sou o policial da cidade.

— Ah. Isso vai ajudar — disse ele. — Diga-me, uma pessoa não foi baleada lá naquela região ontem? Um tipo de acidente de caça? Um homem de Massachusetts. Uma espécie de dirigente de sindicato, não é?

— Sim.

— Sabe alguma coisa sobre o caso? Pareceu-me um pouco... improvável.

— Como assim?

— Ah, não sei. Um figurão do sindicato sai para caçar com um guia e, de algum modo, atira em si mesmo. Você sempre desconfia um pouco dessas histórias. Quem era o guia? Uma pessoa do lugar, suponho.

— Sim. Um garoto chamado Jack Hewitt. Foi jogador de beisebol, contratado pelo Red Sox há alguns anos, depois arruinou o braço. Deve ter lido a seu respeito nos jornais. Bom garoto. Mas foi um acidente. Não há a menor dúvida. Um garoto como Jack Hewitt não teria nenhum motivo para matar um sujeito como Twombley, afinal.

— Dinheiro — disse o advogado, sorrindo. — Sempre há o dinheiro.

— Sim. Dinheiro. Sim, sempre há o dinheiro. Mas é difícil de imaginar — disse Wade.

— Sim, bem, por falar nisso — disse o advogado —, o motivo de eu perguntar sobre seu trabalho é: você pode arcar com as custas de uma ação de custódia? Porque talvez seja melhor para você, legal e financeiramente, se pedir somente...

— Eu sei, eu sei — disse Wade, levantando-se e vestindo o casaco. — Eu acho... eu acho que a ação de custódia é apenas a minha maneira de mostrar à minha ex-mulher o quanto estou furioso. Não sou tão tolo quanto pareço. Farei o que recomendar — disse. — E parece que está recomendando que eu esqueça a maldita questão da custódia. — Dirigiu-se à porta, abriu-a e disse ao advogado por cima do ombro: — Eu lhe enviarei a sentença do divórcio na segunda-feira. E os quinhentos dólares.

O advogado olhou-o impassivelmente e não disse nada.

Wade atravessou a sala de recepção, parou e olhou para trás por um segundo. Viu a cadeira do advogado sair desabaladamente pela porta do outro lado da sala, como se o apressasse para outra reunião. A mobilidade objetiva e ágil do advogado em sua cadeira de certa forma atemorizava Wade. Tentou sorrir para a recepcionista ou secretária ou o que quer que ela fosse, mas ela estava ocupada datilografando, com um fone de ouvido, e não deu nenhum sinal de sequer ter conhecimento da presença de Wade na sala. Ele fechou a porta cuidadosamente e afastou-se.

Ao final do corredor, quase esbarrou em duas jovens que saíam da clínica de saúde de mulheres. Eram adolescentes risonhas, crianças, apenas alguns anos mais velhas do que Jill, de batom vermelho e sombra azul nos olhos. Usavam *jeans*, blusas abotoadas pela metade e coletes acolchoados.

Provavelmente, acabaram de colocar diafragmas, pensou Wade, e era um pensamento embaraçoso para ele, embora não soubesse por que e não quisesse especular sobre o assunto. Absteve-se de julgar as meninas, embora por um segundo tenha tido vontade de repreendê-las, e apenas disse:

— Com licença. — Parou um segundo e observou-as sair, rebolando, o queixo empinado, as mãos ajeitando os cabelos saudáveis, na expectativa do vento frio lá fora. Quando entrava em seu carro, ele pensou: Essas meninas provavelmente acabaram de fazer aborto! Puxa vida. Que mundo.

12

Wade percorreu toda a extensão da Rua Main, até perto da prisão ao norte de Concord, depois virou e fez todo o caminho de volta. Flocos de neve começavam a cair. Eram 2:45 e Wade sentia-se resvalar rapidamente para uma forma familiar de histeria: um pânico tangível. Seu desejo específico, conduzir uma custódia bemsucedida contra Lillian, agora parecia uma ingênua ilusão e seu desejo mais geral e de longa duração, ser um bom pai, estava começando a parecer uma obsessão simplória. Havia uma conexão que aumentava e diminuía entre os dois desejos, ele sabia, uma conexão hidráulica, de modo que, quando um estava forte, o outro enfraquecia. Entretanto, quando ambos enfraqueciam, como agora, Wade caía do patamar da depressão para o do pânico.

Para lutar contra o pânico, resolveu que queria ver Jill. Ora, bolas, era sábado à tarde, por coincidência ele estava em Concord e precisava explicar algumas coisas à menina. Por que não telefonar e combinar para passar o resto da tarde com ela? Também esperava que, após o fiasco na festa de Halloween, ela poderia reanimá-lo um pouco. Certamente, sua companhia não era assim tão ruim, tão maçante, que ela não pudesse divertir-se com ele. Era mais ou menos um problema de comunicação. Haviam ignorado as sinalizações um do outro na noite anterior; apenas isso. Ele poderia desculpar-se, ela poderia desculpar-se e tudo ficaria bem.

Além do mais, ele tinha o direito, droga, especialmente depois que Lillian e o marido foram a Lawford quinta-feira à noite e a tomaram dele. Quando você tira um filho de um homem, você tira muito mais, de modo que o homem tende a esquecer a recuperação da criança e, ao invés, concentra-se na recuperação de outras perdas — auto-estima, orgulho, senso de autonomia, esse tipo de coisa. A criança torna-se emblemática. É o que estava acontecendo com Wade, é claro; e ele o percebia vagamente. Mas sentia-se impotente para mudar.

Ligou de um telefone público no estacionamento do K Mart no centro comercial a leste da Rua Main. A neve caía com mais força e talvez se acumulasse rapidamente, ele observou, pensando prudentemente no trajeto de volta para casa. O céu da tarde ficara mais escuro e baixo e o dia parecia já estar se transformando em noite. Os fregueses, na maioria mulheres e crianças, ocasionalmente um homem, iam e vinham apressadamente entre seus carros e o mercado.

Deixou o telefone tocar até doze vezes antes de desistir. Droga, não eram nem três horas da tarde, pensou: cedo demais para iniciar o caminho de volta a Lawford e ir ver Margie, mas ainda cedo o suficiente para aguardar um pouco por ali e depois levar Jill para jantar no Pizza Hut. Ela iria gostar. Enquanto isso, decidiu, iria a algum lugar tomar uma cerveja, talvez experimentar um daqueles bares novos e elegantes nos antigos armazéns reformados atrás do Eagle Hotel de que ouvira falar. Deveriam estar cheios de homens e mulheres solitários, *swingers* ou *yuppies*, ou como quer que os chamassem hoje em dia. Não seria ruim dar uma olhada por lá. Depois tentaria telefonar para Jill outra vez.

Estacionou em North Main Street em frente ao hotel e, passando sob estranhos lampiões a gás, caminhou pela alameda de calçamento de lajotas vermelhas até The Stone Warehouse, no final. Entrou sem hesitação ou um olhar de inspeção preliminar no local — como se, embora não fosse exatamente um freqüentador assíduo, ele fosse ali com freqüência — e, olhando diretamente em frente, concentrou a visão no bar. Pediu cerveja a uma jovem alta e bonita, com cabelos lustrosos presos para trás, depois voltou-se, o copo na mão, e lentamente examinou o lugar.

O salão era amplo, com compartimentos vazios em sua maioria e mesas rústicas cobertas com toalhas quadriculadas de vermelho e branco. Grandes vasos de samambaias, cabides de casacos e escarradeiras de latão trabalhado atravancavam as passagens; nas paredes, viam-se antigos instrumentos de fazenda pendurados, foices grandes e pequenas, ancinhos, até arreios, e fotos ricamente emolduradas de casais da Nova Inglaterra mortos há mais de cem anos, severos e com olhar de reprovação. Quem imaginaria que trastes velhos como aqueles serviriam para decorar? Mas serviam.

O lugar cheirava a madeira crua, cerveja e amendoim torrado, um cheiro positivamente agradável, pensou ele. Não era como a Toby's Inn. Wade olhou ao longo do bar, onde dois homens jovens e barrigudos viam o jogo dos Celtics na TV comendo amendoins, e então percebeu que o assoalho junto ao balcão do bar estava coberto de cascas de amendoim. Uma garçonete aproximou-se do bar e as cascas estalaram sob seus pés como insetos.

A seu lado, à direita, sentavam-se três mulheres jovens conversando animadamente, fumando com uma espécie de fúria e, de vez em quando, tomando um gole ao mesmo tempo de seus enormes drinques de cor bege. Wade examinou-as, disfarçadamente, pensava, e tentou ouvir a conversa, que ele logo descobriu referir-se a um homem para quem uma delas ou as três trabalhavam. Deviam ter trinta e poucos anos, estimou. Duas delas usavam *jeans*, camisas de flanela quadriculada e botas de *cowboy*; a terceira também usava *jeans*, mas com tênis e uma camiseta amarela desbotada, com as palavras GANJA UNIVERSITY impressas na frente. Quando Wade percebeu que ela não usava sutiã, procurou não olhar mais para ela. Era uma loura de cabelos longos; as outras duas tinham cabelos castanhos e curtos. Wade pensou que talvez essas duas fossem irmãs.

Pediu outra cerveja. Os Celtics ganhavam dos Detroit Pistons por doze no primeiro tempo. Talvez devesse tentar telefonar para

Jill outra vez. Tirou o casaco, pendurou-o no cabide de latão atrás dele e começou a procurar um telefone público, que encontrou no final das escadas que levavam aos toaletes.

Novamente, deixou o telefone tocar doze vezes, no caso de ela estar acabando de entrar pela porta da frente, pensou, e depois percebeu que visualizara Lillian, e não Jill. Visualizara-a abrindo a porta da frente, os braços em volta de sacolas do supermercado, a chave na mão, o telefone tocando. Desligou e voltou ao bar.

Lançou um olhar aos seios da mulher de camiseta amarela, em seguida pediu ao *bartender* uma porção de amendoim e começou a se concentrar em quebrá-los e jogar os amendoins dentro da boca. As mulheres, ele notou, conversavam sobre o tamanho do pênis de um homem. Ouviu atentamente. Não havia dúvida: três mulheres jovens e atraentes riam do pênis pequeno de algum homem! Ele não ousava olhar para elas; apenas concentrou-se nas cascas dos amendoins, abrindo-as entre os dois polegares e jogando-as no chão, cada vez mais depressa, como se estivesse faminto.

Duas das mulheres, a loura e uma das morenas, haviam dormido com o sujeito, quem quer que fosse, e divertiam a terceira mulher comparando seu órgão com um polegar, um rato, um alfinete — um amendoim, pelo amor de Deus!

— Quer dizer, você poderia ter me derrubado com uma pena quando dei uma olhada nele! — disse a loura.

Wade empurrou o recipiente de amendoins e pediu outra cerveja.

— Mas ele é surpreendente — disse a morena. — Quer dizer, ele consegue rodar muitos quilômetros com aquilo ali. Não acha? — perguntou à loura.

— Ah, é verdade. — Riu. — Quilômetros e quilômetros — disse, acrescentando depreciativamente: — Só que a gente acha que nunca vai chegar lá!

Todas riram ruidosamente e então uma das morenas notou a presença de Wade e fez sinal para que as outras silenciassem. Wade virou-se em seu banco e tentou ver o que acontecia com os Celtics.

— Como o Bird está se saindo? — perguntou aos homens na ponta do balcão.

Um dos homens barrigudos voltou-se lentamente e disse:

— Zero para quatro, três faltas.

Wade praguejou, parecendo que se importava, levantou-se, levou sua cerveja para a ponta do balcão e sentou-se.

— Qual o placar?

Sem se voltar, o homem disse:

— Não sei. Setenta e alguma coisa ou sessenta e alguma coisa. Os Celts por seis ou sete.

— Muito *bem*! — disse Wade, observando o jogo com a mesma intensidade que dedicara às cascas do amendoim. Acendeu um cigarro e tentou concentrar-se no jogo, mas seu dente recomeçara a doer, um latejar surdo que ameaçava aumentar rapidamente. Sentiu-se novamente em um filme com dupla exposição: tudo que as outras pessoas faziam e diziam estava um compasso fora do ritmo de tudo que ele dizia ou fazia, de modo que os outros quase pareciam ser membros de uma espécie diferente da sua, como se a espécie deles tivesse um metabolismo ligeiramente diferente do seu e adotasse meios de comunicação relacionados, mas diferentes dos seus; assim, todas as outras pessoas no recinto pareciam compartilhar conhecimentos e segredos rotineiros que ele era biologicamente incapaz de experimentar. Conhecimentos e segredos: todos os possuíam. Wade Whitehouse não possuía nenhum dos dois.

Olhou para o espelho atrás do bar e procurou observar a si mesmo, como se fosse um estranho, olhar curiosamente na sua própria direção, quando viu, por cima de seu ombro e atrás, vinda de fora do bar, onde agora nevava pesadamente, sua ex-mulher, Lillian! Ela retirou a neve dos ombros naquele seu jeito rápido e impaciente, como se considerasse a neve um caso pessoal. Ele a manteve em sua visão no espelho, viu-a perguntar alguma coisa à mulher na caixa e depois desaparecer pelas escadas, em direção aos toaletes.

Deve ter entrado para fazer xixi, pensou Wade. Talvez Jill estivesse esperando por ela lá fora no carro. Consultou o relógio: 4:20.

Ainda havia tempo suficiente para levar Jill para comer uma pizza. Wade deslizou do banco, caminhou até a caixa registradora e começou a descer as escadas atrás de Lillian, quando viu as costas de seu longo casaco lilás e percebeu que ela estava usando o telefone. Parou vários degraus acima dela; saiu de sua linha de visão e ficou ouvindo.

— Isso não importa — retrucou asperamente. — Só tenho umas duas horas e mais nada. Portanto, *por favor* — disse e sua voz mudou para um tom que Wade reconheceu e que o excitou, uma voz íntima e suave, quase sensual. — Estarei no estacionamento atrás do The Stone Warehouse. No Audi — disse. Em seguida, finalizou: — Ande depressa.

Wade girou nos calcanhares e subiu rapidamente as escadas, voltou ao bar e retomou seu posto em frente ao espelho.

Um segundo depois, viu Lillian emergir do vão da escada, fazer um sinal com a cabeça e sorrir rapidamente para a mulher na caixa registradora e sair. Wade agarrou o casaco e o boné e pediu a conta. O *bartender* entregou-lhe a nota — *$8,25! Jesus Cristo!* —, Wade deu ao sujeito sua nota de dez dólares e dirigiu-se para a porta. Levou apenas um instante para determinar onde ficava o estacionamento e como chegar lá vindo da frente do Eagle Hotel. A seguir, correu para o seu carro.

O trânsito estava livre — alguns carros passavam chapinhando, os limpadores de pára-brisa estalando e os faróis acesos. Wade fez o retorno na North Main e voltou à Depot Street, virou à esquerda, depois novamente à esquerda, e passou em frente ao estacionamento, onde localizou o Audi prateado em uma das extremidades.

Não acreditava que ela pudesse reconhecer seu carro na neve, mas mesmo assim andou mais um pouco e estacionou fora da vista, ao lado de uma caçamba de lixo enorme e verde, a cerca de cinqüenta metros. Estava numa ladeira, acima do estacionamento e de frente para a traseira do Audi. A janela de trás estava coberta de neve úmida e aderente e ele não podia ver lá dentro, mas tinha certeza de que ela estava lá, esperando. O que, diabos? Quem?

Com o motor e os limpadores de pára-brisa desligados, seu

próprio pára-brisa ficou rapidamente encoberto e de repente sentiu como se estivesse dentro de uma caverna, fitando as paredes de pedra. Abriu a porta e saiu, passou para o outro lado da caçamba, acendeu um cigarro e esperou. Como um policial, pensou. Bem, por que não? Ele *era* um policial, não era? Certamente. E Lillian, era uma suspeita de crime ou apenas sua ex-mulher encontrando-se com alguém às escondidas e, se isso fosse tudo, então Wade estaria meramente e perversamente curioso, uma espécie de *voyeur*?

Ele sabia que ela iria encontrar um homem, sem dúvida alguma: percebera-o em sua voz. Ela dissera *"Por favor"* e *"Ande depressa"*.

A dor de dente dilacerava o lado de seu rosto como uma serra e ele colocou a palma da mão sobre ela, como se quisesse acalmá-la, aplacá-la. Afastou-se cuidadosamente da caçamba e começou a descer a rampa suave até o estacionamento, onde esgueirou-se ao longo da lateral do prédio até uma entrada escura, o vão da porta dos fundos do restaurante em cima, onde abrigou-se da neve. Dali, tinha um bom ângulo de visão do Audi e não podia ser visto do carro sem algum esforço: ainda estava atrás do veículo, porém agora mais para o lado e a uma distância de apenas trinta metros; podia ver Lillian facilmente, sentada atrás do volante, fumando.

Ela estava fumando? Mas Lillian não fumava mais, lembrou-se. Na verdade, vangloriava-se disso, dizia-lhe repetidamente e com desdém que podia sentir o cheiro do cigarro nas roupas e nos cabelos de Jill sempre que ela voltava para casa depois de estar com ele. Olhou mais atentamente. Ela estava fumando, sim, mas não era um cigarro comum; não, senhor, não era tabaco. Sabia, pelo modo como segurava o cigarro entre o polegar e o indicador e o examinava após ter tragado, que ela estava fumando maconha.

Ficou chocado. E de repente ficou ofegante, as pernas fraquejaram, com uma fúria lasciva que o confundia. Não havia nada de errado em fumar um cigarro de maconha; droga, ele mesmo o fazia de vez em quando. Sempre que alguém lhe oferecia, na verdade. Mas vê-la fazer isso agora, combinado ao fato de estar esperando em um estacionamento para encontrar-se com alguém que ele sabia que deveria ser seu namorado, seu *amante*, o fazia sentir-se sexualmente traído de uma forma peculiar. Era estranho, Wade sabia, que ele se sentisse traído, como se ela o estivesse enganando, a seu ex-marido, e não ao homem com quem estava casada (um sujeito bastante honesto, Wade pensou pela primeira vez, embora um pouco otário), mas isso também excitava Wade sexualmente. Era como se inadvertidamente tivesse descoberto seu esconderijo de objetos pornográficos. Grilhões, pênis artificial, chicotes. Estava sexualmente excitado, estava com raiva e estava envergonhado.

Fechou os olhos por alguns segundos e se recostou na parede recoberta de pedras atrás dele. Quando abriu os olhos, viu um carro surgindo em meio à neve que caía, entrando devagar no estacionamento. Era um Mercedes sedã verde-escuro dirigido por um homem que, Wade soube no mesmo instante, estava ali para encontrar-se com Lillian. O carro parou ao lado do Audi de Lillian e ela imediatamente saiu, deu a volta decididamente pela frente do carro e entrou.

Os faróis refletiam-se na parede do armazém e lançavam uma claridade no interior do carro. Wade podia ver Lillian e o homem com nitidez, com se estivessem num palco, enquanto se beijavam. Foi um beijo longo e sério, mas também um pouco formal, sem se abraçarem: um homem e uma mulher que eram amantes há muito tempo e sabiam que aquele beijo era apenas um preâmbulo e não tinha que representar todo o resto. Quando se separaram, Lillian entregou a ele o que sobrou do cigarro, ele o acendeu outra vez e tragou profundamente. Então, Wade percebeu que o conhecia.

O homem deu ré no Mercedes, afastando-se da parede, e seu rosto desapareceu na escuridão outra vez, mas Wade já o vira; sabia com absoluta certeza quem ele era. Não havia dúvidas. Era um rosto que Wade jamais esqueceria: ele o envergonhara e, depois, o assombrara. E Wade passara a menosprezá-lo. Era um rosto liso e simétrico, grande como o de um ator, com queixo quadrado, fronte alta, nariz longo e reto. Seus cabelos eram escuros, com distintas mechas grisalhas, penteados para trás. Era uns quinze centímetros mais alto do que Wade, pelo menos, e parecia em boa forma física, o tipo de forma que você compra numa academia de ginástica, Wade uma vez observara. Seu nome era Cotter, Jackson Cotter, de Cotter, Wilcox & Browne, e ele pertencia a uma antiga família de políticos de Concord. Certamente era casado, tinha três lindos filhos e morava numa enorme casa vitoriana a oeste da cidade. E ali estava ele tendo um caso com Lillian, que três anos antes fora sua cliente no que ele sem dúvida considerava um simples, mas ligeiramente desagradável caso de divórcio do norte do estado.

Jackson Cotter manobrou seu grande Mercedes verde e dirigiu-se para a saída do estacionamento. Na rua, virou à esquerda e desapareceu. Wade percebeu que estava de boca aberta e fechou-a. Sentia-se maravilhosamente bem. Puxa, sentia-se ótimo! Estava parado sozinho em uma entrada escura ao lado do estacionamento de um restaurante no centro da cidade de Concord em meio a uma tempestade de neve e se sentia feliz como não se sentia há anos. Talvez como jamais tivesse se sentido. Bateu as mãos uma contra a outra, como se aplaudisse, saiu da soleira da porta e caminhou pela neve a passos largos.

Um minuto depois, estava de volta ao The Stone Warehouse colocando uma moeda de 25 *cents* no telefone público ao pé das escadas. Desta vez, após tocar três vezes, alguém atendeu: era o marido de Lillian, Bob Horner; ele pegou Wade de surpresa. Wade imaginou o sujeito com um avental amarrado na cintura e quase riu, mas se recompôs rapidamente e disse no seu modo normal de falar com Horner em tais circunstâncias:

— Aqui é Wade. A Jill está?

Horner ficou em silêncio por alguns segundos. Em seguida, disse:

— Ah... não. Não, Wade, ela não está.

— Puxa, que pena. Ela foi com a mãe a algum lugar?

— Não. Não, Jill está com uma colega.

— Ela deve voltar logo? Estou na cidade, sabe? Em Concord.

E esperava poder passar por aí e levá-la para comer uma pizza ou algo assim.

Horner hesitou, depois disse:

— É um pouco tarde, Wade... e ela... Jill vai passar a noite na casa de uma amiga.

— Oh. — Wade esperava ter se mostrado decepcionado.

— Sim, bem, talvez se ela soubesse que você estaria na cidade...

— Eu mesmo não sabia — disse Wade. — Mas da próxima vez telefonarei com antecedência.

Horner disse que era uma boa idéia e que ele diria a Jill que Wade telefonara. Em seguida, disse:

— Wade, talvez eu não devesse mencionar, mas estava pensando se...

— O quê?

— Bem, não quero levantar essa questão de novo, mas... olhe, eu perdi meu chapéu na outra noite lá em cima. Em Lawford. Estava pensando que talvez alguém o tivesse achado. Você por acaso não o viu? Depois que nós fomos embora.

Wade disse:

— Seu chapéu? Você usava um chapéu?

— Sim. — Sua voz tornou-se fria; ele sabia que Wade estava mentindo. — Um chapéu de feltro verde.

— Não, Bob, não me lembro de nenhum chapéu. Mas vou ficar de olho. Talvez alguém o tenha achado. Nunca se sabe.

Horner agradeceu e depois rapidamente encerrou a conversa.

Com um largo sorriso, Wade desligou, subiu as escadas e parou na caixa por um segundo. Observou que as três mulheres e os dois sujeitos no bar já tinham ido embora; o local estava quase vazio agora. Havia apenas algumas pessoas jantando, sentadas nas mesas, e as garçonetes estavam paradas ao fundo da sala, conversando. A encarregada da caixa, uma mulher corpulenta de meia-idade lixando as unhas, disse-lhe:

— Como está a neve lá fora?

— Ah, uns cinco centímetros, acho. Não está muito forte.

— Mas suficiente para manter todo mundo em casa — retrucou.

— Sim. Que é para onde eu deveria estar indo — disse Wade.
— Ainda é cedo demais para o inverno — observou a mulher.
— Sim. É, sim — concordou Wade, puxando o boné sobre os ouvidos. — Mas eu gosto — disse, acenando e saindo.
— Dirija com cuidado — falou a mulher enquanto ele se afastava, mas ele não ouviu.

Fazer amor com Margie naquela noite foi particularmente fácil para Wade. Não que alguma vez fosse difícil; apenas, algumas vezes, Wade teria preferido ficar sozinho com seus pensamentos, usar seu crânio como uma parede que o prendesse do lado de dentro e as outras pessoas do lado de fora.

Mas estar na cama com Margie fazia Wade sentir-se seguro e livre como raramente se sentia — não no trabalho, certamente, graças a LaRiviere, nem tampouco quando estava em casa sozinho, não quando estava com Jill e nem uma vez com Lillian em todos aqueles anos em que esteve casado com ela. Às vezes, quando ficava bebendo até tarde no Toby's, sentia-se seguro, mas nunca livre.

Não, somente com Margie, e somente na cama com ela, é que sentia-se como imaginava que deveria ter se sentido quando criança, mas não pôde, por causa de seu pai, principalmente, mas também por causa de sua mãe, que não podia protegê-lo. E assim, quando se deitava ao lado de Margie e começavam a fazer amor, ele em geral hesitava, continha-se ligeiramente, retardava-se, enquanto ela ia em frente. Então, ela ficava impaciente, dizia que se apressasse, pelo amor de Deus, não vamos ficar aqui fazendo rodeios, meu amigo, e ele então voltava-se para ela e estava acabado.

Esta noite, entretanto, ele não se demorou. Chegou à casa de Margie por volta de oito e meia, a viagem de volta de Concord um pouco mais demorada por causa da neve. Durante todo o trajeto, imaginou Margie nua, movendo-se suavemente na cama sob seu corpo, os braços atirados para trás, a boca aberta, as pernas envolvendo com força seus quadris, sua pele macia, lisa e dócil, seu corpo lento e volumoso repentinamente vulnerável, ágil e intrepidamente íntimo, do modo como Wade acreditava que somente as mulheres podiam ser. Quando entrou pela varanda dos fundos em sua cozinha agradavelmente aquecida, já estava intumescido, ah, pronto para começar; e ela também já estava pronta, já tendo talvez, como ele, inúmeras vezes naquela tarde e noite, imaginado-o nu e na cama, seu corpo rijo e musculoso arqueado sobre ela naquele momento sublime quando ele a penetrava, tão misteriosamente masculino e poderoso no seu jeito preciso, no jeito de sua masculinidade. Entregar-se ao poder, sucumbir de bom grado à pura força física de seu corpo, era entrar profundamente no mistério, o que ela fazia de imediato, pois era ali que desejava estar.

Conversaram um pouco na cozinha: ela serviu-lhe um prato de ensopado de carne e pedaços do pão feito em casa de que ela tanto se orgulhava e que Wade adorava; e enquanto ele comia e ela permanecia sentada diante dele na mesa, observando, ele lhe contou o que acontecera em Concord, sua reunião decepcionante com o advogado (não mencionou a cadeira de rodas) e sua animadora descoberta posterior. Não lhe contou sobre a conversa telefônica que tivera com o marido de Lillian.

E então foram diretamente para o quarto às escuras de Margie. Ele acendeu a vela ao lado da cama, como sempre fazia, e em poucos segundos já haviam se despido, afastado as cobertas e estavam envoltos na pele cálida um do outro, sem palavras. Ela atingiu o clímax rapidamente e, um minuto depois, uma segunda vez, agora com mais força, arquejando e gritando várias vezes; logo, também ele foi inundado pelo orgasmo e, de repente, viu-se chegando ao clímax, ouviu seus gemidos juntos com os dela e depois suspirou.

Ficaram deitados de costas — pés, quadris e ombros tocando-se — em silêncio, por um longo tempo. Finalmente, em voz baixa e sem entonação, como se falasse consigo mesmo, Wade disse:

— Andei pensando um bocado sobre Jack Hewitt. Estou preocupado com ele — continuou. — Sobre esse negócio de ontem, com ele e aquele sujeito Twombley.

A voz dela também parecia vir de longe, de outro aposento da enorme casa antiga.

— Jack é sensível, acho. Mais do que a maioria das pessoas. Mas estará bem em poucas semanas. Talvez até antes.

— Há alguma coisa esquisita com aquele caso. Na verdade, há muita coisa esquisita.

— Ouvi dizer que ele estava bêbado como um gambá ontem à noite e iniciou uma briga feia com Hettie no Toby's quando ela quis levá-lo de volta para casa. Ficou furioso e foi embora sem ela. Deixou-a parada no estacionamento.

— Tenho certeza, absoluta, de que não aconteceu como Jack diz. Poderia ter sido, é claro, mas não foi. Sei que ele está mentindo.

Ela continuou como se não o tivesse ouvido.

— Jack se transformou num desses homens que estão permanentemente com raiva, acho. Ele era um garoto amável, mas parece que, depois que descobriu que não poderia mais jogar beisebol, ele mudou. Ele costumava ser muito gentil — disse. — Agora é igual a todos os outros.

— Andei pensando que talvez Jack tenha atirado em Twombley, ao invés de Twombley ter atirado em si mesmo. Andei até pensando se Jack não atirou nele propositadamente.

Dessa vez, ela o ouviu:

— *Wade!* Como pode pensar uma coisa dessas? Por que Jack faria isso, atirar em Twombley de propósito?

— Dinheiro.

— Jack não precisa de dinheiro.

— Todo mundo precisa de dinheiro — disse. — Exceto sujeitos como Twombley e aquele seu genro filho da puta. Pessoas assim.

— Ainda assim, Jack não mataria ninguém por isso. Além do mais, quem pagaria a ele para fazer uma coisa tão horrível?

— Não sei. Muita gente, provavelmente. Pessoas como Evan Twombley, poderoso dirigente sindical e tudo o mais... provavelmente muita gente gostaria de vê-lo morto. Acredite-me, esses sindicatos da construção civil estão repletos de canalhas. Em

Massachusetts, todos esses sindicatos têm negócios com a Máfia, você sabe. Meu irmão me contou alguma coisa.

Ela deu uma risada.

— A Máfia não contrataria um garoto como Jack Hewitt para fazer o serviço para eles.

— Não. Acho que não. Ainda assim... só sei que Jack está mentindo sobre o que aconteceu. Eu sei. Ele parecia muito... muito tenso, evasivo, quando contou a história. Conheço esse garoto, sei como ele é por dentro. Ele se parece muito comigo quando tinha a idade dele, sabe.

— Sim. Acho que sim. Mas você jamais faria uma coisa assim, matar alguém por dinheiro.

— Não, acho que não. Não por dinheiro. Mas houve momentos naquela época, quando eu era garoto, em que eu poderia ter atirado em alguém se tivesse um pretexto. Eu costumava ser muito perturbado, você sabe.

— Mas agora não é mais — disse ela, sorrindo na escuridão.

Wade ficou em silêncio e por um instante pensou nos últimos dias e noites de sua vida, imaginando como defini-los. Conturbados? Não conturbados? Que tipo de vida ele levava, afinal? Em que tipo de homem se transformara aos quarenta e poucos anos?

Virou-se de lado e, apoiado no cotovelo, apoiou a cabeça na palma da mão e examinou o rosto largo de Margie. Seus olhos estavam fechados. Respirava um pouco pela boca, que se curvava no resquício de um sorriso irônico. Para ele, seu rosto era franco, corajosamente desprotegido; a boca estava relaxada e os lábios entreabertos, de modo que os dentes superiores projetavam-se um pouco para fora e pareciam a Wade os dentes novos de uma garotinha; as duas linhas verticais que geralmente marcavam sua testa haviam desaparecido, como se tivessem sido apagadas, e ela parecia uma criança travessa fingindo estar dormindo. Sua pele brilhava na semi-escuridão do quarto. Wade estendeu a mão e afastou uma mecha úmida de seus cabelos, em seguida inclinou-se e beijou-a bem no meio da testa.

— Posso ver como você era quando era criança. Exatamente — murmurou ele.

Ela manteve os olhos fechados e disse:

— Você me conhecia quando eu era criança?

— Sim. Sim, conhecia, mas nunca soube como você era. Não de verdade. Quer dizer, eu nunca realmente examinei seu rosto, como agora. Portanto, nunca pude ver você como criança, uma garotinha, quando realmente era criança. Até agora, dessa maneira.

— Que maneira?

— Depois de fazer amor. Gosto disso. É bom poder ver isso em um adulto. É estranho — disse e acrescentou: — É meio assustador.

— Sim. É bom. É estranho — disse ela. Após alguns segundos, acrescentou: — Mas não acho que seja o mesmo com as mulheres. — Abriu os olhos e as rugas verticais reapareceram em sua fronte. A visão que Wade tinha dela como criança desapareceu. — Quer dizer, as mulheres podem ver o menino no homem com muita facilidade, sabe. Mas acho que vemos principalmente quando o homem não sabe que estamos observando. Acontece quando ele está prestando atenção em outra coisa. Como vendo esportes na TV, consertando o carro ou algo assim.

— E depois de fazer amor?

— Bem... acho que a maioria dos homens procura esconder o menino que existe neles. Acham que é um sinal de fraqueza e então tentam escondê-lo. Talvez principalmente quando fazem amor. Você, por exemplo — disse, socando-o de leve no ombro. — Depois que fazemos amor, você parece que acabou de escalar uma montanha ou algo semelhante. Triunfante. O herói conquistador! Tarzan batendo no peito. — Riu e ele riu também, hesitante.

— Ah, você procura se mostrar indiferente — continuou ela —, mas fica orgulhoso de si mesmo. Eu sei. E deve ficar mesmo — acrescentou, socando-o novamente. — Mas, francamente — disse, espreitando-o por baixo das pestanas —, francamente, não devia se orgulhar. Porque eu sou fácil. Realmente fácil.

— Para mim.
— Ah, sim, somente para você. Muito difícil para qualquer outro.

Wade riu, deslizou para fora da cama, caminhou descalço e nu pelo corredor até a geladeira e pegou uma garrafa de Rolling Rock. Quando retornou à cama, a garrafa já estava pela metade.

— Quer? — perguntou, passando a garrafa para ela.

Ela agradeceu, ergueu-se e tomou um pequeno gole.

Wade deitou-se de costas, dobrou os braços sob a cabeça e espreitou a escuridão acima dele. A vela ao lado da cama derretia-se; na parede, as sombras bruxuleantes de seus cotovelos e braços pareciam tendas de índios e fogueiras.

Margie bebericou a cerveja, examinou as sombras e decidiu mais uma vez, como sempre fazia em momentos como aquele, quando Wade mostrava-se tranqüilo, gentil e inteligente, que ela o amava.

— Você ainda acha — indagou ele —, você acha que eu deveria esquecer essa história de custódia? Depois do que vi hoje, sobre Lillian e aquele seu advogado? Drogas ilícitas e sexo ilícito, você sabe.

Margie ficou em silêncio por um instante. Suspirou e disse:

— Wade, você tem que provar essas coisas. Mas, na verdade, não sei o que pensar. Você é que é o pai, não eu.

— Sim, sou eu. E aí é que está todo o problema — disse ele. — Eu *devo* ser o pai, mas não posso. Não enquanto eu não armar uma grande briga por isso. Uma verdadeira guerra. O caso, Margie, é que agora é uma guerra que acho que posso ganhar.

— Está obcecado com isso, não está?

Ele pensou na palavra por uns instantes — *obcecado, obcecado, obcecado* — e disse:

— Sim. Sim, estou. Estou obcecado com isso. Talvez seja a única coisa que eu quis na minha vida até agora e que tenho certeza de que quero. Absoluta certeza.

Ela tomou um gole da cerveja e disse:

— Então... acho que deve levar o caso adiante.

Ele ficou em silêncio. Em seguida, disse:

— Há uma outra coisa em que tenho pensado muito ultimamente. — Tirou a garrafa de suas mãos, esvaziou-a com um grande gole e colocou-a no chão ao lado da cama. Passou um braço por baixo de sua cabeça, abraçou-a com a outra e ouviu-se pronunciando palavras como se fosse um estranho falando e ele não fizesse a menor idéia do que o estranho diria em seguida. — Não sei o que acha da idéia, Margie, porque nunca falamos sobre isso antes. Talvez porque tivéssemos muito medo dessa idéia para falar sobre ela. Mas estive pensando ultimamente, estive pensando que talvez devêssemos nos casar. Você e eu.

— Ah, Wade — disse ela, parecendo vagamente decepcionada.

— Só estive pensando, só isso — complementou rapidamente. — Não se trata de um pedido de casamento ou algo assim, apenas um pensamento. Uma idéia. Algo para eu e você conversarmos e pensarmos a respeito. Sabe?

— Está bem — disse ela. Aguardou um momento e completou: — Pensarei no assunto.

— Ótimo.

Beijou-a nos lábios, rolou para o outro lado e apagou a vela com um sopro. Quando deitou-se de costas, pôde ouvir sua respiração baixa e lenta e, após alguns segundos, tentou acompanhar o ritmo de sua respiração, como fazia quando se amavam. Logo estavam respirando em consonância, caminhando juntos, passos coordenados, corajosos e apaixonados, atravessando juntos uma campina verdejante, o céu azul acima, nuvens brancas e fofas levadas pela brisa, pássaros voando nas alturas, o calor do sol aquecendo suas cabeças e ombros e nenhum dos dois, nunca mais, sozinhos outra vez.

13

A campainha estridente do telefone tirou Wade da luz e do calor — um sonho dourado de uma cidade à beira-mar no verão — e atirou-o na escuridão e no frio, uma cama e um quarto que no primeiro instante ele não conseguiu reconhecer. O ruído dissonante de um telefone. Não sabia onde estava o maldito telefone. Continuou a tocar, o barulho parecendo vir de todos os lados; uma espécie de pássaro enlouquecido ou morcego enfurecido voando loucamente em volta de sua cabeça na escuridão.

Então, parou. Wade ouviu a voz de Margie, compreendeu que estava em sua cama, sua casa, telefone, escuridão, frio. Estava nu e as cobertas haviam descido para sua cintura — seu peito, ombros e braços estavam gelados. Aconchegou-se embaixo das cobertas e ouviu a voz pastosa de sono de Margie.

— O quê? Quem fala? Ah, sim, ele está aqui. Espere um segundo — disse e bateu no ombro de Wade com o receptor. — É Gordon LaRiviere. Está furioso com alguma coisa. — Estreitou os olhos na direção do radiorrelógio sobre a mesinha ao lado da cama. — Puxa. Quatro horas.

Wade colocou o receptor junto ao rosto e disse:

— Alô? — E lembrou-se repentinamente: a neve. Ah, Jesus, sim. Nevara a noite toda e ali estava ele, na cama, dormindo profundamente. Agira como qualquer outro cidadão com direito a ir para a cama à noite esperando que as ruas estivessem desobstruídas da neve pela manhã quando acordasse e se preparasse para ir com a família à igreja. Por que ele se esquecera? Como pôde passar a noite como se não trabalhasse para LaRiviere?

Era a primeira vez, desde que LaRiviere conseguira o contrato para limpar a neve das ruas, que isso acontecia a Wade; isso o deixou alarmado. O que você fará em seguida, se esqueceu algo tão rotineiro? Ficou intrigado; não fazia sentido. Sua vida era essencialmente tão simples e automática que, para fazer tudo que se esperava dele, Wade praticamente não tinha que pensar: se nevasse, ele dirigia-se à garagem de LaRiviere, pegava o caminhão ou a aplainadora e limpava as ruas até ficarem inteiramente desobstruídas; se as ruas estivessem cobertas de gelo, ele pendurava o dispositivo para lançar jato de areia na lateral do caminhão ou da aplainadora e jogava areia nas ruas; e, é claro, nos dias de aula, ele apresentava-se na escola às sete e trinta e controlava o tráfego no cruzamento. Depois disso, de segunda a sexta-feira, passava o dia fazendo o que quer que LaRiviere o mandasse fazer — perfurar um poço em Catamount, orçar um serviço em Littleton, limpar os equipamentos e empilhar canos na oficina. Simples. Uma vida inteiramente maquinal.

Agora, pela primeira vez na vida, nevara e Wade não reagira automaticamente. Uma estranha espécie de lapso de memória: comportara-se como se a noite anterior tivesse sido meramente uma noite de sábado comum, limpa e fria, em novembro, ao invés de uma noite de neve; e acabara na cama com Margie Fogg — porque sua filha não estava com ele neste fim de semana e Margie deixara claro que queria fazer amor com ele; e depois adormecera — porque estava com sono. Apenas para descobrir que, de algum modo, nas últimas oito ou dez horas, ele parecia ter saído de sua vida e entrado na vida de outra pessoa, um estranho. E isso o assustava mais do que a ira previsível e justificável de LaRiviere. Percebeu que suas mãos estavam suadas. Que diabos estaria acontecendo com ele? Talvez estivesse realmente perturbado, exatamente como estava quando tinha vinte e poucos anos. Exatamente como Jack. Achara que tudo acabaria bem.

— Wade! — gritou LaRiviere. — Rapaz, espero que já tenha acabado de cuidar do seu pau! Será que talvez você pudesse me fazer um pequeno obséquio antes que o maldito sol apareça?
— Eu... eu não percebi...
— Não, acho que não. Só está nevando desde a hora do jantar. Por onde andou, Flórida? Pelo amor de Deus, Wade, você conhece a maldita rotina. Sabe o que tem que fazer numa maldita noite como essa. Você tem que *limpar a neve*! Você vai à cidade, pega o maldito caminhão, exatamente como Jimmy fez às onze ontem à noite, e você limpa as ruas, droga.— Parou para respirar e recomeçou. — Você remove a neve até que as malditas ruas desta cidade estejam limpas. E então eu lhe pago por isso. E depois a cidade me paga. Muito simples, Wade. Eu sou o encarregado das ruas e tenho uma maldita responsabilidade com a cidade, pela qual eles me pagam. E você tem uma responsabilidade comigo, pela qual eu lhe pago. Essa é a rotina. Entendeu? — Ofegava. Wade imaginou-o, o rosto vermelho e redondo, de pijamas amassados, à mesa da cozinha.

Wade perguntou:
— O Jimmy já saiu?
— Wade, já passam de quatro da manhã! Ele está de pé desde as onze horas da noite de ontem.
— Suponho que ele esteja com o caminhão e eu tenha que sair na aplainadora outra vez.
— Acha que ele deveria trocar com você, talvez? Por onde você andou nas últimas cinco horas, diga-me! Não, eu vou dizer a *você* onde esteve: enquanto Jimmy estava lá fora trabalhando na neve, você estava enfiado na cama trabalhando em Margie Fogg!
— Você está ultrapassando os limites — disse Wade serenamente.
— Você já ultrapassou, você já ultrapassou praticamente todos os malditos limites possíveis nesta cidade e nada aconteceu, portanto não comece a me ameaçar, meu caro. Você tem quinze minutos. Tem quinze minutos para chegar aqui na oficina, assentar o rabo na maldita aplainadora e colocá-la nas ruas. Passei toda a última hora ao telefone e no rádio tentando descobrir onde você

estava. Desde que Jimmy avisou que nenhuma de suas ruas estava limpa ainda e que não o vira em lugar nenhum.
— Já estou indo — disse Wade, suspirando audivelmente.
— Quinze minutos. Tem quinze minutos ou está despedido, Wade. De *tudo*. Você tem que estar disponível vinte e quatro horas por dia. Você é o policial da cidade e limpa a neve das ruas. É isso. Aliás, tive uma conversinha com Mel Gordon. Mas acertaremos isso depois, você e eu. No momento, Wade, tire o rabo daí e chegue logo aqui na oficina.
— Já disse que estou indo — disse Wade com voz inexpressiva, depois estendeu o braço por cima de Margie e recolocou o receptor no aparelho.
— Ele está realmente furioso — disse ela. — Não é?
— Está. — Wade saiu da cama e vestiu-se às pressas.
— E provavelmente deveria estar mesmo. Quer dizer, eu realmente não pensei nisso — disse ela. — Na limpeza da neve. Por que não foi fazer o serviço? O que aconteceu?
— Esqueci.
— Esqueceu? Esqueceu que estava nevando?
— Não, não, eu sabia que estava nevando. Só esqueci que era eu quem tinha de tirar a neve das ruas. Às vezes a gente simplesmente esquece quem é. Especialmente quando está cheio do que é — acrescentou, saindo rapidamente do quarto.
Ai, ai, ai, problemas, pensou Margie.

Fazia frio, mas não a ponto de estar desconfortável, e Wade sentia-se quase contente de estar ao ar livre. Algumas horas antes, provavelmente por volta da meia-noite, enquanto dormia, a neve parara de cair e o céu ficara limpo. Agora, quando Wade dirigia-se para a cidade, vindo da casa de Margie, podia sentir a manhã avizinhando-se e, de repente, sentiu-se feliz de estar fora da cama de Margie, sozinho em seu carro com o ventilador do aquecedor girando ruidosamente, a floresta dos dois lados da estrada escura e impenetrável por trás de uma orla branca de neve, os faróis do carro espalhando uma luz ofuscante à sua frente, como uma onda arrebentando na praia.

LaRiviere estava sentado, olhando com ar ameaçador da janela de sua cozinha, quando Wade entrou no estacionamento e parou o carro ao lado da aplainadora. Mas não saiu para gritar com ele ou ameaçá-lo. Wade simplesmente continuou o que tinha a fazer e saiu novamente para a rua, dirigindo a aplainadora. Sabia o seu roteiro e sabia que levaria de quatro a cinco horas nesta neve, cerca de quinze centímetros de pó leve e solto. Não havia aulas hoje: não teria que se preocupar em estar em frente à escola a tempo de dirigir o tráfego e podia simplesmente continuar limpando a neve até terminar o serviço.

Logo Wade começou a realmente apreciar o que estava fazendo; era quase divertido, encolhido ali em cima na aplainadora, sozinho, na cabine com os quatro faróis acima de sua cabeça espreitando como olhos monstruosos por cima dos enormes pneus dianteiros, lançando redes de luz sobre a neve macia, lisa, intocada. A dor de dente era constante e familiar, como uma velha amiga, e Wade sentiu-se calmo, competente e nem um pouco solitário.

Tendo tomado a direção norte na Rua Main, passou, o motor fazendo barulho de descargas, pela casa de Alma Pittman. Sob um manto branco, a casa estava escura como um túmulo e Wade imaginou a mulher alta e magra deitada em sua cama no quarto em cima, onde dormira sozinha sua vida inteira, esticada e de costas, as mãos cruzadas sobre o peito chato — não como se estivesse morta, exatamente, mas em estado de animação suspensa, esperando o amanhecer, quando então se levantaria, vestiria, prepararia um bule de chá e voltaria para seu trabalho de manutenção dos registros da cidade. Desde quando Wade podia se lembrar, desde a sua infância, Alma Pittman fora a secretária da câmara municipal. Concorria ao cargo todo ano, com uma oposição apenas simbólica, sua eleição uma simples renovação anual, como se não fosse possível confiar a mais ninguém a tarefa de registrar os óbitos e nascimentos, certificar casamentos e divórcios, listar as vendas e revendas de casas e terrenos, cadastrar os eleitores, emitir licenças e autorizações para caça e pesca, calcular e recolher impostos e taxas e, assim, conectar a cidade às comunidades maiores — o condado, o estado e mesmo a nação. Dessa forma, ela transformava os habitantes de Lawford em cidadãos, tornava-os mais do que uma tribo perdida, mais do que um triste punhado de famílias amontoadas em um remoto vale do norte para se proteger do frio e da escuridão.

Wade conhecia bem o interior da casa de Alma Pittman: ela era tia de sua ex-mulher. Depois que o pai de Lillian morreu e sua mãe casou-se novamente, mudando-se para Littleton, Lillian, que ainda tinha mais dois anos de escola para terminar, foi morar com a tia. Foi no verão em que Wade tirou sua carteira de motorista e todo domingo levava Lillian ao Riverside Cemetery, onde ela colocava flores silvestres em um jarro de plástico junto à lápide do pai, depois ficava em silêncio por alguns minutos ao pé da sepultura, torcendo as mãos e retendo as lágrimas. Ela seguia a rotina com precisão toda tarde de domingo, como se todo o empreendimento — flores silvestres, silêncio, mãos contorcendo-se, peito arfando e olhos lacrimejantes — fosse um exercício espiritual, um rito de purificação semanal que nada tinha a ver com seu pai.

Para Wade, naquele verão, Lillian era um freira atingida pela tragédia. Era alta e esbelta, ainda uma menina, com longos cabelos castanhos que, escovados cem vezes toda noite e mais cinquenta pela manhã, caíam lisos como a chuva até quase a cintura. Seu pai fora um pintor de paredes que não exalou um único suspiro sóbrio em muitos anos, diziam. No outono anterior, ele estava pintando o mastro da bandeira da escola primária recém-construída quando, sob o olhar de metade das crianças da cidade, caiu do topo do mastro, fraturou a espinha e o crânio, e morreu lá mesmo no pátio.

Eu estava na primeira série na época, meu primeiro ano na escola, e estivera entre as cinquenta ou sessenta crianças que viram o homem cair (ou ouviram, ou estavam suficientemente perto para ter visto, mas não viram — até hoje não tenho certeza se realmente vi). Eu recontava essa história todas as noites no jantar — "Eu estava lá, na terceira base, de modo que tinha essa terrível visão do mastro, que fica bem atrás da barreira do batedor e, de repente, foi como um avião caindo e se espatifando, *vvrrruuuu-uuummm! Plac!*"

Finalmente, após uma semana, Wade disse-me rispidamente:
— Ei, chega, Rolfe, todos nós já sabemos a história. Por que não pensa em algo diferente para dizer? Além do mais, é meio nojento quando estamos comendo.
Papai parou o garfo no ar, entre o prato e a boca, e disse:
— Deixe-o, Wade. Não seja tão sensível. Rolfe provavelmente nunca mais verá algo tão estúpido outra vez.
— Espero que não — disse mamãe.
Wade calou-se, mas percebendo o motivo do desconforto do meu irmão, não contei a história outra vez.

Na primavera seguinte, a mãe de Lillian casou-se com Tom Smith, um beberrão divorciado, amigo do pai de Lillian, outro pintor de paredes, que vivia em Littleton e era proprietário de um prédio de apartamentos de três andares lá. A mulher levou suas duas filhas mais novas para Littleton com ela, deixando Lillian em Lawford, para terminar o segundo grau, morando com a tia solteirona, Alma Pittman, a irmã mais velha, de expressão contraída, austera e trabalhadora. Alma Pittman era uma mulher considerada necessária à cidade, mas um pouco educada demais, porque estudara contabilidade por dois anos na Plymouth State, antes de voltar para Lawford durante a guerra para tomar conta de seus pais doentes.

Lillian não tinha nenhum afeto especial por sua melancólica tia, mas a mulher deixava-a em paz, deu-lhe um quarto no andar de cima e permitia que Wade viesse visitá-la sempre que quisesse. Até deixava-os passar horas sozinhos no quarto de Lillian com a porta fechada, onde beijavam-se e abraçavam-se apaixonadamente, apalpando por baixo das roupas seus corpos virginais. Após algum tempo, exaustos, paravam de lutar com os anjos de suas mentes adolescentes; afastavam-se, ofegantes, conversando em sussurros sobre seus medos e desejos. Às vezes, desciam e sentavam-se lado a lado no sofá, com Alma em sua cadeira de balanço com espaldar de couro, e ficavam vendo televisão. E embora Wade e Lillian não fizessem amor realmente naquelas sessões fumegantes no andar de cima (talvez *porque* nunca fizeram amor realmente), foi durante aqueles meses de verão, quando Wade tinha dezesseis anos e Lillian quinze, que resolveram se casar assim que terminassem o colégio. Foi o mesmo verão em que Wade falou pela primeira vez com alguém sobre a violência de nosso pai.

Nos anos em que nosso pai passou espancando-o, Wade não falou sobre isso com ninguém, nem seus amigos da escola, nem dos times de futebol e beisebol, que geralmente pilheriavam, do jeito que os rapazes costumam fazer nos carros e nos vestuários, sobre como o pai costumava surrá-los, mas que era bom agora nem tentar ou levaria um chute no traseiro. E ele não podia imaginar conversar sobre isso com nossa mãe, embora às vezes fosse claro que ela desejava que o fizesse. Sempre que a mãe tocava no assunto, ele sentia o coração disparar, como se ela tivesse lhe perguntado alguma coisa sobre sua vida sexual ou tivesse lhe dito alguma coisa sobre a dela, e sempre dizia: "Não quero falar sobre isso."

Nossa irmã, Lena, sofria apenas os ataques verbais de nosso pai, de modo que Wade sabia que ela não poderia compreender. Era ruim para ela, mas diferente. E embora às vezes ele quisesse me prevenir, agora com sete anos e ainda não surrado pelo velho, Wade achava de certa forma que, se ninguém falasse sobre o fato, se ninguém o admitisse, talvez nunca mais se repetisse. Passaria a ser coisa do passado.

Quanto a seus irmãos mais velhos, a Wade pareciam considerar os ataques esporádicos, previsíveis e, na maioria das vezes, evitáveis de nosso pai como apenas mais uma das muitas brutalidades de nossa vida até então, como um pequeno canto de terreno acidentado de nossa infância, algo que devíamos suportar, atravessar e depois desprezar. E foi por isso, droga, que Elbourne fora embora e, no mês seguinte, Charlie também partia, diretamente para o exército, sem sequer terminar o segundo grau. De modo que, se Wade tivesse falado sobre o assunto com eles, estaria apenas destacando suas falhas, revelando a seus irmãos mais velhos, como a si mesmo, seu *status* inferior como ser humano.

Além disso, para Wade, mesmo quando acreditava que estava pensando com clareza sobre o assunto, as surras ainda eram muito confusas e complicadas para que fossem discutidas com Elbourne e Charlie. Tudo que Elbourne diria seria: "Não me venha com seus problemas, Wade. Você já tem idade suficiente para dar uma surra no filho da puta, se quiser. Faça como eu. Depois disso, acredite-me, ele nunca mais vai encostar a mão em você." E Charlie diria: "Você nem precisa dar uma surra nele, só tem que fazê-lo pensar que você está *disposto* a isso. Como eu fiz. Depois disso, ele vai recuar. Lembra-se?" E Wade realmente se lembrava.

Fora quatro anos antes, em um fim de semana da primavera, quando nosso pai resolvera recuperar o celeiro, que estava desabando há mais de uma década, colocando abaixo a parte caída e reconstruindo o resto com as vigas e tábuas que pudessem ser salvas do palheiro elevado e das baias das vacas embaixo, parcialmente desabados. As vigas da estrutura ainda estavam, na maior parte, intactas e muitas das tábuas de pinho largas e envelhecidas, cinza-prateadas e cheias de farpas, eram reaproveitáveis. A idéia de nosso pai de reduzir o tamanho do celeiro em dez metros e consertar o resto, sem nenhuma despesa extra a não ser os pregos, era atraente — até para seus filhos, que sabiam que teriam que fornecer a mão-de-obra gratuita.

Elbourne conseguiu se livrar — estava com dezesseis anos e já tinha um emprego de fim de semana, no posto de gasolina de Chub Merritt, mas Charlie, à época com quatorze anos e grande para sua idade, não tinha nada melhor a fazer em um nublado sábado de abril. Wade, embora tivesse apenas doze anos, podia arrancar pregos e ajudar a carregar tábuas e vigas. Não tenho nenhuma lembrança do acontecimento. Eu era muito novo para ser de qualquer utilidade e provavelmente fiquei dentro de casa o dia inteiro.

Wade e Charlie gostaram da idéia: há anos achavam o celeiro feio, uma vergonha, antes mesmo do telhado desabar na parte de trás com o peso da neve em um inverno particularmente rigoroso. Tinham aprendido a desviar o olhar da estrutura descascada, inclinada e decrépita, fingir que não estava lá, apodrecendo no terreno, entre a casa e a floresta. Agora podiam olhar para ela e imaginar um bonito celeiro antigo, perfeitamente reformado, resistente ao tempo e bastante limpo para ser usado como garagem e oficina.

Papai dissera-lhes no café da manhã:

— Acho que duas, três semanas no máximo e teremos um celeiro novinho em folha com a reforma do velho. Poderemos estocar a lenha do inverno lá dentro e se vocês, garotos, quiserem trabalhar em algum maldito calhambeque, não haverá problema.

Wade e Charlie saíram para o celeiro e começaram a arrancar e carregar tábuas dos fundos para a frente antes mesmo que papai tivesse terminado o café da manhã: era raro que os membros da família Whitehouse trabalhassem em alguma coisa juntos e cada um dos garotos estava secretamente satisfeito com a oportunidade de trabalhar ao lado do pai e do irmão em um projeto que tão claramente beneficiaria todos. Em pouco tempo, papai uniu-se a eles, armou a serra de mesa do lado de fora, perto da porta do celeiro, começou a cortar as tábuas nas medidas e a pregá-las sobre antigas frestas e buracos. Ele não era nenhum carpinteiro, mas não se tratava de um trabalho difícil e, ao meio-dia, já podiam notar a diferença: a maior parte do esqueleto da metade posterior do celeiro já estava exposta e a maioria dos buracos da parte anterior já tinham sido tapados.

Pararam para almoçar, sobras de macarrão com queijo, e os garotos sentaram-se à mesa de modo que pudessem ver por cima dos fiapos de cabelo ruivo de papai, pela janela atrás dele, para o celeiro ao fundo. Enquanto comiam, erguiam os olhos de vez em quando para admirar o que haviam feito até então. Terminaram de comer antes de papai e retornaram ao trabalho. Quando ele foi se unir a eles, carregava um pacote com seis garrafas de cerveja Schlitz, que colocou no chão, junto à serra de mesa. Abriu a primeira e disse:

— É melhor tornar a tarefa agradável.

Disse-o sombriamente, como se acreditasse que fosse impossível tornar qualquer coisa agradável.

Os garotos nada disseram. Entreolharam-se e recomeçaram

a retirar tábuas, arrancar pregos tortos e enferrujados, carregar as tábuas e empilhá-las meticulosamente perto da serra, onde papai continuava a medi-las, apará-las e pregá-las no lugar. Uma brisa cortante começara a soprar e o céu uniformemente nublado tornou-se tempestuoso e escuro. Em determinado momento, o zumbido da serra parou e Wade ouviu o vento zunir entre os pinheiros, lembrando-o do inverno, e de repente sentiu cheiro de madeira queimada. Olhou para a casa e viu uma fita prateada de fumaça desenrolar-se da chaminé. Compreendeu que mamãe acendera o fogão da cozinha e, pela primeira vez naquele dia, desejou não estar fazendo o que fazia.

Em seguida, começou a chover, uma chuva fria, fustigante, impulsionada pelo vento, e papai gritou para os meninos que fossem ajudá-lo a carregar a mesa da serra e o fio de extensão para dentro. Colocaram a serra dentro do celeiro e os três ficaram parados, em silêncio, na obscuridade fria, ouvindo a chuva bater no telhado. O feno velho e apodrecido no palheiro acima deles cheirava azedamente a fracasso e decepção para os três. Papai terminou a última cerveja do engradado e disse:

— Droga, vamos encerrar por hoje.

— Talvez pare em alguns minutos — disse Charlie. Além do mais, ressaltou, a extensão era suficientemente longa para continuarem a usar a serra dentro do celeiro e muitas tábuas e vigas podiam ser retiradas sem que fosse necessário sair na chuva.

Papai remexeu no bolso do casaco, retirou os cigarros e acendeu um. O cheiro familiar do cigarro relaxou Wade, ele apoiou-se na parede, inspirou e desejou ter idade suficiente para carregar seus próprios cigarros. Fumara muitas vezes na escola, e gostava, gostava do sabor e do aroma, do modo como o deixava ligeiramente tonto por alguns segundos, depois calmo, gostava da aparência que imaginava que teria com um cigarro pendurado na boca — como um homem adulto. Mas sabia que se começasse a andar com seus próprios cigarros, puxasse um e fumasse num momento como aquele, papai não se oporia; iria apenas rir dele.

Acima deles, as andorinhas produziam um som tranqüilo e gorgolejante em algum lugar na escuridão dos caibros cobertos de musgo e Wade lembrou-se das tardes de verão, quando o feno estava seco, e não velho e azedo como agora, em que ele e seus irmãos mais velhos ficavam brincando na parte elevada do celeiro, os três garotos fingindo ser piratas abordando um galeão espanhol, onde lutavam no cordame do navio por causa da partilha do espólio: as jóias para Elbourne, os dobrões para Charlie e para Wade... o que sobrasse. Ele tentava dólares e riam dele por sua ignorância, não havia dólares naquela época; ele tentava relógios e anéis e Charlie dizia que eram jóias; assim, de alguma forma, ele ficava com as mulheres, que para ele pareciam não ter nenhum valor, de modo que recusava e, antes que soubesse por que ou como, era obrigado a caminhar vendado sobre a prancha e saltar ao mar. Seus irmãos o cutucavam por trás com suas espadas de madeira, enquanto ele avançava por uma viga no alto do telhado, sentia o seu término com a ponta dos dedos dos pés, parava, era empurrado por trás pela ponta de uma das espadas e caía no espaço, na escuridão do meio do feno, áspero e cheio de pó, abraçando-o como um enorme travesseiro.

— Charlie — disse papai. — Que força você tem no braço?

— Hem?

— Sabe de uma coisa, meu rapaz? Nos últimos tempos você está ficando grande demais para suas calças. Então, eu estava pensando que força você teria no braço. Imaginando se poderia derrubar o braço de seu velho. — Sorriu divertidamente e Charlie abriu um amplo sorriso.

— Por quê? Quer disputar uma queda de braço comigo?

— "Por quê? Quer disputar uma queda de braço comigo?" — ele imitou o garoto. — É *claro* que quero uma queda de braço. Só para que você saiba quem ainda é o chefe aqui, quem diz quando vamos entrar e assim por diante. Vamos, ande — disse, enrolando para cima a manga da camisa.

Charlie olhou à sua volta.

— Onde?

— Aqui mesmo. Na mesa da serra.

Nosso pai enfiou a mão sob o tampo de aço da mesa e abaixou a lâmina denteada de vinte centímetros, fazendo-a desaparecer embaixo da fenda, de modo que a mesa ficou livre, na altura da cintura, entre ele e Charlie. Ele inclinou-se e posicionou o cotovelo direito sobre a mesa ao lado da fenda da serra, a mão aberta, agarrando o ar.

— Ande, vamos — disse ele, com um sorriso largo. — Mas mantenha o cotovelo do outro lado da fenda. Se atravessar a fenda, você perde. E mantenha a outra mão atrás das costas, como eu — disse, sacudindo pretensiosamente a mão esquerda atrás e batendo-a contra a região inferior das costas. — Você não pode se apoiar em nada para manter o equilíbrio.

— Está preocupado, papai? — Charlie olhou para Wade, sorriu e revirou os olhos. Ambos sabiam que o velho iria derrotá-lo facilmente, o que tornava divertida a obsessão de papai com as regras do jogo: era um dos poucos aspectos de seu caráter que eles apreciavam, essa meticulosidade ocasional e sem sentido, que devia ser tudo que ele tinha como código moral. Toda vez que a família o via submeter-se a ele, sentia-se confortada.

— Claro que não. Não, não estou preocupado. Só não quero que depois você venha dizer que não o venci honestamente. Certo é certo, garoto. Para nós dois. Portanto, ande, vamos lá — disse papai, sorrindo entusiasticamente para o rosto redondo de seu filho.

Charlie enrolou a manga da camisa e posicionou o cotovelo direito sobre a mesa de aço.

— Frio — observou, agarrando a mão de papai. Eram da mesma altura, Charlie talvez uns três ou cinco centímetros mais alto, mas o garoto era mais franzino e seu braço e mão ainda eram de um menino.

— Wade, você dá o sinal — disse papai. Wade deu a volta para posicionar-se na ponta da mesa, como um árbitro. — Está pronto para levar uma surra, Charlie? — perguntou papai.

— Sim.

Wade contou:

— Um. Dois. Três. Já!

O braço do homem enrijeceu e os músculos e ligamentos incharam, quando o garoto empurrou-o com seu braço. Nosso pai sorriu e disse:

— Sabe como chamam isso de onde eu venho?

Charlie prendia a respiração e tentava com todas as suas forças tirar o braço de nosso pai da vertical; não podia falar: sacudiu a cabeça negativamente.

— Torcendo pulsos — disse papai, calmamente, como se falasse com seu filho ao telefone. Então, torceu lentamente a mão do rapaz na sua, puxou-a alguns centímetros em sua direção e sorriu outra vez. Ele não era só mais forte do que seu filho, era também mais inteligente.

Mas, de repente, Charlie girou a mão de volta, surpreendendo papai, e conseguiu puxar o braço bojudo do homem em direção ao próprio peito, tirando-o da vertical. Em seguida, girou o pulso dele na outra direção e descobriu que havia se colocado como uma alavanca sobre papai e, ao invés de estar puxando seu braço, estava empurrando-o.

Wade estava extasiado, atônito, depois assustado, e imaginou a lâmina da serra subindo, girando entre seus cotovelos, erguendo-se lentamente enquanto eles grunhiam sobre ela, aproximando-se cada vez mais do ponto onde seus braços se uniam nos pulsos. Queria que desistissem, que desgrudassem suas mãos, antes que fossem separados com precisão pela serra. Deu um passo para trás, afastando-se da mesa, e tentou desviar o olhar de seu pai e seu irmão, mas não conseguiu afastar os olhos.

Papai ainda sorria, mas agora parecia um sorriso forçado, colado em seu rosto.

— Acha... que... me... pegou..., hem? — disse, enquanto lutava contra a força do braço, do ombro, das costas e das pernas de seu filho, pois agora Charlie acreditava que realmente poderia vencer nosso pai neste jogo e empregava toda a força do seu corpo. Ele não disse nada, continuou empurrando cada vez mais para baixo o braço de papai.

A chuva batia no telhado do celeiro; as andorinhas gorgolejavam nos caibros. Embaixo, no centro do espaço livre entre o palheiro e as baias, as duas figuras curvadas fitavam-se intensamente por cima da pequena mesa de aço, enquanto Wade permanecia na ponta da mesa, como testemunha.

Wade repentinamente bateu palmas e exclamou inadvertidamente:

— Ande, Charlie! Vamos!

Nosso pai ergueu os olhos para Wade, olhou-o fixamente e redobrou seu esforço, torcendo o pulso e a mão de Charlie de novo em sua direção, depois rapidamente para longe, para poder mudar a tensão em seu próprio braço e começar a puxar com toda a força de seu bíceps e ombro, arrastando o braço do rapaz lentamente de volta à posição vertical, onde mais uma vez suas mãos entrelaçadas eram mantidas suspensas acima da fenda que ocultava a lâmina da serra.

Permaneceram ali, cada qual incapaz de mover o outro, as veias da testa saltando, os rostos vermelhos do esforço. Nenhum dos dois sorria ou dizia uma palavra. Rosnavam de vez em quando, a respiração entrecortada.

Então, a outra mão de Charlie, a esquerda, adiantou-se em direção à mesa, como se curiosa e um pouco tola, e pousou na mesa com a palma para baixo. Quando papai viu, exclamou:

— Pare! Pare!

Soltou a mão direita de Charlie e tirou o cotovelo da mesa, erguendo-se. Ajeitou os cabelos para trás com as duas mãos e disse:

— Você trapaceou. Foi falta.

Charlie olhou para sua mão esquerda com desânimo.

— Ah, que é isso, papai? Eu poderia ter posto a mão de volta para trás. Tudo que você tinha a fazer era dizer. Não tive nenhuma vantagem.

— Sinto muito, Charlie. Regras são regras, meu rapaz — disse papai sorrindo alegremente, virou-se, saiu pela enorme porta aberta e examinou o céu. — Ainda está chovendo — gritou para nós — e parece que vai continuar. Vou para dentro, onde está quente — disse, erguendo as calças largas e desaparecendo de vista.

Os garotos ficaram em silêncio por alguns instantes. Charlie disse:

— Eu podia ter vencido, vocês sabem. Eu o estava derrotando.

— Sim.

— E ele sabe disso. Ele sabe que eu estava vencendo.
— Sim, ele sabe.
— O sacana.
— Sim. O sacana.

Ficaram parados no meio do celeiro mais alguns minutos, ouvindo a chuva e as andorinhas e fitando os fundos do celeiro, onde haviam arrancado todas as tábuas, inteiramente aberto para o céu cinza-escuro, a campina e as florestas de pinheiros ao longe. Sabiam que agora o serviço jamais seria terminado, que amanhã nosso pai acharia outras coisas para fazer e outras tarefas para eles. E o celeiro ficaria como estava, suas costelas e sua coluna expostas ao tempo, o restante apodrecendo aos poucos, conforme a chuva entrasse e a neve caísse. Seria como um enorme animal morto há muito tempo que se encontra na floresta quando a neve derrete, metade na terra e metade fora, metade ossos e metade carne e pêlo; quando você depara com ele, vê o que ele é agora e se lembra do que ele era, e você desvia o olhar.

14

Lillian queria ver o rosto de Wade, mas ele o mantinha quase inteiramente escondido: usava óculos escuros e um boné do Red Sox puxado bem baixo e, enquanto dirigia, ficava sempre olhando pela janela à sua esquerda e conversava com ela sem fitá-la. Estavam a caminho do Riverside Cemetery, sua visita regular nos domingos à tarde ao túmulo do seu pai, e Wade a apanhara na casa de sua tia Alma, como sempre, logo depois do almoço. Era um belo dia de sol com um céu azul sem nuvens e o ar limpo e seco, e apesar da ocasião sombria, Lillian saíra da casa da tia assobiando uma canção de *South Pacific*.

Parou de assobiar assim que entrou no carro, o sedã Ford de dez anos de idade de Wade, que ele recuperara com as partes de três Fords diferentes. Todos eram ferro velho, comprados de Chub Merritt no outono anterior, quando Wade tinha quinze anos, por cem dólares cada um, e trabalhados em casa durante todo o inverno e a primavera no que sobrara do velho celeiro atrás da casa. Obtivera sua carteira de motorista em maio, mas só dirigiu o carro no final de junho, quando já estava funcionando bem e pintado de vermelho cereja, com suas iniciais, WW, em linhas finas nas portas da frente, logo abaixo da janela, um monograma dourado inclinado para a direita, como se fossem raios.

— Wade, o que houve com seu rosto? — perguntou, tentando ver.

Ele virou o rosto para a esquerda e disse:

— Não houve nada.

Ela viu, entretanto, que seu rosto estava inchado e sem cor; percebeu instantaneamente que por trás dos óculos escuros seus olhos estavam roxos.

— Ah, Wade! — exclamou ela. — Você se meteu numa briga!

Ele negou, mas ela insistiu. Ele prometera que não iria beber nem brigar. Ele prometera. Muitas vezes haviam conversado e chegado à conclusão de que essas eram atividades estúpidas, beber e brigar, muito boas para seus amigos ignorantes e brutalizados, talvez, mas não para Wade Whitehouse e Lillian Pittman, que estavam acima de tudo isso, que eram mais educados, mais nobres, mais inteligentes do que seus amigos. Como tinham um ao outro, não precisavam de mais ninguém; acreditavam nisso. Não precisavam de seus pais, embora ela realmente quisesse que seu pai ainda estivesse vivo — ele teria compreendido e admirado Wade; nem precisavam de seus amigos; e de nenhum de seus professores na escola, que eram maçantes e irremediavelmente alheios ao que realmente importava e motivava os adolescentes; nem de sua tia Alma ou de Gordon LaRiviere, o novo chefe de Wade, nem de nenhuma outra pessoa na cidade. Precisavam apenas um do outro, exclusiva e totalmente, e tinham um ao outro, mais ou menos, de modo que eram livres para ignorar todos os demais, o que significava, entre outras coisas, que Wade não precisava ficar rodando de carro à noite com os outros rapazes de sua idade, tomando cerveja e se metendo em brigas em Catamount ou no Moonlight Club em Sunapee ou com os veranistas de Massachusetts no Weirs em Laconia. Ele prometera. Ele detestava tudo isso, ele lhe afirmara, tanto quanto ela. Era estúpido. Era brutal. Era humilhante.

Era perigoso também e, se estivessem brigando por causa de uma garota, como sempre o faziam, era também sexual; conseqüentemente, Lillian e Wade acompanhavam quem tinha brigado com quem durante o fim de semana. Ouviam os mexericos de corredor nas manhãs de segunda-feira tão ansiosamente quanto seus colegas de turma e, às vezes, Lillian secretamente imaginava Wade entrando numa briga com, digamos, Jimmy Dame, que lhe dissera no corredor uma vez que ela tinha belos seios, por que não os mostrava mais? E quando ela contou a Wade o que Jimmy dissera, Wade secretamente imaginara-se jogando-o contra os armários dos alunos e dando-lhe um, dois, três socos, golpes rápidos e fortes no queixo, que lançavam a cabeça de Jimmy contra os armários, produzindo um barulho metálico toda vez que Wade o atingia.

Lillian estendeu o braço e tocou o rosto dele com a ponta dos dedos.

Ele afastou-se e disse:

— *Não!*

Na curva do rio Minuit, onde o terreno eleva-se gradualmente da margem oriental para uma campina alta, Wade saiu da estrada e tomou um caminho acidentado que sobe o monte até o cemitério. A luz caía em planos tintos de rosa, grandiosos e amplos lençóis de luz que se refletiam nas folhas verde-hortelã dos bordos e carvalhos e no capim tremulando na brisa. Onde a campina se arredonda e a subida ameniza um pouco, o caminho passa por um portal de pedra e entra no cemitério. Wade desviou o velho Ford para a direita e estacionou.

Lillian desceu do carro rapidamente, levando seu buquê de flores silvestres, e afastou-se a passos largos. Wade viu-a atravessar diante dele outra vez, a uns quinze metros, entrar nas fileiras de sepulturas e passar entre os jazigos das famílias Emerson e Locke, túmulos que datavam de 150 anos. Lillian não passava por cima das sepulturas; ela sempre seguia os caminhos traçados entre elas, fazendo curvas bruscas à direita e à esquerda, indo em ziguezague até o canto mais distante do cemitério, onde finalmente se postava ao pé da sepultura do pai. Uma pequena pedra de granito vermelha identificava-a: *Samuel Laurence Pittman 1924-1964.*

Wade sentou-se no carro e deixou o sol bater em seu rosto e peito, aquecê-lo e acalmá-lo, enquanto, através de seus óculos escuros, observava Lillian remover os talos e folhas velhas e mortas do jarro de plástico ao lado da sepultura e substituí-los pelos novos. Ela caminhou rapidamente até uma torneira próxima, retornou com as flores na água e gentilmente colocou o jarro à direita da lápide, ajeitando-o cuidadosamente, como se quisesse tornar mais fácil para seu pai admirá-las. Depois, levantou-se, as mãos cruzadas à altura da cintura, como uma mulher rezando, e olhou firmemente para a sepultura, como se fosse o retrato favorito de seu pai.

Wade pensou: gostaria que meu pai estivesse morto. Morto e enterrado. Saboreou a imagem: viria até ali aos domingos, exatamente como sua namorada, Lillian, zeloso e afetuoso, ficaria parado ao pé da sepultura de seu pai durante muitas horas, contemplando o seu confinamento lá embaixo, trancado dentro de um caixão de madeira, enterrado sob sete palmos de terra com uma lápide de 150 quilos em cima, só por garantia.

Wade ainda era jovem e Elbourne e Charlie ainda não tinham morrido, de modo que ele imaginava a morte como ausência ou confinamento ou, em alguns casos, ambos, que era o que queria para seu pai, ambos. Queria que o ruivo ensandecido fosse para outro lugar, que ficasse prisioneiro lá, trancado, algemado, atado de tal forma que não pudesse cerrar aqueles seus punhos, não pudesse atacar com eles, arremessar os braços, dar pontapés, agarrar, empurrar, sacudir e chutar uma pessoa. Ele teria que ficar deitado de costas em sua caixa, os braços cruzados sobre o peito e bem amarrados, as pernas atadas pelos tornozelos e, então, a tampa seria abaixada e trancada, talvez com uma corrente em torno do caixão, presa com cadeado, como o de Houdini. O caixão, então, seria baixado à sepultura por uma escavadeira, uma sepultura extraordinariamente funda, de modo que só fosse possível ver o fundo com o auxílio de uma lanterna, mesmo durante o dia. Depois, a terra seria lançada na sepultura, com pedras e tudo, e uma niveladora passaria várias vezes sobre o buraco preenchido, calcando, alisando e prensando a terra com o peso da máquina. A terra nua seria coberta de grama que logo entrelaçaria suas raízes com as raízes da relva à volta da sepultura, formando uma manta verde e resistente para cobri-la. E finalmente Wade baixaria a lápide com a caçamba da escavadeira, uma enorme pedra retirada da floresta atrás do cemitério, uma rocha cinza do tamanho de um carro.

Wade desligaria o motor da escavadeira, desceria do seu assento, ficaria de pé ao lado da rocha, colocaria uma das mãos sobre ela como se fosse o ombro de um velho amigo e procuraria ouvir som de movimento, qualquer tipo de movimento, lá debaixo, quase desejando ouvir alguma coisa, torrões de terra acomodando-se, o roçar de uma pedra contra outra. Ouviria seu pai contorcer-se. O som pararia e agora tudo que poderia ouvir seria a brisa que vem do vale lá embaixo, varrendo a campina até as árvores. Um casal de gaios azuis gritaria roucamente um para o outro ao longe. Um cão da aldeia latiria, uma vez. Depois, o silêncio. Um delicioso silêncio.

Lillian retornara ao carro e sentara-se a seu lado, olhando fixamente em frente, pronta para deixar o cemitério. Remexeu-se impaciente no banco, mas não disse nada. Então, Wade voltou-se para ela, retirou os óculos escuros e, numa voz que era quase um sussurro, disse:

— Não me meti em briga nenhuma. Foi meu pai. Meu pai fez isso comigo.

Suas pernas pareciam areia e as mãos tremiam. Rapidamente, recolocou os óculos; olhou através deles, por cima do capô do carro, agarrando o volante com as duas mãos, como se estivesse dirigindo a grande velocidade. Do lado de fora da janela aberta, o vento suave soprava e o sol brilhava; a relva da campina brilhava em verde e ouro e, dos pinheiros do outro lado do cemitério, o mesmo casal de gaios gritou.

Lillian estendeu ambas as mãos para o rosto de Wade e, quando ele afastou-se sem olhar para ela, deixou-as cair no colo, examinando-as por um segundo. Disse:

— Eu não... não compreendo. — Olhou para seu rosto novamente. — Você quer dizer, ele *bateu* em você?

Ela não conseguia imaginar, não conseguia visualizar nenhuma cena em que Wade, que parecia tão forte e viril para ela, tão inexpugnável, como um rochedo, pudesse ser surrado e ferido por seu pai, que na verdade era menor do que Wade e parecia velho e frágil se comparado a ele.

Wade repetiu:

— Sim, ele me bateu.

— Como ele pôde... fazer isso? Não compreendo, Wade.

— Simples. Ele simplesmente me bateu. Ele faz isso.

— E... e a sua mãe?

— Ela não me bate.

— Quero dizer, ela não... impede que ele faça isso? Ela não *diz* nada?

Wade soltou uma risada forçada.

— Claro. Ela pode dizer o que quiser. Desde que não se importe em levar uma surra de cinto ela mesma.

— Eu... eu não compreendo, Wade.

— Sei que não — disse ele.

Ela ficou em silêncio por um segundo e, de repente, começou a chorar, as lágrimas escorrendo pelo rosto, sentindo tanta pena daquele rapaz que pensou que iria sucumbir.

— Ah, Wade, você não poderia tê-lo impedido? Por quê? Por que ele fez isso? É horrível — disse, novamente estendendo os braços para ele, que novamente encolheu-se e afastou-se. Mas desta vez, ela insistiu, colocando uma das mãos em seu ombro e com as pontas dos dedos da outra tocando seu rosto e, depois, tirando seus óculos de sol. Suspendeu a respiração ao vê-lo e exclamou:

— Oh!

Deixou que ela o examinasse, como se ele fosse uma aberração de circo, sem dizer nada. Tirou os cigarros do bolso da camisa e, com mão trêmula, acendeu um e tragou profundamente. Veja a aberração fumando um cigarro. Veja sua mão tremer. Veja como seus lábios e sua boca funcionam normalmente, enquanto o restante de seu rosto é deformado e descorado. Leia esse mapa de dor e humilhação.

Disse serenamente:

— Bang, bang, bang — e então ele também começou a chorar, soluços profundos e dolorosos, erguendo-se do estômago e do peito. Inclinou a cabeça para a frente e apoiou a testa no aro frio do volante do carro.

Lillian passou os braços em torno de seus ombros. Como odiava aquele homem Glenn Whitehouse, que fizera algo tão horrível com um garoto. Wade era um garoto para ela naquele momento, uma criança ferida por seu pai e traída e abandonada no nível mais profundo que se pudesse imaginar. Ela sabia também que a dor de Wade era infinita, muito além de sua imaginação, pois nunca fora espancada por seu pai nem por sua mãe e, embora seu pai pudesse realmente nunca ter exalado um suspiro sóbrio, como todos na cidade diziam, ele também nunca erguera a mão, ou mesmo a voz, contra ninguém. Seu pai era fraco e amável e nunca amedrontara nenhuma alma. Os momentos mais alarmantes que suportara com seu pai foram nas raras ocasiões em que percebia que, se ele não estivesse bêbado, estava pensando em ficar bêbado e assim, na verdade, não estava presente para ela, não a via ou ouvia realmente na sala. Esses momentos faziam-na sentir como se não existisse, sentia-se tão sozinha que ficava tonta e tinha de sentar-se e ficar falando com ele, fazê-lo levantar a cabeça e sorrir-lhe bondosamente, um homem grandalhão e sonolento, enquanto ela tagarelava sem parar sobre a escola, sobre suas irmãs e sua mãe. Inventava acontecimentos e conversas inteiras com os vizinhos, professores, amigos, preenchendo desesperadamente com palavras o vazio no universo que ele causava com sua presença. Até que, finalmente, seu pai levantava-se da mesa da cozinha, afagava sua cabeça, dizendo: "Eu te amo muito, Lily, muito mesmo." E saía pela porta, deixando-a sozinha na cozinha, um floco de matéria brilhante rodopiando em um céu escuro e turbulento. E agora seu pai estava morto e ela acreditava que já não sentia essa dor, porque sentia muito sua falta.

Permaneceram sentados no carro de Wade por um longo tempo, enquanto o sol movia-se pelo céu de verão, tocava os galhos mais altos das árvores e o ar começava a esfriar. Com voz tranqüila e desapaixonada, Wade tentou contar-lhe como se tivesse ocorrido com outra pessoa. Era a única maneira em que poderia contar sem chorar.

Ele voltara para casa tarde da noite após ter ido ao cinema em Littleton com Lillian, onde pararam para uma curta visita à mãe, padrasto e irmãs. Ao chegar em casa, entrou na cozinha, cansado, com sono, a cabeça ainda zumbindo com a lembrança dos quentes beijos de despedida que trocara com a namorada, e foi recebido pela visão de sua mãe, os cabelos desgrenhados, em sua camisola de flanela, atravessando o aposento correndo ao seu encontro. Estava aterrorizada, os olhos vermelhos de tanto chorar, os braços estendidos, e rapidamente colocou-se atrás de Wade, entre seu corpo volumoso e a porta trancada, abraçando-o pela cintura e agarrando-se a ele.

Papai estava sentado à mesa da cozinha com um sorriso nos lábios que o rapaz achou estranhamente calmante: não há nada errado, dizia o sorriso. Mas mamãe soluçava histericamente, agarrando-o por trás, e de repente Wade temeu o sorriso de seu pai. Não há nada errado, parecia continuar a dizer. Nós homens entendemos como são as mulheres: histéricas, estranhas. Ela vai se acalmar num instante e você verá que está toda apavorada por nada outra vez.

Wade deu as costas ao pai e abraçou a mãe, envolvendo-a em seus braços e aplacando seus soluços contra o seu peito.

— O que aconteceu? — perguntou-lhe Wade. — O que aconteceu, mamãe? O que houve?

Ouviu seu pai resmungar:

— *Isso* não é da sua conta, meu ra-paz.

Estava bêbado, completamente bêbado, perigoso como um animal acuado. Muito mais do que a visão de sua mãe desesperada, foi a maneira como seu pai falou, a maneira como enfatizou as palavras erradas na frase — a primeira, "isso", e a última, "rapaz", demorando-se nesta última, saboreando-a — que fizeram os alarmes de Wade dispararem e o fez enrijecer-se de medo.

Wade olhou para trás por cima do ombro e certificou-se de que papai ainda estava sentado à mesa: servia-se de uma dose da garrafa de Canadian Club. Wade olhou pela porta que dava para a sala e viu seu irmãozinho Rolfe e sua irmã Lena, de pijamas, encolhidos ao pé da escada no fundo da sala. Lena chupava o dedo ferozmente e Rolfe, sem sorrir, acenou para seu irmão.

— Vamos, mamãe — disse Wade —, vamos encerrar o caso, sim? Venha — disse gentilmente, fazendo-a voltar-se em direção à porta que levava à sala. — Por que não vai deitar agora, está bem? Estarei bem aqui — Ouviu seu pai rir com desdém.

— Ele começou a implicar comigo — gritou mamãe. — Implicando e implicando por causa de nada. Nada. — Deu alguns passos arrastados em direção à porta. Wade passara um dos braços em torno de seus pequeninos ombros e, com o outro, segurava uma das mãos dela, como se a convidasse para uma pista de dança.

Devagar, cuidadosamente, ele conduziu-a para fora da cozinha, enquanto ela continuava a falar, a voz entrecortada.

— Começou com nada, nada... e ele, ele ficou furioso comigo. Foi só por causa do jantar, ficou com raiva porque o ensopado... era um bom jantar, era, mas ele chegou tarde, então comemos sem ele. Você sabe, você estava aqui. Ele chegou tarde, o ensopado ressecou e ele ficou com raiva porque não o esperamos. Expliquei, Wade, disse a ele que você tinha um encontro para ir ao cinema e ele chegou atrasado.

Wade disse:

— Eu sei. Eu sei. Está tudo bem agora. — Tentava acalmá-la conforme avançavam um pequeno passo de cada vez pela sala de estar em direção à porta do quarto, o quarto de tio Elbourne, como ainda o chamavam, depois de todos aqueles anos, como se nossos pais nunca tivessem realmente tomado posse dele, ainda que houvessem concebido todos os filhos, exceto um, naquele quarto.

— E quando tentei argumentar com ele... tudo que fiz foi tentar explicar, mas ele ficou cada vez mais furioso, começou a gritar comigo por causa de tudo. Por causa de dinheiro, por causa de vocês. Wade, ele me culpa por *tudo!* Nada que eu diga... nada que eu diga...

— Eu sei, mamãe — disse Wade. — Está tudo bem agora, acabou.

Entraram no quarto às escuras, Wade acendeu o abajur sobre a cômoda junto à porta e fechou a porta atrás deles. Conduziu-a para a cama, puxou as cobertas e, depois que estava deitada, ajeitou os cobertores sobre ela. Parecia uma criança doente, os dedos agarrados à ponta dos cobertores, o rosto fitando-o tristemente: tão indefesa e frágil, tão confusa, tão pateticamente dependente, que — embora tivesse vontade de chorar por ela — sentia-se tomado de terror: sabia que não poderia ajudá-la, mas tinha que tentar.

Murmurou:

— Ele bateu em você, mamãe? Papai bateu em você?

Ela sacudiu a cabeça dizendo que não, arqueou a boca, estendeu o lábio inferior para a frente e começou a chorar.

— Mamãe, ele não bateu em você, bateu? Diga-me a verdade.

Seu rosto não demonstrava nenhuma evidência de ter sido agredida, mas isso não significava muito, Wade sabia. Ele poderia tê-la espancado em algum lugar que não aparecesse.

Ela tomou fôlego e disse num sussurro:

— Não. Não, há muito tempo que ele não faz mais isso. Ele parou... parou de fazer isso. Desde aquela vez... com você, quando bateu em você pela primeira vez. Ah, pobrezinho! — ela disse, recomeçando a chorar.

Wade disse:

— Ele nunca mais bateu em você desde aquele dia? E as outras crianças? Eu quase nunca estou em casa, você sabe.

— Vocês agora já são muito crescidos — disse ela.

— Não, estou falando de Rolfe e Lena. — Olhou para trás ansiosamente, para a porta fechada.

Ela sacudiu a cabeça.

— Não. Ele não faz mais isso.

— Tem certeza? — Wade não acreditava nela. — E esta noite?

Ela ergueu os olhos para ele e seus olhos marejaram de lágrimas outra vez.

— Eu pensei... eu estava com medo. Eu *pensei* que ele fosse começar com isso outra vez — disse. — Foi quando você chegou. Ele já estava com o punho levantado, ele ia me bater. Só porque...

eu estava transtornada, ele dizia coisas horríveis, coisas sobre mim. Sei que ele só fala assim por causa da bebida, eu não deveria reagir, mas não pude me conter, as coisas que ele dizia me feriam tanto, e aí comecei a chorar e a responder e isso ele não pode suportar. Que alguém revide. Questionando sua autoridade. Ele perde a cabeça.

— O que ele disse? — perguntou Wade e em seguida disse: — Não, não importa. Não quero saber. Ele está bêbado. Não importa o que ele tenha dito, não é? — Sorriu para ela e afagou suas mãos. — Tente dormir agora. Tudo terminou. Ele vai implicar com outra coisa e daqui a pouco estará gritando comigo por ter chegado tarde. Você vai ver — disse Wade e sorriu.

Afastou-se da cama de costas, ainda olhando para ela, apagou a luz, em seguida estendeu a mão para trás procurando a maçaneta, abriu a porta e saiu, fechando-a cuidadosamente, em silêncio, como se ela já tivesse adormecido. Olhou para seus irmãos pequenos e fez sinal com as mãos para que subissem e fossem para a cama. Melancolicamente, eles obedeceram e desapareceram.

Quando Wade retornou à cozinha, papai estava em pé junto à pia, examinando o copo cheio pela metade que tinha na mão como se tivesse visto uma rachadura nele.

— Está com os ouvidos cheios? — perguntou a Wade.

— O que quer dizer?

— "O que quer dizer?" Você sabe o que quero dizer. Está com os ouvidos cheios?

Wade parou do outro lado da mesa com os braços cruzados no peito. Disse:

— Ouça, papai, não me importa sobre o que vocês briguem, é problema de vocês. Eu só não quero...

— O quê? Você só não *quer* o quê? Diga-me. — Colocou o copo sobre a bancada da pia a seu lado e olhou fixamente para o filho. — Seu mijão — disse.

Wade respirou fundo.

— Acho que só não quero que você jamais bata nela outra vez.

Papai deu um passo à frente e disse:
— Acha. Você acha. — Deu um passo em direção à mesa, depois contornou-a pela direita e Wade rapidamente deslocou-se para a esquerda, até ficarem em posições opostas. Wade de costas para a pia da cozinha e seu pai do outro lado da mesa, de costas para a porta.
— Ela disse que bati nela? — perguntou Glenn. — Ela lhe disse isso?
— Não estou falando desta noite. Estou falando do futuro. E o passado não importa. Só isso — acrescentou Wade frouxamente. — O futuro.
— Está dizendo a *mim*? Está tentando dizer a *mim* do que devo ter medo? Acha que tenho medo de *você*? — Exibiu seus dentes grandes e fez um movimento rápido em direção a Wade. Quando Wade deu um salto, ele parou, cruzou os braços sobre o peito e riu.
— Porra — exclamou. — Que maricas.
Sem pensar, Wade estendeu a mão para o escorredor de louça atrás dele e sua mão agarrou, como se por vontade própria, o cabo de uma frigideira, pesada, preta, de ferro fundido. Ergueu-a do escorredor e girou-a, trazendo-a para a sua frente. As batidas do seu coração ressoavam nos seus ouvidos como um martelo batendo numa superfície de metal e ele ouviu a própria voz, alta e aguda, distante, dizer a seu pai:
— Se tocar em mim, ou em qualquer um de nós, eu o mato.
Seu pai disse calmamente:
— Puxa. — Soava como um homem que tivesse acabado de desamarrar o cordão do sapato.
— Estou falando sério. Eu o mato. — Levantou a frigideira na mão direita e manteve-a na altura do ombro, como uma raquete de pingue-pongue. De repente, sentiu-se ridículo.
Sem hesitar, papai contornou a mesa rapidamente, aproximou-se de seu filho e deu-lhe um soco direto no rosto, lançando o rapaz contra a bancada da pia e a frigideira ao chão. Agarrando-o pela gola da camisa, papai levantou-o e deu-lhe um segundo e um terceiro soco. Um quarto golpe pegou diretamente em sua fronte e arremessou-o ao longo da bancada

até o canto da cozinha, onde ele ficou parado com as mãos cobrindo o rosto.

— Venha! — desafiou papai, avançando sobre ele outra vez.
— Vamos, lute como um homem! Vamos, menino, vamos ver de que você é feito!

Wade afastou as mãos do rosto e encarou o pai, os olhos abertos, e gritou:

— Não sou feito do mesmo material que você!

E papai atingiu-o de novo, fazendo Wade bater com a cabeça na parede. Wade cobriu o rosto com as mãos outra vez e começou a chorar.

Papai virou-se com asco.

— Certamente não é mesmo — disse e dirigiu-se para a porta, onde voltou-se para Wade e acrescentou: — Da próxima vez que começar a dizer a seu pai o que ele deve fazer e o que não deve fazer, tenha certeza de poder sustentar o que diz, garoto. — Em seguida saiu, batendo a porta.

Wade deixou-se deslizar lentamente até o chão, onde ficou sentado com as pernas estendidas para a frente, a cabeça caída sobre um dos ombros, os braços abandonados no colo — um fantoche com os cordões cortados.

Era como estar dormindo, disse ele a Lillian, só que não estava realmente dormindo. Não sabe quanto tempo ficou ali no chão — horas, talvez — mas em determinado momento ouviu a *pickup* de seu pai entrar no quintal. Levantou-se do chão, as pernas trôpegas, e subiu rapidamente as escadas. Quando ouviu o pai entrar aos esbarrões na cozinha, Wade estava de pé no escuro no meio do seu quarto. Ouviu os movimentos descoordenados de um bêbado lá embaixo, ouviu-o finalmente entrar no quarto de tio Elbourne e fechar a porta. Depois, lentamente, o rosto queimando, Wade tirou a camisa e a calça *jeans*, o mocassim e as meias, e deitou na cama.

Lillian segurou as mãos dele em seu próprio rosto, como se quisesse que o rosto e a fronte dela absorvessem o ardor e o sofrimento que enchiam o rosto de Wade.

— Sua mãe o viu esta manhã? Ela sabe?
— Não. Saí cedo, antes que acordassem — disse. — Não quis que ela soubesse. Não queria que ninguém soubesse. Nem mesmo você.
— Ah, Wade. Por quê?
Ele começou a querer explicar e pronunciou a palavra "vergonha", mas quando ouviu a si mesmo dizendo aquela palavra, compreendeu que significava algo diferente para ela e, então, cerrou os lábios numa linha fina e sacudiu a cabeça de um lado para o outro.
— Já acabou, é só isso que importa. Eu só queria — disse —, eu só queria tê-lo matado quando tive a chance. Devia ter aberto a cabeça dele com aquela frigideira — disse.
— Por que não o fez? Por que não se defendeu? Você é maior do que ele.
Wade olhou para ela e retirou as mãos depressa, batendo-as no aro do volante.
— Não — disse. — Nunca me faça essa pergunta de novo. Você não compreende. Ninguém pode compreender. OK?
Ela disse:
— OK. Eu... eu sinto muito. Eu não quis...
— Nada de "sinto muito" ou "eu não quis". Apenas nunca mais me faça essa pergunta — disse ele, ligando o motor do velho Ford. Estendeu a mão e ligou o rádio, percorreu as emissoras de um lado para o outro por alguns segundos, até pegar a Burlington Station. Era uma canção das Supremes e ele não conseguia entender a letra, mas gostava da música, firme, rápida e clara, como um córrego na primavera, cheio com o degelo da neve.
Quando retornaram à cidade e pararam em frente à casa da tia de Lillian, já estava escuro.
— Quer entrar para jantar? — perguntou ela. — Sei que Tia Alma não...
Ele disse:
— Lillian. Não, puxa.
— Desculpe. Esqueci.

— Bem, eu não — disse ele. — Eu não posso. Nunca.
— Quis dizer, sobre sua aparência — disse ela. Estendeu a mão e novamente tocou suas faces e testa inchadas, delicadamente, como se verificasse a verdade de sua história tocando em seus ferimentos. Em seguida, desceu do carro e entrou em casa.

15

Em termos de forças sociais em jogo, em termos de nosso ambiente nativo, pode-se dizer que minha vida não foi diferente da vida de Wade. Fomos criados do mesmo modo, até eu sair de casa e ir para a universidade, onde, se não fui exatamente transplantado, me desenvolvi e floresci como se tivesse sido colocado ao sol, sob os cuidados de um jardineiro mais bondoso e mais talentoso do que qualquer um que já tivera até então. Desde essa época, no entanto, por causa da semelhança do começo de nossas vidas, cada pensamento, lembrança e sonho do meu irmão Wade traz consigo a pergunta dolorosa e sem resposta "Por que eu, meu Deus?". Por que eu e não Wade? Em meus sonhos com Wade, nas lembranças e pensamentos que tenho dele, somos intercambiáveis.

Afinal, eu não era nem mais nem menos adaptado do que Wade ao solo e ao clima de onde nós nascemos — solo escasso, pedregoso e fraco e um clima inóspito. Aos dezoito anos, eu era um líquen duro como ele e deveria ter murchado, deveria ter encarquilhado nas bordas e morrido na universidade, como ele acreditava que aconteceria com ele, razão pela qual nunca lhe ocorreu ir para a universidade quando tinha dezoito anos. E mais tarde, na próspera e elegante cidade em que vivo há quase uma década, eu deveria me tornar, como teria acontecido a Wade, meramente uma exibição curiosa de flora estranha em um museu local de história natural ou uma figura em um diorama mostrando a vida entre as pessoas menos favorecidas do norte. No entanto, aqui estou, um professor, nada menos, um verdadeiro pilar de uma comunidade privilegiada, membro de diversas instituições beneficentes e irmandades, hóspede bem-vindo nas casas coloniais brancas de médicos, dentistas, agentes imobiliários e revendedores de carros. Até freqüento a igreja regularmente. Episcopal.

Não faz sentido. E por isso a pergunta "Por que eu, meu Deus?" tem atormentado minha vida adulta. Faz com que eu me sinta permanente e universalmente deslocado, tanto aqui quanto no vilarejo de Lawford. Como se eu fosse chinês na Suíça ou galês no Brasil. Lutamos para mudar nossa posição na sociedade e tudo que conseguimos fazer é nos deslocar. Deveria ser uma questão simples: para isso esse país foi inventado — para mudar nossas vidas. Faça-se por si próprio, meu jovem. Suba na escala social, meu caro. Erga-se para a nata da sociedade, meu rapaz.

E de certa forma é simples se, como a maioria das pessoas, uma pessoa for inteligente, organizada e dinâmica. Sem dúvida, a maioria das pessoas da família Whitehouse possuía essas qualidades, especialmente as crianças. Afinal, todo ano milhares, talvez milhões, de bons cidadãos realmente mudam suas vidas para melhor, em termos de classe, exatamente como eu fiz e como meu irmão não fez. Da choupana para a presidência: é o nosso mito dominante. Vivemos de acordo com ele, geração após geração. Não olhe para trás, olhe para a frente. Mantenha os olhos no pardal, o ombro na roda, os pés no chão. Foi o que fiz; é como tenho vivido minha vida até aqui. É por isso que pergunto por que eu, meu Deus?

Por que candidatei-me à universidade, quando ninguém mais da minha turma de formandos do segundo grau aspirou a uma educação superior além dos cursos de cabeleireiro e solda oferecidos em Littleton? Elbourne e Charlie alistaram-se no exército. Wade, que era melhor aluno do que eu, após terminar o segundo grau simplesmente transformou seu emprego de verão com LaRiviere num emprego em tempo integral e considerou-se uma pessoa de sorte. Lena engravidou e casou. Mas eu deixei a casa de nossos pais de um modo radicalmente diferente dos meus irmãos e irmã, por motivos que ainda não consigo identificar. E quando cheguei à universidade e descobri que não sabia conversar, vestir ou comer de maneira aceitável, não sabia escrever, ler ou falar em classe, não sabia nem mesmo sorrir, por que suportei tanta inadequação e não voltei correndo para onde minhas incapacidades eram consideradas virtudes e habilidades? Se Wade tivesse chegado a se matricular, teria sido expulso em uma semana por brigar no refeitório ou teria rapidamente sido desligado por reprovação. Por que eu continuei, para a universidade em Boston, para o estudo de História — esse lugar em que ninguém mora, onde todos já estão mortos —, para me tornar professor, de todas as coisas, quando tudo que queria, tudo que quero agora, é ser deixado em paz? Não sou ambicioso, não sou intelectual, não sou nem mesmo extraordinariamente inteligente e não tenho nenhum dom especial. Então, por que eu, meu Deus?

Eu fazia essa pergunta, é claro, sempre que via Wade ou quando ele me telefonava. Mas também a faço quando me vejo sentado à mesa de jantar, ao lado de uma poeta solteira e atraente de Chicago com um interessante corte de cabelo moderno, que está visitando sua irmã mais velha, que vem a ser a mulher do meu oftalmologista, um homem que não conhece ninguém mais adequado como companhia para um jantar para sua cunhada do que eu. E me faço essa pergunta no meio do estacionamento da escola secundária, enquanto observo os alunos bem asseados e bem nutridos, vestidos e penteados com esmero, amontoarem-se em seus novos carros japoneses e viajar para as praias, estações de esqui e danceterias. Faço-a quando leio no jornal da manhã mais um caso de morte de uma criança nas mãos do namorado bêbado da mãe. Faço-a quando saio para os arredores da cidade, onde as colinas e as florestas começam, dou a volta em meu carro e retorno à cidade outra vez. Porque eu e não Wade — e por que Wade e não eu?

É deprimente, ao menos para mim, alongar-me nessas questões, e também perturbador. Afinal, essa não é a minha história, mas a de Wade. Sou apenas a testemunha, o compilador; sou o investigador e o cronista; e devo continuar meu trabalho.

Quando vimos Wade pela última vez, ele havia deixado a cama quente de Margie e estava limpando a neve das ruas ao amanhecer de um domingo. Sem dúvida você já terá percebido a essa altura que geralmente o deixamos lá, empoleirado em cima da aplainadora, a neve soprando em seu rosto, sonhando com seu passado ou seu futuro, vagando em uma onda de sentimentos que o leva para longe de sua vida atual. Essa é uma de suas características básicas, talvez emblemática. Ele é solitário e, embora pertença à cidade e desempenhe um papel essencial em sua vida, não está exatamente na cidade, não está cuidando dos seus afazeres atentamente como todos os demais. Gordon LaRiviere, de pijamas, está sentado à mesa da cozinha tomando café e verificando o saldo de seu talão de cheques pessoal, enquanto sua mulher dorme. Alma Pittman está vestida, preparando um bule de chá e imaginando se ainda é muito cedo para ir a Littleton comprar cartões de Natal. Ela gosta de já tê-los prontos para serem despachados pelo correio, para todos os contribuintes da cidade, logo no dia seguinte ao Dia de Ação de Graças. Chub Merritt já está na garagem, deitado de costas sob o caminhão de Hank Lank, consertando um vazamento de óleo. Nick Wickman abriu o restaurante e seus primeiros fregueses, dois caçadores de veado de Manchester, acabaram de tirar seus casacos cor de laranja e de sentar-se no balcão, esfregando energicamente as mãos frias. Enquanto no extremo norte da cidade, na velha casa cheia de correntes de ar, que ela aluga dos pais de seu ex-marido, Margie Fogg, nua, permanece deitada na cama, considerando a sugestão de Wade de que se casassem.

Ela mora sozinha nessa casa há quase cinco anos, mas viveu ali com seu marido, Harvey, e os pais dele durante os cinco anos anteriores também. Quiseram filhos, ela e Harvey, mas não conseguiram conceber, e quiseram sua própria casa. Mas Harvey era um carpinteiro sem muito trabalho e ela trabalhava em meioexpediente na época, pintando fotografias de bebês e formandos para um estúdio fotográfico de Littleton. Parecia que nunca conseguiam juntar dinheiro suficiente para dar entrada em uma casa. Então, Harvey apaixonou-se por uma garçonete de 22 anos da Toby's Inn e deixou Margie para viver com a garçonete e seus dois filhos pequenos em um *trailer* na rota 29. Seis meses depois, ela teve um filho. Os pais de Harvey ficaram com pena de Margie e envergonhados pela atitude do filho. Assim, deixaram Margie continuar morando na casa e quando resolveram mudar-se para um retiro próximo a Lakeland, na Flórida, fizeram uma segunda hipoteca na casa e deixaram Margie fazer os pagamentos ao banco em forma de aluguel.

Não foi um mau negócio, mas Margie não se sentia feliz na casa enorme e velha, uma casa colonial em mau estado, que piorava a cada ano, conforme a pintura descascava, as persianas caíam, as tabuinhas do telhado eram levadas pelo vento e o sistema de aquecimento quebrava. Ela mandou pintar os aposentos do térreo e trancou o segundo andar, para não ter de aquecê-lo no inverno nem continuar dormindo no mesmo quarto que compartilhara com o marido. O fato de tê-la abandonado pela garçonete não a afetou tanto quanto seus sogros supunham. Harvey era um homem inseguro e fanfarrão e, desde o início, o relacionamento sexual dos dois fora no mínimo problemático. Ele queria filhos, "uma verdadeira família", como ele dizia, culpando-a por não produzirem nenhum. Em conseqüência, tratava-a como se ela o estivesse privando de um direito essencial. Isso o tornava prepotente e sarcástico, enchia-o de autocomiseração, o que a entristecia: lembrava-se de Harvey Fogg quando adolescente, magro, tímido e ansioso para agradar, surpreso e nervosamente apaixonado quando, aos dezenove anos, descobriu que ela o amava e casou-se com ela por isso.

Então, um ano antes de Harvey deixá-la, Wade entrara em sua vida — um pouco. Ela não tivera a intenção, nem esperava que isso acontecesse, mas haviam se tornado o tipo de amigos ligados por casamentos infelizes — podiam conversar um com o outro como não podiam conversar com mais ninguém sobre a dor que seus casamentos lhes causava — e por alguns meses mantiveram um caso nervoso e perturbado, até que ambos resolveram tentar salvar seus casamentos e terminaram o relacionamento. Não estavam apaixonados um pelo outro e sabiam disso. Wade era apaixonado por Lillian, pensava: já se divorciara dela uma vez e casara-se com ela novamente. Além disso, agora tinham Jill. E Margie, secretamente, amava apenas sua lembrança de Harvey quando adolescente. Às vezes, receava que o único homem que poderia amar seria um adolescente, tímido e frágil, desajeitado em sua paixão e francamente constrangido por ela. Sentia-se cada vez mais atraída pelos garotos que iam ao restaurante e, embora disfarçasse seu interesse neles, não podia deixar de demorar-se em suas mesas, conversando e pilheriando, zombando de suas roupas ou seus cabelos, de suas doces pretensões masculinas. Os rapazes a viam de um jeito maternal, mas ainda jovem e sensual, e flertavam com ela como gostariam de flertar com as garotas de sua própria idade ou com suas mães. Diziam-lhe coisas que combinavam ternura e bravata e ela os fazia sentir-se brilhantes.

Mais tarde, quando seus cônjuges os haviam deixado, Margie e Wade gradualmente retomaram sua antiga amizade e o sexo, agora lícito, era fácil e generoso, sem a efervescente ansiedade de antes. Mais ou menos uma vez por semana, dormiam juntos, sempre na cama dela. Para Wade, não era como fora com Lillian, carregado de mistério e em geral capaz de surpreendê-lo com os pensamentos que provocava. Ao invés, era o que ele presumia que o sexo fosse para a maioria das pessoas. Para Margie, fazer amor com Wade era ligeiramente enfadonho, mas necessário, e sempre a fazia sentir-se bem depois, como um exercício.

Casar-se com Wade, entretanto, era algo sobre o qual nunca pensara, em todos os anos em que o conhecera, o que poderia parecer estranho: era solteira, com quase quarenta anos, numa cidade onde uma mulher nessas condições era suspeita, e Wade era o único homem da cidade de cuja companhia gostava. Wade era inteligente, todos sabiam disso, bastante atraente, sabia ser divertido quando queria e era trabalhador, embora não ganhasse muito, além do que uma boa parte ia para sua ex-mulher. Bebia demais, é verdade, mas a maioria dos homens o fazia, especialmente homens infelizes e descasados. E tinha uma reputação de violência, seus repentinos acessos de raiva. Mas a maioria dos homens infelizes e descasados que conhecia tinha a mesma reputação: parecia ser inerente à região. Eram homens desconectados, separados do que os acalmava — um lar, filhos, uma mulher amorosa e leal, que os reconfortasse e animasse quando todas as outras pessoas os tratavam como se fossem inúteis e dispensáveis. Claro, Wade possuíra tudo isso um dia e, ainda assim, fora violento, não na Toby's Inn, como agora, mas pior, em casa, contra sua própria mulher. Lembre-se, Margie pensou, Wade Whitehouse bate em mulher.

Sabia-se, por boato e suspeita, como geralmente acontece numa cidade pequena, sem que os envolvidos contassem a ninguém. A mãe de Lillian morava em Littleton com seu segundo marido e as pessoas lembravam-se de que, quando Lillian era casada com Wade, ela o deixara várias vezes por uma ou duas semanas e fora ficar com sua mãe. E as pessoas sabiam que houve outras três ou quatro vezes em que ela e Jill deixaram a casa que compartilhavam com Wade e passaram a noite na cidade, na casa de Alma Pittman. Mais tarde, depois de retornar para casa, quando aparecia em público com o marido, Lillian agia como uma prisioneira de guerra — respeitosa, mas tristonha, lenta, cautelosa: a maioria das pessoas, embora não o diga e talvez nem mesmo pense nisso, associa esse tipo de comportamento em mulheres à violência doméstica. E quando Wade e Lillian divorciaram-se pela segunda vez, chegaram rumores de Littleton, rumores provavelmente iniciados pelo advogado de Wade, Bob Chagnon, que o motivo de Wade ter sido condenado a pagar uma pensão pesada para a filha e ter perdido a casa para Lillian, além de só poder ver a filha uma vez por mês, foi porque ele admitiu ter perdido a cabeça em diversas ocasiões e espancado sua mulher. Wade poderia ter negado: ela não tinha provas. Não havia nenhum registro médico a ser citado e Alma recusava-se a se envolver em problemas conjugais, como ela colocou. Sua mãe, afinal, era sua mãe e Lillian resolvera poupá-la da dor de ter que dizer em público o que sua filha lhe revelara com vergonha em particular. Jill, é claro, era pequena demais para prestar depoimento. Felizmente para todos, Wade simplesmente colocou o pescoço no laço e confessou que, sim, no calor da discussão, a agredira. As pessoas sacudiram a cabeça tristemente quando souberam disso, mas compreenderam: Lillian era uma mulher difícil, uma mulher exigente e inteligente com uma língua ferina, uma mulher que fazia a maioria das pessoas sentir que se achava superior a elas e, sem dúvida, fazia Wade sentir-se assim também. Um homem nunca deveria bater na mulher, mas às vezes era compreensível. Certo? Acontece, não é? Acontece.

Margie concordava. Lillian era uma mulher exigente e Wade um homem teimoso: não era de admirar que chegassem aos tapas. No entanto, Margie não era exigente. Além do mais, isso fora naquela época e agora é agora. Aquela era Lillian Pittman e ela era Marjorie Fogg. Não eram intercambiáveis. Wade jamais bateria *nela*.

Quanto à bebida, Margie acreditava que fosse irrelevante e, além do mais, se ele tivesse uma boa mulher para a qual voltar ao final do dia, não ficaria à toa na Toby's Inn depois do trabalho, até altas horas, com jovens como Jack Hewitt e Hettie Rodgers. Ao invés disso, estaria em casa contando piadas a Margie durante o jantar, depois vendo televisão com ela e fazendo amor com ela na cama antes de adormecer pacificamente. Portanto, *era* possível que ela e Wade tivessem uma vida feliz juntos, certamente uma vida mais feliz do que a que tinham agora.

Naquele domingo à tarde, saíram juntos para visitar Glenn e Sally Whitehouse, nossos pais. Parara de nevar, o céu estava claro e azul, a neve ofuscante de tão branca e caindo das árvores em leques, à medida que a temperatura subia. A floresta estalava com o som de disparos distantes.

A velha casa dos Whitehouse, como ainda é conhecida em Lawford, fica a menos de sete quilômetros da cidade, na estrada de Parker Mountain, e Wade raramente ia lá. Esperava ver mamãe e papai de vez em quando, por acaso, na cidade, nas reuniões da prefeitura, na loja Golden's ou no correio. Era o suficiente, achava, para mantê-lo em contato com eles e, além do mais, eles nunca realmente o convidavam para uma visita, como também não me convidavam.

Sabiam, após anos de desculpas para não irmos, que era melhor não convidar mais. Quando os filhos dos Whitehouse saem de casa, ainda que apenas para mudar-se para o fim da rua, não querem mais voltar. Nossa mãe sabia a razão, mas papai não. Sempre me perguntei se ela o odiava por ter afastado os filhos para longe. Também me ocorria que talvez ele só fizesse o que ela queria que ele fizesse. Naturalmente, nunca falei sobre isso com Wade ou com Lena.

Wade saiu da rua limpa de neve, entrou no caminho cheio de neve que levava à casa e estacionou o carro perto da varanda lateral. A casa parecia abandonada, fechada, como se ali não morasse mais ninguém. Não havia marcas frescas de pneus ou pegadas na neve que levava à rua. As janelas estavam escuras, parcialmente cobertas com folhas oscilantes de poliuretano.

Wade saiu do carro e inspirou, mas não sentiu cheiro de lenha queimando. Margie saltou, olhou para a casa por um segundo e disse:

— Tem certeza de que estão em casa? Você telefonou?

— Não. Mas a *pickup* está aqui — observou, apontando para o veículo coberto de neve, estacionado ao lado da casa. — Parece que permaneceram em casa desde que a neve começou a cair. — Com o rosto contraído de preocupação, dirigiu-se para a porta da varanda.

Bateram os pés ruidosamente no assoalho da varanda, Wade segurou a maçaneta e puxou, mas a porta não abria.

— Que diabos está acontecendo? — exclamou.

— O que houve?

— A porta está trancada. É estranho. — Tentou novamente, mas a porta não cedeu. Afastou-se para o lado, colocou as mãos em concha em torno do rosto e espreitou pela janela que dava para a varanda, para dentro da cozinha às escuras, onde tudo parecia normal — alguns pratos sujos na pia, bule de café sobre o fogão, o calendário do posto Shell de Merritt na parede, marcando novembro.

Margie colocou-se a seu lado, olhou para dentro da cozinha e perguntou:
— Acha que estão bem?
— Claro que sim! — retrucou ele. — Eu saberia.
— Como?
— Sei lá, pelo amor de Deus! — disse, retornando à porta e batendo com força. Em silêncio, Margie veio e ficou atrás dele. Após alguns segundos, ouviram a porta ser finalmente destrancada e, quando foi aberta, viram papai de pé na escuridão do aposento, um ar perplexo no rosto, como se não reconhecesse seu filho. Usava camiseta de baixo comprida, calças de lã manchadas, seguras por suspensórios verdes, e calçava um par de chinelos velhos, sem meias. Os cabelos ralos e brancos estavam desgrenhados e seu rosto pálido e sem barbear. Parecia velho e frágil e não disse nada a Wade, apenas virou-se e afastou-se da porta aberta arrastando os pés, em direção ao fogão. Abaixou-se e abriu-o, como se verificasse o fogo.
— Papai? — disse Wade da porta. — Papai, você está bem?
O velho não respondeu. Bateu a porta do fogão frio, fechando-o, e caminhou lentamente para o caixote de lenha, de onde começou a tirar uma porção de jornais velhos e vários gravetos para acender o fogo. Wade olhou para Margie e cerrou os lábios sobre os dentes, fez um sinal com a cabeça para que ela entrasse à sua frente e os dois entraram e fecharam a porta.
Silenciosamente, papai acendeu o fogo, enquanto Wade e Margie observavam, sua respiração enrolando-se em pequenas nuvens diante deles. A cozinha estava tão fria quanto do lado de fora, mas escura, e conseqüentemente parecendo ainda mais fria.
— Puxa, papai, como pode suportar esse frio, vestido assim?
O velho não respondeu.
Wade olhou para a sala e não viu nada fora do lugar; a porta do quarto, entretanto, estava fechada.
— Onde está mamãe? — perguntou Wade.
Papai acendeu um fósforo em cima do fogão e iniciou o fogo, depois empertigou-se rigidamente e pela primeira vez olhou para seu filho e para a mulher que estava com ele.

— Dormindo — disse.

Wade abriu o zíper de seu casaco, mas não o tirou. Arrastando uma cadeira de perto da mesa, sentou-se e cruzou uma das pernas casualmente em cima da outra.

— Essa é Margie Fogg, papai. Lembra-se dela, não?

Papai olhou-a firmemente por um segundo.

— Sim. Do Wickham's — disse. — Já faz tempo.

Margie atravessou a cozinha e apertou a mão de papai, mas o olhar dele havia se afastado dela e parecia focalizado em algum ponto na sala do outro lado.

— Quer chá ou café? — falou inadvertidamente, como se de repente tivesse percebido que estavam no aposento com ele. — Ou uma cerveja?

Como se brincasse, Wade riu ligeiramente e disse:

— O que eu gostaria é saber como você e mamãe estão indo. Há tempos que não vejo vocês na cidade e fiquei preocupado. — Sua voz era alta e tensa, como sempre quando falava com o pai.

— Ah. Bem, estamos bem, acho. Sua mãe está bem. Está dormindo. Quer que eu a chame? — perguntou.

Wade disse que sim e o velho saiu da cozinha arrastando os pés. Rapidamente, Margie aproximou-se do fogão e estendeu as mãos, enquanto o fogo estalava e crepitava em meio aos gravetos. Ela abriu o zíper do casaco, depois mudou de idéia e fechou-o outra vez. Wade pegou um pedaço de lenha mais grossa do caixote, atirou-o no fogão e ficou parado junto a ela.

— Puxa — murmurou.

Margie não disse nada. Podia ver que Wade estava assustado, mas sabia que não queria admitir.

— Esta casa. Muitas lembranças associadas a esta casa. Quase nada mudou, acredite. Exceto que está ficando cada vez mais decrépita. Eles estão velhos demais para esta casa — disse.

Em seguida, papai voltou, sozinho. A porta do quarto ainda estava fechada.

— Onde está mamãe? — perguntou Wade, a voz alta e tensa novamente, como a de um adolescente assustado.

— Está vindo. Eu disse a ela que vocês estavam aqui.

O velho pegou o bule de café no fogão, lavou-o na pia, manipulando-o desajeitadamente, como se não estivesse familiarizado com suas partes e seu formato.

— Vamos, Sr. Whitehouse, deixe que eu faço isso — disse Margie, tirando o bule de suas mãos nodosas e procedendo rapidamente à sua limpeza. Papai recuou, hesitou um instante, depois trouxe-lhe uma lata de café, colocando-a a seu lado, no escorredor de louça, onde havia uma garrafa de Canadian Club pela metade.

O tempo foi passando e mamãe não aparecia. Margie colocou o café para coar, lavou os poucos pratos sujos que havia na pia e colocou quatro xícaras na mesa. Wade fumava um cigarro e andava ansiosamente de um lado para o outro da cozinha, da janela para a porta da sala e de volta à mesa, onde se sentava por um instante para levantar-se outra vez logo em seguida. Ele e papai não conversaram um com o outro, mas Margie preencheu o silêncio fazendo algumas perguntas ao velho, que ele respondia devagar e imprecisamente.

— Como têm aquecido a casa? — indagou, como por mera curiosidade. — Certamente não apenas com este fogão.

— Não. Há uma fornalha.

— Não a está usando hoje? Está terrivelmente frio aqui dentro, não acha?

— Sim. Está... quebrada, acho. Não funcionou ontem à noite. Há um aquecedor elétrico no quarto.

— Talvez Wade possa dar uma olhada na fornalha — sugeriu Margie. — Está bem? Seus canos de água vão congelar. Tem sorte de ainda não terem congelado.

— Sim. Está bem.

— Wade — disse Margie —, poderia fazer isso? Verificar a fornalha? Eles não deviam estar aqui apenas com esse fogão.

Wade olhou para ela como se não tivesse ouvido e disse:

— Sim, claro. Ouça, papai, vou ver se mamãe está bem — disse de repente, dirigindo-se para a porta. Detestava o som de sua voz. Papai levantou a mão, como se quisesse impedi-lo, deixando-a cair em seguida, lentamente, ao lado do corpo, enquanto Wade saía.

Wade hesitou por um instante na soleira da porta, depois atravessou a sala até o quarto, onde parou por um segundo e bateu de leve na porta. Disse, a voz quase um sussurro:

— Mamãe? É Wade. Posso entrar?

Não houve resposta. Margie seguiu-o e parou na soleira da porta entre a cozinha e a sala, enquanto, atrás dela, papai tinha os olhos abaixados para o fogão, as mãos enfiadas nos bolsos.

Wade abriu uma fresta da porta devagar e viu que o quarto estava escuro. Estava frio e úmido como uma caverna e sua respiração formava rolos de vapor à sua frente. Os anteparos da janela estavam abaixados, mas ele podia divisar os móveis, nos mesmos lugares onde sempre estiveram — a cama de casal vergada no meio, encostada na parede em frente a ele, as mesinhas-de-cabeceira e abajures ao lado, as cômodas velhas, altas e abarrotadas, que pertenceram ao tio Elbourne, a mesa e a cadeira de costura de Sally junto à janela. Espalhados pelo assoalho, várias peças de roupa, os sapatos e o roupão encardido de Glenn, o cardigã de Sally e, no chão, perto da cadeira de costura, um cinzeiro de vidro transbordando de cinzas e tocos de cigarro, uma garrafa marrom e um copo com dois dedos de uísque.

Wade podia ver mamãe na cama, do lado próximo à parede, onde ela sempre dormia, coberta com um monte de cobertores. Ele caminhou até o pé da cama e olhou para ela. Estava deitada de lado, de costas para ele, e tudo que podia divisar era o contorno de seu corpo, mas sabia que ela estava morta. Pensou nas palavras *Mamãe está morta* — quando de repente ouviu um estalido e um zumbido forte no chão a seu lado. Deu um salto, como se assustado por um cão de guarda rosnando. Era o ventilador de um pequeno aquecedor elétrico entrando em operação, as espirais das molas começaram a brilhar como malignos sorrisos vermelhos atrás do ventilador e um vento quente soprou em seus tornozelos.

Afastando-se cuidadosamente do objeto, caminhou até a cabeceira da cama, onde podia ver a mulher claramente. Debaixo de uma montanha de cobertores e mantas, ela usava seu casaco de lã sobre a camisola de flanela e estava deitada de lado, encolhida, como uma criança, as mãos minúsculas enfiadas nas luvas, fechadas e junto à garganta, como numa prece desesperada. Seus olhos estavam fechados e a boca ligeiramente aberta. A pele estava branca como giz e com aspecto ressequido, quase um pó, como se fosse se desfazer ao menor toque. Seu corpo parecia mais uma casca leve do que o corpo de um ser humano, incapaz de agüentar o peso dos cobertores que o cobriam até os ombros e pulsos.

— Ah, meu Deus — murmurou Wade. — Ah, meu Deus.

Aproximou-se e sentou-se no chão, as pernas cruzadas, como um menino, de frente para ela.

Margie parou na porta, observando em silêncio, compreendendo instantaneamente o que ocorria. O quarto estava gelado e ela podia ver sua própria respiração. Compreendeu que a mulher morrera de frio na cama. Fechou a porta e caminhou lentamente de volta à cozinha, onde papai continuava parado, fitando o fogão.

— O café está pronto — disse ele em voz baixa.

Margie apanhou um pegador de panela, tirou o bule do fogão e encheu uma xícara para si mesma e outra para papai. Ao entregar-lhe a xícara, disse:

— Sr. Whitehouse, quando ela morreu?

Segurando a xícara fumegante nas mãos trêmulas, ele ergueu o olhar, como se estivesse confuso com a pergunta.

— Morreu? Não sei — disse. — Ela está morta, então.

— Está.

— Eu não estava lá, fiquei aqui a maior parte do tempo. Estava nevando, fazia frio, e a fornalha não pegava.

— Foi ver como ela estava?

— Sim, fui verificar. Mas ela estava dormindo. Ela estava com o aquecedor elétrico lá dentro e tinha o fogão de lenha aqui, portanto não estava tão frio assim. Mas o frio não me incomoda tanto quanto a ela. Por isso é que eu lhe dei o aquecedor elétrico.

— Tem um telefone? — Ela olhou em torno da cozinha.

— Sim. Na sala. — Apontou debilmente para a porta.

— Bem, por que não chamou alguém para consertar a fornalha? Wade ou outra pessoa?

— Wade — o homem disse, como se fosse o nome de um estranho. — Achei que ela estava bem — continuou. — Achava até hoje de manhã que ela estava bem. Eu estava... eu adormeci aqui, depois acordei e fui ao banheiro, mas ela não acordou. Assim, fiquei sentado lá com ela durante muito tempo. Até você e Wade chegarem. — Puxou uma cadeira da mesa com a ponta do pé, sentou-se e tomou ruidosamente um gole de seu café.

— Está triste, Sr. Whitehouse? — perguntou Margie.

Ele olhou para seu café.

— Triste. Sim. Triste. Queria, queria que fosse eu quem estivesse lá dentro. — Colocou a xícara sobre a mesa e apoiou as mãos grandes e vermelhas sobre os joelhos. — Isso é que me deixa triste. Eu é quem deveria ter morrido congelado.

Margie virou-se, caminhou até a pia e colocou a xícara e o pires no escorredor. Pegou a garrafa de Canadian Club e um copo, levou-os para a mesa e colocou-os ao lado dele.

— Você tem razão — disse com firmeza. Em seguida, deixou-o sozinho na cozinha e entrou na sala, à procura do telefone.

16

O dia do funeral foi quase primaveril: levantava-se de manhã cedo, ia-se até a janela, abria-a, tentava ouvir, em vão, o canto dos pássaros e escrutinava-se as árvores nuas à procura de brotos. A linha da neve atravessava New Hampshire de oeste para leste perto de Manchester, um terço do estado na direção norte, e à medida que a temperatura subia, a linha recuava para o norte até perto de Concord, onde finalmente assentava-se durante o dia sobre a neve profunda demais para derreter rapidamente.

Nas florestas e nos campos de ambos os lados da interestadual, a neve tornava-se mais espessa, amaciava e ficava mais compacta sob o peso do seu próprio degelo, dificultando a atividade dos caçadores de veados, os retardatários e os persistentes, que ainda não haviam abatido seu veado. Ao norte de Concord e oeste do Merrimack Valley, a terra erguia-se gradualmente em montes corcundas e poucas casas e fazendas eram visíveis da auto-estrada. Agora, apenas ocasionalmente, pelas torres das igrejas despontando acima das copas das árvores, é que alguém poderia inferir de seu carro a presença de pequenas vilas, como Warner e Andover, com uma loja de suvenires do norte do país, um motel e um posto de gasolina amontoados nos raros trevos e saídas rodoviários. É uma região pobre e solitária, mas inegavelmente bela; no entanto, apesar de sua beleza, há uma excesso de loucura e desespero naqueles povoados e vilarejos. Tanta privação e tanta beleza natural combinam-se em uma vida inacreditavelmente triste e tempestuosa para um estranho.

Conforme eu dirigia para Lawford naquela inesperadamente cálida manhã de novembro, refletia não tanto sobre a morte de nossa mãe quanto sobre o fato de Wade ter decidido incluir em seu comunicado da morte o anúncio de seu próximo casamento com Margie Fogg, a quem naquela época eu ainda não conhecia. Quando ele me disse pelo telefone que nossa mãe falecera, eu me senti fugir e depois fiquei me observando enquanto o fazia. Fugi para um local de segurança onde havia vivido, às vezes me parecia, a maior parte da minha infância e adolescência e onde, sempre fora claro para mim, Wade nunca fora. Se eu vivia a maior parte do tempo com uma conexão com a vida apenas frágil e tangencial e sempre experimental, Wade vivia quase inteiramente lá fora em sua própria pele, sem nenhum espaço interior onde pudesse se refugiar, mesmo durante uma crise ou em uma época de estresse ou conflito emocional. Talvez fôssemos apenas imagens um do outro refletidas no espelho, nossos estilos de vida opostos versões interligadas da mesma acomodação radical a uma realidade intolerável. Era como se, sob a pele de Wade, não houvesse nada senão rocha bruta, um planeta inteiro sólido até o âmago e que não podia ser penetrado pela consciência; enquanto sob a minha, havia apenas espaço vazio, onde podia-se rolar, rolar sem parar em um mergulho em direção a uma estrela negra, fria e distante. Para longe, longe — e livre, livre.

Wade telefonou-me, como sempre, tarde da noite. Mesmo antes de atender o telefone, eu sabia que era ele — ninguém mais me telefona àquela hora — e estava pronto para ouvir mais um capítulo de uma ou duas de suas sagas atuais, pelas quais agora, como disse, eu estava mais do que casualmente interessado. Havia provavelmente uma terceira história que conectava as duas primeiras, mas principalmente havia a história policial referente à morte de Evan Twombley e havia o melodrama familiar sobre a briga de Wade com Lillian pela custódia de Jill.

Mas não desta vez. Wade estava contando uma história diferente essa noite, ou assim me pareceu, uma história em que eu mesmo era um personagem, pois ele me telefonara para me contar que naquela manhã bem cedo ou em algum momento da noite passada nossa mãe falecera. Ele descobrira o corpo quando fora visitar nossos pais com Margie Fogg. Papai estava bem, mas um pouco alheio, disse-me. Pior do que o normal, talvez, embora não mais bêbado do que o normal.

Naturalmente, eu quis saber os detalhes e ele os forneceu, a voz cada vez mais fina à medida que falava, como se a ligação estivesse caindo. Falava rapidamente e eu mal conseguia compreender o que ele me dizia, de qualquer modo, mas estava me afastando rapidamente, o que tornava as coisas ainda piores. Eu estava em minha velha queda livre, perdendo contato, e logo estaria no espaço profundo, incapaz de ouvir qualquer voz humana ou perceber as emoções de qualquer pessoa, nem mesmo as minhas. Eu o ouvi dizer alguma coisa urgente e ligeiramente, quase inadequadamente, alegre em relação à sua amiga Margie Fogg, a velha casa e papai, e depois ele mencionou o funeral. Ouvi a palavra, funeral, e algumas frases sobre nossa irmã Lena, mas agora suas palavras chegavam até mim de uma distância muito maior e mais rapidamente, como sinais eletrônicos piscando em uma tela, depois nada restou senão ruídos de estática e, finalmente nem mesmo isso. Silêncio, exceto pelo vento frio que soprava através de milhões de quilômetros de espaço vazio.

Somente depois — meses depois, na verdade — é que reuni informações suficientes para entender o que, em suas observações a respeito de Margie, da velha casa e de papai, Wade tentava descrever para mim. Naquela tarde de domingo lá em casa, Margie telefonara para o departamento de bombeiros e o veículo de emergências — uma caminhonete Dodge enferrujada, de cinco anos de idade, equipada com oxigênio, talas, ataduras e plasma, e conduzida por Jimmy Dame, acompanhado de Hector Eastman — vieram às pressas do quartel do corpo de bombeiros de Lawford. Os dois disseram a Wade e Margie que se afastassem e primeiro tentaram ressuscitação boca-a-boca, como haviam sido treinados para fazer, depois rapidamente desistiram e levaram mamãe de maca para a caminhonete, partindo em seguida para o Littleton Hospital, onde ela poderia ser oficialmente declarada morta. Causa da morte: hipotermia. Hora da morte: entre uma e sete da manhã, domingo, 2 de novembro.

Depois que o corpo de mamãe já havia sido levado, Wade lentamente recuperou-se. Papai não se levantou nenhuma vez de sua cadeira na cozinha e o tempo inteiro continuou bebendo uísque, um centímetro de cada vez no copo. Margie manteve-se distante do velho e tentou consolar Wade, o que, estranhamente, não foi difícil. Ele disse:

— Eu sabia no instante em que estacionei o carro que havia alguma coisa errada e a única coisa que podia imaginar é que mamãe estivesse morta. Não sei por que, mas era a única coisa que eu conseguia imaginar.

Ele e Margie estavam sentados lado a lado no afundado sofá verde da sala, o olho morto da televisão fitando-os. O aposento ainda estava frio, apesar do fogo no fogão na cozinha, e eles continuavam vestidos com seus casacos.

— É como se eu quase já o esperasse — continuou. — Então, quando entrei no quarto e a vi assim, não fiquei surpreso nem chocado! É estranho, não é?

Ela disse que sim, mas às vezes as pessoas têm premonições desse tipo. Portanto, sim, disse ela, era estranho, mas não incomum. Afagava as costas dele em círculos lentos pelos seus ombros, como se ele fosse uma criança, e repousava a outra mão ternamente em seu joelho, imaginando o que realmente se passaria pela cabeça de Wade. Suas relações familiares, tinha certeza, eram muito diferentes das dela. Para ela, Wade parecia intensamente envolvido com vários membros da família, mesmo com seu pai, ao passo que ela não. Sua irmã mais nova, que ela achava ser lésbica, estava na Marinha e baseada nas Filipinas. Seu irmão mais velho administrava uma locadora de vídeos em Catamount e tinha mulher e sete filhos que o mantinham ocupado demais para participar de sua vida de qualquer maneira regular. Uma vez que seus pais ainda eram vivos e moravam em Littleton, não sabia realmente o que Wade estava sentindo sobre a morte de sua mãe, mas meu Deus, devia ser horrível. Sua mãe, a quem ela não via mais (sofria de mal de Alzheimer e há anos não reconhecia Margie), vivia em um velho motel convertido em clínica de idosos e financiado pelo estado; seu pai, a quem ela zelosamente visitava uma vez por mês, vivia sozinho em um apartamento pequeno, escuro e sujo do edifício público Knights of Columbus e passava grande parte do tempo no hospital dos veteranos de guerra em Manchester. Fora um fumante inveterado durante toda a sua vida e perdera um dos pulmões de câncer, mas continuava fumando e tossindo a cada três respirações. Margie sabia que dentro de pouco tempo um deles ou ambos morreriam e perguntava-se o que sentiria então. Abandonada? Aliviada? Com raiva? Os três, provavelmente. Talvez fosse assim que Wade sentia-se hoje e talvez por isso parecesse não sentir nenhum dos três. Você deve sentir-se amedrontado também, concluiu, apavorada — porque quando seus pais morrem, você sabe que, mesmo que consiga ultrapassar os setenta, você é o próximo. É como Wade parecia estar se sentindo, agora que pensara nisso — amedrontado. Deve misturar-se à dor do luto, essa mistura carregada de abandono, alívio e raiva, que sem dúvida vinha mais tarde, quando você estivesse acostumado à idéia de ser o próximo a morrer.

— Acho que sou eu quem tem de tomar conta das coisas agora — disse Wade. — Sendo o mais velho e mais disponível.

— Que coisas?

— O enterro. Chamar as pessoas, Rolfe, Lena e os outros. E papai. Tenho que fazer alguma coisa a respeito de papai — disse, virando-se no sofá e espreitando o velho na cozinha, o qual parecia perdido em seus pensamentos ou sem pensamentos — apenas contava os segundos até sentir que já era hora de tomar mais um gole de uísque. Sessenta e um, sessenta e dois, sessenta e três... — Depois que os filhos saíram de casa e ele teve que se aposentar, por causa da bebida, acho, ele passou a ser problema da mamãe. Agora... bem, agora acho que é meu problema.

— Ele é um problema, sem dúvida — disse Margie.

Wade acendeu um cigarro e tragou profundamente.

— Eu acho — disse, a testa franzida, enquanto fitava pensativamente o cigarro queimando em suas mãos —, eu acho que talvez eu devesse mudar-me aqui para esta casa. Colocar o *trailer* à venda. Vou precisar de algum dinheiro que não tenho para essa ação da custódia, você sabe. E papai não tem condições de morar aqui sozinho.

Margie disse:

— Ele não é uma pessoa fácil de lidar, Wade. Especialmente com você.

— Ele está velho. E, puxa, olhe para ele, está acabado. Mas dê-lhe uma garrafa, coloque-o junto ao fogo ou diante de uma televisão e ele estará bem. Posso me mudar para o andar de cima, ajeitar um pouco a casa, limpar e pintar, colocar a fornalha para funcionar e assim por diante. Você sabe. Torná-la habitável. — Essa imagem em sua cabeça preenchia-se rapidamente com detalhes: via a casa reformada, quase elegante na simplicidade de seu estilo de casa de fazenda da Nova Inglaterra, seu pai tranqüilamente semiconsciente e mais ou menos confinado ao quarto de tio Elbourne, à cozinha e à sala de estar, e Wade livre para fazer o que bem entendesse com o resto da casa, como se fosse sua. Rolfe certamente não se oporia e Lena ficaria aliviada. Um dos quartos de cima poderia ser decorado para Jill e ele compartilharia o outro com Margie.

— O que acha? — perguntou-lhe.

— Sobre o quê?

— Sobre morar aqui comigo.

— Com você, talvez. Mas com você e seu pai?

— Ele vai ficar bem — disse Wade com firmeza. — Prometo-lhe. Posso controlá-lo. Ele agora é como uma criança, um garoto que perdeu a mãe, praticamente.

— Está falando em nos casarmos, Wade? Você e eu? Como ontem à noite?

— Bem... sim. Sim, acho que estou.

Margie levantou-se do sofá, atravessou a sala até a porta da cozinha, onde parou e ficou olhando o velho. Devagar, ele virou a cabeça e devolveu-lhe o olhar. Era como um velho e ossudo

cachorro abandonado — pescoço fino, olhos escuros e sombrios, boca frouxa e ombros caídos.
— Como vai, Sr. Whitehouse? — perguntou.
Os olhos deles encheram-se de lágrimas e ele abriu a boca para falar, mas não conseguiu pronunciar as palavras. Moveu a cabeça de um lado para o outro, como um portão, e ergueu as mãos abertas para Margie como se pedisse moedas. Ela adiantou-se, abraçou-o e afagou seus cabelos brancos e desalinhados.
— Eu sei, eu sei, pobrezinho — disse. — É difícil. É muito difícil.
Então, de repente, Wade surgiu ao lado dela. Ele passou os braços em torno de ambos, abraçando seu pai e a mulher com quem em breve se casaria. Abraçou o velho de quem iria cuidar de agora em diante e a mulher que o ajudaria e compartilharia sua vida, a mulher cuja presença em sua vida, naquela casa velha e afastada, junto à floresta, ajudaria a transformar a vida de Wade na vida de um pai adequado, para a qual ele poderia trazer sua filha para casa finalmente.

Quando cheguei à casa, três dias depois, Wade e Margie já haviam se mudado. Eram onze horas da manhã e o funeral estava marcado para uma da tarde — na Primeira Igreja Congregacional, reverendo Howard Doughty oficiando.
Wade andara ocupado, eu soube depois. No domingo à noite, ele consertou a fornalha e pernoitou na casa com papai, dormindo no sofá. Antes de ir para a cama, enquanto papai permanecia sentado e bebendo junto ao fogo na cozinha, Wade examinou os desorganizados documentos dos pais e desencavou, entre outras coisas úteis, a documentação de que precisava para reclamar o seguro e pagar as despesas do funeral, enterro e lápide. Na manhã seguinte, providenciou tudo. Notificou o *Littleton Register* e os demais membros da família — Lena e Clyde em Massachusetts, Lillian e, é claro, Jill, embora tivesse pedido a Lillian para dar-lhe a notícia, como ele disse, quando ela chegasse da escola. Em seguida, telefonou para cerca de uma dúzia de pessoas em Lawford que mamãe teria gostado que fossem ao seu enterro, deixando a

cargo delas e do jornal a tarefa de comunicar o fato ao círculo mais amplo de amigos e conhecidos.

Embora Wade tenha conseguido comandar o tráfego na escola na segunda-feira de manhã, ele não foi trabalhar — quando telefonou para explicar, LaRiviere mostrou-se surpreendentemente compreensivo e solidário, pensou Wade. Ao meio-dia, ele já havia colocado seu *trailer* à venda e, naquela tarde, removeu roupas e pertences seus e de Margie para a casa e amontoou-os no maior dos dois quartos do andar superior. Quando Margie chegou, depois do trabalho no Wickham's, os dois fizeram uma faxina na casa. Os objetos de mamãe — suas roupas, documentos pessoais, fotografias, linhas e agulhas de tricô, não havia muito mais — foram encaixotados e guardados no sótão.

Na terça-feira de manhã, ele direcionou o tráfego na escola e depois foi para o trabalho como sempre. Quando entrou na oficina, LaRiviere disse a Wade, em frente a Jack Hewitt e Jimmy Dame, que ele não precisaria mais perfurar poços pelo resto do inverno, Jack cuidaria do trabalho que ainda restava antes do solo congelar, enquanto Wade trabalharia no escritório.

— Aprendendo a outra ponta do ofício — disse LaRiviere, com o braço robusto em volta do ombro de Wade. Wade libertou-se do braço de LaRiviere e afastou-se, desconfiado: era um tom muito diferente daquele com que Wade há muito tempo se acostumara.

Jack exultou e saiu para o frio para terminar o poço que haviam começado na semana anterior em Catamount e Wade, como instruído, tirou o casaco e, prancheta na mão, começou a fazer um inventário de todo o estoque de materiais de LaRiviere.

— Quero conhecer meu ativo, Wade — disse LaRiviere em tom de confidência —, e quero que *você* o conheça também. Quero saber o que precisamos para um ano de trabalho e não temos à mão, companheiro, e depois quero que você se sente e faça as encomendas.

Quando Wade perguntou-lhe se poderia tirar a quarta-feira de folga, para o funeral, LaRiviere disse-lhe para não se preocupar com isso e depois acrescentou que, de agora em diante, Wade receberia um salário, ao invés de ser pago por hora, o mesmo que ganharia como se tivesse trabalhado quarenta horas por semana, quer trabalhasse as quarenta ou não. E não se preocupasse, companheiro, com o pagamento de segunda e quarta-feira desta semana: estava pago. Wade quase o ouviu dizer "sócio".

Ele quer alguma coisa de mim, pensou Wade, e não vou descobrir o que é se não sorrir e concordar com ele.

Durante a hora do almoço, Wade enviou pelo correio a sentença do seu divórcio e um cheque de quinhentos dólares, tirado por empréstimo no dia anterior da modesta poupança de papai, para o advogado Hand. Depois, do telefone no Wickham's, informou a Hand que em breve se casaria e que estava mudando-se com sua noiva para a "fazenda" do pai. Mencionou, ainda, de passagem, sua descoberta de que Lillian estava tendo um caso extraconjugal com um colega de Hand, Jackson Cotter, e o advogado Hand disse que aquele era um aspecto muito interessante do caso.

— Impressionante — disse, e Wade quase pôde ouvi-lo estalar os lábios, do mesmo modo que quase ouvira LaRiviere dizer "sócio".

Até quarta-feira, o dia do funeral, tanta coisa já havia acontecido na vida de Wade que parecia que mamãe havia morrido há meses.

Na casa, o caminho de entrada recém-desobstruído da neve e uma área de estacionamento especialmente limpa ao lado da varanda estavam cheios de carros, como se houvesse alguma comemoração. Estacionei meu Volvo atrás do que achei que deveria ser o carro do reverendo — uma perua marrom com as letras REV nas placas decorativas —, saí, espreguicei-me e senti o cheiro de lenha queimando que vinha da chaminé da cozinha. Ouvi o barulho de tiros ao longe, espocando desordenadamente contra o vento nos pinheiros e, de repente, lembrei que as florestas e os campos que ficavam logo atrás da casa e as florestas, montes e vales num raio de quilômetros ainda estavam perigosamente povoados de caçadores de veados.

Havia alguns carros e uma *pickup* azul de LaRiviere, que não reconheci, e vários que eu conhecia — o Ford de Wade com a lanterna da polícia em cima e a velha *pickup* de papai, ainda coberta de neve e estacionada no monte de neve acumulada ao lado da casa, como se fincada ali permanentemente. Localizei a *van* VW que pertencia a Lena e seu marido, um veículo *hippie* de quinze anos, coberto de adesivos de pára-choques do movimento cristão carismático, ao invés de símbolos de paz e amor. O emblema do Êxtase — uma flecha preta semelhante a um arpão descendo em um campo prateado contra uma flecha vertical ascendente — com a pergunta cifrada "Você está pronto para o Êxtase?", a frase "Aviso: o motorista deste veículo pode desaparecer a qualquer momento!", juntamente com as cruzes e perfis de peixes, mais comuns, e lemas como "Jesus Salva" e "Cristo Morreu Por Nossos Pecados", espalhavam-se por toda parte nas laterais da *van*. O veículo parecia uma enorme caixa de cereais azul-celeste promovendo o apocalipse e a vida eterna e prometendo cupons de brindes no interior da caixa.

Lena e seu marido, Clyde, fizeram de Cristo seu salvador pessoal, aparentemente em conseqüência de uma visita Dele — um tipo de atendimento doméstico, era como explicavam — em uma noite de desespero quatro ou cinco anos atrás. E embora o caos na vida deles não tivesse se alterado nem um milímetro sequer, adquirira significado, uma vez que eles e seus cinco filhos eram agora devotados à vida espiritual e ao próximo mundo ao invés deste e da vida material. Sua vida diária de privações e desorganização agora era encarada não como prova de incompetência, como no passado, mas de suas novas prioridades. Não fingi compreender a natureza da experiência da conversão, de ser "salvo", de uma forma ou de outra, ou os ensinamentos da Associação Evangélica Seguidores da Bíblia, à qual eles pertenciam, mas era claro para mim que, enquanto antes eram deprimidos e amedrontados, pelo que pareciam razões muito pertinentes, como pobreza, ignorância, impotência etc., agora mostravam-se otimistas e destemidos. Claro, segundo os panfletos que Lena enviava para ele de vez em quando, o que eles esperavam era o iminente fim do mundo, terremotos e fome, oceanos transformados em sangue, pragas, legiões de demônios e a morte do anticristo, acontecimentos que aqueles de nós que não estavam programados para a salvação pelo Êxtase achariam muito mais deprimentes e assustadores do que a pobreza, a ignorância e a impotência.

Enquanto caminhava do meu carro para a casa, passei pelos três filhos mais novos de Lena e Clyde, que empurravam enormes bolas de neve pela neve macia e úmida da frente do quintal. Embora usassem tênis e casacos finos, estivessem sem gorros e sem luvas, suas roupas estivessem molhadas e as mãos e os rostos vermelhos do frio, estavam evidentemente felizes e, apesar dos narizes escorrendo, pareciam saudáveis. Viram-me chegar e acenaram. Retribuí o aceno.

Um garoto, o maior dos três, de seis ou sete anos, sorriu docemente e disse:

— Olá. Quem é você?

— Sou seu tio Rolfe — respondi, sorrindo. — Não se lembra de mim, não é? — Na realidade, nunca havíamos nos encontrado, fato que me deixou ligeiramente constrangido. Eu não sabia seu nome — Stephen ou Eben, ou talvez Claude — e não fiz questão de perguntar.

— Não, mas ouvi falar de você — disse.

— O que estão construindo aí? Um boneco de neve?

Os três riram como se eu tivesse dito algo extremamente engraçado.

— Não! — exclamou o garoto. — Uma cidadela!

— Ah.

Sua irmã, as bochechas gordas vermelhas da neve úmida, disse:

— Você veio dar adeus para a vovó?

— A vovó foi para o inferno! — gritou o mais novo. Parecia ser um garoto, mas usava uma espécie de saiote escocês feito do cachecol de lã de um adulto, de modo que não era possível saber ao certo.

O outro garoto disse sombriamente:

— É por isso que damos adeus.

— Nós iremos para o céu para ficar com Jesus — explicou-me a menina — e a vovó para o inferno com Satanás, que é o inimigo de Jesus. É por isso que temos que dar adeus, tio Rolfe.

— A vovó não foi salva — seu irmão disse, um tom de pesar em sua voz.
— Ah, sei.
— Você está salvo, tio Rolfe? — perguntou a menina.
— Não, não estou.
— Então, será mandado para o inferno com vovó.
— Sim, acho que sim. Eu, a vovó, o tio Wade e o vovô. Estaremos todos juntos lá — disse eu. — E quando morrermos, vocês terão que vir dar adeus para nós também, não é?

O menino mais velho assentiu, sacudindo a cabeça para cima e para baixo. Isso era um processo laborioso, famílias se desfazendo o tempo inteiro. Não compreendia e desejava que fosse diferente, mas não queria passar a eternidade no inferno, não, senhor, não queria, não importa quem estivesse lá.

Como se estivesse cansado de mim, os três voltaram à construção da cidadela de neve e continuei em direção à casa. Antes de ter a chance de bater, a porta foi aberta por uma mulher atraente que se apresentou como Margie Fogg e apertou minha mão calorosamente. Olhou direto no meu rosto e eu simpatizei de imediato com ela.

Wade estava no meio da apinhada cozinha, com ar competente e sério, embora um pouco desconfortável. Usava camisa branca, gravata preta bem apertada e um casaco esporte de gabardine azul-marinho, com calças e sapatos marrom-escuros. Suas mãos e seu rosto estavam vermelhos e pareciam grandes e constrangidos pelas roupas desconjuntadas. Em uma das mãos segurava uma lata de Schlitz e na outra um cigarro. O aposento estava quente por causa do fogão, apinhado e abafado. Vi rostos conhecidos — Lena e Clyde e seus dois filhos mais velhos, adolescentes que eu não via há anos, e no canto, junto ao fogão, papai — e vi os rostos de três estranhos, todos de pé, como se esperassem que alguém os mandasse ficar na posição de sentido e depois lhes desse ordem de marchar.

Wade primeiro, pensei — o mais fácil. Estendi as duas mãos e coloquei-as sobre seus ombros musculosos, puxando-o para mim. Abraçamo-nos, meio acanhados, com os traseiros empinados para trás, de modo a manter a luz brilhando entre nossos corpos dos ombros à ponta dos pés. Nós homens somos assim, homens da Nova Inglaterra, homens Whitehouse, Wade e eu: queremos luz entre nós, sempre.

Ele pronunciou meu nome, eu pronunciei o dele, e nos soltamos e nos afastamos. Não estando pronto ainda para lidar com Lena e Clyde e seus filhos de estranha aparência — tanto o menino quanto a menina usavam cabelos como os dos índios da tribo mohawk e pareciam aves de quintal com acne, peles-vermelhas de Rhode Island, talvez — e certamente não estando pronto ainda para cumprimentar papai, primeiro apresentei-me aos estranhos na sala, que vim a saber tratarem-se do reverendo Doughty, um homem esbelto e louro, de trinta e poucos anos, usando óculos de aro de tartaruga e um terno de lã verde-abacate; Gordon LaRiviere, adequadamente circunspecto, mencionando que lembrava-se de mim da época da escola e oferecendo condolências desabridas quando apertamos as mãos; e um jovem magricela de terno preto, que era o representante da Morrison's Funeral Home de Littleton, à disposição, imaginei, para nos acompanhar à igreja na hora certa.

Não ficou claro para mim por que LaRiviere estava lá ou por que ele se comportava de maneira tão solícita com Wade:

— Como está suportando tudo isso, Wade? — perguntou em determinado momento, quando Wade, após atirar sua lata de cerveja vazia no lixo, ficou parado por um segundo com as costas voltadas para o resto de nós, fitando-a.

Wade virou-se rapidamente e disse:

— Estou bem, estou bem. — Consultou o relógio. — Não devíamos dar início à cerimônia agora que Rolfe está aqui? — perguntou a todos na sala.

Ninguém sabia. Todos olharam para ele em busca de uma resposta.

Ele encolheu os ombros.

— Não faz sentido ficar esperando na igreja sem nada para fazer, eu acho.

— E Jill? — perguntei. — Lillian vai trazê-la?

Em voz baixa, Margie disse que elas estariam na igreja.
Wade caminhou rapidamente até a geladeira e pegou outra cerveja.
— Alguém quer mais uma? — perguntou. — Rolfe?
— Não, obrigado — respondi. — Não bebo.
— Sim, certo. Eu sempre me esqueço.
Realmente, minha pergunta sobre Jill o irritara. Ele sabia melhor do que ninguém na família que eu não bebia nada alcoólico desde a universidade e mesmo assim quase não bebia mesmo naquela época. Nunca discutíamos isso, Wade e eu, como não discutíamos seus hábitos de beber, mas acho que ambos sabíamos que eram reações iguais e opostas à mesma força.

Fiz um aceno com a cabeça para os filhos de Lena e Clyde, tanto para a garota, Sonny, quanto para o rapaz, Gerald, observei seus tufos de cabelos vermelho-escuros, o couro cabeludo cinza, cruzes penduradas nos lóbulos das orelhas e em torno dos pescoços esqueléticos. Passei rapidamente por eles, direto para Lena, enorme como uma tenda púrpura em seu vestido amplo e sem formas, com um cachecol preto encobrindo a maior parte de seus cabelos, que, para minha surpresa, tinham ficado quase inteiramente grisalhos. Parecia assustadoramente mais velha de quando a vi pela última vez: há quantos anos — sete, oito? Não me lembrava, percebi de repente, quantos anos haviam se passado desde a última vez em que estive na mesma sala com meu pai, meu irmão e minha irmã. Sabia que nunca mais eu estaria numa sala com eles e minha mãe, certamente não no céu e nem no inferno tampouco.

Lena não usava nenhuma maquilagem ou jóias e seus cabelos eram cortados bruscamente na altura dos ombros. Não havia nada em sua pessoa destinado a disfarçar ou distrair alguém de sua circunferência e falta de graça e não dava nenhum sinal de estar feliz ou triste de me ver — meramente uma aceitação melancólica. Abraçá-la era como abraçar um barril e eu instantaneamente me desvencilhei e me afastei. Quase com alívio apertei a mão de seu marido, Clyde, que parecia um pedaço de lenha, seca, pesada, inerte ao toque.

Clyde é um homem alto, de quadris largos, corpo em forma de pêra, com o pomo-de-Adão grande e protuberante, ombros e peito pequenos, de modo que seu corpo parece constituído da metade inferior de um homem gordo e da metade superior de um homem magro, soldadas na cintura. A aparência de Clyde também surpreendeu-me, pois agora parecia ser uma década inteira mais velho do que Wade, embora tivessem a mesma idade. Seu rosto era contraído e circunspecto, olhos azuis com muitos pés-de-galinha em volta e boca achatada, de lábios vermelhos. Ele disse:

— Olá, Rolfe. Que bom que você chegou agora. Já íamos começar as orações. Vai rezar conosco, Rolfe?

Seus olhos luziram intensamente nos meus e olhei para Wade, cujo rosto sem expressão parecia dizer "Não conte com a minha ajuda, companheiro, você está por conta própria". Voltei-me para Margie, que desviou o olhar bruscamente de mim, como se estivesse desconcertada.

— Bem — falei —, acabo de chegar. Só um minuto, sim? — Tentei sorrir amavelmente, mas Clyde não retribuiu o sorriso. Aproximei-me de meu pai, então, e fiquei contente de vê-lo ali — pequeno, silencioso, distraído, como a única criança em um aposento cheio de adultos mal-humorados.

— Esse está maluco — murmurou Wade.

— Wade — disse Margie enfaticamente.

Quando abracei meu pai, a força do meu abraço fez com que sua cabeça balançasse como a de uma marionete e me afastei dele, com medo. Wade tinha razão — aquilo era loucura.

Clyde já estava de joelhos e seus dois filhos o seguiram com entusiasmo, como coroinhas, prestimosos ajudantes do ritual.

— Querido Senhor Jesus — começou Clyde, os olhos cerrados com força, a cabeça erguida para o teto. — Ó, meu Senhor Jesus que está nos céus! Vimos à sua presença de joelhos hoje suplicando perdão pelos nossos pecados e agradecendo ao Senhor pelas bênçãos e pela imerecida dádiva da salvação. Nós lhe agradecemos, Senhor Jesus. Pela vida eterna a seu lado no céu, nós lhe agradecemos, Ó Jesus, Senhor das Hostes Celestiais, cujo sangue foi derramado para que pudéssemos viver!

O rapaz, os olhos fechados, murmurou:
— Jesus seja louvado!
E a irmã o imitou e, em seguida, Lena, que ainda estava posicionando-se de joelhos, uma tarefa nada fácil, devido ao seu volume e deselegância. Atrás de mim, o reverendo Doughty, com voz tranqüila e tímida, acrescentou seu mais contido "Jesus seja louvado!". Eu me voltei e o vi postar-se de joelhos também, com certa relutância, talvez, mas obedientemente, por via das dúvidas.

O que o resto de nós deveria fazer senão seguir o exemplo? Primeiro o jovem da casa funerária — mais acostumado, talvez, a cenas como aquela do que nós — ficou de joelhos, depois Margie e Gordon LaRiviere e, finalmente, Wade ajoelhou-se, todos olhando Clyde atentamente, como se brincassem de Simon Says e esperassem que o próximo comando fosse um truque. Isso deixava apenas papai de pé, e eu.

O olhar de papai, pela primeira vez desde que entrei na casa, assumira um foco rígido e ele o direcionava a todos na sala, um a um, até parar em mim. Encolhi os ombros, como se dissesse, "Por que não?", suspendi as pernas de minhas calças pelo vinco e ajoelhei-me com os outros, esperando que papai fizesse o mesmo.

Ele sacudiu a cabeça lentamente de um lado para o outro — de incredulidade? Desaprovação? Asco? Eu não sabia. Enquanto isso, a prece de Clyde continuava, cheia de louvores e agradecimentos a Jesus por ter intercedido na ordem natural das coisas eliminando a morte para aqueles pecadores dispostos a dedicar suas vidas a Ele. Enquanto rezava, Clyde fitava o teto, como se fitasse um acusador, enquanto Lena e os filhos mantinham os olhos fortemente cerrados, os lábios movendo-se em uma torrente de palavras inaudíveis para o resto de nós. O reverendo Doughty, as mãos unidas diante do peito, parecia posar para uma fotografia e, embora tivesse os olhos abertos, não olhava para nada em particular, mas para tudo em geral. Gordon LaRiviere, a cabeça inclinada, os olhos fechados, as mãos adequadamente unidas, tinha a aparência de um homem que esperava não estar sendo visto por ninguém conhecido. Margie e Wade, também, claramente apenas acompanhavam os demais, nada além disso, com as cabeças ligeiramente abaixadas, os olhos abertos, a expressão reservada, apropriada a qualquer finalidade e neutra, e tentei seguir seus exemplos.

Voltando as costas para nós e afastando-se, papai dirigiu-se para a pia e retirou do armário sua garrafa de Canadian Club. Cuidadosamente serviu uma dose generosa num copo, depois girou nos calcanhares, tomou a bebida de um só gole, colocou o copo na bancada, cruzou os braços sobre o peito e ficou observando-nos. Disse alguma coisa, mas não pude ouvi-lo acima da sonora oração de Clyde e dos numerosos améns e Jesus seja louvado que a pontuavam. Ninguém além de mim parecia estar observando papai. Sorria de um jeito afetado, de que eu me lembrava bem, e de repente me senti não constrangido, mas terrivelmente envergonhado de ser visto daquele modo, de joelhos, as mãos postas, no meio de uma fervorosa oração. Eu nos vi — eu, Wade e Lena em particular, mas os outros também — da maneira como papai nos via e encolhi-me e tentei me tornar menor, querendo ficar invisível, como fazia quando criança. Eu podia sentir sua ira aflorando, quase podia sentir seu cheiro, um cheiro acre, como um curto-circuito começando a pegar fogo, quando falou outra vez, agora suficientemente alto para que eu pudesse entender suas palavras:

— Não valem um fio do cabelo dela — disse.

A oração continuou, entretanto, como se ele tivesse dito meramente "Jesus seja louvado". Havia um pouco mais de volume, talvez, pois agora as lágrimas rolavam pelo rosto de Clyde e tudo indicava que Lena estava prestes a segui-lo. O reverendo Doughty parecia ter entrado no ritmo, os olhos apertados, o corpo balançando-se para a frente e para trás, as mãos retorcendo-se com os sinais iniciais de fervor e até mesmo LaRiviere e o agente funerário pareciam enlevados pela oração. Lancei um olhar a Wade e Margie, mas ambos fitavam o chão diante deles, como se quisessem que um alçapão se abrisse e os tragasse. Novamente, papai falou, ainda mais alto:

— Não valem um maldito fio do cabelo dela!

Wade virou-se e olhou para ele, estarrecido. Franziu o cenho e sacudiu a cabeça fazendo sinal para que não fizesse aquilo, como a uma criança irrequieta, e retomou sua postura devota. Clyde continuou:

— Jesus, nós lhe imploramos, seus filhos lhe suplicam, para que olhe para esta mulher, nossa mãe e amiga, Ó Senhor, e faça dela um exemplo para nós. Torne-a vívida para nós, Senhor! Sabemos que é tarde demais para que ela seja salva, mas faça dela um exemplo para aqueles de nós que o desertaram. Torne-a vívida para nós! Faça seus sofrimentos no inferno, onde já deve queimar mesmo agora, servirem como um aviso para aqueles de nós que ainda têm tempo, Senhor. Torne-a vívida para os que estão mortos apenas no espírito e que ainda têm tempo de permitir que o Senhor penetre em seus corações, purifique-nos e nos eleve para a vida eterna!

Com a garrafa e o copo na mão, papai caminhou complicadamente por cima das pernas das pessoas que estavam em seu caminho e dirigiu-se para a porta da sala de estar, onde parou e, com uma voz que era praticamente um grito, declarou:

— Nenhum de vocês vale um maldito fio de cabelo da cabeça daquela boa mulher!

Wade exclamou:

— Papai! — E ergueu-se. Seu rosto estava lívido e, com voz trêmula, disse: — Não faça isso agora, papai.

Clyde parou de rezar, mas continuou em sua posição, os olhos fechados, as lágrimas escorrendo pelo rosto. Lena e os filhos pararam também, em silêncio, aguardando. Margie deixou as mãos caírem ao lado do corpo, mas continuou de joelhos, enquanto LaRiviere levantou-se lentamente, seguido pelo agente funerário e pelo reverendo Doughty.

— Acho que vou indo para a igreja — disse LaRiviere, afastando-se em direção à porta.

— Esse é um momento difícil — disse o reverendo Doughty, retirando-se. — As emoções exacerbam-se em momentos como esse.

O agente funerário assentiu com compaixão e seguiu LaRiviere para a porta, onde disse:

— Vou esperar no carro.
Os três homens saíram e fecharam a porta.
Os que ficaram no aposento estavam de pé agora. O rosto de nosso pai estava vermelho de raiva e ele começou a falar atabalhoadamente, um homem pequenino e furioso, cuspindo em nós com suas palavras, como fazia antigamente, quando éramos crianças e tínhamos pavor dele. E agora ali estávamos, Wade, eu e Lena, apavorados outra vez, como se ainda fôssemos crianças, inclusive Margie, percebi, quando olhei para seu rosto lívido e desfeito. E Clyde também, os olhos agora abertos, e o rapaz e a moça, que haviam se posicionado atrás dos pais e espreitavam por cima de seus ombros, os olhos arregalados, a boca aberta.
Wade deu um passo em direção a papai e disse:
— Ouça, não crie caso, papai.
Nosso pai rapidamente colocou a garrafa e o copo no chão, cerrou os punhos e adiantou-se alguns passos, o rosto esquelético projetado à sua frente como um aríete.
— Venha, espertinho. Diga-me para não criar caso — grunhiu.
— Diga-me se um só de vocês vale um único fio de cabelo da cabeça grisalha daquela mulher.
Ele tinha razão e eu sabia disso. Tinha certeza que Wade e Margie também sabiam e que provavelmente até mesmo Lena, Clyde e seus filhos sabiam disso também. Nossa mãe *valia* mais do que nós. Porque ela suportara nosso pai mais do que nós. Ele estava nos dizendo isso e o estava provando também. Nossa mãe sofrera a ira de nosso pai muito tempo depois de nós termos fugido, suportara-o até o dia de sua morte. E agora ele estava ali nos demonstrando isso, sua ira, com sua alegação de que éramos moralmente inferiores a ela. A forma como o fazia, por ser uma forma irada, era a prova do que ele dizia.
Baixei a cabeça de vergonha e recuei, esperando que meu exemplo influenciasse os demais — como fazia em momentos como esse quando éramos crianças. Foi algo que aprendi com minha mãe, essa coação silenciosa. Há anos não a usava.
Com voz trêmula e fina, Lena disse:

— Papai, Jesus é mais poderoso do que qualquer demônio e há um demônio em você, papai. Entregue-se a Jesus e livre-se desse demônio.

— Jesus seja louvado — murmurou Clyde.

— Vá se foder! — rosnou papai, fazendo Lena recuar atabalhoadamente, como se tivesse sido impelida pela força de suas palavras. Ela começou a choramingar, depois a soluçar. O marido abraçou-a e conduziu-a para a porta, com o rapaz e a moça seguindo-os de perto. Quando cruzavam a porta para a varanda, os quatro olharam aterrorizados para trás, para nosso pai — um homenzinho retesado e vermelho, de pé no meio do aposento, com os punhos cerrados — como se temessem que ele fosse atacá-los ou estivesse prestes a arremessar um de seus demônios enfurecidos sobre eles.

Mas nem por um instante ele tirara os olhos de Wade. Era Wade que ele queria. O resto de nós não importava para ele. Margie colocou as duas mãos nos ombros de Wade e tentou puxá-lo para ela, mas ele desvencilhou-se e deu mais um passo na direção de papai. Afastei-me na direção contrária e disse em voz baixa:

— Wade, deixe isso para lá.

Papai, naquele seu horrível tom de escárnio, disse:

— Ouça seu irmãozinho. "Wade, deixe isso para lá." Maricas. Todos vocês. Esses são os meus filhos, fanáticos de Jesus e maricas. "Wade, deixe isso para lá." "Jesus seja louvado." "Deixe isso para lá." "Jesus seja louvado."

Wade deu mais um passo à frente, os punhos cerrados, e de repente Margie deu a volta, colocou-se diante dele e tentou empurrá-lo com uma das mãos, enquanto estendia a outra na direção de papai para detê-lo. Papai golpeou sua mão com o punho cerrado e o rosto dela empalideceu, a boca abriu-se de surpresa. Wade estendeu o braço por cima dela e agarrou um dos pulsos de papai, dando-lhe um puxão. Margie gritou, literalmente gritou, e Wade soltou papai, mas já era tarde demais. O velho arremessava-se contra seu filho com os punhos em riste, seus golpes ricocheteando nos ombros e no pescoço de Margie e atingindo Wade nos braços. Tentei pegar Wade pelos ombros e afastá-lo, mas ele era forte demais para mim e simplesmente afastou-me. Empurrou Margie para fora do seu caminho e prendeu papai em seus braços. Fitaram-se, ofegando furiosamente no rosto um do outro. Wade arrastou papai em seu abraço de urso de costas até a parede, onde imprensou-o com seu peito e bateu seu corpo frágil e repentinamente flácido com força contra a parede. Soltou-o e nosso pai desmoronou no chão.

Arfando ruidosamente, Wade ajoelhou-se, como se fosse rezar de novo. Olhou no rosto do velho, que lançou-lhe um olhar ameaçador, como se saísse do fundo de uma caverna.

— Se tocar nela outra vez — disse Wade —, eu o mato. Eu juro.

O velho olhou friamente para ele e não disse nada.

Margie disse:

— Wade, isso não importa mais. Nada disso importa.

Do outro lado do aposento, eu os observava, a mulher e os dois homens, como se fossem personagens em uma peça teatral e a peça estivesse quase terminando quando entrei no teatro. Lentamente, o velho ergueu-se, o homem mais jovem levantou-se, a mulher voltou-se e os três me fitaram. O velho entrou em formação ao lado da mulher, que agora ficou no meio dos dois. Respiravam pesadamente e suavam. Olharam de um para o outro, abandonando seus papéis e recuperando-se e, no processo, reconhecendo um ao outro. Era como se tivessem sido possuídos. Sorriram um para o outro, timidamente e quase com alívio. Então, os três olharam na minha direção, deram-se as mãos e, juro, fizeram uma mesura. Foi como vi acontecer. O que mais eu podia fazer? Aplaudi.

O agente funerário abriu a porta da varanda e anunciou que estava na hora de partir para a igreja.

— OK — disse Wade. — Já estamos indo.

Papai olhou à sua volta como se procurasse alguma coisa. Passando o braço em torno de seus ombros, Margie disse:

— Quer seu casaco? Não está muito frio hoje.

— Não, não — disse ele. Parecia confuso. — Eu pensei... Estava procurando Sally — revelou, e seus olhos marejaram-se de lágrimas.

— Ah, Glenn — disse Margie, abraçando o velho.

Wade bateu afetuosamente em seu ombro, depois olhou para mim, como se estivesse pensando, O pobre filho da puta. Estamos sempre nos esquecendo de que, independente de como era a vida deles juntos, independente do quanto tenha sido ruim para mamãe, era a única vida que ele tinha. O pobre e velho filho da puta provavelmente a amava. Não havia motivo para Rolfe zombar dele batendo palmas daquele jeito.

Wade levou a mão ao maxilar e tocou-o suavemente: seu dente aquietara-se um pouco nos últimos dias e agora lá estava outra vez, zumbindo como um ninho de marimbondos agitado.

— Você tem uma aspirina? — perguntou a Margie.

Ela sacudiu a cabeça dizendo que não. Wade agachou-se e pegou a garrafa e o copo de uísque de papai. Ainda havia um dedo de uísque no copo e ele tomou-o de um só gole.

— Dor de dentes — disse, colocando a garrafa e o copo na bancada da pia.

— Quando é que você vai tratar esse dente? — perguntou Margie.

— Logo, logo. Assim que eu tiver meio dia de folga — disse, saindo e segurando a porta aberta.

Margie conduziu papai para a porta lentamente, com cuidado, como se ele fosse quebrável. Ele deu alguns passos minúsculos, parecendo ter medo de cair. Como esse homem patético podia causar tantos problemas na família? Margie perguntava-se, enquanto o conduzia pelo aposento em direção a Wade. Era frágil como uma criança e igualmente controlável. Ele tivera um acesso de fúria, só isso, o que era perfeitamente compreensível, naquelas circunstâncias. Não havia necessidade de usar a força física com ele, dominá-lo como Wade o fizera ou fugir dele como Lena o fizera ou simplesmente perder as forças como Rolfe. Admirava-a que parecessem ter tanto medo dele. Era como se ainda se considerassem crianças e, por isso, ainda o vissem como um homem poderoso e violento, quando na verdade, como qualquer um podia ver, ele é quem era a criança e eles, Rolfe, Lena e Wade, é que eram os adultos. Estranho. E essa atitude de Rolfe, batendo palmas, era estranha também. Ele era estranho, até mais estranho em seu jeito circunspecto do que Lena. Margie estava começando a gostar do velho, até a sentir-se protetora em relação a ele, embora não pudesse imaginar por que deveria sentir-se assim.

Glenn Whitehouse atravessou a porta para a varanda e parou por um instante, fitando o quintal coberto de neve. Viu a cidadela que as crianças haviam construído, uma ruína bíblica na neve. A *van* de Lena e Clyde desaparecera, assim como os veículos de LaRiviere e do ministro. O agente funerário estava parado junto à porta traseira aberta de um sedã Buick preto.

Papai virou-se para Wade e disse:

— Quem vai no carro da funerária?

Ele não queria ir naquele carro, mas sabia que devia. Parecia um carro da morte e receava que, se viajasse naquele carro sozinho, somente com o representante da agência funerária dirigindo lá na frente, ele não chegaria ao seu destino. Não sabia onde iria terminar, mas não seria na igreja com os demais. Talvez Wade ou Margie fossem com ele, ou mesmo Rolfe, embora Rolfe o deixasse embaraçado quando ficava em sua presença sozinho. Alguma coisa naquele garoto o provocava. Fazia-o sentir que ele deveria dizer alguma coisa, como se houvesse uma pergunta que o garoto quisesse ver respondida e o primeiro teste era para ele descobrir qual era a maldita pergunta. Ele era frio, aquele garoto, não era como Wade, que estava sempre enfurecido, mas que você conseguia saber com quem estava lidando, ou mesmo como Lena, que podia ser uma fanática de Jesus casada com outro fanático de Jesus, mas que não era fria, com certeza. A mulher tinha sentimentos. Mas Rolfe não. Ou ao menos ele não parecia ter sentimentos. Era ele o estranho, não Wade ou Lena.

— Eu acompanho você, papai — ofereci-me.

Wade concordou e disse que ele e Margie seguiriam em seu carro. Papai e eu entramos no banco de trás do Buick, o motorista fechou a porta e entrou na frente. Papai permaneceu sentado quieto e silencioso, olhando para a frente. Eu queria lhe fazer uma pergunta, ela queimava em meu peito, mas eu não conseguia, por mais que tentasse, definir qual era. Olhei para ele enquanto prosseguíamos, esperando de algum modo que a visão do seu rosto de perfil me revelaria a pergunta, mas não o fez.

17

A cerimônia e o enterro transcorreram relativamente sem novidades, graças sem dúvida à explosão anterior de papai e à reação de Wade. O reverendo Doughty procedeu às exéquias com afável competência, como se celebrasse o ofício em uma aposentadoria. Ninguém chorou em cima do caixão — Wade insistiu para que fosse um serviço com caixão fechado: "Não há como melhorar o aspecto do cadáver de alguém que morreu congelado", disse ao agente funerário, "a menos que o mantenha no congelador e faça o funeral lá. O que não é possível." O agente funerário concordou, com relutância. Teria sido fácil dar ao corpo uma bonita apresentação: morrera tão pacificamente. Ah, bem, o inverno mal começara. Logo haveria bastantes corpos de pessoas que morreriam de frio durante o sono e os parentes mais próximos não seriam tão beligerantes quanto esses.

Lillian, seu marido Bob Horner e Jill chegaram ao funeral alguns momentos depois de iniciado e Wade não os viu até que ele e três outros — Gordon LaRiviere, nosso cunhado Clyde e eu — carregássemos o caixão da igreja até o carro fúnebre. Lillian e Horner sentaram-se junto à nave no último banco da igreja, com Jill entre eles, fitando o caixão admirada. Quando passou por eles, Wade os cumprimentou lugubremente com um aceno da cabeça. Jill não tirou os olhos do caixão. Horner retribuiu o cumprimento, mas Lillian, cujos olhos pareciam vermelhos de chorar, contraiu os lábios, como se enviasse um beijo a Wade. Ele pareceu surpreso e intrigado com o gesto de Lillian e ficou olhando-a fixamente, quase tropeçando na soleira da porta da sacristia.

E no enterro, ninguém derramou mais do que algumas lágrimas superficiais. Foi realizado no Riverside Cemetery, no alto da ladeira perto do cume, onde Elbourne e Charlie, cujos restos mortais haviam sido enviados do Vietnã duas décadas atrás, estavam enterrados. Na cabeceira de cada sepultura, uma minúscula bandeira dos veteranos de guerra flutuava junto a uma pequena pedra de granito cinza-azulado com o nome, a data do nascimento e a data da morte inscritos. A sepultura aberta de nossa mãe ficava logo depois do túmulo de seu primogênito, impressionante na sua escuridão e profundidade contra o manto branco da neve, uma rápida entrada para outro mundo, onde nem a luz do sol nem a neve jamais penetravam.

Em certo momento, depois que o reverendo Doughty disse sua última prece ecumênica, adequada e benigna, e o caixão estava finalmente pronto para ser descido, Wade atravessou de onde estivera comigo, Margie e papai para o outro lado da sepultura, onde Lillian, Jill e Bob Horner postavam-se ao lado de maioria dos doze ou quinze habitantes da cidade que haviam comparecido. Ao passar por uma das várias coroas de flores fornecidas pela agência funerária, ele arrancou um cravo branco de caule longo e entregou a Jill. Inclinando-se para ela, sussurrou alguma coisa em seu ouvido. Ela deu um passo para a frente e colocou a flor em cima do caixão.

Em seguida, Wade retornou à coroa de flores e retirou mais quatro cravos, que foi entregando a Lena, a mim, ao papai, conservando um para si próprio. Fez um sinal com a cabeça para Lena e ela seguiu o exemplo de Jill; como eu fiz. Depois, Wade colocou sua própria flor no caixão.

Todos nós olhamos para papai, que continuava parado, piscando na luz do sol, segurando a flor à sua frente, como se estivesse prestes a cheirá-la. Foi um momento estranho. Repentina e inesperadamente, tivemos consciência da presença de nossa mãe de uma forma que até aquele momento ou havíamos negado ou nos fora negada. Sua vida triste e sofrida pareceu se apresentar com clareza diante de nós e, por alguns segundos, não pudemos nos desviar de seu sofrimento. Tínhamos virado o rosto, desviado o olhar, por tantas razões, mas principalmente porque nós três no íntimo acreditávamos que poderíamos e deveríamos tê-la salvado da terrível violência de nosso pai, a ira permanente sem a qual ele parecia incapaz de respirar. Mas, de algum modo, a visão daquele homem velho e mirrado, segurando a flor diante dele com mãos trêmulas, sem saber o que fazer com ela, nos fez perdoar a nós mesmos por um instante, talvez, e permitiu que o víssemos como mamãe devia vê-lo, o que significa que nos permitiu amá-lo. Permitiu ainda que soubéssemos que ela o amava e que não havia nenhum modo pelo qual pudéssemos tê-la salvado da violência que ele infligira sobre ela e sobre nós. Se, durante a sua vida, ele tivesse um dia ido para trás do celeiro com ela e dado um tiro na própria cabeça, tivesse infligido a si mesmo, com um terrível golpe, toda a violência a que nos submetera durante os anos que vivemos com ele, ainda assim ele não nos teria libertado, porque nossa mãe o amava, e nós também, e esse terrível golpe também teria sido infligido em nós. Sua violência e sua ira eram nossa violência e nossa ira: não havia fuga possível.

Como se ela estivesse sentada no caixão com os braços estendidos para seu marido, nossa mãe atraiu nosso pai lentamente para a frente. Ele cambaleou um pouco, piscou para afastar as lágrimas e estendeu o cravo, uma súplica patética e vã de perdão impossível de ser concedido, e colocou-o sobre os outros. Em seguida, recuou e o jovem agente funerário acionou a alavanca. O caixão lentamente desceu para a sepultura e nossa mãe se foi.

Um a um, os habitantes da cidade retornaram a seus carros e *pickups* estacionados lá embaixo na pista e partiram, até que só restaram os membros da família, inclusive Lillian, Jill e Bob

Horner e, é claro, Margie Fogg, com seu braço forte em torno dos ombros de papai, à beira do túmulo.

Wade olhou para Jill, sorriu e depois abraçou-a com força. Ela deixou-se abraçar por alguns segundos e em seguida afastou-se.

— Estou contente por você ter vindo — disse-lhe Wade. — Pode ficar um pouco? — Ele olhou para Lillian em busca de uma resposta.

Ela hesitou, como se ela própria quisesse ficar mais um pouco e estivesse pensando em uma maneira de dizer isso sem iludi-lo. Mas sacudiu a cabeça negativamente.

Wade respirou fundo e prendeu a respiração, formando uma grande bolha de ar no peito. Em seguida, desviou o olhar em direção à cadeia de montanhas.

— Você ainda visita a sepultura de seu pai? — perguntou a Lillian.

Ela virou-se e seguiu seu olhar acima da encosta.

— Não, nunca mais. É muito... muito longe.

Ela estava recordando o que Wade queria que ela recordasse, aquelas tardes de domingo no verão quando eram adolescentes, apaixonados, e o futuro era infinito e cheio de esperanças para eles — juntos e sozinhos. Iriam transformar-se em um homem maravilhoso, uma mulher poderosa, um casal brilhante: seriam bem-sucedidos em *tudo*, mas especialmente no amor. Agora, ali estavam e Wade queria que ela soubesse, da mesma forma que ele sabia, o que se perdera nos anos intermediários e, se possível, sofresse com ele por um momento. Talvez essa fosse a última vez em que poderiam compartilhar algo tão terno e forte como a dor pelos seus sonhos desfeitos.

Mas Lillian não sabia disso, por não saber nada ainda sobre o novo advogado de Wade, de modo que ofereceu a Wade apenas um rápido afago no ombro e disse:

— Wade, sinto muito por sua mãe. Sempre gostei dela e tinha pena dela. — Olhou significativamente para nosso pai; Margie o havia voltado na outra direção, conduzindo-o com cuidado na descida em direção ao carro.

— Vamos, querida — disse Lillian a Jill. — Temos que estar de volta antes das quatro para a sua aula de patinação no gelo.
— Estou aprendendo patinação no gelo, papai! — disse Jill, iluminando-se subitamente.
— Ótimo. Patinação e dança no gelo, suponho. — Perguntava-se onde ela poderia ter aulas de patinação no gelo ali em Lawford. Provavelmente em lugar algum.
— E balé no gelo.
— Ótimo.

Ela sorriu-lhe calorosamente e acenou, saindo com sua mãe e o padrasto, que, Wade percebeu, usava um novo chapéu tirolês, igual ao anterior.

Por alguns instantes, Wade ficou parado sozinho junto à sepultura de nossa mãe. Observei sua figura escura, os ombros caídos, do Buick preto lá embaixo, com papai sentado em silêncio ao meu lado. Wade pareceu-me terrivelmente solitário naquele momento. Ele ainda deve amar essa mulher, pensei. Como deve ser doloroso para ele, ver sua mãe enterrada e ficar parado vendo a mulher que ama e sua única filha afastarem-se dele. Fiquei feliz de não ter que suportar essa dor.

Como era de se esperar, Lena e sua família voltaram para Massachusetts logo depois do enterro. Eu, no entanto, voltei para casa com Wade, Margie e papai, porque meu carro estava estacionado lá, mas também para acertar algumas questões financeiras com Wade. Era evidente que Wade agora pretendia assumir a responsabilidade pela casa e por papai, mas não estava bem claro para mim quem iria financiar os custos disso. Era muito melhor, eu achava, discutir e esclarecer essas mudanças agora do que deixar que as dívidas, reais ou imaginárias, e os ressentimentos, justos ou injustos, se acumulassem.

Deixamos Margie com papai na cozinha e saímos para a varanda. Ainda estávamos no meio da tarde, mas já começava a escurecer e, tendo o sol desaparecido, a temperatura caiu rapidamente. Duas pás de neve estavam encostadas na parede da varanda e Wade pegou uma e me entregou a outra.

— Vamos desencavar o caminhão de papai antes que a superfície da neve congele — disse ele.

Eu disse que estava bem e o segui para a lateral da casa, onde ele começou a quebrar a neve que se acumulara e quase enterrara o veículo. A neve endurecera durante o dia e estava pesada, firmemente compactada por seu próprio peso. Assim, foi possível cortá-la em blocos precisos que voavam solidamente pelo ar quanto arremessados. Era um trabalho agradável, que nos aquecia, e a conversa veio fácil, talvez porque as tensões do funeral já tivessem passado e pudéssemos agora sofrer a nossa dor em particular e sozinhos.

Wade pareceu grato pelo meu interesse em seus planos. Ele pagaria todas as despesas do funeral com um pequeno seguro que nossa mãe fizera anos atrás. Ele verificara a escritura e outros documentos que encontrara nas gavetas da cômoda e viu que não havia nenhuma hipoteca ou penhora na casa. Não sabia a respeito dos impostos, mas passaria na casa de Alma Pittman no dia seguinte, assegurou-me. Wade explicou que ele planejava morar na casa e custear qualquer reforma ou consertos necessários, juntamente com os impostos e o seguro e, quando papai morresse, que ele disse que podia ser amanhã ou daí a vinte anos, ele provavelmente iria querer comprar os dois terços meu e de Lena, depois de ter a propriedade devidamente avaliada, é claro. Eu disse que estava de acordo com os arranjos e que tinha certeza de que a Lena seria da mesma opinião. Papai tinha a sua pensão da previdência social, um pouco mais de quinhentos dólares por mês, que Wade disse que seria mais do que suficiente para cobrir as despesas com comida e bebida. Tudo parecia razoável e até amável.

— E Margie? — perguntei.

— O que tem Margie?

Interrompêramos o trabalho por um minuto e nos apoiávamos no cabo de nossas pás, um de frente para o outro.

— Bem, você pretende se casar com ela?

— Sim — disse ele, embora ainda não tivessem marcado a data. Enquanto isso, ela ficaria morando ali com eles. — Ela pro-

vavelmente deixará o emprego e ficará aqui em casa com papai
— acrescentou. — Se o deixarmos sozinho em casa, é capaz de
incendiar tudo. E, é claro, Jill passará bastante tempo aqui, de
modo que será bom ter Margie por perto. Aliás, as coisas vão
começar a mudar nesse caso também — disse e rapidamente me
atualizou sobre suas manobras legais. — Tenho uma reunião no
sábado em Concord com o meu advogado e depois disso vai ser
um inferno durante algum tempo. Dane-se, vale a pena — disse.
Mas depois suspirou, como se *não* valesse a pena, e retomamos o trabalho.

Em pouco tempo, conseguíramos libertar o caminhão da neve
e o leváramos para a área da entrada que estava desobstruída,
enquanto limpávamos o quintal. Então, Wade sugeriu que limpássemos todo o caminho até o celeiro, de modo que ele pudesse colocar o caminhão de papai lá dentro e deixá-lo ali até a primavera.

— Ou em qualquer tempo. Não quero o sacana dirigindo
bêbado por aí e agora ele está sempre bêbado, de modo que é
melhor tirar o maldito caminhão da neve e guardá-lo no celeiro.
Esvaziar o tanque e esconder as chaves.

O celeiro ainda estava mais ou menos intacto na parte da frente, embora aberto ao tempo nos fundos, onde o telhado desabara
e onde há muitos anos papai, Wade e Charlie arrancaram a maior
parte das tábuas na fugaz tentativa de papai de fechar o prédio.
Depois de limparmos o caminho da frente da casa até os fundos,
até a ampla porta aberta do celeiro, Wade entrou no caminhão de
papai e dirigiu-o para dentro. Já estava escuro e os faróis do caminhão iluminavam a armação interna da estrutura de madeira.
Parecia a área dos bastidores de uma casa de ópera há muito tempo
sem uso.

Fui andando atrás do caminhão e quando entrei no celeiro,
com a luz ricocheteando e deslizando pelo palheiro e pelas vigas
em cima, vi-me repentinamente longe do vento do inverno e da
escuridão precoce e me senti surpreendentemente confortável ali;
eu queria ficar, fazer minha casa nas ruínas do velho prédio; eu
gostava mais do celeiro, decrépito e desabando, do que da casa.

Wade manteve o motor rodando por algum tempo, como se ele, também, relutasse em quebrar o feitiço lançado pelos faróis e pelo estranho espaço interior do celeiro. Ele saiu do caminhão e ficou ao meu lado e, comigo, olhou para o telhado, para o palheiro elevado, velho e vazio, e através dos caibros e das vigas expostas no fundo, para o céu escuro ao longe. Havia um conforto familiar no lugar e quase que se podia sentir o cheiro do gado e outros animais domésticos que um dia foram guardados ali. Mas havia também um certo mistério no lugar, como se um crime impune tivesse sido cometido naquele espaço.

O velho caminhão vermelho e desengonçado de papai, um Ford corroído pela ferrugem nos pára-choques e no fundo da cabine, girava serenamente em ponto morto, enquanto Wade e eu caminhávamos em silêncio cauteloso através do facho de luz, tocando a madeira cheia de farpas e sem pintura das paredes, como se procurássemos pistas. Wade acendeu um cigarro e parou de andar. De costas para mim, ficou olhando fixamente pela parte aberta do celeiro, para o campo coberto de mato que havia atrás. Os faróis do caminhão lançavam uma luz pálida sobre a neve até às florestas ao longe. Além das florestas, o terreno elevava-se bruscamente à esquerda, em direção a Parker Mountain, e caía à direita em direção a Saddleback Ridge. A velha fazenda ficava a meio caminho entre os dois e, há muitos anos, quando a terra era desprovida de árvores, devia oferecer belas vistas. Eram centenas de hectares de florestas e campos elevados, cobertos de mato, que um dia pertenceram a tio Elbourne, depois a papai e agora, de certo modo, a Wade. As encostas e as florestas escuras emocionaram-me profundamente, de uma forma que não consigo descrever, e Wade deve ter sentido o mesmo, porque continuamos a fitar em silêncio o cenário visto das ruínas do celeiro.

— Wade — disse. — Foi um gesto bonito, aquele com as flores, no cemitério.

— Sim, bem, pareceu-me que devia fazer alguma coisa... Você sabe. Por mamãe.

— Eu estava pensando, imaginei se você talvez tenha se sentido como eu, quando colocamos as flores em cima do caixão.

— E como foi?
— Bem, foi como se ela estivesse lá, só mais um minuto, nos enviando algum tipo de mensagem. A respeito de papai. A respeito de tomar conta de papai, talvez.
Aquilo não estava funcionando: Wade e eu não conseguimos falar de coisas que são importantes para nós. Ainda assim, parecia importante tentar.
— Tomar conta de papai, hem? *Você* quer tomar conta dele? Fique à vontade. Suponho que o que estou fazendo por ele é o que mamãe iria querer que fizesse, mas se dependesse de mim, eu levaria o sacana para trás do celeiro e daria um tiro nele. Estou falando sério.
— Bem, foi um gesto bonito, de qualquer forma.
— Obrigado — disse ele, as costas ainda voltadas para mim.
Ficamos em silêncio por mais um instante e depois, finalmente, voltei-me para o caminhão e sugeri que voltássemos para dentro de casa.
— Ainda não, não enquanto eu não queimar o pouco de gasolina que resta no tanque. Entre você, se quiser. Tenho que ficar aqui até que o motor afogue ou a bateria pare de funcionar. Mas acho que eu deveria apagar os faróis — disse, obviamente não desejando fazê-lo. — Há um lampião de querosene que vi há poucos instantes ao lado da porta, quando entramos. Por que você não o acende?
Fiz o que me pediu, enquanto ele subia na cabine do caminhão e apagava os faróis; e então ficamos com uma luz suave, amarelo-clara, enchendo o espaço cavernoso. O motor do caminhão continuou trabalhando e fazendo ruídos de descarga e eu me senti como se estivéssemos dentro de um navio à noite, atravessando o mar do Norte, olhando para fora, para a escuridão, e enregelados com o vento constante em nossos rostos.
Não sei de onde veio o pensamento, mas de repente lembrei-me da morte de Evan Twombley e perguntei a Wade se soubera de mais alguma coisa sobre o caso nos últimos dias.
Ele disse que não e pareceu-me estranhamente relutante de

conversar sobre o assunto, como se estivesse constrangido pelo seu anterior interesse obsessivo no caso.

— Acho que foi um acidente, como todos pensam.

— Como todos *querem* pensar, você quer dizer — eu disse.

— Sim. Sim, acho que sim. Mas não comece a me deixar intrigado com isso outra vez. Não leva a nada e toda vez que começo a pensar nisso, fico louco, como um cachorro preocupado com uma pulga onde ele não consegue coçar. Acho que é melhor eu deixar esse assunto de lado — disse.

— Quer saber o que acho que aconteceu?

Wade disse que não, depois que sim e deu a volta para o lado do passageiro do caminhão, abriu a porta e procurou alguma coisa no escuro dentro do porta-luvas. Eu assumira uma posição na parte traseira móvel do caminhão e, quando ele retornou e sentou-se a meu lado, carregava uma garrafa de Canadian Club quase cheia.

— Eu as encontro por toda parte — disse, abriu a garrafa, cheirou o conteúdo e tomou um gole. — No porão, no sótão, embaixo da pia do banheiro. Eu não sabia que ele tinha chegado a esse ponto. — Começou a passar a garrafa para mim, depois retirou-a. — Desculpe — disse.

— Wade, acho que sua primeira reação à morte de Twombley foi correta.

— Qual?

— De que não foi um acidente.

— Então, quem atirou nele?

— Bem, seu amigo, acho. Jack Hewitt.

— Motivo, Rolfe. Você tem que ter um motivo.

— Para Jack? Dinheiro.

— OK. Dinheiro. Jack sempre precisa de dinheiro e ele tem tido grandes idéias sobre a vida desde que foi alvo de toda aquela atenção por ser um jogador de beisebol. Mas, ora, quem iria pagar a Jack esse dinheiro?

— Fácil. Quem se beneficia se Twombley morre de repente?

— Ah, os gângsters, acho. A Máfia, a Cosa Nostra ou qualquer que seja o nome que tem hoje em dia. Mas esses caras, eles não precisam contratar um caipira do interior. Têm seus próprios talentos, sujeitos com muita experiência. Especialistas.

— Certo. Não iriam envolver um sujeito como Jack. Sei disso. Quem mais se beneficia?

— Não sei, Rolfe. Diga-me você.

— OK, vou dizer. É provável que houvesse gente dirigindo o sindicato que não quisesse que Twombley testemunhasse em Washington sobre conexões entre o sindicato e o crime organizado. Twombley era o presidente, mas seu genro é o vice-presidente e o tesoureiro, e provavelmente será o próximo presidente. Li isso nos jornais. Qual é o nome dele, Mel Gordon?

— Gordon, sim. O sujeito do BMW de quem falei. Eu lhe falei sobre ele, não?

— Sim. Então, ouça, a minha teoria é a seguinte: é perfeitamente possível, é até provável, que Twombley não soubesse das conexões entre o sindicato e os criminosos, operações de lavagem de dinheiro, digamos, onde o dinheiro roubado de Las Vegas ou de drogas entra no fundo de pensão e depois é investido em negócios imobiliários, por exemplo, ou, quem sabe, fundos mútuos. Investimentos sólidos e absolutamente legais. Isso poderia acontecer sem que ele soubesse. Até que, alertado por um inquérito federal, ele começa a bisbilhotar.

Wade tomou mais um gole da garrafa e colocou-a a seu lado na porta traseira aberta da carroceria do caminhão. Olhou para mim e disse:

— Dor de dente.

Em seguida, acendeu um cigarro e ficou olhando fixamente pela porta aberta do celeiro, para os fundos da casa, onde de vez em quando podíamos ver Margie passar pela janela da cozinha, andando da pia para o fogão.

Wade disse:

— Então você acha que Mel Gordon queria livrar-se dele, mas não queria que parecesse um golpe, um assassinato profissional.

Porque isso apenas confirmaria a conexão com a Máfia e faria as pessoas investigarem ainda mais a fundo.

— Certo. Mas um acidente de caça, *isso* seria perfeito.

— Sim — confirmou. — Acho que seria. É verdade, sabe. Mostre bastante dinheiro a um garoto como Jack e ele pode vir a fazer uma coisa assim. E obviamente é o caminho mais fácil no mundo atirar em alguém e não ser descoberto. Droga, neste estado, ainda que admita que atirou em alguém na floresta, desde que diga que foi acidental, você pode levar uma multa de cinqüenta dólares e ter sua licença de caça apreendida pelo resto da temporada. Jack, o puto do Jack. Ele provavelmente alegou que o sujeito atirou em si mesmo, ao invés de dizer que atirou nele acidentalmente, porque era o primeiro dia da temporada e Jack ainda não tinha caçado seu próprio veado; ele não queria ficar sem a licença.

— Isso e sua reputação como guia.

Wade riu ligeiramente.

— Não sei, Rolfe. Está tudo um pouco perfeito demais para mim. — Ficou sério novamente. — Nada na vida é tão perfeito assim.

— Algumas coisas são — disse eu.

— Só nos livros.

Essa era uma crítica a mim, eu sabia, o letrado, como Wade diria, aquele que não sabia nada da vida real, que ele considerava sua área de especialidade. Ele pode não ter ido à faculdade, como gostava de ressaltar, mas estivera no exército e fora um policial. Vira coisas que o surpreenderiam a respeito da natureza humana. Enquanto eu, na visão dele, vivera uma vida privilegiada e protegida, no que dizia respeito à natureza humana, e portanto uma vida ignorante.

— É o que aconteceu — disse eu. — E não porque é tão perfeito, mas apesar disso. E sei que concorda comigo.

Levantou-se, caminhou até a porta e fitou o caminho de entrada, da frente da casa até a estrada.

— Você está tentando me deixar maluco com isso, Rolfe. Isso me deixa tão furioso, quando penso em Jack atirando naquele

Twombley e Mel Gordon pagando a ele por isso, matar seu próprio sogro, pelo amor de Deus, o pai da própria mulher. Isso me deixa tão maluco que não posso agüentar. Tenho vontade de bater em alguma coisa, bater até não poder mais. Você fica sentado aí, calmamente expondo tudo isso, não sei como consegue. Isso não o deixa furioso?

— Não — retruquei. — Não, particularmente.

— Bem, isso me deixa maluco. E não há nada que eu possa fazer. O garoto mata o sujeito e Mel Gordon encomenda a morte do próprio sogro e esse é o final de tudo. Ninguém é *punido* por isso. Não é certo.

— Você não se importa com isso, importa-se? — perguntei.

— Com punição?

— Claro que me importo! Certo é certo, droga. Você não se importa com isso, com o que é certo?

— Não, não quando não tem nada a ver comigo. Tudo que me importa é o que realmente aconteceu. A verdade. Sou um estudioso de história, lembre-se.

— Sim, eu me lembro. — Ficamos em silêncio por alguns instantes. Wade sentou-se a meu lado na parte traseira aberta do caminhão e tomou mais um gole do uísque. O caminhão engasgou, depois o motor tossiu e parou.

— Acabou a gasolina — disse Wade em voz baixa. Levantou-se, desligou a ignição e voltou. — Vamos entrar — disse. Parecia deprimido.

— Eu deveria ir para casa. É um longo percurso e tenho que dar aula amanhã.

— Vai entrar para se despedir de papai? — Ergueu o vidro do lampião e apagou-o com um sopro, mergulhando-nos na escuridão.

— Acha que ele vai notar, de uma maneira ou de outra?

— Não.

— Então, não vou entrar.

Eu lhe disse que gostara de Margie, ela era muito atraente e parecia uma boa pessoa. Sugeri que a levasse da próxima vez que fosse me visitar. Disse que o faria e apertou minha mão. Caminhei sozinho para o meu carro. Da estrada, enquanto meu carro esquentava, observei Wade entrar na varanda e depois na casa. Eu não sabia na ocasião, mas quando a porta se fechou, foi a última vez que veria meu irmão.

Durante o longo trajeto de volta para casa, repassei aquela cena estranha, sinistramente iluminada, no celeiro. Por algum motivo, sentia-me perturbado por ela e vagamente culpado, como se de uma forma importante eu tivesse agido incorretamente. Era como se tivesse assumido um papel que não era adequado para mim, um papel que seria melhor representado por Wade e, ao fazê-lo, eu havia afastado Wade de suas intenções e dos caminhos que ele traçara, alterara seus motivos. Assim, em detrimento da própria peça, eu afetara suas ações. Foi uma espécie de usurpação o fato de eu especular com tal confiança sobre a causa da morte de Twombley e, embora não tivesse percebido na ocasião, ao levantar novamente a questão e dar um foco preciso ao envolvimento de Wade com aquele acontecimento, estava influenciando a investigação de Wade em uma direção que ele jamais deveria ter tomado.

Sei disso agora, é claro, com o benefício da percepção tardia. Mas em novembro, no dia em que enterramos nossa mãe e na noite em que tiramos o caminhão de papai da neve e o guardamos naquele celeiro velho e em ruínas, eu mesmo devo ter precisado da obsessão de Wade com a morte de Twombley e eu mesmo devo ter desejado que Mel Gordon e Jack Hewitt, dois homens que eu nem conhecia, fossem punidos por assassiná-lo. Eu não tinha como saber o que Wade faria com a minha teoria altamente especulativa — na verdade, uma hipótese baseada na intuição e a mais débil das evidências, fortalecida por pouco mais do que o meu pretenso conhecimento de como os grandes sindicatos funcionavam — mas sabia que Wade aceitaria minha versão dos acontecimentos, que ela se tornaria a verdade para ele e que aplicaria a essa verdade uma variedade e intensidade de emoções que me era negada.

Naquela noite, Wade dormiu agitadamente, entrando e saindo de pesadelos e fantasias semiconscientes. Acordou deprimido, abatido e apressado para ir para o trabalho. Direcionou o tráfego na escola com impaciência e um olhar ameaçador para todos que via, inclusive as crianças. Era um dia ensolarado, sem nuvens e relativamente ameno, mas Wade manteve a cabeça enfiada no pescoço e os ombros curvados, como se estivesse sendo agredido por um vento nordeste. Quando chegou na oficina de LaRiviere, tinha a mente fixa em uma única pergunta: qual era a ligação de LaRiviere com a morte de Evan Twombley?

Enquanto, antes de nossa conversa no celeiro, Wade considerara a inusitada benevolência e repentina generosidade de LaRiviere com certa perplexidade e gratidão, ele agora via a atitude de seu chefe como claramente suspeita. O fato de LaRiviere dar-lhe um salário e lhe oferecer um trabalho no escritório, além de sua presença um tanto pegajosa na casa antes do funeral e sua surpreendente oferta para ser o quarto a carregar o caixão, quando, após mais de vinte anos como patrão de Wade, ele mal sabia o nome de nossa mãe — tudo isso pareceu a Wade, na ocasião, meramente estranho, mas, de certo modo, típico: estava acostumado a achar LaRiviere estranho. Minha conversa com ele no celeiro, no entanto, criara para Wade uma nova ordem, aparentemente, um sistema microcósmico em que todas as partes agora tinham que se encaixar, especialmente as estranhas, intrigantes e inconsistentes; e para Wade, o comportamento recente de LaRiviere era exatamente isso. Uma simples simetria, uma pequena ordem observada, colocada como uma caixa preta no canto de uma vida turbulenta e aflita, pode tornar impossível a grande tolerância do caos a que a pessoa já está acostumada.

Wade entrou na oficina e viu Jack e Jimmy Dame prontos para sair, a perfuradora carregada de canos de aço, brilhante e limpa como se fosse novinha em folha, saída diretamente de um jornal de comércio. Jimmy dava voltas na frente do caminhão batendo um pano em partículas reais e imaginárias de poeira, enquanto Jack permanecia sentado na cabine, fumando e lendo a página de esportes do *Manchester Union-Leader*.

— Apague a porra desse cigarro! — Era LaRiviere da porta do escritório, o rosto vermelho e inflado, como o de um sapo enfurecido.

Jack exibiu um amplo sorriso, deu uma última tragada e, lentamente, estendeu a mão para o cinzeiro no painel.

— Aí não, idiota. Jogue no vaso e dê descarga!

Jack saltou do caminhão, viu Wade parado perto da porta e, com ar inexpressivo, atravessou a oficina em direção ao lavatório. Wade pensou: É uma pequena encenação, para fazer tudo parecer normal, a habitual loucura de LaRiviere, a habitual reação malhumorada de Jack, que provavelmente está meio de ressaca, ou tentando fazer com que eu pense que está — os dois prosseguindo com suas rotinas diárias para que eu pense que tudo está normal. Podia imaginá-los sozinhos, combinando sua atuação, antes de Wade chegar: LaRiviere pegaria Jack fumando na loja exatamente quando Wade atravessasse a porta e Jack reagiria com sua acre obediência de todo dia.

Wade sabia que de alguma forma LaRiviere fazia parte do assassinato de Evan Twombley. Tinha que fazer: fora LaRiviere quem primeiro arranjara para que Jack fosse o guia de Twombley e aconselhara Twombley a ir caçar em suas terras em Park Mountain, a usar sua cabana se quisesse e, quando Wade contou a LaRiviere sobre o tiro, ele reagira estranhamente, fazendo Wade conduzi-lo à montanha na mesma hora e parecendo quase aliviado quando ouviu a versão da polícia estadual sobre o acontecimento. Por um segundo, Wade considerou a idéia de que o capitão da polícia, Asa Brown, estivesse de alguma forma envolvido, mas depois abandonou-a: só pensou nisso porque não gostava de Asa Brown pessoalmente e queria, de alguma forma, vê-lo envolvido.

Foi mais difícil com LaRiviere e Jack: de certo modo, ele gostava de LaRiviere, trabalhava para ele desde que era um garoto do ginásio, exceto quando estava no exército e, às vezes, pensara nele como o tipo de pai que quisera ter tido, o tipo de pai que ele achava realmente merecer. Quanto a Jack, via-o como um irmão mais novo, quase, um homem muito parecido com ele mesmo vinte anos atrás — um garoto inteligente e atraente com uma sociabilidade arrogante, preso em uma cidade pequena, talvez, mas tirando o máximo proveito disso. Não, ele não queria LaRiviere e Jack envolvidos nessa história lamentável e, quando olhou para os dois homens, um vociferando por causa de tocos de cigarros e limpeza, o outro jogando o toco do cigarro no vaso sanitário como se jogasse uma moeda na fonte, sentiu uma espécie de pesar, uma mistura turbulenta de abandono, raiva e culpa. Em relação a Asa Brown, entretanto, tudo que sentia era o ressentimento bastante familiar e frio que as pessoas inseguras sentem em relação àqueles que os humilham. Não, Asa Brown definitivamente não estava envolvido nesse caso de Twombley.

— Bom dia, Gordon — disse Wade a LaRiviere, e dirigiu-se ao seu armário, onde pendurou o casaco e o boné.

LaRiviere exibiu um amplo sorriso, fez um aceno para Wade e retirou-se para seu escritório.

Quando Wade pegou a prancheta e as folhas de inventário e preparou-se para retomar a contagem de chaves inglesas e acessórios, Jack passou por ele e disse:

— Vou cair fora disso, Wade.

— Catamount?

— Não, da porra desse emprego. Esse emprego é um saco. Trabalhar ao ar livre no inverno é um saco. Vou cair fora daqui.

Saiu caminhando pesadamente em direção ao caminhão e subiu para a cabine, onde Jimmy o aguardava ao volante. Jack girou a manivela que abaixava a janela e gritou para Wade:

— Abra a porta da garagem, sim?

Ao invés disso, Wade foi até o caminhão, deu a volta para o lado de Jack, e em voz baixa e suave, disse:

— Por que não larga tudo agora, Jack, se quer tanto ir embora?

Jack suspirou e encostou a cabeça no assento.

— Wade, apenas abra a porta. Já estamos atrasados e Gordon levantou com o pé esquerdo.

— Não, estou falando sério. Por que não larga esse emprego? Você tem bastante dinheiro agora, não tem? Vá para a Califórnia, meu amigo. Recomece a vida. Todo mundo está lá surfando, Jack, enquanto, você está aqui perfurando poços na neve.

— O que quer dizer com eu tenho bastante dinheiro? Estou tão duro quanto você.

Wade sorriu amplamente, depois virou-se, caminhou até o fundo da oficina e acionou o mecanismo que abria a porta. A porta ergueu-se com estrépito e deslizou para cima. Quando o caminhão saía da garagem, Jack inclinou-se pela janela aberta e gritou para Wade:

— Você está maluco! Sabia? Completamente maluco!

— Como uma raposa! — gritou Wade em resposta, enquanto o caminhão atravessava pesadamente o estacionamento em direção à estrada. Wade começou a andar de volta para o interruptor, quando viu o familiar BMW preto entrar no estacionamento e, ao passar pelo caminhão, parar. O caminhão parou, Jack abriu sua janela outra vez e Wade o viu trocar algumas palavras com o motorista do BMW, depois seguir em frente.

Wade ficou parado na porta da garagem, observando Mel Gordon estacionar seu carro ao lado do prédio e caminhar vivamente para a porta, onde viu e reconheceu Wade.

Seus olhos encontraram-se e então (significativamente, Wade pensou) Mel Gordon desviou o olhar de imediato e passou por ele. Wade virou-se e seguiu-o com o olhar, enquanto ele seguia direto para a porta do escritório. A porta abriu-se por um segundo e Wade viu Elaine Bernier, sentada atrás de sua escrivaninha, cumprimentar Mel Gordon com um sorriso encantador.

— Sr. Gordon! — exclamou.

— O chefe está? — perguntou ele alegremente.

— Sim, está sim!

Mel Gordon virou-se, fez menção de fechar a porta, captou o olhar de Wade, devolveu o olhar e bateu a porta.

Com um sorriso e um assobio, Wade apertou o botão e a porta desceu, batendo no solo de concreto. Seu peito estava aquecido e repleto do que peculiarmente parecia alegria, como ele se sentira ao descobrir Lillian encontrando-se com seu amante em Concord. O mundo era cheio de segredos... segredos, conspirações e mentiras, tramas, más intenções e trapaças complexas. Conhecê-los — e agora conhecia todos eles — enchia o coração de Wade de uma alegria inexplicável.

18

Ao meio-dia, o céu ficara nublado e a neve caía novamente — flocos grandes, como papel picado, que diminuíam conforme a frente fria entrava e a temperatura caía. Wade continuava com o inventário, contando e relacionando acessórios, canos, ferramentas e materiais em ordem rigorosa — um trabalho enfadonho, maçante, a maior parte realizado agachado, diante de caixas de madeira sob o balcão, parcialmente cheias de conexões de cobre, joelhos de noventa graus ou válvulas de latão. Entretanto, a oficina estava agradavelmente aquecida, profusamente iluminada e, é claro, imaculadamente limpa. Wade preferia estar ali do que em Catamount, perfurando um poço no solo parcialmente congelado. O que, não fosse a repentina e ainda intrigante mudança de atitude de LaRiviere em relação a ele, era exatamente o que estaria fazendo agora.

A cada intervalo de aproximadamente uma hora, ele entrava no lavatório do tamanho de um *closet*, fechava a porta e fumava um cigarro. Evidentemente, tinha sido durante uma dessas interrupções que Mel Gordon, tendo terminado seus negócios com LaRiviere, fora embora da oficina: quando Wade parou para almoçar e saiu para o estacionamento pensando em ir ao Wickham's, o BMW já havia partido e as marcas dos pneus já haviam desaparecido.

Entrou no carro e girou a chave na ignição, pensando naquele instante principalmente em sua dor de dente — prometendo a si mesmo, mais uma vez, que iria tratar do maldito dente, obturar, arrancar, o que fosse necessário, porque era ridículo, um adulto andando por aí com uma dor de dente permanente na era da moderna odontologia, pelo amor de Deus — quando percebeu que não estava obtendo nenhuma reação do carro. Girou a chave outra vez, ouviu um débil estalido, depois mais nada, exceto o tique-tique da neve caindo no teto e no capô.

Odiava esse carro. Odiava-o. Supunha-se que ele fosse um policial, a postos 24 horas por dia, mas tinha que contar com um precário Fairlane de oito anos com uma embreagem escorregadia, uma barra de direção sempre chocalhando e agora, tinha certeza, um motor de arranque com defeito.

O novo Dodge de tração nas quatro rodas de LaRiviere estava parado ao lado do carro de Wade e ele resolveu pegá-lo: ora, bolas, por que não? Queria ver até que ponto o sujeito iria. Vou provocá-lo um pouco, ver até onde ele vai.

Saiu do carro e estendeu a mão para a maçaneta da porta da *pickup* de LaRiviere, quando viu o lema NOSSO NEGÓCIO É ENTRAR NO BURACO! Como se Wade fosse programado, o velho hábito instalou-se e ele viu-se caminhando para o escritório a fim de pedir a LaRiviere permissão para usar a *pickup*.

Contou a LaRiviere o problema com o motor de arranque de seu carro, já lhe causara problemas diversas vezes este mês, mas, antes que pudesse pedir para usar o próprio veículo de LaRiviere, este atirou-lhe as chaves.

— Leve minha *pickup*. Eu posso usar o Town Car; ele precisa ser usado, de qualquer modo. Vou lhe dizer o que você deve fazer: peça a Chub Merritt para rebocar aquela porcaria esta tarde e você fica com a *pickup* até que ele conserte seu carro. Já pensou em comprar um carro novo, Wade? — perguntou de repente, estreitando os olhos para ele por cima da escrivaninha e tamborilando os dedos como se enviasse mensagens através da madeira.

— Com o que você me paga?

LaRiviere ignorou a observação. Apertou o interfone e gritou:
— Elaine! Ligue para Chub Merritt e mande ele rebocar o carro de Wade e verificar o motor de arranque.
— O quê? — ouviu-se sua voz alta e áspera, o tom modificado mais pela incredulidade do que por não tê-lo ouvido.
LaRiviere repetiu a ordem e acrescentou que ele queria que Chub debitasse a despesa na companhia. — Considere isso uma despesa da companhia, Wade. Melhor ainda, colocarei na conta da cidade. Vamos debitar a despesa no orçamento da polícia. Já pensou em comprar um carro novo, Wade? Você é o policial da cidade e o policial da cidade tem que ter um carro decente, não acha?
— Acho.
— Talvez possamos incluir isso no orçamento na próxima reunião do conselho, um carro novo para Wade Whitehouse. Comprar um Olds bem equipado ou um Bronco, nada desses carrinhos que essa porra do Lee Iacocca fabrica. Esse sujeito me dá nos nervos, sabe? — continuou, girando sua cadeira e colocando os pés em cima da mesa. — Primeiro ele vai à falência, depois consegue que os contribuintes paguem o prejuízo, depois aparece como o Capitão Capitalista, como se fosse candidato à presidência. Ele e esse outro sujeito, Donald Trump. Esses caras se alimentam do público e, quando ficam ricos, tornam-se republicanos. Sempre gostei de saber que você é um democrata, Wade. Você e eu — disse, sorrindo largamente e, para Wade, ele mesmo parecendo-se muito com Lee Iacocca. — É bom conversar sobre política de vez em quando. Então, o que diz? Quer um carro novo ou não?
— Claro que quero. O que tenho de fazer para isso?
— Nada. Nada que não esteja fazendo no momento, Wade. Estive pensando ultimamente, você não tem tido muito reconhecimento por aqui e já é tempo de mudarmos um pouco as coisas, só isso.
— Vi Mel Gordon aqui hoje de manhã — disse Wade.
— E daí?
— Ele disse mais alguma coisa sobre aquela multa que eu lhe dei? Na verdade, tentei lhe dar. O filho da puta não quis receber.

LaRiviere suspirou e franziu o cenho com grande preocupação.
— Wade, isso não foi muito inteligente, ir lá logo depois que o sogro do sujeito se matou. Vamos deixar essa passar, está bem? Considere como um favor para mim.
— Para você? Por quê?
— Mel está fazendo alguns negócios comigo. É bom fazer favores para as pessoas com quem você está fazendo negócios. Além disso, ele estava muito perturbado naquele dia. Estava com pressa e, pelo que sei, você estava retendo todo mundo lá na escola. Nada de importante, Wade.
Wade tirou um cigarro e bateu a ponta no vidro do seu relógio.
— Isso foi antes de Twombley levar um tiro.
— Não acenda isso aqui. Sou alérgico.
— Não vou acender. Isso não foi antes que ele pudesse saber a respeito de Twombley?
— Que diferença faz, Wade? Pare com isso, está bem? Tente ser sensato, pelo amor de Deus. — Remexeu-se em sua cadeira, recolocou os pés no chão e pegou um lápis, como se fosse voltar ao trabalho. — Olhe, leve minha *pickup*, divirta-se e pare de se preocupar com Mel Gordon, sim? — sorriu. Fim da reunião.
Wade assentiu e virou-se para ir embora. Ao abrir a porta, LaRiviere disse, em um tom sereno e casual:
— E a casa de seus pais, Wade? O que pretende fazer com ela?
— Nada. Morar lá. Quer comprar meu *trailer* de volta?
— Talvez. Afinal, coloquei aqueles *trailers* lá para vender e já vendi todos eles uma vez e alguns deles duas vezes. Mas estava pensando... imaginei se você não estaria pensando em vender a propriedade de seus pais.
— Está interessado?
— Pode ser.
— Você e Mel Gordon?
— Pode ser.
— Por que não deveria ser eu a pessoa que fica com o lugar e o vende no final da linha? Por que vocês é que deveriam ganhar todo o dinheiro? De qualquer forma, não posso vendê-la para você. Preciso do lugar, e meu velho também.

— Tudo bem. Só estava perguntando.
— Entendi. Só perguntando. — Wade enfiou o cigarro entre os lábios e puxou um isqueiro Bic do bolso.
— Fora! Fora! — gritou LaRiviere, abanando as duas mãos na sua direção.
Wade abriu um amplo sorriso, depois fechou a porta e saiu da oficina.
Não acendeu o cigarro enquanto não entrou com a *pickup* de LaRiviere no estacionamento do Wickham's e notou, com sua irritação habitual, o letreiro COZINHA CASEIRA. Ficou sentado na *pickup*, espreitando, por cima da pá de neve erguida, para o letreiro na parte baixa do telhado do restaurante, as palavras em rosa vivo através da neve que caía. Tragou profundamente, a fumaça atingiu o fundo de seus pulmões e de repente compreendeu: o filho da puta, LaRiviere, ele *estava* metido nisso, afinal! *Todos* estão metidos nisso! LaRiviere, Mel Gordon, Jack — todos eles. Mel Gordon estava no negócio imobiliário com LaRiviere, provavelmente usando fundos do sindicato para comprar todas as propriedades livres na área, só Deus sabe para quê, já que, em sua maioria, mal valiam os impostos que pagariam. Twombley descobriu e, então, usaram Jack para se livrar dele.
Wade permaneceu sentado ali, fumando e repassando o caso várias vezes, analisando as conexões, isolando as peças que não se encaixavam, tentando separar o que sabia do que não sabia. Ele não sabia (a) a real ligação financeira entre Mel Gordon e LaRiviere, mas tinha certeza de que envolvia fundos do sindicato e possivelmente dinheiro do crime organizado; e não sabia (b) por que alguém iria querer comprar todas as terras e velhas fazendas disponíveis na cidade e fora, ao longo de Saddleback e em Parker Mountain, quando ninguém as queria há gerações; e ele não sabia (c) por que se importava tanto com quem teria assassinado Twombley, por que isso o deixava tão furioso que ele podia sentir seu coração começar a bater acelerado e seu corpo enrijecer-se de raiva, tão furioso que tinha vontade de socar alguém com os punhos.
Viu-se sonhando uma imagem de si mesmo, dando um passo

à frente com os punhos cerrados, inclinando-se para desfechar o golpe, batendo com seus punhos no corpo e no rosto de uma pessoa sem rosto, até mesmo sem gênero. Apenas uma pessoa, uma pessoa sendo atingida por Wade Whitehouse.

Agora, Margie já não estava trabalhando durante o dia no Wickham's; estava na casa cuidando de papai, até que Wade chegasse, quando ela deveria ir à cidade e servir as mesas até Nick fechar o restaurante às nove. Concordaram em experimentar esse esquema temporariamente, mas depois que se casassem, Wade disse, não queria que ela trabalhasse mais. Ela dissera:

— O que vou fazer, então, limpar a casa e cozinhar o dia inteiro e a noite também? Fiz isso uma vez, Wade, e acho que não funciona comigo. Talvez, mas acho que não.

A reação de Wade foi ressaltar que alguém teria que ficar com papai; não podiam mais deixá-lo sozinho; e à noite e nos fins de semana, quando ele mesmo não estivesse trabalhando, Wade não iria querer ficar sozinho esperando que ela terminasse no Wickham's.

Não discutiram, exatamente, mas pensaram em voz alta durante o café da manhã. Nenhum dos dois imaginara que, tão depressa, pudessem ter dificuldade em combinar suas vidas tranqüilamente. Para Wade, a idéia de combinar a vida de Margie à sua significava simplesmente que ele iria trabalhar em seu emprego e Margie tomaria conta da casa e da família, que por acaso incluía um velho alcoólatra e em breve uma menina de dez anos. Para Margie, a idéia de mudar-se para ir morar com Wade significava que não teria que se preocupar tanto com dinheiro e não teria que ficar sozinha o tempo inteiro. Apesar de seus casamentos difíceis e fracassados, ambos mantinham firmes em suas mentes a imagem da família em que o homem vai para o trabalho o dia todo e volta à noite, a mulher fica em casa e toma conta da casa e de quaisquer crianças ou adultos doentes ou inválidos que por acaso estejam lá, e todos ficam felizes.

O que deu errado em sua própria família e na de Wade, como em seus primeiros casamentos e na maioria dos casamentos que conheciam, causando tanto sofrimento para ambos os pais e para todos os filhos, era uma falha do caráter individual — o pai de Wade, o pai dela, a mãe dele, a mãe dela e assim por diante — e, é claro, má sorte. A maneira de fazer um casamento funcionar, ambos acreditavam, era melhorar seu caráter e aproveitar sua sorte. Sobre o primeiro, achavam que tinham controle; com o segundo, arriscava-se. De modo que ao aceitar, ou recusar, casar-se com alguém que amava, a pessoa estava fazendo uma declaração sobre o caráter daquela pessoa e estava expressando sua atitude em relação à sorte naquele determinado momento de sua vida.

Margie tinha Wade em alta consideração e ultimamente sentia-se com sorte: exatamente quando sua vida parecia congelar-se sobre ela, aprisionando-a na solidão e na pobreza, o homem cuja companhia apreciava, um homem honesto com emprego fixo, entrara na posse de uma casa e expressara um forte desejo de casar-se com ela. Wade também sentia-se com sorte ultimamente: havia a sorte gratuita de ter descoberto o caso extraconjugal de sua ex-mulher com seu advogado exatamente quando estava prestes a entrar com uma ação de custódia contra ela; havia a sorte da decisão de LaRiviere, quaisquer que fossem suas razões, de tratá-lo com justiça; havia a sorte da casa cair praticamente em suas mãos, embora isso se devesse à má sorte, a morte de sua mãe; e havia a sorte de ter uma mulher com quem sentia-se à vontade, uma mulher honesta e de bom senso, disposta a casar-se com ele.

Então, por que não se casar? Por cinqüenta ou cem mil anos, homens e mulheres têm se casado por essas mesmas razões; por que não Wade Whitehouse e Margie Fogg? Na verdade, a força dessas condições, caráter e sorte, era tão poderosa, que para não se casarem seria necessário um enorme esforço, uma espécie de vontade radical ou pura perversidade, que nenhum dos dois parecia possuir. Eles teriam que negar a influência do caráter e da sorte em suas vidas ou teriam que admitir que um ou o outro, ou ambos, eram pessoas más, incapazes de aprimorarem-se, ou então meramente pessoas afligidas pela má sorte.

No final da tarde, Jack Hewitt e Jimmy Dame entraram no estacionamento, levaram a perfuradora até a porta da garagem e buzinaram para que Wade abrisse. Nevava bastante agora e tudo indicava que continuaria assim pelo resto da noite e, enquanto Jack e Jimmy guardavam os equipamentos e as ferramentas, Jimmy cantava:

— Hora extra, hora extra, não vai me dar hora extra?

Jack de vez em quando olhava soturnamente para a porta, como se planejasse sua fuga.

Às quatro e meia, Wade estava pronto para ir para casa, de modo que Margie pudesse chegar no trabalho às cinco, como prometera a Nick Wickham. Quando LaRiviere saiu bocejando do escritório para definir os detalhes da limpeza da neve das ruas, Wade explicou como e por que ele não poderia ficar para fazer hora extra naquela noite. Provavelmente não estaria disponível por muito tempo, talvez todo o inverno, acrescentou, por causa de suas novas responsabilidades em casa.

— Você devia vender aquele lugar e mudar-se para a cidade, Wade — disse LaRiviere, piscando.

— Não posso, não é meu.

— Convença seu pai, então.

— Aquele homem não pode ser convencido a coisa alguma, Gordon, exceto a mais uma garrafa de Canadian Club. Sabe disso.

— Você consegue, Wade — insistiu LaRiviere, passando um braço amistosamente em torno dos ombros de Wade. — Jack, que tal você sair com a aplainadora esta noite? Jimmy está acostumado com o caminhão basculante e a pá em V.

— Não posso. Tenho um encontro. — Jack parou junto à porta, pronto para ir embora, a lancheira preta em uma das mãos, um jornal enrolado na outra. Jimmy já estava no outro lado da garagem, no quadro onde ficavam penduradas todas as chaves dos veículos e armários de LaRiviere, ainda cantando:

— Hora extra, hora extra.

— Jack! — vociferou LaRiviere. — Desmarque seu maldito encontro. Temos trabalho a fazer.

— *Você* tem um trabalho a fazer, Gordon, eu não — retrucou Jack, atravessando a porta.

— *Filho da puta!* — exclamou LaRiviere, perplexo.

Wade pensou: Que dupla de atores esses sujeitos formam. Quem imaginaria que pudessem desempenhar seus papéis assim tão bem? Se ele não soubesse o que sabia, teria sido completamente enganado por aquela rotina.

— Tem certeza que não pode sair com a aplainadora hoje, Wade? — perguntou LaRiviere.

— Vamos fazer o seguinte — sugeriu Wade. — Deixe-me limpar as ruas até minha casa com seu caminhão, não a aplainadora. Você sabe, da saída até a casa de meu pai, depois até a estrada de Parker Mountain e as ruas laterais nesse trecho, para as quais você não precisa da aplainadora, de qualquer modo. Assim, posso fazê-lo. Posso pegar meu velho em casa quando passar por lá e deixar que ele venha comigo, e Margie poderá ir trabalhar um pouco mais tarde esta noite.

LaRiviere pareceu considerar a proposta por algum tempo, depois disse:

— Mas tenha cuidado e não arranhe a pá em nenhum lugar. Se o fizer, retoque-a pela manhã.

— Combinado — disse Wade. — O que vai fazer com Jack? — perguntou. Despedi-lo? Você teria me despedido, Gordon, até alguns dias atrás. Sabe disso, não é?

— Bem... as coisas mudam, Wade. Mas acho que Jack ainda está perturbado com o caso de Twombley. Cristo, todo mundo anda um pouco transtornado esses dias. De qualquer forma, preciso de Jack por mais algum tempo, até que o solo fique duro demais para ser perfurado.

— Já está mais congelado do que a cona de uma freira — falou Jimmy em tom agudo. Aproximara-se da conversa depois que Jack saiu e ficou parado junto à porta, pronto para ir limpar a neve das ruas, o boné enfiado na cabeça, a gola levantada e luvas. — Quebramos uma broca esta tarde e desistimos com a segunda antes que a quebrássemos também. Você teve sorte de conseguir enterrar sua mãe — disse a Wade. — Quando fizeram a cova? Segunda-feira? Devem ter usado uma escavadeira. Aposto como usaram uma escavadeira.

— Merda — exclamou LaRiviere, calculando o custo da broca quebrada. — Puxa, o inverno chegou cedo este ano.

— Jack quer sair, de qualquer forma — disse Wade. — Está pronto para fugir. Pronto para ir para lugares mais quentes.
— Ele não pode deixar o estado até realizarem uma audiência sobre o caso de Twombley.
Wade abriu um amplo sorriso.
— Uma audiência? Por quê? Asa Brown acha que talvez Twombley não tenha atirado nele mesmo?
— Não seja idiota, Wade. É apenas uma formalidade que têm que cumprir, pelo amor de Deus. Eles precisam decidir se cassam a licença dele ou não. Pare com isso, sim? Todo mundo sabe o que você enfiou na cabeça sobre o caso Twombley. É loucura, Wade, então, esqueça isso, tá? Jack já anda de cabeça cheia com esse caso, não é preciso você ficar por aí com suas malditas suspeitas. Não somos estúpidos. Não é mesmo? — perguntou LaRiviere a Jimmy, que estava ao lado dele, de frente para Wade.
— Sim — disse Jimmy. — Jack está furioso com você, Wade. Ele sabe o que está pensando, o que enfiou na cabeça, como Gordon diz. Ele acha que você está agindo como um maluco ultimamente. Ele me disse isso.
— Aposto que acha mesmo — retrucou Wade.
LaRiviere perguntou a Jimmy se ele poderia limpar todas as ruas exceto as da parte da cidade que levava à Parker Mountain. Jimmy respondeu que sim, certamente, ele precisava das horas extras e a neve não estava tão forte, dez a doze centímetros no máximo. Estava frio demais para nevar muito, disse, e não havia vento. Ótimo tempo para congelar os lagos, o que significava pesca no gelo no sábado. Riu diante da idéia de se entocar em uma cabana durante todo o fim de semana, longe da mulher e dos filhos. Era um homem cuja vontade de ficar longe de sua família numerosa e briguenta era tanto justificada quanto satisfeita pela necessidade de sustentá-los, um círculo perfeito que o deixava livre de culpa e sozinho, com a mulher e os filhos alimentados e felizes. Eles não o queriam por perto o tempo todo, de qualquer modo, já que era evidente que, quando estava em casa, ficava apenas tentando arranjar uma desculpa para se ausentar outra vez.
Wade disse que então estava combinado e correu para o ca-

minhão de LaRiviere: queria chegar em casa até às cinco horas, para que Margie não chegasse mais do que meia hora atrasada no trabalho, o que provavelmente a irritaria, mas, droga, ele tinha um desculpa. Pensou em telefonar-lhe, mas isso só iria atrasar sua chegada em mais cinco minutos e deixá-la ainda mais contrariada. Ela era pontual, uma mulher disciplinada e ordeira, e ele não era nada disso. Ela dizia que ele parecia ter nascido vinte minutos atrasado e passara a vida até agora seguindo aquele relógio, em vez do que todas as demais pessoas usavam.

Margie considerava o desleixo e a desordem de Wade uma característica dos homens em geral, de modo que raramente fazia comentários. Os homens eram relaxados. LaRiviere, que do ponto de vista de Margie era meramente um homem que gostava de ver tudo arrumado e limpo, era considerado pela maioria das pessoas um louco nesse aspecto, quase efeminado, o que ela achava que apenas provava sua teoria. Se LaRiviere fosse uma mulher, como Alma Pittman, que era tão fanática com limpeza quanto ele, então as pessoas o achariam normal, como a achavam.

A perpétua falta de pontualidade de Wade, entretanto, Margie não compreendia: era como se ele fizesse isso para se vingar do mundo por alguma ofensa antiga e secreta. Sem dúvida, deixava o mundo furioso com ele — sua ex-mulher, sua filha, Gordon LaRiviere, seu irmão Rolfe: qualquer um que marcasse um encontro com Wade começava esse encontro ligeiramente aborrecido com ele, como se o tivesse começado com um pequeno insulto.

Wade virou à esquerda na rota 29 perto da casa dos Hoyt, entrando na Parker Mountain Road. Abaixou a pá, inclinou-a quinze graus à direita, depois atravessou a ponte e lentamente dirigiu-se para casa. Ao chegar, eram 5:25. A luz da varanda estava acesa e ele viu que o carro de Margie, seu Rabbit cinza, não estava lá. Droga, pensou, ela não devia ter deixado o velho ali sozinho. Entrou no caminho da casa, limpando-o de uma só vez, e estacionou o caminhão. Gostava do caminhão de LaRiviere; ainda tinha cheiro de novo e, quando o dirigia, sentia-se acima do mundo e isolado dele: a cabine era bem vedada e seca, sem ruídos ou solavancos da estrada imiscuindo-se em seus pensamentos. Gostava de dirigi-lo especialmente à noite, com as duas fileiras de faróis dianteiros e os faróis de milha acesos, a pá na frente do capô largo e plano como uma arma, mergulhando e erguendo-se conforme ele se movia por aquelas estreitas estradas secundárias, os faróis iluminando os bancos de neve e derramando-se à sua frente até a próxima curva e a escuridão ao longe.

Quando entrou em casa, Wade parou na cozinha, junto à porta, e gritou:

— Papai!

Nenhuma resposta. O filho da puta provavelmente ficou inconsciente, pensou, e encolheu-se ante a idéia de ter que fazer seu pai bêbado recobrar um pouco a consciência, enfiá-lo em um casaco, como colocar uma criança em uma roupa de neve, arrastá-lo para fora e para cima do caminhão com ele. Nunca deveria ter concordado em fazer este serviço para LaRiviere esta noite. Não era problema dele, era de LaRiviere e de Jack.

Mas quiseram brincar de gato e rato com ele, representar rotinas destinadas a fazê-lo pensar que tudo estava normal, que Jack continuava, como sempre, tanto teimoso quanto impetuoso e que LaRiviere facilmente se enfurecia e rapidamente perdoava. Se Wade tivesse dito: "Sinto muito, Gordon, não vou limpar neve esta noite", LaRiviere teria simplesmente telefonado para a Toby's Inn, Wade tinha certeza, e chamado Jack. Imaginou os dois conversando sobre isso, LaRiviere em seu escritório, Jack no telefone público no corredor escuro que ia do bar ao lavatório masculino nos fundos.

LaRiviere: — Ele não se deixou enganar. Está atrás de nós.

Jack: — Merda! O que vamos fazer?

LaRiviere: — Não sei. Talvez eu possa comprá-lo. Terei que falar com Mel Gordon.

Jakc: — Droga! Você não pode comprar Wade.

LaRiviere: — Nós compramos você.

Jack: — Wade Whitehouse não é Jack Hewitt.

LaRiviere: — Sim, bem, ainda tenho que mandar limpar a neve das ruas hoje. Então, volte aqui e saia com a porra da aplainadora.

Jack: — Merda! A aplainadora?
LaRiviere: — Isso mesmo, a aplainadora.
Jack: — Merda!

Wade gritou por seu pai uma segunda vez. Novamente, nenhuma resposta. Então, viu o bilhete sobre a mesa da cozinha, ao lado de um dos pratos da mesa posta para dois: *Wade, tive que sair para o trabalho. Obrigada por chegar na hora. Não se preocupe, papai está comigo. Venha pegá-lo no Nick's quando chegar em casa. A janta está no forno para vocês dois. Margie.*

Apesar da evidência da raiva de Margie, Wade sentiu-se aliviado pelo bilhete. Enfiou o pedaço de papel no bolso e, quando saiu para a varanda, viu faróis de milha passarem rapidamente, uma *pickup* com tração nas quatro rodas com a pá erguida no ar, e embora estivesse em boa velocidade, Wade reconheceu o veículo instantaneamente: era o Ford cor de vinho de Jack, deixando para trás um leque alto de neve conforme passou pela casa sem reduzir a marcha, desaparecendo na curva, em direção à subida para Parker Mountain.

Wade subiu no banco do motorista do Dodge azul de LaRiviere e ligou o motor, ouviu o ronco surdo dos amortecedores por alguns segundos e acendeu os faróis de milha, espalhando um campo branco de luz no quintal. Em seguida, com a pá erguida, saiu lentamente para a estrada, onde, ao invés de virar à esquerda e descer em direção à cidade, virou à direita e começou a seguir as marcas dos pneus da *pickup* de Jack na neve fresca. Não havia nenhuma estrada vicinal saindo da estrada principal ali naquele trecho, exceto as trilhas de lenhadores que atravessavam a floresta de um lado para o outro e não havia nenhuma casa depois da fazenda dos Whitehouse, exceto algumas cabanas de veraneio fechadas, e no meio da floresta algumas cabanas de caça, como a de LaRiviere, do lado de cá da montanha. Não fazia sentido Jack estar ali esta noite.

Dirigindo depressa agora, mas não rápido demais, porque não queria ultrapassar Jack de repente se ele parasse ou diminuísse a velocidade, Wade espreitou através da neve fina que caía, à procura dos faróis da *pickup* de Jack. Ele apagou seus próprios faróis de milha e ficou usando faróis baixos, esperando que Jack não olhasse pelo retrovisor: imaginava se Jack o vira quando passou pela casa. Se não, então Jack não tinha nenhuma razão para achar que alguém o estivesse seguindo.

De repente, quando Wade chegou ao topo de uma pequena subida, onde a estrada descia e corria entre dois pântanos rasos, congelados, ele viu o caminhão de Jack cem metros à sua frente. Pisou fundo nos freios, derrapou um pouco e parou. Jack estava fora da *pickup* e caminhara alguns metros no meio do mato depois do banco de neve, mas ele avistara Wade e estava voltando atabalhoadamente para a *pickup*. Bateu a porta e partiu apressado.

Wade voltou para a pista, avançou lentamente e parou logo atrás de onde Jack estivera estacionado, iluminando as marcas dos pneus e suas pegadas com os faróis. Podia ver que Jack se afastara uns oito ou dez metros, parara a *pickup* e dera marcha a ré, depois saíra e andara pela margem da estrada junto ao banco de neve. Muito estranho, pensou Wade. O que ele estaria procurando? Provas incriminatórias? Cápsulas de balas? Seria essa a cena do crime? A floresta além do pântano congelado dos dois lados da estrada estava escura e impenetrável. Wade sabia que o terreno erguia-se bruscamente logo depois da floresta e que ele estava em um valão entre duas longas cadeias de montes que iam da montanha até Saddleback: não havia nada a ser visto dali, exceto florestas, mesmo durante o dia.

Intrigado, engatou a marcha e prosseguiu, agora mais velozmente e sem a cautela de antes, porque sabia que Jack o vira, embora provavelmente não tivesse identificado o caminhão de LaRiviere. Ainda assim, Jack devia estar tentando despistá-lo: tal como não havia nenhuma razão para Jack estar ali numa quinta-feira à noite, também não havia razão para ninguém mais estar, a menos que essa pessoa estivesse perseguindo Jack.

Wade agora sabia o que estava realmente fazendo, perseguindo Jack. Acendeu os faróis de milha, os faróis altos e ligou o *scanner* da faixa do cidadão, para o caso de Jack o estar usando — a quem ele chamaria? LaRiviere? Mel Gordon? — e pisou no acelerador, movendo-se rápida e habilmente nas derrapagens nas curvas, a lâmina da pá subindo e descendo diante do caminhão, como a proa de aço de um barco na tempestade, quando a estrada subia e descia e subia outra vez, cada vez mais alto, à medida que se aproximava do topo da Parker Mountain.

Parara completamente de nevar agora — Jimmy tinha razão: estava frio demais para nevar — e Wade podia ver claramente à sua frente. As marcas dos pneus do caminhão de Jack ainda se estendiam à frente, mas ele não via nenhuma luz na distância: era como se Jack houvesse passado ali há uma hora e não há apenas alguns segundos; como se Wade estivesse ali na estrada da montanha sozinho; como se tivesse inventado tudo aquilo, não tivesse visto Jack passar por sua casa e não tivesse encontrado seu caminhão estacionado à margem da estrada lá atrás nos pântanos, não o tivesse visto correr de volta para o caminhão e partir a toda velocidade. Não havia para onde ir ali em cima. A estrada gradualmente se afunilaria e, neste lado do topo, passaria pela cabana de LaRiviere. Então, do outro lado da montanha, onde o terreno descia em meio a densas florestas de espruces e pinheiros em direção a uma região de lagos pequenos e rasos, a estrada virava para uma trilha de lenhadores que volteava pela descida da montanha, ligando-se afinal à rota 29, a dezesseis ou dezoito quilômetros ao sul de Lawford, onde a estrada cruza por baixo da interestadual em um trevo rodoviário.

A algumas centenas de metros antes da cabana de LaRiviere, Wade reduziu a velocidade e apagou os faróis outra vez, confiando apenas nos faróis baixos. Quando se aproximava da saída da estrada perto do pântano raso coberto de musgos que ficava em frente à cabana, no exato lugar onde Jack estacionara no dia em que matou Twombley, onde a ambulância e Asa Brown e os policiais estaduais haviam estacionado, ele viu o caminhão de Jack, fora da estrada, à esquerda, com todos os faróis apagados, pronto para arrancar e emparelhar com ele. A cinqüenta metros do pântano, Wade moveu-se ligeiramente para a esquerda, ocupando toda a pista, de modo que Jack não pudesse ultrapassá-lo quando voltasse para a estrada — quando de repente a *pickup* de Jack pareceu saltar na estrada. Mas ele virou-se para o outro lado, em direção ao topo da montanha, a toda velocidade, com todos os faróis acesos.

Wade pisou no acelerador, seus pneus giraram e o caminhão deu um salto para a frente. Agora, os dois veículos estavam separados por apenas alguns metros, enquanto corriam pela estrada sinuosa e estreita, até o topo da montanha, passando como um raio pelas árvores baixas e mirradas que cresciam ali e, depois, ultrapassaram o cume e o fim da estrada. Estavam na trilha de lenhadores, pedregosa e em ziguezague, saltando e desviando dos obstáculos ribanceira abaixo, entrando em valas e saindo de ré, dando guinadas de um lado para o outro conforme a trilha serpenteava e descia através de árvores caídas e grandes moitas de arbustos. Ambos eram veículos de tração nas quatro rodas com pneus grandes de neve e chassis levantado. Percorriam o terreno acidentado rapidamente e com relativa facilidade, embora àquela velocidade fosse perigoso e tivessem que desviar rapidamente quando enormes pedras e tocos de árvores cobertos de neve surgiam repentinamente diante deles da escuridão. Com as pás à frente dilacerando a vegetação rasteira, os veículos arremessaram-se em grande velocidade pelo barranco abaixo e logo entraram na floresta outra vez, onde o declive já não era tão íngreme. No ponto onde a trilha fazia uma curva fechada para evitar uma vala profunda, Jack freou e Wade bateu no pára-choques traseiro da *pickup* de Jack com a pá, fazendo-a sair girando até a borda da vala. De algum modo, Jack recuperou o controle do veículo, as rodas escavaram o solo congelado, atirando torrões de terra e neve no ar, e ele partiu novamente, correndo à frente, com Wade atrás dele, cada vez mais perto, sua pá a curta distância do pára-choques pendurado da *pickup* de Jack.

Então, inesperadamente, o terreno nivelou-se e os veículos passaram a correr ao longo de um lago raso de castores, com sumagres e cerejeiras silvestres passando a toda velocidade. No ponto extremo do lago, a trilha fazia uma curva para a esquerda, afastando-se da represa de castores e do riacho mais além, bruscamente demais para Jack conseguir fazer a curva. Seu veículo lançou-se contra um grupo de vidoeiros fininhos, diretamente sobre o lago, seu *momentum* carregando-o rapidamente pela superfície de gelo grosso, os faróis enviando enormes redemoinhos de luz pálida à sua frente. Wade freou na margem do lago e ficou observando a *pickup* de Jack deslizar pelo gelo como uma folha em um rio lento, até parar no meio do lago, de frente para o caminhão de Wade, com os faróis iluminando a superfície coberta de neve do gelo liso como vidro. Wade colocou seu caminhão em primeira marcha, aproximou-se mais da margem, depois subiu no gelo e dirigiu devagar diretamente para o clarão dos faróis de Jack, aproximando-se com cuidado como se fosse fogo, até que finalmente os veículos ficaram frente a frente, lâmina da pá contra lâmina da pá.

Jack abriu a porta, esticou a cabeça para fora e gritou:

— Seu maluco filho da puta! Vai afundar nós dois! Saia da porra do gelo! Saia! — gritava, agitando freneticamente a mão para que Wade fosse embora.

Mas Wade recusava-se a mover-se. Jack deu marcha a ré, afastando-se alguns metros, e Wade foi para a frente. Atrás de Jack, do outro lado do lago, havia uma impenetrável floresta de pinheiros; não poderia recuar por lá. E não podia empurrar Wade para fora do caminho; os caminhões eram do mesmo porte e nenhum dos dois tinha tração no gelo.

Novamente Jack abriu a porta e, desta vez, ele desceu para o gelo. Estava evidentemente furioso, mas parecia quase às lágrimas de frustração, e começou a girar em círculos com os punhos cerrados, enquanto o gelo rachava, estalando e gemendo sob o peso dos dois veículos.

Lentamente, Wade desceu do caminhão de LaRiviere e ficou parado ao seu lado por alguns instantes, observando Jack rodopiar de raiva e angústia. Estava frio, abaixo de zero, e um vento cortante começara a soprar, através dos pinheiros e sobre o gelo, levantando a neve fina em cortinas esvoaçantes. Jack entrava e saía da linha de visão de Wade conforme as ondas de neve soprada pelo vento passavam entre eles. Jack parecia revestido de ouro, brilhando na estranha luz vibrante, lá e no instante seguinte não mais, como um fantasma ou um guerreiro de um sonho, quando de repente Wade percebeu que Jack segurava um rifle. Ele desapareceu atrás de outra nuvem de neve e, quando reapareceu, apontava o rifle para Wade, gritando-lhe palavras que Wade no começo não conseguiu entender — depois ouviu-o —, ele queria que Wade fechasse a porta da *pickup* e se afastasse dele, caminhasse pelo gelo para dentro da escuridão. Gritou numa voz estranhamente alta e muito assustada:

— Eu atiro em você, Wade! Eu juro, eu o mato com um tiro se você não se afastar da *pickup*!

Wade fechou a porta do caminhão e recuou alguns passos. O gelo estava seco e, depois que o vento afastou a neve, ficou escorregadio demais para que se pudesse caminhar sobre ele, exceto com extremo cuidado. Ele moveu-se devagar, cautelosamente, para não cair. Jack gritava para ele continuar se afastando, para trás, diabos, para trás, e ele obedeceu, passo a passo, até ficar fora do círculo de luz que rodeava os dois veículos. Então, Jack tornou a subir em sua *pickup*. Abriu rapidamente a janela do lado do passageiro e acendeu uma lanterna nos olhos de Wade.

— Não se mova! — gritou Jack. — Eu o mato se você se mexer!

Cuidadosamente, deu marcha a ré, afastando-o do outro, depois deu a volta por ele e atravessou o lago em direção à trilha de lenhadores na margem, subiu com dificuldade para a margem e desapareceu.

Wade ficou parado na escuridão, ouvindo o vento correr em meio aos pinheiros atrás dele e o ronco surdo do motor. Em seguida, ouviu um terceiro som, como gravetos secos sendo quebrados no joelho, o gelo começando a ceder sob o caminhão. Instintivamente, Wade recuou, até ficar a pouco mais de um metro da margem, onde parou e ficou observando o gelo no meio do lago quebrar-se em chapas grossas e enormes placas pontiagudas à volta do caminhão. Logo, como se a mão de um gigante tivesse saído do fundo do lago e estivesse puxando o chassis por baixo, o caminhão afundou, primeiro a frente, depois o veículo inteiro, descendo lentamente, como através de cinzas. Finalmente, assentou-se no fundo, deixando o topo da cabine, a barra de proteção e os faróis de milha expostos, silencioso, mas com os faróis dianteiros ainda brilhando sob a água, como se um fogo químico queimasse lá embaixo.

Em poucos segundos, as luzes apagaram-se completamente e Wade ficou parado na margem do lago na mais completa escuridão. O vento soprava sem parar por trás dele, o único som em seus ouvidos. Ele sabia que estava a uns seis quilômetros da rota 29, se seguisse a trilha dos lenhadores até a estrada, para onde Jack se dirigira. De lá, poderia passar para a interestadual e talvez pegar uma carona de volta à cidade. Se tivesse sorte, chegaria no Nick's antes das nove. Uma meia-lua surgira de trás das nuvens, parecendo que iria ficar e, assim, fornecer luz suficiente para que ele seguisse as marcas dos pneus de Jack na neve. Wade não queria pensar em mais nada além disso, voltar para a cidade, e nas poucas horas seguintes, embora seu dente doesse, as orelhas e as mãos parecessem ter se tornado de cristal no frio, foi somente nisso que ele pensou.

19

Mais tarde, não foi difícil imaginar como o resto dessa noite transcorreu para Wade: ele deixou provas atrás dele, uma espécie de rastro, e entre as pessoas que viu ou com quem falou naquela noite e durante os dois dias seguintes (eu mesmo me tornei um desses últimos), não houve quase nenhuma discordância.

Ele abriu seu caminho do lago e da floresta seguindo as marcas dos pneus da *pickup* de Jack sob o luar e, uma vez na interestadual, pegou carona com o segundo carro que passou por ele na direção norte. Era um Bronco novo com uma entusiasmada dupla de caçadores de veado de Lynn, Massachusetts, que haviam tirado a sexta-feira de folga e viajaram depois do trabalho, como faziam todos os anos, para o longo e último fim de semana da estação.

Levaram-no para a Toby's Inn, onde haviam reservado um quarto semanas atrás. Foi por isso que eu, com esforço considerável, consegui localizá-los em Lynn meses depois e saber sobre o sujeito estranho que viram em novembro parado no acostamento da auto-estrada, pedindo carona na noite fria no meio do nada. Entrou atabalhoadamente na traseira do carro, tremendo, e quando falou seus dentes chocalhavam. Quando entraram no estacionamento do Toby's para que ele saltasse, ele ainda tremia do frio, ao que parecia. Falou pouco, atribuindo sua presença na estrada a uma pane do carro, e acrescentou que tinha que encontrar-se com sua mulher no Wickham's Restaurant em Lawford até às nove ou estaria em apuros.

Os dois caçadores de veado riram intencionalmente, como fazem os homens casados quando outro homem casado revela seu *status* de um modo que faz sua mulher parecer uma mãe implicante e um adulto um menino travesso, e sugeriram que tomasse um drinque com eles no Toby's, de onde poderia telefonar para sua mulher, se quisesse, e pedir-lhe para apanhá-lo ali. Não estavam tão desejosos de sua companhia como estavam de perguntar-lhe onde os habitantes do local estavam encontrando veados este ano: eles vinham à região todo ano para caçar e sabiam que os nativos desses vilarejos ao norte do estado possuíam uma noção muito melhor de onde caçar do que eles jamais poderiam ter, mas não sabiam que tal informação nunca saía da cidade. Sua visão das pessoas do interior era a de que gostavam de agradar forasteiros, o que, claro, era muito lisonjeiro para eles mesmos. Eu não os dissuadi dessa idéia: eu estava interessado somente em obter deles um quadro o mais completo possível de Wade naquela noite e a alta opinião que os caçadores faziam de si mesmos, apesar do eventual fracasso em avistar um único veado durante o longo fim de semana, impedia que censurassem suas lembranças do breve encontro com meu irmão.

Ele não estava vestido adequadamente para aquele tempo, acharam: não usava luvas nem botas, mas isso condizia com sua história sobre o carro ter quebrado e ele ter de pedir carona até a cidade para encontrar-se com sua mulher, que aparentemente tinha seu próprio carro. No entanto, ele parecia sentir mais do que frio, e ficou encolhido, tremendo, no banco traseiro do Bronco bem aquecido, como um homem que estivesse apavorado com alguma coisa. Como um homem que tivesse visto um fantasma, foi a expressão que ambos usaram.

Quando entraram no estacionamento da Toby's Inn, um sujeito em um caminhão basculante estava limpando a neve e Wade abaixou a cabeça, virando-se deliberadamente para o

outro lado, como se não quisesse ser visto por ele. Permaneceu sentado no carro quando os homens desceram e, primeiro, os sujeitos pensaram que ele havia mudado de idéia sobre tomar um drinque com eles, de modo que convidaram-no outra vez. Ele murmurou:
— Talvez um.
Saiu lentamente do caminhão, enfiando a cabeça no pescoço com a gola levantada, como se ainda estivesse se escondendo do homem que limpava a neve do estacionamento. Mas, de repente, ele disse que não e, sem sequer dizer obrigado ou adeus, caminhou diretamente para o limpador de neve e subiu no caminhão como se tivessem combinado se encontrar ali.
O que os caçadores de veado não perceberam é que haviam estacionado ao lado de uma *pickup* cor de vinho com tração nas quatro rodas, um veículo novo e sofisticado, com o pára-choques traseiro parcialmente arrancado. Quando entraram no bar e restaurante de paredes forradas de painéis de pinho, também não sabiam que o rapaz atraente que viram no bar, falando agitadamente para um jovem casal e dois ou três homens do local sobre um maluco que o perseguiu pela floresta, era Jack Hewitt. Também não lhes ocorreu que o maluco que o perseguira era o homem pálido e trêmulo que acabavam de deixar lá fora. Sentaram-se em um compartimento, pediram "Toby-burgers" e cervejas e examinaram com inveja otimista as cabeças empalhadas e montadas de alces e veados providos de chifres que estavam penduradas nas paredes. Amanhã, no mais tardar no sábado, tinham certeza de que teriam seus próprios troféus amarrados no teto do Bronco, correndo de volta para o sul, para Lynn, Massachusetts, onde conheciam um taxidermista em Saugus que poderia empalhar um veado inteiro, se o levassem para ele suficientemente rápido. Ele podia montá-lo numa recriação real do exato momento em que o animal recebeu o tiro, as patas traseiras chutando o ar, a cauda branca empinada, os olhos desvairados de medo e dor, e você poderia colocá-lo na sua sala de recreação no porão, se quisesse.

Wade fechou a porta do caminhão basculante com um safanão e disse:
— Está voltando para a cidade agora?
— Sim. Vou para a oficina. Quer uma carona para a oficina? — perguntou Jimmy. Lançou meio metro cúbico de neve compactada no banco de neve da altura de um homem, no final do estacionamento, colocou o caminhão em marcha a ré, ergueu a pá, afastou-se do banco de neve e parou.
— Não. Wickham's.
— Margie está lá?
— Sim. E meu velho — acrescentou Wade.
— Pensei que ele fosse sair com você no caminhão de Gordon.
— Ela o levou com ela.
— Está com frio? O aquecedor está a todo vapor.
— Não. Eu estou bem.
— Ouvi dizer que você perseguiu Jack pela encosta de Parker Mountain.

Wade ficou em silêncio. Esfregou os olhos com as pontas dos dedos. Depois, como uma criança, colocou os dedos na boca e começou a chupá-los.

Jimmy conduziu o caminhão para a estrada, abaixou a pá outra vez e tomou a direção sul, para a cidade, jogando a neve da pista direita para fora da estrada.
— Você deixou o pessoal muito assustado, Wade. E furioso. Mais furioso do que assustado, na verdade. Jack está louco de raiva.
— Eu já esperava.
— O que foi que Jack fez para que você pegasse tão pesado com ele? Ele é um bom garoto. Um pouco petulante, mas...
— Por acaso ele lhe disse o que estava fazendo lá em cima esta noite?
— Acho que disse. Nada de importante; vendo se conseguia pegar seu próprio veado, só isso. Não é motivo para persegui-lo por toda a região. Apesar dos pesares.
— Caçando veado, hã? Foi isso que ele disse?
— Acho que foi. Talvez estivesse apenas procurando rastros, para mais tarde. Você sabe, para quando obtiver sua licença de

volta. Ele conhece muito bem a floresta lá em cima; talvez estivesse só verificando algumas trilhas de veados na neve fresca, vendo se o velho e gordo cervo ainda estava lá.

— Talvez ele estivesse procurando algo um pouco mais interessante do que isso.

— Bem, isso não me importa absolutamente nada. Você é o policial, você é quem tem de se preocupar com quem faz o quê, onde e quando. Tudo isso. Claro, não é da minha conta, mas se eu fosse você, Wade, eu esfriava um pouco a pressão sobre o Jack por uns tempos. Gordon vai...

— Apenas dirija, pelo amor de Deus.

— OK, OK.

Dirigiram em silêncio por um instante, passaram pela escola, pelo Posto Shell de Merrit e, quando entravam no centro da aldeia, a algumas centenas de metros do Wickham's, Wade disse:

— Jack lhe contou sobre o caminhão de Gordon afundar no gelo?

Jimmy assobiou uma única e longa nota descendente.

— Bem, não, Wade, ele não falou. Ele realmente disse que você estava lá no gelo, disse que teve de apontar a arma para você para deixá-lo passar. — Fez uma pausa, depois disse: — O caminhão de Gordon afundou, hem?

Wade não respondeu.

— Acho que ainda é cedo demais para pescar no gelo.

— É.

— Você sabe que Gordon vai querer esfolá-lo vivo por causa disso. Se eu fosse você, Wade, eu me mudaria para a Flórida. Esta noite.

— Mas não é.

— Não, não sou. Graças a Deus.

— Acha que Gordon já sabe?

— Wade, você foi o único a contar isso e, até agora, parece que ninguém mais sabe além de mim. A menos que tenha contado a alguém. Exceto pela perseguição a Jack pela porra da montanha e, a essa altura, todo mundo no Toby's conhece essa parte da história. Se eu fosse você, Wade, não contaria isso a Gordon pessoalmente. Claro, não sou você. Como disse. Mas eu deixaria que ele descobrisse por conta própria, deixaria extravasar a raiva e só depois apareceria, quando ele tivesse se acalmado um pouco.

Entraram no estacionamento do Wickham's, onde havia apenas alguns carros, inclusive o Rabbit cinza de Margie. O que Wade deveria fazer, disse Jimmy, era sumir por uns dias. Nem atender o telefone. Ele próprio iria até lá tirar o caminhão do gelo pela manhã.

— Dá para entrar lá com o reboque de Merritt? Se eu puder fazer isso, coloco o guincho e arranco o maldito de lá sem sair da margem.

Wade disse que achava que o reboque de Merritt podia chegar ao lago saindo da rota 29 para a velha trilha de lenhadores. Ele não teria que ir a partir do topo da montanha.

Jimmy disse que estava bem, ele mesmo daria a notícia a LaRiviere, depois de deixar o caminhão a salvo na garagem de Merritt, e Chub Merritt provavelmente o deixaria pronto para rodar até segunda-feira.

— Esse Chub, ele é muito inteligente quando se trata de carros. Fora isso, é burro como uma porta.

Wade agora parara de tremer.

— Acho que lhe devo uma, Jimmy.

Jimmy abriu um largo sorriso.

— Acho que deve. Mas não se preocupe, vou cobrar pelo meu tempo. Hora extra.

— Sim — disse Wade. — É tudo que interessa para você, não é?

— Não. Mas é o suficiente para pensar, companheiro. Mantém o sujeito longe de confusão.

Margie estava furiosa. Ergueu os olhos para Wade quando ele entrou, fitou-o por um instante como se ele fosse um estranho que se parecesse com alguém que ela conheceu um dia e voltou a encher os porta-guardanapos. Nick gritou da cozinha:

— Já fechamos.

Em seguida, espreitando pela porta aberta, viu que era Wade quem entrara e disse:
— Seu pai está aqui, Wade.
E realmente estava. O rosto afogueado, o homenzinho encarquilhado agora estava tenso e agitado de energia. Wade compreendeu imediatamente o que acontecera: papai estava sem beber há várias horas. Sem dúvida, quando Margie tirou-o de casa, levando-o para o trabalho com ela, insistiu para que ele deixasse a garrafa de uísque em casa. Depois, ele não encontrou mais nada para beber no Nick's e, por causa do frio e da neve, fora obrigado a permanecer lá na cozinha com Nick. Lentamente, como carvão que vai se transformando em brasa nas pontas e depois espalhando-se para o centro, ele começara a queimar e agora ardia em brasas, como se realmente estivesse, como Lena acreditava, possuído pelo demônio.

Ele estava parado, de pé, no centro da pequena cozinha apinhada, com uma toalha de pratos em uma das mãos e uma panela de sopa na outra. Quando viu Wade parado na soleira da porta da cozinha, brandiu a panela de sopa para ele e gritou:
— Ah! O retorno do filho pródigo.
— Já era hora mesmo — resmungou Nick, limpando a bancada da pia com uma esponja.
— Veja! Arranjei um emprego novo, segundo cozinheiro e lavador de copos, por Deus! — De repente, o rosto de papai transformou-se de alegria em desdém e sua voz mudou de timbre e de tom, endurecendo como uma lâmina de serra e abaixando um registro: — Portanto, não se preocupe comigo, seu filho da puta, posso cuidar de mim mesmo.
— Jesus Cristo, papai — exclamou Wade. — Venha, vamos para casa. Desculpe, Nick, fiquei retido. Meu carro...
— Com certeza ficou retido — continuou papai. — Você fica por aí seguindo seu pau como se fosse seu nariz. Não é? Você é um maldito cão de caça, Wade. Sempre foi.
— Controle-se, Wade — disse Nick. Olhou para Wade e concluiu: — Tire-o daqui, sim? Foi divertido no começo, mas estou cansado.

— E vamos para casa, é o que você diz, não é? De que casa você está falando, meu filho pródigo? *Sua* casa? Ou *minha* casa? Vamos ter uma conversinha sobre isso, hem? Você anda fazendo umas manobras bem sonsas ultimamente e não pense que não tenho visto, porque estive observando você. Sua mãe está morta, Wade, portanto ela não pode mais arrumar desculpas para você! Vai ter que lidar comigo agora, meu caro! Sozinho. Sua mãe não pode mais protegê-lo. Nada mais de chupeta com açúcar, seu babaca!

— Ah, papai, pelo amor de Deus! — Wade deu um passo em direção ao velho com os braços estendidos, como se fosse pegar algo delicado no ar, mas papai deu um salto para trás, derrubando uma pilha de panelas.

Ele riu, mostrou a língua vermelha para Wade e disse:

— Acha que agora você pode comigo, não é? Vamos, experimente! Venha.

Nick interpôs-se rapidamente entre eles e disse a Wade:

— Deixe-me ajudar a tirá-lo daqui, para que ninguém se machuque.

Margie agora estava parada na porta, de casaco. Afastou-se da porta e a manteve aberta, enquanto Wade e Nick agarravam cada qual um dos frágeis braços de papai e saíam com ele desabaladamente, passando por ela. Papai gritava, denunciando tanto Wade quanto Nick, espernando como um gato dentro de um saco, enquanto os dois homens arrastavam o saco para fora, para o estacionamento, e o enfiavam no banco traseiro do carro de Margie.

— É melhor você sentar-se lá atrás com ele — disse Nick em voz baixa — e deixar Margie dirigir. Ele vai se acalmar. Não vai?

— Sim — disse Wade. Inclinou-se para o banco traseiro, agarrou os dois pulsos de seu pai e, segurando-os firmemente, entrou no carro e acomodou-se ao lado dele. — Ele vai se acalmar quando pegar a porra de sua garrafa. A chupeta com açúcar *dele*.

Margie saiu do restaurante e caminhou para o carro, carregando o casaco e o chapéu de papai. Quando passou por Nick, ele parou-a, tocou seu rosto e viu que ela estava chorando.

— Puxa, Marge — murmurou Nick. — Caia fora disso. Depressa.

Ela assentiu e afastou-se, tomou o volante e deu partida no carro. Dentro, no escuro da parte de trás, Wade prendera as mãos nos pulsos ossudos de seu pai e os dois fitavam-se silenciosamente, enquanto Margie dava marcha a ré, saía do estacionamento e tomava a direção norte, para fora da cidade. Quando Margie chegou à casa dos Hoyt e virou na estrada de Parker Mountain, Wade aproximou o rosto de seu pai até poder sentir seu hálito quente e sussurrou:

— Queria que você morresse.

O velho cuspiu diretamente no rosto de Wade, que soltou um de seus pulsos por um instante, deu-lhe um forte tapa no lado da fronte, depois agarrou-lhe o pulso de novo. Margie gritou, histericamente:

— Parem! Parem! Parem com isso!

E pararam. Continuaram olhando fixamente nos olhos um do outro durante todo o trajeto até em casa, mas papai não lutou mais contra Wade, que ainda assim manteve os pulsos do velho firmemente presos, até Margie estacionar o carro no quintal e correr para dentro de casa. Então, finalmente, Wade soltou papai — primeiro um dos pulsos, depois o outro, como se soltasse cobras — e saiu do carro, subiu para a varanda e entrou, fechando a porta atrás de si com firmeza. Alguns segundos depois, papai entrou também.

Wade subiu as escadas pesadamente, viu que Margie trancara a porta do quarto. Entrou no banheiro. Urinou, fechou o zíper das calças e depois ficou diante da pia e lavou as mãos lenta e deliberadamente, ensaboando-as suavemente com sabão e água morna, como se fossem pequenos animais sujos pelos quais tivesse muito carinho. Quando terminou e as enxugava na toalha, olhou-se no espelho e ficou perplexo com a imagem de seu próprio rosto. Disse-me, na manhã seguinte, que parecia um estranho para si mesmo, como se alguém tivesse entrado sorrateiramente e ficado atrás dele, sendo acidentalmente surpreendido pelo espelho.

— Sem sacanagem, Rolfe, eu ergui os olhos e lá estava ele, só que era eu mesmo, é claro. Mas era como se eu nunca tivesse me visto antes daquele instante, portanto era o rosto de um estranho. Difícil de explicar. Você voa no piloto automático, como fiz a noite toda, e você desaparece, parte só Deus sabe para onde, enquanto seu corpo fica em casa. E, então, você vê seu corpo por acaso, ou seu rosto, e você não sabe a quem ele pertence. Estranho. Foi aquela história com o velho, eu sei, e o quanto eu estava furioso com ele. E também a perseguição a Jack Hewitt daquele jeito e, depois, o maldito caminhão afundando no gelo, sem mencionar o fato de Margie estar tão aborrecida. Uma coisa foi se somando à outra, até que lá estava eu, parado diante do espelho, sem saber para quem estava olhando.

"Assim, voltei para baixo e vi que papai fora para seu quarto e fechara a porta. De certo modo, eu estava sozinho na casa, o que para mim estava bem. Já tivera muitos aborrecimentos com outras pessoas naquela noite. Às vezes, as pessoas são um inferno, puro inferno. Às vezes, acho que você está certo, Rolfe, vivendo sozinho o mais longe possível desta maldita cidade e nunca voltando aqui, exceto quando é obrigado.

"Peguei uma cerveja e aticei o fogo no fogão da cozinha, apaguei todas as luzes e fiquei lá sentado na cozinha por algum tempo, tentando me acalmar um pouco, tentando esquecer Jack, Twombley e tudo isso, tentando esquecer o caminhão de LaRiviere. Tentei não pensar nem mesmo em Margie e tentei não pensar em papai. Mas naquela casa, onde todos nós fomos criados, sabendo que papai estava no quarto ao lado, é impossível não pensar em papai e sobre a morte de mamãe. Esse é o problema em morar nessa casa agora. Você pode entender isso."

Concordei que podia realmente compreender, mas ele não me ouvia de fato; apenas continuou a falar sem parar. Telefonara-me no meio da manhã de sexta-feira, o que era incomum, e me pegou em casa. Estava num estado meio maníaco, pareceu-me, telefonando-me, deduzi, porque precisava falar sobre tudo aquilo e não havia ninguém mais para ouvir. Eu ouvi e, sim, eu compreendia, porque eu mesmo já me sentira como ele se sentia, embora não mais em praticamente quinze anos. Mas eu podia me lembrar muito bem o que era estar cheio de informações estranhamente poderosas — medos obscuros, raiva e perigosas obsessões — sem ninguém para o qual revelá-las. Lembrava-me como era olhar-se no espelho e ver um estranho.

— De qualquer modo — continuava ele —, fiquei sentado lá no escuro, vendo o fogo brilhar e crepitar no fogão, sabe como é, e de repente lembrei-me daquele verão, quando não tínhamos um aquecedor de água e precisávamos tomar banho na cozinha, naquela enorme tina galvanizada, com água esquentada no fogão. Você tinha talvez cinco ou seis anos. Acho que eu tinha dezesseis, porque eu estava no segundo grau e no time de beisebol; foi o primeiro ano em que participei do estadual e tinha privilégios especiais, de modo que eu podia ir para a escola, dizer que estava me exercitando e tomar banho lá. Acho que Elbourne e Charlie faziam o mesmo, tomavam banho em outro lugar. Mas você, Lena, mamãe e papai, vocês tinham que tomar banho na cozinha, para que não tivéssemos que carregar tinas pesadas e água quente pela escada para o banheiro em cima. O aquecedor de água estava quebrado, ou algo assim, mas não tínhamos dinheiro para comprar um novo até o outono. Acho que, como era verão e a casa estava quente, ninguém se importava muito. Lembra-se disso?

Eu não me lembrava absolutamente de nada, o que não era de admirar: os equipamentos com que vivíamos — aquecedores de água, fornalhas, bombas, carros, caminhões, geladeiras — eram sempre velhos e decrépitos, consertados com arames e fitas, e estavam sempre se quebrando. Geralmente, vivíamos sem um ou mais deles durante meses, até termos dinheiro para consertá-los ou substituí-los. Como uma criança de seis anos, não me sentia nem incomodado nem admirado de ter que tomar banho na tina galvanizada na cozinha uma vez por semana. Uma experiência que se esquece facilmente.

— Bem, eu me lembro que uma tarde, deve ter sido um sábado, porque papai estava em casa e era quando vocês tomavam banho, de qualquer forma, e você e Lena já haviam tomado banho. Foram mandados para cima, como sempre, enquanto mamãe tomava banho. Não sei onde eu estava, provavelmente trabalhando para LaRiviere nessa época. Sim, foi no verão em que eu fui trabalhar para Gordon pela primeira vez. De qualquer modo, só vocês dois, mamãe e papai, estavam em casa. E você inventou de descer sorrateiramente, sair pela porta da sala, sem que ninguém o visse, exceto Lena, é claro, que provavelmente sabia o que você estava tramando. Você deu a volta na casa na ponta dos pés até a varanda e espreitou pela janela que dá para a cozinha, onde mamãe estava tomando banho. Não foi propriamente inocente, é claro, mas, ora, bolas, você era apenas uma criança...

Tentei interrompê-lo, mas ele simplesmente continuou com sua história, de modo que deixei-o terminar.

— Bem, papai, ele deve ter visto você da sala ou algo assim, porque ele saiu pela porta dos fundos e esgueirou-se furtivamente até ficar atrás de você, enquanto você fitava mamãe, uma visão completa, provavelmente. Ele agarrou-o, arrancando-o do chão. Quase o matou de susto.

"E o velho, ele o arrastou gritando para dentro de casa, pela porta da sala, é claro, e lhe deu uma surra. Ele realmente perdeu o controle. Você era apenas um garotinho e ele o espancou como se fosse eu, Elbourne ou Charlie, embora nessa época ele já tivesse deixado esses dois em paz. Ele simplesmente perdeu a cabeça. Cheguei em casa mais tarde, mas não sabia que havia alguma coisa errada, exceto que você tinha feito uma travessura e estava de castigo no seu quarto.

"Mas, no dia seguinte, notei que você não desceu para o café e então, mais tarde naquele mesmo dia, o assunto veio à tona, o que você fizera e o que papai fizera. Mamãe, como sempre, estava muito confusa e transtornada e Lena estava morta de medo e não falava nada. Mas, à tarde, mamãe ficou preocupada porque você estava na verdade cuspindo sangue e respirando estranhamente. Era óbvio que o puto havia quebrado suas costelas ou algo assim. Eu disse a mamãe que tínhamos de levá-lo ao hospital em Littleton e ela disse que estava bem, mas que primeiro tínhamos de inventar uma história de que você caíra do palheiro no celeiro. Dissemos ao médico que você estava brincando no celeiro, onde não deveria estar, rolara do palheiro e caíra no chão, em meio a umas tábuas velhas ou algo assim que havia por lá. Não acho que o médico acreditou, mas ele enfaixou-o e no final do verão você já estava bom."

— Wade, detesto desapontá-lo — falei serenamente —, mas isso nunca aconteceu. Não comigo.

— *Claro* que aconteceu! Por que eu mentiria?

— Você não mentiria, não necessariamente. Mas confundiu um pouco a história. O que você descreveu certamente aconteceu, mas antes de eu nascer, e aconteceu a você, não a mim. Ao menos, foi como ouvi a história, quando eu tinha cinco ou seis anos, de você, ou talvez de Charlie ou Elbourne, e ele falou de você. Sim, foi Elbourne, foi ele quem me contou. E você tem razão sobre o aquecedor de água quebrado e os banhos na cozinha. Lembro-me agora de que estávamos tomando banho na cozinha no verão em que fiz seis anos, o verão em que Elbourne se alistou e tinha voltado para casa depois do período de treinamento básico, antes de partir para o Vietnã, portanto ele devia ter vinte anos. Charlie já saíra de casa na época, morando em Littleton, e você estava trabalhando para LaRiviere. Mas foi Elbourne quem contou a história, como um aviso de amigo, eu acho.

Wade interrompeu e insistiu que eu estava enganado: uma pessoa teria que saber, afinal, se uma coisa tão interessante e dramática, como ser surrado pelo seu pai e ter que ir para o hospital por causa disso, realmente aconteceu a ela. E não aconteceu a ele, disse: era eu a criança da história, não ele.

— Não, a criança era você, embora eu fosse criança quando ouvi a história, e a ouvi de Elbourne, que estava no andar de cima, no quarto grande onde vocês dormiam. Já era noite, acho, não era à tarde, Lena e eu já havíamos tomado banho na cozinha e eu estava de pijamas. Comecei a descer as escadas, provavelmente para pegar um biscoito ou alguma outra coisa, sabe, quando Elbourne pegou-me no topo da escada, agarrou-me por trás, me levantou... ele era enorme, você sabe, muito maior do que você, Charlie ou mesmo papai... e carregou-me para seu quarto, muito bem-humorado, e caçoou de mim por estar descendo furtivamente as escadas para pegar mamãe tomando banho, o que, é evidente, deixou-me terrivelmente sem jeito. Então, ele contou-me o que acontecera com você há anos, quando tinha a minha idade. A história era basicamente a mesma que acabou de me contar, exceto a questão do hospital e a mentira contada aos médicos, esse negócio de você ter caído do palheiro no celeiro. Nunca ouvi isso antes.

Wade disse que ele nunca ouvira *isso* que eu estava dizendo antes e riu.

— Bem, eu me lembro perfeitamente, porque a história me impressionou. Até então eu só vira papai ficar furioso, ou o ouvira tarde da noite da minha cama, atacando você ou mamãe, quando estava bêbado, e eu achava que de algum modo Lena e eu estávamos a salvo, embora eu tivesse pavor dele, é claro. Acho que eu pensava que, de algum modo, a bebida e a fúria eram parte do relacionamento seu e de mamãe com ele e que nada tivesse comigo ou com Lena. Não era muito inteligente da minha parte, eu sei, mas eu era apenas uma criança na época. Assim, quando Elbourne contou-me que papai o havia espancado quando você também era uma criança, fiquei de repente aterrorizado. E dali em diante, passei a ser cuidadoso. Fui uma criança cautelosa, um adolescente cauteloso e agora acho que sou um adulto cauteloso. Pode ter sido um alto preço a pagar, nunca poder ser alegre e despreocupado, mas ao menos consegui evitar ser afligido pela violência daquele homem.

Wade riu novamente.

— Isso é o que você pensa — disse.

Em seguida, mudou de assunto. Voltou ao motivo pelo qual havia me ligado, que, como pude constatar, nada tinha a ver com papai ou as desventuras de Wade com o caminhão de LaRiviere, mas dizia respeito, mais uma vez, a Evan Twombley, Mel Gordon, Gordon LaRiviere e Jack Hewitt — o assunto preferido de Wade.

Na manhã seguinte, pouco depois das sete, Wade saiu de casa no carro de Margie, na hora de sempre para direcionar o tráfego na escola, como se tudo estivesse normal, apesar dos inúmeros sinais em contrário: Margie fingira estar dormindo ou continuara dormindo quando ele foi para a cama e mantivera-se de costas para ele a noite toda. Pela manhã, quando acordou, ela pareceu continuar dormindo e, enquanto ele tomava banho, fazia a barba e se vestia, ela continuou na cama, a cabeça enterrada no travesseiro. Ele fizera a parte dele, não acendendo a luz do quarto enquanto se vestia, andando na ponta dos pés, fechando a porta silenciosamente e deixando um bilhete para ela na mesa da cozinha ao sair: *Fui para a escola, peguei seu carro emprestado, volto depois.* Papai, também, permanecera em seu quarto até depois de Wade sair. Papai tinha por hábito levantar-se às seis, independente da hora em que tivesse ido para a cama e por mais bêbado que estivesse: para papai, agora já havia tanto álcool em suas veias e células que a maioria de seus atos foram reduzidos ao nível da compulsão ou do reflexo involuntário, dando, na melhor das hipóteses, apenas a impressão de vontade.

Na escola, Wade estacionou o carro de Margie ao lado do carro do diretor, como de costume. Lugene cumprimentou-o, comentou como o dia estava bonito, e Wade, como sempre, disse que sim e assumiu seu posto sob a luz amarela piscante no meio da estrada. O céu estava cor de pêssego a leste, azul-escuro e estrelado a oeste, com uma leve brisa no rosto de Wade. Seria um lindo dia, claro e ameno: a neve do dia anterior anunciara a chegada de uma frente e uma área de pressão alta parecia estar se instalando por algum tempo.

Os ônibus vieram e se foram, descarregando e retornando às estradas secundárias para recarregar. A não ser os ônibus, não havia muito tráfego: alguns carros de fora do estado com caçadores de final de temporada à procura da caça, Hank Lank a caminho do trabalho, Bud Swette em seu jipe vermelho, branco e azul de entregas do correio, Chick Ward passando em seu Trans Am bocejando, fazendo um aceno para Wade, Pearl Diehler, como sempre fazia quando não conseguia alimentar e vestir seus filhos a tempo para a escola, em sua velha perua enferrujada, sorrindo à toa, naturalmente, normalmente, ao passar por Wade. Wade gostava de Pearl, gostava da maneira como parecia totalmente identificada com a maternidade: ele nunca a via sem seus dois filhos pequenos a tiracolo. Ela era a boa mãe, para Wade e também para quase todo mundo na cidade. Wade sentia-se muito afável em relação a toda a cidade esta manhã: tudo parecia estar funcionando no horário e da maneira usual e ele, desta vez, parecia coordenar suas ações perfeitamente com as das outras pessoas. Permitia-lhe, como a seu pai, tanto agir quanto a dar a aparência de vontade própria, sem ter que pensar sobre isso.

Então, chegou a hora de ir para o trabalho. Entrou no carro de Margie e saiu para a rua, em direção à oficina de LaRiviere. Não havia dirigido mais do que cem metros além da escola, quando olhou pelo espelho retrovisor e viu, vindo em sua direção, agora passando exatamente sob o sinal amarelo piscante, o caminhão-reboque de Merritt. Wade estava em frente à casa de Alma Pittman e rapidamente virou na entrada de carros da casa e observou o caminhão passar, guiado por Jimmy Dame, com a *pickup* azul de LaRiviere sacolejando atrás como um enorme peixe morto.

Logo o reboque desapareceu e Wade ficou sentado no carro, de frente para a porta do celeiro de Alma, o dente doendo com uma fúria deliberada, seu corpo parecendo pesar sobre o banco como um barra de metal. Sua mente encheu-se rapidamente com imagens das vezes, há muitos anos, quando parava naquele mesmo caminho de entrada e ficava ali sentado em seu velho Ford por alguns instantes, sofrendo como um cão atropelado por um carro. Antes de reunir sua mente despedaçada e seu corpo ferido, entrar para ver Lillian e tentar, mais uma vez, mentir para ela e, ao mesmo tempo, com as mesmas palavras, dizer-lhe a verdade.

Não conseguira, é claro. Sua necessidade era uma necessidade impossível a qualquer um dos dois satisfazer. Não poderiam sequer identificá-la. Toda vez que tentara, durante aqueles dois anos em que ela viveu com sua tia enquanto terminava o segundo grau, contar-lhe o que realmente era sua vida, ele fracassara e por fim parara de tentar fazê-la entender o que ele mesmo não conseguia entender. Mas seu fracasso e sua contínua necessidade, no entanto, aproximou-o dela ainda mais e, quando estava no último ano do colégio e começaram a falar em casamento, inúmeros fios fortes e emaranhados de sua vida estavam perfeita e inextricavelmente entrelaçados: sua dor e vergonha, seu contentamento e a veemência e o drama da situação, seu medo patético do pai e a raiva incompreensível da mãe, e sua incapacidade de imaginar a si mesmo — um jovem desgraçado e sozinho — sem uma família. Ele se tornaria seu próprio pai e Lillian seria sua mãe: iriam se casar no mês de junho, uma semana após a formatura. Ele seria o bom pai; ela, a boa mãe; teriam um filho adorável.

Wade viu movimento na janela e, um segundo depois, a porta da frente abriu-se e Alma colocou a cabeça para fora, parecendo espantada.

Saindo do carro, Wade gritou:

— Olá, Alma! Sou eu. Só estou manobrando.

Ela assentiu sombriamente, uma mulher alta, de calças de sarja verdes e camisa de flanela quadriculada, com um modo másculo e brusco, uma mulher que se mantinha a distância da cidade, mas que ainda assim parecia amá-la. Ela fechou a porta de vidro externa e começava a fechar a porta interna, quando Wade, ao invés de voltar para dentro do carro, repentinamente atravessou a entrada de carro e subiu o passeio estreito, recém-limpo da neve, que levava até a porta. Alma abriu a porta outra vez e Wade entrou na casa.

Ela ofereceu-lhe uma xícara de chá, ele aceitou e seguiu-a até a cozinha, um aposento grande nos fundos da casa, com seu escritório adjacente, aquecida por um fogão a lenha e ainda familiar a ele após todos aqueles anos. Um lugar repleto dos aromas distintos da cozinha de uma mulher solitária, compulsivamente limpa e organizada, de que ele se lembrava de sua juventude e que ele admirara e desejara para sua própria cozinha, depois que ele e Lillian se casassem. Mas, ao invés disso, a cozinha deles tinha cheiros de refeições maiores, mais gregárias — carne assada, feijão, macarrão, café, cigarros e cerveja — e nunca o cheiro seco e limpo de pão assado, chá e geléia de framboesa.

Wade sentou-se à mesa e olhou para trás de Alma, para seu escritório, enquanto ela colocava a água para ferver. Havia um grande arquivo aberto e, sobre sua mesa, ao lado de um compu-

tador novinho em folha, havia várias caixas abertas de fichas de sete e meio por doze e meio, codificadas por cores.
— Comprou um computador, Alma.
— Sim — disse ela. — Estou colocando todos os meus arquivos nele. Quer açúcar e leite?
— Não. Puro.
Perguntou-lhe se gostaria que ela esquentasse um bolinho ou uma fatia de pão e ele declinou de ambos: não sabia ao certo por que entrara, afinal, ou quanto tempo pretendia ficar, de modo que preferiu não cogitar de nenhuma outra pergunta sobre seus desejos. Sabia que queria estar dentro da casa de Alma e em sua companhia ordeira e eficiente, e aceitara seu convite para tomar um chá a fim de atingir esse objetivo, mas não sabia nada além disso.
Alma colocou sua xícara e pires diante dele e indagou:
— Você está bem, Wade?
— Sim, claro. Por quê? Quer dizer, estou com dor de dente, algumas coisas estão me importunando, como acontece com todo mundo. Mas estou bem.
— Bem, você parece... triste. Aborrecido. Não quero ser intrometida. Sinto muito a respeito de sua mãe, Wade. Foi um bonito funeral.
— Sim, bem, obrigado. Acho que isso já passou. A vida continua — disse ele. — Não é?
Ela concordou, sentou-se e colocou leite em sua xícara.
— Alma, acho que há algum negócio sujo acontecendo nesta cidade — disse Wade rapidamente. — Sei que há.
— Sempre houve — disse ela.
— Bem, talvez esse seja pior do que aqueles a que estamos acostumados.
— Talvez. Mas já me acostumei com muitos negócios sujos nesta cidade com o passar dos anos. E você, você vê tudo, ou ao menos fica sabendo, não é? Você é o policial da cidade.
— Ah, vamos, Alma, isso é diferente de uma pequena bebedeira ou vandalismo público ou alguém batendo em sua mulher, ou dois rapazes trocando socos no Toby's. Estou falando — disse, baixando a voz —, estou falando de assassinato. Entre outras coisas.

Alma olhou por cima da mesa para Wade em silêncio, sem nenhuma expressão no rosto além de paciência, como se esperasse ouvir sobre um estranho sonho que ele tivera à noite passada. Mexeu lentamente o chá e olhou para o rosto agitado de Wade. Finalmente, disse:
— Quem?
— Evan Twombley, o chefe do sindicato que levou um tiro semana passada.
— Ele matou alguém ou alguém o matou?
— Ele foi assassinado.
— Ah, é? Por quem?
Wade contou-lhe.
— Duvido — disse Alma calmamente e sorriu, como uma mulher ouvindo as histórias fantasiosas de seu sobrinho favorito. Foi assim que ela mais tarde explicou-me. Wade, informou ela, sempre teve muita imaginação e naquela semana estava perturbado, por causa da morte de sua mãe, entre outras coisas. Assim, ela ouvira paciente, passivamente, o seu relato confuso sobre como Jack Hewitt fora contratado por Mel Gordon para fazer a morte de Twombley parecer acidentalmente causada por ele mesmo. Wade também insistiu que Gordon LaRiviere estava envolvido de alguma forma, mas a natureza da conexão ainda não estava clara para ele. Tudo viria à tona, disse ele, se Jack, que Wade acreditava ser o elo fraco, contasse a verdade. Ainda, segundo Wade, se Jack falasse a verdade, confessasse sua participação no assassinato de Evan Twombley e revelasse o que sabia dos papéis desempenhados pelos outros dois, poderia pegar uma pena leve e em algum ponto mais adiante poderia recomeçar a vida.
— Ele poderia estar livre quando tivesse a minha idade — disse Wade.
Alma estendeu o braço por cima da mesa e deu uns tapinhas tranqüilizadores na mão agitada de Wade.
— Wade — disse —, às vezes as coisas são mais simples do que você pensa. Deixe-me fazer-lhe uma pergunta.
— Você não acredita em mim.
— Sobre Jack Hewitt? Não, não acredito. Mas há uma coisa

em que você está mexendo. Diga-me o seguinte: você verificou o pagamento de impostos da propriedade de seu pai recentemente?
Wade respondeu:
— Bem, na verdade, sim. Quer dizer, não, mas estive me perguntando sobre os impostos de meu pai, se ele os havia pago este ano.
— Não — disse ela. — Não pagou. Há dois anos não paga, para dizer a verdade. Mais um ano e ele recebe um aviso para pagar todos os impostos devidos, mais as multas, ou a propriedade é apreendida pela cidade e leiloada. Claro, quase nunca chega a esse ponto. Os impostos são baixos e, mesmo com o preço deflacionado dos imóveis por aqui, as pessoas sempre podem vender a propriedade por mais do que devem, de modo que elas ou fazem isso ou pegam um empréstimo no banco. De qualquer modo, é bom verificar, suponho, agora que sua mãe faleceu. E imaginei que logo você faria isso.
— Sim, também pensei nisso. Estava pensando em fazer isso quando o dinheiro do seguro entrasse.
— Alguém fez uma oferta para comprar o lugar recentemente, você sabe? — perguntou ela casualmente.
Wade disse:
— Para dizer a verdade, sim. LaRiviere.
Alma recolocou a xícara na mesa e levantou-se:
— Venha aqui um minuto, Wade — disse.
Ele seguiu-a até o escritório, uma pequena varanda de verão que fora fechada para o inverno, escassa e eficientemente mobiliada com vários armários altos de arquivos, uma escrivaninha e um móvel preto *high-tech* para o computador. Ela sentou-se diante do computador, puxou uma cadeira giratória para perto dela e fez sinal para que Wade se sentasse. Depois de inserir dois disquetes na máquina, ela apertou várias teclas habilmente e, de repente, diante de Wade, a tela encheu-se de fileiras de minúsculos números e nomes, que bem poderia ser a lista dos componentes e do acondicionamento do próprio computador, no que lhe dizia respeito. Nada significavam para ele.

Alma virou-se em sua cadeira e olhou para ele com uma satisfação maliciosa.

— Isso deve lhe dizer alguma coisa — disse ela.

Wade estreitou os olhos e tentou ler as palavras e números diante dele. Reconheceu alguns nomes — Hector Eastman, Sam e Barbara Forque, o velho Bob Ward, aqui chamado de Robert W. Ward Jr. — porém nada mais na tela fazia sentido para ele e os nomes por si mesmos, é claro, não faziam sentido.

— O que é isto, uma espécie de listagem de impostos atrasados?

— Você poderia dizer isso. Não, é uma lista de todas as transações imobiliárias na cidade no ano passado. A maioria é terra inútil — explicou ela. — A maioria foi comprada por pouco mais do que os impostos devidos. — Ela apontou as várias colunas na planilha e seus significados. Proprietário original, impostos devidos, tamanho da propriedade e número de prédios, se houver, comprador, preço de compra, data da venda e assim por diante.

— Ah! — exclamou Wade, como se agora entendesse o que estava vendo.

— Estas são as vendas deste ano até agora. — Ela apertou algumas teclas e a tela mudou. — Esse é o registro de três anos atrás. — Havia cinco linhas na tela, o resto estava em branco. — Que diferença, hem? — Em seguida, ela voltou para o corrente ano. — Olhe esta coluna — indicou, apontando a lista de compradores.

Wade inclinou-se para a frente e viu que todas as aquisições, exceto quatro, haviam sido feitas por uma empresa denominada Northcountry Development Corporation. As quatro restantes, observou, eram terrenos de casas próximas à cidade onde no verão anterior os *trailers* foram instalados. Nesses casos, o vendedor fora Gordon LaRiviere. Nada de extraordinário nisso.

— O que é a Northcountry Development Corporation? — perguntou Wade. Acendeu um cigarro e olhou à sua volta à procura de um cinzeiro.

Alma levantou-se de sua cadeira, dirigiu-se à cozinha e voltou com um cinzeiro limpo, entregando-o a ele.

— Mantenha-o no seu colo — disse ela. — Eu também me perguntei isso, Wade. Assim, fui até Concord um dia e verifiquei, uma vez que é uma questão de registro público. Está registrada em New Hampshire, é certo, com uma caixa postal de Lawford como endereço. E o presidente é Melvin Gordon e o vice-presidente e tesoureiro é Gordon LaRiviere. Esses dois sujeitos estão comprando a montanha toda, Wade. E bem barato. LaRiviere é membro do conselho municipal e tem acesso aos registros dos impostos. Desse modo, ele sabe exatamente o que oferecer por um terreno que, ao que se saiba, é inútil. E como ninguém mais está se oferecendo para comprar atualmente, ele consegue comprar no seu preço. Seu sócio provavelmente entra com o dinheiro. LaRiviere certamente não tem dinheiro próprio suficiente para comprar tudo isso. Olhe — disse ela, apontando para a coluna que mostrava o tamanho dos lotes. — Oitenta hectares. Cinqüenta e sete. Vinte e seis. E pode verificar o total dos preços das compras, se quiser. Eu o fiz. Trezentos e sessenta e quatro mil dólares, só este ano. Acho que isso está fora das possibilidades de Gordon LaRiviere.

— E Evan Twombley? — perguntou Wade. — O nome dele aparecia em algum documento da empresa?

— Não. Apenas os dois Gordons. Wade, por favor, esqueça esse negócio de Twombley e Jack Hewitt. É apenas uma história que você enfiou na cabeça. Há algo mais importante acontecendo que você ignora. Venha cá — disse ela. — Quero lhe mostrar o que estou querendo dizer. — Levantou-se e dirigiu-se para o fundo do escritório, onde havia um mapa da região preso à parede.

Wade seguiu-a e Alma, usando o dedo como apontador, traçou a linha curva da estrada de Parker Mountain desde a rota 29.

— Todos esses lotes comprados pela Northcountry Development Corporation ligam-se uns aos outros. Começando aqui, onde a Lake Agaway Homeowners Association detém trezentos hectares, que é onde seu amigo, o falecido Sr. Twombley, tinha uma casa e onde o seu outro amigo Melvin Gordon e a filha do Sr. Twombley agora têm uma casa. Esses dois sujeitos, Melvin

Gordon e Gordon LaRiviere, secretamente compraram tudo dos dois lados da estrada, pedaço por pedaço, por todo o caminho através de Saddleback, subindo a montanha e descendo pelo outro lado. Eles compraram toda a ponta sul da cidade. Exceto esse lugar aqui — disse ela, colocando o dedo em um ponto perto da estrada. — Que, de acordo com os registros do imposto, compreende quarenta hectares, com uma casa de três quartos e um celeiro. Certo?

— Certo — disse Wade, expirando lentamente. — Exceto que o celeiro está desmoronado de um lado agora.

— Não importa. Ainda é um prédio pelo qual você paga imposto.

— Qual é a conta atual, quanto o lugar deve à cidade? — perguntou Wade.

— Pouco menos de mil e duzentos dólares, multas incluídas. Não é muito, em comparação à maioria dessas propriedades que os dois Gordons compraram. Eu não deveria ter lhe mostrado isso, mas você provavelmente poderá ganhar um bom dinheiro pelo lugar em um ou dois anos, se pagar os impostos agora e não sair de lá.

— Sim — disse Wade. Arfava visivelmente, contou Alma mais tarde, surpreendentemente transtornado com o que ela lhe mostrara; e de repente ela lamentou não ter ficado quieta a respeito da Northcountry Development Corporation, porque ele deu um soco no mapa e disse: — Está vendo? Isso *prova* que LaRiviere está envolvido! Jack é apenas um garoto! Ele é apenas um joguete que eles usaram para se livrarem do velho!

Twombley, explicou Wade, deve ter descoberto que seu genro estava aplicando o dinheiro do sindicato em terras ao norte de New Hampshire, provavelmente lavando dinheiro do crime organizado, e tentou dar um basta nisso porque o sindicato estava sendo investigado.

— Não — disse Alma —, é muito mais simples do que isso. — O que o mapa e os números provavam, afirmou ela, era que Gordon LaRiviere iria se tornar um homem muito rico usando sua posição como membro do Conselho Municipal para explorar seus vizinhos. — Esses sujeitos provavelmente estão no negócio de estação de esqui — disse ela a Wade. — E daqui a um ou dois anos, você não reconhecerá esta cidade.

Wade não a ouviu nem disse mais nenhuma palavra. Pegou seu casaco, seu chapéu e dirigiu-se para a porta sem sequer dizer obrigado. Da janela da sala de estar, ela o viu sair às pressas no carro de Margie, me contou ela, e sentiu que algo terrível estava prestes a acontecer. Viu-se intrincadamente envolvida quando a tragédia aconteceu, como todos nós.

20

Você dirá que eu deveria ter sabido que coisas horríveis estavam prestes a acontecer, e talvez eu devesse. Mas, ainda assim, o que eu poderia ter feito para impedi-las? Na sexta-feira, Wade estava dominado por forças tão poderosas quanto difíceis de identificar — para mim e para Margie, que estávamos mais bem situados para observá-las, e certamente para pessoas como Alma Pittman, Gordon LaRiviere ou Asa Brown. Não tínhamos escolha, ao que parecia, senão reagir como o fizemos aos atos de Wade naquele dia e no seguinte. Assim fazendo, pudemos mais tarde alegar algo como inocência, ou ao menos ausência de culpa, mas, além disso, éramos incapazes de influenciar seus atos. Ter agido de forma diferente teria requerido que cada um de nós fosse presciente, senão onisciente e talvez também cruéis.

Não posso culpar Gordon LaRiviere por sua reação a Wade naquela manhã, embora, sabendo o que sei agora, possa muito bem ter sido o que levou Wade a seus atos bizarros e violentos, mais tarde naquele mesmo dia e naquela noite. Na realidade, quando Wade, depois de deixar a casa de Alma Pittman, entrou intempestivamente na oficina de LaRiviere, ignorando Jack Hewitt e Jimmy Dame, e irrompeu pelo escritório do patrão, passando direto pelas tentativas de Elaine Bernier de barrá-lo, LaRiviere fez o que eu mesmo teria feito nas mesmas circunstâncias.

Wade já entrou no escritório gritando.

— Seu filho da puta miserável! — berrou. — Já sei quem você é, Gordon! Todos esses anos — disse, arfando, os olhos flamejantes com uma estranha mistura de fúria e tristeza —, todos esses anos eu trabalhei para você, desde garoto, droga, e pensei que fosse um homem honesto. Achava que era um homem decente, Gordon! Na verdade, eu era grato a você! Pode acreditar nisso! Grato! — Bateu com os dois punhos na mesa de LaRiviere, bam, bam, bam, como uma criança furiosa.

Jimmy e Jack apareceram na porta seguindo Wade, enquanto Elaine Bernier, o rosto lívido de medo, alvoroçava-se na sala ao lado. LaRiviere levantou-se calmamente, ergueu-se em toda a sua altura nada desprezível, inflou o corpo como um balão e disse:

— Wade, está despedido. — Ergueu uma das mãos, a palma para cima. — Entregue-me as chaves da oficina.

Wade olhou à sua volta, viu Jack e Jimmy, ambos impassíveis como algozes, e riu:

— Vocês dois não entendem, não é? Acham que são livres, mas são como escravos, é isso. Vocês são escravos desse homem — disse e a voz alterou-se outra vez, tornando-se suplicante e baixa. — Ah, Jack, você não vê o que este homem fez a você? Caramba, Jack, você se tornou escravo dele. Não vê isso?

Jack olhava para Wade como se ele fosse feito de madeira.

— A chave, Wade — disse LaRiviere.

— Sim, claro. Pode ficar com a chave, tudo bem. Foi a chave que me manteve acorrentado e preso a você todos esses anos — disse. — Devolvo-a com prazer! — Tirou seu chaveiro do bolso, soltou uma das chaves e depositou-a na mão estendida de LaRiviere. — Agora estou livre. — Olhou diretamente nos olhos imóveis de LaRiviere e disse: — Vê como é fácil, Jack? Tudo que você tem a fazer é devolver o que o ele lhe deu e estará livre.

Virou-se e Jack e Jimmy afastaram-se para deixá-lo passar. Elaine Bernier desviou-se para o lado e Wade atravessou a sala de recepção e foi embora. Livre.

Do escritório de LaRiviere, até onde sabemos, Wade foi direto para casa. Já era meio-dia, um dia claro e agradável, a temperatura amena o suficiente para fazer a neve começar a derreter. Papai estava nos fundos, empilhando lenha e cortando gravetos para o fogão, algo que fazia quase todos os dias a esta hora, cedo demais para ele manejar um machado com relativa segurança. Trabalhava devagar, metodicamente, um homem frágil, cauteloso, que parecia muito mais velho do que realmente era. Ele não ergueu os olhos quando Wade entrou no quintal e estacionou o carro de Margie perto da varanda.

Margie estava na cozinha, tomando café e lendo um jornal de uma semana atrás. Quando Wade entrou intempestivamente na cozinha, ela dobrou o jornal e ergueu os olhos, pronta para conversar com ele sobre a noite anterior, sobre o que quer que tivesse acontecido no banco traseiro do carro: ela não sabia ao certo o que estava acontecendo entre ele e seu pai, mas era uma guerra antiga que ela sabia ser dolorosa para Wade e estava disposta a ser solidária e compreensiva. E quanto à questão de ter se atrasado, talvez pudesse ser explicada: seu carro obviamente não estava lá, portanto devia ter quebrado à noite passada no caminho do trabalho para casa, longe demais da cidade para telefonar e ele teve de fazer todo o trajeto a pé, na neve, até em casa. E de alguma forma ela não o vira na estrada quando estava a caminho do Wickham's, passara direto por ele, pobrezinho, de modo que teve que dar meia-volta e caminhar de novo para a cidade, não conseguindo chegar lá até as nove. Algo assim, tinha certeza, acontecera e, depois, no restaurante, e mais tarde no carro, quando papai começara com sua conversa de bêbado, Wade provavelmente já estava tão furioso e se sentindo tão culpado, também, que perdera o controle e foi por isso que batera no velho.

Mas quando ergueu os olhos do jornal e viu Wade, todos esses pensamentos dissiparam-se, pois percebeu imediatamente que ele era uma pessoa a quem devia temer. Seus movimentos eram bruscos e erráticos, o rosto estava afogueado e rigidamente contorcido, como se usasse uma máscara feita a partir de uma retrato distorcido de si mesmo, e tremia. Sua mãos estremeciam, ela podia ver os tremores do outro lado do aposento enquanto ele tirava o casaco e colocava-o dobrado sobre uma cadeira junto à parede.

— Tenho que falar com meu irmão — anunciou. — Viu meu bilhete? Sim, viu, estou vendo ele ali. Ouça, há muita coisa acontecendo no momento e tenho de falar com Rolfe a respeito de algumas coisas — disse ele. — Está tudo bem? Você tem que ir ao trabalho hoje, não é?

Margie assentiu com um movimento da cabeça e observou-o cuidadosamente, enquanto Wade dirigia-se para a sala e agarrava o telefone da mesa ao lado do aparelho de televisão.

— Só vai levar alguns minutos! — gritou.

E isso, é claro, foi quando ele me telefonou, numa hora em que geralmente não estou em casa, mas nesse dia por acaso eu telefonara para o trabalho e dissera que estava doente: era sexta-feira e eu próprio sofria de um tipo de esgotamento mental, talvez uma reação tardia ao funeral e à minha viagem para Lawford, talvez por causa de um envolvimento obscuro e complexo, e sem dúvida inconsciente, com o que Wade estava atravessando — embora nessa ocasião estivesse apenas superficialmente consciente do que Wade estava vivendo. De qualquer forma, eu acordara naquela manhã sentindo-me estranhamente deprimido e peculiarmente fraco, incapaz de ficar em pé sem que minhas pernas fraquejassem. Assim, telefonei para o colégio e pedi um substituto para as minhas aulas naquele dia. Depois, no meio da manhã, o telefone tocou e era Wade.

Foi uma conversa extraordinariamente longa. Wade estava falante e exacerbado no começo, logo me colocando a par dos acontecimentos da noite anterior. Ele omitiu, é claro, alguns detalhes que o colocariam sob uma luz desfavorável, como o incidente com papai no carro, detalhes que obtive meses depois de diferentes fontes — Margie, Nick Wickham, Jimmy Dame, os caçadores de veado de Lynn, Massachusetts. Em seguida, ele me contou a história, sua versão, do incidente da tina, que achei desconcertante, já que era tão diferente da minha própria versão dessa história e porque dizia respeito a mim. E por fim ele chegou ao que parecia ser o motivo de seu telefonema, para me contar o que soube na casa de Alma Pittman naquela manhã — não mencionou que fora despedido por Gordon LaRiviere — e para pedir meu conselho sobre como usar essa nova informação.

— Sei o que isso *significa* — disse ele. — Só estou ficando sem meios de usar essa informação.

— Para quê? — perguntei.

— O que quer dizer, "para quê"? Para ajudar Jack, é claro, e para incriminar aqueles filhos da puta, os dois Gordons, como a velha Alma os chama. Puxa, Rolfe, de que lado você está nesta história?

— Do seu, naturalmente — assegurei-lhe. Mas a veemência e a agressividade de seus sentimentos me alarmaram. E o caos em que se encontrava e aparente falta de coerência, apesar de sua obsessão com o caso, faziam-me reagir com cautela. Ele mudava de um assunto para o outro, de um tom para o outro: num instante estava atacando Mel Gordon, no seguinte queixava-se de sua dor de dente, que já persistia há semanas; falou de Jack Hewitt com ansiedade e simpatia, parecendo quase identificar-se com o sujeito, e depois falou sem parar, por um tempo tediosamente longo, sobre o fato de seu carro estar na garagem, de ter que pegar emprestado o carro de Margie, de não poder deixar papai sozinho na casa por muito tempo; mostrou-se amargo por alguns instantes quando falou de Lillian e de sua ação de custódia, como a chamava, e depois praticamente chorou quando contou mais uma vez como Lillian o estava impedindo de ser um bom pai para sua própria filha.

Era uma conversa angustiante, para dizer o mínimo, e comecei a sentir uma das minhas antigas enxaquecas, como se houvesse uma pequena lanterna dentro do meu crânio iluminando diretamente os meus olhos por trás. Eu queria livrar-me dele, de modo que assumi a conversa e falei talvez com mais autoridade do que o faria normalmente. Realmente acredito, entretanto, que isso era exatamente o que Wade queria que eu fizesse e que fora por isso que me ligara. Enquanto ele falava, quando se tornou evidente para mim que estava irremediavelmente confuso, comecei a tomar notas no bloco amarelo que mantenho junto ao telefone, enumerando seus problemas individuais e colocando-os em relação uns aos outros: essa é, afinal, uma das maneiras como soluciono meus próprios problemas, identificando-os e ordenando-os, de modo que a resolução do menor de meus problemas leva finalmente à solução do maior. Por que não tentar solucionar os problemas de Wade do mesmo modo? Assim, quando resolvi assumir o controle da conversa, pude falar com clareza e vigor. Ele ouviu e, pelo que sei, poderia estar ele mesmo tomando notas, porque, como verifiquei mais tarde, ele seguiu meus conselhos ao pé da letra. É por isso que hoje eu não me sinto totalmente inocente, nem isento de culpa, pelo que finalmente aconteceu. É claro, não tinha como saber que Wade iria meter os pés pelas mãos, não tinha como prever que circunstâncias simples iriam frustrá-lo, nem as formas que ele finalmente descobriria para expressar seus sentimentos cada vez mais violentos.

Wade desligou e, como eu havia sugerido, ligou imediatamente para a garagem de Merritt para acertar a entrega de seu carro. Quem atendeu foi Chick Ward e quando Wade disse que estava telefonando por causa do carro, Chick riu, uma risadinha irônica, e disse:

— Wade, meu velho, há boas e más notícias. O que quer ouvir primeiro?

— Apenas os fatos, Chick. Estou com pressa.

— OK, a boa notícia, meu velho, é que não pegamos no seu carro ainda. Ele só entrou ontem à tarde, você sabe. Essa é a boa notícia. — Falava inusitadamente alto, como se o fizesse para uma platéia de ouvintes além de Wade.

— O que você pretende?

— Quer as más notícias? — Wade podia imaginar Chick com um amplo sorriso do outro lado da linha, de pé na garagem e piscando intencionalmente para Chub Merritt e qualquer outra pessoa que por acaso estivesse lá ressuscitando o caminhão afogado de LaRiviere.

— Diga-me apenas quando ficará pronto. É o motor de arranque, tenho certeza, anda me dando trabalho...

— As más notícias — disse Chick, interrompendo-o — são que o motivo pelo qual não pegamos no seu carro ainda é porque estamos com um problema aqui com um caminhão que alguém afundou no gelo ontem à noite. Imaginei que soubesse algo sobre isso, Wade.

Wade ficou em silêncio por um instante.

— Sim — disse. — Eu sei.

— É, já imaginava. Chub está mandando lhe dizer também que Gordon LaRiviere não vai permitir que você mande a conta para ele. Você mesmo vai ter que pagar. Provavelmente vai ficar em uns duzentos dólares, se for o motor de arranque, como você diz.

Wade não disse nada. Dinheiro... ele não tinha nenhum. Nem emprego, nem dinheiro, nem carro, nada.

— Está bem assim, Wade?

— Sim. Está bem.

— Ah, tenho outra má notícia, Wade. Quer ouvir?

— Não particularmente, seu filho da puta.

— Ei, sou apenas o mensageiro, você sabe. Só trabalho aqui.

— Diga-me.

— Bem, Chub está me dizendo que você está despedido, Wade.

— Despedido! Ele não pode! Ele não pode fazer isso! LaRiviere já fez isso hoje de manhã.

— Ah, sim, Wade, ele pode. Ele é um dos membros do Conselho Municipal e disse para você entregar seu distintivo, esvaziar seu escritório na prefeitura e deixar a chave com a mulher dele lá. Ela estará no escritório do Conselho Municipal o dia inteiro. Ele disse que vai retirar a faixa do cidadão e os sinalizadores da polícia do seu carro enquanto ele está aqui. Acho que são propriedade da cidade, Wade.

— Deixe-me falar com Chub — disse Wade. — Há algumas coisas que ele precisa saber. Coloque Chub na linha.

Chick abafou o bocal do telefone por alguns segundos, depois voltou e disse:

— Chub está dizendo, ele está mandando lhe dizer, que está muito ocupado enxugando o caminhão de seu ex-chefe para falar com você agora. Sinto muito.
— Olhe, seu filho da puta, coloque Chub na linha! Sei de algumas coisas que ele deveria saber, droga. Antes de me despedir, ele deveria saber o que eu sei sobre algumas pessoas nesta cidade. Coloque-o na linha, entendeu?

Novamente, Chick abafou o telefone. Um instante se passou. Então, Wade ouviu o clique do receptor e o sinal de discar começou a zumbir em seu ouvido.

Devagar, Wade recolocou o fone no gancho. Então, Chub também estava metido naquilo! Chub Merritt estava trabalhando para eles. Provavelmente estava levando seu quinhão de Gordon LaRiviere e Mel Gordon e, sendo um dos conselheiros, tinha tanto acesso aos registros dos impostos quanto LaRiviere, assim sua função era ficar calado sobre a Northcountry Development Corporation e, entre outras coisas, ajudar a manter Wade fora do caminho.

A dor lancinante em seu maxilar parecia continuar o zumbido do tom de discar do telefone, distraindo-o bruscamente de sua mania — porque agora era isso, uma mania — e fazendo-o lembrar-se do meu segundo conselho, ligar para um dentista, pelo amor de Deus, e extrair aquele dente. Cuide das pequenas coisas primeiro, as coisas que o estão perturbando e prejudicando-o em suas tentativas de resolver os problemas maiores. Pegue seu próprio carro de volta, mande extrair esse dente, deixe papai cuidar de si mesmo enquanto você ordena seus fatos e passe por cima das autoridades locais, em quem você não pode confiar, levando seus fatos diretamente à polícia estadual. Deixe a polícia estadual cuidar disso. E depois, então, talvez, tente fazer com que Jack Hewitt se entregue. Mas faça isso com calma, pacificamente, racionalmente. Não saia por aí perseguindo-o pelas estradas, nem aborde-o num bar ou na oficina de LaRiviere, onde haverá outras pessoas presentes. Fale com a namorada dele ou com o pai dele, fale com alguém em quem ele confie e explique o que está em risco para ele nesse caso. Jack já não confia em você, Wade, portanto terá que deixar que outra pessoa o convença de que deve confessar o crime e incriminar os outros. Salve esse jovem e destrua os outros. E, enquanto estiver fazendo isso, instrua J. Battle Hand para dar continuidade a seu caso contra Lillian. Agora que você lhe deu informações que não só mancham a imagem de boa mãe de Lillian como também implica seu próprio advogado, o seu Sr. Hand deve poder acertar um acordo que faça com que Lillian lhe devolva seus direitos de pai. Em poucas semanas, antes do Natal, talvez mesmo antes do dia de Ação de Graças, Wade, tudo que agora parece fora de controle e caótico estará sob controle e em ordem. E finalmente você, essa simpática mulher com quem em breve se casará, sua adorável filha Jill e seu pai se sentarão juntos à mesa da ceia do dia de Ação de Graças na antiga casa da família. Você fará uma prece para agradecer a Deus por tudo que recebeu esse ano. E talvez até eu mesmo me reúna com vocês à mesa.

Com o catálogo telefônico no colo, Wade folheou as páginas amarelas e verificou a relação de dentistas em Littleton: havia quatro e ele telefonou para cada um eles em ordem alfabética, pedindo, depois suplicando e finalmente gritando, por uma consulta naquela tarde. Os quatro recusaram-se a atendê-lo. Dois deles — soube mais tarde, quando eu mesmo lhes telefonei — lembram-se de terem desligado no meio de sua ladainha, convencidos de que ele era louco ou perigoso, ou as duas coisas.

Wade bateu com o telefone, atirou o catálogo do outro lado da sala e, quando se levantou e virou-se, viu Margie de pé na porta, observando-o, a boca aberta, o rosto lívido.

— O que foi? — indagou ele.

— O que está acontecendo com você, Wade? Por que está agindo assim?

— O que quer dizer? É o meu dente! Meu maldito dente! Já nem consigo mais pensar por causa dele!

— Wade, ouvi você falando ao telefone. Você foi despedido hoje de manhã, não foi?

— Olhe, isso é apenas temporário, acredite. Vai haver tanta merda no ventilador nos próximos dias que o fato de eu ter sido despedido por LaRiviere e Chub Merritt não vai ter a menor importância. Esses filhos da puta estarão fora dos negócios e cumprindo pena quando eu tiver terminado.

Andava de um lado para o outro na sala enquanto falava, a mão espalmada sobre o maxilar latejante, como se quisesse certificar-se de que ainda estava preso ao seu rosto. Atrás de Margie, papai entrou na cozinha carregando meia dúzia de tocos de madeira nos braços e deixou-os cair ruidosamente no caixote de lenha.

— Há muita coisa que não lhe contei nem contei a ninguém ainda, mas pelo amor de Deus, vou arrebentar essa cidade agora — disse Wade. — Não se preocupe, arranjarei outro emprego. Posso arranjar trabalho fazendo muita coisa por aqui. As pessoas vão precisar de mim, de qualquer forma. Depois que isso acabar e as pessoas virem o que está acontecendo às suas costas, vão me transformar num maldito herói. Espere e verá: quando isso explodir, as pessoas irão precisar de mim. Como Jill precisa de mim, certo? Você verá, farei isso. E serei o melhor pai que já existiu para ela. Você precisa de mim. Até papai, pelo amor de Deus, precisa de mim. Portanto, não se preocupe, terei um emprego, um bom emprego, quando tudo isso acabar, e tomarei conta desta casa, vou reformá-la, deixá-la bonita para todos nós. E esta cidade também precisa de mim. Ainda não sabem disso, mas precisam. O mesmo acontece com Jill, você e papai. Serei o policial da cidade outra vez, não se preocupe. Talvez eles agora achem que podem me enxotar, ganindo, para um canto, como um cachorro escorraçado ou algo assim, alguma coisa insignificante e irritante atrapalhando o caminho, mas por Deus, logo isso vai mudar.

Lentamente, como se estivesse sendo empurrada para trás pela veemência de suas palavras, Margie recuou para a cozinha, onde tirou o casaco do gancho perto da porta, pegou sua carteira e saiu.

Desceu as escadas correndo e entrou no seu carro, ligou o motor e saiu de marcha a ré para a estrada, pensando: O homem ficou louco. Um é bêbado e o outro é maluco. O que diabos estou fazendo aqui? Podia ir embora, pensou: seus móveis ainda estavam na casa onde morava na cidade e ainda não escrevera para os pais de seu ex-marido na Flórida para dizer-lhes que se mudara. Mas todas as suas roupas, suas roupas de cama e toalhas, seus pertences pessoais, fotografias, documentos, estavam na casa de Wade, que era como agora pensava na casa. De algum modo, o lugar tinha o cheiro de Wade e parecia-se com ele: um dia uma bela construção do interior, simétrica, elegantemente dimensionada, situada em local atraente, a casa agora estava desmoronando, desalinhada e quase inabitável.

Wade estava transformando-se em seu pai, percebeu de repente. Wade, sóbrio, soava e agia como seu pai quando estava bêbado. E seu pai estava se deteriorando completamente. Podia ver o que estava acontecendo. Não queria se tornar a mãe de Wade. Ficaria na casa mais uma noite, decidiu, e amanhã, quando Wade saísse para ver seu advogado em Concord, ela se mudaria.

A dor estava pior do que nunca: tornara-se escarlate, tingira metade da cavidade de sua boca, espalhava-se da ponta do queixo até à têmpora e estava se infiltrando para o centro. A visão de Wade já estava afetada e ele via tudo em lampejos e flutuações intermitentes — papai estava na cozinha tirando o casaco; a televisão estava ligada, o controle horizontal desgovernado, a imagem saltando incessantemente; papai estava sentado no sofá em frente à televisão; estava na cozinha; estava ajustando o controle horizontal; os ruídos eram anormalmente altos, seguidos de estranhas lacunas de silêncio: o barulho de papai abrindo o armário da cozinha, abrindo sua garrafa, servindo uísque em um copo e tomando-o — Wade ouvia tudo isso claramente e em volume alto, como se papai tivesse um microfone ligado a ele; e depois veio a televisão, alta no começo, de repente silenciosa, alta de novo; e o barulho de papai deixando cair uma braçada de lenha no caixote, como um deslizamento de pedras, interrompido por um silêncio cavernoso.

Papai via luta-livre, as mãos agarradas nos joelhos como se quisesse mantê-las imóveis, enquanto Wade perseguia a dor em seu rosto pela sala, de janela para janela e para a porta, como se seu rosto fosse um cachorro em um cercado, procurando uma saída. Papai disse alguma coisa sobre uma antena parabólica, gostaria de ter uma daquelas antenas, eles deviam comprar uma dessas antenas, quanto custava uma antena parabólica? Wade sabia quanto as pessoas pagavam por uma dessas antenas parabólicas que se vê por toda a cidade hoje em dia? *Cale a boca!*, gritou Wade. *Cale a porra da boca!* A platéia na televisão berrava, enquanto um homem enorme seminu, usando uma máscara, levantava um outro homem, o atirava no chão, pulava em cima dele e a multidão gritava histericamente de alegria. Em seguida, a imagem recomeçou a saltar. Papai ergueu-se, ajustou o botão, disse que gostaria de ter uma daquelas antenas parabólicas e sentou-se novamente, enquanto o homem com a máscara deu um salto no ar com os pés estendidos para a frente e atingiu o outro homem nas costas, lançando-o, cambaleando, através do ringue, contra as cordas. A platéia parecia enlouquecida, vaiando, gritando, batendo palmas, alguns até levantando-se de seus assentos e brandindo os punhos. Depois, silêncio, enquanto Wade permanecia junto à janela e olhava pelo quintal coberto de neve, até o celeiro em ruínas. Um corvo — em nítido perfil negro, como uma silhueta, pousou em uma viga — virou a cabeça devagar, como se soubesse que estava sendo observado, até que o bico apontasse para Wade como um dedo acusador: *Você!* Wade virou-se de costas e o barulho da televisão penetrou em sua cabeça, os gritos da platéia, os grunhidos e baques dos lutadores, a voz entusiasmada do locutor, filamentos de barulhos emaranhando-se e formando um único dardo que perfurava seu cérebro: papai estava na cozinha outra vez; a televisão silenciou; Wade ouviu a garrafa sendo aberta, o uísque sendo derramado no copo, o ruído da boca de seu pai, lábios, língua, garganta, enquanto engolia. *Largue essa maldita garrafa!*, gritou Wade e entrou na cozinha, passou por papai que vinha na direção contrária, agarrou a garrafa que estava em cima da bancada e saiu apressadamente.

    A luz brilhante do sol contra a neve cegou-o e ele ficou parado por alguns segundos na varanda, esforçando-se para enxergar; ouviu o vento soprar nos pinheiros do outro lado da estrada, ouviu o corvo gritar do celeiro lá atrás, ouviu tiros de uma distante clareira na floresta. Logo o clarão da luz começou a estilhaçar e desmoronar, até que finalmente desfez-se em pedaços brancos que flutuavam no campo de visão de Wade. Saiu da varanda para o quintal e contornou na varanda até o barracão de lenha anexo aos fundos da casa, uma construção de três lados, aberta para o caminho de entrada de carros, onde papai cortava, empilhava e armazenava sua lenha e onde as ferramentas ficavam em uma bancada tosca.

Wade entrou no barracão e novamente ficou cego, desta vez pela escuridão ao invés da luz. Colocou a garrafa na bancada e deslizou as mãos por ela, tocando um martelo, latas cheias de pregos e parafusos, uma grosa, uma pequena chave inglesa, uma lata de gasolina e partes de uma serra de cadeia, uma lima, uma cunha e, finalmente, quando a escuridão amainou para uma névoa cinza, encontrou um par de alicates, com garras sulcadas, que sabia que havia ali — vira-o na outra noite, domingo, quando fora ali com uma lanterna procurar ferramentas para consertar a fornalha: as ferramentas de papai, espalhadas e enferrujadas, as ferramentas de um bêbado, pensou Wade na ocasião.

Abriu a garrafa de uísque, abriu a boca — doía só de abrir — e virou um gole, bochechou e engoliu, mas não sentiu nenhum gosto, nenhuma queimação granulosa na boca ou no peito; nada, exceto a dor fria e lancinante, como se uma serra de aço cortasse seu maxilar. Abriu ainda mais a boca, tocou a ponta do alicate de cabo longo nos dentes da frente, afastou o lábio com os dedos, forçando um riso cadavérico em sua boca, e levou o alicate até o foco escuro de dor no fundo. As garras do alicate formavam um ângulo com os cabos, como a cabeça de um pássaro de pescoço comprido, e por um segundo ele conseguiu prendê-las em um dos molares, depois soltou-as e prendeu-as no dente adjacente. Retirou o alicate da boca e colocou-o de volta na bancada. A dor rugia em seus ouvidos, como um trem em um túnel, e ele sentiu as lágrimas escorrerem pelo seu rosto.

Tomou outro gole de uísque, agarrou o alicate e a garrafa e saiu apressadamente do barracão para a parede branca de luz do lado de fora, chorando e tropeçando ao atravessar o caminho e dirigir-se para a varanda sem ver, agora caminhando de memória

— até entrar de novo em casa. Agora, pôde ver seu caminho pela escuridão da cozinha até a sala, onde papai estava sentado em frente à televisão: os homens enormes, grunhindo, chocaram seus corpos cor-de-rosa um contra o outro e a multidão gritou de prazer; Wade passou correndo por papai, subiu as escadas e entrou no banheiro.

Colocou a garrafa sobre a caixa de descarga do vaso sanitário, olhou-se no espelho e viu um estranho de rosto lívido, descabelado, com lágrimas escorrendo pelo rosto, devolver-lhe o olhar. Abriu a boca do estranho e, com a mão esquerda, escancarou os lábios para trás no lado direito, pegou o alicate e enfiou-o na boca. Virou o rosto ligeiramente para o lado, para poder ver dentro da cavidade, abriu ainda mais a boca, prendeu o alicate no maior molar no fundo da boca, apertou e puxou. Ouviu o dente ranger contra o metal frio do alicate, como se o dente se agarrasse ao osso. Enfiou as garras do alicate ainda mais fundo na gengiva, apertou com força novamente e puxou com mais força, firmemente. O dente mexeu-se em seu alicerce. Wade posicionou a mão esquerda atrás da direita e, com as duas mãos, uma mantendo a pressão sobre o dente, a outra levantando e guiando o alicate diretamente para cima, puxou. O dente saiu, molhado, coberto de sangue, inflamado, caindo na pia com um barulho seco. Ele colocou o alicate na pia e estendeu a mão para o uísque.

Quando passou por papai, colocou a garrafa de uísque com ênfase intencional sobre a mesa ao lado dele. Papai olhou para a garrafa por um instante e ergueu o olhar para Wade. Seus olhos encontraram-se e de repente lampejaram de ódio.

Nenhum dos dois homens disse nem uma palavra. Bruscamente, como se o dispensasse, papai voltou a olhar para a televisão. Wade agarrou seu casaco e seu chapéu no gancho da cozinha, colocou-os e saiu, caminhando depressa pelos lençóis de luz branca até o barracão de lenha, onde pegou a lata de gasolina e dirigiu-se para o celeiro. Sentia o rosto incandescente, queimando de dentro para fora, como se o buraco em seu maxilar fosse a chaminé de um vulcão prestes a eclodir. A remoção do dente abrira um poço, um túnel escuro, por onde fagulhas, brasas, gases quentes eram lançados e queimavam sua boca: abriu a boca e cuspiu um coágulo de sangue quente na neve e imaginou-o chiando atrás dele.

No celeiro, estava escuro e sepulcral. Wade esvaziou a lata de gasolina no caminhão de papai e atirou a lata para o lado. Subiu no estribo e entrou no lado do motorista, tirou a chave do bolso do casaco, onde ficara desde quarta-feira e, depois de algumas tentativas, fez o motor funcionar. O velho caminhão estremecia e chocalhava. Wade conduziu-o de ré, lentamente, pela enorme porta do celeiro e ao longo da passagem ladeada por bancos de neve que ele e eu havíamos desobstruído há apenas duas noites atrás, até chegar à estrada, onde virou-o em direção à cidade, engatou a primeira e partiu.

21

Asa Brown saiu da sede da polícia estadual do condado de Clinton, um edifício baixo, de concreto e tijolos amarelos, na interestadual, a poucos quilômetros ao norte de Lawford. Quando Wade parou o velho e desconjuntado caminhão de fueiros entre dois carros da radiopatrulha no estacionamento, a tarde chegava ao fim e começava a escurecer. O céu parecia camurça cinza e uma brisa suave levantava a neve dos bancos para o calçamento, onde rodopiava e girava em redemoinhos brancos.

Wade desceu e por alguns segundos ficou parado junto à porta aberta do caminhão, examinando os enormes Fords verde-escuros ao lado, e lembrou-se de que uma vez, há muito tempo, ele considerara a possibilidade de entrar para a polícia estadual. Foi logo que retornou do serviço militar, depois da Coréia, e lhe parecera lógico, já que fora um policial militar, fazer os exames e estudar na academia de polícia em Concord para tornar-se um policial do estado. Por Deus, andar o dia inteiro em uma daquelas radiopatrulhas, usando óculos espelhados e boné da polícia, domar os mais exaltados em Laconia quando todos os motoqueiros vinham para as corridas de moto todo verão, levar o governador da sede do governo estadual para casa, para almoçar, perseguir motoristas de Massachusetts, intoxicados de cocaína, dirigindo em alta velocidade para o sul pela interestadual, depois de um longo fim de semana nas pistas de esqui. Teria sido melhor do que o que ele acabou fazendo.

Nem sequer chegara a tentar ser um policial do estado. Voltara da Coréia para Lawford obcecado com o que ele chamava de "caso não resolvido", referindo-se a seu amor por Lillian, de quem agora estava legalmente divorciado. Um ano depois, estava casado com ela pela segunda vez, o "caso não resolvido" finalmente resolvido, aparentemente, mas a essa altura já estava trabalhando para LaRiviere novamente e construindo a casinha amarela em Lebanon Road para ele e Lillian morarem. Não conseguia imaginar como se tornar um policial do estado e ainda manter um emprego em tempo integral e construir uma casa à noite e nos fins de semana. Assim, não fez os exames, embora soubesse que seria facilmente aprovado. Continuou sendo um perfurador de poços e, ao invés, tornou-se o policial da cidade e construiu a casa para ele, Lillian e a família que pretendiam ter.

Quando se casaram pela primeira vez, logo após a formatura do segundo grau, eram ambos tecnicamente ainda virgens. Um cético diria que casaram-se para dormir juntos, divorciaram-se quando se acostumaram a dormir juntos e que nunca deveriam ter se casado outra vez — e isso seria parte da verdade. Mas as coisas nunca são tão simples como os céticos acreditam, especialmente em relação a adolescentes inteligentes e apaixonados. Wade Whitehouse e Lillian Pittman, através de sua franqueza e intimidade um com o outro, haviam se separado, aos dezesseis anos, dos outros jovens e adultos à sua volta. Protegeram-se um ao outro enquanto tornavam-se mais sensíveis e apaixonados do que aqueles jovens, até virem a depender um do outro para um reconhecimento essencial de suas mais meigas qualidades e sua inteligência.

Sem Lillian, sem seu reconhecimento e proteção, Wade seria forçado a considerar-se igual aos rapazes e homens que o cercavam, jovens da sua idade como Jimmy Dame e Hector Eastman e adultos como papai e Gordon LaRiviere — deliberadamente embrutecidos e ríspidos, cultivando sua violência para ser admirados e temidos, crescendo com uma estupidez defensiva voluntária e depois encorajando os filhos a seguir seu exemplo. Sem o reconhecimento e a proteção de Lillian, Wade, que era muito bom em seu papel de macho neste mundo, um tipo atlético, franco e vigoroso, com um traço de maldade, teria sido incapaz de resistir à influência dos outros homens que o cercavam. A solidão teria sido insuportável.

O mesmo aconteceu a Lillian: ela não queria ser igual a sua mãe e todas as mulheres que conhecia na cidade, um bando oprimido e triste cujo único senso de humor era a autodesvalorização, cujo maior medo era dos homens com quem viviam, cujos filhos eram seu lastro, mas que pesavam em suas vidas como pedras em uma mortalha. Wade reconheceu a jovialidade nela, a luminosa delicadeza de sentimentos e de pensamentos que toda garota da sua idade que ela conhecia fazia questão de extinguir, e ela o admirou por isso. Casou-se com ele por isso.

Casaram-se também pelo sexo, é claro, mas na verdade nunca se acostumaram a dormir um com o outro, como o cético nos faria acreditar. Antes de se casarem, amavam-se apaixonadamente toda vez que tinham a oportunidade e tornaram-se docemente familiarizados com o corpo um do outro, conheciam a reação de cada um ao toque das mãos e dos dedos, os lábios, a língua, os dentes tão bem como se fossem os seus próprios. Mas a verdadeira consumação, o ato em si, não ocorreu até estarem casados e viverem em um dos pequenos apartamentos sobre a Golden's General Store. E quando o fizeram, para sua grande surpresa, prazer e gratidão, foi uma simples continuação e extensão do que vinham fazendo o tempo inteiro. Não foi diferente; foi mais. E nunca deixaram de gostar de tocar um ao outro com as mãos, a língua, a boca, de modo que, na cama no escuro, quando Wade finalmente se intumescia, cobria o corpo macio e vivaz de Lillian e o penetrava, o prazer e a força do ato, seu longo e doce balanço, eram para ambos um crescendo irresistível que nunca deixava de surpreendê-los e emocioná-los com sua capacidade, como a gravidade, de controlá-los.

Não, ele não a deixou porque acostumara-se a dormir com ela. Quando Wade deixou Lillian e se alistou no exército — na esperança de seguir Elbourne e Charlie para o Vietnã, mas sendo enviado para a Coréia ao invés disso — foi porque, aos 21 anos, ele acreditara que, casando-se tão cedo, terminara sua vida prematuramente. Era a última, talvez a única chance que tinha de recomeçar. O conhecimento de si mesmo, de seu valioso interior, graças a Lillian, era o de um rapaz cuja vida ainda não estava definida, cujo potencial era grande, mas que não fora realizado em nenhum aspecto. Ele possuía esse conhecimento porque o amor de Lillian mantivera o espírito da juventude vivo dentro dele muito tempo depois de ter morrido em todas as outras pessoas que conhecia, assim como seu amor por ela mantivera o espírito da juventude vivo nela também. Mas apesar disso, ali estava ele, vivendo como um adulto preso numa armadilha, um homem muito mais velho do que era, um homem cuja vida já estava determinada em todos os aspectos importantes — pelo emprego na oficina de LaRiviere, pelo apartamento pequeno e escuro repleto de refugos de outras pessoas, pelo próprio vilarejo de Lawford, confinado pelos montes e florestas escuros. Essa era a vida adulta e ele não estava preparado para aceitá-la.

Começou a beber pesadamente, geralmente no Toby's depois do trabalho, e tornou-se confuso e briguento. E rapidamente perdeu a conexão com aquele adorável espírito da juventude, o afeto frágil e bem-humorado pelo mundo que alimentara e mantivera vivo durante toda a adolescência. Tornou-se cada vez mais furioso com a perda e começou a culpar Lillian por isso. Quanto mais a culpava, mais ela se afastava dele, até que, realmente, ele *era* os homens que o cercavam. Uma noite, ele a espancou com os punhos e depois chorou em seu colo, suplicando perdão, prometendo ser diferente, um novo homem, decente, amável, gentil e bem-humorado.

Mas em poucas semanas viu-se quebrando a promessa, horrorizando a si mesmo, e começou a culpar o contexto de sua loucura, a vida com Lillian, confundindo isso com a causa de sua loucura. E ele a deixou. Foi para Littleton e alistou-se no exército. Foi enviado para Fort Dix, Nova Jersey, para treinamento e de lá escreveu uma longa carta para Lillian, pedindo-lhe para divorciar-se dele, dizendo que ela poderia usar qualquer motivo que quisesse, até mesmo crueldade física, e ambos poderiam recomeçar suas vidas.

Ambos tentaram fazer exatamente isso. Wade foi enviado para a Coréia — dois irmãos Whitehouse no Vietnã era evidentemente o máximo que o exército estava disposto a arriscar naquele estágio inicial da guerra — e Lillian foi cursar a escola de secretariado em Littleton, trabalhando à noite como garçonete na Toby's Inn. Dormiram com outras pessoas — para Wade, houve a jovem de Seul, Kim Chul Hee, e mais ninguém; para Lillian, houve vários homens durante os dois anos em que ela e Wade viveram separados.

Sobre dois deles, ela contou para Wade; o outro, não. Eu tinha apenas onze anos de idade na época, mas sabia que Lillian, por um breve período, encontrava-se com Gordon LaRiviere, que era casado, magro e atraente, e que de vez em quando parava no apartamento de Lillian na cidade, o apartamento em cima da loja Golden's, onde ela vivera com Wade. LaRiviere geralmente vinha visitá-la bem cedo pela manhã, e em várias dessas ocasiões eu mesmo o vi chegar antes das seis e sair às sete e meia, pois tive meu primeiro emprego naquele verão, trabalhando na Golden's General Store como arrumador de prateleiras, e pedalava minha bicicleta até a cidade para varrer a loja e limpar os balcões antes de abrir às sete. Fiquei chocado com o que vi e me senti traído, como se eu e não meu irmão Wade estivesse lá fora defendendo nosso país contra os comunistas asiáticos. Acho que até hoje não perdoei Lillian pelo caso com Gordon LaRiviere, embora ela tivesse todo o direito a isso: LaRiviere é que era casado, ela não.

Os outros dois homens com quem Lillian saiu e dormiu durante aqueles dois anos em que ela e Wade estiveram divorciados da primeira vez, os homens sobre os quais ela contou a Wade, foram Lugene Brooks e Nick Wickham. Lugene era o professor da sexta série, solteiro e recém-saído da Plymouth State; continuava solteiro vinte anos depois, mas agora era o diretor de meia-idade da escola. Nick Wickham, naquela época, fazia questão de dormir com todas as mulheres descasadas e a maioria das mulheres casadas da cidade ao menos uma vez. Agora, a compulsão parece ter enfraquecido e, embora ele ainda finja fazer o mesmo, é mais para impressionar. Há vinte anos, entretanto, Nick era atraente, tinha um sorriso cativante e um senso de humor superior ao da maioria dos homens da cidade, ao mesmo tempo sedutor e afetuoso, enquanto o deles era misógino e violento.

Dentro de uma semana do retorno de Wade a Lawford, ele e Lillian estavam dormindo no quarto do apartamento em cima da loja Golden's outra vez e falavam em casar de novo. Assim, ela confessou seus casos com Lugene Brooks e Nick Wickham. Wade aceitou a notícia tranqüilamente, porque ela insistiu que nenhum dos dois homens fora capaz de satisfazê-la como Wade, uma comparação que deve tê-la erotizado para ele.

Acontece que o que Lillian contou a Wade sobre dormir com Lugene Brooks e Nick Wickham era essencialmente verdade: comparado a sexo com ele, era maçante e até mesmo um pouco constrangedor. Ele não a pressionou para que contasse maiores detalhes, embora tivesse admitido para si mesmo que estava curioso — não a respeito dela, mas a respeito dos homens.

Quando ele confessou-lhe que havia se deixado levar por um romance de três meses com a mulher em Seul, ele mentiu: disse que ela não significara nada para ele, exceto sexo mecânico e esporádico.

— Ela não era uma prostituta, nada assim — assegurou-lhe.
— Apenas uma mulher de lá.

Na verdade, entretanto, ela significara muito para ele, porque renovara aquela noção de si mesmo como uma criança que ele obtivera com Lillian quando estavam juntos pela primeira vez. Ela quase não falava inglês e ele nada de coreano, mas ela tentava com diligência e imaginação, quando ele estava com ela, que era quase todo fim de semana e dia de folga que ele pudesse tirar, ser exatamente o que ele queria que ela fosse — protetora, mas dependente, autoritária, mas inofensiva, sexualmente provocante e hábil, mas inocente como uma criança e particular como uma irmã. Necessidades impossíveis para qualquer mortal realizar; ela fracassou, finalmente. Wade contraiu um caso leve de gonorréia e, quando foi fazer o tratamento, soube através do médico — um sujeito jovem e inteligente, recém-formado pela Harvard Medical School, que insistiu que Wade lhe fornecesse o nome da mulher ou das mulheres com quem andava dormindo: seus contatos sexuais, foi a expressão que ele usou — que ela estava dormindo com pelo menos mais três soldados do exército americano, dois deles da mesma unidade dele, e sustentava seus pais, irmãs mais jovens e os próprios filhos com o dinheiro que ele e os outros lhe davam. Wade nunca mais a viu. Mas sentiu-se culpado por isso: lembrava-se de seu riso, seus cabelos negros, seus tristes, pequenos e belos seios — sua própria tangibilidade; e ele sabia que não estava errado quando, durante aqueles três meses, acreditara que ela fosse tão real quanto ele e que estivesse igualmente tão amedrontada. Falava dela apenas casualmente e com desrespeito depois disso, entretanto — com os colegas de sua unidade e, quando voltou para casa, no trabalho, no bar do Toby's e, no começo, tarde da noite, com Lillian.

E embora Lillian sentisse um leve calafrio percorrer sua espinha quando Wade falava desse modo sobre seu único relacionamento sexual durante os dois anos que ficaram separados, a única outra mulher com quem ele lidara intimamente, ainda assim sentia-se aliviada: a coreana era diferente dela de uma forma que tornava a mulher menos do que ela. Da mesma maneira que Wade acreditava que Lugene Brooks e Nick Wickham eram diferentes dele de um modo que os tornava menos do que ele. O acordo deles funcionou, Wade e Lillian começaram a dormir juntos de novo e, um mês depois, estavam casados outra vez, Wade estava trabalhando para Gordon LaRiviere novamente e fazendo arranjos para comprar um terreno de um hectare na Lebanon Road para construir uma casa. Lillian parou de trabalhar como garçonete no Toby's, passou a usar suas novas habilidades de secretária como funcionária em tempo parcial para a prefeitura e parou de tomar anticoncepcionais. Tentaram por um longo tempo que Lillian engravidasse, mas somente após vários abortos e a passagem de oito anos é que Jill nasceu, para grande alívio de Wade, pois há muito acreditava que sua capacidade de gerar um filho fora prejudicada por ter dormido por um curto período com uma mulher coreana. E depois que Jill nasceu, Wade quase nunca mais pensava na mulher outra vez e tinha certeza que nem sequer poderia lembrar-se de seu nome. Kim Chul Hee.

— Wade Whitehouse. Você está com um aspecto horrível. O que aconteceu com sua boca, alguém o acertou? — Asa Brown sorriu, como se achasse divertido. Colocou os pés em cima da sua escrivaninha, recostou-se em sua cadeira e examinou Wade por um instante, como se o homem desalinhado, com os olhos irrequietos e o maxilar inchado fosse uma estranha peça de museu. Em seguida, fez um sinal com uma das mãos para a cadeira ao lado da escrivaninha e disse:

— Sente-se. Descanse.

A sala estava profusamente iluminada por uma fileira de luzes fluorescentes no teto. Havia várias outras escrivaninhas, mas Brown e Wade estavam sozinhos no escritório, o que deixou Wade mais à vontade, pois preferia dizer o que tinha a dizer a Brown em particular, sem ter que aturar a tendência de Brown de divertir-se às custas de Wade diante de uma platéia.

— Tenho algumas informações. Tenho algo que você deveria saber. — Wade retirou o boné, sentou-se e colocou-o no colo. Sentia-se como um garoto de escola no gabinete do diretor para ser interrogado. Fazia calor dentro do escritório com seu casaco ainda vestido e ele começou a suar. Tentou abrir o zíper do casaco, mas ele emperrou e Wade finalmente desistiu. Ficou girando seu boné de policial no dedo, tentando parecer à vontade e confortável ali no território de Asa Brown, tentando não demonstrar como realmente se sentia — preso numa armadilha, afogueado, culpado e com raiva. Aquilo fora idéia de Rolfe, pensou ele provavelmente. Aquele maldito irmãozinho sabido que acredita que tudo que você tem a fazer quando alguém faz alguma coisa errada é contar para os tiras.

— Que porra aconteceu com sua boca, Wade? Conte-me. Como está o sujeito? Não tão mal quanto você, espero. Se alguém fizesse isso comigo, eu iria querer deixá-lo bem pior do que eu.

— Brown endireitou um dos vincos da calça com o indicador e o polegar, esticou-o e fez a mesma operação com o outro, depois fitou os dois vincos com admiração.

Wade remexeu-se desconfortavelmente em sua cadeira, tirou um cigarro de um maço amarrotado e, com mãos trêmulas, acendeu-o. Brown empurrou um cinzeiro para ele e sorriu, aguardando. Meses atrás, numa bela manhã de primavera, quando eu estava sentado na mesma cadeira de Wade e o capitão Asa Brown sentava-se à minha frente com os pés em cima da mesa, ele contou-me que Wade parecia um homem prestes a ter um colapso nervoso e confessar um crime. Os ombros de Wade estavam curvados, os pés enfiados embaixo da cadeira, os joelhos unidos, as mãos manipulando nervosamente o cigarro e o isqueiro, enquanto ele olhava ligeiramente para a direita de Brown, recusando-se a encará-lo — como um homem consumido pela culpa que achara o fardo pesado demais e finalmente decidira revelar a natureza de seu crime e aceitar seu castigo. Não um homem que vinha acusar outros.

Wade repentinamente endireitou-se em sua cadeira, olhou para Brown e disse:

— O que eu estava pensando era em fazer o exame para a polícia estadual, talvez. Estava imaginando se seria velho demais para isso. Você sabe, entrar para a polícia estadual.

Brown disse:

— Está brincando, Wade? Quer ser um policial do estado?

— Bem, sim. Quer dizer, estive pensando nisso. Estava pensando no teste, se eu seria muito velho para isso.

Brown olhou para ele pensativamente, como se considerasse como Wade, em sua condição atual, ficaria no uniforme de um policial do estado. Como um homem representando um policial, pensou, um homem usando uma fantasia, um bêbado disfarçado em um uniforme roubado.

— Bem, Wade, eu teria que investigar isso para você. Acho que há um limite de idade, mas teria que verificar. Quantos anos você tem, quarenta e alguma coisa?

— Quarenta e um. — Wade levantou-se, enfiou o boné na cabeça de novo e apagou o cigarro. — Só estava pensando.

— Bem, vou verificar, está bem? Me dê um telefonema dentro de um ou dois dias, Wade, e lhe direi.

Wade murmurou um agradecimento e recuou em direção à porta.

— Sim, ligarei para você — disse, virou-se e saiu, caminhou rapidamente pelo longo corredor em direção à saída e desapareceu, deixando Brown em sua mesa, sorrindo e balançando a cabeça. Que otário, esse sujeito. Bêbado, provavelmente, e furioso com alguém com quem se meteu numa briga. E agora enfiou na cabeça que pode ser um policial do estado para poder prender o sujeito que deu um soco em seu maxilar. Ele era um policial decente, pensou Brown, mas parece que a bebida acabou com ele. Muito novo para isso. Uma pena.

Algum tempo depois, Wade parou em frente à loja Golden's. Abasteceu o caminhão com gasolina de uma bomba que existe ali, entrou na loja e pagou a Buddy Golden na caixa. Buddy, um homem magro, de aspecto doentio, com uma expressão ranzinza permanentemente no rosto, disse:

— Wade — e entregou-lhe o troco.

Wade não disse nada, virou-se e saiu da loja.

— Amável — disse Buddy. — Realmente amável. Ficou parado na caixa, observando Wade pela vitrine. Viu-o dar a volta para o lado da loja e ouviu quando ele subiu as escadas de madeira até o patamar que leva a dois pequenos apartamentos em cima. Buddy ouviu Wade bater em uma das portas, ouviu-a abrir-se, o que significava que era o apartamento de Hettie Rodger, uma vez que o outro estava alugado a Frankie LaCoy, que Buddy sabia que estava em Littleton, provavelmente comprando mais maconha para vender na cidade. Ele não se importava com o modo como o garoto LaCoy ganhava a vida, desde que pagasse o aluguel em dia e não danificasse o apartamento.

Buddy acabou de fechar a loja, apagou as luzes, trancou-a e foi embora, passando pelo velho caminhão vermelho ao dar a volta até os fundos, para o seu próprio carro. Ao passar embaixo do patamar, ergueu os olhos e viu que, sim, ele tinha razão: não havia luzes no apartamento de Frankie LaCoy e várias luzes acesas no de Hettie. Esse maldito Wade Whitehouse, era melhor ele ter cuidado, indo visitar a namorada de Jack Hewitt. Se Jack o pegar, Wade vai ter que dar muitas explicações.

Não é da minha conta, pensou, desde que não danifiquem o apartamento. Tenho que parar de alugar esses lugares para moças e rapazes, decidiu, continuando a andar. Só dava problemas. Claro, não havia mais ninguém na cidade para quem alugar, exceto jovens solteiros que não podiam comprar um *trailer* ou uma casa própria e que não queriam mais morar com os pais porque tinham que transar, beber, fumar maconha e só Deus sabe o que mais; e recém-casados, que nunca ficavam muito tempo.

Hettie ficou surpresa de ver Wade. Convidou-o para entrar e esperou que ele dissesse por que fora bater em sua porta. Ele espreitou lentamente o pequeno aposento abarrotado e a minúscula cozinha pela porta, mas não disse nada.

Ela afofou seu novo corte de cabelo na nuca e disse:

— O que acha, Wade? Gosta dele curto assim? — Girou nos calcanhares para mostrar-lhe todos os lados. Usava uma camiseta azul-esverdeado com decote em V, *jeans* apertados com zíperes nos tornozelos e sandálias de tiras nos pés. Acabara de chegar do trabalho, explicou, e sair daquele uniforme que a faziam usar no Ken's Kutters em Littleton. — É como um maldito uniforme de enfermeira ou coisa parecida que fazem a gente usar — disse ela. — Ridículo. Quer dizer, eles querem nos chamar de especialistas de salão de beleza, certo? Mas acham que temos de parecer que trabalhamos num hospital. No entanto, é bom. — Suspirou. — O emprego, quer dizer.

Continuou a falar nervosamente, fingindo estar animada, enquanto Wade andava de um lado para o outro em silêncio pelo apartamento, olhando pela janela da sala para a rua lá embaixo, onde o caminhão de papai estava estacionado ao lado da bomba de gasolina.

— Você está bem, Wade? — perguntou Hettie, ficando séria repentinamente. — O que aconteceu com seu rosto? Está todo inchado.

Ele sentou-se pesadamente no velho sofá esfarrapado, ainda de casaco e boné, e começou a tamborilar os dedos no braço do sofá.

— Sabe, eu morei neste apartamento. Duas vezes.
— É mesmo? Duas vezes. Quer uma cerveja, Wade? — Hettie dirigiu-se para a geladeira. — Eu ia mesmo tomar uma cerveja. É o que eu gosto de fazer assim que chego em casa, trocar aquele uniforme de enfermeira que me fazem usar e tomar uma cerveja antes de começar a preparar o jantar. — Sorriu ansiosamente à porta da geladeira, no rosto uma expressão interrogativa. — Cerveja?
— Assim que me casei, morei aqui. E depois morei aqui sozinho há alguns anos. Quando me divorciei.

Tirou o boné, jogou-o na ponta do sofá, lentamente abriu o zíper do casaco e desvencilhou-se dele, atirando-o em cima do boné.

— Eu sei — disse ela. — Sobre depois do divórcio, quer dizer. Mas não quando você se casou. Não foi na minha época — disse, abrindo a geladeira.

Wade concordou, não foi na época dela, e disse que talvez aceitasse aquela cerveja. Levantou-se novamente, atravessando a sala em direção ao único quarto de dormir, onde parou à porta por um instante e espreitou para dentro. Ela deixara a luz acesa e seu uniforme branco jogado na cama de casal desarrumada. Havia uma cômoda de três pés com dois tijolos servindo como o quarto pé, várias caixas de plástico azul sob a janela, cheias de discos, e roupas femininas por toda parte, saindo das gavetas da cômoda, em pilhas no chão, penduradas na tábua de passar no canto do quarto. Na parede, ela pregara um pôster de David Bowie *in concert*.

— Não repare a bagunça — disse, entregando-lhe uma garrafa de Michelob. — É sexta-feira, Graças a Deus, e eu faço a limpeza aos sábados. Saúde — disse ela, batendo sua garrafa na dele.

Wade caminhou de volta à cozinha do outro lado da sala, olhou para dentro e tomou um longo gole da cerveja.

— Parece a mesma mobília que havia quando morei aqui — disse com voz metálica.

Ele parecia estranho, Hettie disse-me quando lhe perguntei sobre aquela noite. Falava e agia de modo estranho, disse ela, desde o começo, quando entrou no apartamento, e ela sentiu um pouco de medo dele, embora fossem velhos amigos e Wade sempre tivesse se comportado decentemente com ela.

— Eu costumava tomar conta de Jill, você sabe — explicou ela —, então estava acostumada a Wade e seus estados de humor e já o vira ficar bem violento quando bebia. Mas aquilo era diferente. Ele não estava violento ou algo assim, apenas estranho. Quer dizer, como se ele tivesse se deixado envolver pelas lembranças de quando ele morou ali naquele apartamento, quando ele e Lillian casaram-se pela primeira vez e depois, mais tarde, quando se divorciaram. Quer dizer, deve ter sido difícil para ele, ter de voltar ao mesmo apartamento anos depois, onde o casamento começara. Acho que eu lhe disse isso, como deve ter sido difícil para ele, naquela idade, viver numa espelunca pequena e mobiliada como aquela, e que ele deve ter ficado satisfeito de sair dali e ter seu próprio *trailer* às margens do lago.

— Estou morando na casa de meu pai agora — disse ele. — Em Parker Mountain.

— Sim, certo. Acho que sabia. Ouvi Margie, sua Margie, Margie Fogg, eu a ouvi dizer que foi morar lá com você. Está gostando?

Hettie deixou-se cair numa cadeira de diretor em frente ao sofá, cruzou as pernas e balançou um dos tornozelos para a frente e para trás, num movimento circular, mexendo o ar. Estava nervosa, um pouco amedrontada, não querendo parecer provocante — embora, pensando nisso agora, ela contou-me, podia ver que Wade talvez tivesse pensado de modo diferente. A verdade é que ela queria que ele fosse embora e arrependia-se de tê-lo deixado entrar e lhe oferecido uma cerveja. Ele a olhava como se não soubesse quem ela era, como se achasse que fosse Lillian, talvez, e fossem recém-casados morando juntos no apartamento. Ou podia não saber quem ele mesmo era: como se achasse que fosse Jack — estava agindo como Jack agia às vezes quando ficava bêbado, especialmente nos últimos dias —, taciturno, intratável, enigmático. Essas não foram exatamente as palavras de Hettie Rodgers, claro, mas são suas percepções, essencialmente, da maneira como as recordava seis meses mais tarde.

Aproximou-se dela e Hettie parou de girar a perna no ar, erguendo os olhos para ele. Estendendo uma das mãos, ele acariciou seu queixo com a ponta dos dedos, depois sentou-se no chão ao lado dela e colocou a cabeça em seu colo, o rosto virado na direção do sofá surrado e olhando através da sala amontoada até a janela escura do outro lado. O aposento parecia-lhe exatamente como era quando ele morara ali com Lillian há vinte anos. Ele se ajoelhara ao lado dela, colocara a cabeça em seu colo e, olhando para o outro lado para que ela não visse as lágrimas em seus olhos, suplicara-lhe que o perdoasse. Hettie afagou-lhe a cabeça, como se ele fosse uma criança transtornada. Ele colocou a garrafa de cerveja no chão, passou os braços em torno das pernas dela e apertou-as com força.

— Wade — disse ela. — Não.

— Quando morávamos aqui — disse ele em voz baixa —, foi quase sempre bom. Houve momentos ruins, mas foi bom a maior parte do tempo. Não foi?

— Wade, isso foi há muito tempo. Quer dizer, as coisas mudam, Wade.

— Não. Algumas coisas permanecem iguais sua vida inteira. As melhores coisas que lhe aconteceram, e as piores, elas permanecem com você a vida inteira. Quando morávamos aqui, quando éramos jovens, apenas começando, foi a melhor parte. Sei disso. Ainda posso sentir, apesar de tudo o mais que nos aconteceu.

— Wade — disse Hettie, a voz quase um sussurro. — Por que veio aqui esta noite?

Ele ficou em silêncio por alguns segundos, depois disse:

— Vai deixar que eu faça amor com você?

Soltou-a, sentou-se sobre os calcanhares e ergueu os olhos para seu rosto, que estava tomado de confusão e medo, embora ele não visse. Wade disse:

— Só desta vez, aqui, neste lugar. No escuro, com as luzes apagadas, e você pode ser Lillian e eu ser quem você quiser. Serei Jack, se quiser. Só desta vez.

— Não posso, Wade. Estou com medo. Sem brincadeira, é verdade. Estou com medo disso. Você deveria ir embora.

— No escuro, posso chamá-la de Lillian e você pode chamar-me de Jack. E só acontecerá desta vez. Preciso fazer isso. Lillian.

— Por favor. Por favor, não me chame de Lillian. — Seus olhos marejaram e as lágrimas escorreram pelo rosto. — Você está me assustando.

Wade estendeu a mão e tocou seus cabelos na nuca esguia e esbelta.

— Você fica bem com seu cabelo cortado curto assim — disse ele. Alcançou o interruptor de luz na parede atrás dela e apagou a luz do teto, uma lâmpada escondida numa lanterna chinesa de papel, deixando a sala às escuras, com somente o abajur do quarto aceso agora, lançando uma longa faixa de luz na sala, de modo que podiam ver a forma de seus corpos, mas não podiam divisar o rosto. E ele realmente se pareceu com Jack para ela naquele momento, de joelhos a seu lado, uma das mãos em sua coxa, a outra em seu ombro, os dedos tocando sua garganta. Ele disse:

— Imagino o cheiro de seus cabelos agora. Se tem o mesmo cheiro que costumava ter quando eu a beijava e nós fazíamos amor.

Ela tremia; seu coração martelava e o sangue latejava em seus ouvidos.

— Lillian — disse ele. — Diga meu nome. Diga.

— Isso me assusta. Pare.

— Quero que diga meu nome. Jack, diga.

— Estou com medo. Realmente estou.

— Lillian.

Ela murmurou seu nome.

— Jack.

Ele tocou seus lábios com as pontas dos dedos.

— Diga de novo.

— Jack.

Ele tomou sua mão, colocou seus dedos sobre seus lábios e murmurou:

— Lillian.

Levantou-se devagar e disse:
— Espere aqui — e entrou no quarto, caminhou até a mesinha-de-cabeceira e apagou a luz. Em seguida, retornou rapidamente na escuridão e parou ao lado dela.
Ela disse:
— Essa coisa me assusta um bocado. Não devíamos fazer isso.
— Está tudo bem. Não somos quem somos. Eu sou Jack e você é Lillian.
Estendeu os braços e colocou as mãos em seus ombros. Deixou que as mãos deslizassem para os seios dela e segurou-os delicadamente. Ela apoiou a cabeça contra o peito, a respiração acelerando-se enquanto ele acariciava seus seios, os mamilos enrijecendo-se, suas mãos sobre as dele, pressionando-as contra ela. Logo, ele beijava-lhe o pescoço, as orelhas, o rosto e os lábios, ela correspondia e estavam de pé na sala, fortemente abraçados. Em poucos segundos, moviam-se na escuridão em direção ao quarto.
Ela me disse:
— Sei que era errado, mas eu não era casada com Jack, nada assim. E as coisas andavam bastante ruins entre nós ultimamente, de qualquer forma, desde aquele acidente de caça em que ele se envolveu. Acho que estava com raiva dele. E eu gostava de Wade, sabe, era como um velho amigo, desde que eu era criança, e ele sempre fora realmente gentil comigo, e parecia tão triste. Fiquei realmente com pena dele. E era apenas aquela única vez. Eu nunca me sentira... como se pode dizer... atraída por Wade, mas naquela noite, foi diferente. E fazer-me chamá-lo de Jack, e ele me chamando de Lillian, era estranho, como estar numa viagem... acho que isso tomou conta de mim, sabe?
Wade despiu-a no escuro, depois tirou as próprias roupas e moveu-se para cima dela, beijando-a delicadamente com sua boca ferida, inspirando seu hálito quente, engolindo-o. Ele ergueu-se sobre os braços e ela abriu-se para ele como uma flor. Ele penetrou-a facilmente, com cruciante lentidão, até estar inteiro dentro dela. Sentiu-se grande, como se tivesse penetrado até seu peito e estivesse tocando o coração de Lillian.

Lá embaixo, em frente à loja, uma *pickup* cor de vinho saiu da rua e estacionou ao lado do caminhão de papai. A rua estava vazia e escura. As vitrines da loja refletiam a luz dos faróis, enquanto Jack permanecia sentado ao volante, espreitava pelo pára-brisa e notava que não havia luzes no apartamento de Hettie. Merda, pensou, olhando o relógio na claridade verde do painel do veículo.

Em seguida, perguntando-se o que o caminhão do pai de Wade estaria fazendo estacionado em frente à loja, junto à bomba de gasolina, ele saiu e olhou para dentro, achando que talvez o velho canalha tivesse desmaiado e estivesse deitado no banco. Ninguém. Estranho. O filho da puta provavelmente está cambaleando lá no Toby's, perguntando-se onde diabos terá deixado o caminhão, pensou Jack.

Contornou a frente de seu próprio carro, retirou um bloquinho e um lápis do bolso da camisa e, sob o reflexo dos faróis nas vitrines da loja, rabiscou um bilhete e arrancou-o do bloco. Subiu pesadamente as escadas até o patamar e parou diante da porta do apartamento de Hettie. Examinou a porta por um instante e pensou, Ora, bolas, talvez já tenha chegado do trabalho e tenha adormecido. Girou a maçaneta. A porta abriu-se e Jack entrou.

— Hettie? — gritou na escuridão. — Ei, amor, está em casa? — Silêncio.

— Nessa hora, quando Jack chegou — Hettie explicou-me —, estávamos apenas deitados lá no escuro, sabe? Sem dizer nada, apenas pensando, acho, sobre o que fizéramos. Aquela coisa horrível que fizéramos, Wade e eu. Fiquei realmente apavorada quando ouvi Jack lá fora. E depois, quando ele na verdade entrou no apartamento, dei um salto, tão apavorada que quase gritei. Mas não o fiz. Wade nem pareceu reagir. Quer dizer, ele ficou lá deitado do mesmo modo, sem que sua respiração sequer se alterasse, as mãos atrás da cabeça, como se fosse ficar lá deitado, nu, na cama, e deixar que Jack entrasse no quarto. Foi estranho.

"Mas em seguida ouvi Jack tropeçar em alguma coisa na sala, ele disse um palavrão e tentou achar o interruptor na parede, sabe, bem junto à porta. Mas não conseguiu, de modo que recuou para fora, para o patamar outra vez, graças a Deus, e alguns segundos depois, eu o ouvi descendo as escadas e finalmente ouvi seu caminhão ir embora."

O bilhete de Jack flutuou da porta para o patamar. Wade agachou-se, apanhou-o e leu-o: *Encontre-me no Toby's. Tenho boas notícias hoje. Beijos, Jack.* Wade inseriu o bilhete entre a porta e o batente logo acima da maçaneta, onde Jack o colocara. Em seguida, desceu as escadas. Deu partida no caminhão de papai e foi embora, tomando a direção norte pela rota 29, saindo da cidade, indo para casa.

22

Desta vez, para seu encontro com J. Battle Hand, Wade aprontou-se ou pelo menos não compareceu em suas roupas de trabalho: usou o paletó esporte de gabardine azul-marinho e as calças marrons que usara no enterro de mamãe, com uma camisa branca e uma gravata de listras diagonais verdes e prateadas — roupas que havia comprado nos últimos dois anos na J. C. Penney's de Littleton, para poder ir a casamentos ou funerais ou ir com Margie ao cinema e comer comida chinesa, digamos, sem parecer um matuto, um caipira, um maldito jeca das fazendas de gado de New Hampshire.

Lillian sempre criticara Wade pelo seu gosto em roupas: ele não tinha mau gosto, dizia-lhe, ele simplesmente não tinha gosto, o que era pior. Ele apenas não se importava com a aparência de suas roupas, explicava ela; importava-se apenas que funcionassem adequadamente para cobrir sua nudez e protegê-lo dos elementos. No começo, Lillian chegara mesmo a achar essa qualidade cativante, mas à medida que foi ficando mais velha e ela mesma um pouco mais sofisticada, a aparente incapacidade de Wade para cuidar de sua aparência começou a constrangê-la e aborrecê-la. Depois, há três anos, quando ele fora ao tribunal para seu divórcio usando as mesmas roupas que usava todos os dias naquela época — camisa e calças de sarja azul-marinho, com *Wade* no bolso esquerdo da camisa e *LaRiviere Co.* no direito — Lillian não pôde, mesmo numa ocasião tão formal e grave, conter seu constrangimento e profunda irritação com seus trajes. Sua palavras calaram tão profundamente nele que, pela primeira vez na vida, ele viu a si mesmo em suas roupas como achava que os outros deviam vê-lo e nunca mais usou o uniforme de LaRiviere outra vez, nem mesmo para trabalhar. Eles haviam saído da sala do tribunal, durante o intervalo de almoço do juiz, ainda aguardando sua audiência, e estavam parados no corredor, de costas um para o outro, acertando a estratégia com os respectivos advogados, quando inadvertidamente esbarraram um no outro. Quando ele se virou para desculpar-se, ambos esperavam ver um estranho, mas ao invés disso, marido e mulher de repente viram-se frente a frente.

Wade olhou diretamente nos olhos dela e fitou a bela pessoa que amara desde a infância, olhos tão familiares para ele quando suas próprias mãos: em uma série de camadas transparentes, viu a criança, a menina, a mulher e a mãe em que ela se tornara. Com voz fraca, disse:

— Quisera que não estivéssemos fazendo isso, Lillian, juro por Deus, realmente.

Ela deu um passo para trás, olhou-o das botinas pretas de trabalho ao V de sua camiseta na gola aberta da camisa e declarou:

— Você aparenta exatamente o que é, Wade.

A seguir, virou-se e retomou a conversa com seu advogado, o alto e atraente Jackson Cotter, de Cotter, Wilcox & Browne, um homem com alguns fios grisalhos nos cabelos pretos, usando um terno com colete do mesmo tecido azul-marinho, de riscas finas. As roupas fazem o homem, pensou Wade. As roupas fazem o homem e o advogado faz o cliente. Viu a si mesmo em suas roupas da maneira que um estranho o veria e viu um homem tolo e sem imaginação. Depois, observou que seu advogado, Robert Emile Chagnon, usava um terno mal-ajustado, de tecido canelado verde-limão, com uma camisa de malha amarela, sem gravata, e um velho par de mocassins de lona azul, com solado e cordões brancos. O homem que Wade contratara para representá-lo parecia ridículo, incompetente e desonesto. Sem dúvida, exatamente como o próprio Wade.

Bem, desta vez, por Deus, as coisas seriam diferentes. Desta vez, seu advogado seria um homem com a estampa de um conceituado gênio, um homem que usava terno de colete, sim, mas que entrava na sala do tribunal em uma cadeira de rodas — um homem tão obviamente hábil que precisava apenas de seu cérebro e de sua voz melodiosa e grave para obter justiça para seu cliente. Desta vez, aquele advogado alto e sensual de Lillian veria que seu charme e suas roupas agiam contra ele. Wade conteve um impulso de sorrir e esfregar as mãos de contentamento, quando seguia a secretária de Hand da sala de recepção para o gabinete de painéis de madeira nos fundos, com todos aqueles livros nas prateleiras e as poltronas e o sofá forrados de couro. Desta vez, por Deus, Wade Whitehouse teria seu dia no tribunal.

— Examinei a sentença de seu divórcio — disse Hand. — E francamente, Sr. Whitehouse, se o senhor quiser que os termos da custódia sejam modificados, acho que vai ter alguns problemas.

— O que quer dizer com "se"? Do que acha que estamos tratando aqui? *Claro* que quero que os termos da custódia sejam modificados!

Tirou o maço de cigarros e acendeu um, tragando furiosamente. O advogado apertou o botão de marcha a ré no painel de controle com a mão esquerda e sua cadeira zarpou para longe de Wade, até o meio da sala, de onde ficou observando Wade como um cão de guarda.

— Receio que não compreenda — disse Hand. — Neste estado, um juiz vai relutar muito em modificar os termos da custódia, a menos que as condições na vida da criança agora sejam radicalmente diferentes do que eram quando o divórcio foi concedido...

— *Você* é que não compreende! — interrompeu-o Wade. — Pensei que fôssemos pegá-la com a história do advogado.

Hand continuou como se Wade não tivesse dito nada.

— ...e a menos que tenham mudado de tal forma a ponto de serem danosas para o bem-estar físico ou emocional da criança. Exceto, é claro, quando os termos originais da custódia pareçam ter sido clara e injustamente onerosos, o que francamente não é o caso, ou quando pode ser demonstrado que o julgamento dependeu de informações baseadas em falso testemunho. Algo assim, às vezes, pode convencer um juiz a reconsiderar. Mas eles detestam fazer isso. Eles detestam reconsiderar termos de divórcios.

— Eu pensei... o que eu pensei é que iríamos atrás desse sujeito.
— Quem?
— Cotter. O advogado dela. Seu amante. Lembra-se?
— Sim, lembro-me.
— E o fato de estar fumando maconha? E isso? E na companhia de seu advogado. E isso?

Hand suspirou.

— Sr. Whitehouse, deixe-me fazer-lhe algumas perguntas que lhe seriam feitas no tribunal se tentasse levar o caso adiante.
— Pergunte. — Wade exalou uma nuvem de fumaça e tossiu.
— O senhor mesmo já fumou maconha algum dia? — Fez uma pausa. — Está sob juramento, lembre-se. Ou estará.

Wade hesitou, como se tentasse se lembrar.

— Bem, quer dizer, sim, acho que sim. Quem não fumou?
— E o senhor é um policial, certo?
— Sim, sim. Estou vendo onde quer chegar. — Wade descartou-o com um gesto da mão.
— Deixe-me continuar. Quanto o senhor bebe, Sr. Whitehouse? Quanto o senhor bebe por dia?
— Que diabos isso tem a ver com o caso? — encrespou-se Wade.
— Não importa. Apenas responda à pergunta.
— Não *sei* quanto eu bebo. Não fico contando.
— Demais para poder contar?
— Jesus Cristo! Que diabos está tentando provar? *Eu* não fiz nada errado! De quem você é advogado, afinal? — Wade esfregou o cigarro no cinzeiro ao seu lado. — Olhe, só estou tentando arranjar as coisas para ver minha filha sempre que quiser. Só isso. Não quero ter que pedir permissão à minha ex-mulher para ver minha própria filha!

— Não tem que pedir. A sentença do divórcio diz que pode ficar com sua filha um fim de semana por mês, exceto Natal e Dia de Ação de Graças, e durante uma semana no verão.

— Sim, eu fico com o Halloween e ela com o Natal e o Dia de Ação de Graças. Está errado, você sabe disso! Errado. Está tudo errado.

— É bastante restritivo, admito. Mas há razões.

— Quais?

— Aparentemente, o senhor foi fisicamente violento com sua mulher em várias ocasiões.

— Isso está aí? Isso não está aí.

— Não. Mas o divórcio foi concedido com base em crueldade física e mental. E falei com o advogado dela sobre o caso. Jackson Cotter.

— Você fez *o quê*? Pensei que estivesse do meu lado nessa história! Achei que estivesse trabalhando para mim!

— Sr. Whitehouse, não é incomum comunicar intenções como as suas ao advogado da outra parte.

— Mencionou o caso dele com Lillian? Mencionou isso?

— Não achei adequado ameaçá-lo — disse o advogado.

— Não achou adequado.

— Não.

Wade afundou na cadeira e fitou os sapatos.

— Está me dizendo para abandonar o caso, não é? Esquecer tudo isso.

— Sim.

— Está me dizendo que estou sonhando.

— Não exatamente. Mas, sim.

— Eu vou me casar, sabe. Em breve. Com uma boa mulher, muito maternal. E agora tenho uma casa, uma casa normal, a casa em que fui criado. Isso faz diferença. Não faz diferença?

— Na verdade, não. — Hand olhou de relance para o relógio.

Com uma voz fraca e fina, Wade disse:

— Eu mudei desde então. Desde o divórcio, quer dizer. Realmente mudei.

— Tenho certeza de que sim.

— O senhor explicou isso para o advogado dela, quer dizer, quando conversou com ele?
— Na realidade, sim. E ele propôs um acordo que deverá interessá-lo.
Wade rapidamente ergueu os olhos dos sapatos e olhou o sujeito com desconfiança. Pensou: advogados... os filhos da puta estão todos mancomunados, fazendo acordos pelas suas costas, trocando favores, cedendo em um caso agora para ganhar em outro depois.
— Diga-me.
Hand aproximou sua cadeira de rodas de Wade e sorriu simpaticamente. Ele realmente mencionou para Cotter — de passagem, disse, não como uma ameaça — seu conhecimento do relacionamento da Sra. Horner com seu advogado, que embora não fosse ilegal era potencialmente constrangedor, para dizer o mínimo, e ele realmente explicou a Jackson Cotter que Wade recentemente havia mudado seu modo de vida de maneira considerável. A combinação dos dois fatos, disse ele, convenceu Cotter, após consultar sua cliente, é claro, a concordar que, se Wade abandonasse o processo, a Sra. Horner permitiria que Jill ficasse com ele dois fins de semana por mês, alternasse o Natal e o Dia de Ação de Graças, e durante duas semanas no verão, ao invés de uma. O acordo, acrescentou ele, não precisaria ser formalizado nos tribunais.
Wade assentiu solenemente.
— Entendi. Convenceu Cotter a amansar Lillian e agora está me amansando. Vocês dois fazem um acordo de modo que Lillian ceda um pouco e eu ceda um pouco. E vocês dois se safam com nosso dinheiro nos bolsos.
Hand recuou sua cadeira de rodas para o centro da sala, onde guardou o bloco amarelo no porta-objetos da cadeira e a caneta no bolso interno do paletó.
— Esse acordo, se o senhor o aceitar, o mantém longe dos tribunais, Sr. Whitehouse, num caso em que certamente perderia. O que lhe poupa dez vezes o dinheiro que gastou, sem mencionar os danos emocionais que essas coisas infligem em todos

os envolvidos, especialmente a criança, quer o senhor vença ou perca. E consegui duplicar os seus direitos de visita. O que mais deseja?
— Nada no papel. Certo?
— Sr. Whitehouse, o senhor me contratou para uma orientação legal. O senhor a deseja?
— Sim, diabos.
— Esse é o melhor acordo que conseguirá neste estado. E só o conseguiu porque Jackson Cotter cometeu o erro de envolver-se com sua ex-mulher e não quer pedir a ela que preste falso testemunho negando o fato, o que, é claro, ela faria. Então, seria sua palavra contra a dela, apenas isso. E, francamente, ninguém acreditaria no senhor. Nem mesmo o marido da Sra. Horner ou a mulher de Jackson Cotter. Considere-se um sujeito de sorte — disse ele, conduzindo a cadeira para a porta e abrindo-a para Wade.
— Ou contrate outro advogado.
Wade levantou-se lentamente da cadeira.
— Um sujeito de sorte — repetiu. — Um sujeito de muita, muita sorte. — Atravessou a sala e, ao sair, olhou para o homem na cadeira de rodas e perguntou: — OK, e quando é a próxima vez que poderei ver minha filha?
— Sua ex-mulher está à espera de que vá pegá-la hoje.
— O senhor arranjou isso com Cotter.
— Sim.
— Obrigado — disse Wade.
Atravessou a porta, desceu o corredor, passou pela secretária, que não ergueu os olhos da máquina de datilografar, e saiu para a rua.
Era um dia ensolarado e luminoso, o ar frio e límpido contra seu rosto recém-barbeado. Wade parou nas escadarias do edifício e olhou para o caminhão vermelho de papai estacionado na frente. O veículo era ridículo e o deixou envergonhado como sempre. Esfregou o rosto e percebeu que o maxilar já não o incomodava. Tocando a língua cuidadosamente contra o lugar onde estivera o dente inflamado, sentiu apenas uma massa de tecido inchado, dormente e inútil, pareceu-lhe. Ele tentara, meu Deus,

como ele tentara romper a dor e a confusão em sua vida para algo como clareza e controle, e tudo terminara assim — essa impotência dormente, essa deplorável, densa, vergonhosa sensação de inadequação. No fundo, ele sabia, havia amor em seu coração — amor por Jill que era tão coerente e puro quanto a álgebra, amor talvez até por Margie também, amor por mamãe, pobre mamãe, que agora estava morta e longe dele para sempre, e amor por Lillian, apesar de tudo: amor por *mulheres* — mas, por mais que tentasse, não conseguia arrumar sua vida de modo que pudesse agir sobre esse amor. Havia todos esses outros sentimentos perversos de ódio que sempre o atrapalhavam, sua raiva, seu medo e seus sentimentos de pura aflição. Se de algum modo, com um enérgico e poderoso movimento do braço, ele pudesse varrer tudo isso do seu caminho, então, finalmente, tinha certeza, estaria livre para amar sua filha. Finalmente, poderia ser um bom pai, marido, filho e irmão. Poderia tornar-se um bom homem. Era tudo que desejava, pelo amor de Deus. Ser um bom homem. Imaginava a bondade como um estado que dava a um homem poder e clareza em cada momento consciente de sua vida diária. Lentamente, desceu os degraus, entrou no caminhão e deu partida no motor. Manobrou o caminhão e dirigiu-se para oeste, pela Clinton Street, para pegar sua filha.

No terreno entre a grama amarelada e os arbustos desfolhados junto à calçada, montículos de neve porosa encolhiam-se lentamente sob o sol da manhã. Wade estacionou o caminhão junto ao meio-fio, desceu, percorreu o caminho de entrada até a porta da frente da casa, uma casa cinza-escuro, em vários níveis, com persianas cor-de-rosa, e tocou a campainha. Ouviu o som da campainha lá dentro, as quatro primeiras notas de "Frère Jacques", e as batidas dos saltos altos de Lillian na madeira do assoalho quando aproximava-se da porta.

Ela abriu a porta interna e ficou parada atrás da porta de vidro externa, fitando-o, imóvel e impassível, como se posasse do outro lado do vidro para seu retrato, como se ela fosse seu próprio retrato: alta e magra, usando um vestido de lã cinza-claro, bracelete e gargantilha de prata e lápis-lazúli, seus cabelos castanhos presos na nuca, deixando o pescoço à mostra — e ela parecia muito inteligente, pensou Wade, como uma professora, repleta de informações, julgamentos e opiniões que ele jamais poderia ter.

Como foi que ela ficou assim? Como foi que ela ficou tão esperta, essa Lillian Pittman de Lawford, New Hampshire? Como acabou nessa bela casa a oeste de Concord, com jardins, um gramado perfeito e uma garagem com um Audi quase novo lá dentro? Que ela tivesse se casado com Bob Horner, que vendia seguros, não explicava isso — explicava apenas o dinheiro, e muita gente que Wade conhecia tinha tanto dinheiro quanto Bob Horner, até mesmo pessoas de Lawford. Bob Horner não era rico e, ainda que fosse, isso não teria feito Lillian inteligente.

Não, era alguma outra coisa, algo que sempre estivera lá, em seus olhos, mesmo quando era uma menina e Wade se apaixonara por ela — e de repente ele compreendeu que era *por isso* que ele se apaixonara por ela e vivera obcecado por ela todos esses anos: ele olhara em seus olhos naquela época, quando ambos eram estudantes do colégio, e vira sua inteligência, a maravilhosa complexidade de sua percepção; vira seus próprios olhos inteligentes olhando de volta para ele e, durante algum tempo, sentira-se inteligente também. Depois, após alguns anos, como já não visse seus próprios olhos olhando de volta para ele a partir dos olhos dela, ele perdera a crença em sua própria inteligência. Dali em diante, tudo que se sentia quando olhava para ela era tolo.

Portanto, não era realmente uma questão do que acontecera a ela; era uma questão do que acontecera a ele. Como *ele* acabara assim? Como foi que ele, Wade Whitehouse de Lawford, New Hampshire, um homem que um dia fora tão inteligente e sofisticadamente consciente quanto ela, e possivelmente até talentoso, acabara parado assim no alpendre da casa de sua ex-mulher, o boné na mão, vindo suplicar uma visita à filha? Um homem usando roupas baratas e desconjuntadas, dirigindo um velho e surrado caminhão de fueiros, emprestado, um homem sem uma casa decente que pudesse chamar de seu lar, sem emprego, sem nenhum respeito na comunidade, sem mulher e ninguém para cuidar além de um pai bêbado que o odiava e a quem ele odiava — como esse homem deplorável veio a ser a versão adulta do rapaz brilhante que ele fora há 25 anos aos olhos de Lillian Pittman?

A voz de Lillian através do vidro chegou-lhe um pouco abafada, mas Wade ouviu muito bem suas palavras:

— Espere aí. Ela já vem.

Em seguida, fechou a porta interna e Wade ficou olhando seu reflexo no vidro. Era papai que ele via olhando de volta para ele, vinte ou trinta anos atrás, assombrado e enfurecido, mantido afastado da família, obrigado a ficar na chuva, no frio e na escuridão sozinho, enquanto os outros sentavam-se em torno da lareira lá dentro; e por não estar lá com ele, eles não sentiam medo, passavam o braço pelo ombro uns dos outros e cantavam canções ou sussurravam doces segredos uns aos outros, homens, mulheres e crianças cheios de boas intenções e competência, pessoas capazes de se amar com tranqüilidade. Ele, como seu pai antes dele, e como o pai de seu pai também, o avô meu e de Wade, e nosso bisavô desconhecido também, ficaram parados do lado de fora, as mãos nos bolsos, o cenho furiosamente franzido voltado para o chão congelado, enquanto todos os demais amavam-se e ficavam aquecidos lá dentro.

Todos esses homens solitários, tolos e irados, Wade, papai, o pai e o avô de papai, um dia foram rapazes de olhos inteligentes e bocas inocentes, criaturas destemidas e amáveis, ansiosas para agradar e ser apreciadas. O que os transformara tão rapidamente nos brutos amargurados em que se tornaram? Todos eles eram surrados por seus pais; seria assim tão simples?

Não há como saber sobre nenhum dos outros, exceto Wade. Papai ficou órfão aos dez anos e foi mandado para a casa de uns tios idosos na Nova Escócia. Fugiu ao completar quatorze anos, seguindo os ceifeiros pelo oeste do Canadá, perseguindo as colheitas desde as Maritimes até a Colúmbia Britânica. Quando as turmas voltaram para leste, ele voltou com elas e desceu para New Hampshire, a fim de trabalhar numa fábrica de papel em Berlin. Quando tinha vinte anos, casou-se com uma jovem de Lawford, porque ela ficara grávida. Arranjou um emprego na fábrica Littleton Coats, para que ela pudesse ficar perto de sua família, disse ele, mas também porque ela possuía uma casa, a casa de tio Elbourne, onde podiam morar. Mais tarde, quando éramos crianças e papai às vezes falava de seu pai, era como se falasse de um parente distante que morrera antes dele nascer, e quando falava de sua mãe, era como se ela fosse uma imagem em um sonho quase esquecido, um substituto emblemático para alguém que um dia deveria ter sido importante para ele. Assim, era como se não tivesse pais, nem passado, nem mesmo infância. Seu pai nem sequer tinha um nome — as sepulturas do pai e da mãe de papai estavam em Sydney, Nova Escócia, segundo nos disseram: morreram em uma noite de inverno quando o fogão de querosene explodiu e a casa pegou fogo. Essa era toda a história.

Quanto ao avô e a avó de papai, não havia nada: estavam tão perdidos na história como se tivessem vivido e morrido há dez mil anos. Papai tinha irmãos e irmãs, sabíamos, embora não soubéssemos quantos. Eles também foram enviados para fazendas de parentes e amigos canadenses, mas ele nunca mais os vira depois do incêndio por motivos que nunca explicou. E nós nunca pensamos em perguntar, não é? Filhos de um homem como ele e de uma mulher cuja única vida era sua vida muda e secreta, achávamos normal ser sozinho no mundo, normal ter irmãos, irmãs e pais e avós mortos de quem nunca se falava. E quando éramos crescidos o suficiente para sabermos que uma vida assim não era absolutamente normal, já estávamos furiosos e magoados demais para perguntar. Era inimaginável para nós perguntar a nosso pai: "Por que você se afastou para sempre de sua família?"

A porta abriu-se e Wade ergueu os olhos: Lillian segurava a porta de vidro aberta e fazia sinal para Jill, que estava no *hall* de entrada logo atrás dela, para que saísse. O rosto da menina estava sério, um pouco triste e possivelmente amedrontado, como se estivesse sendo mandada para um acampamento durante todo o verão. Lillian disse para Wade, friamente, prendendo as palavras:

— Há neve no chão lá em cima?

— Sim, muita neve.

— Ouviu? — Lillian disse a Jill, apontando para as galochas nos pés da criança. — Fique com elas sempre que sair.

— Oi, querida — disse Wade, estendendo uma das mãos para Jill. Ela carregava uma pequena mala, usava luvas e uma *parka* forrada azul com o capuz erguido.

— Oi — respondeu ela, entregando-lhe a malinha e passando por ele para a calçada, onde parou por um segundo na traseira do caminhão, à procura do carro dele, depois parou ao lado da porta do passageiro, esperando por ele.

Com voz trêmula, Lillian disse a Wade:

— Traga-a de volta amanhã até as seis. Temos um compromisso às seis.

— Sem problemas. Olhe, eu... — começou ele, sem saber ao certo o que queria dizer, apenas que sentia muito, de alguma forma, por alguma coisa que não sabia identificar. O que ele fizera? Por que se sentia culpado de repente? Uma hora atrás, tinha raiva dela; agora, queria seu perdão: não podia, por mais que se esforçasse, ligar as duas emoções, raiva e vergonha.

— Você me dá nojo — vociferou ela. Embora seu olhar se mantivesse pétreo, parecia prestes a chorar. — Não acredito que tenha descido tanto — disse-lhe.

— Descido tanto como? Como? Quer dizer, o que foi que eu fiz, Lillian? É *errado* que eu queira ver Jill? É errado querer ver sua própria filha?

— Sabe do que estou falando — disse ela. De repente, forçou um sorriso, acenou para Jill e gritou: — Tchau, querida! Ligue-me à noite, se quiser! — Depois, seu rosto encheu-se de raiva outra vez, seu queixo enrugou como acontecia quando estava prestes a chorar, e ela disse: — Se eu pudesse mandar matá-lo, Wade Whitehouse, eu o faria.

— Por... quê? O que foi que eu fiz?

— Sabe muito bem. Pelo que me fez e pelo que está fazendo a esta criança que diz amar tanto. Amor — disse com desdém. — Você nunca amou ninguém em sua vida, Wade. Nem a si mesmo. O que quer que tenha tido um dia, você destruiu — disse ela e fechou a porta externa com um puxão, deu um passo para trás e bateu a porta interna.

Devagar, Wade voltou-se e dirigiu-se para o caminhão.

— Nós vamos nisso? — perguntou Jill.
— Sim. Meu carro está na oficina. Este está bom.
— Está bem, mas é bastante velho.
— É do papai.
— Papai?
— Seu avô. Meu pai. É dele.
— Ah — fez ela. Abriu a porta, subiu para o banco e sentou-se. Wade jogou a malinha ao lado dela e fechou a porta, contornou a frente do caminhão, entrou e ligou o motor. Estendendo a mão em frente a Jill, ligou o aquecedor e o ventilador começou a girar ruidosamente.
— Já almoçou? — perguntou ele.
— Não. — Sentava-se ereta, olhando fixamente pelo pára-brisas.
— Que tal um Big Mac? — perguntou ele, piscando o olho.
— Mamãe não quer que eu coma *fast food*. Você sabe — disse sem olhar para ele. — Faz mal a você.
— Ora, vamos, nós sempre comemos um Big Mac sem que ninguém fique sabendo. E uma torta de cerejas. Sua preferida. Vamos, o que diz?
— Não.
Wade suspirou.
— O que você quer, então?
— Nada.
— Nada. Não pode ficar sem nada, Jill. Temos que almoçar. Mr. Pizza? Quer parar no Mr. Pizza?
— É a mesma coisa, papai. Nada de *fast food* — disse enfaticamente. — Mamãe diz.
— Eu *sei* o que mamãe diz. Mas hoje eu é que sou o responsável.
— *Está bem.* Faremos o que você quer. O que quer? — disse ela, continuando a olhar diretamente em frente.
Wade soltou o freio de mão e afastou-se do meio-fio. No cruzamento, no final da rua, parou o caminhão e disse:
— Nada, eu acho. Acho que posso esperar até chegarmos em casa, se você puder. Talvez paremos no Wickham's para um ham-

búrguer quando chegarmos a Lawford. Assim está bem para você? Você sempre gostou do Wickham's.

— OK — respondeu ela.

— Ótimo. — Ele virou à direita e rumou para o norte na Rua Pleasant, na direção da interestadual. Permaneceram em silêncio, enquanto o velho caminhão ia engasgando pela estrada sinuosa. Então, após alguns instantes, Wade olhou para Jill e percebeu que ela estava chorando.

— Ah, Jesus, Jill, sinto muito. O que foi, querida?

Ela virou o rosto para o outro lado. Seus ombros sacudiam-se e mantinha a cabeça abaixada. Tinha os punhos cerrados, pressionando-os contra as pernas.

— Desculpe — repetiu Wade. — Por favor, não chore. Por favor, querida, não chore.

— De que está pedindo desculpas? — perguntou. Conseguira recuperar o controle, parara de chorar, limpou o rosto na manga do casaco e olhou melancolicamente para a frente.

— Não sei. Por causa da história da comida, acho. Só pensei, você sabe, que pudéssemos comer um Big Mac sem que mamãe soubesse, como costumávamos fazer.

— Não gosto mais de fazer isso — disse ela.

— OK. Não faremos. — Tentou parecer alegre. — O que Jillie quiser — disse, usando seu nome de bebê —, Jillie terá.

Ela ficou em silêncio por alguns segundos e depois disse:

— Eu quero ir para casa.

— Não pode — retorquiu Wade. Seu rosto endureceu e ele agarrou o volante com as duas mãos, quando chegaram ao trevo rodoviário de Hopkinton e pegaram a auto-estrada. Logo, ele já estava na velocidade máxima do caminhão, oitenta quilômetros por hora, que sacolejava e estremecia em protesto. O vento entrava pelas frestas do assoalho e lutava com os sopros de ar quente do aquecedor, esfriando a temperatura dentro do caminhão. Jill encolheu-se em seu banco o mais longe possível do pai e adormeceu, acordando apenas quando pararam em West Lebanon, para abastecer e para Wade urinar, e na saída de Catamount, onde Wade pegou uma embalagem de seis latas de cerveja e uma Coca-Cola em uma mercearia de beira de estrada. Jill recusou a Coca-Cola com um movimento da cabeça e ficou observando Wade, subindo novamente a rampa para a interestadual, abrir uma lata de cerveja, tomar um generoso gole e prender a lata entre as pernas.

— Isso é ilegal, você sabe — disse Jill serenamente.

— Eu sei. — Wade lançou-lhe um olhar, viu que ela estava olhando pela janela lateral para os campos e florestas cobertos de neve e tomou um segundo gole de cerveja.

— Você é um policial — disse ela sem se virar.

— Não. Não sou mais. Não sou mais nada.

— Ah — disse ela.

Quando chegaram à saída para Lawford, Wade já terminara duas latas de cerveja e estava no meio da terceira. As latas vazias rolavam de um lado para o outro no assoalho, batendo uma na outra quando o caminhão seguiu a rampa em curva para a rota 29, virou à esquerda e prosseguiu com estampidos de descarga ao longo do rio, até Lawford.

23

— Wade entrou aqui com um ar estranho, mais ou menos como sempre, você sabe, com aquela expressão nervosa e distraída que exibe o tempo todo, só que desta vez pior, como se estivesse um pouco bêbado, talvez. O que não era incomum, embora fosse apenas pouco depois da hora do almoço. O restaurante ainda estava bastante movimentado, sendo o penúltimo dia da temporada de caça e todos esses idiotas de Massachusetts que ainda não haviam conseguido seu veado aqui para uma última tentativa de acertar uma maldita vaca ou um garoto de bicicleta entregando jornais, esperando que fosse um veado. Isso aconteceu, você sabe: há uns dois anos, um sujeito atirou num garoto de bicicleta que entregava os jornais, lá perto de Catamount. Impressionante.

"De qualquer modo, Wade estava com um ar estranho, podia-se dizer, como se não dormisse há dias, enormes olheiras escuras sob os olhos, só que ele estava bem vestido, como se fosse a um enterro, paletó, gravata e tudo; e estava com sua filha, aquela bonita garotinha, eu a vi muitas vezes, como é o nome dela? Jillie. Ele dizia: Jillie, quer um sanduíche na chapa de queijo? Quer um sanduíche na chapa de queijo?, dizia. Ele sempre fala assim, 'sanduíche na chapa de queijo', e geralmente eu deixo o sujeito em paz. Ora, bolas, todo mundo fala engraçado às vezes. Só que desta vez eu o corrigi, como uma espécie de piada. 'É sanduíche de queijo na chapa, seu trapalhão', disse-lhe eu, porque estava furioso por ele ter feito um escarcéu por causa do meu anúncio há algumas semanas, exatamente quando eu estava pendurando o maldito letreiro. O filho da puta custou-me cento e cinqüenta dólares e estava errado. Wade notou e chamou minha atenção para o fato de uma maneira que você poderia dizer que foi bastante agressiva.

"Assim, eu disse, 'É sanduíche de queijo na chapa, seu burro', amistosamente, de certo modo, mas, como falei, também com um pouco de raiva. Provavelmente porque eu estava muito ocupado, o movimento era grande, e Margie, como você sabe, tirara o dia de folga por minha sugestão, por motivos muito fortes. Você pode usar a minha história para mostrar a sabedoria da minha recomendação, porque o filho da puta estendeu o braço por cima do balcão e me agarrou pela frente da camisa. Ele estava lá, sentado em um banco, sabe, exatamente onde você está, ou alguns bancos mais para lá, não me recordo exatamente; e a filha estava sentada a seu lado, com ar entediado como as crianças costumam ficar, até que isso aconteceu, é claro, quando as coisas realmente ficaram perigosas. Wade me olhou com o rosto repentinamente vermelho e simplesmente ficou me agarrando pela camisa. Assim."

E, nesse ponto, Nick estendeu o braço por cima do balcão e me agarrou pela camisa, dando um puxão, com força. Lentamente, ele me soltou. Sentei-me pesadamente, minhas pernas repentinamente fracas.

— Todos no restaurante ficaram em silêncio — continuou. — Ora, bolas, isso não é comum, certo? É realmente fora do normal. E a menina, quer dizer, ela é apenas uma criança, você sabe, uma garotinha, e naturalmente ficou apavorada. Seu rosto ficou branco e ela começou a chorar. Wade, então, me soltou. E, olhe, fiquei mesmo com muito medo, sem falar que fiquei irritado. Imaginei, o lugar está cheio de gente, portanto Wade não poderá causar muito estrago, mas, ainda assim, sou da "turma do deixa disso"; não preciso desse tipo de coisa, especialmente não aqui no meu restaurante. Os caras chegam aqui bêbados e começam a provocar briga, aí converso com eles e os convenço a ir embora: vão acertar as contas no estacionamento. Com Wade, entretanto, naquele dia não havia conversa. Ele parecia ter os olhos embaçados, como se não pudesse ver direito e a gente não conseguia ver nada neles; quando sua filha começou a chorar, ele voltou-se para ela, surpreso e admirado, como aquele gorila tipo King Kong, que ouve um estranho som musical a seu lado quando estava prestes a arrancar a cabeça de alguém; ele me soltou e agiu como se estivesse apenas pendurando o casaco ou coisa assim, em vez de estar fisicamente atacando um outro ser humano. Muito estranho. Muito estranho e assustador. Claro que eu já sabia que LaRiviere o despedira e sabia que Jack o substituíra como o policial da cidade e tudo o mais; todo mundo já sabia a essa altura, mas, mesmo assim, era muito estranho o modo como ele estava agindo.

"Ele fez como se estivesse consolando a criança: limpou seu nariz com um guardanapo, esse tipo de coisa, como um pai amoroso comum e como se nada tivesse acontecido; e ela disse que queria ir para casa. Ele levantou-se, rígido, como se a menina o tivesse esbofeteado e estivesse se contendo para não esbofeteá-la também, porque ela era uma criança. Então, disse: 'OK, vamos para casa, então.' Ora, isso me preocupou muito mais, porque eu sabia que Margie estava lá na casa naquele mesmo instante fazendo as malas e fugindo, como sugeri que fizesse. Quer dizer, sei que as pessoas de quem estamos falando são seu pai e seu irmão, mas, sem ofensa, eu estava muito preocupado com Margie morando lá em cima na colina com aqueles dois sujeitos agindo como agiam. Você pode compreender isso. Você teria feito a mesma coisa, provavelmente: quer dizer, teria dito a ela para mudar-se imediatamente de lá.

"Assim, eu disse a ele: 'Wade, tenho um recado para você.' 'Um recado', repetiu, como se fosse uma língua estrangeira. Falei: 'Jack Hewitt, ele está à sua procura. Quer que tire suas coisas do escritório dele na prefeitura.' Fiz isso com muito cuidado, afastado, perto da máquina de café, para que ele não pudesse me alcançar. Como disse, sou de boa paz e o sujeito parecia uma granada de mão com o pino puxado; mas imaginei que Jack pudesse lidar bem com ele e, mais importante, não queria que ele voltasse para casa e pegasse Margie abandonando-o. Ela é uma mulher muito meiga, como certamente já sabe agora. O coração do tamanho de uma casa. Assim, contei a Wade. Jack queria que ele esvaziasse o escritório, o que era verdade. Jack tinha vindo aqui naquela manhã. Conseguira sua licença de volta e só havia mais um dia para ele pegar seu veado, de modo que estava a caminho; e Jack tinha me dito: 'Se você vir o Wade, diga-lhe para cair fora do meu escritório', foi como ele colocou. Dei o recado a Wade de um modo mais educado, digamos. Embora realmente tenha cometido o erro de chamá-lo de escritório 'dele'. Do Jack.

"Wade se apegou exatamente nisso. No meu erro. Eu não sabia, ou não teria dito nada, mas naquele momento ele ainda não fora informado de que Jack era o novo policial da cidade: o que, é óbvio, fora obra de Gordon LaRiviere, dele e de Chub Merritt, o conselheiro. Wade me disse: 'Escritório *dele*. Quer dizer, meu antigo escritório?' E o que eu poderia dizer? Disse-lhe o que ele certamente não queria ouvir. Ele me olhou por um segundo, como se fosse explodir, em seguida agarrou a mão da criança e saiu como uma bala. Fiquei pensando: 'Ai, ai, ai, mais encrenca.' Eu não fazia idéia de quanta, é claro. Mas essa foi a última vez que vi Wade Whitehouse. Nunca mais. E não posso dizer que tenho sentido sua falta. Sem ofensa, ele sendo seu irmão e tudo o mais, mas imagino que você também não sinta muita falta do sujeito."

Era mais uma pergunta do que uma afirmação e eu não pretendia respondê-la. Na verdade, não saberia respondê-la, sem mentir para o sujeito. Desliguei o gravador e peguei minha conta, que Nick colocara ao lado da minha xícara de café.

— Na verdade, sim, eu o vi naquele dia. Não falei com ele. Mas eu o vi da entrada da minha casa, quando ele passou. Eu estava no jardim, enchendo as vasilhas de comida dos pássaros, e ergui os olhos quando ele passou, por causa de todo o barulho que o velho caminhão de seu pai fazia. Minha sobrinha-neta estava no caminhão com ele, Jill, portanto naturalmente notei. E sempre tive grande consideração por Wade, apesar de tudo. Ele sofreu. Passou momentos terríveis na infância e na juventude. E nunca achei que Lillian fosse particularmente boa com ele, embora eu amasse Lillian e ainda ame. Ela é minha sobrinha, afinal. Mas naquele sábado, quando Wade e Jill passaram por aqui, não havia nada de anormal. Realmente, nada que valesse a pena comentar.

— Bem, claro, eu estava com medo dele. *Claro* que eu estava com medo dele. Quem não estaria? Mas parece que foi há muito tempo e não me lembro bem. Lembro-me de que papai me levou do restaurante e fomos para seu escritório. Nada de importante. Bem, eu sei, *foi* importante. Foi lá que pegou a arma; ele tirou suas armas do escritório. Quer dizer, *era* seu escritório antes, o que o deixava furioso. Eu não disse mais nada, quer dizer, depois que deixamos o restaurante. Acho que estava com muito medo.

"Ele parecia bem; quer dizer, acho que estava agindo como sempre agia. Exceto quando ficou tão furioso com o sujeito do restaurante que pensei que fosse haver uma briga. Quer dizer, sempre que eu ficava com ele, ele se mostrava nervoso, terrivelmente mal-humorado em um momento e realmente amável no seguinte. E era assim que ele estava agindo naquele dia em que viajamos naquele caminhão realmente velho. Era o caminhão do pai dele. Desculpe. Acho que você sabe disso. Depois, no restaurante, ele perdeu a cabeça e *realmente* fiquei apavorada. Mas depois ele se acalmou um pouco, acho que foi porque comecei a chorar, e provavelmente porque todo mundo estava olhando para nós; e então o sujeito do restaurante disse-lhe que tinha de limpar o escritório ou coisa assim; e aí ele perdeu a cabeça outra vez; mas dessa vez não fez nada com o sujeito do restaurante. Só me agarrou pelo braço e saímos. Daí, fomos para seu escritório. E foi só isso. Nada aconteceu."

— Nada aconteceu? — perguntei. Olhei para o outro lado da sala, para sua mãe, e ela franziu o cenho para mim. Estávamos sentados em sua sala de estar, Jill e eu ao lado um do outro no sofá, Lillian em uma poltrona e Bob Horner de pé atrás dela. Após inúmeras súplicas e extensas negociações, eles haviam concordado em deixar-me conversar com Jill, mas, dentro de certas regras. Lillian disse-me:

— A menina já sofre o bastante. O médico diz que é importante para ela falar sobre esses acontecimentos, sobre seu pai, mas, apenas no seu próprio ritmo, a seu próprio modo.

Eu podia perguntar-lhe o que ela se lembrava daquele dia, mas, quando ela não quisesse mais falar sobre o assunto, eu teria que recuar.

— Bem, nada *importante* aconteceu. Quer dizer, ele apenas colocou algumas coisas da escrivaninha numa caixa e retirou suas armas daquela prateleira na parede, a estante de armas; e saímos. Na verdade, ele já estava bem mais calmo a essa altura. Não sorria nem nada: provavelmente estava muito aborrecido por ter sido despedido e tudo o mais; mas estava calmo. Não como no restaurante. Ou mais tarde.

— Mais tarde? — indaguei. — Quer dizer, na casa, com Margie?

Jill olhou para a mãe e disse:

— Eu *realmente* não quero falar sobre isso, mamãe.

Jill tinha quase doze anos agora, alta para sua idade, mas magra e um pouco desengonçada. Permaneceu sentada calmamente, quase placidamente, de *jeans* e uma volumosa suéter branca tricotada, as mãos unidas no colo. Era óbvio que logo ela seria uma jovem mulher muito atraente, atraente do mesmo modo que sua mãe deve ter sido e na verdade ainda era — de movimentos ágeis, graciosa, controlada.

Horner limpou a garganta acintosamente e, quando olhei para ele, sacudiu a cabeça não mais do que um centímetro. Levantei-me.

— Bem, Jill, eu lhe agradeço muito por ter me recebido e conversado comigo como fez. Sei que não é fácil... — falei e ouvi Horner limpar a garganta de novo. Estendi a mão e Jill tomou-a nas suas, apertando-a levemente. Eu não sabia o que mais dizer e, assim, não disse mais nada. Acho que quis abraçá-la, estreitá-la contra meu peito, como um tio, mas sabia que não podia fazer isso. Wade tornara impossível para mim ser o tio de sua filha.

Portanto, virei-me e despedi-me de sua mãe e seu padrasto com uma inclinação da cabeça.

— Não precisam se incomodar — disse eu e caminhei sozinho para a porta.

— Vi o filho da puta só uma vez naquele dia, quando ele entrou na garagem para apanhar seu carro; só que Chub dissera-me para não lhe entregar o carro sem que ele pagasse a conta antes, que era de quase trezentos dólares. Ele ficou furioso, teve um acesso de raiva lá mesmo na garagem, de modo que simplesmente passei a mão numa chave inglesa Stillson e mostrei-lhe a ferramenta. Eu a enfiei bem debaixo do nariz dele, assim, e ele recuou. Eu não aturo desaforo de ninguém. Ninguém. Ele veio com um monte de merda que éramos colegas e o cacete, o que não tem um pingo de verdade. Wade Whitehouse jamais gostou de mim e jamais gostei dele, o filho da puta. Tinha raiva dele. Desde que eu era garoto que o escroto me persegue, sempre tentando me causar problemas, o que ele podia fazer com relativa facilidade quando era o tira da cidade; mas agora que não passa de mais um fodido, eu estava pronto para o sacana. Ele me pegou há alguns anos, assim que foi nomeado o tira da cidade, ele me pegou roubando abóboras de Alma Pittman num dia de Halloween. Eu devia ter uns dezesseis, dezessete anos. Ele me deu porrada pra valer e espalhou pra todo mundo que eu estava espiando, esse tipo de coisa nojenta, o que foi ridículo paca. Posso dormir com uma mulher quando eu quiser, coisa que Wade Whitehouse nunca pôde dizer de si mesmo. Então, por que eu andaria por aí espionando pela janela de alguma coroa? Se me perguntar, eu diria que *ele* é que estava espionando, e provavelmente foi assim que me pegou roubando abóboras, que é uma coisa que todos os garotos daqui fazem, você sabe. No Halloween, quer dizer. Ora, você foi criado aqui, está sabendo. De qualquer modo, quando ele viu a a porra da Stillson diante do seu rosto, foi embora, em direção à Golden's, eu me lembro, onde o vi entrar. Estava dirigindo o velho caminhão do pai, eu me lembro, e a filha estava com ele. Ela ficou no caminhão o tempo todo. Essa foi a única vez em que lidei com o puto naquele dia. Eu devia ter rachado a porra da cabeça dele quando tive a oportunidade. Cago e ando que ele seja seu irmão, você sabe que tenho razão. E cago e ando por ter gravado tudo aí na fita, não fiz nada ilegal.

— Wade parou em frente à loja naquela geringonça de seu pai e pensei: Ora, ora, ora, lá vem encrenca. Pensei assim porque ele subiu diretamente as escadas para o apartamento de Hettie. Mandou a criança, sua menina, para a loja com uma nota de um dólar na mão.

"Ela remexeu no refrigerador, procurando algo para beber. Disse que queria uma dessas bebidas naturais, mas quem se importa com esse tipo de merda por aqui? Assim, ela pegou uma caixinha de leite e ficou parada lá perto dos biscoitos, analisando os malditos rótulos. Verificando os ingredientes, como uma fiscal. E embora eu tenha pena da menina, bem, quem não teria?, ela me pareceu igual à mãe. Que, se quer saber, não é a pessoa mais simpática que já conheci.

"Enquanto isso, Wade deve ter descoberto que Hettie não estava em casa. O que ele poderia ter descoberto me perguntando, é claro. Mas ele não faria isso. Embora certamente não estivesse fazendo nenhum segredo de estar procurando-a em seu apartamento. E a filha estava bem ali e sei quem entra e sai por aquelas escadas. Uma coisa que às vezes eu preferia não saber, francamente. Essa era uma dessas vezes.

"Então, como se estivesse tentando se encobrir, ele desceu as escadas, entrou na loja e me perguntou se eu sabia se Jack Hewitt já havia pegado o seu veado. Respondi que não, Jack Hewitt ainda não havia pegado seu veado. O que eu sabia que era verdade, já que eu tenho de registrar todo veado morto no distrito, minha loja sendo o único posto oficial de registro e Jack teria trazido seu veado para registrar. Portanto, eu disse: 'Não, Jack ainda não pegou seu veado.'

"Aí Wade me perguntou se eu sabia onde Jack Hewitt estava caçando. Como se quisesse que eu acreditasse que ele havia parado no apartamento de Hettie para saber onde Jack estava.

Claro, acredite nessa e eu lhe conto outra depois, pensei comigo mesmo.

"Assim, eu lhe disse. Não que eu soubesse exatamente. Mas Jack tinha passado pela loja de manhã cedo, pegou uma caixa de balas e trocamos umas palavras. Principalmente sobre o fato de ser ele o novo policial da cidade, ter conseguido sua licença de volta e tudo o mais. O que francamente achava que era bom para a cidade, sabendo o que sabia sobre Wade Whitehouse na época e o que sei agora. De qualquer forma, Jack mencionara que estava indo para Parker Mountain, onde vira um enorme cervo que sabíamos ainda não fora abatido. Já que o maior cervo que havia entrado aqui até então tinha somente setenta e cinco quilos. Não era o enorme cervo de que ele falava.

"Então, foi mais ou menos isso o que contei a Wade. 'Jack está em algum lugar em Parker Mountain', disse-lhe eu. Isso e nada mais, porque não sabia nada mais exato. E só contei o que sabia porque ele perguntou e imaginei que estivesse perguntando apenas porque quisesse dar a impressão de que tinha assuntos legítimos para tratar com Hettie. Na verdade, era de se imaginar que a pessoa que Wade mais quisesse evitar seria Jack Hewitt. Assim, não vi nada de errado em dizer-lhe onde Jack estava. De qualquer modo, ele agradeceu, a menina pagou o leite e saiu sem achar nenhum biscoito à altura de seus padrões. Não que eu tivesse me importado com isso."

— Eu corri, ah, meu Deus, eu estava correndo freneticamente para sair de lá antes que ele voltasse. Atirava minhas roupas e minhas coisas de qualquer maneira em malas, sacos plásticos, caixas, e enfiava-as na mala do carro e no banco de trás; sentia-me culpada, indo embora daquele jeito, sem falar com ele ou explicar nada. Claro que me sentia culpada, mas achei que poderia explicar mais tarde e também achei que, uma vez que estivesse feito, uma vez que eu tivesse saído da casa, ele não se importaria tanto. Era a partida, na verdade, fazer isso diante dele, que acho que o incomodaria mais; eu tinha certeza de que isso iria deixá-lo louco, *mais* louco, na verdade, porque ele já estava bastante louco, você sabe. Foi por isso que estava indo embora. Não creio que ele me quisesse por perto, mas temia que ele fosse literalmente desmoronar se achasse que eu o estava abandonando. Por isso tentava ir embora antes que ele chegasse com Jill, o que soube através do Nick, que telefonou para mim assim que Wade deixou o restaurante. Bem, é mais complicado do que isso. Mas você compreende. Tinha a ver com seu pai também, devo admitir, ou mais especificamente, tinha a ver com a combinação de Wade e seu pai naquela casa: ambos estavam piorando e, até onde eu podia ver, era por causa da presença um do outro. Seu pai passava a maior parte do tempo em frente ao aparelho de TV na sala, vendo luta-livre; de vez em quando abria uma nova garrafa, que bebia até ficar bêbado o suficiente para a voz começar a falhar. Era então que Wade aparecia, ou quando pela primeira vez começava a agir como se o pai estivesse no aposento, tendo até então ignorado sua presença. E, então, os dois começavam a bater boca. Aquele não era lugar para uma mulher. Não com Wade perseguindo pessoas pela floresta e afundando o caminhão do patrão daquele jeito, não, não era. Sua obsessão com aquele estúpido acidente de caça com Jack: era como se achasse que explicasse *tudo*, mas para isso o caso tinha praticamente que ser reinventado desde o começo, por *ele*! E a *selvageria* que ele estava demonstrando, a maneira como arrancou o próprio dente com alicates, o que praticamente me deu ânsias de vômito quando ele me contou o que fizera, embora eu já tivesse deduzido por mim mesma quando encontrei o dente ensangüentado e o alicate na pia do banheiro. Bem, você sabe como ele estava agindo: mantinha contato com ele na ocasião. Mas você não o *viu*. Exceto no dia do enterro de sua mãe, nunca esteve aqui para ver e lidar com ele e seu pai de perto, diariamente. Acho que estou dizendo isso porque me sinto culpada, culpada por tê-lo deixado exatamente naquele momento, abandonando-o, na verdade, quando ele fora despedido do emprego e exonerado do posto de policial, que era uma posição muito importante para ele, independente de como descrevesse o cargo. Sinto-me culpada por deixá-lo lá sozinho na casa quando estava tão transtornado, tão derrotado por sua vida, pela qual ele culpava principalmente o pai, como você sabe. Sinto-me culpada porque o deixei quando ele sentia-se tão frustrado com aquele tolo processo na justiça, aquela ação de custódia que estava tentando mover contra Lillian, embora na ocasião eu não soubesse o que você me disse a respeito: que seu advogado já o aconselhara a abandonar o caso, de modo que ele ainda sentia-se dependente de Lillian para ver a própria filha. Não que eu achasse que ele fosse um pai adequado na época, acredite-me.

"Portanto, lá estava eu, com a maior parte das minhas coisas empacotadas e meu carro cheio até a borda, quando Wade chega com Jill. Tarde demais para esconder, concluí, e portanto fiquei ali parada, com a mala e as portas do carro abertas. Ele passou por mim, olhou pela janela para o carro cheio das minhas coisas, sem dar o menor sinal de reconhecimento, levou o caminhão até o celeiro e estacionou. Em seguida, ele e Jill vieram caminhando de volta do celeiro para a frente da casa, onde eu estava. Jill vinha arrastando-se mais atrás, puxando sua malinha, parecendo desamparada. E pensei, ah, meu Deus, o que esta criança deve estar passando. E esqueci completamente a idéia de sair dali naquele mesmo instante, deixando aquela criança sozinha com aqueles dois homens, um deles bêbado e louco, e o outro provavelmente a caminho de se tornar bêbado e louco, embora, naquele momento, eu não pensasse em nenhum dos dois como particularmente perigosos. Foi por isso que resolvi que deveria ficar na casa mais uma noite e um dia, ou pelo menos enquanto Jill estivesse lá. Assim, Wade aproximou-se, passou os olhos pelos objetos que eu tinha colocado no carro, caixas, malas e sacos plásticos repletos com minhas coisas, e perguntou: 'Vai a algum lugar, Margie?'

"Resolvi mentir. Não somente por estar deixando-o naquele momento, mas porque mudara de idéia quando vi Jill. Foi uma tolice, eu sei: era óbvio o que eu pretendia fazer. Mas de repente fiquei emocionalmente dividida entre querer ficar e querer ir embora, e não esperava me sentir assim, o que provavelmente é a parte mais tola. Mas você fica preso em situações assim: você toma uma pequena decisão e logo está atolado com um monte de outras decisões das quais não tinha tanta certeza, e então age de forma idiota. Assim, menti para Wade e tentei dizer-lhe que estava levando um monte de coisas para a quermesse da igreja e mais um monte de coisas para a tinturaria e a lavanderia automática em Catamount, já que era sábado. E é claro que não funcionou: ele leu no meu rosto. E disse: 'Não minta para mim. Você está me deixando, estou vendo.'

"Tentei mudar de assunto e disse para ele não ser tolo, ou algo assim, disse olá para Jill, que sorriu, ou tentou sorrir, parecendo patética e infeliz apesar disso, ou por causa disso.

"Não tenho nenhum talento para enganar ninguém e é por isso que sou facilmente enganada. A menos que eu simplesmente não seja muito esperta, já que a maioria das pessoas inteligentes são boas em enganar os outros e difíceis de ser enganadas. Gordon LaRiviere, por exemplo. Mas Wade, não. Ele era mais como eu do que como Gordon LaRiviere, digamos, ou Nick Wickham, que é uma pessoa gentil, mas cheio de malícia. Acho que foi por isso que me senti atraída por Wade, há muito tempo, quando ele ainda era casado com Lillian. Sei que você sabe do caso. Wade contou-me que uma vez ele confessou isso a você, nossa pequena aventura extraconjugal, ou como quer que queira chamá-la. Não durou muito, de qualquer forma, e nós dois nos sentimos bastante culpados por isso. Mas ele era um homem a quem nunca tentei mentir e acho que ele nunca tentou mentir para mim. Ele guardava algumas coisas para si, naturalmente, e eu também, mas isso era diferente, não era? O que estou tentando dizer? Acho que estou tentando dizer o quanto eu estava triste naquela tarde quando Wade chegou com Jill e tentei mentir-lhe sobre estar me mudando. De repente ocorreu-me que o que tivemos um dia havia desaparecido e jamais poderia retornar. Finalmente aprendera a ter medo de Wade e a única maneira que eu podia pensar para me proteger era mentir para ele. E por ser muito ruim nisso, tão incapaz, só piorei as coisas. A situação se complicou e acabei tendo que me proteger ainda mais contra ele do que antes de ter mentido. E não consegui sequer me fazer acreditar o suficiente para proteger qualquer outra pessoa dele. Refiro-me a Jill. Percebi que era um caso perdido, eu e Wade, e que provavelmente eu nunca mais estaria ao lado de um homem para o qual não tivesse que mentir, como um dia estive com Wade. E, então, comecei a chorar. Lá, parada ao lado do meu carro, em frente à velha casa de fazenda, com o sol refletindo na neve, Wade diante de mim e sua filha observando, eu comecei a chorar. Como uma criança. Na verdade comecei a berrar. Mal posso acreditar nisso agora, mas é a verdade: comecei a berrar.

"As coisas ficaram meio confusas, ou talvez minha memória tenha ficado meio confusa. Sei que Wade tentou me fazer parar de chorar passando os braços ao meu redor. Ele me abraçou, puxou-me para ele e deu uns tapinhas nas minhas costas. Foi um gesto gentil, para me consolar, embora eu me lembre da expressão em seu rosto quando se aproximou de mim, uma tristeza terrível tomara conta dele, uma tristeza ainda maior do que a minha. Acho que tentava se unir a mim na tristeza, mas fosse incapaz de chorar porque ele era um homem, o que resultou em abraçar-me e dar uns tapinhas nas minhas costas, como se eu fosse uma criança. E isso me fez sentir ainda mais solitária do que antes de ele ter me abraçado. Assim, eu o empurrei, afastando-o de mim. Disse-lhe para me deixar *em paz*. Eu disse isso assim com uma ênfase terrível, como se ele estivesse me fazendo algo desagradável: 'Deixe-me *em paz*.' Então, Jill deve ter ficado assustada, porque ela começou a bater em Wade nas costas e nos braços, gritando-lhe para que me largasse: 'Deixe-a em paz! Deixe-a em paz!' Eu chorava e o empurrava, Jill gritava e batia nele com os punhos cerrados. Ele começou a se mover como um urso, cobrindo o rosto com os braços e recuando na neve. Jill continuou perseguindo-o. Ela estava histérica, fazia-o recuar aos tropeções pela neve. Fui atrás deles e quando ia segurar Jill para fazê-la parar, Wade abriu os braços com toda a força e golpeou-a. Ela voou no ar, de costas, em cima de mim. Seu nariz sangrava, ele a atingira bem no nariz e na boca. Ela ficou atrás de mim, gemendo. Não dissemos nem uma palavra, Wade e eu. Recuei devagar, fitando-o, mas com meus braços atrás de mim, segurando Jill, guiando-a para o carro. Ele olhou para mim perplexo, como se alguém o tivesse atingido na cabeça com uma pedra. Nunca vi ninguém com uma expressão tão dolorosa e aturdida no rosto: a boca aberta, os olhos desvairados, os braços caídos ao longo do corpo. Eu o olhava como se ele fosse um animal prestes a nos atacar. Virei-me um pouco, consegui tirar meu vaso de abacateiro do banco do passageiro para o chão, fiz Jill entrar no carro e fechei a porta, com a trava. Lembro-me disso, de ter trancado a porta quando a fechei. Em seguida, passo a passo, fui dando a volta pela traseira do carro, bati a tampa da mala e entrei no lado do motorista. E ainda, ninguém disse nem uma palavra. Tranquei minha porta. Dei partida no carro, saí de marcha a ré pelo caminho de entrada e Jill e eu nos afastamos, sem olhar nem uma vez para trás. Não, isso não é verdade. Quando eu já estava na estrada, com o carro na direção da cidade, olhei para a casa: Wade continuava parado no mesmo lugar na neve, junto ao caminho de entrada, fitando a neve, provavelmente os pingos de sangue do nariz de Jill, embora eu não saiba ao certo. Mas estava lá parado, fitando a neve, como se não pudesse acreditar no que estava vendo, os dedos na boca, como um garotinho. E, na varanda, vi que seu pai havia saído, talvez ele estivesse lá o tempo todo e tivesse visto tudo; ficou lá olhando para Wade com um sorriso no rosto, como um demônio. Foi horrível ver isso, eu quisera não ter olhado e espero que Jill não tenha visto. Quando olhei para ela, seus olhos estavam fechados e ela disse numa voz calma que me surpreendeu: 'Quero ir para casa. Você poderia me levar para casa?' Eu disse que sim, eu levaria, e foi o que fiz. E acho que o resto você já sabe."

24

"O resto você já sabe", disse ela. Mas, sabia? Imagino que se houvesse uma outra pessoa no planeta, além do próprio Wade, que sabia o resto, sabia o que acontecera nas derradeiras horas daquela brilhante e fria tarde de sábado em novembro, essa pessoa seria eu. Especialmente agora, depois de muitas horas meditando, investigando, recordando, imaginando e sonhando com o assunto.

Os fatos históricos, é claro, são conhecidos de todos — todos de Lawford, todos de New Hampshire, até mesmo a maior parte de Massachusetts. Qualquer pessoa que tivesse conhecido qualquer um dos personagens, tivesse lido os jornais de domingo ou visto o noticiário da televisão conhecia os fatos. Mas os fatos não fazem a história; os fatos sequer fazem os acontecimentos. Sem significado e sem a compreensão das causas e conexões, um fato é uma partícula isolada de experiência, é luz refletida sem uma fonte, planeta sem sol, estrela sem constelação, constelação fora de galáxia, galáxia fora do universo — o fato não é nada.

Ainda assim, os fatos de uma vida, mesmo de uma vida tão solitária e alienada quanto a de Wade, sem dúvida têm significado. Mas somente se essa vida for retratada, somente se puder ser vista em termos de suas conexões com outras vidas, somente se considerarmos que ela possui uma alma, como o corpo possui uma alma — lembrando-se de que, sem uma alma, o corpo humano também é um mero fato, uma pilha de minerais, uma bolsa de líquidos: o corpo não é nada. De modo que, ao contrário, se considerarmos a alma do corpo como uma membrana vermelha como sangue, digamos, uma pele ondulada de um tecido perigosamente frágil que conecta todas as diversas partes designáveis de nosso corpo umas às outras, um firmamento escarlate entre os firmamentos, tocando e definindo ambos, será possível ver a alma de Wade ou qualquer outra vida como aquela parte que está conectada a outras vidas. E uma pessoa pode ficar com raiva e tomada de pesar ao ver essas conexões sendo destruídas, essa membrana cortada, dilacerada, rasgada em farrapos aos quais uma criança cresce agarrando-se até à vida adulta — bandeirolas ensangüentadas hasteadas em vão por imensos abismos.

Ah, eu sei que, ao contar aqui a história de Wade, estou contando também a minha própria história e que esse relato é a minha própria bandeira ensangüentada, o farrapo da minha própria alma acenando na penumbra gelada — e por isso ela pode parecer egocêntrica, estranha, excêntrica. Mas nossas histórias, a de Wade e a minha, descrevem as vidas de garotos e homens há milhares de anos, meninos que foram surrados por seus pais, cuja capacidade de amar e confiar foi mutilada quase no nascimento e cujas melhores esperanças de uma conexão com outros seres humanos residem em elaborar para si mesmos um modo elegíaco de relacionamento, como se a vida de todas as demais pessoas já tivesse se acabado. É assim que evitamos, por nossa vez, destruir nosso próprios filhos e aterrorizar as mulheres que têm a desventura de nos amar; é como nos livramos da tradição de violência masculina; é como abdicamos do sedutor papel de anjo vingador: aceitamos impiedosamente os limites do nada — da desconexão, do isolamento e do exílio — e os lançamos em uma luz noturna cruel e elegíaca, uma vila teutônica na montanhas rodeadas por densas florestas escuras, onde bestas peludas aguardam os andarilhos errantes, os veados, de olhos arregalados, correm pela neve funda e os caçadores fazem suas pequenas fogueiras para aquecer as mãos a fim de que possam manejar suas armas graciosamente no frio.

A vida de Wade, portanto, e a minha também, é um paradigma, antigo e permanente, e assim, é verdade, eu realmente sei o resto, como Margie disse, e vou lhes contar.

Contra o barulho do vento atravessando os pinheiros, Wade ouviu risadas, uma gargalhada áspera que no começo ele pensou que viesse dos corvos, mas logo percebeu que era humana. Quando ergueu os olhos da neve manchada de sangue, viu papai parado na varanda, a camisa solta e desabotoada, as calças caídas, os suspensórios arriados; estava com a barba por fazer, os cabelos desgrenhados, os olhos afogueados, o rosto vermelho e, embora rindo, mantinha o corpo retesado como um punho cerrado: como em triunfo — um atleta, guerreiro, ladrão vitorioso, um homem que atravessara um risco e uma adversidade cruciantes com sua amargura não só intacta como confirmada, porque fora a amargura que o ajudara a vencer e o riso e a gargalhada eram pela confirmação, regozijando-se com a desgraça alheia, agradecida e desafiadoramente. O filho finalmente tornara-se um homem exatamente como o pai. Ah, que momento delicioso para o pai solitário e sofredor! Ouviram-se disparos no ar à distância. Ele brandiu sua garrafa de uísque para Wade, depois virou-a, segurando-a pela base com as duas mãos, e apontou-a para Wade — um gesto masculino primitivo, esse de afetuosamente fingir apontar uma arma para um filho querido, essa provocação amarga. Era como se dissesse: *Você! Por Deus, você finalmente conseguiu! E da maneira como lhe ensinei! Eu te amo, seu miserável filho da puta!*

Com um gesto amplo do braço, Wade afastou a imagem, virou-se e arrastou-se penosamente da neve pisoteada para o caminho de entrada de carros. Em seguida, com a cabeça baixa, as mãos enfiadas nos bolsos do paletó, dirigiu-se para o celeiro. Ouviu papai gritando atrás dele, palavras misturadas ao vento, ordens sonoras e entrecortadas. *Onde você pensa que vai agora? Deixe meu caminhão onde está! Eu preciso... Me dê as malditas chaves! Eu tenho que ir à cidade!* Wade continuou em frente, a voz afinou e diminuiu. *Nada nessa casa fedorenta para beber... minha casa, meu dinheiro, meu caminhão... roubados!* As palavras evaporaram-se na escuridão do celeiro; um casal de corvos ergueu-se de uma viga nos fundos e esvoaçou desajeitadamente pelo telhado desabado em direção aos céus; o motor do caminhão soltava estalidos compassadamente, como um relógio, ainda esfriando do longo percurso para o norte. Wade colocou as mãos enregeladas sobre o capô e aqueceu-as no metal descascado. Inclinou-se para a frente como se fosse rezar e colocou a face direita entre as duas mãos, sentindo a última onda de calor do motor atravessar o metal e penetrar em seu rosto. Após alguns instantes, o metal ficou frio e começou a retirar calor de seu rosto. Wade suspirou, aprumou-se e dirigiu-se para a carroceria do caminhão, de onde retirou duas caixas de papelão, o conteúdo de sua mesa e de seu armário no escritório, colocando-as no chão, junto ao pneu traseiro. Movendo-se lenta e escrupulosamente, como um homem idoso no gelo, ele abriu a porta do lado do motorista e apanhou as três armas que ele trouxera da cidade lado a lado, as coronhas no chão da cabine, os canos preto-azulados apoiados contra o banco entre ele e Jill: uma espingarda de caça calibre 12, um rifle.30/30 e uma velha espingarda belga calibre 28 que um dia pertencera ao seu irmão Elbourne. Alinhou-as lado a lado e juntou-as como remos, com as coronhas presas embaixo do braço. Quando saía da cabine, de costas, sentiu um forte golpe no meio das costelas, um golpe atordoante que sacudiu-o até o peito e os braços, lançou as armas ao chão com estrépito e o atirou contra a porta aberta do caminhão.

Ele dobrou-se, caiu de joelhos e virou-se. Seu pai estava acima dele, um pedaço de cano de ferro, enferrujado, do comprimento e da largura do braço de um homem, nas mãos. O sujeito parecia imenso, um gigante enfurecido de um conto de fadas, com pernas como troncos de árvores e, acima do peito e dos ombros enormes, enrijecidos pela fúria, a cabeça quase tocava os caibros do celeiro, tão distante que, embora Wade mal pudesse divisar a expressão de seu rosto, ele viu que não havia nenhuma outra expressão além de um leve dissabor na boca e nos olhos de um homem compelido a realizar uma tarefa nada agradável. A decisão para realizá-la já tinha sido tomada há tempos imemoriais por um mestre esquecido, o pedaço de cano de ferro nas mãos carnudas uma poderosa clava de guerra, um porrete, uma mandíbula vingadora de um asno, um bordão, cacete, maça, machadinha, lança, marreta, levantada lentamente, erguida como uma lâmina de guilhotina, martelo de forja, bastão de madeira para bater uma estaca de tenda de circo no chão, para bater um gongo que testa a força de um homem, partir uma tora de madeira para a casa, enfiar o cravo no dormente com um só golpe, atordoar o boi, talhar um bloco de pedra, esmagar a cabeça da serpente, destruir a abominação diante do Senhor.

Wade agachou-se e contorceu-se, afastando-se da figura colossal de seu pai. Virou-se como um herege preparando-se para ser apedrejado. Ele viu e, com um único movimento, agarrou o cano do rifle e, com as duas mãos, com o peso e a força de seu corpo inteiro desenrolando-se, desfechou o golpe — a pesada coronha de madeira girando em um arco rápido e poderoso do solo gelado para o ar — e atingiu o lado da cabeça de seu pai, esmagando-a e quebrando-a do maxilar à têmpora: o estalido de osso, um sopro de ar e um gemido, *Oh!* O velho caiu em pedaços e morreu instantaneamente, os olhos arregalados — um cadáver encarquilhado exumado de uma turfeira.

Wade olhou para o corpo de seu pai: curvado, dobrado sobre si mesmo, do tamanho e da forma do corpo de uma criança adormecida. Não havia nenhuma barra de cano velho, nenhum porrete — somente uma garrafa de uísque vazia que caíra no chão e rolara para junto da parede. Wade ergueu o rifle devagar e posicionou a coronha contra seu ombro direito. Apontou o cano para o meio exato da testa de seu pai. *Eu te amo, seu miserável filho da puta. Eu sempre te amei.* Empurrou o ferrolho para frente e para trás e com o polegar soltou a trava de segurança. Apertou o gatilho e ouviu o clique seco da arma. Sorriu. Um sorriso gélido, glacial. Em seguida, abaixou o rifle, inclinou-se e tocou o pescoço enrugado do velho com as pontas dos dedos, afagou os lábios, as faces e o queixo grisalhos, tocou o bico pequeno e curvo do nariz, percorreu a fronte acima dos olhos e alisou para trás os cabelos brancos e espetados. O corpo era um acúmulo de partes separadas. Sua alma estava morta, assassinada, desaparecida para sempre. Nunca tocara seu pai dessa forma, nenhuma vez em toda a sua vida identificara seu pai com as mãos, nomeara o seu rosto delicadamente, ternamente, e o incorporara, tornando-o seu próprio rosto. Tornando sua a face morta.

Ergueu-se e apoiou o rifle no pára-choque do caminhão. Por alguns segundos, examinou o celeiro como se estivesse surpreso de estar ali. De repente, bruscamente, abaixou-se, passou os braços por baixo do corpo do pai e, com graça e facilidade, ergueu-o; carregou-o para os fundos do galpão escuro e depositou o cadáver sobre a bancada de carpintaria. Cruzou suas mãos sobre o peito. Retornando ao caminhão, foi direto a uma das caixas de papelão, tirou uma pequena caixa verde e dela retirou um punhado de balas de rifle, colocando-as no bolso do paletó. Agarrou o rifle e entrou no caminhão, deu partida no motor e, de marcha a ré, tirou o veículo do celeiro para a ofuscante luz do sol. Em seguida, deixando o motor ligado, saiu do caminhão e retornou ao celeiro.

Tateando no escuro sob a bancada, achou o lampião de querosene. Parou acima do corpo de seu pai como um sacerdote abençoando a hóstia, desatarraxou a tampa da base do lampião e despejou o querosene sobre o corpo, desde os sapatos, ao longo do torso e sobre as mãos, o rosto e os cabelos, até esvaziar o lampião. Deslocou-se para a ponta da bancada e olhou ao longo do corpo a partir dos pés. Segurava o isqueiro. Acendeu-o e levou-o à frente, devagar, mantendo-o diante de si como uma vela votiva. Instantaneamente, o corpo foi envolvido em uma mortalha de chamas amarelas. Wade cambaleou alguns passos para trás e ficou observando as roupas pegarem fogo, os cabelos e a pele brilharem como ouro dentro das chamas azuis e amarelas. O fogo correu como uma serpente pela bancada manchada de óleo e saltou para as velhas tábuas atrás dele, rugindo e avançando. O ar escureceu com a fumaça e encheu-se do cheiro seco e acre de carne queimada. A parede dos fundos do celeiro estava em chamas, com a bancada e o corpo como uma pira, as chamas atiçadas pelo vento que soprava por trás dele — o calor avolumando-se em enormes ondas contra seu rosto, forçando-o a recuar passo a passo, cada vez para mais perto da porta. E então, de repente, Wade estava fora do celeiro, parado na luz do sol, cercado de campos de neve brilhante e árvores escuras ao longe. Acima dele, a distância infinita de céu azul e o sol — um disco plano, frio e branco como o infinito.

Wade conduziu o caminhão para o sul pela estrada de Parker Mountain, subindo a montanha e distanciando-se da cidade, saindo do vale e afastando-se da velha casa escura e do celeiro em chamas, dirigindo não depressa, mas a certa velocidade — segundo todas as aparências, um homem numa missão civilizada, vestindo um paletó esporte amarrotado, camisa e gravata afrouxada, o rosto calmo, pensativo, com uma expressão amável, como se estivesse recordando e cantarolando para si mesmo uma velha canção favorita.

Wade atingiu o topo, passou pelo pântano de musgos congelado e coberto de neve, saiu da estrada e estacionou atrás da *pickup* Ford de Jack Hewitt à esquerda. No alto da subida, à direita, na borda da floresta, ficava a cabana de LaRiviere. Wade desceu do caminhão, enfiou a mão atrás do banco, retirou o .30/30 e colocou seis balas no pente. Encaixou a primeira bala e verificou a trava de segurança. Não havia rastros da estrada para a cabana e nenhuma fumaça da chaminé. As pegadas de Jack na neve iam diretamente de seu caminhão para a antiga trilha de lenhadores, depois desciam o barranco pela vegetação rasteira, na direção nordeste.

Os veados há muito deslocaram-se mais para dentro da floresta, para longe das estradas e das casas, fora do ruído de carros e caminhões que ainda rondavam os caminhos e trilhas da região e do rugido dos veículos de dez rodas mudando marchas na longa e lenta subida da interestadual ao norte de Catamount. Sozinhos e ocasionalmente em pares, os animais permaneciam escondidos, os olhos arregalados, as orelhas em pé, imóveis em densos bosques de freixos das montanhas e agrupamentos emaranhados de estrepeiros e amieiros enfiados em anfiteatros naturais e ravinas, depressões localizadas abaixo de penhascos escarpados e barrancos cobertos de seixos, lugares difíceis demais para alcançar a partir da estrada em meio dia. Os veados ficavam pacificamente alertas do raiar do dia ao anoitecer, somente às vezes alarmados e trêmulos de medo, quando o estrépito de um tiro de rifle e seu eco eram levados montanha acima pelo vento, desde os campos cobertos de mato e os vales, mais acessíveis, lá embaixo. Ali, alguns caçadores de final de temporada, enregelados, voltando da floresta para seus carros na última hora antes do pôr-do-sol, mal-humoradamente, quase a esmo, disparavam suas armas contra qualquer coisa desgarrada — uma sombra inesperada em um bosque de vidoeiros, uma rocha musgosa tornada marrom por um reflexo do sol do final de tarde ou um súbito derramamento de neve fofa, empurrada do galho de um pinheiro por uma brisa errante.

Embora estivesse suficientemente frio para a respiração de Wade emanar de sua boca em uma nuvem visível, ele não parecia notar o ar glacial ali em cima da montanha, apesar de suas roupas leves. Seu paletó estava desabotoado e batia ao vento. A gravata estava desfeita e atirada sobre os ombros, e ele segurava o rifle com as mãos nuas, frouxamente, à sua frente, como se seu corpo gerasse calor suficiente de dentro e ele estivesse a caminho do seu posto de sentinela. De vez em quando, conforme se afastava da estrada, ele escorregava no terreno acidentado coberto de neve, mas não parecia reduzir o passo ou hesitar nem um pouco por causa disso. Atravessou afoitamente a margem enrugada do pântano congelado, cruzou um bosquete pontiagudo de vidoeiros prateados e abriu caminho desajeitadamente pelo declive abaixo, com sapatos duros de sola escorregadia, até o leito seco do rio embaixo, um caminho de pedras que corria da estrada e da cabana de LaRiviere para uma fileira de espruces que bloqueavam a vista da extensa encosta norte da montanha. Era como se seu corpo estivesse sendo atraído por uma poderosa força externa, como gravidade ou sucção, e para não cair ele movia-se de um modo solto, ricocheteando e desviando-se de rochas, tocos de árvores e madeira abandonada, mantendo o equilíbrio como um corredor no beisebol, deixando o corpo bater e quicar das barreiras que erguiam-se, uma após a outra, para detê-lo.

Bem atrás dele, a meio caminho entre o topo da montanha e

a cidade, a casa continuava às escuras, vazia e fechada, e o celeiro continuava a pegar fogo. O fogo espalhara-se rapidamente da parede dos fundos para os caibros e pelo palheiro, incendiando o feno antigo e depois o que restava do telhado. Grossas nuvens de fumaça escura enroscavam-se no céu. O fogo emitia uma música rouca e alta, sucessivas e erráticas batidas de tambor contra o rugido constante do vento, produzido pelo ar frio sugado dos campos cobertos de mato e neve e do quintal que cerca a estrutura, e arremessado no centro quente e escuro. As labaredas lambiam as vigas em cima, correndo e saltando das tábuas secas e telhas de madeira do teto que, uma a uma, sucumbiam e caíam em pedaços vermelhos e dourados no chão de terra, onde espatifavam-se e espalhavam-se como moedas. E no centro ribombante do inferno, como se esculpido em antracito, jazia o corpo de nosso pai, o rosto um ricto puxado para trás em um riso fixo e escancarado. Seu terrível triunfo.

Na linha dos espruces, Wade hesitou um instante, examinando o terreno. A neve sob as árvores era mais fina do que no antigo leito do rio e havia trechos do chão sem neve; ele seguira as pegadas de Jack até ali com facilidade e agora tinha que procurar entre as pedras e em meio às agulhas cor de ferrugem dos espruces para encontrar a trilha. Uma camada de nuvens cinza havia surgido rapidamente do norte e uma brisa cortante começara a soprar, agitando os espruces acima enquanto ele caminhava devagar, cuidadosamente, ao longo da borda do bosque.

Então, viu o que procurava, uma clareira entre as árvores, um galho seco e baixo quebrado e um toco de cigarro apagado com uma bota. Passou sob as árvores e saiu do outro lado, onde havia o que restara de uma sinuosa trilha de lenhadores, coberta de mato. Havia mais neve ali e ele logo localizou as pegadas, descendo a encosta para a direita. Era fácil de percorrer e ele agora movia-se rápida e gradualmente, descendo várias centenas de metros até onde a estrada abandonada fazia uma curva sobre si mesma e tomava a direção oposta.

Parou na curva e olhou para baixo da descida, por cima do topo das árvores embaixo — por toda a extensão até o lago Minuit ao longe, branco e plano no meio da floresta escura à sua volta, como um biscoito congelado. Dali, pôde divisar, na margem mais distante, um aglomerado de caixas em tons pastéis que formavam o acampamento de *trailers*. Mountain View Trailer Park — quando morava ali, podia olhar pela janela da cozinha e ver o local exato onde estava agora: uma clareira sob uma faixa escura formada pelos espruces e, mais além, o cume pedregoso da montanha.

As nuvens haviam se espalhado e quase cobriam todo o céu, um cobertor cinza, esticado, estendendo-se do horizonte norte à depressão de Saddleback a oeste. Havia uma longa e minguante faixa de céu azul atrás dele, mas até o topo arredondado da montanha estava na sombra agora. Flocos de neve voavam no rosto de Wade, batiam em suas mãos e derretiam-se imediatamente. Mudou a posição do rifle, ajeitou a coronha sob o braço direito e continuou sua marcha.

Embaixo, ao longo da rota 29, das estradas vicinais e nas cercanias da cidade, os últimos caçadores emergiam das florestas, desistindo por mais um ano de sua necessidade de atirar e matar um veado. Deveria haver uns dois ou três caçadores de sorte que conseguiram, nessas derradeiras horas da temporada, avistar um animal desgarrado, um cervo confuso e inexplicavelmente descuidado, que conseguira sobreviver à caçada quase até o final e que, depois, faminto e irrequieto, saíra cedo demais de seu esconderijo na última luz do dia, apenas para ouvir a explosão, sentir o calor nas entranhas e morrer rapidamente. Mas essas mortes no fim da temporada eram raras. A maioria dos caçadores agora era de fora do estado, inexperientes ou ineptos, e em geral apenas preguiçosos; assim, contavam apenas com a sorte, a coincidência, ironias do destino, para obter seus veados. Apressavam-se de volta a seus carros e rapidamente ligavam o aquecedor e esquentavam os pés e as mãos enregelados. Em seguida, dirigiam-se direto ao Wickham's ou ao Toby's na cidade, para um ou dois uísques antes de seguir viagem de volta para casa.

Wade caminhava mais devagar agora, lançando seu olhar para a direita, pelo declive, para a floresta densa de carvalhos, bordos, grossos vidoeiros amarelos e amieiros, que substituíam os espruces e cicutas acima. Tinha que estreitar os olhos para ver através da neve encapelada: vinha sobre ele como cortinas de renda agitadas pelo vento e agarrava-se a seus cabelos e roupas, envolvendo-o em um rede fina e branca. Ocasionalmente, ele tropeçava em uma pedra na velha trilha, em um galho de árvore caído, ou escorregava na neve recente e úmida, depois avançava, sem se perturbar, como se nada tivesse acontecido e a trilha fosse plana e seca.

Algumas centenas de metros depois da primeira curva da trilha, ele chegou à segunda curva e o terreno ao lado da estrada precipitava-se num barranco íngreme, por um longo trecho: um antigo deslizamento de terra que abrira uma extensa ferida de seixos e atirara árvores arrancadas e argila glaciária na vala profunda lá embaixo. Wade parou bruscamente e seus olhos percorreram o barranco salpicado de pedras e as pilhas de moitas e troncos de árvores emaranhados que enchiam a vala, o declive da encosta e os topos das árvores mais além, para o norte, onde a terra descia por quilômetros. O vento adquiria impulso ali em cima, onde a trilha ficava exposta apenas ao céu, era frio e lançava a neve contra ele quase horizontalmente. A dois quilômetros e meio dali e fora do alcance da vista, atrás de uma serra longa e estreita que apoiava-se contra a montanha como um contraforte baixo, o celeiro continuava a arder e uma nuvem escura de fumaça cheia de fuligem erguia-se das florestas e dispersava-se para o sul — enquanto, sem que fossem ouvidas ou vistas da encosta da montanha, as sirenes de dois carros dos bombeiros soavam e uma dúzia de bombeiros voluntários, em seus próprios caminhões e carros, corriam pela Parker Mountain Road vindos da cidade. De onde estava, voltado para o norte, Wade podia ver — através da depressão entre Saddleback e a montanha — toda a extensão do vale até a cidade e, embora não pudesse ver a própria cidade, podia divisar facilmente a torre da igreja congregacional, o telhado do prédio da prefeitura e a fenda no meio das árvores, uma linha escura e sinuosa, por onde corria o rio.

Examinou o rifle, limpou-o da neve e mirou ao longo do cano para a vala embaixo, ergueu-o e apontou-o para a cidade por um instante. Em seguida, sorriu — um sorriso quase beatífico, iluminado, terno e pleno de compreensão, como se um raio de sabedoria celestial tivesse penetrado em seu cérebro. Abaixou o rifle, enfiou a coronha sob o braço e desceu alguns metros pela estrada até um bosque de pinheiros baixos, onde entrou, saindo do vento, apoiou o rifle contra uma árvore, abotoou o paletó, levantou a gola e colocou as mãos nos bolsos como se tivesse sentido o frio pela primeira vez.

À sua esquerda, um precipício despencava de aglomerados de arbustos, emaranhados de raízes e antigas árvores mortas lançados ali pelo deslizamento de terra; à sua frente, a trilha coberta de mato descia suavemente até um bosque de vidoeiros ao longe; lá, fazia uma curva fechada pela terceira vez, vindo em direção a Wade novamente, mas bem abaixo, abaixo do barranco, da vala e das moitas, mas ainda assim visível para ele. Desse modo, um homem que viesse subindo a encosta, andando com dificuldade no vento frio e na neve, sob a vaga luminosidade do final de tarde, em especial um homem usando roupas de caça vermelhas ou cor de laranja, seria visível por um longo tempo antes de poder ver o outro homem, aguardando-o entre os pinheiros.

Wade tirou o maço de cigarros do bolso da camisa, olhou-o por um segundo e, reconsiderando, enfiou-o no bolso outra vez. Verificou a trava de segurança do rifle, limpou alguns flocos de neve do cano e levantou-o nas mãos, avaliando seu peso. Em seguida, virou-se ligeiramente e apoiou o ombro esquerdo e o quadril contra o tronco de um pinheiro. Quando Jack surgiu no seu campo de visão embaixo, um lampejo de tecido vermelho movendo-se pelos espaços entre os grossos vidoeiros brancos, Wade ergueu o rifle, mirou ao longo do cano para a curva da estrada à sua frente, onde Jack teria que virar e ficar de frente para ele.

Jack matara seu veado, um enorme cervo, e o arrastava da floresta. Amarrara o corpo volumoso e estripado do animal em uma espécie de maca feita de um par de árvores novas atados e abrindo em um V por cima de seus ombros. Arrastava o veado lentamente barranco acima, inclinado para a frente, a neve açoitando-o, suando com o esforço. Seu rifle — o Winchester de Evan Twombley

— estava pendurado no pescoço, atravessado sobre o peito e, conforme ele caminhava penosamente pela trilha de lenhadores coberta de neve, a arma batia ritmicamente contra seu corpo. Olhava para baixo, para o terreno acidentado e escorregadio diante dele, como se estivesse absorto em seus pensamentos. Atrás dele, a maca sacolejava, fazendo a carcaça do animal ir para a frente e para trás; a cabeça, pesada com a enorme galhada dos chifres, pendia para trás, arrastando-se no chão, a boca ensangüentada aberta, a língua preta para fora, os olhos arregalados opacos como ônix. Um rastro de sangue, fino e irregular, escorria pela neve pisoteada.

Quando dobrou a curva da trilha, Jack ergueu os olhos para ver a distância que ainda tinha de percorrer, viu o homem com o rifle e notou que ele apontava o rifle para o centro do seu peito; o homem não estava a mais do que dez metros de distância e ligeiramente acima na encosta; Jack reconheceu-o imediatamente.

Epílogo

Tudo que descrevi é corroborado por provas concretas: as pegadas de Wade na neve, da estrada para a floresta, terminando a dez metros de onde o corpo de Jack foi encontrado, depois retornando diretamente para a estrada outra vez; o caminhão de papai estacionado lá, junto à estrada, a *pickup* de Jack desaparecida, mas reaparecendo três dias depois no estacionamento de um centro comercial em Toronto; e, é claro, o completo desaparecimento do próprio Wade. A sua própria ausência é uma prova.

Estaria a caminho do Alasca, para onde seu amigo encanador Bob Grant se mudara, ficara sem dinheiro para gasolina e comida em Toronto, abandonara o caminhão e misturara-se à população de imigrantes da cidade? Não sabemos; especulamos para nós mesmos; não falamos de seu desaparecimento entre nós.

Talvez queiramos acreditar que Wade tenha morrido, morrido naquele mesmo mês de novembro, congelado até a morte em seu fino paletó esporte, embaixo de jornais, em um banco do Harbour Front Park — incógnito, como um indigente. Mas ele pode muito bem ter pego uma carona num trem ou num caminhão com destino ao oeste: Toronto é onde a Canadian West começa, onde é muito fácil tornar-se um viajante, errante, sem nome. Talvez esta noite, anos depois, ele esteja abrigado sob um viaduto da Trans-Canada Highway em um subúrbio de Winnipeg.

Claro, ele pode ter se transformado em outra pessoa, inteiramente diferente, um ceramista vivendo sob nome falso em uma comunidade de Vancouver. Ou, mais provavelmente, em algum ponto do caminho, ele tenha se desviado para o sul em uma fronteira rural, entrando em Minnesota ou Dakota do Norte e tenha achado um emprego numa bomba de gasolina nessas paradas de caminhões abertas 24 horas, um desses homens de cabelos longos, ficando grisalhos, o rosto disfarçado por uma barba espessa, o olhar desviado sempre que alguém olha fixamente para eles.

Mas tudo isso é especulação agora. Sabemos com certeza que ele atirou em Jack Hewitt — com a mesma certeza com que sabemos que Jack Hewitt não matou Evan Twombley. E também sabemos que Wade matou o próprio pai — *nosso* pai. *Meu* pai. Naquela tarde de neve, depois que o incêndio do celeiro foi dominado, uma pilha de carvão do tamanho de uma criança foi descoberta nos escombros enegrecidos e um médico legista de Hanover facilmente identificou-a como os restos mortais de um homem caucasiano, idade entre 65-70 anos, 1,72m, entre 65 e 70 quilos. Quem mais poderia ser senão meu pai?

No início, presumiu-se que a morte do velho fora acidental: era um bêbado e provavelmente ele mesmo provocara o incêndio, fumando, talvez, enquanto manuseava um lampião de querosene. Mas depois veio a prova científica de que a morte de meu pai fora causada não pelo fogo, mas por um golpe que esmagou seu crânio, que deve ter sido infligido pela última pessoa vista com ele — vista, há menos de uma hora, por Margie Fogg, a noiva de Wade (porque ainda era assim que a consideravam), e por sua filha, que era também a neta da vítima. E, ainda, havia o fato incriminador de que a última pessoa vista com ele havia fugido. As evidências, todas elas, eram indiscutíveis. O que não era científico era lógico; e o que não era lógico era científico.

Assim como a prova de que Jack Hewitt não atirou em Evan Twombley, nem mesmo por acidente, é agora vista como indiscutível. Até por mim. Não havia motivo e Jack não deixou nenhuma conta bancária secreta, nenhum maço de notas de cem dólares: as ligações entre Jack e Twombley, LaRiviere e Mel

Gordon, existiram apenas na imaginação desenfreada de Wade — e, por um breve período, admito, na minha também.

LaRiviere e Mel Gordon estavam realmente juntos nos negócios, comprando todas as terras altas quanto podiam, mas não havia nada de ilegal nas transações, embora provavelmente não fosse correto que Mel Gordon financiasse as operações com fundos do sindicato, sendo ele um dos diretores e o maior acionista da companhia beneficiária dos fundos. Era um investimento legítimo, entretanto, e que deu bons resultados — para os membros do sindicato, para Mel Gordon e Gordon LaRiviere e para quase todas as outras pessoas da cidade. A Northcountry Development Corporation trouxe enormes mudanças para a região: a Estação de Esqui Parker Mountain é anunciada em todo o nordeste, anúncios de página inteira no caderno de viagens de domingo do *New York Times*, do *Boston Globe*, do *Washington Post* e assim por diante. Quinze elevadores, 27 quilômetros de pistas, de iniciantes a profissionais, com várias estalagens sofisticadas, mais de cem condomínios no estilo de chalés, instalados ao longo da Parker Mountain Road em um projeto imobiliário denominado Saddleback Ridge, meia dúzia de salões de espera e descanso para os esquiadores, restaurante e bares, até a Toby's Inn, agora chamada de Skimeister's Hearthside Lodge. A propriedade dos Whitehouse na estrada de Parker Mountain ainda está no nome de Wade, do meu e de Lena e continuo pagando os impostos, o que a mantém fora das mãos de LaRiviere. A casa continua vazia e se parece com o celeiro antes do incêndio. De vez em quando, dirijo até lá e, sentado no meu carro, olho para uma casa em ruínas e me pergunto por que não me desfazer da fazenda, por que não deixar que LaRiviere a compre, coloque a casa abaixo e construa os condomínios que quer construir ali?

Porque às vezes parece-me que não existe ninguém em Lawford, exceto eu, cuja vida, vista de um certo ângulo, tenha sido modificada mais pela Northcountry Development Corporation do que pelos terríveis crimes de Wade. Hettie Rodgers, chamada de recepcionista, é vendedora de unidades de apartamentos em regime de aluguel compartilhado, em um complexo de piscinas e pavilhão, em construção na encosta sul. Jimmy

Dame, desempregado por algum tempo, quando LaRiviere fechou a firma de perfuração de poços para dedicar todas as suas energias à Northcountry Development, trabalha à noite no bar do principal hotel às margens do lago Minuit, onde antes era o estacionamento de *trailers,* e parece satisfeito. Nick Wickham vendeu seu restaurante à cadeia Burger King — queriam o terreno no centro da cidade — e fala em abrir uma sala de videogames no pequeno centro comercial Northcountry's, no trevo rodoviário da nova rota 29. Frankie LaCoy começou a traficar cocaína e foi preso em uma operação secreta em Nashua. Chub Merritt abriu uma concessionária de motos de neve e veículos de recreação. Alma Pittman anunciou que, como não quer mudar seu escritório para o novo edifício de tijolos da prefeitura, que está sendo construído ao lado do antigo prédio municipal, ela não concorrerá ao cargo de secretária da câmara municipal; a verdade é que ela não tem a menor chance de vencer sua adversária, uma jovem e inteligente contadora pública oficial, até há pouco tempo uma funcionária da construtora Dartmouth, casada com um professor de geologia e grávida de seu primeiro filho. A comunidade, como tal, não existe mais; Lawford é uma efervescente zona econômica entre Littleton e Catamount.

As vidas daqueles que eram mais próximos de Wade foram alteradas de diferentes modos e acredito que, ao contrário dos outros, ainda estão perplexos, talvez permanentemente, pelos acontecimentos daquelas poucas semanas. Assim, tendo contado suas histórias para mim, preferem agora, essencialmente, silenciar sobre o assunto. Não tenho visto ou falado com minha irmã Lena nos últimos meses, desde que ela, o marido e os filhos mudaram-se para Massachusetts, para uma comunidade religiosa na Virgínia Ocidental; da última vez em que falei com ela, não quis falar de nosso irmão ou da morte de nosso pai. Não falou nem mesmo da morte de nossa mãe. Era como se as três vidas estivessem inextricavelmente interligadas e, como uma doença à qual ela fosse imune, a excluíssem. Deixei-a em paz e reuni minhas informações para esse relato de outras fontes.

Lillian, Jill e Bob Horner mudaram-se para Seattle, onde Bob tem um novo cargo na Allstate Insurance, Lillian está estudando para tirar sua licença de agente imobiliário e Jill, que foi legalmente adotada por seu padrasto, está prestes a entrar no segundo grau. Margie Fogg mudou-se para Littleton, para ficar mais perto de sua mãe e cuidar de seu pai moribundo. Ela trabalha no centro de saúde da mulher e, a última vez em que a vi, parecia mais interessada em falar de seus planos de adotar um bebê da América do Sul do que de Wade, de modo que nosso encontro foi breve.

O que deixa apenas a mim. Desdobro cuidadosamente e releio os amarelados recortes do noticiário do *Boston Globe*, sabendo que você leu o mesmo tipo de história inúmeras vezes em seu próprio jornal: um homem em uma cidadezinha, evidentemente num acesso de fúria, assassinou algumas pessoas chegadas a ele, assassinou-as aparentemente sem motivo ou aviso.

DOIS ASSASSINADOS EM NH
Residente Procurado para Interrogatório

Lawford, N.H., 15 de novembro. Em uma série de acontecimentos interligados, no fim de semana, dois homens foram assassinados em uma pacata cidadezinha do norte do estado, de 750 habitantes. O corpo de Glenn Whitehouse, 67, um operário aposentado, foi retirado das cinzas de um celeiro, destruído no sábado por um incêndio de origem suspeita. Whitehouse morreu de um golpe na cabeça, informaram as autoridades.

O corpo do segundo homem, John Hewitt, 22, o policial da cidade, foi encontrado pelo capitão Asa Brown, da polícia estadual, na floresta de Parker Mountain, nas proximidades, onde Hewitt caçava veados. Segundo a polícia, ele levou um tiro com um rifle de alta potência. Hewitt era o guia de caça do líder de sindicato de Massachusetts, Evan Twombley, cuja morte acidental aqui foi amplamente noticiada há duas semanas.

A polícia está procurando Wade Whitehouse, 41, filho da primeira vítima. Hewitt substituíra recentemente o Whitehouse mais jovem como policial da cidade. Brown declarou:

— Temos provas suficientes. O sujeito nem sequer tentou esconder seu rastro.

Os habitantes da cidade estão chocados pelo duplo assassinato, o primeiro no condado de Clinton há mais de uma década. Acredita-se que o suspeito tenha deixado o estado em uma *pickup* Ford cor de vinho de propriedade de Hewitt. Uma caçada nacional está em andamento, com a cooperação das autoridades canadenses.

Você lê o relato e passa rapidamente às notícias do Oriente Médio ou uma enchente e descarrilamento de trem ao norte da Cidade do México ou um enorme estouro de drogas em Miami. A menos que você seja da cidade de Lawford ou de algum modo tenha conhecido uma das vítimas ou o homem suspeito de tê-las assassinado, você logo esquece toda a história. Você a esquece porque não a compreende: não pode compreender como um homem, um homem *normal*, um homem como eu e você, possa ter feito algo tão terrível. Ele não deve ser como eu e você. É muito mais fácil entender manobras diplomáticas na Jordânia, calamidades naturais no terceiro mundo e a dinâmica econômica das drogas viciantes do que uma explosão isolada de fúria homicida em uma pequena cidade americana.

E a menos que a polícia em alguma outra pequena cidade americana prenda um vagabundo que venha a ser Wade Whitehouse — ou talvez ele não seja um vagabundo; talvez ele tenha se transformado em um desses sujeitos sem rosto que vemos trabalhando atrás de um balcão em nossa locadora de vídeos ou o homem de rosto pálido que empurra círculos de massa congelada para dentro de um forno no Mr. Pizza do centro comercial e vive num prédio de apartamentos na periferia da cidade, até que um carteiro o reconhece pela foto na agência de correios — a menos que isto aconteça, e Wade Whitehouse finalmente pague pelos seus crimes, não haverá mais nenhuma menção nos jornais a respeito dele, de seu amigo Jack Hewitt e de nosso pai. Nenhuma menção deles em lugar algum. A história estará terminada. Exceto que eu continuo.

Este livro foi composto na tipologia Aldine
em corpo 11/13 e impresso em papel Offset
75g/m² no Sistema Cameron da Divisão
Gráfica da Distribuidora Record.

Se estiver interessado em receber sem
compromisso, *grátis* e pelo correio, notícias sobre os
novos lançamentos da Record e ofertas
especiais dos nossos livros, escreva para

**RP Record
Caixa Postal 23.052
Rio de Janeiro, RJ – CEP 20922-970,**

dando seu nome e endereço completos,
para efetuarmos sua inclusão imediata no
cadastro de *Leitores Preferenciais*.
Seja bem-vindo.
Válido somente no Brasil.